KB275907

7

鳳宇日記

7

鳳宇 權泰勳 遺稿全集 ― 鄭在乘 譯註

봉우 권태훈 유고전집 ― 정재승 역주

책미래

봉우일기 7

1판 1쇄 발행 | 2026년 1월 15일

지은이 | 권태훈
주   간 | 정재승
교   정 | 홍영숙
디자인 | 디노디자인
펴낸이 | 배규호
펴낸곳 | 책미래

출판등록 | 제2010-000289호
주   소 | 서울시 마포구 공덕동 463 현대하이엘 1728호
전   화 | 02-3471-8080
팩   스 | 02-6008-1965
이메일 | liveblue@hanmail.net

ISBN 979-11-85134-80-2 03810

봉우 선생님(우측)과 제자 권오훈(좌측) 1940년대로 추정

1939년 4월 19일 한강에서 봉우 선생님(중앙)과
제자 한강현(좌측), 구영직(우측)

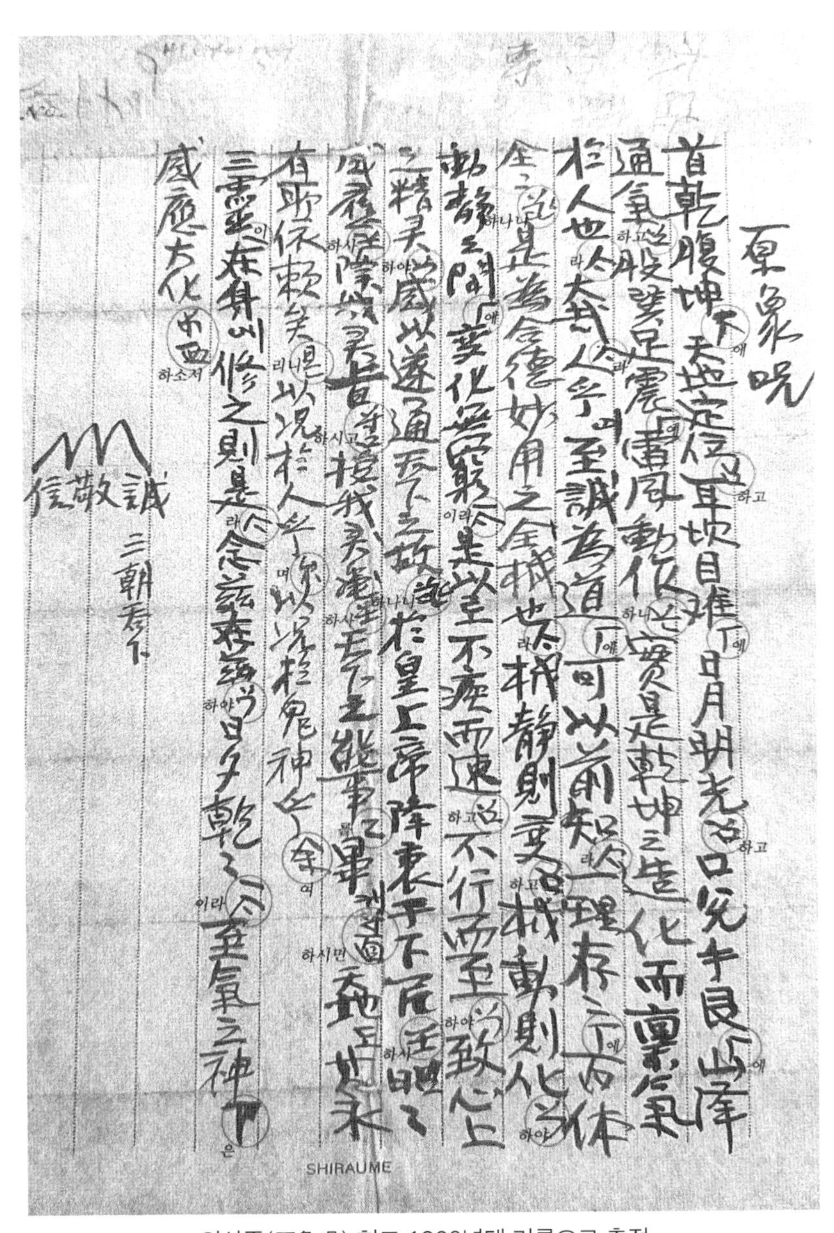

원상주(原象呪) 현토 1920년대 기록으로 추정

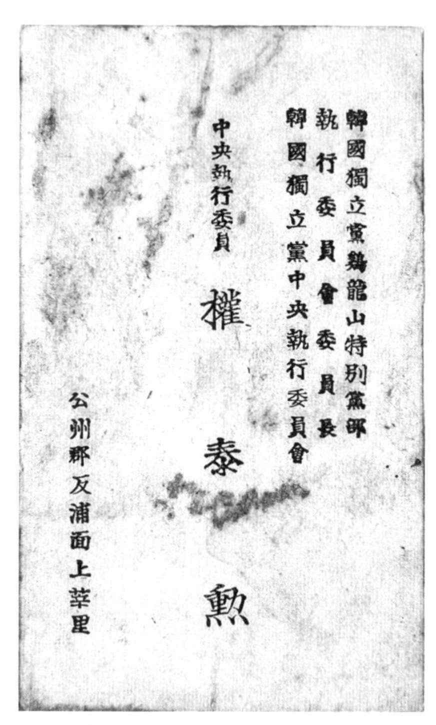

1946년 공주군 반포면 상신리에 설치되었던
김구 선생 영도하의 한국독립당 계룡산특별당부 집행위원장 권태훈 명함

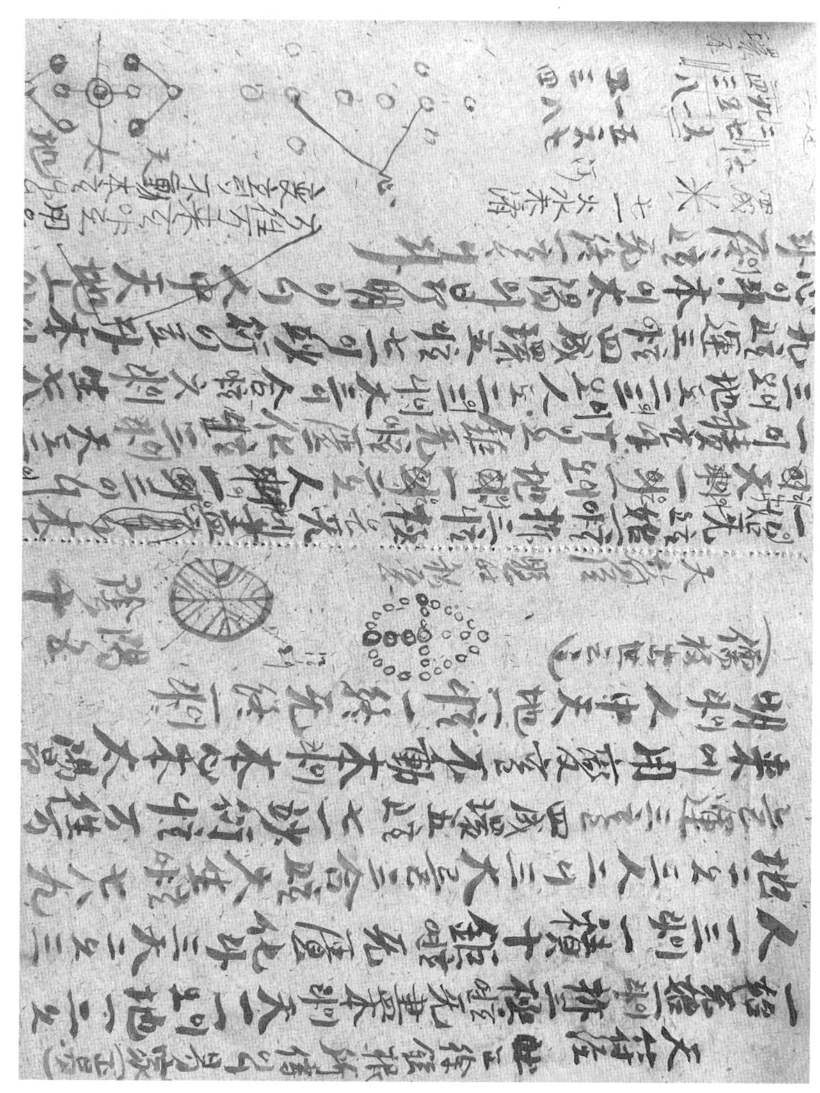

〈천부경〉 현토 및 도해. 1951년 일기 속 기록

일러두기

- 이 책은 '봉우 권태훈 선생 유고전집' 발간계획에 따라 1998년 《봉우일기 1, 2권》, 2021년 《봉우일기 3권》, 2022년 《봉우일기 4권》에 이어 2023년 《봉우일기 5권》, 2024년 《봉우일기 6권》, 2025년 《봉우일기 7권》으로 출간되었다.
- 《봉우일기 7권》은 1950년, 1951년, 1955년, 1956년, 1957년, 1958년도에 쓰인 봉우 선생님의 미발표 유고가 역주되어 실려 있다.
- 유고 원문에 식별 불가능한 글자는 ○ 또는 ○○ 등으로 표시하였다.
- 원문에는 없으나 아주 가끔 글을 이해함에 필요하다 싶은 단어나 글을 편의상 괄호( )를 치고 중간에 넣었다.
  예: 너나 (없이) 근시안적이다.
- 원문이 너무 장문으로 중간에 끊어지지 않는 글은 글 뜻의 이해를 돕기 위해 몇 개의 단문으로 나누었다.
- 글의 제목에 '수필(隨筆)'이나 '무제(無題)'로 쓰인 것은 저자가 원래부터 제목을 달지 않은 것인데, 역주자가 글 내용의 이해를 돕기 위해 수필 또는 무제 옆에 새로이 제목을 달았다.

서문:《봉우일기(鳳宇日記) 7권》을 펴내며

이번(2025년 3월)에 새로이 발견된 봉우 선생님 유고(遺稿)는 6.25 사변이 일어나던 해인 1950년(庚寅年) 12월 그믐날 일기부터 시작하여, 1951년(辛卯), 1955년(乙未年), 1956년(丙申年), 1957년(丁酉年), 1958년(戊戌年), 1959년(己亥年), 1960년(庚子年), 1961년(辛丑年)까지 망라된 일기, 수필들입니다.

각 연도마다 실린 글들의 분량은 편차가 있고 누락된 원고들도 많이 있으나, 이미 정리된《봉우일기》1권~6권에 없는 새로운 글들이 발견된 것이어서 1951년부터 남아 있는 봉우 선생님 유고전집의 처음 부분과 중간 공백(1950년~1961년)을 메워 줄 아주 중요한 자료의 발견이라 생각됩니다. 이번《봉우일기 7권》에는 1950년 마지막 날에 쓰신 글부터 시작하여 1951년, 1955년, 1956년, 1957년, 1958년 5월까지의 일기들 180항목을 새로이 역주하여 담았습니다.

또한 책 뒤에 〈부록〉을 설정하여 역시 봉우 선생님의 친필 유고로 전해 온 〈15세 한시집(漢詩集)〉을 역주하여 실었습니다. 2023년 간행된《봉우일기 5권》부록에 먼저 실린 〈봉우 선생님 7세 한시집〉에 이어 두 번째 한시 자료입니다. 이 시들에 담긴 선생님의 본의가 독자들에게도 '아로새김'이 되었으면 합니다. 역주자가 잘못 번역한 한시들을 모두 바로잡아 주시고 새로이 풀어 주신 이향배 교수님(충남대 한문학과)께 깊은 감사를 드립니다.

《봉우일기 7권》에 실린 선생님의 매우 특별하고 전에 없던 내용들을 살펴봅니다. 〈7-27, 내 이념의 요지〉에서 우리나라는 막스(마르크스)의 공산주의, 간디의 자작자급주의(스와라지), 손문의 삼민주의, 김구의 삼균주의, 미국의 민주주의도 맞지 않고 단군성조의 이념을 고취함이 맞다고 주장하셨습니다.

〈7-35, 우리 고래부터 전하는 체술이라는 것이 무엇인가〉는 봉우 선생님의 국학 체계 중 중요한 과목인 민족 체술에 대한 첫 기록입니다. 체술은 전통 지덕체 교육의 핵심으로서 연정원 정신수련법의 부활과 함께 체술의 부활을 강조하셨네요.

〈7-26, 인과론으로 본 한국역사〉에서는 단군천년, 기자(箕子)천년, 삼국천년, 양조 천년(兩朝千年: 고려, 조선)의 역사관을 제시하고, 기자, 삼국, 양조 천년의 삼천년 쇠약의 역사가 원인이 되어 앞으로 삼천년 대운의 결과가 있음이 분명하다 하셨습니다. 또한 단군성조께서 백두산을 중심으로 신성한 정치로 당시 천하를 호령하던 대운(大運)이 다시 우리 자손에게 올 것이 분명하다고 예언하십니다.

〈7-37〉과 〈7-38〉에서는 《천부경(天符經)》의 각종 현토들과 도해(圖解)들을 소개해 주시고 있습니다. 천부경에 대한 가장 오래된 유고입니다(1951년 초).

〈7-40, …국방이라는 부문을 다시 기록해 보자〉에서 "기계화부대는

…연구하면 세계를 제패할 것이다”와 “우리 민족을 국책으로 국민개병제로 하고, …무기를 국산으로 시켜서 …신발명을 하게 하면 신무기가 우리의 손으로 얼마든지 나올 것이다”라고 미래의 한국국방 상황에 대해서 정확한 예측을 해주고 계십니다.

〈7-43, 역(易)〉과 〈7-44, 역(易)의 문자화와 원리〉는 선생님 유고 중 역의 역사적 기원과 형성에 대한 최초의 기록입니다. 내용 중 “…이 역리(易理)가 우리 성조단군(聖祖檀君)이 시작하신 것이요, 문자도 역시 단군조에서 원시(原始) 문자가 나온 것이다”와 “…역에 우리 고대(문화)의 암시가 여실히 보이는데, 이 암시하는 역사를 연구할 필요가 있다는 것이다. 역(易)이 천지만물의 원리를 말하는 것이요, 이 역을 벗어나서 천지만물이 있을 리 없다는 것이다”라고 하셨는데 참으로 역의 의미에 대한 명쾌한 해석이라 아니할 수 없습니다.

〈7-58, 우리 조상의 위인 전기를 2세 국민들에게 보급시키라〉에서는 “우리의 시조이신 대황조(大皇祖) 단군님부터…우리 백두산족으로 역대 단군이 계시고, 그다음 순(舜)이 계시고, 그다음 성탕(成湯)이 계시고, 그 자손이 역대로 중국에 군림하였고, 은상(殷商) 말기에 기자(箕子), 미자(微子), 비간(比干) 등 왕족과 문중(聞仲), 상용(商容) 등 대현(大賢)이 있었다”라는 새로운 민족사의 전개와 그 토대 위에 숭조(崇祖) 이념의 보급을 강조하셨습니다.

마지막으로, 봉우 선생님께서는 이렇듯 글을 쓰시는 소회(所懷)를

“이 붓이 누구를 위하여 든 것인가? 내가 알지 못하겠도다.
그러나 이 붓을 안 들지도 못하겠노라.”

라고 풀어내십니다. 그리고 "…우리 민족에게 장래의 월계관이 있다
는 예언을 확언하리라"〈7-45〉는 말씀을 덧붙이십니다.

이 밖에도 〈7-72, 73, 계룡산 답산기(踏山記)〉, 〈7-80, 속보법 요지〉,
〈7-88, 속보법 요지2 추기〉, 〈7-99, 연정원 갱생의 최급선무〉, 〈7-130,
수필: "…불휴의 노력으로 목적지를 향해 죽을 때까지 변하지 않을 따
름이다"〉, 〈7-164, 용호결을 재초(再抄)하며〉 등의 새로운 유고들을 통
해 여전히 당신의 정신 수련법 경험담을 진솔하게 말씀하시며, 누구나
성의만 있으면 수련에 성공할 수 있다는 자신감을 우리 불초들에게도
불어넣어 주시고 계십니다. 털끝만큼도 휴식 말고 이 몸이 죽기까지
후인의 정평(正評)을 기다리라는 말씀에 고개가 절로 숙여집니다.

선생님의 여러 글들에는 공통적으로 모든 연정 학인들에게 도(道)의
세계로의 진입을 권하시는 봉우 선생님의 간곡한 충고가 내재되어 있
습니다. "…모르고 산 것보다 알고 죽는 것이 낫다(朝聞道夕死可矣)"는
참으로 친절하시고 간절하신 말씀들에 목이 메입니다.

"우리들도 이 육신을 가지고 최대한의 목적을 두고 최대한의 노력을
다해서 성공을 보자고 할 것이요, 그러다 완성 못할 때에는 이기(利器)
를 가슴에 품고, 은둔하여 불휴의 노력으로 지사불변(至死不變)할 따름
이라고 본다. 내생(來生)이 있다고 미루고 노력을 게을리 하라는 것은
절대로 아니다."〈7-130〉

금년 3월 봉우 선생님의 새로운 유고들과 자료들을 전해 주신 권오

중 님께 깊은 감사를 드립니다. 이들 자료들로 이번 《봉우일기 7권》이 만들어졌습니다. 나머지 자료들로 내년에 나올 《봉우일기 8권》이 이루어지리라 믿습니다. 아울러 이번 책의 각주작업을 도와주신 이기욱님과 편집과 교정을 맡아주신 배경태님, 배규호님께 깊이 고마움을 표합니다. 늘 샛별 같은 선생님의 가르침에 감사드립니다. 늘 광명한 깨달음을 주시는 심법(心法)어린 많은 글들을 남겨 주시니 후학들은 너무나 감사드릴 따름입니다.

봉우 선생님, 감사합니다!

단군 기원 4358년(2025년) 12월

동산학인(東山學人) 지죄근서(知罪謹書)

1955년 을미(乙未)

1956년 병신(丙申)

1957년 정유(丁酉)

1958년 무술(戊戌)

1950년 경인(庚寅)

경인년(庚寅年: 1950년)을 보내며

아동방오천년사상(我東邦五千年史上)에서 보지 못한 동족상잔(同族相殘)의 참화(慘禍: 참혹한 재난) 6.25 사변(事變), 말하기도 쉽지(않지)만 이 불행에 삼천리 금수강산(錦繡江山)은 고루고루 남북을 통하여 폐허 안 된 데가 없고, 방방곡곡(坊坊曲曲)이 민생(民生)의 살해(殺害)가 없는 데가 없을 참경(慘景: 참혹한 광경)이 우리 목전(目前: 눈앞)에 전개되었다. 아직도 종지부(終止符)를 보지 못한 채, 이 한(恨) 많은 경인년을 보내게 되니 마음이 무어라고 말할 수 없다. 남북을 통하여 전란의 책임은 회피할 것 없이 다 위정자(爲政者: 정치인)가 지는 것이 당연하다고 본다. 시비곡직(是非曲直)은 제2문제일 것이다.

난리(亂離), 난리 말만 듣던 내가 실전(實戰)을 목격하며, 그 외중에 들어 구사일생(九死一生)의 몸이 되어, 아직껏 미냉시(未冷尸: 식지 않은 시체)가 되어 있는 것이다. 6.25 사변을 회고하건대, 글자 그대로 감개무량하다. 이것이 평시의 정치인들의 인식 부족에서 생긴 과오일 것이다. 남(南)에서는 내 국방이 이만하면 설마 북군(北軍)이 ○사(○使)할 리가 없을 것이라는 견해와 북에서 ○○ 정보로 보아서 이만하면 남침(南侵)만 하면 일거(一擧: 한번 움직임)에 남북통일이 되어 중공군이 중국을 통일하듯 용이(容易)할 것이요, 질풍신뢰(疾風迅雷: 매우 빠른 바람과 우레) 같은 행동에 별 참가가 없을 줄 예정하였던지 모두 다 과오(過誤)였다.

병법상(兵法上)으로 보아 지피지기(知彼知己: 상대방을 알고 나를 앎)를 못한 것이다. 남(南)에서는 북(北)의 병력이 얼마나 ○○지 아군(我軍)과 상대하여, 승부결산(勝負決算)이 누구에게 있는지에 확실성이 없었고, 혹 그 견해가 있는 사람은 ○○인 데에 있지 못하였고, 생각이 우리는 우수한 미국 무기(美國武器)와 인구(人口)로 보아서 20만 대 10만이니 ○○는 인구로 북(北)도 별 준비 없을 것이요, 만약 ○○에는 미국에서 좌시할 리가 없을 것이라고 생각하고 별로 큰 걱정도 않고 있었던 것 같다. 북에서 미국에서 후원할까봐서 선침(先侵: 먼저 침략) 못하○○○니 하였던 것이다. 참으로 무모(無謀)하였었○○○어도 정의(正義)와 인도(人道)를 이탈(離脫)하니, … 자○(自○)하고 황작(黃雀: 꾀꼬리, 참새)의 후(後: 뒤)에 탄(彈) (이후 원고 멸실)

…지(知)하고 경국지병(傾國之兵: 기울어져 가는 국가의 병사)으로 남침을 도(圖: 꾀함)하여 일시적 승리는 있었으나, 필경 패배하고 삼천리 금수강산, 삼천만 배달민족을 만신창흔(滿身瘡痕: 온몸의 상처와 흉터)에 다시 부흥 못하는 상처만 남았으니, 지기지강(知己之强: 자신의 강함을 앎)이나 부지피지약중유원(不知彼之弱中有援: 상대의 약한 가운데 원조가 있음을 모름)하니 도시(都是) 무모배(無謀輩: 무모한 무리들)의 행사로 오천년사(五千年史)를 더럽힐 뿐이다. 통한막심(痛恨莫甚)한 일이다. 북(北)의 생각에 남(南)의 공산배가 내응(內應)이 되면 완전 통일이 무난사(無難事)라고 우익 진영을 무여지(無餘地: 여지없이) 약평(弱評: 약체로 평가)하였던 것은 사실이다.

그러나 일조(一朝: 하루아침) 북한군이 남침하여 행정한 결과가 남방 민족성에는 불합(不合)하다는 결과를 초래하고 말았다. 그 잔인박행(殘忍薄行: 잔인하고 경박한 행위)이 여실(如實) 운(運)이 부족한 것인가 그

렇지 않으면 대파궤(大破潰)로 대건설을 할 기초를 정할 도중(途中)인
가 걱정 중에 이 날을 보내노라.

경인(庚寅: 1950년) 12월 회일(晦日: 그믐날)
봉우(鳳宇) 병석(病席)에서, 공암우사(孔巖偶舍: 공암의 머무는 집)에서

1951년 신묘(辛卯)

신묘년(辛卯年: 1951년)
원단(元旦: 설날 아침)을 맞이하며

연년(年年)이 이날을 당하여 내가 아득한 희망과 목표를 정하고 나가 보았으나, 한 번도 완수하여 본 적은 없었다. 그러나 아주 한 가지도 성공 못한 적도 별로 없었다. 그러니 희마독(해마다) 희마독(해마다) 똑같으니, 신신(新新: 새로움)치 않은 붓을 드는 것이다. 신묘년 원단이야말로 희망이 가득 찬 원단이다. 왜 그러하냐 하면 잊을 수 없는 경인년(庚寅年: 1950년)을 지내고 민생이 도탄(塗炭: 곤궁하고 고통스러운 지경)에 들어서 전민족의 생사노선(生死路線)이 금년에 좌우되는 데 있으니, 어찌 내 희망이 없을 것인가?

거두절미(去頭截尾: 머리와 꼬리를 자름)하고 말하자면 제1희망은 무엇인가? 말할 것도 없이 전쟁이 우리에게 완전한 성공으로 단시일 내에 평화가 될 것이요, 제2는 전쟁이 종식이 된다면 민족적으로 부담이 과중하더라도 부흥을 속히 하여 부흥이라기보다 신건설로 우리 민족의 갱생을 도모해야 할 것이다. 말은 대단히 간단하나 실행에 있어서 얼마나 난관이며 민족적 수난기인가 또 민족 자신들의 각오와 결심이 어떠해야 할 것인가가 문제일 것이다. 순조로 전쟁이 종식되더라도 제2문제도 그리 용이한 성공을 보기는 어려운 일이다. 이 일을 완수하는 데는 물론 정치적 해결이 아니고는 안 될 것이니, 정치 요인들의 각오와 포부 여하가 금년 우리 민족의 나침반이요, 정치 요인들이 좋은 포부와 각오로 부흥 건설에 매진하더라도 민족들이 통일된 결심과 인내가 아니면 양호한 성과를 볼 수 없는 것이다.

제1문제 해결 여하는 우리만 가지고 확신할 수 없는 것이니, 말을 중지하고 단시일에 호성적(好成積)으로 해결될 예정으로 아득한 희망을 그대로 두고, 제2문제를 운위하는 내 심정이야 감개무량하다. 이 제1문제에 있어서 민족적 의무가 얼마나 과중하다는 것을 우리들이 계몽하지 않으면 안 될 것이니, 완수하기 전까지는 일체가 희생적이 아니면 안 될 것을 각오해야 한다. 그러니 만약 정치 요인들이 민족적 총의(總意)가 아닌 **고식책**(姑息策: 임시방편으로 가장 편한 걸 택하는 방책)에서 시설(施設: 설비를 함)이 나온다면 이것은 금번 전쟁에 상한 상처가 낫지 못하고, 불구자로 긴 세월을 보낼 것이다.

정치 최고 요인들의 **대영단**(大英斷: 슬기로운 결단)이 있기를 충심으로 기원하는 것이다. 다행히 전쟁이 종식되더라도 제2문제에 대난관이 있고, 그 성공이 얼마나 어려움을 알아야 할 것이요, 의외로 전쟁이 광대해진다면 민족적 파멸이 목전에 있으니, 어찌 한심치 않으리요? 이 일 저 일이 내 정신에서 배회하며 신묘년 원단에 내 희망은 민족을 위하여 제1, 제2 난문제(難問題: 어려운 문제)가 다 무사 해결되고 오천년 역사상에 신건설의 햇싹을 튼 올해 원단(元旦)으로 후일 역사상 기념이 될 날이 되기를 충심으로 빌고, 이날을 맞이하노라.

계룡산 신야정사(莘野精舍)
일우(一隅: 한 모퉁이)에서 봉우서(鳳宇書)

수필: 유엔군이 어디까지 진출하느냐에 우리의 운명이 달렸다

예(例)에 국련군(國聯軍: 유엔군)의 전과(戰果)는 호전(好轉)에 호전으로, 서부전선은 한강 이남까지 중부전선도 한강선까지 진출되고, 동부전선은 38선에 접근한 강릉까지 진출되었다는 보도를 보았다. 그리고 중부선에서 적의 강력한 항거(抗拒)를 받는다고 보도된다. 병가(兵家: 군사학)의 일이라 예시(豫視: 미리 봄)할 수는 없는 일이나, 내 사견으로는 중공군도 국련군의 기계화 부대를 인해(人海)전술과 온전한 육전(陸戰)부대로 상대한다는 것은 오산(誤算)일 것이다. 북한군의 근거가 확고한 38선 이북까지 후퇴하여 방어전 진지를 구축하고 방어전으로 시일을 경과하며, 국련군을 소모전으로 상대하는 전략이 나오지 않을까 의심되고, 국련군도 38선까지 중공군을 후퇴시킨 후에 중공군과 외교 타합(打合: 타협)이 있지 않을까 의심된다. 이것이 병가의 상사(常事)다.

우리 민족이 보기에는 물론 **양강선**(兩江線: 압록강, 두만강 라인)까지 진출하고 정전(停戰)하였으면 비록 6.25 사변으로 상처가 중하나 신건설로 갱생할 도리가 있으려니 하지만, 국련군이나 중공군의 입장이 우리 민족과 동일감을 가지고 있지 않은 것은 사실이 증명하는 것이다. 물론 우세한 국련군이 일기(一氣)로 진출한다면 중공군이나 북한군도 대항 못하고 국경선까지 후퇴할 것도 별문제는 없으나 이것은 **궁병책**(窮兵策: 마지막 군사전략)이라 그다음 나오는 문제를 국련(國聯: 유엔)

에서 한국을 위하여 적극적으로 협력하느냐가 의심시 된다. 그리고 북한의 배후에도 확실히 국경 외까지 구축(驅逐: 몰아 쫓아냄)된다면 피방(彼方: 저쪽)의 국책도 있고, 체면도 있어서 부득이한 문제가 발생하지 않을까가 국련으로서 염려 안 할 수 없는 사실이다.

이왕 국련에서 정의감으로 한국을 구한다면 최대의 노력으로 일기(一氣)로 양강선까지 구축하고, 혹 제2문제가 생한다 해도 응전할 각오로 적극책에서 구원군을 보내는 것이 당연한데, 우리 사견으로 보아서 국련군이 38선에서 정전하는 것은 너무 무책임하니 39선 즉 평원선(平元線: 평양-원산 라인)에다 방어선을 두고, 중간을 국련에서 관리할 것 아닌가 하는 감이 없지 않다. 그러면 국련으로의 체면도 보존되고 북한 배후에 양보도 얻을 정도이니, 양존책(兩存策)에서 고식책(姑息策)이 나올까 제일 염려다. **권재어국련**(權在於國聯: 권력은 유엔에 있다)하니, 우리가 무어라고 말할 수 없으나 정부 요인들이 성심성의(誠心誠意)를 다하여 국련에서 완전책을 취하도록 국교(國交)에 치중할 일이다.

혹 제2문제가 서독이나 **색유이**(塞維耳: 세르비아), 파사(波斯: 페르시아) 방면에서 선발(先發: 먼저 발생)된다면1) 한국 문제도 부수 문제가

---

1) 서독(유럽), 세르비아(발칸), 페르시아(중동)는 모두 당시 냉전의 주요 대립 지점이었다. 이 지역들에서 소련과 서방 간의 갈등이 폭발할 가능성이 늘 내재되어 있었다. 서독과 동독은 유럽 냉전의 핵심 전선이었고, 세르비아는 제2차 세계대전 이후 유고슬라비아 연방의 일원으로 티토(Tito)가 이끄는 공산주의 국가였으나 1948년 티토-스탈린 분열로 소련과 결별하고 비동맹 노선을 추구하였는데 이런 이유로 소련과 서방 양쪽의 관심이 극대 되었다. 게다가 발칸반도는 제1차 세계대전의 도화선이 된 지역으로 역사적으로 충돌 위험이 높은 곳이었다. 페르시아(이란)는 석유 국유화 문제를 둘러싸고 영국과 갈등을 겪고 있었으며, 이란은 소련과 지리적으로 가까웠고, 중동의 석유 자원과 지정학적 중요성으로 인한 소련의 영향력 확대 움직임으로 긴장이 고조된 상태였다. 만일 이 지역들에서 전쟁이 발발하면 소련은 자원과 전략적 우선순위 문제로 한국전쟁에 더 깊

될 뿐이니 안심되나, 소련이 그리 용이하게 움직일 물건이 아니다. 동(動)하더라도 **출기불의**(出其不意: 그 뜻하지 않음에 나옴)하여 **성산**(成算: 일이 이루어질 가능성)을 가지고 움직일 듯하니, 한국 문제쯤으로는 배후에서 구조는 할지언정 전력을 주(注: 물댐)하여 국련과 상대는 안 할 것이 분명한 병법이다. 그러니 국련군이 불계하고 일기로 양강선까지 구축하는 것이 제일 **양책**(良策: 좋은 계책)일 것이다. 우리는 여기서 운명론을 말하게 된다. 국련군에서 양강선까지 진출하느냐, 평원선까지 진출하느냐, 38선에서 중지하느냐가 우리 민족의 운명을 좌우하는 **것이다.** 제1의 문제가 해결된 후에 우리 민족의 취할 태도를 확립하게 되는 것이다. 우리는 국련군이 양강선까지 진출하여 주기를 바라고, 우리 민족도 최대의 희생을 각오하고 장래 신건설에 매진하기를 바랄 뿐이다.

신묘(辛卯: 1951년) 정월 초5일(初五日)

상신정사(上莘精舍)에서 봉우서(鳳宇書)

이 개입하기 어려웠을 것이다.

서울 탈환의 보(報)를 듣고

500년간 우리 민족의 수도인 서울은 구한국으로서 4차의 함락이 있었고, 번번이 환도(還都: 서울로 돌아옴)하였었다. 정치적으로는 수도될 만하나 군사 전략상으로 수도됨에 부족하다고 본다. 금번 6.25 사변의 9개월간의 2차의 함락과, 2차의 탈환이 있었다는 것은 역사상에 희유(稀有: 드물게 있음)한 일이며, 민족적 수난기라는 것을 잘 표현한 것이다. 이번 사변의 확실한 수자는 알 수 없으나, 추상적으로 남북한을 통해 통계 희생이 군민(軍民) 공히 민족의 1할5보(15%)[2]가 된다고 보고가 있으니, 인명의 희생은 말할 것도 없고 물질의 파궤(破潰)는 백년으로 완전 복구될까 의문시되는 대파궤를 당하고 있다.

2차에 서울을 탈환하였다고 민족으로 축하만 할 수도 없고, 민족으로 최극도의 도탄에 빠진 이때 출입무상(出入無常: 들락날락 변화 많은)한 전과(戰果)에 민족은 무상심(無常心: 평상심이 없음)하게 여기는 편도 없지 않다. 아주 귀환 명령이나 내리면 모르되, 일시 탈환을 알 수 없다는 민심이다. 더구나 맥아더 원수의 성명에 중공군이 질서 있게 후퇴하는 것이요, 패퇴가 아니라고 서울 복귀는 시기상조라고 하였으니, 우리 민족으로는 이것이 중공군이 군략(軍略: 군사 전략)상으로 후퇴가 아닌가 의심 안 할 수가 없다.

---

2) 할(割)은 10분의 1, 즉 10%를 의미. 보(步)는 '할'의 10분의 1 단위로 1보는 1%에 해당한다.

　일승일패(一勝一敗)는 병가상사(兵家常事)라고 하나, 승패가 다단
(多端: 여러 모로 많음)하니 안심이 안 된다. 아무렇든지 수도가 다시 우
리의 장중(掌中: 손바닥 안)에 들어왔으니, 전략상이거나 아니거나 민심
으로 위로는 된다. 수도 탈환을 계기로 일기(一氣)로 북진하여 양강선
까지는 가기를 빌며 이 붓을 그치노라.

신춘(新春: 새봄)

봉우서(鳳宇書)

금년도 예산 통과를 듣고

상세 명목은 무엇이 얼마 얼마인지 알 수 없으나, 총액 7,000억 원이라는 것은 틀림없다. 비상시 예산이라 과중(過重) 안 할 수 없으나 7,000억 원이라면 국민 1인당 3만 5,000원 평균이다. 비상시라고 없는 돈이 저절로 생기는 법이 없다. 생산이 없는 지출 참으로 과중하다. 그 예산이 타국 예산에 비하여 부담률이 어떠한가 잘 비교하여 보라. 각국의 예산은 그 국민의 경미한 부담임에 틀림없다. 그러나 우리 예산은 국민 전체로 보아 과중하다. 그리고 백미(白米) 일두(一斗: 한 말)에 1만 5,000원, 우(牛) 일두(一頭: 한 마리)에 100만 원 이상이라면 물가가 절정이 아니라 화폐 가치가 얼마나 없는가를 여실히 증명하는 것이다. 국의제공(國議諸公: 국회의원 여러분)들도 7,000억 원의 예산을 통과시키며 얼마나 우리 화폐의 가치를 평해 보았을 것이다. 이 가치가 없으면 인플레 경기(景氣)에 민생(民生)이 얼마나 쪼들리는 것도 잘 아실 것이다.

제공(諸公: 여러분)의 이 예산을 통과시키는 심리가 얼마나 괴로울 것도 잘 생각된다. 국민 1인당 3만 5,000원에 해당한 부담이라면 현 우리 국민으로는 전쟁 덕분에 파궤에 파궤를 거듭하고 잔식(殘息: 남은 숨)을 겨우 부치고 있는 우리로서는 과중 많다고 할 수 없다. 그러나 이 예산을 청구하는 정부나 통과시키는 국회 여러분이나 다 같은 입장에서 이 예산이 아니면 이 비상시국을 타개할 수 없는 만부득이한 사실이 증명되는 데에서 할 수 없이 요구하며 할 수 없이 통과시키고 국민도 할 수 없이 부담하는 것이다. 이 부득이한 사정에서 우리 민족은 정신적으로 이 난국을 극복하며, 이 부담을 원망함이 없이 완수하여야 우리가 바라는 금년도의 전쟁 완수와 국가 운영을 지장 없이 할 것이다. 처음에 예산 총액을 듣고 놀라지 않을 수 없었으며, 다음에 이 예산을 청구하고 이 예산을 통과시킨 심정을 잘 생각해 보고, 또다시 이 부담을 원망함이 없이 난관에 난관을 극복하며 완수하지 않으면 안 된다는 결심을 가지게 된 것이다.

신묘(辛卯: 1951년) 신춘(新春)

신야정사(莘野精舍) 봉우서(鳳宇書)

신묘년(辛卯年: 1951년)의 내 사적 희망

경인년(庚寅年: 1950년)을 **요요총총리**(擾擾悤悤裏: 어지럽고 바쁜 속)에 보내고 사방에 산적한 부채도 청산할 예산이 서지 못하고 **차지피지**(此地彼地: 이땅저땅)에서 피살된 동지들의 **초혼**(招魂: 혼을 부름)도 일차도 못하고 **사산**(四散: 사방으로 흩어짐)한 동지들을 다시 규합할 용기조차 없다. 그러니 내 금년 사적 희망은 다른 것이 아니라 물적으로 부채나 청산하고 가족 생애나 큰 지장이 없이 하고, 일보 전진하여 신체가 극도로 쇠약하여졌으니 좀 건강 복구나 할 정도의 **복약**(服藥)이나 **식보**(食補: 영양 보충)를 하였으면 하는 것이요, 가아(家兒: 자식)도 금년에는 사관학교 입학이나 되었으면 하는 희망을 가지고 있고, 가인(家人: 아내)도 건강상이 부족하니 복약이나 시키려는 예산이다. 정기수입이 없는 공(空) 예산이다. 이것이 희망의 일부요, 동지 중 피살된 동지들의 후생원(後生圓) 문제나, 사방으로 흩어진 동지들의 재규합 문제도 미미한 희망 중의 일건(一件)일 것이다.

이 희망을 완수하려면 제1로 무슨 경리(經理) 방면에 착수하여서 물적 성공이 선결 문제일 것이다. 무물(無物: 물질이 없음)이면 불성(不成: 이루어지지 못함)이라고 공수(空手: 빈손)로는 고장(孤掌: 한 손바닥)이 난명(難鳴: 울리기 어려움)이라고 아무 일도 할 수가 없다. 내가 현상으로 반포면에서 국민운동을 하는 것은 도시 내 본의가 아니라 일시적 부득이한 과정이니, 말할 필요가 없고 하루라도 속히 이 과정에서 벗어나서 본격적으로 내 희망완수 도정(道程)으로 나가야 할 일이다. 내 위선사(爲先事)는 금년은 발정(發程: 출발) 못하겠다. 그러나 정신수양은 좀 기회만 있으면 단시일이라도 착수해 보리라. 이것이 내 금년의 미미한 희망이다.

신묘(辛卯: 1951년) 신춘(新春)

봉우서(鳳宇書)

한강현(韓康鉉)의 사(死)를 조(弔)함

　인생이 일생일사(一生一死: 한 번 살고 한 번 죽음)는 누구든지 **난면**(難免: 면하기 어려움)하는 사실이요, 희망하는 목적을 달성하는 사람은 만인(萬人)에 일인(一人)도 귀한 것이 이 세상 **상사**(常事: 보통일)어니, 그 사람의 목적을 달성 못하고 이 세상을 가는 것을 그다지 애통할 바가 아니나, 만약 6.25 사변이라는 **천고**(千古: 아주 먼 옛적, 오랜 세월을 통하여 그 종류가 드문 일)의 **희유**(希有)한 **괴변**(怪變)이 없이 일이 순조로 나갔다면 그 사람의 목적하는 바가 혹 일부는 달성할 가능성이 보이는 것을 이 6.25 사변에 무참히도 일 **무뢰배**(無賴輩: 불량한 무리)의 손에 걸려 소호도 값없는 죽음을 당하니 내가 어찌 애통하지 않으리오?

　이 사람은 내 항상 말하기를 **천리준총**(千里駿驄: 천리 가는 준마)이 주인을 만나지 못하고 굴레를 벗고 석양 강변에서 홀로 우는 격이라고 평했던 사람이다. 상봉한 지 20년이 못 되나 기북(冀北)[3]에 천리마(千里馬)라고 허(許)하여 두고 동지 간에서도 사람의 단처(短處: 결점)를 평하는 사람이 있으면 내 항상 말하기를 천리마 굴레를 안 썼거니 어찌 **상마**(常馬: 보통 말)에 순종하는 것과 같으리오? 주인을 만나고 굴레를 쓰고도 그 능력이 부족하다면 그 사람을 책(責)할 수 있는 것이라

---

3) 중국의 기주(冀州: 현재 하북성 중부 및 남부, 산동성 서부, 하남성 북부에 위치) 북쪽 지방. 준마(駿馬)의 생산지로 유명하다.

고 내 웃으며 대답하는 것이 상사였다. 동지들이 좀 불평할 때도 있었다. 그를 상마(常馬)에 비하면 결점이 많으나, 내가 본 것은 그가 일행십리(日行十里: 꾸준하게 목표를 향해 나아감) 못한 것이 결점이지, 다른 결점은 말하고 싶지 않았었다.

내 문하(門下)에서 **장양**(長養: 오래 키움)한 중에 비록 **춘원신아**(春園新芽: 봄 뜰의 새싹)만 못하게 볼 때부터 나는 이 사람이 천리마 성격이 표현되는 것을 보고 내심(內心)에 자허(自許)하였고, 상봉할 때면 그의 단처(短處: 단점)인 **안하무인성**(眼下無人性)과 **청간여류**(聽諫如流: 남의 충고를 잘 받아들여 물 흐르듯 자연스럽게 따름)를 못하는 선입견을 버리라고 권고하였다. 그리고 다른 동지는 추진력이 부족한 것이 병이나, 이 사람은 무슨 일을 당하든지 마땅히 3보를 후퇴하여 3일만 정사(靜思)하고 그 일에 착수하라고 권고한 적이 수십 번이다. 내 **책선**(責善: 옳은 일을 하도록 서로 권함)한 것도 다 그 사람이 주인을 만나기 전에 천리마로 구비할 성능을 보충하라는 것이었다. 천리마라는 것은 그 용력(勇力: 씩씩한 힘)이 제1요건이나 그 용력보다도 덕(德)이나 지(智)가 상마가 가지지 못한 것을 가진 것이 귀한 것이다.

그 사람이 천리마의 용력은 지나나 그 덕과 지가 좀 천리마로는 부족하였다. 그리하여 내가 평한 것이 주인을 만나지 못한 천리마가 굴레를 벗고 강변 초원에서 석양에 운다고 평하였던 것이다. 그 덕지(德智)를 배양하여 주인을 만나서 **용덕지**(勇德智)를 겸한 천리마로 이름이 후세에 날리기를 바라던 우리 천리마가 의외에 악한에게 피살되었으니 그 누가 슬퍼하지 않으리오? 이것이 더욱 내가 이 사람의 죽음을 애통하는 바이요, 또 이 세상에 천리마가 그리 흔한 것도 아니라 이 세상을 위하여서도 천리마가 **무뢰소졸**(無賴小卒: 불량하고 하찮은 사람)의 손에 허수이(허술히: 무심하고 소홀하게) 감을 슬어하는('슬퍼하는'의 옛 표현) 것이다.

이 사람이 천리마였었다는 것도 내가 알 뿐이요, 이 사람도 내가 백락(伯樂)4)이 아닌가 의심한 것도 이 사람뿐이었다. 내가 이 천리마를 속히 주인을 만나게 못한 것이 내 책임이요, 또 그 지덕이 좀 부족한 것을 보충 못 시킨 것도 내 책임이라 후세에 상봉하면 이 책임을 내가 감수할 것이요, 일후(日後: 뒷날) 제2의 천리마를 만나서 이 사람이 천리마였다는 것을 전할 책임도 내가 지겠노라. 자고로 이런 불평(不平)한 일이 비일비재(非一非再)라 이 사람의 죽음을 조(弔)하며 따라 자고로 은자(隱者)들의 무명(無名)함을 못내 슬어하노라.

단기(檀紀) 4284년 춘(春) 2월 29일 청명일(清明日)
봉우읍기(鳳宇泣記: 봉우는 울면서 씀)

추기(追記)

이 사람이 성현군자(聖賢君子)의 덕행(德行)은 부족하나, 영웅호걸(英雄豪傑)의 성격은 충분하였다. 비록 성공도 못 하였으나, 동지들 중에서 애석(哀惜)할 정도요, 말하자면 향리(鄕里)에서 지반을 가진 향토

---

4) 중국 춘추시대 진(秦)나라의 정치가. 손양(孫陽)이라고도 한다. 진목공 때 말을 보는 일을 맡았는데 백락일고(伯樂一顧: 자신의 재능을 세상에서 알아주는 것을 뜻함)라는 고사가 있다. 당나라의 대문장가 한유(韓愈)는 어느 시대에나 천리마는 있으나 그를 알아보는 백락이 없어서 천리마가 제 능력을 발휘하지 못한다고 하였다.

인물이 아니라, 군도(郡道)를 떠나 일국적(一國的)으로 **유수(有數**: 몇몇을 손꼽을 정도로 훌륭함)한 **혹성(惑星**: 행성) 인물이 조요(早夭: 요절)를 사변(事變)으로 피살(被殺)이라는 명목하에 시신(屍身)도 거두지 못하니 어찌 이 노부(老夫: 늙은이)의 심정이 비애(悲哀)를 금(禁)하리요? 더구나 문하에서 금번에 수십 인이라는 희생자가 났으니, 내 어찌 이 불평(不平)을 하소연 할 데 있으리오?

봉우추기(鳳宇追記)

권오훈의 조변(遭變)을 듣고

현 달성(達城: 경상북도) 선출 국의(國議: 국회의원)로 **신언서판(身言書判)**이 구비한 사람으로 동지 간에 그의 내두(來頭: 장래)를 상당히 문제시하던 인물인데 의외로 6.25 사변 후에 제2차 아군 후퇴 시에 대구에서 야간에 출입하다가 흑인 병사에게 **조변참사(遭變慘死: 변을 당해 참혹하게 죽음)**하였다고 **전지전편(傳之傳便: 여러 사람을 통해 전하여 짐)**으로 문(聞: 들음)하였다. 사실은 사실인 것 같다. 목격인의 구전(口傳)도 들었다. 이것도 6.25 사변 부대(附帶: 부수) 사건이다. 내가 친족관계로 한 족인을 조(弔)하는 것이 아니요, 국제적으로 보아서 국련군이 한국이라는 인식을 어느 정도하느냐가 문제다. 권군(權君)은 영어가 능하지는 않으나, 내가 한국 국회의원이라고 신분을 설명할 정도는 충분하다. 그런데 흑인에게 조변하였다는 것은 국련군이 한국이라는 인식을 어느 정도 하고 있는지 여실히 증명하는 것이다. **시비곡직(是非曲直: 일의 옳고 그름)**을 막론하고 한국인으로서 자평(自評)할 호화두(好話頭)가 된다.

외국인 같으면 외국인의 국회의원의 개라도 외국군이 **남살(濫殺: 함부로 죽임)**은 못 할 것인데, 한국인은 국련군에게 대우가 타국인의 개 대우만도 못한 것은 사실이다. 이것이 도시(都是: 모두) 누구의 책임이냐? 대체로 보아서 남북의 전쟁 책임자가 책임을 질 것이요, 제2로 보아서는 우리 민족이 자성(自省) 못한 연고다. 남북이 통일이 못 되었으면 일방적이나마 발정시인(發政施仁: 정사를 펴서 어짊을 베푼다)하여 거국적으로 단결이 되어 문화 수준이 향상되었다면 해방된 지 6~7년에 족족히 자력으로 국방하고도 남을 것이다. 그런데 6~7년을 하루같이 정쟁을 일삼고 민족은 도외시하며, 남은 남대로, 북은 북대로 각기 의존하여 민족상잔하는 전쟁을 일삼으며 의존 세력은 남북이 공동되어 타력으로 자기 민족을 파궤하니 이 어찌 천인동노(天人同怒: 하늘과 사람이 함께 분노함)할 일이 아니리요?

이런 관계로 타국인이 우리 한국인을 볼 때에 아직 미개한 어느 식민지 민족으로 취급하는 것이다. 감개무량한 일이다. 한 권오훈의 죽음을 조(弔)하는 것이 아니요, 아직 생명은 유지하나 하일하시(何日何時: 어느 날, 어느 때)에 권오훈과 같은 지경을 당할지 알 수 없는 우리 민족을 생사를 초월하여 동일시하고 공통적으로 조(弔)하지 않을 수 없다. 수원수우(誰怨誰尤: 누구를 원망하고 누구를 탓하겠는가)하리요? 우리 민족이 자초한 일이다. 감정적으로만 본다면 북한군이 침범하지 않았으면 남한에 이런 사건이 없었을 것을 막론하고 한국 민족이 거족적으로 책임이 있고, 그다음 위정자들이 최중(最重: 가장 무거움) 책임을 지는 것이 당연하다고 본다. 위정자로 추현양능(推賢讓能: 어진 이를 추천하고 유능한 이에게 자리를 양보함)할 아량이 있었다면, 약마복중(躍馬服重: 도약마가 무거운 짐을 짐)한 각오가 있다면 당연히 직을 사(捨: 버림)하고 나는 부족하니, 능한 인재를 택하라고 성명하였을 것이다. 그러나 현상을 본다면 환실기위(患失其位: 그 자리를 잃을 것을 두려워 함)하고 불고체면(不顧體面: 체면을 돌아보지 않음)하니, 가탄가탄(可嘆可嘆: 탄식하고 탄식함)이로다.

남북위정(南北爲政: 남북한의 정치를 행함)의 차단피장(此短彼長: 이

쪽의 단점은 저쪽의 장점)은 좀 있으나, 시시비비(是是非非)는 오십보(五十步)로 소백보(笑百步: 백보를 비웃음)다. 양비(兩非)라고 안 할 수 없다. 권오훈의 사(死)가 어떤 개인 대(對) 개인의 일이라면 이런 말할 필요를 불감(不感)한다. 그러나 권오훈의 사(死)는 개인적으로는 ○○에 하등 지면(知面: 얼굴을 앎)도 못하던 흑인에게 조변을 당한 것이니, 이것이 6.25 사변 부대(附帶) 사건이라고 평하는 외에 타도가 없다. 권오훈 일인의 조변 당시 시시비비는 말할 필요 없고, 권오훈 군도 한국인인 관계로 조변한 것뿐이다. 한국인이라 당한 것이다. 우리도 시일 문제는 있을지언정 안당하리라는 확실 보증은 못할 것이다. 권오훈 군이 국회의원으로써 포부를 가지고 있다가 이 조변으로서 발표를 못한 것이 우리 민족에게 어떠한 영향음(影響音)을 주었는지 이것은 미지수에 두고 이 사람이 장래의 거대한 희망을 가지고 있던 것은 사실이다. 이 사람이 내 문하(門下)에 와서 수삼 년이라는 시일을 고생하고 10여 년간 왕래하며 자기 포부를 말하던 사람이다.

공적으로는 한국인이 흑인에게 조변한 것을 대체로 조(弔)하면서 사적으로는 나하고 친족관계도 있고, 수삼 년간이나 동정식(同鼎食: 같은 솥밥)하던 정도 있고, 10여 년간 동지로서의 입장도 있고, 우리 장래에 목적하는 동일 보조 관계도 있다. 어공어사(於公於私: 공적으로, 사적으로)에 상실이 큰 관계로 내가 조(弔)하고자 하는 것도 장(長: 길다)하다. 이 사람을 내 평하기를 탄조유룡(呑釣幼龍: 낚시 물은 어린 용)이라고 하였다. 틀림없는 용이다. 좀 유치(幼稚: 어림)하다. 천년수도(千年修道)하던 거물이 변하여 용은 되었으나, 아직 용으로서의 기능은 부족하고 여전히 수도 시에 거물이던 습성이 상존하여 동지 간에 악평이 좀 있었고, 또 명예와 이욕(利慾)이라는 조(釣: 낚시)를 탄(呑: 삼킴)하여 이

조(釣)가 유룡이 아직 장대(長大)되기 전에 아주 고통이 심하였다고 평했던 내가 그 용성(龍性)을 확성(確成: 확실히 성공)하는 것을 보지 못하고, 먼저 그 조변의 보(報)를 접하니, 이것이 다 내가 그 사람을 덜 사랑한 책임이 있다. 그가 탄조유룡이라고 평하며 어찌 그 탄한 조를 토하게 못 하였으며, 그 유룡을 속히 장성하게 못 하였느냐 이것이 내가 열성이 부족하였고, 내가 자임(自任)이 부족하여 비록 백 가지 결점은 있더라도 그 귀한 용형(龍形: 용 모습)을 완성시키지 못한 것이 도시 내 책임이다.

오훈이여! 나를 원망하여라.

"용인 줄 알았거든 왜 대해(大海)로 보내지 않고 천수(淺水: 얕은 물)에서 노는 것을 묵시(默視)하였는가? 그러다 조자(釣者: 낚시꾼)의 조(釣)를 탄(呑)하도록 하였는가?"하고 (나를) 책(責)하라. 내가 감수하겠도다.

내가 군에게 일월산상(日月山上)에서 맹세를 받던 일을 생각하여라. 군(君)과 나만 알 일이니라. 후세에서 상봉할지라도 이 맹세는 잊지 않으리라.

군(君)이여!

영(靈)이 있거든 내가 얼마나 비통(悲痛: 몹시 슬퍼서 마음이 아픔)해하는 것을 알지어다. 이것은 군(君) 일인을 위하는 것도 아니요, 또는 나를 위하는 것도 아니다.

우리가 맹세하는 것을 위하여 그것을 실현키 위해서 군을 실(失: 잃어버린)한 내가 이 생에 자신(自信)이 부족해지고 후생(後生)을 기(期)하고자 하는 비애(悲哀: 슬픔과 설움)가 생하는도다.

창천(蒼天: 푸른 하늘)이 나에게 너무 지나치는 시련을 하시는도다.

상(上)으로 비록 융로(隆老: 70~80대 노인)나 우리의 동방향(同方向)인 거물을 차례로 탈(奪: 빼앗음)하시고, 또 청년급인 유룡이나 **준총(駿驄**: 천리마 한강현)이나 **치응(穉鷹**: 어린 매, 주형식)이나를 다 환원하니 나는 누구와 같이 백산운화(白山運化)를 맞이할 것인가?

삼육성중(三六聖衆)은 비록 범태(凡胎)를 빌었으나 산재사방(散在四方: 사방으로 흩어짐)하고, 뇌부(雷府), 자부(紫府)는 벌써 환원을 시작하여 **재생(再生)의 조(兆**: 조짐)가 보이니 노부(老夫: 늙은이)가 허언(虛言)이 없음을 군(君)의 영(靈)은 알리라.

백세후(百世後: 오랜 세대 후)에 우리의 이 기반(基盤)이 완성되면 군도 또한 이 **회상(會上**: 대중이 모인 자리)의 일인이 됨을 알지어다.

내가 군을 조(弔)하자니 언지장(言之長: 말이 길어짐)함을 깨닫지 못하는도다.

단기(檀紀) 4284년 음력 2월 29일 청명일(淸明日)

야정무인시(夜靜無人時)[5] 봉우읍기(鳳宇泣記)

추기(追記)

6.25 사변 제2차 후퇴 당시 음력 11월 염후(念後: 한 달 중 스무날이 지난 후)에 의외에 서울서 대구 도중에 나를 심방(尋訪)하고, 작별한 지 1주일이 다 못 되어서 이 조변을 당하였다. 온천리 일별(一別: 한 번 헤

---

5) 야정무인시(夜靜無人時): 밤은 고요하고 사람은 없을 때

어짐)이 영구한 별(別)이 되었도다. 내가 비록 전문(傳聞: 전해 들음)일망정 확보(確報: 확실한 소식)를 듣고 가서 영전(靈前)에 곡(哭)도 못하는 내 심정을 잘 양해할지어다.

주형식(朱亨植) 군의 흉보(凶報)를 듣고

군(君)이여!

내가 아니었던들 군이 한독당에 입당하였을 리 없고, 한독당이 아니었던들 좌익과 상쟁(相爭)하여 결원(結怨: 서로 원수가 됨)하였을 리도 없었을 것이요, 이 일이 없었던들 6.25 사변이 있더라도 좌익에게 피살당하였을 리가 없을 것이어늘 군의 피살은 직접 내가 관련성이 있고, 내가 양심상으로 책임감이 있습니다.

피살당하신 동지 제위(諸位)에게 소호도 다름없는 동일 조건으로 권태훈이가 총책임자올시다. 그럼에도 불구하고 영전일곡(靈前一哭)도 반년이 지난 금일에서 처음으로 하게 된 것은 하나에서 백까지 본인의 무성의(無誠意)였었다는 것을 자백합니다.

제위(諸位)의 영(靈)이시여!

우리는 정의(正義)와 인도(人道)를 지키다가 무참(無慘)히 일조(一朝)에 처량(凄涼)을 당하였습니다. 그러나 영혼은 백세(百世: 오랜 세대)에 방명(芳名: 꽃다운 명성)을 전할 것이요, 제위의 유지(有志: 남긴 뜻)는 미사신(未死身: 죽지 않은 몸)인 본인이 계승하여 완수하올 것을 제위 영전에 맹세하오니, 생사로수(生死路殊: 삶과 죽음 길은 다름)하나 천상(天上)에서 묵우(默祐: 말없이 도움)하시옵소서.

우리의 노선은 여전히 전도(前途: 앞길)에 난관이 중첩(重疊)하여 있고, 민족의 위급존망지추(危急存亡之秋)라 아니할 수 없습니다. 백절불굴(百折不屈)하고 공산당을 타도하고 민족통일 정신에 이 몸을 바치기를 제위 영전에 확서(確誓: 확고히 맹세함)합니다.

단기(檀紀) 4284년 청명야반(淸明夜半: 청명일 밤중)
상신정사(上莘精舍)에서 봉우읍기(鳳宇泣記: 봉우는 울면서 씀)

추기(追記)

　주군(朱君)은 내가 지면(知面)한 지 불과 4~5년이나, 일견(一見)에 그 위인이 전진성을 가지고 투지만만(鬪志滿滿)한 것을 보아서 허심(許心: 마음을 허락함)하고 장래 촉망하던 청년이다. 그리고 계룡산 연정원 동지 중에 남자로는 단연 제1위를 점(占)하고 있었다. 그리하여 무슨 기회만 있으면 연정원을 재생시킬 의도를 가지고, 불휴의 노력을 하던 청년이 불의에 공산도당의 독수(毒手: 악독한 수단)에 피살되었으니, 어찌 애통할 바가 아니리요? 동일조변인(同一遭變人)들도 모두 주군의 동지로 같이 동고(同苦: 같이 고생함)하던 사람들이다. 주군은 내 일찍 평하기를 치응(穉鷹: 어린 매)이 미순(未馴: 길들여지지 않음)하였다고 하였다. 물론 범조(凡鳥: 보통의 새)는 아니다. 그러나 봉란(鳳鸞: 봉황새와 난새. 모두 상상의 신령스런 새)의 비(比)는 못 되고, 응조(鷹鳥: 매, 송골매, 해동청)에는 충분한 자질이 있다. 아직 그 성격은 구비하나, 조롱(爪口: 발톱과 울음소리)이 좀 약하고 역량이 부족하다는 말이다. 주군도 내가 평한 것을 시인하고 역량을 배양하며 시기 도달을 기다리던 중에 이런 불행한 일을 당하니 이것이 도시 운명이라고 아니할 수 없다.

　난세(亂世)를 당하여 **구전성명**(苟全性命: 구차하게 목숨을 보전함)하자면 모르되, 장래를 촉망받던 인사로 규합동지 하자면 보통 인물도 귀한데 주군은 무엇으로 보든지 보통은 지난 인물이다. 일면(一面: 한 개의 면 단위)에서 한 사람도 구하기 어려울 것이다. 일군(一郡)이면 몇 사람에 지나지 않을 것이다. 이것이 내가 그의 상실을 애통해 하는 바이요, 연정원에는 그 존재가 적지 않아서 장래를 많이 바라던 동지였다. 성공하면 대웅(大鷹)이라도 될 만한 자질이 풍부한 사람이었다. 이로써 내가 **연방사**(聯芳社)에서 손실이 많음을 자애(自哀: 스스로 슬퍼함)하면서 이 붓을 그치노라.

봉우추기(鳳宇追記)

맥아더 원수의 해임의 보(報)를 듣고

맥아더 원수가 발표한 성명이 아직 민간에 주지되기 전에 그 해임에 보(報)한다. 이것은 **군국기밀(軍國機密)**이라 어찌 내용이야 알 수 있는가? 그러나 원수의 성명이 국련 정책에 위반하였던 것은 아마 사실인 것 같다. 원수는 대한(對韓) 정책을 아니, **대공(對共: 대 공산당)** 정책을 아주 근본 해결을 하자는 것이요, 아마 **국련제국(國聯諸國: 국제연합의 여러 나라)**은 근본 해결을 책(策: 추진)하다가 만약 불여의(不如意)하면 제3차 대전이 일어날 것이니, **고식책(姑息策: 임시방편)**으로 소련이 동(動)하지 않을 정도로 **평원선원처(平元線元處: 평양-원산 라인 일대)**에서 평화협정이나 체결할까 하는 **염전파(厭戰派: 전쟁에 염증 내는 파)**들이 승리한 것 아닌가 의심된다. 전쟁은 북진에 북진을 계속하여 동서중(東西中) 삼구(三區)가 모두 38선을 넘어서 북진하는 중이니, 적이 안심되나, 평원선에 가까운 때에 무슨 성명이 나올지가 의심된다. 중공도 비록 실력은 부족하나 대륙성을 가진 국민이라 그리 **경홀시(輕忽視: 가벼이, 소홀히 봄)**는 못할 것이요, 현 국련군대의 기계화 부대는 충분하나 인적 숫자가 좀 부족하다고 본다. 그러한 대상자를 가지고 장기전을 한다면 우리 민족은 최소한 손해를 보더라도 민족의 몇 할은 될 것이요, 물적으로는 존재가 몇 할이 못 될 것이다. 이것이 장기전이면 우리는 **몰망(沒亡: 멸망)**하는 외에 타도가 무하다. 맥아더 원수의 근본 해결책을 찬성하여 그의 해임을 못내 애석히 여기노라.

공암정사(孔巖精舍)에서

봉우제(鳳宇題: 봉우 씀)

(1951년 4월 11일로 추정됨)

제2국민병 귀환자(歸還者)들을 목격하고

국민개병(國民皆兵: 국민은 모두 병사)이라는 것은 고금(古今)이 일반이라 물론 어느 나라든 국민으로서 병역의 의무가 있는 것이다. 우리 민족은 이조 말엽에 병역 의무를 잊어버리고 있다가 한일합병을 당하고 왜정 36년에 망국 민족이라 병역 의무도 없었고, 국민의 복리도 없었다. 그러다 8.15 해방으로 다시 무자년(戊子年: 1948년)에 건국은 되었으나 아직 국민개병의 병역법을 실시 못하고 있던 중 국회의 병역법안을 통과만 하고, 아직 시행 못한 것은 국가 경제가 불허하던 관계였다. 만반(萬般: 모든 것)이 불비(不備: 준비 안 됨)한 이 기회에 6.25 사변이 발생하여, 전 민족 수난기를 당하고 응급적으로 병역법을 실시하니, 역시 전시 비상사태라 무슨 시설이 있으리오? 제1차의 병역 의무자들이 남하하였다가 공행(空行)하고, 제2차 역시 일부는 병역법대로 입영하였으나 대부분은 귀환 명령을 받게 되어 연락부절하는 귀향 청장년들이 도로에서 기아(飢餓: 굶주림), 질병에 갖은 신고(辛苦: 매우 큰 고생)를 다 맛보며, 원근을 막론하고 기지사경(幾至死境: 거의 죽을 지경에 이름)으로 귀향하는 참상은 목불인견(目不忍見)이나 역시 국가수난기의 청장년기에 만부득이한 사정이라 여겨서 인내와 투지가 필요하다.

건국 초기라 경제가 허락되지 못하고 더구나 6.25 사변으로 물적, 인적으로 파멸이 있을 뿐인 우리 민족으로 당연히 면치 못할 이 병역을 잊지 말고 당하는 고통도 우리 한국 민족의 장래에 **호화제(好話題)**로 자각할 필요가 있는 것이다. 혹은 정치나 군사의 상식이 없는 인사는 금번 제2국민병 귀향 문제의 별별 불평을 다 토하나, 이는 건국 초기요 6.25 사변으로 국가가 공허한 때에 어찌 일시 과실을 중책(重責: 무겁게 책임을 물음)할 수 있으리오? 이것이 우리 민족의 자성(自省), 자각(自 覺)할 시기요, 병역이라는 당연한 의무를 잊지 말아야 할 일이다. 소위 중년 청년급에서 당연히 자진하여 응소(應召: 소집에 응함)할 것이어늘 백방으로 보류 운동을 하는 폐단이 없지 않으니, 이는 우리가 보건대 비민족적 심리요 입학한 청장년을 볼 낯이 없고, 귀향하는 청장년 보 기가 미안할 것이다. 하루 속히 우리도 전쟁을 완수하고 국민개병이 되어 **방전(防戰: 방어전)**에 유감이 없이 되기를 바랄 뿐이다. 그리고 귀 향하는 청장년을 물심양면으로 동정하는 것이 당연하다고 본다.

단기(檀紀) 4284년(1951년) 4월 16일

봉우서(鳳宇書)

성재 옹(省齋翁: 이시영)[6]의 용퇴(勇退)를 듣고

내가 무자년(戊子年: 1948년)에 옹의 부통령 취임을 보고 내 소감에 우남(雩南: 이승만) 옹을 보좌한다느니보다 옹의 출처(出處)가 애매하다고 옹을 위하여는 그 청덕(淸德)의 누(累)는 될지언정 소호도 영귀(榮貴: 영예)는 되지 못하리라고 기록하였었다. 옹이 취임 후 2년 9개월이라는 세월에 옹이 해임사(解任辭: 사임의 글)를 국회에 보낸 것과 같이 시위소찬(尸位素餐: 자리만 차지하고 녹만 받아먹음)이었었고, 언불청(言不聽: 말은 안 듣고) 계불용(計不用: 계책도 안 써줌)하고, 목불인견(目不忍見: 눈뜨고 차마 볼 수 없음)의 현상을 좌시(坐視)할 수 없다고 하였으니, 내 생각에는 옹이 취임하기 전에 우남 옹이 행사할 것을 역도(逆睹: 미리 알아봄)하지 못하고, 취임하였던 것이 옹의 실책이었었다. 그러나

---

6) 이시영(李始榮, 1868년 12월 3일~1953년 4월 17일)은 조선, 대한제국의 관료이자 대한민국의 독립운동가이며 교육자, 정치인이다. 1885년 사마시(司馬試)에 급제하고 여러 벼슬을 거쳐 1891년 증광문과(增廣文科)에 병과(丙科)로 급제, 부승지, 우승지(右承旨)에 올라 내의원 부제조, 상의원 부제조 등을 지냈다. 한일병합 조약 체결 이후 독립운동에 투신, 일가족 40인과 함께 만주로 망명하였다. 1919년 4월 대한민국 임시정부 수립에 참여하였고, 1919년 9월 통합 임정 수립 이후 김구, 이동녕 등과 함께 임시정부를 수호하는 역할을 하였다. 광복 이후 귀국, 우익 정치인으로 활동하며 임정 요인이 단정론과 단정반대론으로 나뉘었을 때는 단정론에 참여하였다. 1948년 7월 24일부터 1951년 5월 9일까지 대한민국의 제1대 부통령을 역임하였다. 대한민국 제2대 대통령 선거에 민주국민당 후보로 입후보하였으나 낙선했다. 우당(友堂) 이회영(李會榮)이 그의 형이다.

만기되기 전에 용퇴한 것은 **구십소령(九十邵齡)**7)임에도 불구하고 작
비(昨非: 지난 잘못)를 각(覺)하고 후인(後人)을 경계한 것은 감사한 일
이다. 이것이 우리 민족정신을 고취한 것이다. 국회에서 유임운동을 한
것도 당연한 일이요, 옹이 단연 용퇴한 것도 당연한 일이다. 이후에 내
소감을 추기하기로 하고 이만 그친다.

공암우사(孔巖偶舍)에서

봉우서(鳳宇書)

---

7) 소령(邵齡): 늙은이로서 썩 많은 나이. 또는 그런 나이가 된 사람

김인촌 옹(金仁村翁: 김성수)[8]의
부통령 보선(補選)을 듣고

세상에서 말하기를 한민당이라면 친일파, 민족반역자, 모리배(謀利輩), 유산계급으로 합동한 정당이라고 지목한다. 사실에 있어서 아주 무근지설(無根之說: 근거 없는 말)도 아니다. 그러나 내가 보기에는 기

8) 인촌 김성수(金性洙, 1891년 10월 11일~1955년 2월 18일)는 교육인 겸 언론인·기업인·근대주의 운동가였으며, 대한민국 초기 정치인, 언론인, 교육인, 서예가였다. 1914년 와세다(早稲田) 대학교 정치경제학부에서 학사 학위를 취득하였다. 귀국 후 1915년 중앙고등보통학교를 인수하여 학교장을 지내는 등 교육 활동을 하였다. 1919년 3·1 운동 준비에 참여하여 자신의 집을 회합 장소로 제공하였다. 1919년 10월 경성방직을 설립하여 운영하였다. 물산장려운동에 참여하였고, 1920년에는 양기탁, 유근, 장덕수 등과 〈동아일보〉를 설립하였다. 1932년 오늘날 고려대학교의 전신인 보성전문학교를 인수하였다. 1930년대 김성수는 실력양성론에 따라 자치운동을 지지하였다. 8·15 광복 이후에는 한국민주당 조직과 대한민국 임시정부 봉대운동 등에 참여한 뒤 김구, 조소앙 등과 함께 신탁통치반대운동을 주관하였다. 1947년부터 한국민주당의 당수를 지내기도 했고 1947년 3월부터 정부 수립 전까지 대한민국 임시정부의 국무위원을 지냈다. 그 뒤 5.10 단독 총선거에 찬성하였다. 1949년 민주국민당의 최고위원이 되었고, 한국 전쟁 기간인 1951년 5월부터 1952년 8월까지 대한민국 제2대 부통령을 역임하였다. 그러나 이승만이 부산정치파동으로 헌법을 개정하여 재선을 추진하자 부통령직을 사임하였다. 1954년 이승만의 장기 집권에 반대하는 호헌동지회에 참여하여 통합 야당인 민주당의 창립 준비에 관여하였고, 1955년 2월 18일 병으로 사망하였다. 사후 1962년 건국공로훈장 대통령장이 추서된 한편, 2002년 2월 28일 '대한민국 국회의 민족정기를 세우는 국회의원모임'과 광복회가 선정한 친일파 708인 명단에 수록되었고, 친일반민족행위 705인 명단, 친일인명사전에 언론계 친일파로 수록된 이후 대법원에서 거짓서훈으로 인정, 2018년에 독립유공자 서훈이 박탈되어 논란이 되었다. (인촌에 대한 봉우 선생님의 평은 후하다. 대동청년단 단원들이 인촌을 제거하려 했을 때 봉우 선생님께서 부당함을 설파하시어 말리셨다. 이후 다음 차례였던 장덕수가 제거되었다. 그런 점에서 인촌의 불명예로 거론되어진 일들은 불가피한 시대적 방편이라 생각되어진다.

성 정당으로는 한독당은 불파이자파(不破而自破: 깨트리지 않아도 스스로 파괴됨)되고, 사회당은 역시 한독당과 동일 운명이요, 현존하는 민국당, 신정당, 공화당 운운하는 정당들은 국회에서 운운하는 것을 볼 때에 그래도 정치 식견(識見)이 친일이건 민족반역자건 유산자나 모리배건 불계하고 타당보다는 일일지장(一日之長: 조금 나음)이 있다. 실행에 있어서는 장래 문제로 하고, 국회발언상으로 보아서 타당보다 낫다는 것이다. 개헌론을 주장한 것도 물론 일장일단은 있으나, 선량으로 당연한 일인데 타당에서는 민국당 전횡(專橫)을 염증이 나서 반대한 당도 있으나, 모당은 이해득실을 불계하고 여당관계로 기권하니 이것은 불명예한 행동이다.

이모저모로 보아 민국당이 대의당당(大義堂堂)하다고는 못 보나, 오십보(五十步)로 소백보(笑百步)할 정도는 된다. 그리고 유산계급이 총집합된 당이라 부수 조건이 보통 상식적으로 유식계급도 이 당이 제일 다수를 점령하고 있다. 세인은 민국당을 여당으로 지목하고 민국당에서는 야당으로 자처하여 현 남한 정부 실권은 대부분 민국당에서 장악하고 있는 것은 사실이다. 이런 관계로 국회에서 절대다수를 점하고 있다. 금번 부통령 보선에 있어서 김 씨가 이갑성 동지와 막상막하(莫上莫下)한 득점으로 김 씨가 당선되었다. 민국당에서는 난립을 않고 신의장(신익희) 같은 이는 아주 양보하고 김 씨를 보선시킨 것 같다. 전 부통령이건, 금번 김 씨건 대통령 만능인 현상으로는 별수가 없으나, 그래도 비록 민국당일망정 김 씨만은 민족에게 공헌이 많은 사람이요, 다수당원을 가지고 있는 관계로 김 씨의 발언이 일거수일투족(一擧手一投足)이 국회를 좌우할 수 있는 것은 사실이다.

이런 점으로 보아서 대통령과 부통령이 합심하고 발정시인(發政施

仁)9) 한다면 우리 민족의 다행일 것이요, 만약 당세(黨勢: 당파 세력)나 부식(扶植: 초목 또는 사상이나 세력을 뿌리박아 심음)하기 위하여 부통령 자리를 이용한다면 이는 민족의 죄인일 것이니, 내가 항상 말하기를 한민계는 대체로 민의에 불합하나, 김(성수) 씨 일인은 양심적이라고 말하였다. 김 씨가 당쟁에 **정구(政具: 정치 도구)**가 되지 말고 민의를 대표하여 이 난국을 수습하면 당이야 무슨 당이건 무슨 관계가 있으리오? 현 정계의 지도층이 부족한 것은 속일 수 없는 사실인데 김 씨가 **시위소찬(尸位素餐: 자리만 차지하는 껍데기)**이 되지 말고, 현 난국 수습에 영도(領導) 인물이 되기를 축(祝)하고 민국당에서도 작비(昨非: 지난 잘못)를 속히 각(覺)하고 이 난국을 양심적으로 대처하기를 바라노라.

신묘(辛卯: 1951년) 음력 4월 ○일

봉우서(鳳宇書)

---

9) '정치를 베풀어 어짊을 행한다'는 뜻으로, 《맹자(孟子)》〈양혜왕장구(梁惠王章句)〉에 나오는 구절. 세종은 이 발정시인을 뒤집어 시인발정(施仁發政)이라는 표현을 사용했다. 맹자의 발정시인은 법과 제도를 먼저 시행하고, 그 후에 백성들에게 은혜를 베푸는 방식이라면, 세종의 시인발정은 백성들에게 먼저 어짊을 베풀고, 그 위에 법과 제도를 시행한다는 차이가 있다고 볼 수 있다.

국민방위군 사건[10]을 듣고

그간 별별 소문이 다 있었으나, 설마 그럴 리가 있나 하고 1~2인의 과오로 전반적으로 그런 소문이 있나 하고 별 의심도 안 하던 소위 교육대사건의 진상이 **청천백일하(靑天白日下)**에 폭로되자, 거족적으로 용서 못할 대범죄였다. 가위(可謂: 한마디로 이르자면. 그런 뜻에서 참으로) **천인공노(天人共怒)**의 사실이다. 국민방위군의 간부가 전체적으로 말하자면 방위군 사령부에서 공동한 범죄라면 이는 방위군의 모체인 한청(韓靑)[11]에서도 당연히 공동 책임을 지지 않으면 안 될 것이다. 이것이 간부 1~2인의 과오가 아니요, 전반적 범행이 분명하다면 이는 현 계단의 우리 청년과 국민의 부패상을 여실히 증명하는 것이다. 국회에서 상정한 문제인데 누구나 이 사실을 부인 못할 것이 아닌가?

---

10) 1·4 후퇴 시기 국민방위군의 간부들이 방위군 예산을 부정 착복한 결과 철수 도중에 많은 병력들을 병사시킨 사건. 1·4 후퇴 시기 방위군 예산을 국민방위군 간부들이 약 25억 원의 국고금과 물자를 부정 착복함으로써 야기된 것이었다. 식량 및 피복 등 보급품을 지급하지 못하였고 방위군 수 만여 명의 아사자와 병자를 발생시켰다. 이 사건으로 신성모 국방장관이 물러나고 이기붕이 그 후임으로 임명되었으며, 사건의 직접 책임자인 김윤근, 윤익헌 등 국민방위군 주요 간부 5명에게 사형이 선고되었다.

11) 대한청년단. 1948년 대한민국 건국 직후에 결성되었던 우익 청년운동단체. 6·25 전쟁 중 대한청년단은 방위군으로 개편되어 단원의 대부분에 해당되는 제2국민병 해당자들은 방위군으로 소집되어 군사훈련에 주력하였다. 그러나 1951년 5월 국민방위군 사건으로 방위군이 해산되자, 대한청년단은 그 운영 및 활동이 침체되었고, 1952년 8월에 실시된 제2대 대통령선거 이후 집권당인 자유당 내분의 격화로 대한청년단의 내분도 격화되자 1953년 9월 10일 이승만에 의해 해산되었다.

그런데 정부에서 이 범인의 일부에게 내린 판결을 보건대, 3년 6개월이라는 구형에 동의한 판결이 있었으니 이것은 비록 법적 해석이 다르다 하나, 비상시인 현 계단에서 당연히 일살생백(一殺生百: 하나 죽이고 백을 살림)의 대의(大義)를 좇지 않고, 곡해(曲解: 왜곡 해석)하는 법리론을 운위하는 것은 법관부터 무자격하다고 확평을 안 할 수 없고, 방위군 자체에서도 만천하 청년과 민중에게 사죄성명을 하며, 범행자를 은휘(隱諱: 꺼리어 감추거나 숨김)하지 않고, 폭로시키는 것이 범행의 만일의 사죄는 될 것인데, 우물주물하고 중범자는 다 은신, 회피하고 경범자만 법의 처분을 받게 하는 것이 방위군 자체로 역시 대과오라고 안 할 수 없는 것이다.

이 자들은 공산도배보다도 천배, 만배 악질들이다. 당연히 중형으로 인민에 사과하고 또 책임자들인 감독관청에서도 다 인책사직(引責辭職: 책임을 지고 자리에서 물러남)하는 것이 당연하다고 본다. 그런데 모모 범행자들이 여전히 중요 임무를 가지고 호기 있게 자동차로 대도상을 왕래하니, 이런 자들은 비록 법적 곡해로 무죄 되었다 하더라도 민족정기에서 죽여도 무석(無惜: 애석할 게 없음)이다. 법관들도 양사정(兩私情)에 인순(因循: 머뭇거림)함이 없이 대의당당(大義堂堂)하게 처리하라. 이런 일에 법적 근거 운운하고 종경(從輕) 처분[12]을 하면 민중으로는 그 이면을 의심 안 할 수가 없고, 별 수 없는 금전이나 권리에 매수된 행동으로 밖에 간주할 수 없다.

관민(官民) 공히 부패된 것 같다. 관기(官紀: 관직의 기강)부터 자숙(自肅: 스스로 숙청, 맑게 정화함)하지 않으면 민족의 정기를 바로잡을 수

---

12) 두 가지 이상의 죄가 한꺼번에 밝혀졌을 때 가벼운 죄를 따라 처벌함.

없다. 이번 방위군 사건에 국회에서 조사 시에 50억 원이라는 범행이 있으나, 이 문건보다 실지 면에 있어서 100억이 될지 그 이상이 될지 알 수 없는 것이다. 이 자들의 범행은 국제적으로도 각 우방에서 우리 민족성을 의심할 대문제일 것이다. 국회와 선량들은 이 사건을 유야무야리(有耶無耶裏: 있는지 없는지 흐리멍덩한 속)에 또 종식시키지 말고, 유시유종(有始有終)의 정의인도감(正義人道感)을 고취하고, 민족성의 일시 부패상을 수술하여 갱신의 정신을 차리도록 만난(萬難: 만 가지 어려움)을 배제하고 진행하라. 이것이 그래도 우리 민족성에 갱신할 일루(一縷: 한 가닥) 미미한 희망이다. 후일 경과를 보기로 하고, 이 붓을 그치노라.

신묘(辛卯: 1951년) 하사월(夏四月)

봉우산필(鳳宇散筆)13)

---

13) 산필은 '흩어진 글' 또는 '산만한 글'이라는 뜻으로, 주제나 형식에 얽매이지 않고 자유롭게 쓴 짧은 글을 말한다. 수필과 비교하자면 산필은 보다 즉흥적이고 단편적인 사상이나 감상의 기록에 가깝고, 수필은 개인적 체험과 사색을 중심으로 문학적 완성도를 추구하는 경향이 있다. 하지만 둘 다 자유로운 산문 형식이라는 점에서 공통점이 있으며, 현대에서는 이 둘의 경계가 모호해질 때도 많다.

공주군 반포면 공암에서 시국강연을 듣고 내 소감의 일부

공주경찰서 사찰주임 윤길중이라는 경위가 공암국민학교에 와서 시국강연을 개최하고 다수 민중을 보고 시국에 대한 강연이 시작된다. 현하 국제정세와 우리의 나갈 길이라는 제하에 국제사정 소개는 별 들을 만한 것이 없었고, 우리의 나갈 길이라는 제목으로 바꾸어서는 좌우나 일선이나 총후(銃後)나 **일심동력**(一心同力: 한마음으로 힘을 같이 함)하여 나가자는 요건이요, 별 특기할 만한 것은 없었다. 그런데 강사 자신이 다년간 경관으로 있었던 관계로 현하 좌익이라고 주목받는 자들의 실정을 소개하는데, 이것은 **현하**(現下: 현재 형편 아래) 좌익의 실정일 것이 분명하다. 자기가 사찰계 사무를 10여 년을 보내서 당한 실례라고 말한다.

좌익이라고 압송받는 자를 100명을 취조하여 보면 진정한 좌익은 4~5인 이내요, 좌익이 무엇인지 알 수 없다는 민족들이 많다고 말한다. 예를 들면 8.15 해방 이후에 좌익들이 농민조합이니, 구매조합이니 하고 촌 농민들에게 비료 줄 테니 인장(印章: 도장)을 달라고 하니, 주었었다. 비료는 운반관계로 아직 안 왔다고 **차일피일**(此日彼日: 이날 저날) 하고 비료는 구경도 못하였다고 그러나 이 비료청구에 날인(捺印: 도장을 찍음)은 실상은 남로당 입당원서에 날인이 되어, 이 서류가 간부 가택수색에서 나왔다. 이 날인자들은 역시 남로당으로 지목되고, 경찰에서 조사가 진(眞)좌익으로 만들어 놓고, 그다음은 농민들이 논을 준다고 인장 가지고 오라 하니, 농사나 좀 더 하여 생활이나 안정하여 볼까 하고, 논 준다는데 날인한 것이 역시 남로당 지원서 날인이 되고, 그다음은 경관에게 혹 면 직원들에게 촌민(村民)으로 말 잘 안 듣는다고 저놈은 사상이 달라서 그런다고 지목되었다가 혹 좌익들이 행동이 있으면 이 사람들도 같이 **검속**(檢束: 경찰에서 미리 구속시킴)하여 고문하니, 참다못해 남로당에 입당하였소 한 것이 진짜 남로당이 되었다.

그다음 경관들이 연령 불계(不計: 따지지 않음)하고 촌간(村間)에 다니면서 부조(父祖: 아비나 할아버지)나 되는 사람에게 **구지타지(毆之打之**: 구타함)를 감행하여 그 자손들이 분한 김에 공산당에 들면 이 분을 갚는다고 **감언이설**(甘言利說: 달콤하고 유리한 얘기)로 하는 바람에 인장으로 사용한 것이 역시 남로당이 되었다. 자기도 경관으로 있을 때에 촌사람들이 와서 내 자식 경관시험 보게 신원보증 해달라고 하기에 그 성질이 어찌하여 한데 아주 양순한 사람이라 하던 사람도 그 후 경관이 되어 행동을 보면 부조(父祖)나 되는 이에게 구타를 무난히 하는 것을 많이 보았습니다(라고 한다). 대체로 보아서 경관이나 면직원이나 보다는 이보다 대한청년의 일반성이 부패하다고 봅니다. 그리하여 민족적으로 상애(相愛: 서로 사랑함)가 없어서 **상잔**(相殘: 서로 해침)이 생(生)한 것이라.

국련(國聯: 유엔)의 힘으로 북한을 정복한대야 필경은 **남북이 다 우리 단군(檀君)** 자손으로 죽고 병신된 자는 다 우리 단군자손일 것입니다. 무엇보다도 서로 사랑하여 서로 원수를 맺지 말고, 민족정신을 살릴 것이 제일 급조(急條: 급한 조목)입니다. 지금 현상은 장래에 큰 상극(相克)이 있지 않나 합니다. 좌익가정에 가서 조사해 보면 유가족들이 소아(少兒)를 데리고 어서 장성(長成)하여 너의 부모의 원수를 갚으라고 정신을 넣어 주고 우익가정에서도 일반입니다. 지금 100만 명의 민족이 죽었다면 내 현상으로 상극만 되면 후일은 몇 배의 **상잔**(相殘: 서로 싸우고 해침)이 있을 것입니다.

관민(官民)이 일치하여 이 상극을 안 하도록 **민족상애**(民族相愛)의 길로 나가자는 요지였다. 경찰관이요 더구나 청년급인데 상당히 장래를 걱정하는 것 같다. 이 말이 옳다는 감상을 기록하여 본다. 사실일 것이다.

신묘(辛卯: 1951년) 4월 18일

봉우기우공암우사(鳳宇記于孔巖偶舍: 봉우는 공암우사에서 쓰다.)

정전회담이
지지부진(遲遲不進)하는 것을 보고 내 소감

　중공 측에서 발론(發論: 논의를 꺼냄)하였든, 국련 측에서 발론하였든 지 간에 정전(停戰)회담이 개최된 것은 전쟁 중 인민이나 군대의 희생이 과하다는 의미로 여하한 조건을 불문하고 회담이 개최된 것만은 제3자로 보아서 당연하다고 본다. 회담의 순서에 있어서 분과위원회에서 서로 아전인수(我田引水: 자기 논에 물 끌어댐) 격으로 나의 의견만 고집하여 이왕 개최된 회담이 차일피일(此日彼日: 이날 저 날) 하고 지지부진(遲遲不進) 하는 것은 그 고집이 어느 방향에서 더하는지는 알 수 없으나, 현상 보고로 보아서는 물론 중공 측에서 무성의한 것이 판명된다. 그렇다면 이번 회담은 진의(眞意)가 정전에 있지 않고 정전회담이라는 구실로 중공 측에서 후방 보급로가 부족하던 것을 보충하느라고 시일을 연장하는 데 불과한 것 같다.

　그러나 국련 측에서 이 음모를 아주 부지하는 것은 아니나, 세계 이목에 국련의 본의가 공포 없는 자유세계 건설이 목적이라 말하자면 평화의 극락세계를 목표로 진행하는 중이라 비록 자유와 평화를 위하여 한국의 국난을 해소코자 출병하였으나, 중공 측이나 북한 측에서 정전안을 제출하는 데 대하여 국련에서 무자비하게 불응하고, 무력으로만 해결코자 한다는 것이 국련 본의에 위반되는 까닭에 상대방의 음모가 있으려니 하면서도 호의로 이에 응한 것이다. 이것이 국련의 신조일 것이다. 비록 피방(彼方: 저쪽, 중공, 북한)이 음모로 별별 수단을 다하여 시일을 지연하더라도 양보할 수 있는 한 양보하여 평화리에 회담을 진행하려는 것이 신사적인 태도이다. 피방의 고의적인 수단을 알면서도 (피방이) 사기(詐欺) 상습(常習)을 하나, 모르는 체하며 저쪽이 하는 대로 지연을 같이 한다. 이것이 국련의 대금도(大襟度: 큰 도량)일 것이다.

이 이상 더 양보하지 말고 최후적 결정을 보았으면 하는 것이 우리의 대망(待望: 기다리고 바람)이다. 그리고 우리 한국 입장에서는 완전한 해결을 못보고 현상으로 정전된다면 이는 또 후일에 대난관(大難關)을 확실히 두고 있는 것이라 우리 민족으로는 이왕 6.25 사변이 있는 이상 아주 완전한 해결로 우리의 장래 대난관을 제거할 확고불변의 각오를 가지고 이번 정전안에서 아주 제2 대난관이 없는 해결을 구하는 것이 우리 민족의 당연한 일이다. 그러나 국련의 입장과 우리의 입장이 동상이몽(同床異夢)일 것이다. 이번 정전안이 내가 신묘년 정월에 내 감상을 기록한 데에서 별로 틀리지 않고 이런 안이 있게 되었다. 이것이 다 병가지상사(兵家之常事: 군사학에서 늘 일어나는 일)다. 우리 국군의 실력만 있다면 이런 불쾌감이 없이 일기(一氣)로 파죽지세(破竹之勢)로 양강선(兩江線: 압록, 두만강 라인)까지 진주하고 완전한 우리 민족의 통일국가를 자유, 자주, 평화 속에 건설할 것이다.

그러나 우리 국군의 실력이 부족하다는 것보다 정부에서 완전한 무기를 군대에게 주지 못한 것이 국군의 약점이요, 우리 민족의 단결성이 부족한 것이 국련의 의존성을 가지지 않으면 자립 못할 현상이라 이것이 국민의 과오도 아니요, 국군부대의 부족도 아니요, 오로지 지도자들이다. 대난관에서 미리 준비 못한 것이 유구무언의 실책이요, 과오일 것이다. 보라! 방위군 사건이 세인의 이목을 경동(驚動)하고, 수백만 청소년을 병들게 하고, 또 이런 일이 있을까 염려하여 청소년들이 응소(應召: 소집에 응함)에 겁을 내고 있으니, 물론 남녀노소가 합심 합력하여 이 난국을 대처하지 않으면 누가 이 난관을 해결할 것인가? 지도자들이 아직도 몽중에서 있는 감이 없지 않고 만약 금번 국련에서 지지부진하나마 현상에서 정전이 되면 정부 최고 요인들은 이 대책을 여하히 수립하고 민족을 대할 것인가?

혹은 풍타낭타(風打浪打)14)로 되어 하는 대로 소찬시위(素餐尸位: 시위소찬尸位素餐)15) 고관(高官)이라고 명예만 탐하고 있을 것인가? 정(正)히 의심이 없지 않다. 정전안이 지지부진할수록 우리 민족의 불안감도 역시 날로 더할 뿐이다. 비록 전두(前頭: 내두, 장래)에 백산대운(白山大運)은 확실히 있으나, 목전의 민생 문제가 역시 적은 일이 아니다. 정전안이 다시 순조로 우리에게 유리한 해결이 있기를 심축하며, 이 붓을 그치노라.

신묘(辛卯: 1951년) 7월 29일

봉우(鳳宇)는 병상(病床)에서 쓰다

---

14) 바람이 치고 물결이 친다는 뜻으로 일정한 주장이나 주의 없이 그저 대세에 따라 행동함을 이르는 말이다.

15) 시위의 시(尸)는 시동(尸童)을 뜻한다. 옛날 중국에서 제사를 지낼 때 조상의 혈통을 이어 받은 아이를 신위(神位)에 앉혀 놓고 제사를 지냈는데 이 아이를 시동이라 불렀다. 시위(尸位)는 그 시동이 앉아 있는 자리를 가리킨다. 그러니까 아무것도 모르는 시동이 신위에 앉아 조상 대접을 받듯이 능력이나 공적도 없으면서 남이 만들어 놓은 높은 자리에 앉아 있는 것을 시위라고 한다. 소찬(素餐)은 공짜 밥을 말한다. 아무런 재능이나 공로도 없이 녹을 타먹는다는 뜻이다. 즉 능력이나 공로가 없어 직책을 다하면서도 자리만 차지하고 녹을 받아먹음을 비유한 말이다. 《한서(漢書)》〈주운전(朱雲傳)〉에 나온다.

대둔산 (공비) 토벌 현상을 보며

대둔산(大屯山)16)은 충남, 전북을 반거(盤踞: 뿌리를 박고 자리 잡음)한 험준한 산이다. 그리고 서남방에 지리산과 동방에 덕유산맥과 연락되어 산악지대이다. 그런데 6.25 사변 후에 9.28 패퇴(敗退)를 계기로 공비가 이 산에 다수가 피입(避入: 피해 들어옴)하여 잔명을 보전하고 있는 것이다. 그런데 경찰이 작년 9.28 이후로 거의 1개년 간을 토벌하였으나, 하등의 소탕을 보지 못하고 오늘에 이르는 것이다. 주로 경찰대가 토벌을 하나, 신문지상으로는 상당한 전과가 있는 것 같으나 사실에 있어서는 여전히 적군이 대둔산을 웅거(雄據: 어떤 지역을 차지하고 굳세게 막아냄)하고 부근 부락을 침략하는 것이 사실을 증명하는 것이다. 물론 산악전이라 그리 용이치 않을 것은 누구나 다 아는 바이다. 그러나 산중에 잠거(潛居: 숨어 삶)한 공비가 무한수도 아니요, 무기, 식량이 모두 산 밖에서 반입하지 않으면 추지(推持: 유지하다, 버티다) 못할 현상은 확실하지 않은가? 양도 경관의 총 동원 수는 물경(勿驚)

---

16) 충청남도 논산시, 금산군과 전북 완주군에 걸쳐 있는 높이 878m 산이다. 논산시에 가장 많은 면적이 속해 있다. 6.25 전쟁 중 대둔산은 빨치산의 주요 거점 중 하나였다. 남충렬이 이끄는 대둔산 빨치산은 수천 명에 이르렀으며 이들은 골짜기마다 참호를 파고 수시로 벌곡, 양촌, 연산, 가야곡, 논산, 강경, 금산, 공주 지역에 나타나 관공서를 습격하는가 하면 식량 갈취 등 민간에 피해를 입혔다. 1950년 가을부터 시작된 토벌 작전은 휴전이 되고서도 끝나지 않았으며 6년이나 계속됐다. 토벌작전에서 빨치산 2,200여 명을 사살하고 1,000여 명을 생포하는 전과를 올렸다. 아군 피해도 커서 국군과 경찰관, 의용경찰 등 1,300여 명이 희생되었다.

7,000~8,000을 헤아리고 대량 인원을 요하는 것이요, 이 토벌로 말미암아 비용도 막대한 것은 중인(衆人: 많은 사람)이 공지하는 바이다.

월초에 논산을 갔다가 그 현상을 대강 보고, 소감이 있어서 이 붓을 든 것이다. 충남지사가 현장 지휘를 한다고 소문이 있어서 그런가 하고 직계 관리들에게 물어 보았더니, 지사는 일선 시찰이라고 형식을 취하여 자동차로 시찰을 하고, 각 군수들은 배종(陪從: 높은 사람을 모시고 따라감)하느라고 자동차가 연락부절(連絡不絶: 연락이 끊이지 않음)하는데 군수 일인이 도지사 배행(陪行)하는데 소불하(少不下: 적어도) 70~80만 원의 비용이 나고 군수 일인이 위문금도 60~70만 원씩 가지고 가서 일선 경관들을 위문하고 오며 하는 말들이 대둔산 토벌은 여전히 안 되고, 부근 부락민들은 이 토벌 관계로 살 수가 없다고 민원(民怨)이 자자(藉藉: 사람들 입에 오르내려 떠들썩함)하다. 양도(兩道: 충남, 전북)에서 각 경찰서 배정으로 토벌대가 순반적(順班的)으로 출정하나 별 전과를 내지 못한다고 말한다. 대체로 산악전의 경험이 있는 지휘관이 조리 있는 지휘를 하면 비록 산중 잔비(殘匪: 남은 공비)가 험악한 산악을 이용하더라도 장계취계(將計就計: 상대의 계교를 미리 알아채고 그것을 역이용함)로 적의 근거를 복멸(覆滅: 세력을 뒤집어 멸망시킴)할 수 있을 것인데, 별 산악전에 경험이 없는 다수의 경관들이 오합지중(烏合之衆: 까마귀 모인 것처럼 무질서한 무리)으로 상대하니, 어찌 전과가 좋을 리가 있을 것인가? 막대한 물적, 인적 손실만 하고 인민은 안심이 안 되니 이것이 상사의 실책이다.

이 현상을 정부에 사실대로 보고하여 산악전에 익숙한 군대가 와서 단시일에 완전히 소탕하고 이산에서 저산으로 착착(着着) 진군하면 비록 잔비가 다대수라도 불과 몇 달이면 후방 잔비는 완전히 근절할 것인데, 현상으로는 절대성을 갖지 못한 불안감을 느끼지 않을 수가 없는 현상이다. 전쟁에 더구나 산악전에 경험이 없는 경관들을 가지고 험악한 산중을 거점으로 발악하는 잔비들을 토벌하러 보낸다는 것부터 무모한 일이요, 시일이 지연될수록 인민의 피해는 더한 것도 사실이라 이 대둔산 토벌 현상을 보고 상사들의 너무나 무모한 작전을 단시일도 아닌 1개년이라는 장시일을 계속하는데 인민의 고통이 얼마나 될 것인가? 이 토벌 작전이 속히 신전략을 수립하여 산중 잔비를 소탕하기를 바라마지 않노라.

신묘(辛卯: 1951년) 7월 29일 계룡산 유신정사(有莘精舍)
봉우병상난초(鳳宇病床亂草: 봉우는 병상에서 난초하다)

수필: 나는 왜 수필(隨筆)을 쓰게 되었는가?

내가 인물평을 하여 본 일이 있었다. 고금을 통하고 동서양을 병(倂: 아우름)하여 역사적 인물을 내 의사대로 평하여 본 것이 70~80인이나 되었으나, 불행히도 이 평론을 기록한 책자가 모(某) 경찰서에 압수품이 되어 환부(還付: 환급)되기 전에 6.25 사변으로 분실되고 말았다. 그 책과 동일 운명인 《나의 이상(理想)》이라는 책은 100여 매나 되는 것인데 내가 소년동지 모(某)를 권학(勸學: 학문을 권함)하느라고 난초(亂草)로 기증한 것을 모군이 정서(精書: 잘 집중해 씀)하여 내게 고정(考正: 교정)을 청한 것이 동시 압수되었었고, 또 을유 8.15(해방) 후로 내 수필이 수백 매였었는데 역시 분실되었다. 이것이 다 내 소견법(消遣法)[17]의 한 가지였던 것이다. 이제 (잃어) 버리고 나니 좀 섭섭하다. 오십여 년 고심혈성(苦心血誠)을 다하여 내 의사를 문언화(文言化)한 것을 다 잃어버리니, 섭섭하나 일방은 다행이라고 생각한다.

왜 그러한가 하면 내가 수필로 두 번 생각도 못하는 한가한 시간이라야 야정무인시(夜靜無人時: 밤은 고요하니 사람은 없을 때)에 잠이 안 와서 심심풀이로 수필한 것이라 순수한 문언(文言)이 못 된 것은 사실

---

17) 어떤 것에 마음을 붙여 시간을 보내는 법. 옛사람들이 말한 '消遣'은 그냥 노는 게 아니라, '근심을 씻어 없애는 정서적 행위'였다. 예를 들어 독서, 시 짓기, 바둑, 음악, 차 마시기 같은 것들이 다 '소견'으로 불렸다. 지금은 '심심풀이, 오락거리'라는 뜻으로도 쓰이지만, 옛날에는 '마음을 다스리는 방법'이라는, 더 깊고 정신적인 차원이 강했다.

이다. 그런 사정은 알지도 못하고 후일 보는 사람이 아무개의 저술이라니 정금미옥(精金美玉: 순금이나 아름다운 옥)이나 아닌가 하고, 기대하고 보다가 의외에 그 불순한 문구를 볼 때 낙망할 것이 당연한 일이라 이를 생각하건대 하늘이 후일의 청소년들에게 실망을 주지 않으려고 내 저술을 분실시킨 것 같다. 이런 생각도 역시 소견법(消遣法)의 일종일 것이다.

그러나 내 수필에서 기억되는 대로 일건(一件), 일건씩 재기(再記: 다시 기록함)하는 것이 역시 내 소견법이다. 100가지를 기록하는 것보다 일건이라도 실천하는 것이 행실(行實)로는 당연한 일인데 언고행 행고언(言顧行 行顧言)18)을 못하고, 도능기(徒能記: 단지 적기만 함)만 하면 무엇할 것인가? 부재기위(不在其位: 그 자리에 있지 않음)하얀 불모기정(不謀其政: 그 정사를 꾀하지 말라)이라고 내가 내 자신을 시시비비(是是非非: 옳은 건 옳다고, 틀린 건 틀리다고 함)를 논하여 고금(古今) 인물을 평할 것인가? 이것이 내가 과실(過失: 잘못)이다. 내가 자수(自修: 자기 수양)가 부족하여 한거(閑居)의 망상이 나서 이 망상을 축(逐: 물리침)하는 호방식(好方式: 좋은 방식)으로 수필(隨筆)이라고 제목하고, 이런 인물도 평하여 보고, 저런 인물도 평하여 보았다. 이것이 다 축망상(逐妄想: 망상을 쫓아냄)하며 청수(請睡: 잠을 청함)하는 일방(一方) 편법(便法: 편한 방법)이다.

택정결무루처(擇精潔無累處: 아주 정결하고 잘못됨이 없는 곳을 택함)

---

18) 말은 행동을 돌아보고, 행동은 말을 돌아보아야 한다. 《중용(中庸)》에 나오는 구절. 공자의 본래 의도와 주자의 해석에 더 충실하자면 '말을 하려면 앞으로 할 행동을 생각하고, 행동을 하려면 앞으로 할 말을 생각하라'고 볼 수도 있다. 행동이 먼저 나가도 그 행동이 언젠가 내가 말로 표현할 가치와도 부합해야 한다는 것인데, 이는 과거와 미래 언행의 일관성에 대해 유의하라는 뜻이다.

하고

정좌반조즉(靜坐反照則: 고요히 앉아 내면을 돌이켜 비추인즉)

심령자연혜광지신발동(心靈自然慧光智神發動: 심령이 자연 지혜의 빛이 나고 지혜의 신이 발동)하네.

자이위기적자역시축수여소견호방법(自以爲奇蹟者亦是逐睡餘消遣好方法: 이를 두고 스스로 기적이라 여기는 사람도 있으나, 사실 이는 잠을 쫓고 정신을 맑게 하는 좋은 방법)일 뿐이다.

이 정좌법(靜坐法) 역시요(亦是要: 또한 필요)하다.

가루제진거과거현재미래지삼대망상(家累除盡去過去現在未來之三代妄想: 집안의 근심 걱정을 다 없애고, 과거·현재·미래의 세 시점에 걸친 망상을 다 없애야)한다.

준비수용이후가시공고불능실행자이(準備需用以後可始工故不能實行者耳: 이런 준비를 다 마친 뒤에야 비로소 공(工, 수행)에 들어갈 수 있는데, 능히 실행 못할 뿐)이다.

누가 웅장(熊掌: 곰발바닥)의 미(味: 맛)를 부지(不知)하여 취하지 않는 것이 아니다.

부득이한 사정이라 번뇌망상(煩惱妄想)이 날 때는 별 준비 없이 일매필(一枚筆: 한 자루 붓), 수편지(數片紙: 몇 장의 종이) 즉(則), 가기횡설수설(可記橫說竪說: 횡설수설을 기록할 수 있음)하여 성일편수필(成一篇隨筆: 한편의 수필을 완성함)하고,

이 기록하는 시간에 별다른 생각이 나지 않고, 성편(成篇)하느라고 시간이 가는 줄 알지 못하고 기록하는 것이 상사(常事)였다.

이것이 수필이 시작된 것이다.

이왕이면 동가홍상(同價紅裳: 같은 값이면 다홍치마)이라고 문언(文

言)을 정수(精粹: 불순물이 섞이지 않고 깨끗하고 순수함)하는 것이 당연한 일이요, 정선(精選)하자면 준비상식이 필요하다. 준비가 없으면 빈독에서 물을 구하는 것이나 다를 것이 없다. 고인의 횡설수설이 무불당리(無不當理: 당연한 진리가 아님이 없음)라는 말은 평시에 풍부한 상식을 가지고 아무리 횡설수설한대야 넉넉한 부자 살림살이에서 이것도 쓰고, 저것도 쓰되 별 큰 포(?)는 없고 물건을 사든지 무슨 사업을 하였든지 다 충분하게 되는 것이다.

준비가 없는 빈자(貧者)생활에서 한 가지만 사서 무엇을 해볼까 하되, 만불여의(萬不如意: 모든 게 뜻대로 되지 않음)하여 힘은 힘대로 소비하고 생색(生色)은 안 나는 법이 철칙이다. 그러하니 무엇보다도 충분한 자수(自修)로 풍부한 지식(知識)을 획득하여 두면 아무 일을 당하든 그 곤란할 바가 없다. 내가 수필을 해보니, 마음은 혹 있으나 이 붓이 말을 잘 안 듣는 것이다. 그것은 물어볼 것 없이 역부족(力不足)인 까닭이다.

고인(古人: 공자님)의 말씀에 "조문도(朝聞道: 아침에 도를 들음)면 석사(夕死: 저녁에 죽음)라도 가의(可矣: 좋을지라)라" 하시니 비록 오십이 넘었으나, 수지불이(修之不已: 멈추지 않고 계속 마음을 수양함)하면 이 수필로 소견(消遣)하는 데에 별로 곤란은 느끼지 않을 것이다. 주로 자수(自修)에 노력하기를 자서(自誓: 스스로 맹세)하고 이 붓을 그치노라.

신묘(辛卯: 1951년) 음력 8월 초3일(初三日)

봉우서(鳳宇書)

설매독향(雪梅獨香), 상국보리(霜菊補籬)

서주상(徐周祥)

주형식(朱亨植)

한강현(韓康鉉)

권오훈(權五勳)

김상연(金相演)

– 엮은이 주(註): 이 글은 매우 짧다. 설매독향(雪梅獨香: 눈 맞은 매화는 홀로 향을 발하고), 상국보리(霜菊補籬: 서리 맞은 국화는 울타리를 보하네)의 8자 제목 아래 5인의 이름만이 적혀 있다. 본문은 1950년 6.25 사변으로 희생된 다섯 청년 동지들의 이름으로 채웠을 뿐 다른 아무 설명이 없다. 하지만 눈 맞은 매화, 서리 맞은 국화로 이들 국가와 민족의 이름 아래 산화(散華)한 영령(英靈)들을 군자(君子)의 명예로 위로해 주시고 있다. 주형식, 한강현, 권오훈 3인은 얼마 전 봉우 선생님께서 울면서 쓰신 조사(弔辭)에서 이들의 먼저 간 죽음이 내 탓이라고 자책하신 바 있어 보는 이도 함께 오열했었다.

6.25 사변을 지내고 우리들의 잔존조(殘存組) 중 자격 심사를 해보자

우리 동지들이 **산재사방(散在四方**: 사방에 흩어져 있음)하여 **성기상통(聲氣相通**: 소식 또는 마음과 뜻이 서로 통함)만 하던 것이 의외의 6.25 사변에 북한 공산당이나, 남한 노동당의 발악으로 동지들이 수십여 인이 **참살(慘殺**: 참혹한 죽음)을 당하고, 그 잔존조가 역시 거주불명(居住不明), 생사부지(生死不知)하는 현상이다. 그러니 잔존자 중에 다시 그 진용을 강화할 필요가 있다. 그러하자면 먼저 그들의 자격 심사를 공정한 입장으로 하여 보자. 생각나는 대로 **서차(序次**: 차례)는 없이 기록하는 것이다.

우리들 중에서 거물급으로는 차종환(車宗煥), 김일승(金一承), 최승천(崔承千), 임지수(林志洙) 4인이 잔존되고, 원로급으로 조종후(趙鍾厚), 조경한(趙擎韓), 신훈(申塤) 3인이 잔존되고, 동지 중에는 한상록(韓相錄), 한인구(韓仁求), 신동운(申東雲), 최영철(崔榮喆), 민계호(閔啟鎬), 진기섭(陳起燮), 김도경(金道卿), 이송하(李松夏), 윤창수(尹昌洙), 최순익(崔淳益), 조철희(趙哲熙), 한의석(韓義錫) 등 12인이 잔존되고, **원우(院友)** 중에는 김설초(金雪樵: 김용기), 오송사(吳松士: 오치옥), 칠성(七星), 곡앵(谷鶯), 고지(固志: 최종은), 초부(樵斧: 나무꾼 도끼), 낭석(浪石), 교랑(巧郎: 김학수), 소졸(小拙), 은직(殷稙), 헌규(憲珪), 이호(以鎬), 현달(鉉達), 득주(得周), 하성(河聖: 박하성), 동인(東仁: 하동인), 재옹(再

雄), 병찬(秉燦) 등 18인이 잔존되었다. 이외에 방계(傍系: 곁갈래)로는 상당하나 심사할 필요가 없다.

심사에 착수하여 보자. 제1차 **차종환**은 영도성(領導性: 사람들을 이끌어 가는 천성)이 있고, 항상 **수불석권(手不釋卷: 손에서 책을 떼지 않음)**하고, 그 부족을 보완하는 장점이 있는 반면에 **언과기실(言過其實: 말이 그 실상을 지나침)**하는 웅변(雄辯)을 가지고, 팔방미인(八方美人) 수단을 농(弄: 희롱함)하여 말하자면 재질은 과하나, **언고행(言顧行: 말은 행동을 돌아봄), 행고언(行顧言: 행동은 말을 돌아봄)**을 못하는 단점이 병(病)이나, **우조(友助: 친구의 도움)**가 있어서 자행자지(自行自止: 스스로 행하고 스스로 멈춤)를 못하게 하고, 동지 중에 처하여 **일방지임(一方之任: 한쪽을 맡음)**을 가지게 되면 절대로 타인에게 양보 안 할 자질이 있으나, 만약 자행자지하면 **대세관(大勢觀)**에 좀 부족하다고 평할 수밖에 없는 인물이다. 말하자면 학(鶴)은 학이나 **단정학(丹頂鶴)**으로 천년노송(千年老松)에 서식하는 지조가 있는 학이 아니라, **야학(野鶴: 들판의 학)**[19]으로 **구로휼목(鷗鷺鷸鶩: 갈매기, 해오라기, 도요새, 집오리)**과 일상생활을 같이 하는 동물원 속의 학이 아닌가 의심시하는 것이다. 이 **야학성(野鶴性)**을 버리고 좀 고결하였으면 **계군학립(鷄群鶴立: 닭들 속에서 학으로 우뚝 섬)**이 분명하다. 대의관(大義觀)을 양성하여 그 성격의 고결(高潔)하여지기를 바라는 바이다. 심사는 여전히 거물급 중의 입격자(入格者: 합격자)로 하자.

---

19) 단정학은 머리에 붉은 반점이 있는 두루미로 고귀함과 품격을 상징하며, 야학은 들판이나 자연 속에 사는 일반적인 두루미를 가리킨다. 보통 단정학은 고귀함과 이상적인 삶을, 야학은 자유와 소박함을 상징한다. 여기서는 들판도 아닌 동물원 속 야학이라 평하셨다.

　제2차 김일승을 심사하여 보자. 군은 천재의 자질을 가지고 박람박식(博覽博識: 널리 보고 널리 앎)에다 은인자중(隱忍自重)하며, 외견(外見: 겉보기)에 일촌민(一村民: 한 촌사람)과 소호도 불이(不異: 다르지 않음)하다. 잠거포도(潛居抱道: 도를 지닌 채 숨어 삶)하고, 대시이동(待時而動: 때를 기다려 움직임)하였으면 하는 성격이다. 내가 한번 보고 그 인격을 존숭(尊崇)하였다. 소년이나 그 언행이 침착하고, 그 변재(辯才: 말재주)는 변증법으로 반드시 고인의 행적을 들어 인증비거(引證比據: 증거를 끌어댐)하지 절대로 허공중에서 신기루 같은 말은 않는다. 군은 영도성이 좀 부족하나, 책모(策謀: 책략)에는 절대로 타인에게 일두지(一頭地: 한 머리 땅, 남들보다 뛰어남)를 양보 안 할 인물이다. 그러나 청소년으로 너무 고목한회(枯木寒灰: 말라죽은 나무의 찬 재) 같은 성격이라 좀 동적 아니 정중(靜中)에서라도 너무 과정(過靜: 지나친 고요함)을 말라는 말이다. 근년은 왕래가 없어서 알 수 없으나, 이번에 잔존되었다는 것은 확실하다. 아주 운중학(雲中鶴)이다. 심사는 여전히 거물급의 입격자로 한다.

　제3차 최승천을 심사하여 보자. 군은 호사(好事: 일을 좋아함)하는 사람이다. 아무 일이든지 일을 자임(自任: 스스로 맡음)하는 성격이 있다. 또는 영도하고자 하는 성벽(性癖: 몸에 밴 습관)도 있다. 절대로 시비곡직(是非曲直)을 물론하고 남에게 머리 숙이는 것을 좋아 않는 성격이다. 무슨 일을 당하든 비록 소호의 자기 과실(過失)이 있더라도 강변(强辯)으로 이기려는 성질이 있다. 동(動)하는 성질이요, 정(靜)에 부족하다. 호사(好事)를 하여 용맹을 다하나, 은인자중하는 점이 부족하고 영도하고자 하나 포용력이 좀 부족하다. 그러나 그 추진력과 구사력(驅使力)이 일방지임(一方之任)을 가지고 남에게 굴하지 않는 용장(勇將: 용맹한 장수)임에 틀림없다. 그의 용(勇)은 찬(讚: 칭찬)하나 그의 불택성(不擇性: 선택하지 못하는 성격)은 좀 고쳐야 하겠고, 자시벽(自是癖: 자기만 옳다는 성깔)도 좀 고칠 필요가 있다. 내가 일찍이 평하여 보기를 "경고(經鼓)"라고 하였다. 독경자(讀經者: 경전을 읽는 사람)의 고(鼓: 북)라는 것이 독경시(讀經時)는 연격(連擊: 연달아 침)하지 평시에는 속지고각(束之高閣: 묶어서 높은 다락에 둠)하는 것이 병이라 내가 바라건대 북이거든 대고(大鼓: 큰 북)가 되어 일국의 전승고(戰勝鼓)가 되어 달라고 말하였다. 여전히 고성(鼓聲: 북소리)은 같으나, 전승고가 못 되는 것을 내 염려하는 바이다. 그러나 현금 인물이 귀한 이때라 역시 심사한 결과가 서촉(西蜀)의 오호대장(五虎大將)이 없으니, 요화(廖化)[20]가 대장이 되었다고 거물급의 입격자로 하고, 병은 병대로 고치기로 하자.

제4차 임지수를 심사해 보자. 이 사람은 내 일찍이 평하기를 "춘산미호(春山媚狐: 봄철 산의 예쁜 여우)"라고 하던 사람이다. 이 평으로 그 사람의 인격이나 행동을 잘 알 것이다. 그러나 이 사람은 구미인호(九尾人狐)의 성격을 가지고 있는 사람으로 남관(南貫: 남쪽 과녁)을 백발백중(百發百中: 백 번 쏴서 백 번 맞힘)하는 사람이다. 세상에서는 그 사람이 남관을 선중(善中: 잘 맞힘)한다고 별별 악평이 다 많으나, 나는 이 사람이 남관을 선중하는 것은 죄가 아니요, 만약 방위를 고친 후에 북관(北貫)을 선중 못하는 것이 죄일 것이다. 이 사람을 남관사중(南貫射中: 남쪽 과녁을 가운데 맞힘)하던 수단을 그대로 북관에 사용하여 백발백중한다면 공이 될지언정 죄 될 것은 없다. 세상에서 남관사중하는

---

20) 중국 후한 말과 삼국시대 촉한의 장수(?-264). 유비 사후에 제갈량이 장수로 중용했다.

죄인으로 취급하고 이 사람을 북편(北便) 방향으로 돌리지 못하는 것이 원망스럽다. 말하자면 주인만큼 못한 것이 이 사람의 죄일 것이다. 금번 6.25 때에도 여전히 남관을 사중한 듯하다. 그러나 심사한 결과는 여전히 장래의 남관사중(南貫射中) 예선자로 거물급 준위(準位: 수준의 위치)에다 두자. 이상 거물급 심사는 종료하고 보니 거물급이 타계(他界) 거물에 비하여 개인으로는 좀 부족하나 사두합일(四頭合一)하면 타계의 백인(百人: 백 사람)에게 양보 안 할 자격이 있는 심사를 보고한다.

그리고 원로급(元老級) 심사를 하여 보자. 수십 년 간을 원로 대우를 하여 왔으나, 그 단처(短處: 단점)가 개과천선(改過遷善: 잘못을 고치고 착하게 삶)되기를 바라는 원로급의 (제1) 조종후(趙鍾厚) 원로는 여전히 노이불개(老而不改: 늙어도 고치지 않음)하니, 거두절미(去頭絶尾)하고 원로급에서 제명 처분을 하고, 후일 개과를 기다리어 원로 대우나 하기로 하고, (제2) 조경한(趙擎韓) 원로는 선령(先靈: 선열의 영혼)의 유지(遺志)로 원로에 두고, 후일에 연락하며 백모가순(百謀可詢: 모든 꾀를 냄)하여 상실(相失: 서로의 상실)을 보(補)하는 것이 당연하다고 본다. 조로(趙老: 조경한 원로)에게 단평(短評)도 물론 있으나, 우리는 그 단평을 보고자 하는 것이 아니라, 무어로 보든지 동지들 중에 원로 격임에 틀림없는 것은 사실이다. 일로 우리의 원로 격에는 이 일인(一人)이 있을 뿐이다.

제3 신훈(申塤) 원로를 원로 대우코자 종래에 대우하여 왔으나, 축조(逐條: 한 조목씩 차례로 쫓음) 심사한 결과가 원로로는 부족점이 많아서 동지급으로 인하한 것이다. 동지로서는 배후에서 지도만 하면 비록 연로하나 일방지임(一方之任)으로는 소호도 손색이 없는 동지일 것이다. 단독으로는 부족하고, 협조자로는 중진일 것이다. 비록 원로에서 인하되었으나, 동지급에서는 선배 대우를 하기로 하자.

그리고 동지급 심사로 단평을 하여 보자. 한상록(韓相錄) 군은 비록 **무재무능**(無才無能: 재능이 없음)하나 동지들 중에서 변함이 없는 사람이라 그 불변(不變)으로 백부족(百不足)을 충당하고 심사를 동지급의 입격자로 하고, **한인구**(韓仁求)는 신언서판(身言書判)이 **구족**(具足: 모두 갖춤)하나, 확신할 만한 의지가 좀 부족하다. 그러나 **연구세심**(年久歲深: 세월이 오래되어 깊이가 있음)한 동지이니, 좀 부족한 점이 있더라도 동지급 입격심사를 하고 **신동운**(申東雲)은 청년 동지다. 그 동지들 중에 불평을 말하는 자도 있으나, 그의 협객성(俠客性)은 가리지 못할 일이라 동지급에 입격 심사를 하자. **최영철**(崔榮喆)은 비록 각 동지들 소개로 동지 대우를 하였으나, **방조역**(傍助役: 옆에서 도와주는 역)으로 동지급에서 제외하자. 인격은 동지급 중에서 넉넉하나 통심(通心)하기가 곤란하다. **민계호**(閔啓鎬) 군은 그저 호인(好人)이라고 평하고 싶다. 주사(做事: 일을 경영함)에는 백부족(百不足: 모든 게 부족함)이다. 사적으로는 친하나 동지적 입격자로는 부족하다. 방조역으로 제외하자. **진기섭**(陳起燮) 군은 별 자격은 부족하나 신의 있고, 근실(謹悉)한 동지다. 입격 심사자이다. 김도경(金道卿)은 자기의 입장이 곤란하나 우리 동지로는 부족함이 없다. 입격 심사를 하자. **이송하**(李松夏) 군은 무재무능하나 신의 있는 동지다. 입격 심사를 하고 윤경수(尹景洙)는 초면이었으나 그 인물이 불초초(不俏俏)[21]한 것을 보아서 동지 입격 심사를 하자. **최순익**(崔淳益)이는 동고하던 인물이다. 물론 이의 없는 동지일

---

21) 不草草의 오기로 보인다. 不草草는 사람의 됨됨이가 초초하지 아니함(草草는 몹시 간략하고 초라하고 급하다는 의미)을 뜻한다.

것이다. 조철희(趙哲熙) 군도 강직호사(强直好事)하는 사람이다. 공적 단결심이 좀 부족하다. 그러나 동지 입격자임에 틀림없다. 한의석(韓義錫)은 유재유능(有才有能)하고 모략(謀略: 책략)이 있는 동지로 말하자면 폭이 좀 태광(太廣: 너무 넓음) 폭이 못 될 뿐이지 동지 중에서 각행(各行: 각기 행동)으로 보아 그 우(右)에 나올 인물이 없다. 후일 상심(相尋: 서로 찾아감)하여 다시 굳은 악수를 할 준거물급 동지이다. 일로 동지급 중 심사는 종료하자. 원우 중에는 평은 중지하고 심사도 중지하고 확고한 신념이나 주입시키는 것이 제일 요건이다. 이것이 우리 잔존조 중 대략상이요, 바깥의 방계(傍系)나 친붕(親朋: 친구)이나 간에 동지 신규합을 앞두고 잔존조 심사를 종료하자. 감개무량하다. 이 붓을 들며 동지 중에서 희생된 추억이 새로옵다.

신묘(辛卯: 1951년) 8월 초6일(初六日) 야(夜: 밤)

봉우난초(鳳宇亂草: 봉우는 어지러이 씀)

추기(追記)

　원우(院友) 중에는 장래 거물급도 있고, 중견급도 있고, 동지급도 있고 혹은 탈선하는 사람도 있어서 아직 확실한 심사를 못하나, 그러나 원우들 자신도 자기 노선이 어느 길을 걷는 것인가 생각하면 자연히 심사의 평이 무엇으로 될까 자각할 것이다. 그런 고로 원우들 중에는 평을 중지한 것이다. 이외에도 준동지로 30~40인이 있으나, 우리가 무슨 사업을 하든지 사업 목표를 세워 놓고 해보아야 진정한 동지가 몇 명이나 되는 것을 확실히 알 수 있는 것이다. 내가 금번 6.25 사변 후에 상봉한 동지들도 있으나, 아직 **일천**(日淺: 날이 얼마 안 됨)하여 더 보기 전에는 정평을 못하겠다. 일로 추기를 그치노라.

봉우생(鳳宇生) 추기

우리의 신발족하기 전에 할 필요한
준비는 무엇 무엇인가?

　내가 51년이라는 세월을 경과하였으니 내 경과한 대로는 보통 촌민의 소견보다는 좀 다른 것은 부정 못할 일이다. 10세 이전부터 백발이 성성(星星)하도록 동서남북을 분주불가(奔走不暇: 쉼 없이 분주함)하던 내가 별 소득이나 이렇다는 공적은 없으나, 글자 그대로 비상간고(備嘗艱苦: 온갖 고생을 두루 겪음)하고 풍상(風霜: 세상의 고난)을 많이 지낸 것도 자타가 공인하는 사실이다. 그러하니 내가 우리의 신발족하기 전의 준비할 필요 조건이 무엇 무엇인가 내 생각대로 기록하여 보자.

　제1요소는 목표를 대중의 최다수가 바라는 바에 정하고 주의, 주장이 우리 민족에 배치되지 않고, 진정한 애국, 애족의 정신으로 주창할 것이요, 제2는 목표가 아무리 좋으나, 목표에 도달할 준비가 없이는 일보도 전진할 수 없는 것이라 목표에 도달하자면 이만한 준비면 무난하다는 확실성을 명확히 내세워야 할 일이요, 제3은 아무리 좋은 목표와 목표에 도달하는 노정기가 있더라도, 출발점에서 실지로 발족하지 않으면 목표에 도달할 수 없는 것도 당연한 일이라 이것을 운동 경기에 비하더라도 일정한 운동장에, 일정한 코스에 선수들이 입장하여 경기를 행하더라도 이 경기를 주최한 자들의 준비도 물론 만반이 불비(不備)하여서는 안 될 것이요, 각계 선수들도 말초(末梢: 사물의 끝부분)인 동(洞)에서 선발되어 면(面)으로, 면에서 선발되어 군(郡)으로, 군에서 선발되어 도(道)로, 도에서 선발되어 일국(一國)의 출장 선수가 되는 것이요, 또 국의 대표 선수가 국제로 나가는 것도 이 순서로 하는 것이다.

우리가 무엇을 하든지 이 **서차(序次: 차례)**를 불계(不計: 헤아리지 않음)하고 초월할 수 없는 것이 자연한 일이요, 이 경기 주최자의 고심도 물론 있거니와 선수들의 선발도 정(精: 면밀함)하지 않으면 실패하는 것이 당연한 일이라. 내가 본 바에 의하면 무슨 단체니, 무슨 정당이니 하며, 발족하여 가지고 불구(不久)에 실패하는 것은 다른 관계가 아니라, 주로 주최자 측의 운동장 준비나 주최자 측 자신의 준비가 부족하거나, 그렇지 않으면 선수 선발이 부정확하여 촌부락 선수도 자격이 부족한 자가 일국이나 국제에 무조건 출장하였다가 참패를 당하는 측과 소호도 다를 것이 없다. 비록 신인 선수라도 세계 기록이나 일국 기록을 **참간(參看: 참고하여 봄)**하여 우승 자신이 있고 주최자 측에서도 비록 신규 주최일망정 다른 관록이 있는 주최 측보다 만반이 불비점이 없는 주최 준비를 해가지고 발족하면 선수들도 자연히 우수한 선수가 집합하여 경기회에 호성적, 신기록이 속출할 것도 자연일이라 우리도 이 경기회와 소호도 다를 것이 없다.

제1 주최 측의 정신적 결합과 물질적 준비와 **시종여일(始終如一: 시작부터 끝까지 한결같음)**한 인내력, 추진력이 없이는 발족 못할 것이요, 또 간부 측의 통솔력이 없이는 **유시유종(有始有終: 시작이 있고 종말이 있음)**할 수 없다. 이것이 운동은 육체 경기이나 우리는 정신 경기임에 하등 이의(異意) 없을 것이다. 신발족 전에 간부 측 인선(人選)이 필요 조건이요, 경리(經理) 확립이 제2 조건이요, 제3에 시시(時時)로 우리 발족체가 타(他)에 비하여 영도자는 영도자대로 비교하여 보고, 각계 간부는 간부대로 비교하여 만반(萬般)이 우리가 우수하다는 자신이 만

만한 후에 발족하여 질풍신뢰적(疾風迅雷的: 빠른 바람과 천둥소리, 맹렬한 기세와 민첩한 행동)으로 지반을 획득하고, 타에서 감히 상대를 못할 만큼 우수성을 가지고 나가면 물적이나 인적이 다 압도적 우세를 점령할 수 있는 것이다. 여기서 불연(不然)하고 아방(我方: 우리 쪽)의 준비가 부족함을 돌아보지 않고 발족 후에 나가서 준비를 보충하려니 하고 신발족하는 것은 망상에 지나지 않는 것이다.

우리가 이 준비를 10년도 좋고 20년도 좋다. 백절불굴의 정신으로 완전한 준비를 계속하고 시련을 한 후에 자신 있게 거두(擧頭: 머리를 듦)하는 것이 당연하다. 그렇다고 10년, 20년을 신발족 못하니 휴면 상태로 지나라는 것이 아니라 각자의 정신 결합이나 인적, 물적 규합에 노력을 다하여 주권자로의 만반의 준비를 다하라는 것이다. 사적으로 안락생활이나 하고, 아무런 준비도 없이 남이 다 결합한 단체나 정당에 가며 몽리(蒙利: 이익을 봄)나 하려는 인사들은 철면피이다. 그 단체, 그 정당에 노력이 있다면 별문제이지만 아무 노력도 없이 그 정당의 보충 인원으로 입당하여 권리나 몽리나 할까 하는 인사들도 아주 없지는 않다. 남의 단체나 정당이라고 아주 배격하라는 것은 아니나, 우리도 우리대로 엄연한 존재를 가지고 있으며 그리고 아주 관종(關種: 관심 종자)이 없다고도 할 수 없는 것인데 불고(不顧: 돌아보지 않음)하고 남에게 축수(逐隨: 따라 다님)하는 것도 인간적으로 자괴심(自愧心: 스스로 부끄러운 마음)이 없지 않다.

고인의 말에 "영위계구(寧爲鷄口: 차라리 닭의 주둥이는 될지언정) 물위우후(勿爲牛後: 소꼬리는 되지 말라)"라고 주의, 주장이나 인물이나 무엇을 보든지 우리가 남의 손색이 없고 다만 시불리혜(時不利兮: 때가 불리하네)로 경제가 허락 않으며 현 시국에서 질시를 받는다고 우리가 할 일을 못하고 **사산분리**(四散分離: 사방으로 흩어지고 분리됨)할 것이 아니다. 백절불굴(百折不屈)의 정신 그대로 발휘하고 꾸준히 싸워 보는 것이 우리의 책임 완수하는 도리이다. 그렇다고 만반의 준비가 되기 전에 **망동**(妄動: 망령되이 행동함)하는 것은 우리의 자멸을 의미하는 것이라 취하지 않고 오로지 각자가 다 진력하여 발족하기 전에 준비 행각에 나갈 것이다. 구체적으로 분과심사에 들어가서는 후일 동지들과 다시 하기로 하고 이 붓을 그친다.

신묘(辛卯: 1951년) 8월 초7일(初七日)

봉우기(鳳宇記)

추기(追記)

우리들 중에 6.25 사변에 **적도**(赤徒: 붉은 무리, 공산당)들에게 청장년 55인이나 희생되고 또 병으로, **조변**(遭變: 사고를 당함)으로 10여 인이 **불귀**(不歸: 돌아오지 못함)의 객(客)이 되니, 내 연로(年老)함을 생각 않고 여러 동지의 유지(遺志)를 그대로 실천할까 하는 각오로 그전보다 일층 더 **동지규합**(同志糾合)을 힘쓰노라.

내 목전(目前)에 취할 태도가 무엇인가?

전쟁의 귀추(歸趨)가 우리의 진퇴를 결정할 수 있는 것이다. 내가 반포면에서 국민운동이나 하고, 청년운동이나 하면 자족(自足)한가? 공주 국민회 한청(韓青)에서 취하는 태도가 당연하다고 인정하는가? 국민회나 한청에서도 사무를 행하는 인물들이 대개는 상무로 유급제인 듯하다. 물론 생활관계가 있으니 안 그럴 리도 없으나, 국민운동이나 청년운동이 유급이라야 하지 무보수라면 성의가 없다는 것부터 민족성을 망각함이다. 내가 면에서 소위 간부라는 인물들 말하는 것을 보아도 역시 이러하다. 회비나 단비(團費)나 징수되면 이것이나 가지고 유급제로 사무비로 소화하였으면 경리가 충분만 하다면 출석율도 물론 좋을 것 같다. 말하는 것이 다 그러하다. 이 유치한 간부를 데리고 무슨 국민운동이니, 청년운동을 할 것인가? 같이 행동하면 면민(面民)의 죄인이 될 것이요, 이런 행동을 묵과한다면 나 역시 **인락**(認諾: 인정하고 허락)한 셈이요, 이런 행동을 적극적으로 중지를 시키면 먹을 것이 없어서 출두율(出頭率)이 아주 없으니, 무엇으로 보든지 내가 여기서 탈회(脫會)하는 것이 당연하다.

그러나 내가 이 지방에 있는 한 부득이 이 자리에서 있게 되니 무엇을 하든지 타처(他處)로 가야 하겠는데, 제1 전쟁이 내 행동을 좌우하는도다. 서울로 가려니 임의로 갈 수가 없고 대전이나 대구로 가려니 생활 문제가 선결되지 않아서 못가고 이래도 못하고, 저래도 못하니 내 태도가 내가 생각해도 애매하다. 그러나 장시일을 이렇게 경과할 수 없는 것이다. 내가 금번에는 절대성을 가지고 대전이나 혹은 대구나 전주나 아무 지방이라도 가서 내가 임시적이나마 취할 방도(方道)를 한 가지 정하지 않으면 안 되겠다. 하루, 이틀 지낸 것이 어언 일삭(一朔: 한 달)이 지나고 부채는 주야를 따지지 않고 이자가 느는데 어쩔 수 없이 시일을 경과하니, 가소로운 일이다.

금번에는 불계(不計)하고 출발하리라. 그러다 출발 작정하고 나가기만 하면 어찌할 것인가? **불입호혈**(不入虎穴: 호랑이 굴에 안 들어가면)이면 **언득호자**(焉得虎子: 어찌 호랑이 새끼를 얻을까?)라고 불계(不計)하고 한○건(韓○件)으로 부산으로 직행하는 것인가? 그러지 말고 상업을 하여서 이자나 보상하고 그러다가 혹 시기가 있으면 착수해 볼 것인가를 확정하자. 내 생각에는 후자를 취하겠노라. 성공하든지 불성공하든지 아주 결정하겠다. 그러나 상업이라는 것이 그리 용이한 것이 아니라 제일 걱정이다. 그러나 안 할 수 없는 입장이라 부득이 일로 정하노라.

신묘(辛卯: 1951년) 8월 초7일(初七日)

봉우병석(鳳宇病席)에서

새로 동지를 규합하자면

연방사(聯芳社), 공섭단(共涉團), 동지회(同志會), 연역재(演易齋), 연정원(硏精院) 등 종종(種種)의 명목으로 다각적으로 동지규합을 하여 보았었다. 결과가 성적이 아주 불량하다고도 못하겠고 아주 수확이 없다고도 못할 만하였다. 그러나 실상이 무성무후(無聲無臭: 소리도 없고 냄새도 없음)하게 지내서 별 사업을 못하고 지내던 것이 6.25 사변에 의외의 손실을 많이 보고, 현상으로는 활동 못할 지경이다. 인적, 물적 공히 어찌할 수 없는 입장이라 구일(舊日: 옛날) 동지를 근간으로 하고 새 동지를 규합하여 보충하여 진용을 갱신할 필요가 있다. 우리가 동서남북에서 성기상통(聲氣相通: 소식 또는 마음과 뜻이 서로 통함)하는 정도의 동지들이지 사생(死生)을 초월한 동지들은 하나도 없다. 이것은 말하자면 동지 예선(同志豫選)의 후보자로 출마한 동지들이다. 무엇이든지 완전한 사업체에서 실질면의 동지가 되어야 후일 사업 진행에 별지장이 없을 것이다.

그러하니 새로 동지를 규합하자면 어떤 방식을 취하느냐가 문제이다. 물론 별방식이 있을 조건이 없으나, 이런 세상에 이름만 동지니, 무엇이니 하고 사실상에 있어서는 노상인(路上人)보다 나을 것이 없는 동지들도 혹 있을 것이다. 그러니 부득이 진실동지를 규합하자면 무슨 방식이어야 하겠느냐가 등장하게 된다. 이름 좋은 동지규합을 하다가 일조(一朝: 어느 날 아침) 유사시(有事時: 일이 있을 때)에는 명분동서(名

分東西: 이름이 동서로 나뉨)하여 각자생로(各自生路: 각자 살길)를 택립
(擇立: 골라 세움)하느라고 **안비막개(眼鼻莫開: 눈코 뜰 새 없음)**하고, **안
간시**(安間時: 편안한 시간)만 동지, 동지하고 입으로 동지요, 이름으로
동지요, 몸과 마음은 동지 근방에도 안 가기가 **십상팔구(十常八九)**니
이렇지 않은 동지를 규합하는 데는 반드시 자기가 공정한 입장에서 일
호반점 **사심(私心)**이 없이 상대를 심사하여 보고, 입장을 바꾸어도 보
고, 자기부터 진정한 성의를 다하여 상대편에 진정한 동지애(同志愛)가
나오게 하는 것이 **소구호붕우(所求乎朋友)**로 **선시지(先施之)**[22]를 하
라는 것이다.

이렇게 하고도 상대자의 진의(眞意)가 나오지 않는다면 이는 자기의
성의가 부족하거나, 그렇지 않으면 상대자가 동지적으로 취급하기에
부족하거나 양자 중에 일자(一者)가 분명한 것이다. 그러하니 별 방식
이 없고 먼저 자기가 성의껏 상대를 하는 것이다. 자기의 성의를 공정
하게 심사하라는 것이다.

각자가 자기의 부족은 있더라도 동지가 나에게만 잘 않는다고 동지
적 입장을 책망하는 사람이 간간 있다. 동지를 규합하는 데도 **반구저
기(反求諸己)**[23]를 하여 구하라는 것이다. 그리고 될 수 있는 한 **책인즉
명**(責人則明: 남의 허물을 꾸짖는 데는 밝으나), **서기즉혼**(恕己卽昏: 자신

---

22) 君子之道四, 丘未能一焉: 所求乎子, 以事父, 未能也: 所求乎臣, 以事君, 未能也: 所求乎
弟, 以事兄, 未能也: 所求乎朋友, 先施之, 未能也. (군자의 도는 네 가지인데 나(공자)
는 한 가지도 잘하지 못했다. 자식에게 바라는 것으로 부모를 섬기는 것을 잘하지 못했
고, 신하에게 바라는 것으로 임금을 섬기는 일을 잘하지 못했으며, 아우에게 바라는 것
으로 형을 섬기는 것을 잘하지 못했고, 벗에게 바라는 것을 내가 먼저 베풀기를 잘하지
못했다).《중용(中庸)》13장 출전.

23) 행하여도 얻지 못하거든 자기 자신에게서 잘못을 구하라는 뜻으로《맹자(孟子)》〈이루
상편〉에 나옴.

의 허물을 밝히는 데는 어둡다)이라는 고어를 정반대로 대인접물에 관용성을 가지고 남의 **책비**(責備: 남에게 모든 일을 다 갖추어 잘하도록 요구함)를 말고, 하나에서 열이나 백 가지까지 자기의 부족점을 보충하여 아량을 양성하면 자연히 동지가 있고 또 동지가 못 되는 사람이라도 사업적 동사인(同事人)으로는 충분한 인물을 구할 수 있는 것이다.

그러나 확실성을 가진 동지가 아니어든 절대로 비밀한 **토정**(吐情: 심정을 솔직히 말함)을 말아라. 박약한 동지성을 가진 사람에게 동지라고 비밀을 **허심**(許心: 마음을 허락함)하고 말하였다가 후일 동지성을 이탈한 후에 이것을 약점 잡아서 별별 수단이 다 있는 것이 보통이다. 나도 체험하여 본 일이다. 동지 아니면 말 못할 비밀이라면 될 수 있는 대로 함구하고 절대 필요를 느낀 후에서 비로소 신중히 발설하는 것이 당연한 일이다.

그리고 동지 중에서는 될 수 있다면 경리는 관계 말지며 혹 관계있더라도 경리관계로 **정의**(情誼: 서로 사귀어 친해진 정)의 **소밀**(疏密: 성김과 빡빡함)이 있어서는 **인격부정**(人格不定: 인격은 정해진 일이 아님)인 일이니, 경리에는 절대 상대에게 양보하라는 말이다. 혹 여수(與受: 주고받음)의 상대가 부족한 감이 있더라도 그 점으로 남의 장점을 흠잡지 말라는 말이다. 비록 금전관계의 신용이 없었더라도 다른 일에는 신용 있는 사람이 많은 것이니, 사업하는 동지들 간에는 금전을 가지고 **시비곡직**(是非曲直)을 너무 가려서는 관용성이 부족한 것이다. 혹 상대가 사업이나 정신의 동지 격이 확실한데, 경리상으로 부족하거든 될 수 있는 한 경리는 타인에게로 책임 짓는 것이 당연하다고 본다. 혹 경리관계에 부족하거든 자기가 책임 짓고 그 동지를 구출하라는 말이다. 여기서 장래의 상대자의 성공을 볼 수 있고, 자기도 동지규합에 성공할 것이다. 이것은 내가 체험하여 본 일이라 확실히 주장한다.

그리고 동지적 입장에서는 **이성애(異性愛)**의 삼각관계가 있거든 무조건 하고 양보하는 것이 당연하다. 그리고 될 수 있으면 문제 인물을 처분하는 것이 당연하다고 본다. 혹 이 관계에서 대사(大事)를 **낭패(狼狽: 일이 실패해 매우 딱하게 됨)**하는 일이 간간 있다. 여기서 **극주의(極注意)**하라는 말이다. 무엇이 희생되든지 동지결합이 공고(鞏固: 굳게 묶음)하여 목적을 달성하는 것이 **입신양명(立身揚名: 몸을 세우고 이름을 날림)**의 도(道)요, 소소사(小小事: 작은 일)를 인내하지 못하여 대사를 낭패하는 것은 소인배의 할 일이니, 동지를 규합하려면 먼저 이런 각오를 하고 발족하라는 말이다. 내가 여러 번 발족하다가 **유의미취(有意未就: 뜻은 있으나 성취 못함)**한 것은 주위 사정도 있으나, 말하자면 왜정시대에는 이를 용서하지 않는 것이라 지하운동을 하자니, 별별 **난문제(難問題)**가 다 있었고 압박에 압박을 가하는 시대라 말할 필요조차 없었으나, 현재는 우리 국가가 성립되고 우리 민족이 서로 장래의 완전통일, 자유국가를 목표하고 발족하는 것이라 우리 민족의 복리 될 일이라면 정부나 우리 민족의 누구나 반대할 리 없고 **순풍괘범식(順風掛帆式: 순풍에 돛 다는 식)**으로 나갈 것이다.

그러나 세상일이라는 것은 말과 같이 용이한 것이 아니다. 우리 민족이 하는 일이라도 여전히 상대방이 있는 것이요, 동일 목적으로 나가는 사람도, 자기네의 성공을 목표로 타인의 발족을 방해하는 것도 자연 일이다. 그러하니 **모사(謀事)**는 **상요기밀(常要機密: 늘상 기밀을 요함)**이다. **사미성(事未成: 일이 성취 안 됨)**이 **언선발(言先發: 말이 먼저 앞섬)**하면 성공하기 곤란한 것이니, **묵언궁행(默言躬行: 말을 않고 실천에 힘씀)**으로 신조(信條)를 삼고 **동지규합**에 치중하고 후일을 기하고 나갈 것이다. 상세는 후일로 미루고 붓을 그친다.

신묘(辛卯: 1951년) 8월 초9일(初九日)

봉우제(鳳宇題: 봉우는 글을 씀)

경신일민(耕莘逸民: 신야의 밭가는 숨은 선비)

봉서오림(鳳棲梧林: 봉황은 벽오동나무 숲에 깃들여 사네)

이 붓이 누구를 위하여 든 것인가?

내가 알지 못하겠도다.

그러나 이 붓을 안 들지도 못하겠노라.

추억 되는 작년 금일(今日: 오늘)

　금일은 **중추가절**(仲秋佳節: 추석)이다. 대한민국으로는 어느 지역을 물론하고 전쟁을 완수하느라고 백사(百事: 모든 일)에 여념(餘念: 딴 생각)이 없어서 중추명절인 금일도 별 준비를 못하였으나, 그래도 농가에서는 **신곡**(新穀: 햇곡식)이 이르나 **절사**(節祀: 명절제사)에 **과병**(果餅: 과일과 떡)이 다 준비되고, 간간이 술 냄새도 아주 없지 않고, 동리 소녀들은 하루라도 각색(各色) 의복으로 왕래하며 명절을 축하한다. 아무리 민생이 도탄(塗炭)이라 해도, 그래도 총후(銃後: 전쟁 후방) 백성들은 명절미(名節味)가 있다. 여기서 추억되는 작년 금일 우리들 동지와 동지들이 아니라도 공산도당(共産徒黨)들이 반동자(反動者)로 규정한 인사들은 작년 금일을 일기(一期)로 이 세상을 수십만 명이 떠나고 만 것이다. 이 중에 우리 동지들도 수십 명이나 참가된 것이 사실이다. 그리고 이 사선(死線)을 넘은 동지나 다른 인사들도 작년 금일에 **혼비백산**(魂飛魄散: 혼백이 어지러이 흩어진다는 뜻으로, 몹시 놀라 넋을 잃음을 말함)하여 사처(四處: 사방)로 구생(求生: 삶을 구함)의 길을 찾았다.

　그러나 무슨 명절미가 있을 리가 없었다. 나도 그 사람들 중의 한 사람으로 부자(父子)가 작년 금일 야반(夜半: 밤중)에 같이 생로(生路: 살 길)를 구하여 산중 **토혈**(土穴: 흙굴) 속에서 생명을 보전하였으니, 무슨 명절미가 있었을 리가 있겠소. 이런 일 저런 일을 추억하니 내 정신이 정(正)히 산란하도다. 금년은 비록 농작은 흉작이나 그래도 우리들은 총후에 있어서 편히 오늘을 맞이하고 친지들과 동좌(同坐: 같이 앉음)하여 작년 추억담을 하고 있으니, 다사(多事)한 일이다. 금야(今夜: 오늘밤)도 **주동지형식군(朱同志亨植君**: 동지 주형식 군)의 일주년제(一週年祭)요, 같은 동지 정인관도 금일인 것 같다. 당연히 가서 참석해야 사리(事理)에 당연한데, 내 신병(身病)으로 가지 못하고 한 사람도 보내지 못하니, 이것이 다 동지애(同志愛)가 부족한 원인이다. 그리고 내 자식도 현 동해선 일선에서 **악전고투(惡戰苦鬪)**를 하며 있는 중이라 8월에 올 듯하다는 서신은 있었으나, 아직 실현화는 못 되었다.

작년 금일에 자식도 학질(瘧疾: 말라리아)로 **중통(重痛**: 병을 몹시 앓음)을 하는 중에, 토혈(土穴: 흙굴) 속에서 신음하며 피난하던 것이 추억된다. 이런 일, 저런 일이 다 전쟁 중 민족의 가지가지 추억일 것이니 금년 추석은 비록 전쟁 중이나 다행이 후방지구라 별 큰 이상이 없이 이 날을 지냈으나 작년 금일을 추억하며 내년 금일이 또 어떠할 것인가? 우리 민족을 의심 안 할 수 없다. 우리가 바라는 바는 이 생각 않은 전쟁이 속히 해결되고 우리 민족이 명년 금일은 새건설을 맞이할 준비로 분망한 명절을 맞이하게 되었으면 하는 이상(理想)이나, 실현되고 안 되고는 오직 우리 민족의 단결과 최고 지도층의 정신 여하에 있는 것이다. 만약에 최고 지도층에서 일호반점이라도 민족의 복리 되는 공정한 정신을 망각하고 무슨 행사든지 한다는 명년 금일에 금년 금일을 추억하기를 어떠하게 할 것인가가 확정되는 것이다. 공적, 사적으로 다 추억이 새로워서 이 붓을 든 것이다. 명년에는 우리 민족의 **신복운(新福運**: 새로운 복과 운)이 전개되어 전쟁은 승리로, 정치는 선정(善政)으로, 민족은 행복을 맞이할 날이 오기를 빌고, 이 붓을 그치노라.

신묘(辛卯: 1951년) 중추야(中秋夜: 추석날 밤)

신야(莘野: 상신리) 봉우생(鳳宇生) 병석(病席)에서

국련(國聯: 유엔)의 대일강화(對日講和) 체결을 듣고 내 소감

내가 대동아전쟁이 한참 치열하여 중국은 거의 전 영토를 상실하였고, 태평양 제도서(諸島嶼: 여러 섬들)가 전부 일본군의 말발굽 아래에 있게 되고, 신가파(新嘉坡: 싱가폴)가 함락되고, 안남(安南: 월남), 태(泰: 태국), 면순(緬甸: 미얀마) 등이 다 일본군 수중에 들어갔을 때에 내가 일본에 있는 모 동지에게 금번 전쟁에서 일본이 패하나, 본토는 유지하리라 하고 예언을 하며, 시기가 늦으면 **도선**(渡鮮: 조선으로 건너감)하기 곤란하니 속히 **귀선**(歸鮮: 조선으로 돌아감)하라고 권고도 한 일이 있다. 그러다가 과연 일본이 을유년 8월 15일에 항복으로 **전국**(戰局: 전쟁의 판국)이 종결되어 우리 조선도 연합군 군정하에 있게 되어 무자년(戊子年: 1948년)에 조선은 남북이 양분하여 정치를 시작하였다. 완전한 자주가 못 되고 미소(美蘇) 양국의 위성국으로 동일 국토, 동일 민족이 양분되어 필경은 6.25 사변이라는 불상사가 나고, 역사의 일대 흑점(黑點: 검은 점)을 발생하게 되었다. 이것이 조선민족의 수난기(受難期)였다.

그러나 이것은 도시(都是: 모두) 조선민족이 36년간 식민지 생활에서 민족혼(民族魂)이라는 정기(正氣)가 없었던 연고로 일본에게 주사를 맞은 사적 생활에 치중하고 국가와 민족정신을 망각하도록 교육받았던 소위 식민지 정책의 효과라고 볼 수 있다. 을유년(乙酉年: 1945년) 후에 조선민족은 극도로 **사리사욕(私利私慾)**이 조장되어 위에서 아래까지로 **모리배(謀利輩:** 자신의 이익만을 꾀하는 사람들)만 등장하였지 완전한 애국자는 한 사람도 없었다는 것이 확실히 증명된다. 혹 한두 사람이 있었다 해도 **일폭십한(一曝十寒:** 열흘 춥다가 하루 햇볕을 쬔다) 격이라 별 수 없이 퇴장하고 말 정도였다. 정치인물들부터 이러하였으니, 물론 말할 것도 없었다. 일본의 잔재를 연합국에서도 똑같이 사용하고 있었고, 대한민국에서 다 같이 사용하였으니, 그 정치인물들이 배운 것이라는 것이 식민지 민족을 될 수 있는 대로 사상을 분열시켜서 모리배나 사리사욕 생활에 치중하도록 하던 정책을 그대로 **인습(因襲:** 답습)하여 사용하니, 민족적으로 대수난기가 아니라고 누가 증명할 것인가?

　일정시대에 친일이나 하여 모리배로 부유한 자들이 **금력(金力)**도 있고, **학력(學力)**도 있고, 친일하던 수단도 있고 하니, 말하자면 민족의 좀(벌레)들이 **외양(**겉모습)으로는 다 지방인물들인 것이다. 그러하나 소위 정치인물들이라는 것에 이 종류 인물들이 집합되었고, 국회 **선량(選良:** 의원)이라는 인물들도 다대수(多大數)는 이런 인물들이라 일회(一回)나, 이회(二回)가 여전하였다. 이회(二回) 선량은 좀 성적이 좋았으나 의외의 6.25 사변으로 **멸락(滅落:** 몰락)을 하고, 나머지는 일회나 불변하다. 그러니 한국정치가 **일비(日非:** 날로 잘못됨)한 것은 자연 일이다.

　그럼에도 불구하고 **전패국(戰敗國:** 패전국)인 일본은 위로부터 아래에 이르도록 단결되어 일본의 **대화혼(大和魂)**을 불변하고 양성하여 군국(軍國) 정신에서 **일변(一變:** 아주 달라짐)하여 산업부흥 정신으로 국가민족이 통일 정신으로 나가게 되니, 대외, 대내가 일치되어 연합국에서도 일본을 증오하느니보다 다각적으로 신뢰하게 되어 전후 일본의 생산 상황은 전전(戰前)보다 몇 배나 되고, 다만 군수품 제조가 변하였을 뿐이다. 이것이 말하자면 선패자(善敗者: 잘 패배함)는 불망(不亡: 망하지 않음)이라는 원칙이다. 그리하여 연합국에서 대일강화가 체결되고 그 조건은 확실히 알 수 없으나, 절대 관대(寬大)한 것은 틀림없는 사실이요, 일본을 인정 못하는 소련 외 몇 개 국가가 반대하였으나, 일소(一笑)에 부치고 49대 3으로 **대일강화(對日講和**: 일본과 싸움을 중지하고 화의함)는 완료되었다. 여기서 우리가 소감이 있다.

우리는 명색이 전승국이라고 하며 일언반사(一言半辭)도 못하고 말하자면 방청(傍聽)할 정도로 이 강화회의에서 참석하였으니, 이는 불명예가 막심하다. 이 불명예를 초래한 원인은 을유해방 이후로 국련(국제연합, 유엔)에서 보기에 한국을 아직 완전한 국가로 인정 못하는 까닭이다. 이것은 정치적으로나 민족정신으로나 모두 일본만 못하다는 것을 인정하게 된 책임은 정치최고책임자들이 지지 않으면 안 될 것이요, 또 민족도 분담적으로 책임을 질 것이다. 이 현상으로는 또 **인국(隣國**: 이웃나라) 일본이 강성해지고 한국은 여전히 민족적 결합이나 정치적 개선이 없다면 국련의 **극동지도권(極東指導權**)을 누구에게 줄 것인가를 즉각적으로 알 것이다. 소위 정치책임자들의 책임감이 어떠하며 민족들도 인국(隣國)이요 전패국인 일본은 국련에서 대등국으로 인정되어 강화조약을 체결하고, 한국은 (조약) **조인권(調印權**)조차 없어서 **무여방청(無餘傍聽**: 방청권도 남음이 없음)같이 참석되고 발언도 별 발언 못하였으니, 이것은 외교적 실패가 아니라고 말 못할 것이다. 이승만 대통령이 이 강화 체결에 불만불평과 불안감을 신문지상에 발표하였으나, 이것은 **편방(片方**: 조각) 의견에 지나지 못하고 국련에서 이 대통령 의견을 존중시 않는 것 같으니, 도리어 위신 문제도 있을 것이다.

이 강화조약이 완성되며 우리 민족은 정치적으로는 여하튼지 열 배, 백 배 정신을 차리지 않으면 안 된다. 이 정신을 여전히 사적(私的) 모리(謀利)로만 나가서는 36년이라는 각골명심(刻骨銘心: 뼈를 깎듯 마음 깊이 새김)할 식민지 생활을 망각한 것이다. 우리도 백사(百私: 백 가지 사사로운 일), 만사(萬私: 만 가지 사적인 일)를 모두 희생하고 민족단결 정신으로 매진하지 않으면 안 될 것이다. 말하자면 자강(自强)으로 자유와 자주(自主)를 주장하라는 것이다. 약하며 정치는 부패하면 하등 효과가 없는 것이다. 우리는 일본을 적대하려는 것이 아니라 우리도 민족 수준을 일본 이상으로 인상하고 다 같이 평등국(平等國)으로 국련 일원에 하등 손색이 없는 성원국(成員國)이 되도록 전심전력을 다하여 하루라도 속히 한국의 완전독립을 할 것이다. 따라서 대동아공영권도 동일 강국으로, 동일한 장(場)에서 참가하는 것이 당연하다는 것이다. 현상으로 보아서는 전패국인 일본에게도 백보(百步), 천보의 낙후가 된 것은 부정 못할 사실이다. 이 부정 못할 사실을 자감(自甘: 스스로 감수함)하게 생각하고 여전히 모리배나 정치인들이 각성 않는다면 이는 그다음 나올 비극을 생각 않는 극우인(極愚人: 지극히 어리석은 사람)이 아니라면 고의로 이 민족의 멸망을 초래코자 하는 자로 인정할 수밖에 없다.

비록 우리는 전쟁이 목전에 개재하여 국가존망이 미지수에 있으나, 다만 믿는 것은 우리 국군장병들이 선전하고 또 국련군이 전력으로 경주하니, 승전(勝戰)은 시일 문제일 뿐이요, 별다른 문제는 없을 것 같고, 건설도 우리 정치인이나 민족이 단결만 된다면 별 이상 없이 속진(速進: 빨리 나아감)할 것이다. 현상으로는 국련에서 아무리 협력할지라도 모리배나 민족정신에 배치된 자들이 층생첩출(層生疊出: 층마다 같은 것이 거듭 나옴)하니, 어느 때에 완전한 국가로 등장할는지 염려다. 비록 우리의 전도(前途)에 백산대운(白山大運: 백두산족의 큰 운)이 개재하여 동서양의 평화가 우리에게 배태(胚胎)될 것은 역학(易學)이나 수리(數理)가 증명되면 역사적으로 자연한 일이나, 우리가 일을 않고도 절로 될 리는 만무(萬無)한 일이다. 다른 사람들이 일을 다 해 놓으면 복리나 우리가 받을까 하는 것은 망상이요, 불합리한 일이다. 일한 사람이 대가를 받는 것이 당연한 일이니, 우리 민족들이여! 남녀노소를 물론하고 합심 합력하여 이웃나라인 일본에게 지지 않고 일보 전진하여 세계 수준을 우리의 손으로 돌파하고 최고 기록을 우리가 내며 세계 평화를 주창할 것이다.

만약 우리가 약국(弱國: 국력이 약한 나라)의 일원이 되어 평화니, 자유니 주창하면 이는 약자의 소원하는 몽중상(夢中狀: 꿈속의 일)에 지나지 못할 것이니, 우리도 정치, 경제, 교육, 국방을 균일하게 추진하며 우리 고유한 정신인 도덕관을 극력 양성하면 우리가 낙후된 점은 극단 시일에 복구할 수 있는 확증이 명료하니 안심하고 결합하는 외에 대도(代道: 대체할 방도)가 없다. 대일강화체결을 보고 내 감상은 송무백열(松茂栢悅: 소나무가 무성하니 잣나무도 기쁨)이라고 동양인이요, 말하자면 우리의 동족인 일본이 아주 패망하지 않고 다시 세계 수준을 득한 것을 감사히 생각하는 한편, 우리 민족의 부족점을 생각하고 감상이 없지 않아서 자려(自勵: 스스로 힘씀)하느라고 붓 가는대로 한 것이 너무 긴 것을 알지 못하였도다. 내가 을유년에 내 동지에게 기록하여 주었던 《내 이상(理想)》이라는 책자에 국련이 일본을 필경 후원하여 자기 위성국으로 동양의 지도권을 다시 장악하게 하여 모 나라를 대하게 되며, 일본은 여기서 필경에 일시적 승리는 있으나, 민족적으로 진정한 패망을 당할 것이라고 한 일이 있었다.

일본이 금번 강화체결이 속히 된 것은 미국의 의도가 물자(物資)는 소모할지언정 인적자원은 일본에게 취득하려는 **모략**(謀略: 계략, 책략)이며, 일본서는 알지라도 안 할 수 없을 것이다. 일본의 **내심**(內心)에는 또 히틀러와 같이 세계 제패를 꿈꾸고 있는 것이라 일본이 미국에서 **장계취계**(將計就計)[24]할 생각이다. 그러나 보라! 내 예측에 틀림없이 일시적으로 승리는 일본에서 할 것이니, 이 승리가 일본으로 재기 못할 상처를 받을 것을 확언하노라. 그리고 이것이 우리의 장래에 막대한 도움이 될 것을 역시 확언하노라.[25] 만약 일본이 이번 강화가 안 되든지 되더라도 일본에 불리하게 되면 일본에서 **모전**(某戰: 어떤 전쟁)에서 전력을 다할 리가 없고 일본이 모전을 전력 안 하면 부득불 우리 민족이 상처를 받지 않을 수 없는 사실이다. 이것은 병학(兵學)상으로 확증인데 후일에 내 말이 실현될 날에서야 확증을 얻으리라. 이것은 우리가 예언한 것이요, 우리 민족이나 정치인들을 **수인사대천명**(修人事待天命)할 것이지 현상 같은 부패로는 후일에 복리를 받을 자격이 없다는 것이다. 오늘 내 말이 절대적 **가상**(假想)이 아니라는 것을 부언

---

24) 상대편의 계략을 미리 알고 이를 역이용한다는 의미이다.

25) 1985년 플라자 합의를 말씀하신 것 아닐까? 승승장구하던 일본을 미국이 강제로 엔화 절상시키는 방법으로 주저 앉혀서 일본 제조업이 몰락하고 버블 붕괴로 이어져 이후 장기 침체의 원인이 되었다. 반면 플라자 합의로 한국은 반사이익을 누려서 호황이 왔다. 여기서 '某戰'을 군사전쟁이 아니라 경제전쟁으로 본다면, 일본은 '총 대신 반도체와 자동차'를 들고 세계와 싸운 셈이다. 그 경제전쟁에서 일본은 승리했지만, 미국이 금융·통화정책이라는 무기를 써서 일본을 꺾은 것이 바로 플라자 합의이다. 이는 단지 군사적 예언이 아니라, 미국과 일본 사이에 벌어질 비대칭적 경제전쟁의 구조를 미리 말씀하신 것은 아닐지. 실제로 일본은 미국을 업고 경제에서 세계제패를 꿈꾸었지만, 미국의 통화전략 앞에서 회복하기 어려운 상처를 입었고, 그 공백이 한국 같은 신흥 산업국에게 기회를 제공했다.

(附言)하여 둔다.

신묘(辛卯: 1951년) 8월 15일

야심(夜深: 깊은 밤) 봉우병석(鳳宇病席)에서

수필: 인과론(因果論)으로 본 한국 역사

내가 본 바에 의하면 시일의 고금(古今)이나 지역의 동서(東西)를 물론하고 **종두득두(種豆得豆**: 콩 심은 데 콩 남)하고, **종과득과(種瓜得瓜**: 오이 심은 데 오이 남)하는 것이 절대원칙이요, 이 인(因: 원인)에 이 과(果: 결과)가 생하는 것도 절대 불변하는 원리라. 그러나 혹 예외로는 비록 인(因)은 있으나, 그 과(果)를 보지 못한 때도 있으며, 그 과(果)는 있으나 그 인(因)이 무엇이든가 알 수 없는 일도 있었다. 이것은 우리가 미지수에 부치고 다시 연구하여 보기로 하자. 이것은 별 수 없이 우리가 알지 못하는 사이에 그 원인이 생하여 그 결과가 맺힌 것이요, 또는 그 원인을 파종하였으나 그 결실이 맺히지 않는 것도 우리는 그 원인을 파종하였어도 중간에 그 원인이 부패되었거나, 그렇지 않으면 **충식(蟲蝕**: 벌레가 좀먹음)이 되었거나 한 관계로 그 열매가 맺히지 못하는 것이다. 말하자면 그 원인이 불충분하였던 것이다. 그러하니 이 인과(因果)는 절대 불가피(不可避)의 원리다.

역사적으로 이 인과를 증명하여 보자. 세계는 좀 광범위하니 우리 역사부터 고사(考查: 밝혀 조사함)하여 보자. 세계사가 모두 상고(上古: 아주 오랜 옛날)에는 **신대(神代)**가 되었으니, 이것은 인문(人文)이 미개(未開: 열리지 않음)하여 역사를 기록 못한 관계로 미지수에 부친 것이요, 혹 전하는 바가 있더라도 역사의 기록할 가치가 없어서 그저 신대(神代)로 창조한 것이 역사가의 동서(東西)를 통하여 동일한 것이다. 유사

(有史) 이래로부터 우리의 역사로 인과가 어찌 되었나 참고적으로 기록하여 보자.

우리의 성조(聖祖) 단군이 백두산을 중심으로 제1차에 건국하시고, 백성을 평화와 자유로운 가운데에서 정치하시어 또 이 지방에서 뿐만 아니라 몽고와 중국 본토에 이르기까지 정치를 하신 것이 그 인(因)이 아시아 대륙의 가장 동단(東端: 동쪽 끝)이요, 또 북극(北極: 북쪽 끝)이나 적도의 극성(極性)을 떠나 비남비북(非南非北)인 온화하고 양명(良明: 아주 밝음)한 지역에서 수천 년을 지낸 민족 습성의 여러 가지가 다 중간평화하고, 온량(溫良: 온순하고 어짊)한 천성으로 그 인(因)이 되어 성조단군(聖祖檀君)이 환한 동방 고유의 명랑성(明朗性)으로 탄생하시니, 그 덕화(德化)가 점점 서(西)로, 남(南)으로 진화(進化)된 것이 분명한 사실이다.

우리에게서 이 덕화를 받아 중국에 요순(堯舜)이 상계(相繼: 서로 계승함)하여 성인이 난 것도 다 우리 성조의 후배임에 틀림이 없었다. 이 인(因)을 가지고 단군천년(檀君千年)이라는 과(果)가 있었으니, 이 과(果)가 결(結: 맺어짐)하자 민족은 강하였으며 평화하고 안락(安樂)하여 상대가 없었던 것이다. 이 천년이라 강하였으나 평화와 안락을 좋아하는 인(因)이 배태되었었다. 이것이 기자천년(箕子千年)의 약과(弱果: 약소한 결과)가 된 것이다. 영토의 광대(廣大)함도, 민족의 다대(多大)함도 모두 이 평화성(平和性)으로 자치(自治)를 허(許)하고 통치(統治)를 못하던 것이 단군천년(檀君千年) 말기(末期)의 강국(强國)이 일성일쇠(一盛一衰: 한 번 번성하고 한 번 쇠락함)의 약과(弱果)의 배태가 되어 기자천년(箕子千年)은 오로지 자치(自治)로 약해졌던 것이다.

이 약국(弱國)이 필경은 위만(衛滿)에게 패망을 당하고도 후손이 마한(馬韓) 등 삼한(三韓)으로 축소되었었다. 이 축소되는 반면에 중국에게 정복을 당하고, 피압박도 되어 약과(弱果)에서 반항성(反抗性)이 생긴 강인(强因)이 배태되어 삼국(三國)이 생기자, 신라, 백제는 남(南)으로, 고구려는 북(北)으로, 서(西)로 진출하여 상당한 지역과 완전한 무비(武備: 군사 준비)로 수당(隋唐)의 대병(大兵)이 일패도지(一敗塗地: 여지없이 패해서 다시는 재기하지 못함)하고 말았다. 그리고 삼국도 상호 간에 전쟁을 일사(日事: 매일 하는 일)하여 민족이 그 전쟁에 염전병(厭戰病: 전쟁을 싫어하는 병)이 생하여 강과중(强果中) 약인(弱因)이 배태된 것이 소위 삼국통일(三國統一)이라는 미명하(美名下)에 우리 민족이 약과(弱果)가 발생하여 신라 말 300년간과 고려 500년, 이조 500년 합(合) 1,300년이라는 약과(弱果) 속에 강인(强因)이 배태된 것은 물론이다.

조선에서도 약과(弱果) 중 최약(最弱)하였으나 광해군의 북벌 준비와 효종대왕의 북벌 준비와 장조대왕(莊祖大王: 사도세자)의 북벌 준비가 다 장래의 강인(强因)을 의미하는 것이다. 이조 태조께서 정왜공훈(征倭功勳: 왜구를 치는 공훈)으로 득권(得權: 권력을 얻음)하여 득국(得國: 나라를 얻음)하시었던 인(因)이 일본에게 망국하는 과(果)를 발생한 것이 인과론(因果論)일 것이다. 말하자면 단군천년(檀君千年)의 성(盛)이 있었고, 기자천년(箕子千年)의 쇠(衰: 쇠약해짐)가 있었고, 삼국천년의 성(盛)이 있었고, 양조천년(兩朝千年: 고려, 이조의 천년)의 쇠(衰)가 있었다. 이다음도 물론 최소한 천년의 성이 목전에 있고 대체로 보아 기자, 삼국, 고려, 조선이 다 약하다고 보면 앞으로 삼천년 대운(大運)이 있는 것이 분명한 일이다. 이것이 우리가 비록 (6.25사변) 전화(戰禍: 전쟁) 중에 있으나, 안심하고 우리나 제2세, 제3세들의 장래 대

운의 과(果)를 미리 축복하라는 것이다. 말하자면 **단군성조(檀君聖祖)**
가 백두산을 중심으로 신성(神聖)한 정치로 당시 천하를 호령하던 대
운이 다시 우리 자손에게 올 것이 분명하다는 것이다.

소소(小小)한 인과(因果)로 말하자면 임진왜란에 비록 중흥하였으나
패망할 뻔한 것을 명나라 구원으로 다시 복구되었다. 이것이 인(因)이
되어 또 금번에 중공이 남침한 과(果)가 발생하였고, 일본이 **일청(日
淸)**, 일로(日露) 양전역(兩戰役: 두 전쟁)으로 **일대강국(一大强國)**이 되
었던 것이다. 일중(日中: 일본, 중국)전쟁과 **일소(日蘇: 일본, 소련)**전쟁으
로 패망한 것이 다 인과(因果)다. 역사로 보아서 시일과 지역의 소소 차
이는 있을지언정, 일성일패(一盛一敗: 한 번 흥성하면 한 번 패망함)와 강
인약과(强因弱果)와 약인강과(弱因强果)라는 원칙은 불변한다. 자칫 오
해하면 **강인(强因)**의 **강과(强果)**가 발생하는 것이요, **약인(弱因)**의 약
과(弱果)가 발생하는 것이 종두득두(種豆得豆)요, 종과득과(種瓜得瓜)
라고 인과론을 해석할 것이나, 내 말은 다른 것이 아니다. 강하였을 때
에는 **자강(自强: 스스로 굳셈)**함을 시(恃: 믿음)하기 때문에 강하기 전에
강하고자 하던 요소를 구비 못하는 관계로 부지중 약인(弱因)이 배태
되고, 약과(弱果)에서는 약(弱)의 비애(悲哀)를 맛보기 때문에 다시 강
하고자 하는 배태가 약과(弱果) 중에서 발생하여, 왈(曰: 가로되) **강인약
과(强因弱果)**요, **약인강과(弱因强果)**라는 말이다.

우리가 삼천년 긴 세월을 고구려족을 제하고는 약과(弱果) 속에서
지냈다 하여도 별 이의(異意) 없을 것이다. 그러고 보니 앞으로 **약인(弱
因)** 중에 **강과(强果)**가 반드시 있을 것이라는 명증(明證)이다. 인과론
을 상세히 하자면 상당한 시일을 요하여야 할 것이나, 이 정도로 수필
(隨筆)에 그치고 후일 시간이 있을 때에 가 내가 본 바 역사적 인과를

부문, 부문(部門) 별도로 상세 기록코자 한다. 그러니 우리 민족에 없는 현상이 틀림없이 약인 중(弱因中) 강과(强果)의 조짐이 확실하다는 말이다. 우리는 걸을 길이 이 강과(强果)를 맞이할 일을 하지 않으면 안 된다. 이 인과(因果)는 대세대운(大勢大運)을 말한 것이요, 개인에게는 개인의 인과와 성쇠(盛衰)가 역시 분명한 것이니, 재언할 필요가 없다. 이 인과론(因果論)이 내가 모 청년동지에게 써주었던 《내 이념》이라는 책자에 대강 기록하였었는데, 이 책자를 분실하고 다시 대강 초(抄: 베낌)하여 보는 것인데 아주 잊어버리지 않을 정도로 요령만 적어 보는 것이다. 그렇다고 운명만 주장하는 것이 아니나, 수인사대천명(修人事待天命)이라고 대세가 이러하거니 우리는 이 대세를 맞이할 완전무결한 준비를 하고 장래를 기대하려는 것이다. 운이 좋다고 감나무 아래에서 와면(臥眠: 누워 잠)하라는 것이 아니다.

신묘(辛卯: 1951년) 음력 8월 17일
신야(莘野: 상신) 봉우(鳳宇) 병석(病席)에서

수필: 《내 이념》의 요지

　　《내 이념》이라는 수필을 분실하고 그 요지만 다시 기록하여 보자. 어떤 농부가 수리(水利) 저수지를 가서 보고 서편(西便: 서쪽편)으로 나가 **분수구**(分水溝: 나누어진 물도랑)를 따라가서 보니, 몽리(蒙利)[26] 지면(地面)에 소호도 한기(旱氣: 가뭄)에 관계가 없이 풍작이었다. 남편(南便) 수구(水溝) 역시 몽리 면적에는 풍작이었다. 그러나 동편에는 수구가 옹폐(壅蔽: 막아서 가림)되어 수리가 안 된다. 그 연고로 흉작이 되었다. 그 농부는 동편에 사는 농부였다. 서편에서 보고 온 그 분수구법대로 동편에다 하여 보니, 욕은 욕대로 보고 몽리는 여전히 안 되었다. 서편 농부들은 왜 우리같이 몽리를 못하느냐고 책한다. 그러나 동편 농부가 백번이나 서편 수구법대로 공사를 시작해 보았으나, 여전히 실패다.

　　그 농부가 너무나 우매하다는 것을 나는 잘 알았다. 동서남북의 지세가 다 같지 않은 이상, 비록 같은 저수지라도 점토지대로 설수(泄水: 배수)가 안 되는데 수구를 내고 몽리하는 서편 광야지대 농민을 본받아 동편의 사석(沙石: 모래와 돌)지대에 **산중수복**(山重水複: 산과 물이 겹쳐 있음. 어려운 일이 겹겹이 쌓여 있는 상황)하고, 설수(泄水)가 용이한 곳을 서편 방식대로 수구(水溝: 물도랑)를 내면 백년, 천년이 가도 몽리는 안

---

26) 저수지나 보 따위의 시설로 물을 받음. 蒙利地面(몽리지면): 물 닿는 지면.

될 것이요, 반대로 **도로무익**(徒勞無益: 헛된 일로 아무 이익이 없음)일 것이다. 여기서 '내 이념'이라는 것은 비록 같은 저수지라도 그 지세에 적응하게 공사를 하지 않으면 안 될 것이라는 것이다. 현 세계 사조가 곧 같은 저수지에서 물을 대고자 하는 농민들과 같다.

동서남북의 방향과 같은 방향이라도 각기 그 지세가 다를 것이 명료하다는 것이다. 우리도 이 사조(思潮)에 걸리었다는 것이다. 우리에게는 막스(마르크스)의 공산주의도 맞지 않고, 간디의 자작자급주의(自作自給主義: 스와라지) 27)도 맞지 않고, 손중산(孫中山: 손문) 28)의 삼민주의(三民主義) 29)도 맞지 않고, 백범(白凡) 30) 선생의 삼균주의(三均主義) 31)도 맞지 않고, 미국의 민주주의(民主主義)도 맞지 않는다. 그러면 다 옳지 않은 주의(主義)라 그러한가 하면 이것은 아니다. 오로지 지방과 민족의 습성이 다른 것이라는 말이다.

소련의 공산주의는 소련으로서는 성업(聖業)일 것이다. 제로(帝露:

---

27) '스와라지(Swaraj)'는 산스크리트어로 '자기 통치' 또는 '자기 지배'를 의미하며, 인도 독립 운동에서 영국의 식민 지배로부터 벗어나 정치적 자치권을 획득해야 한다는 사상과 운동을 가리킨다. 간디는 이 개념을 주창하며 영국 통치에 대항하는 비폭력 운동을 펼쳤고, 이는 인도의 독립과 주권 회복을 위한 중요한 구호가 되었다.

28) 손문(1866년 11월 12일~1925년 3월 12일)은 정치사상가이자 중화민국의 초대 임시 대총통으로, 중화민국의 국부(國父)다. 신해혁명을 이끈 혁명가로서 중화민국과 중국 양쪽에서 모두 존경받고 있다.

29) 손문이 발표한 초기 중화민국 정치 강령으로, 민족주의(民族主義), 민권주의(民權主義), 민생주의(民生主義)를 말한다.

30) 김구(金九, 1876년 8월 29일~1949년 6월 26일)는 동학농민운동의 지휘관, 구한말의 민족운동가, 일제강점기 임정을 이끌던 독립운동가이자 대한민국의 정치인이다.

31) 김구는 조소앙이 체계화한 삼균주의(완전한 개인·민족·국가 간의 균등)를 지지 제창하며 이를 임시정부의 강령으로 삼았다. 삼균주의는 정치·경제·교육의 균등을 바탕으로, 개인과 개인, 민족과 민족, 국가와 국가 간의 불평등을 해소하고 풍요로운 문화를 꽃피우는 이상 사회를 추구하는 김구의 이상이 반영된 정치사상이다.

제정러시아)에서 농노(農奴)를 가축화하여 대우가 금수(禽獸)만도 못하게 구래(舊來: 예부터 전해 오는)의 풍속 습관에서 **레닌**[32]의 **청천벽력**(靑天霹靂: 마른하늘의 날벼락) 같은 공산주의는 1억 5,000만의 소련 인종에서 특권계급 기십만 명을 제하고는 모두 환천희지(歡天喜地: 하늘도 즐거워하고 땅도 기뻐한다는 뜻으로 아주 즐거워하고 기뻐함)하고 환영할 것은 당연한 일이다.

우리 한국에서는 4,000년 역사를 가지고 이조 500년에 극도의 쇠약으로 일본과 병합하였으나, 소련 같은 농노제가 없었고 빈부의 차라는 것이 전국의 특권급 몇 사람을 제하고는 외국에 비하여 부자라고 할 만한 자산을 가진 자가 없었다. 그리고 소위 소작농(小作農)이라도 자본의 소소한 차이는 있으나, 인격적으로 농가이니 너는 못한다는 하대(下待)가 소호도 없었고 자기만 잘하면 적수공권(赤手空拳: 빈손, 맨손)이라도 수천, 수만 석(石)의 부호(富豪)도 될 가능성도 있고, 최고 학부도 갈 수 있고, 귀(貴: 신분의 고귀함)도 다 같이 할 수 있는 조건이다.

우리 한국에서는 현 특권계급이라는 자들도 고정이 아니요, 금일이 어떠할지, 명일이 어떠할지 미지수요, 또 농민층에서도 고정적이 아니요, 금년 농업, 명년에 상업, **내명년**(來明年: 내후년)에 관리로 마음대로 변할 수 있고, 자격대로 할 수 있는 현재 한국 정세다. 거기서 빈천한 자는 자기의 자격 부족과 자기의 노력 부족이 제일 원인이다. 그러고 보니 소련 농노들이 성업(聖業)으로 알던 공산주의는 단연 우리에게 불합(不合)한 주의다. 더구나 실행이야 하든지, 못하든지 간에 우리 민

---

32) 블라디미르 일리치 레닌(1870년 4월 22일~1924년 1월 21일)은 러시아 제국과 소비에트 연방의 혁명가, 정치경제학자, 정치철학자, 정치인, 노동운동가로 세계 최초의 공산국가인 소비에트 사회주의 공화국 연방을 수립했다.

족은 예의지방(禮義之邦: 예의의 나라)이라는 명가(名價: 널리 알려진 평판)가 있는 민족으로 금수불약(禽獸不若: 짐승만도 못함)한 행동이 간간 있는 공산(共産)을 환영할 리가 만무하다. 이것이 저수지의 수구(水溝) 내는 법이 다르다는 것이다.

그런데 우리 한국에 제일 이 공산병자(共産病者: 공산주의 환자)가 많은 것은 이 공산의 경험이 없어서 장래 실패를 알지 못하고 해보는 것이다. 비록 북한에서라도 민족들은 이 정치를 압박에 못 이겨서 하는 것이다. 민족적 환호로 하는 것은 확실히 아니리라. 남편(南便: 남쪽)의 노동당들(남로당)은 실지 소련 정책을 맛보지 못하고 선전하는 책자로만 그렇거니 하는 고마수령(?)격일 것이다. 이것이 내가 말하는 공산주의가 우리와 불합(不合: 맞지 않음)하다는 것이다.

간디의 스와라지 주의(主義)는 인도는 3억 5,000만 명이라는 방대한 인종과 광대한 지역에서 열도하(熱度下: 열기 아래)라 물산이 풍부하고, 영국이 물자 원료를 취득 못하면 공업국으로서 생산 능력이 부족하여지는 것이라 성웅(聖雄) 간디가 주창(主唱)하는 스와라지 주의는 인도에서 대중의 환영을 받는 것이나, 우리나라, 우리 민족으로서는 자작(自作), 자급(自給)이 불합하다는 것이 아니다. 우리는 다만 농산국으로 약간의 산물은 산출되나 원료품이요, 타국의 손을 경유하여 가공하지 않으면 안 되는 현상이요, 우리나라는 앞으로 장래를 반농반공(半農半工: 반농업, 반공업)을 자작자급도 하며 수출도 하여 타국의 시장화 되느니보다 도리어 생산국으로 등장하지 않으면 안 될 입장이어서 성웅 간디의 주의(主義)도 우리 민족에게는 불합(不合)하다는 것이다.

손중산의 삼민주의가 4억 중국 민족을 경성(警醒: 타일러 깨우침)하여 손중산을 구세주로 추앙하는 것은 중국은 유사 이래 관존민비(官尊

民卑: 관리는 귀하고 백성은 비천함)하였고, **군웅할거**(群雄割據: 여러 영웅들이 나눠 점유함)로 전쟁을 수천 년 계속하여 전쟁의 고통이 민족의 두뇌에 깊이 박힌 때에 손중산이 민주, 민생, 민권의 평등주의를 제창하니 그 누구가 반대할 사람이 있으리오? 모택동, 주은래 같은 공산 거두들도 손중산의 삼민주의는 반대 않고 장개석의 독재만 반대하는 것이다. 이것은 중국에서는 당연히 있을 일이다. 우리 한국에서는 삼민주의가 보급은 못 되었으나 사실에 있어서 일부, 일부는 삼민주의가 실행되는 중이라 현 계단에 있어서 별로 신기하게 민족들이 여기지 않을 것도 당연하다.

조소앙 선생의 **삼균주의**도 이 삼민주의를 **증연부익**(增衍附益: 불리고 보태어 늘림)하였던 것이라. **정균**(政均)이라면 정치를 해보아야 알 것이요, **경균**(經均)이라면 물론 좋은 일이나 상당한 시일을 요하지 않고는 단시일에는 가능성이 박약하고, **학균**(學均)이라면 물론 찬성하나 학균이 완성되기까지 기다(幾多: 수많음)한 층절(層節)이 발생할지 알 수 없는 일이다. 주의는 좋으나 민족이 각 정당에서 비슷비슷한 정강(政綱)을 그 실행을 보기 전에는 **거수환호**(擧手歡呼: 손을 쳐들고 기쁨에 넘쳐 소리 지름)할까 의심시 된다.

그리고 현 미국에서 주장하고 구미 각국에서 실행되는 민주주의는 물론 말할 것 없이 찬성할 것이나, 우리 민족의 수준이 타국에 비하여 저열하다는 것은 가리지 못할 사실이라. 수준이 저열하고 민주주의 방식대로 실행한다면 70~80%는 역효과가 발생될 것은 자연 불면(不免: 면치 못함)하는 일이라 우리가 이런 각종 주의로는 남북이 통일하고 3,400만 민족이 **정신결합**을 할 수 없으며, 각자가 다 '내 이념'에 자시성(自是性: 자기만 옳다하는 성격)을 가지고 분열할 외에는 다른 도리가 없다.

나의 **천견박식**(淺見薄識: 얕은 견해와 엷은 지식)으로 제일 **구책**(求策)은 남북이 분열되고, 남(南)은 남대로 각자 분열하고, 북(北)은 북대로 각자 분열한 것을 무엇으로 통일하느냐가 제일 급선무일 것이다. 비록 북한의 정치 요인들은 **의소병**(依蘇病: 소련 의존병)에 걸려서 어떨지 알 수 없으나, 남한에도 **의미병객**(依美病客: 미국 의존병 환자)이 아주 없다고도 말 못할 사정이다. 남이나 북이나 동일한 이념으로 통일된 정신을 대중에게 고취하자면 내 소견에는 백산성조(白山聖祖)이신 단군을 숭배하여 숭조(崇祖: 조상존숭)**이념**을 남북을 통하여 고취하고 단군성조의 성업(聖業)을 그대로 부흥하여 통일을 지역적으로 먼저 하지 말고, 오족(五族)통일의 깃발을 높이 들고 **정신결합**을 하도록 정치최고인물들이 실행하여 보라.

숭조이념으로 **정신통일**이 되면 비록 지역적으로는 통일이 못 되나, 이 지역이 통일될 날이 역시 시일 문제일 뿐이다. 현 정계 요인들은 일언반사도 **숭조이념**이 있는 것 같지 않다. 우리는 여기 현행 정치 요인들의 인격이 부족하다는 것을 확인하며 정견(政見)이 역시 부족하다는 것도 부언(附言)하노라. 그러면 '너는 정부를 반대하느냐?'라고 질문이 있을 것도 내가 잘 아노라. 나는 한국 민족으로 제 나라를 반대할 사람이 있을 리가 없으나, 현 정계 요인들의 부족성이 걱정되며 이런 붓을 든 것이다.

우리나라 요인들이 타국 요인들에게 비하여 개인, 개인으로 비하여 보면 큰 차이는 없을 것 같으나, 이 나라를 통치하는 정책과 타국에서 그 나라를 통치하는 정책의 비교가 동일(同日)에 말할 가치가 없다는 것이다. 물론 개국 시초에 국가 다난(多難)한 것은 다 아는 바이다. 현 정계에 있는 여러분들이 이 다난한 정국을 무슨 정책으로 수습하느냐가 큰 문제다. 현상으로 보아서는 국무총리 이하 각부 장관이 이렇다는 난국에 대처하는 신정책이 나오지 않고, 그저 **별무신기**(別無神奇: 별로 신기한 게 없음)한 **시위소찬**(尸位素餐: 능력은 없이 자리만 차지하는 껍데기)격인 것 같다. 그리고 인물이야 별 다를 것 없지만 그래도 **애국애족**의 열정에서 나오는 일언반사의 정견조차 볼 수 없으니, 이 인물들이 장차 우리 한국을 어느 구렁으로 넣을 것인가?

추현양능(推賢讓能: 현인을 추대하고 유능한 자에게 양보함)을 못하거든 제 전력(全力: 모든 힘)이나 다하여 정직, 공평하게 할 것인데 이 정신없는 난국에도 **자상달하**(自上達下: 위에서 아래까지 미침)로 하고 있는 것은 **도시**(都是: 전부) 민간 **모리배**(謀利輩)와 합류하여 부패상만 보이니, 좀 **정시**(正視: 똑바로 봄)하고자 하는 사람은 출세를 못하고, **민망**(民望: 국민의 신망)이 있는 사람은 나오지를 않고, 나오는 사람들은 **정상배**(政商輩)에 **엽관열**(獵官熱: 벼슬사냥열)이 원자탄만큼 있는 자들이라 나라야 어디로 가든지 민생이야 살든지 죽든지 **오불관언**(吾不關焉: 나는 도통 관여 안 함)하고 내가 맡은 직권 안에서 무슨 일을 하면 현 법규에 걸리지 않고 돈벌이가 될까 하는 자가 100인에서 정평하자면 95인은 되고, 그중 5인은 아직 부족하여 못하는 자일 것이다. 그중에서 이러하면 내가 민생(民生)을 대할 때 수치(羞恥) 안 되겠다고 자신하는 자가 1만 명의 1인씩도 귀하니, 이것이 전쟁 중 한국 수난기인 것이다.

이 혼란 시기가 하루라도 속히 평정(平定)되고 우리가 생각하는 숭조이념으로 오족(五族: 백두산족)의 정신통일을 하고, 일보 전진하여 중인조(中印朝: 중국, 인도, 한국) **삼국연맹**으로 황족(黃族: 황인종)을 대표하고 황족의 수준이 다시 향상되어 세계를 지배할만하게 되어 강권(强

權)을 사용 말고 평화로 세계일가(世界一家)되는 대이상(大理想)이 하일하시(何日何時: 어느 날, 어느 때)에 실현되느냐가 제일 의심시(疑心視) 된다.

백족(白族: 백인종)도 남북미(南北美: 남북아메리카)에서 자유자재(自由自在)를 하고 구주(歐洲: 유럽)에서는 소련이 패하여 군소(群小)국가로 화(化)하고, 영국, 이태리, 불란서, 스페인 등도 서구연맹(西歐聯盟: EU)33)으로 유지할 정도가 되고 아불리가(亞弗利加: 아프리카)는 세계 각국의 과잉인구 식민지화(殖民地化)하는 것이 비록 점정적(漸定的: 차차 정해짐)이나 평화세계 창설일 것이다.

두고 보라! 이 이상(理想)이 멀지 않아서 실현될 것이다. 이것이 백산운화(白山運化)의 삼육성중(三六聖衆: 36명의 성스러운 무리)의 중대한 사명(使命)이다. 이 사명을 완수 못하면 단연 봉신대(封神坮)로 환원(還元)될 것이다. 삼육성중이 일차 범태(凡胎: 보통사람)에서 사명을 완수 못하면 이차(二次), 삼차(三次)로라도 사명 완수가 목표일 것이다.

이 백산운화를 말하는 사람이 아주 없지 않으나, 누가 그 성중(聖衆)의 범태(凡胎)인 것을 알손가? 자부(紫府), 뇌부(雷府)에서는 일부 환원을 시작하고 동해용(東海龍), 운중사(雲中獅: 구름 속 사자), 사자호(獅子狐: 사자의 권세를 빌려 위세 부리는 여우 또는 사자의 힘과 여우의 지혜를 갖춘 자), 운중학(雲中鶴: 구름 속 학)은 본위(本位: 본디의 자리)로 가고, 북해흑룡(北海黑龍)이 아직 등천(登天: 하늘로 오름)을 못하였으나 주(珠: 여의주)를 잃어버린 지 이미 오래요, 양자강(揚子江) 영조신(領

---

33) 1993년에 유로피안(European) 유니언(Union)(EU: 유럽연합으로 불림)으로 창설되었다. 창설 당시는 12개국임. 봉우 선생님은 1951년에 이를 미리 보시고 기록으로 남기신 것이다.

潮神)은 또 한(恨) 많은 세월을 보내고, 갱기(更起: 다시 일어남)를 꿈꾸고, 북악거호(北岳巨虎)는 천추방명(千秋芳名: 영원히 향기로운 이름)을 전하고, 조양단봉(朝陽丹鳳: 아침 햇볕의 붉은 봉새)은 벽오(碧梧: 벽오동 나무)에 잠이 들고, 36성중(三六聖衆)이 주인을 못 만나서 산성(散星)으로 있는 때라 오성취두(五星聚斗)도 머지않다. 시호시호부재래(時乎時乎不再來: 때로다, 때로다, 다시 오지 않으리니)를 그 누가 지은 것인고? 설천기(泄天機: 천기를 누설함)는 못하여도 현상이야 말 못할까?

신묘(辛卯: 1951년) 음력 8월 17일

봉우(鳳宇) 병석제(病席題: 병석에서 씀)

추기(追記)

《내 이념》의 원문대로 한 것이 아니요, 약간의 개정처가 있으나, 전체는 동일하고 말미(末尾: 끝)도 소소 변경하였다. 원문은 4장에 나누어 40여 매가 되는 것인데, 그 요령만 건진 같은 것이다. 그리고 내가 그 원문을 쓰기는 대한민국이 수립되기 전에 미소공의(美蘇共議)[34] 시에 수필로 동지인 모 청년에게 기증한 것을 모 경찰서에서 압수품으로 변하여 문제가 해결된 뒤에 다시 추심(推尋: 찾아내서 받아냄) 못하고 6.25

---

34) 미소공동위원회(美蘇共同委員會, US-Soviet Joint Commission)는 1946년 3월 20일부터 1947년 10월 21일까지 한반도의 임시정부 수립을 지원하기 위해 미국과 소련이 개최한 회의이다. 개최 초기부터 미국과 소련의 의견 차이로 인해 갈등을 빚었으며, 결국 제2차 위원회까지 열렸으나 아무런 성과 없이 종결되었다.

사변이 나서 분실한 것이다. 《내 이념》의 토지론(土地論), 화폐론(貨幣論), 국방론(國防論), 교육론(敎育論) 등의 분류가 있었다. 헌법론(憲法論)도 있었으며, 국교론(國敎論)도 있었다.

오족(五族)이 통일된 성조(聖祖)로 숭배하고 국교(國敎: 나라의 종교)는 수천 년 상전(相傳: 서로 전해옴)하던 우리 동방의 고유한 가르침을 국교로 정하는 것이 당연하다고 논하였던 것이다. 그리고 현 정치계나 과학계 인사들이 말하기를 우리 현재로 선진국과 수준이 같도록 하자면 100년 이내에는 불가능하리라고 말들을 하나, 우리 생각에 물질문명을 현 계단대로 교육하면 100년 내지 150년 전에는 수준에 도달할 가능성이 없으나, 내 예측에는 정신교육을 국가적으로 20년만 계속한다면 물질문명은 30년 안에 수준을 돌파할 자신이 만만하다는 것이다.

정신연구를 하여 본 사람들은 누구나 다 시인할 것이다. 현 과학이 최고봉이라고는 못한다. 그러면 우리들이 정신연구로 현 과학 수준을 돌파하는 것이 그리 많은 시일을 요하는 것이 아니나, 다 같은 물질문명이라도 정신학자가 그 연구 혹은 발명에 책임을 지면 사반공배(事半功倍: 일은 반만 하고 공은 곱절임)가 아니라 사일공백(事一功百: 일은 하나만 해도 공은 백이 됨)의 공효가 있을 것이니, 소위 선진국 수준을 추급(追及: 따라 붙음)한다느니보다 그것을 돌파하기 그리 난사(難事: 어려운 일)가 아니다. 그것은 설천기(泄天機: 하늘의 비밀을 누설함)도 아니요, 누구나 하면 되는 것이라 내 확신 있게 예언하노라. 이 정신연구에 있어서는 다른 날 시간을 얻어서 상세히 기록하겠노라.

신묘(辛卯: 1951년) 8월 18일

봉우어신야병석(鳳宇扵莘野病席: 봉우는 신야의 병석에서)

정신연구를 10년만 하라는 것이 아니라 물론 계속적으로 해야 할 일이나, 10년만 가지고도 현 타국의 물질문화록(物質文化錄)까지는 별 문제없이 돌파 가능하다는 확언이다.

운동으로 세계를 진출하여 보자

올림픽대회에서 ○년에 세계 기록을 보고 나는 생각을 한 바 있었다. 이것이 물론 20세기의 각종 운동의 직업선수를 제하고는 아마추어의 최고 기록이니 말하자면 현 세계의 체육 수준을 여실히 증명하는 것이다. 그리고 우리 민족도 운동 경기 중 타 종목은 아무 이렇다는 기록이 없으나, 마라톤만은 단연 세계 기록을 가지던 일이 있다. 우리가 연승 못한 것은 선수가 부족하여 못한 것이 아니라, 각 후원 기관이 부족하였다는 것이 사실이다. 그리고 보면 우리도 현상으로만도 세계 수준에서 떨어지는 것은 아니다. 각 종목에는 보급 못 되는 올림픽에서 최중요한 마라톤이 우리가 기록을 가진 것이 세계에서 우리 민족의 운동상을 무시 못할 정도다. 그러나 내가 직접 경험으로 보아서 우리 청년을 내가 코치를 하여 3개년만 훈련을 하고 올림픽에 등장하면 25종목 전부를 신기록을 낼 자신이 있다는 것이다. 개인으로 운동 좀 잘하여 세계 기록을 갖기로 국가에 무슨 큰 관계가 있을까 하는 인사들도 없지는 않으나, 민족 교향(交響)에 적지 않은 공헌이 되는 것이요, 삼육(三育: 지덕체) 중 일건이라도 세계를 제압하면 청년운동에 다대한 공일훈(功一勳: 첫 번째 공)이 되는 것이다.

내가 왜 이런 자신이 있는 말을 하느냐 하면 우리나라 고래(古來)의 체육법을 소년시대에 초보를 하여 보았다. 내가 실지로 해본 것이 역기(力技)와 경주(競走: 달리기)의 장거리와 단거리를 막론하고, 고도(高

跳: 높이뛰기)나 폭도(幅跳: 멀리뛰기)를 막론하고 현 세계 기록보다는 다 우수하였었다. 투기(投技: 던지기)는 해보지 않았으나, 역시 자신이 있었다. 육상만이 아니라 빙상(氷上), 수상(水上)이라도 연습만 하면 자신 있을 정도였다. 그러면 나는 고래(古來) 운동법의 초보에 지나지 못하는 사람이었다. 내가 실지로 최고급까지는 가서 못 보았으나 방식만은 다 잘 안다. 그러니 3년간만 내가 코치하여 주면 선수들이 성공만 하면 고래식(古來式) 초보는 확실할 것이다. 이만하면 다 세계 기록은 무조건하고 돌파할 것이다. 이런 자신이 있어서 4~5차나 청년운동을 시켜 보고 운동연습을 발족코자 하였으나, 번번이 지장이 발생하여 여의치 못하였었다. 비록 지금이라도 착수만 하면 내 사양하지 않고, 코치가 될 자신을 가지고 있노라.

그리고 선수가 별다른 체질이 필요한 것이 아니라 다만 인내성을 가지고 3년만 꾸준히 계속할 15세 이상 30세 이하의 청년으로 건강한 사람이면 누구든지 안 되는 사람이 없는 것이다. 운동 종목 선택에 있어서는 물론 각자의 체질이나 성격에 관계가 있으나, 절대로 안 되는 사람은 없는 법이다. 우리가 무슨 방법으로 경리(經理: 경영, 재무)를 완비하든지 완성만 되면 제1차로 운동선수 양성에 착수하여 세계 운동 무대를 진출시킬 예정이다. 이 예정이 경제적으로 상당한 소비가 아니면 안 되는 조건이 있어서 공평히 착수 못한 것이다. 현 세계 기록에서 1할 내지 1할 오보(五步)[35]는 자신 있게 시간적으로 단축시키며 거리적으로 추진할 수 있다는 것이다. 내가 청년시대에 마라톤이었으면 현

---

[35] 10~15%. 할(割)은 10분의 1로 10%를 의미. 보(步)는 '할'의 10분의 1 단위로 1보는 1%에 해당. 당시 마라톤 2시간 20분대 기록을 10~15% 단축시키면 2시간 6분~1시간 59분 사이가 된다.

기록 모두 2할(20%)은 단축36)하였었다. 각종 (운동 경기가) 다 그러하다. 2할쯤 단축하고는 절대 유유(悠悠: 한가하고 여유 있음)한 태도로 신체의 피로상(疲勞狀)을 불감(不感)하는 것이다.

역기(力技)에 있어서는 무려 배(倍: 갑절) 기록은 자신이 있다. 이것이 직업적으로, 개인적으로 하라는 것이 아니라 민족운동을 살리기 위하여 전력을 다하라는 것이다. 물론 연습 기간이 3년이라면 장시일이나 전국이나 전 세계를 상대로 진출하는 데 3년이 그리 많은 세월도 아니다. 물론 속히 성공하는 사람은 3년까지는 걸릴 것이 없으나, 그래도 최단시일 3년을 불요(不要)하고는 전 세계를 제승(制勝: 승리함)할 자신이 나지 않는 것이다. 나는 고래식(古來式) 운동의 **초학입덕지문(初學入德之門**: 초보 실력자)이나, 이런 자신이 생기는 것을 보면 사계(斯界: 고래식 운동계)의 명인(名人)들은 어떠할 것인지 잘 알리라. 내가 목도한 대로는 마라톤 기록을 반(半) 이상이나 단축하는 고래식 **준중계(準中界**: 중간급 수준, 초보의 强者) 인사들을 만나 보았다.

나는 비록 초보이나 그 학리(學理: 학문적 이론)나 방식에 있어서는 사계의 보통 중급(中級)보다는 자신이 있는 관계로 내가 사양 않고 코치가 되겠다는 것이다. 물론 내 이상의 백층(百層), 천층(千層) 인물들이 많으나, 은퇴조(隱退組)로 세상에 나오지 않는 사람들이라 내가 불계하고 이런 **불량력(不量力**: 능력을 세지 않음)하고 **불탁덕(不度德**: 덕성을 헤아리지 않음)하는 붓을 드는 줄 잘 아노라. 그러니 내가 죽은 **천리마골(千里馬骨**)이 되어 산 천리마를 구해 보자는 것이다. 내가 10여 인을 단시일에 훈련을 시켜 보았는데, 대체로 성적이 불량하다고는 못할

---

36) 마라톤 2시간 20분 기록을 20% 단축하면 1시간 52분이다.

정도였다. 내가 실지로 경험해 보고 또 내가 청년들을 훈련시켜 보고 한 예로 절대 자신성(自信性)을 가지고 이 붓을 드노라.

신묘(辛卯: 1951년) 8월 19일

봉우생(鳳宇生) 병석(病席)에서

우리 연정원을 새로 발족하자면

우리가 정신을 수양하는 목적으로 계룡산 삼불봉하(三佛峰下)에다 석굴(石窟: 암굴)을 수리하고 수십 인이 고력수행(苦力修行)을 시작하여 몇 개월간은 순조로이 나갔으나, 호사다마(好事多魔)로 중지되었다. 단시일이나마 최속보(最速步: 가장 빠른 걸음)로 진출된 원우(院友)가 4인이 있었다. 그 외에는 기초 지식이나 습득할 정도로 별효과가 없었다. 4인은 갑(甲)은 초보(초계, 초단)에서 20%가 부족되고, 을(乙)은 22%가 부족되고, 병(丙)은 24%가 부족되고, 정(丁)은 25%가 부족되었었다. 4인만은 장시일이라도 2개월이면 충분히 초계(初階)에 도달할 것을 지장이 발생하여 해산하였다. 불문(佛門: 불교) 선방(禪房)에서 10안거(安居: 3개월의 참선 수행 기간), 15안거를 경과 하고도 %를 계산 못할 정도가 보통인데, 우리 연정원(研精院)에서는 제1회(수련 모임)에 수련 성적 70% 이상을 거둔 원우가 4인이나 있었다는 것만으로도 아주 실패라고는 못하겠다. 연정원의 풍파가 경과한 후에 다시 발족을 꿈꾸고 있다가 이 발족을 음적, 양적으로 협조하던 원우 중 병(兵)이 6.25 사변에 참변을 당하고, 또 이 6.25 사변 이후로 다시 발족할 생각이 생(生)하지 못하였다.

그러나 우리가 아주 단념할 것은 아니다. 비록 백난(百難)이 있더라도 다시 발족할 기회를 만들어야 하는 것인데 일차 풍파(風波)가 있다고 중지한대서야 어찌 당삼장(唐三藏)[37]의 81난(難)을 배제하고, 뢰음사(雷音寺)에서 팔만대장경을 가지고 온 것에 부끄러움이 없으리요? 백절불굴(百折不屈)하고 꾸준히 나가 보는 것만이 우리의 책임이다. 그러면 발족하는 데에 어떠한 준비가 필요한가 하면 제1, **인적 자원**이 있어야 할 일이요, 제2, **물적 자원**이 있어야 할 일이요, 제3, **적합한 장소**가 있어야 할 일이다. 제4는 관청과도 타합(打合)이 있어야 할 것이니 좀 난사(難事)다.

제1 인적 자원이라면 인물을 아무나 해서는 안 될 것이요, 비록 동호자(同好者)라도 인내성이 있고 가정관계가 허인(許認: 허락되고 인정됨)되고 또는 장래에 공적 인물 될 만한 요소가 있는 인물이 제일 적격자인데, 또는 연령도 관계가 있다. 기혈(氣血)이 쇠하였거나, 건강이 부족하거나, 연세가 40 이상 인물은 사배공반(事倍功半: 일은 곱절로 하고 공은 반임)이라 할 수 없고, 청년으로 장래에 **유위**(有爲: 능력이 있어 쓸모가 있음)하고, 건강하고, 인내성이 있으며, 가족에 견인되지 않을 만할 경제도 충분한 사람이 아니면 시작하기 곤란하다. 인원은 5~6인이 적당하지 너무 다수하면 서로 방해가 된다. (제2 물적 자원은) 자격이 구비되고 경제가 허락 못하는 사람은 우리가 **대급**(代給: 대신 지급함)할밖에 타도가 없고, 일차 안거(安居)를 반년씩이라도 정하여 안거 기간 내에는 보급할 물자를 아주 준비하지 않으면 안 될 것이다.

제3 장소 문제는 한적한 곳이면 아무데라도 무방하나 될 수 있으면 사문(寺門: 절)의 경치가 좋은 데로 정하는 것이 적당하다. 공기도 좋을 것이나 제일 (정신수련에) 무관한 인물의 출입이 적은 곳이 아니면 좋지 않다. 아주 **경산**(京山: 서울 가까이 있는 산) 사문(寺門)에다 정하든지

---

37) 당나라 승려 삼장법사. 서유기는 삼장이 손오공 등과 함께 81가지의 고난을 극복하고 서역에서 불경을 가지고 돌아오는 이야기를 그린 것이다.

그렇지 않으면 근일 공비출입에 관계없는 지역을 택하여 정하는 것이 제일 적합하다. **제4 관청** 문제는 별 큰 문제없을 줄로 믿는다. 그리고 군계(?)도 발을 떼렸다고 주의할 일은 다 해야 한다. 그리고 약품 준비가 문제다. 이왕 시일을 요하는데 겸하여 복약하는 것도 좋을 것 같다.

　신입생 4~5인과 **구원우(舊院友)** 3~4인이라면 최소 10인이라고 산정하고 6개월간 소요식량이 백미(白米) 180두(斗)와 부식물이 매인(每人: 한 사람)당(當) 2만 원 정도면 될 것 같고, 약품이나 소변용이나 다용하(用下)[38]로 합하여 안거 1기 분에 백미 10석, 현금 50만 원[39]이면 될 듯하다. 이만한 경비로 10인에서 2할 2인씩만 성공하면 10안거에 20인은 무려(無慮: 걱정 없음)할 것이니, 완성만 된다면 성공이다. 과학적으로 2인의 완성을 보자면 소불하 몇 천만 원[40]이라는 비용이 필요하다. 그리고 연정원 원우로 말하자면 정원우(正院友)될 자격자라면 과학계의 박사학위자에 별 그리 양보안할 것이다. 이만한 정신을 수련하고 과학으로 진출하면 사일절백(事一切百: 일 하나해도 백 가지 하는 것 같

---

38) 윗사람이 아랫사람에게 비용을 내어 줌, 또는 그 돈.

39) 1951년 7월 27일 경향신문에 나온 당시 봉급 실태를 보면 △관공리 월급 : 대통령 15만 원, 부통령 12만 원, 국무총리 10만 5,000원, 장관 9만 원, 도지사 6만 6,000원, 이사관(중앙청 국장) 5만 8,000원, 서기관 4만 7,000원, 사법관 4만 7,000원, 순경 2만 4,000원, 우체부 3만 원 / △무관 월급 : 대령 4만 2,900원, 중령 4만 500원, 소령 3만 8,100원, 대위 3만 5,700원, 중위 3만 1,300원, 소위 3만 900원 / △은행 : 과장 월수 22만 원, 참사 20만 원, 행원 15만 원이다. 대략 1951년 50만 원은 당시 서기관급 공무원 10개월 치 급여에 해당한다. 1951년 한국은 전쟁 중이라 공무원 월급과 민간 기업 월급 격차가 매우 컸는데 은행원(15만 원) 기준으로는 3개월 치에 해당한다. 이를 토대로 현대 가치로 추정하면 약 1,000만 원~3,000만 원 정도 아닐까 한다.

40) 당시 1,000만 원을 공무원 봉급 기준으로 환산하면 지금으로는 6억 원, 은행원을 기준으로 하면 약 2억 원이다. 즉, 당시 수천만 원이라면 공무원 기준으로는 수억~수십억 원이고 은행원 기준으로 한다면 수억 원대이다.

음)의 효과가 있을 것이요, 이화학이나 의약학 같은 데서는 별 노력 없이 세계 기록을 돌파할 것이다. 이것이 우리가 과학 수준이 타국에 비해 부족한 것을 걱정 말고 정신 연구로 전력을 다하면 과학 수준쯤은 최단기 내에 별 문제될 것 없이 해결될 확신을 가지고 내 이 붓을 든 것이다.

신묘(辛卯: 1951년) 8월 19일
유신정사(有莘精舍)에서 봉우병석(鳳宇病席)

추기(追記)

우리 원우 중에서 단시일을 정신수련한 분이 공업계로 나가서 불과 몇 년에 수십 년 된 정련공(精鍊工: 숙련공)보다 우수하였던 실례가 있고, 그 외라도 연구력이 절대로 증진하여 보통인의 예상 외로 과대하다는 것을 확언해 두노라. 원우들 중에 초보에 간 사람들은 다 자신이 있는 말을 할 것이다. 그러나 마음 놓고 세상에서 사용할 만한 자격을 취득하자면 보통이면 10안거(安居)를 요한다. 그러나 특별한 경우에는 3~4안거라도 충분히 효과가 발생한다. 이것이 고인의 예(例)로 보면 좀 천재적 기질이라면 1안거(一安居)라도 우수하였으나, 그래도 보통을 표준하고 10안거를 완기(完期)로 하자. 그러니 10안거를 꾸준히 인내할 인물이 와야 이 정신계에서 과학계 학위와 같이 원위(院位: 연정원 위치)를 확보할 것이다. 10안거면 보통 인물이라도 3계는 완료할 것이니, 3계라면 무슨 방면으로든지 사계의 중진일 것이다. 현 인도에서

유가법(瑜伽法: 요가법)이 미국으로 건너가서 수도원이 수십 곳이나 되는 중이다. 아직 고단자라고는 인도에 몇 사람이 있을 뿐이요, 다른 곳에서는 보이지 않는다.

물론 중국에서도 고단자가 없는 것은 아니나 중국에서는 순고래식(純古來式)으로 현실화를 하지 않고 선인화(仙人化)하는 것이 장처(長處: 장점)라 우리 민족 진영에서는 이런 고단자는 요구를 않는다. 비록 중단이나 초단이라도 우리 민족에서 유용하게 사용할 인물을 우리는 요청하는 것이다. 우리나라도 고단자가 있을 것이나, 아직 외현(外現: 밖으로 드러남)되지 않았다. 외국에서는 초단 내지 준중단급이 수십 인 있는 것 같다. 이 수십 인 중에서도 공정하게 국가를 위하여 노력하는 자가 10여 인밖에 안 되는 것 같다. 중인조(中印朝: 중국, 인도, 한국)를 제하고도 수십 인은 확실하다. 그러나 고단자(高段者)는 중국의 3인, 인도의 1인이 있고, 조선에서는 미지수이나 아마 몇 사람이 있는 것 같다. 그러나 절대로 우리 조선에서 타국에게 못 미친다는 것은 아니다. 최고를 상쟁(相爭: 서로 다툼)할 자리가 아니라 우리 조선에서 단연 우위(優位)를 점하고, 그 외에도 질적으로 타국에 비(比: 견줌)가 아니나, 다만 시기 문제가 있어서 외현을 못할 뿐이라는 것이다.

단산(丹山: 붉은 산)의 신봉(神鳳: 신령스런 봉황새)은 여전히 우리나라의 장래를 꿈꾸고 있다는 것을 확언하노라.

그 시기가 아니면 범조(凡鳥: 뭇새)에게 다를 것이 없으나,

봉비천인혜(鳳飛千仞兮: 봉황이 천 길을 나네)

기불탁속(飢不啄粟: 굶주려도 곡식은 쪼지 않는구나)이로다.

단산죽실혜(丹山竹實兮: 단산의 대나무 열매여)

대자구의(待子久矣: 열매 기다린 지 오래되었네)로다.

봉황(鳳凰)이 동래혜(東來兮: 동쪽에서 옴이여)

만금저수(萬禽低首: 모든 새들이 머리를 숙이네)로다.

하청해안혜(河淸海安兮: 강은 맑고 바다는 평안하니)

시수지고여(是誰之故歟: 이 누구의 까닭인가?)이라고

　우리 민족, 우리나라가 수천 년을 고대하던 이 신봉(神鳳)은 이미 이 세상에 범태(凡胎: 보통사람)로 화신(化身: 몸을 받음)되어 있다는 것을 확언해 두며, 중인(中印: 중국, 인도)의 최고단들도 이 신봉 앞에서는 부수청명(俯首聽命: 머리를 숙이고 명령을 들음)한다는 것을 잘 알라는 말이다. 백산운화(白山運化)라는 것이 이 운화를 좌우하는 신봉(神鳳)이 우리나라에 있다는 것을 고대 철인들이 미리, 미리 예언하였던 것이다. 그러나 때가 아니면 그 신봉이 누구인지 알 길이 없으리라.

경신일민(耕莘逸民) 운초(雲超)는 소기(笑記)[41]

신묘(辛卯: 1951년) 음력 8월 19일 병석(病席)에서

---

41) 경신일민(耕莘逸民: 상신의 밭가는 선비) 운초(雲超: 봉우 선생님의 별호別號)는 소기
　　(笑記: 웃으며 쓰다)

수필: 자신을 알아주는 이 없어도
더욱 자기 수양에 힘쓰라

천하대란(天下大亂)하고 병과불식(兵戈不息: 전쟁은 쉬지 않음)하던 때는 한말(漢末: 중국 한나라 말엽) 군웅(群雄: 여러 영웅 호걸들)이 각자 위지대장(謂之大將: 자신이 대장이라 함)하고 칭제칭왕(稱帝稱王: 황제라 왕이라 칭함)을 마음대로 할 때에 민생도탄(民生塗炭: 백성의 살아가는 고통)이 그 어떠하였으리?

그때에 양양(襄陽) 땅 남양(南陽) 융중(隆中)에서 와룡강(臥龍岡)이라는 조그마한 언덕에다 수칸모옥(數間茅屋: 몇 칸 띠집)을 지어 놓고 일위청년(一位靑年: 한 사람 청년)이 몸소 밭 갈고 구차(苟且)히 그 성명(性命: 인성과 생명)을 보전하고 있으니, 그 누가 장래의 천하영웅이 그 책모중(策謀中)에서 좌우할 줄 알았으리요?

그러나 이 사람을 이때부터 안 사람은 사마수경(司馬水鏡)[42] 일인(一人)이 있었고, 그 외에는 천하 사람이 다 알지 못하였다. 그러다가 황숙(皇叔) 유현덕(劉玄德)의 삼고초려(三顧草廬)하는 지과지감(知過之感: 자신의 잘못을 아는 것에 감동함)에 못 이겨서

---

42) 사마휘(司馬徽, ?~208년)는 중국 후한 말의 인물로, 자는 덕조(德操), 호는 수경(水鏡)이다. 문하생을 여럿 가르쳤는데《정사 삼국지》에서 확인할 수 있는 사마휘의 제자들로는, 본인들의 열전에 사마휘의 제자라는 기록이 있는 유이·윤묵·이선·상랑, 〈상랑전〉 주석《양양기》에 상랑의 학우라는 기록이 있는 서서·한숭·방통, 〈제갈량전〉 주석《위략》에 서서의 학우라는 기록이 있는 제갈량·맹건·석도까지 총 10명이 있다.

초당(草堂)에 춘수족(春睡足: 봄잠은 족족하고)하니,

창외(窓外: 창 밖)에 일지지(日遲遲: 해는 늦고도 늦네)라.

대몽(大夢: 큰 꿈)을 수선각(誰先覺: 누가 먼저 깨겠는)고,

평생(平生)을 아자지(我自知: 나 절로 앎)라고 부르고 궐연(厥然: 움직임이 매우 기운차고 힘참)히 윤건도복(綸巾道服)에 백우선(白羽扇: 흰 깃으로 만든 부채)을 들고 나와서 천하를 삼분(三分)하고, 손권(孫權)[43], 조조(曹操)가 하루도 고침안면(高枕安眠: 편안히 잘 잠)을 못하게 하면서도 용병(用兵), 용인(用人: 사람을 씀)하는 도(道)가 영웅호걸의 법이 아니요, 성현군자(聖賢君子)의 행실이 여실히 보이니, 일대영주(一代英主: 한 시대 뛰어난 임금)의 군사(軍師)가 아니요, 삼대시(三代時: 하, 은, 주나라 때)라도 일위좌성지재(一位佐聖之才: 한 분의 성군을 보좌하는 인재)에 소호도 손색이 없는 위인이었다.

후세 천추(千秋: 먼 미래)의 방명(芳名: 아름다운 이름)이 불변하니, 이 사람도 현덕이 아니던들

궁경남양(躬耕南陽: 몸소 남양 땅에서 밭이나 갈며),

구전성명어난세(苟全性命於亂世: 난세에 구차히 목숨을 보전하고),

불구문달어제후(不求聞達於諸侯: 제후에게 알려지려 힘쓰지도 않음)[44] 하였었으면 그 누가 천추의 유방(遺芳: 빛나는 공훈을 남김)할 제갈(諸葛)인 줄 알았으리요?

모름지기 이 사자(士子: 士人, 선비)가 자수(自修: 스스로 수양함)하고

---

43) 중국 삼국시대, 오나라의 초대 황제(182~252, 재위 222~252). 자는 중모(仲謀)이다. 촉(蜀)나라 유비(劉備)와 손을 잡고 남하한 조조의 대군을 적벽(赤壁)에서 격파함으로써 강남에서의 지위를 확립했다. 후에 황제가 되어 연호를 황룡(黃龍), 도읍을 건업(建業: 南京)으로 정하였다.

44) 이상 세 구절은 제갈공명의 〈출사표(出師表)〉에 나오는 내용이다.

난세에 성명을 보전할지언정 어찌 세상의 (나를) 알고 모르는 것을 한(恨)하여 **자수근태(自修勤怠:** 스스로 수양하되 부지런함과 게으름)가 차이가 있을 것인가?

때를 얻어서 움직이면 **경천위지(經天緯地:** 하늘과 땅을 잘 계획하여 다스림)의 포부를 발휘하여 볼 것이요, 못 얻어서 노쇠하면 자수(自修)할 뿐이니, 무엇이 한(恨)될 바 있으리오?

그러나 (제갈)공명은 (사마)수경의 **지기(知己:** 자신을 알아주는 벗)가 있는 것도 일시의 **고적(孤寂:** 외롭고 쓸쓸함)은 면할 것이다. 수경이 없다고 한탄하지 말고 더욱 자수에 힘을 다하여 **백련금(百鍊金:** 백번 불린 쇠)이 될 뿐이요, 다른 사람의 알고 모르는 것이 무슨 관계있으리오? 일로 자경(自警)하노라.

신묘(辛卯: 1951년) 8월 19일

봉우지기(鳳宇智記)

추기(追記)

내 수필 중에 이와 근사한 수필이 있으나, 그 책을 분실하였기에 수자(數字: 몇 자) 다시 기록하노라.

지란(芝蘭: 지초와 난초)이 **처어연유곡중(處於然幽谷中:** 깊은 골짜기 안에 처함)하여,

불이무인(不以無人)으로 **불향(不香)**하고(사람이 없다고 꽃 향내를 안 내는 게 아니고),

유유연자약(悠悠然自若: 유유히 스스로 그러함)하니, 이것이 사자(士子)의 가히 본받을 만한 일이라.

현세 매관매직(賣官賣職: 돈을 받고 관직을 팜)하며, 또 매관매직하는 자들에 비하여 그 유곡(幽谷: 깊은 산골짜기)의 지란(芝蘭) 같은 사자(士子)는 천양(天壤: 하늘과 땅)의 차가 없지 않도다.

백절불굴(백 번 꺾여도 굴하지 않음)하고 **이일불변(以一不變: 한결같은 마음으로 불변함)**으로, **당백변즉(當百變則: 백 가지 변화를 맞이해도) 사가 해결의(事可解決矣: 일은 해결될 수 있음)**리라.[45]

신묘(辛卯: 1951년) 8월 19일

봉우병석(鳳宇病席)에서

---

45) 끊임없는 시련과 변화 속에서도 초심을 잃지 않고 굳건히 나아가면 결국 문제를 해결하고 목표를 달성할 수 있다.

수필: 그 자리에 있지 않으면
그 정치를 꾀하지 말라

이번 전란에 잘하느니 못하느니 하여도 전쟁을 승리하면 현 정국 요인(要人)들은 다 중흥공신(中興功臣)이요, 옳으니 그르니 하여도 백성들은 다 난세에 피난하던 백성이라 잘하든 못하든 일하는 자가 책임이 있고, 잘났건 못났건 백성은 백성이요, 피난민은 피난민이라. 여기서 고성(古聖) 말씀에 부재기위(不在其位: 그 자리에 있지 않으면)하얀 불모기정(不謀其政: 그 정치를 도모치 말라)이라는 말씀을 생각한다. 부재기위한 사람이 백번, 천번 말한들 무슨 효력이 있으리오? 간단히 이 구절을 생각하여 각자의 책임 외에는 신구(愼口: 말을 신중히 함)하는 것이 제일 요건이라. 일로 자경(自警)하노라.

신묘(辛卯: 1951년) 음력 8월 19일

봉우서우병석(鳳宇書于病席: 봉우는 병석에서 쓰다)

여해시(如海詩)[46]와 낙서(落書)

평평평막여해(平平平莫如海: 평평함 중에는 바다만큼 평평한 것이 없고)

불평평역여해(不平平亦如海: 평평하지 않은 것 또한 바다와 같으니)

용물포물여해(容物包物如海: 만물을 받아들이고 포용함이 바다와 같음이
요)

광대원만여해(廣大圓滿如海: 광대하고도 원만하기는 바다와 같음일세)

여해(如海)

* 무제 낙서(無題落書)[47]

탄조유룡(呑釣幼龍: 낚시 물은 어린 용) - 제자 권오훈을 상징

탈안준마(脫鞍駿馬: 안장을 벗어난 천리마) - 제자 한강현을 상징

미순치응(未馴稚鷹: 길들이지 않은 어린 송골매) - 제자 주형식을 상징

경고(經鼓) - 최승천

칠미호(七尾狐: 일곱 꼬리 여우)

북해흑룡(北海黑龍) 소(蘇)

백산거호(白山巨虎) 백(白)

---

46) 《봉우일기》 1권 413페이지, 〈여해본의〉에 자호(自號) 여해(如海)의 본뜻을 이미 써 놓
　　으셨음. 역시 4행시로 표현하셨는데, 3~4행의 표현이 다르다.

47) 위 수필의 여백에 써놓으신 것, 인물들을 상징하는 말들이다.

동해세룡(東海細龍)

운중학(雲中鶴) 우(尤)

○수로룡(○水老龍)

수필: 지행일치(知行一致)의 비결, 기극(其極)공부

사자(士子)가 부득지(不得志: 뜻을 얻지 못함)하얀 빈궁(貧窮)한 것도 자연한 일이요, 안빈낙도(安貧樂道)하는 것도 역시 자연한 일이라. 궁(窮)하다고 수원수우(誰怨誰尤: 누구를 원망하고 누구를 탓하랴)하리요, 다만 고궁(固窮: 빈궁함을 잘 견뎌냄)하며, 낙도(樂道: 도를 즐김)하는 것이 당연한 일인데, 사람이 그런 줄 아지 못하는 것은 아니로되 알기는 용이(容易)하나, 행하기가 그리 용이하지 않다. 지이행난(知易行難: 알기는 쉬우나 행함은 어려움)이라는 것이 사실인 듯한데 간간이 심두(心頭: 마음머리)에서 지행(知行)을 가지고 분쟁이 일어난다.

무엇인가 제1 지(知)나 행(行)이나 구난(俱難: 함께 어려움)하다는 주장이 동의(動議: 회의 중에 토의할 안건을 제의함)를 한다. 무슨 일이든지 알기도 그리 용이한 일이 아니요, 행하기도 역시 용이하지 않다는 것이다. 제2는 그렇지 않다고 개의(改議: 회의에서 제기된 안건이나 동의를 고쳐 제안함)를 하는데, 행이지난(行易知難: 행동은 쉽고 앎은 어렵네)이라고 한다. 이유를 물어 보니 우리가 무슨 일을 하든지 해보면 행하기는 하였는데, 무슨 연고로 이 일을 하였느냐가 의심될 때가 많다. 이것은 행(行)은 하였으나 지(知)는 아니라는 말이다. 세상에서 행이지난(行易知難)한 동작도 아주 없다고는 못한다.

제3은 번의(翻議: 본디 제의를 뒤바꿈)가 있다. 지이행이(知易行易: 알기도 쉽고 행하기도 쉬움)라는 것이다. 중간에서는 무슨 일이나 알기도 어렵고, 행하기도 어려우나 극단에 가보라! 일을 당하여 알지 못할 리도 없고, 행하지 못할 리도 없다. 언행일치(言行一致)가 아니라 지행일치(知行一致)가 된다는 말이다. 동의나 개의는 다 그 극단을 가보지 못한 관계라고 말한다. 이유를 설명하라니 예를 든다. 갈(渴: 목마름)한 자가 갈(渴)한 줄 지(知)하고 음(飮: 마심)을 구한 행(行)이 있고, 기(飢: 주림)한 자가 기(飢)한 줄 지(知)하고 식(食: 밥)을 구하는 행(行)이 있고, 병자가 병(病)을 지(知)하고 약을 구하는 행(行)이 있다. 이와 같이 지이행이(知易行易)가 아니고 무엇인가 무슨 일이든지 그 극(極)에 안 가서는 알지도 못하겠고, 행하지도 못하겠다.

대체로 지행(知行)이 일치된다는 말이다. 중간에서는 지이행난(知易行難)도 있고, 지난행난(知難行難)도 있고, 행이지난(行易知難)도 있다. 그러나 그 극(極)에 가면 무슨 일이든지 지이행이(知易行易)의 일치가 되는 법이라고 번의(飜議)가 최다수로 성안(成案)이 된다. 그러나 그 극에 가기 전에는 지난행난(知難行難)도 있을 일이요, 지이행난(知易行難)도 있을 일이요, 지난행이(知難行易)도 있을 일이나 그 극에 처하면 누구나 다 알고, 누구나 다 행하니 이것은 지이행이(知易行易)라고 주장한다. 이것은 그 극에 처하여 본 사람 아니고는 이 말을 못할 것이다.

《대학(大學)》에서도 기극(其極) 2자가 격물치지(格物致知: 사물의 이치를 연구하여 지식을 완전하게 함)의 주안(主眼: 주된 목표)이다. 그리고 보니 우리들의 사자빈궁(士子貧窮: 선비의 가난함)이라는 것도 지(知)하였고, 안빈낙도(安貧樂道)라는 행(行)이 있어야 한다는 것도 알았다. 그러나 우리의 궁(窮)이나 빈(貧)이 그 극(極)에 달하지 못하였고, 안빈낙도하는 교양도 그 극에 도달하지 못하여 지이행난(知易行難)의 폐

(弊: 폐단)가 있는 것 같다. 그 지(知)가 안빈낙도를 극(極)에 갈 만큼 지(知)하였으면 어찌 행(行)이 소호(小毫: 작은 터럭)를 지(知)에 따르지 못할 리가 있으리오?

보라! 비록 극우인(極愚人: 극히 어리석은 사람)이라도 독약이 사약(死藥: 먹으면 죽는 약)인 줄 알기 때문에 먹지 않는 행(行)이 있다. 이에 유사한 예가 얼마든지 있다. 그러니 사자(士子)도 그 지행일치(知行一致)가 될 극지극행(極知極行)에 이르지 못한 관계로 별별 불합치가 발생하는 것이다. 좀 더 고궁(固窮: 곤궁을 잘 견딤)하면 지행이 일치되어 자연 안빈낙도하는 것이다.

여기서 나도 지이행이설(知易行易說)을 찬성하며, 지행일치설(知行一致說)을 주장한다. 지행이 일치 못한 것은 오로지 각자의 수양(修養)이 부족한 데서 생기는 변태상(變態狀)이요, 지행일치는 자연 현상일 것이다. 그리고 대중의 지행일치점이 많이 발견된다. 이것이 천성(天性: 선천적으로 타고난 성품)이요, 여기서 지행일치가 못 되는 것은 말할 것도 없이 사욕(私慾)이 관계되어 지행일치가 못 되는 것이다. 그러나 비록 사욕이라도 지행일치점이 많이 보인다.

여기서 고인(古人)의 이론을 반대하는 것이 아니라 고성(古聖)의 경훈(經訓: 경전의 뜻풀이)을 다시 주장한다는 것이다. 기극(其極)이라는 이자(二字: 두 글자)에 치중하여 각자가 완미(玩味: 맛을 봄)하라는 말이다. 극(極)을 알면 자연 안빈낙도쯤은 문제가 아니다. 내가 도학자(道學者)도 못 되고 문학가(文學家)도 아닌 문외한(門外漢)이 이런 말을 하면 부지일소(付之一笑: 일소에 부침)할 것이나, 우자천려(愚者千慮)에 필유

일득(必有一得)[48]이라고 내말인들 아주 맞지 말라는 법이 어디 있으리요? 그리하여 내 이 붓을 감히 든 것이다.

지이행이(知易行易)요, 지행일치(知行一致)가 된다는 것이요, 이 일치가 되자면 기극(其極)에 가면 된다는 증명을 하는 것이다. 말하자면 극(極)을 지(知)하면 극(極)에 갈 수 있고, 극(極)에 가면 자연 지(知)할 수도 있다는 것이다. 북극(北極)이나 남극(南極)에 가면 한(寒: 추위)을 각(覺: 깨달음)할 것이요, 적도(赤道)에 가면 열(熱)을 각(覺)할 것이다. 중간에서는 춘하추동이 있으나, 양극(兩極)이나 적도에서는 기극(其極)이라 누구든지 그 한열(寒熱)을 얼른 알 수 있으며, 극(極)의 한(寒)을 알고 적도의 열(熱)을 안 것이 지(知)요, 가서 보고 당하는 것이 행(行)이나 다른 일은 그 한열을 가서 아는 것과 같은 지행일치가 되면 자연 모를 일이 없다는 것을 주장하고 못 행할 일이 없다는 것도 겸하여 말하노라.

신묘(辛卯: 1951년) 음력 8월 19일
후학(後學) 봉우지죄근서(鳳宇知罪謹書: 봉우는 죄인 줄 알며 삼가 씀)

추기(追記)

《대학(大學)》의 치지(致知) 공부와 불문(佛門: 불교), 선가(仙家: 仙道)

---

48) 지자천려 필유일실 우자천려 필유일득(智者千慮 必有一失 愚者千慮 必有一得). 지혜로운 이가 천 번 생각함에 한 번 잃는 것이 있고, 어리석은 이가 천 번 생각함에 한 번 얻는 것이 있다. 《사기(史記)》〈회음후열전〉. 한신과 이좌거의 고사.

의 명심견성(明心見性)이 다 일반인 기극(其極) 공부다. "중산위만상
(中散爲萬象: 가운데에서 흩어져 만상이 됨)하여 말복합위일리(末復合爲
一理: 끝에 가서 다시 합쳐 한 이치가 됨)하는 것이다"라고 말한 것이라.
췌언(贅言: 쓸데없는 군더더기 말)을 불요(不要)하고 이 붓을 그치노라.

백토(白兎: 흰 토끼, 신묘년辛卯年) 중추(仲秋: 음력 8월) 19일

어신야병석(於莘野病席: 상신 병석에서)

내가 최저생활을 하자면 얼마가 필요하며
내 수입은 어떠한가?

내 가구(家口: 집안 식구) 6인에서 가아(家兒: 자식)는 일선(一線: 전쟁 최일선)에 군인으로 가고, 서모(庶母)는 자작자급(自作自給)을 하시는 형식이요, 양가(兩家) 네 식구가 최저생활을 하자면 얼마가 필요한가? 현 생활이 최저라고는 못할 생활을 하고 있다. 그러나 이 생활을 저하시키는 외에 다른 도리가 없다. 네 식구의 식량 백미 8말과 잡곡 4말 합 12말과 부식비가 1개월에 80원 정도요, 시대(柴代: 땔감 비용)가 월 2만 원은 면부득(免不得: 아무리 애를 써도 못 면함) 요한다. 환산하면 현 가격으로 백미 1말에 1만 7,000원씩 13만 6,000원이요, 잡곡이 4만 8,000원이면 식량대가 18만 4,000원이요, 부식대 2만 원을 합하여 21만 2,000원인데 이외에 교통비가 있고, 접대비가 있고, 비상비와 각종 세금이 합하여 평균 4~5만 원은 된다. 최저생활을 하더라도 1년에 25만 원 이내로는 어찌할 수 없다.

그런데 내 월수입이 얼마나 되는가? 현상으로는 아무 정기 수입이 없고 돈 1만 원이나 이리 저리 수입되고 소성(小星)이 방적(紡績: 실 뽑는 일)으로 년 10만 원은 수입된다. 그러면 적자가 5만 원은 할 수 없는 것인데 교통비를 축소하고, 접대를 축소하면 좀 나을까 하나, 이것을 축소하고는 내 수입이 10만 원도 안 될 것이라 할 수 없고, 무슨 정기 수입이 있어야 현상이나마 유지할 것이데, 아무리 생각하여도 별 확견

(確見: 명확한 의견)이 나오지 않고 그렇다고 더 감소할 수도 없고, 안 하자니 안 할 수도 없고 **기세양난**(其勢兩難: 그 형세가 양쪽 다 어려움)이다.

비상의 수단이라도 해서 수입을 증가하는 외에 타도가 없는데 무슨 도리가 생하지 않아서 목상(木商: 재목상)이나 해볼까 하니, 역시 자금 문제라 좌우가 곤란한데 이 상태로는 유지할 길이 없고 부채만 점점 증가하니, 가족회담을 하고서 이 생활개업(改業: 생업을 바꿈)을 상의할 예정이다. 가족회담이 있은 후에 다시 기록하리라. 나와 같은 입장을 가진 사람이 아주 없지 않으리라고 생각한다.

춘하간(春夏間: 봄여름 사이)에는 내 신매처(薪賣處: 땔감 파는 곳)에서 약간 수입이 있어서 이에 보충하였으나, 현금은 적수공권이라 장래는 어찌할 수 없으니, 전도막연(前途漠然: 앞길이 뚜렷하지 않음)하다. 그러나 나보다 십 배, 백 배 더 곤란을 받는 사람을 생각하고 인내하는 외에 다른 도리가 없다. 불원간(不遠間: 멀지 않은 사이)에 가족회담을 하고 이 문제를 해결해 보겠다. 그리고 내 수입을 무엇으로든지 증(增: 더함)해 볼 예정이다.

(1951년) 8월 19일

봉우(鳳宇) 병석(病席)에서

추기(追記)

부채는 말 못하게 그 6.25 사변 후로만 80여만 원이 부채요, 금번 한

협위(韓協委: 유엔한국협회 위원회)는 지부에 30여만 원과 평중(?)에서 소비된 것이 30만 원 도합 140여만 원이니, 부채 정리를 무엇으로 할 것인가? 걱정이다.

우리 고래(古來)부터 전하는
체술(體術)이라는 것이 무엇인가?

우리가 사는 이 땅에서 고래(古來)부터 전하는 체술이 있었는데, (전체를) 전하는 바가 없었고 그 여재(餘滓: 남은 찌꺼)가 한 조각, 한 조각씩 무의식중에 전하는 것이 있다. 예를 들면 7월 백중(百中)49) 때에 농한기를 이용하여 농부들이 하는 씨름이라는 것도 일종의 고대 체술임에 틀림없고, 현시보다 조금 전에 우리 청년들이 많이 하던 공치기, 제기차기, 중방울 올리기, 팔매 던지기, 돈치기, 줄넘기, 발길하기, 박치기, 뜀뛰기, 들돌 들기, 팔씨름하기 등이 다 고대부터 하던 유전되는 체술의 일부요, 그리고 이외에 우리 말하는 화랑(花浪)이들이 재주넘기, 땅재주와 줄타기, 상모(象毛) 돌리기 등이 다 우수한 체술이다. 그러나 우리들이 보기를 일종의 유희(遊戲: 즐거운 놀이)로 대접하지 국기(國技: 나라의 전통 운동)로 수천 년 전래하는 체술인 것을 인정하는 사람이 몇 사람이나 되는가?

조선의 체육가들도 외래 체육인 각종 (운동)은 전문적으로 연구하나, 우리나라 체술을 조직적으로 재편하려는 사람이 보이지 않는다. 안자

---

49) 음력 칠월 보름. 승려들이 재(齋)를 설(設)하여 부처를 공양하는 날로, 큰 명절을 삼았다. 불교가 융성했던 신라·고려 시대에는 이날 일반인까지 참석하였으나 조선시대 이후로 사찰에서만 행하여진다. 근래 민간에서는 여러 과실과 음식을 마련하여 먹고 논다.

산(安自山)[50)의 고대 체술 선전이 있으나, 역시 미미하다. 이상 여러 가지 체술 준비가 있는데 보급되었던 것을 볼 때에 고대의 우리 체술이 얼마나 통속화하였나를 잘 알 것이다. 우리가 고대부터 전래하는 체술을 전체는 습득치 못하더라도 일부라도 완전하게 조직적으로 재편성할 필요가 있다. 그리고 전문으로 시킬 것이다. 내가 10여 년 전에 고대로부터 유전되는 법대로 일부를 청년들에게 연습시켰는데 의외의 성과가 호성적(好成績)이어서 단시일로 상대방에 장시일을 요한 유도(柔道)니, 공수(空手)니 하는 시합을 해보았다. 생각보다는 호성적이었다.

그 청년들이 장시일을 전문적으로 전공하였다면 물론 선수 자격이 있을 것이나, 몇 개월간을 시간 있을 때 연습한 것인데 효과가 유도 몇 년간을 습득한 유단자들과 우수한 성적으로 승리하였다. 여기에서 권투 선수들과도 시합하여 보고 공수도 선수들과도 시합해 보았는데, 번번이 성공하였다. 이것으로 우리 체술의 일부라도 기술적으로 우수하다는 것을 잘 알았다. 그러하고 그것을 조직화해 볼 생각이 있었으나 이것도 물질이 부족하다는 것이다. 각 방식을 수비하는 데에도 물질이 필요하고, 이것을 심사하여 재편하는 데에도 인원과 물질이 필요하고, 이것을 시험대에 올리기까지 청년들 습득시키는 것도 물질과 간부 여러분의 노력이 아니고는 절대 불가능하다. 이것을 실현하기까지 우리가 불휴(不休)의 노력을 하는 중이나, 역시 미력(微力: 적은 힘)이라 속

---

50) 안확(安廓, 1886년~1946년)은 한국의 국학자, 국어학자, 역사학자, 문학가, 독립운동가이다. 호는 자산(自山). 일제강점기 때 조선국권회복단 마산지부장, 신천지 편집인 등을 역임하였고,《조선문학사》등을 저술하며 국어학, 국문학, 아악 등을 연구한 국학자이다.

히 실현을 못시키는 것이 우리들의 성의가 부족하다는 것이다. 비록 물질이 부족하거든 우리들이라도 집합하여 습득하고 이대로라도 선전해 보았으면 하는데 동지들도 생활고로 발족을 못한다. 이것이 모두 우리들의 책임완수를 못하는 연고이다.

앞으로 계속하여 불휴할 예정이다. 이것이 완성되어 전국적으로 실현되면 우리 체술만으로도 현 세계 각국에서 행하는 체술보다 절대 우수하다는 것을 확증(確證)시킬 수 있다. 이모저모로 보아서 우리가 우리의 것을 휴면(休眠: 쉬고 잠)시키고 **모화병**(慕華病: 중국을 사랑하는 사대주의병)이 중(重: 심해짐)하여 패망한다는 것이다. 하루라도 빨리 실현되기를 바라는 바이다. 나라마다 각자의 고유한 체술이 있다. 그 체술로 그 나라 청년의 강약(强弱)을 여실히 아는 것이다. 그런데 우리나라는 고래(古來)하는 우수한 체육정신이 있었음에도 불구하고 이것이 조직화된 단체가 못 되는 것이 대결점이다. 고유한 방식을 그대로 **편차**(編次: 차례로 엮음)하여 이리도 연습하여 보고, 저리도 연습하여 보면 자연히 그 재편이 완성될 것이다.

우리가 이 국면에 대한 것이라도 완성해 볼까 하고 10여 년 노력하였으나, 여전히 미력(微力)이라는 것이 결점이 된다. 그리고 동지들 중에 혹 찬성자가 있었으나, 습득하여 보고는 보급하면 가치가 박약(薄弱: 약해짐)해진다고 비장(秘藏: 비밀로 숨기고 감춤)하자고 주장한다. 이 사람도 물질이 있어서 내가 같이 편차(編次)하여 볼까 하고 악수하였던 사람인데 자기만 일부 습득하고 대중 보급에는 반대한다. 내 의사와는 정반대다. 내가 경제가 허락되든지, 혹 동지 간에서라도 완전한 찬성자가 있으면 언제든지 우리의 체술이 무엇이라는 것을 세상에 공포(公布: 일반에게 널리 알림)하겠노라.

이 붓을 들며 과거를 추억하니 감개무량(感慨無量)하도다. 수천 년 우리 조상들이 얼마나 청년시대에 활발성을 가지고 건강한 몸으로 민족국가에 이바지하였나 두 눈을 감고 길게 추억하노라.

백토(白兔: 신묘년辛卯年, 1951년) 중추(仲秋: 음력 8월)

염신야정사(念莘野精舍: 신야정사를 생각하며)

봉우서우병석(鳳宇書于病席: 봉우는 병석에서 쓰다)

추기(追記) 1

우리의 체술이라는 것이 무술의 일부분임에 틀림없다. 그리고 체술이 각종 무술의 기본이 되어 있는 것이다. 현대화한 무기를 의미한 것이 아니라, 고대무술(古代武術)을 운위(云謂: 일러 말함)하는 것이다. 체술은 공수(空手: 빈손)로 하는 것인데 그 극의(極意: 마음을 한 곳에 쏟아 그 뜻을 다함)에 가면 공수(空手)로 백인(白刃: 예리한 칼날)을 포(捕: 사로잡음)하는 것이다. 유도(柔道)에도 백인포(白刃捕)가 있으나, 다 명인(名人)들이 하는 것이요, 이것을 전쟁이나 보통 투쟁 같은 데에서 남용하라는 것이 아니다. 습득하였다가 부득이한 경우에 일살생백(一殺生百: 하나 죽이고 백을 살림)이 되거나, 악한의 남용을 제지하라는 것이다.

그리고 건강한 신체에 건전한 정신이 있다고 신체가 쇠약하면 백사불성(百事不成: 모든 일이 이루어지지 않음)하는 법이라 청년정신을 양성하자면 먼저 신체의 건강부터 얻어야 되는 것이라 우리의 체술도 이 정신에서 발생한 것이다. 기술이 능할수록 정신통일을 하지 않으면 안 되는 것이니, 직접 체육이면서도 정신수양에 떠나지 못할 부문이 되었다. 정신이 먼저 상대를 이겨야 기술이 능히 그 상대를 당하는 것이다. 이 자신 있는 정신을 소유한 자가 아니면 절대로 체술 시합에서 패배(敗北)하는 것이 정리(正理: 바른 이치)다. 여기서 **심신일치론(心身一致論)**이 승리되는 것이다. 체술은 유도나 권법이나 공수도와 유사한 기술이 많다. 그러나 우리의 체술이 단연 그 **공방법(攻防法: 공격과 방어법)**과 **자수법(自修法)**이 우수하다는 것이다. 방어하면 상대방에서 침범할 수 없고, 공격하자면 상대방이 여하히 방어하더라도 공격할 여유가 있다는 것이다. 이것이 우리 체술의 제일 장점이다.

그리고 다른 나라 무예는 수십 년을 요하지 않으면 명인이 될 수 없는데 우리 체술은 5년이면 책임지고 명인이 될 수 있다는 것이 우리 체술의 장점이다. 이것을 **실지화(實地化)**하고, **서책화(書冊化)**하고, **시합화(試合化)**하여 보급될 날이 그리 멀지 않을까 한다. 주(主)도 정신통일이다. 그리고 기초 준비가 시일을 요할 뿐이다. 1개월의 준비 기초를 가지고 6개월만 체술에 전문하면 **연사(練士: 단련이 된 사람)**가 될 것이요, 2년만 전문하면 **선사(選士: 재능으로 뽑힌 사람)** 자격이 있을 것이요, 4년을 전문하면 **명인(名人: 마스터)**급일 것이다. 그 후의 장단점은 본인의 정신 여하에 있는 것이다. 후일에 이 체술에 대한 **전문담(專門談: 전문적 얘기)**을 쓰기로 하고 이만 그친다.

신묘(辛卯: 1951년) 8월 20일

봉우서우유신정사(鳳宇書于有莘精舍: 봉우는 유신정사에서 쓰다)

추기(追記) 2

살활자재(殺活自在: 죽이고 살림은 마음대로고)

승적비난(勝敵非難: 적에게 승리함도 어렵지 않으나)

유최난자(維最難者: 오로지 가장 어려운 것은)

공정지신불용어사투(公正持身不用於私鬪: 공정한 몸가짐으로 사사로운 싸움에 쓰지 않음이라)

당충효경렬시방가사용(當忠孝敬烈時方可使用: 충효경렬의 상황에서는 마땅히 지금 써야만 하니)

약남용즉사계지죄인(若濫用則斯界之罪人: 만약 (이 체술을) 함부로 쓰면 무술계의 죄인이 된다)

신지신지(愼之愼之: 진실로 삼가하라, 삼가라!)

수필: 14명 연정원 동지들에 대한 인물평

이 일, 저 일로 근일 심신(心神: 마음과 정신)이 산란(散亂)하다. 정신
적으로나 물질적으로나 다 맞가지[51] 못한 내 근일 상태라 머리를 안정
시킬까 하고 독서하여 보니, 독서 중간에 별별 망상이 다 나고 읽던 글
은 무엇을 읽었는지 정신이 없다. 여전히 두통이 난다. 그래서 동네 모
임 장소에 가서 잡담이나 하고 좀 소수(消愁: 시름을 없애 버림)를 할까
하고 보니, 전과 불변하는 상태다. 설왕설래하는 것을 듣다가 너무 싱
거워서 또 돌아보니, 역시 번뇌병이 든다.

기박(碁博: 바둑)도 하여 보니, 심부재언(心不在焉: 마음이 다른 데 있
음)이라 자미(滋味)가 없어서 중지하고, 귀와북창청풍(歸臥北窓淸風:
돌아가 북창의 맑은 바람 맞으며 누움)하여 일왕월래(日往月來: 해가 가고
달이 옴)에 만안풍경(滿眼風景: 눈에 가득히 담긴 풍경)이 추인(秋人)의
추사(秋思: 가을에 일어나는 갖가지 생각)를 도울 뿐이라. 또 일어나서 추
억되는 수필이나 쓰고 보니, 횡설수설이라 써놓고 독좌대소(獨坐大笑:
홀로 앉아 크게 웃음)로다. 이것이 무엇인가 내가 보아도 알지 못할 것을
써놓았으니, 본래는 무엇이라 쓸 예정이었으나 쓰다가 마음 가는 대로
쓴 것이 제목하고는 아주 탈선한 것이다. 그리하여 독좌대소를 하는
것이다. 역시 심부재언이로구나. 만사(萬事)에 심부재언병(心不在焉病)
이 들었구나.

---

51) 딱 알맞다. 맛긋다, 맛갓다, 맛갖다, 맛것다, 맛긏다 등으로 쓰이며 같은 의미이다.

또 하루 심심하니 원우(院友)들 단평(短評)이나 해보자. 이것도 쓰다가 무슨 짓을 할는지 알 수 없으나, 쓰는 대로 써보자. 순서 없이 마음 가는 대로 쓰는 것이다.

(제1) 낭석(浪石)이라는 원우는 "낭리석두(浪裏石頭: 물결 속의 바위)[52]"라는 말이다. 이 사람은 바람이 부는 대로, 물결치는 대로 세상 사람들의 풍속을 순종하는 것이 아니라 내 마음 가는 대로 남이야 선(善)이라고 하든지, 악(惡)이라고 하든지 내 마음 가는 대로 풍속을 따르지 못한다는 것이요, 청년시대에는 **억강부약**(抑强扶弱: 강자를 누르고 약자를 도와줌)하는 벽(癖: 버릇)이 있었는데, 좀 나이가 먹더니 **오불관언**(吾不關焉)하고 직접 관계 있는 일이면 자기 마음대로 한다. 청년시대에는 **선관한사**(善關閒事: 쓸데없는 일에도 잘 관여함)한 사람이었는데, 지금은 자기 신상(身上) 관계가 아니면 관여하지 않는다. 그리고 물질에 **아전인수**(我田引水: 자기만 이롭게 함)를 하는 관계로 청년들에게 호감을 못 받는다. 그러나 **이해**(利害: 이득과 손해)를 막론하고 **시비곡직**(是非曲直)을 말하라면 공정한 입장에 판단력이 있다는 것이다. 평시에는 별수 없는 것 같으나, **생사관두**(生死關頭: 생사가 달린 중요한 지경)한 때에는 몸을 아끼지 않고 일보는 것이 그 장점이요, 물질에 애착심이 많은 것이 그 단점이다. 말하자면 먹물이 부족하다는 것이다. 중류지석(中流砥石)[53]이라는 낭석(浪石)이나, 그 입지(立志)가 충분하다

---

52) 세상 풍파에 흔들리지 않는 굳건함과 무게감이 있다. 한편 융통성이 없어 '지나가는 배를 깨뜨리는 위험한'이라는 이중적 뜻도 있어 보임.

53) 여기서 지석(砥石)은 황하 중류의 삼문협(三門峽)에 있는 기둥 모양의 돌기둥 지주(砥柱)를 말한다. '지(砥)'는 위가 판판해 숫돌 같다고 해서 붙은 이름. 격류 속에 우뚝 솟아 꼼짝도 하지 않기 때문에, 난세에도 흔들리지 않고 의연하게 의리와 기개를 지키는 인물을 비유하는 말로 자주 사용되며 충신을 기리기 위한 지주비를 세우기도 하였다.

는 것이 아니라 자기 고집이 강하여 남의 말을 듣지 않는다는 것이다.

제2에 "초부(樵斧: 땔나무 도끼)"는 본래는 정지절(程知節)[54]의 초부를 본받으라는 것인데, 대체가 부(斧)라는 것이 정세(精細: 정밀하고 미세함)를 의미하는 것이 아니요, 조대(粗大: 거칠고 큼)를 의미하는 것이다. 초(樵)라는 것도 화목(火木: 땔나무)이라는 것이다. 별다른 재목을 구하는 것이 아니요, 화목이나 구하려 벌목할 부(斧: 도끼)라는 말이니, 여기서 정지절의 고사(古事: 옛일)를 본받아서 성공하라는 것인데 의외에 글자 그대로의 초부(樵斧)가 되는 것 같다. 사람이 추솔(麤率: 거칠고 까불어서 조심성이 없음)하고 덥석덥석하고, 정세하지는 못하나 초부라는 별명과 같이 도끼로 화목을 베는 행동이 많다. 그리고 대의(大義)에 벗어나서 일수(일쑤: 흔히 또는 으레) 자기 개인 행동을 잘한다. 그리고 일의 대소(大小)나 동지들 중에도 타인의 인격평을 정평(正評)을 못한다. 다 같은 사람이지 하면 하려니 한다. 자기 자격을 자평(自評) 못하는 것이 결점이다. 불량력(不量力: 능력을 헤아리지 않음), 불탁덕(不度德: 덕성을 헤아리지 않음)하고 일의 대의나 공도(公道: 공평하고 바른 도리)를 잘 못하는 결점이 있다. 나도 무던하거니 하는 철모르는 결점이 있다.

좌정관천(坐井觀天: 우물 속에 앉아 하늘을 봄) 하는 것이다. 풋내기 재조(才操: 재주)는 있으나 인내성 있는 추진력이 부족하다는 것이다. 그저 다른 사람도 하면 할 일이 다 동지 간이니 네가 해라 하고 맡기면 구복(口腹: 먹고 사는 입과 배)이나 관계없으면 일은 볼 정도다. 좀 더 진보(進步)되었으면 사람으로의 인격이 향상되었으면 하는 것이다. 대

---

54) 당나라의 명장으로 능연각 24공신에 포함된 인물이다. 도끼를 쓰는 맹장으로 알려져 있다. 본명은 정교금(程咬金)이고, 정지절(程知節)은 관직을 얻은 후 개명한 이름이다.

의감(大義感)을 양성하라는 것이다. 그 결점을 시정(是正)하고 자기의 장점을 기르라는 말이다. 이해(利害)를 초월하고 사욕(私慾)에 순(殉: 탐하다) 말라는 것이며, 타인의 장점을 경시(輕視)말라는 부탁이다. 그러면 일면(一面: 한 면 단위)의 중견(中堅)은 충분하고 양성이 잘되면 일군(一郡)에도 진출할 수 있는 정도라는 것이다. 이상은 아직 알 수 없다는 점이다.

제3 송사(松士: 吳致玉)는 글자 그대로 송성(松性: 소나무 성품)이 있는 사람이다. 서리가 오든지, 눈이 오든지 내 마음은 변하지 않을 사람이다. 그 의지가 견고하다는 말이다. 그러나 이 사람에게는 이런 병점(病點: 약점)이 있다. 무슨 병점인가 하면 과부족(過不足: 과하거나 모자람)이 개부중(皆不中: 다 맞지 않음)이라고 이 사람은 추진력이 너무 부족하다는 것이다. 내가 무슨 자격이 있나 다른 사람들 유능한 사람이 할 일이지 나는 내 자신도 가지고 가기 곤란하니, 오불관언(吾不關焉)이라고 자겸(自謙: 겸손하여 자기를 낮춤)이 과하여 일에 착수를 않는 것이 이 사람의 병이다.

너무 자겸(自謙)하여 동지들과 같이 일을 않는 것이 결점이다. 이것은 자기 이해(利害)를 타산(打算: 따져 헤아림)하여 이런 것도 아니요, 진실로 자기를 자비(自卑: 자신을 스스로 낮춤)하여 이런 것이다. 의지만은 견고하나 방통성(旁通性: 두루 통하는 성격)이 부족하다는 것이다. 이 사람은 사무인으로 각 방면에 부족하니, 연정원(研精院) 원두(院頭: 연정원 우두머리)로 자기 생활은 부담하고 책임짓는다면 최적격자(最適格者)일 것이다. 변함없이 시일 전에는 전 책임을 다할 사람이다. 원두 자격자로는 일도(一道)에서 몇 사람이 못 될 것이다. 여타를 지나서 다른 데로 사용하면 불합(不合)할 것이다. 그러니 적소적재(適所適材: 알맞은 자리에 알맞은 인재를 씀)을 구하라는 것이다.

　제4 곡앵(谷鶯: 산골의 꾀꼬리)은 위인(爲人: 사람의 됨됨이)이 근신상세(謹愼詳細: 언행을 삼가고 조심하며 정밀함)하고, 수불석권(手不釋卷: 손에서 책이 떨어지지 않음)하는 독학자(獨學者)이다. 괄목상대(刮目相對: 눈 비비고 서로 대함)할 명석한 두뇌의 소유자다. 원우 중 가장 장래를 촉망(囑望)하는 유위(有爲: 능력 있고 쓸모 있음)의 청년이다. 그러나 사람이 너무 상세하여 자기 심리의 가(可)라든지, 부(否: 부정)라든지 결정된 것은 아무가 아무 말을 하든지 현장 수판이 맞지 않으면 청종(聽從: 이르는 대로 잘 들어 좇음) 않는 성벽(性癖: 몸에 밴 습관)이 있고, 자습에서 얻은 학력이라 상대자도 비록 현상으로 우월할지라도 수득(修得: 배워 체득함)하면 나도 그만큼은 되리라는 자긍성(自矜性: 스스로 긍지를 가지는 성격)이 좀 병이요, 거물들을 접촉하여도 별 이면(裏面: 속 얼굴)은 알 수 없으나, 외양으로 보아서는 초인간적이 아니라는 자시성(自是性: 자기 의견만 옳다는 성격)이 그만큼 되자면 얼마나 적고(積苦: 고통을 쌓음)가 있어야 되는 것을 아직 모르는 것 같다.

　이것이 악평하자면 정저와(井底蛙: 우물 안 개구리)라는 것이다. 세상에서는 비록 경천동지(驚天動地: 세상을 몹시 놀라게 함)의 위인이라도 평상시에는 범상인(凡常人: 보통사람)에서 소호도 다를 것이 없는 것을 평상시 행동으로 그 거물들을 직시하는 것이 곡앵의 단점이다. 나도 이만하면 그들의 지위만 가지면 되려니 하는 것이 그의 최대 단점이라는 것이요, 자기의 안목에 소호라도 맞지 않으면 도외시(度外視: 안중에 두지 않고 무시함)하는 것이 곡앵의 장래 추진의 거대한 흠점(欠點: 부족하거나 잘못된 점)이요, 자습(自習)에서 소득한 바라 상대의 대소 인격을 얼른 분변 못하는 것이 광의(匡意: 뜻을 바로잡음)할 점이다. 그리고 자기도 장래에도 이것이 최대 사업인가, 저것이 최대 사업인가를 아직 확정 못한 감이 있다. 아직 **사조**(師助: 스승의 도움)가 부족한 것이 병이요, 우조(友助: 벗의 도움)도 역시 없는 것이 병이다. 추진하면 성공할 자질을 가지고도 추진 않고 정지하고 있는데, 그의 인격이 손상된다는 것을 잘 모르고 있는 것이 걱정이다. 명주(明珠: 아름다운 구슬)가 진토(塵土: 티끌 흙)에 묻힌 것이다. 내가 과한 평이나 아닌가 한다.

그다음 (제5) 설초(雪樵: 눈 속의 나무꾼)를 평해 보자. 간성장(艮成莊)[55] 동지(同志)에서는 송사(松士)와 막상막하(莫上莫下)한 동격(同格)이었는데, 중간에 개로(改路: 길바꿈)도 하여 보고, 배향(背向: 좇는 것과 등지는 것)도 하였었다. 그러는 중에 부지중(不知中) 어둠이 없지 않았었고, 또 다시 수양도 하고 술서(術書) 등에는 박학(博學)하였었다. 여기서 다시 일득지견(一得之見)이 생하기 시작하자 전비(前非: 과거의 잘못)를 개(改: 고침)하고 주경야독(晝耕夜讀)으로, **안빈낙도(安貧樂道)**하는 성격을 함양하여 **정금미옥(精金美玉)**이 되기를 자기(自期: 스스로 기약함)하고 나간다. 소호도 **원천우인(怨天尤人:** 하늘을 원망하고 사람을 탓함)하는 행동이 없고, **자감기궁(自甘其窮:** 그 가난함을 스스로 감수함)하며, **익수기공(益修其工:** 더욱 그 공부를 수련함)하는 **미행(美行)**을 갖게 되었다. 그리하여 그의 장점이 안빈낙도요, 그의 단점이라면 **계왕성개래학(繼往聖開來學:** 성현의 가르침을 이어받아 후세에게 가르쳐 전함)하는 자임(自任)이 부족하고, 자수(自修)는 하나 **교인(敎人:** 사람을 가르침)하는 데는 부족하고, 또 동지 중에 **장족진보(長足進步)**하는 자가 있으면 좀 시기(猜忌: 샘을 내서 미워함)하는 언사(言辭)가 있고, 타인

---

55) 계룡산 갑사(甲寺)내에 있는 별장으로 1930년 겨울 김설초, 오송사 등 제자들과 함께 이곳에서 정신수련 결사를 함.

의 장처(長處: 장점)를 잘 말 않는 점과 또 독선(獨善)에는 장(長)하나 공공(公共)에는 부족한 흠점이 있다. 이것은 도시(都是: 전부) 사회관(社會觀: 사회를 보는 관점)이 부족한 관계다.

장단(長短)은 인개유언(人皆有言: 사람 누구나 할 말이 있음)이나

설초는 부지연정원수년(赴之研精院數年: 연정원에서 수년간 나아감)하고,

갱입유악지중(更入帷幄之中: 다시 군영의 장막 안에 들어감)하여

좌운주즉족이진기재(佐運籌則足以盡其才: 보좌하며 계책을 세우게 하면 그 재능을 다 발휘함)56) 하고,

가이유방(可以遺芳: 후세에 향기를 남겨줌)이나,

약불연즉여전고궁(若不然則如前固窮: 그렇지 않으면 여전히 가난함을 당연히 여기고 잘 견딤)하고,

후손이나 선양(善養: 잘 키움)하여 자작자급(自作自給)하여 군색한 생활은 없을 것이요, 약간 여유가 있을지언정 호화생활은 못할 것이다.

천불능궁력색가(天不能窮力穡家: 하늘은 힘써 농사짓는 사람을 가난하게 못함)57) 라는 것이다.

득시즉유방(得時則遺芳: 때를 만나면 후세에 좋은 업적을 남김)이요,

부득시즉고궁(不得時則固窮: 때를 못 만나면 가난함을 잘 견딜 것)58) 이

---

56) 운주(運籌)는 산가지를 놀린다는 의미이고, 유악(帷幄)은 장수의 군영인 장막을 가리키는 말이다. 운주유악(運籌帷幄)은 장막에 들어가 전략을 세우거나 계획을 꾸며 천리 밖에서도 승리하는 것을 말하는데 장량이나 제갈량 같은 이가 그러하다. 독자적으로 지휘하는 일보다는 계획·전략을 짜서 보좌하는 역할을 맡기면 재능을 최대한 발휘할 수 있다는 인물평.

57) 중국 남송(南宋)의 시인 육유(陸游: 1125~1210)의 시구.

58) 《논어(論語)》의 '군자고궁(君子固窮: 군자는 어려움과 궁핍한 상황에 닥쳤을 때 오히려 더욱 단단하고 굳세어진다)'과 맥을 같이한다.

설초의 본색이다.

묘당(廟堂: 조정)의 시구(蓍龜: 책사)59)가 될 성능(性能: 성질과 기능)은 있으나, 좀 부족하다는 것이다. 더 수양(修養) 있기를 비노라.

누가 동량재(棟梁材: 마룻대와 들보로 쓰일 재목)가 아직 다 크지 못한 줄 모르고 초부(樵夫: 나무꾼)의 도끼에 화목(火木) 대우를 받을까 못내 애석하노라.

신인(新人)으로 이만큼 수양을 하자면 비록 사조(師助), 우조(友助)가 있더라도 10년 수양으로는 설초의 우(右: 오른쪽)가 못 되리라.

좀 더 크거든 도편수(都片手: 목수의 우두머리)가 동량재로 (설초를) 얼른 골라 가기를 바라노라.

다음은 (제6) 교랑(巧郞)이나 평해 보자. 외견(外見)에는 성의가 있으나, 인내성이 부족하다. 좀 재주는 있으나 연구성이 아주 박약하다. 말하자면 피상(皮相)의 재주가 있으나, 실상은 '하루 비둘기 재를 못 넘는다'고 유약하다는 것이다. 수양도 시켜 보았으나 자포자기를 하는 것이 아니라 인내를 못하여 진취성이 없고 조바심을 하는 것이 이 사람의 흠점이다. 무엇이든지 하고자 하나, 실지에 있어서 기송(記誦: 기억하여 외움)공부나 하지 연구에는 부적합하다. 기송하면 될 책임이면 겁 안 내고 나갈 자격이다. 원우로서는 입문객들이요, 승당(升堂: 집에 오름) 자리는 아직 요요(遙遙: 멀고 멈)하다. 좀 더 정연(精硏: 정밀한 연구)되기를 바란다. 그 인내성을 양성하지 않으면 인격 향상이 못 될 것이니, 백 가지 욕구를 다 버리고 한 가지 인내를 양성하라.

(다음은 제7) 성동지(成同志)를 평해 보자. 일의 욕구성은 교랑과 근

---

59) 시구는 점을 보는 도구(시초와 거북점)다. 묘당의 시구라는 표현은 조정에서 나라의 큰 일을 결정할 때 쓰이는 계책·지혜·의논을 상징한다.

사하고, 인내성이 부족함도 양인이 상사(相似: 서로 비슷함)한데 성(成)은 근실(勤實)하고, 허위성(虛僞性)이 없고, 교랑은 **부동성(浮動性**: 주체가 없이 떠서 흔들리는 성질)이 있고 **허장성(虛張性)**이 있다. 교랑은 대인(對人)에 소소(少少) **교제질(交際質)**이나 성은 대외에는 부족하고 실질적 대내(對內)에 사무적이다. 성질이 상사(相似: 서로 비슷함)하나 일하는 데는 정반대성이다. 한 건을 택하여 사무인으로는 일인당(一人當)일 것이다. 남에게는 일인당이 못 된다. 양인이 모두 자격을 양성하라.

(다음은 제8) **신현달** 동지를 평하여 보자. 위인(爲人)이 근실하고 동지애가 많은 사람이다. 원우로서 무슨 수련이나 철학은 못하였으나, 동지들 중에 동지의 일이라면 자기 일을 돌아보지 않고 협력성이 많았다. 비록 그 문(文: 학문, 예술)은 취할 바 없으나, 그 질(質: 인간 성품)은 좋다는 말이다. 그가 배움이 부족하여 여기서 나오는 흠점은 있으나, 그 양심상으로서는 고범(故犯: 고의 범죄)은 없을 사람이다. 실행에 있어서 협력 동지로 별로 변태성이 없는 동지이다. 환언하면 한 가지 일을 자기가 맡아서는 부족하나, 누구를 보좌하고 나가면 보좌역으로는 손색이 없는 '일인당(一人當)'일 것이다. 농산어촌(農山漁村)의 중견급은 확실하다. 될 수 있으면 이일, 저일 시켜서 사업적 훈련을 하게 하는 것이 이 동지를 위하여 효과적일 것이다. 아직 일에 단순하여 대외적으로 좀 부족하다는 말이다. 일 잘하는 사람하고 같이 대동(帶同: 함께 데리고 감)하고 한 1년만 있으면 보통 원우로는 자격이 부족하지 않다고 본다.

다음 (제9) **칠성(七星)** 동지를 평하여 보자. 위인이 **유아(儒雅**: 시문을 짓고 읊는 풍치)하고 **근신(謹愼**: 삼가고 조심함)하다. 그러나 청년으로서 활발성이 부족하고, 욕구성은 있으나 진취성이 부족하다. 인내도 하고, 의지도 있으나 이해성이 좀 부족하다. 그리고 견고한 입지가 아직 서지를 못한 것이 그의 흠점이다. 좀 더 연습하고 사조(師助)와 우조(友助)가 있었으면 원우로 입문객으로서 소호도 손색이 없을 것이다. 우리가 훈도(薰陶: 덕으로 사람을 감화함) 못 시킨 것이 병(病)이지 그 사람에게 약점이라고는 좀 활발성을 가지고 강하게 못나간다고 말이나 할까 다른 약점은 말 못하겠다. 될 수 있는 대로 장래에 다시 원우로 갱신할 자격을 양성하기를 바랄 뿐이다.

그다음 (제10) 헌령(憲玲) 동지를 평하여 보자. 상세하고 조밀(稠密: 빡빡함)하다. 그리고 사무적으로나 사업적으로나 그 견인성(堅忍性: 굳게 참는 성질)과 모사성(謀事性)이 있어서 무슨 무슨 일이든지 사업성에는 동모(同謀)하여 해될 일은 없을 것이다. 심사숙려(沈思熟慮)는 못하나 자신불의인(自信不疑人: 자신을 믿고 남을 의심치 않음)하는 성격이 보인다. 무슨 일이든지 동모하여 성공을 시킨 후에 책임적 지위를 주고 일방(一方)의 사업인으로서 연정원 경리 책임자로 두었으면 하는 내 희망이다. 물론 자진(自進)하여서는 못할 듯하나, 후일 물적 성공을 기다려서 연정원 경리 책임을 맡길까 한다.

다음 (제11) 고지(固志) 동지를 평하여 보자. 글씨 그대로 고지(固志: 견고한 의지)다. 그러나 진취코자 하는 욕구는 은연중 있으나, 현실로 보아서는 안분(安分: 편안한 마음으로 분수를 지킴)하고 지족자(知足者: 분수를 지켜 만족하는 사람)와 같다. 소호도 진취성이 보이지 않는다. 마음만은 물질적이나 심리적이나 다 같이 진취코자 하는 욕구가 있으나 주위 정세가 허락 못하는 관계로, 외견에는 아주 안분지족자 같다. 우리가 이 사람의 주위 환경을 고쳐 주는 것이 제1 요건이다. 좀 그 환경이 고쳐지면 심물(心物) 양면을 다 진취코자 하는 욕구자의 한 사람일 것이다. 여기서 욕구성이 있으니, 원우로 자격이 있다는 것이요, 또 용산동지(龍山同志)로 다년동사(多年同事: 여러 해 같이 일함)한 사람이다. 그가 환경이 고쳐지고 물심(物心)이 다 욕구대로 진취되어 우리 원우 중에서 장로(長老)급들과 비견하였으면 하는 내 바람이다. 마음도 있고, 질(質: 자질)도 있는 원우로 환경의 허락을 못 받을 뿐이다. 유지자사경성(有志者事竟成: 뜻 있는 사람은 반드시 성취함)이라니 성공하기를 바라노라.

다음 (제12) 소졸(小拙)을 평하여 보자. 사람이 졸(拙: 서투름)하되, 자기의 졸함을 알지 못하는 것인데 소졸은 아주 소졸함을 잘 아는 것이 소졸의 특장(特長)이요, 내가 보기에는 아주 소졸은 아니 되는 것이다. 물질적 환경에서 할 수 없이 소졸이 된 소졸이니, 물질이 허락된다면 그의 소졸성(小拙性)이 관후(寬厚: 너그럽고 두터움)로 변할 날이 있을 것이다. 비록 졸(拙)하나 사무인으로는 일인당이 못 되지만 그 의사는 욕구하는 것이라. 이다음 무슨 일로든지 그의 소졸성을 변하게 하겠노라. 용산동지의 연대(年代: 지나온 햇수)가 남에게 자자한 소졸이다. 이왕이거든 그 대졸(大拙)을 양성할지어다.

그다음 차(次) 동지를 평하여 보자. 위인이 근신하고 견고한 사람이다. 그 형보다도 견고는 가일층이다. 그러나 이 사람은 촌농부로 자진(自進: 스스로 나섬)하나, 자습으로 간이(簡易)학교[60], 국민학교를 졸업

---

60) 간이학교는 일제강점기 농촌이나 오지처럼 학생 수가 적은 지역에 설치하여 최소한의 기초 교육(문해, 산술)을 보급하기 위한 임시적 학교다. 지역에 따라 2년제 또는 4년제로 운영했다. 조선어는 초기에는 일부 인정되었으나 1938년 이후 폐지되었다. 간이학교를 마친 학생은 정규 보통학교의 상급학년 편입이 가능했으나 대부분 농촌 오지 지역이라 간이학교를 마치면 농사일을 하는 게 보통이었다. 이 글의 주인공은 간이학교 졸업 후 정규 보통학교로 편입한 것으로 보인다.

하고 생계 문제로 부득이 취직하였으나, 항상 향학열이 있고 동지애도 있는 사람이다. 주밀발달(周密發達: 두루 촘촘하게 진보함)이라고는 못하나, 근신지사(謹愼之士)라고는 아무든지 말할 것이다. 원우로서 좀 더 노력하기를 바라고 그의 장래 진취가 더 있기를 바라노라.

다음은 하군(河君)의 평을 하여 보자. 강강(强剛)한 성격에 침울(沈鬱)한 태도를 가지고 있다. 그의 주위 환경이 활발하게 못하는 것이다. 견인성(堅忍性: 굳게 참는 성질)을 가지고 그 입지를 성공해 볼까 하고 있는 청년이다. 교육계에서 군인으로 나섰으나, 앞으로 그의 목적하는 바가 있어서 방향이 금번 전쟁만 종결하면 곧 고치리라. 내가 보기에 장래성이 많다고 본 청년이다. 원우로서 소호도 손색이 없는 적격자이다. 소소(小小) 수정(修精: 정신을 수련함)하면 일방지임(一方之任)으로 중견 원우가 될 것이다.

원우에서 외수인(外數人: 밖의 몇 사람)이 있으나, 평을 중지하고 후일을 기다릴 뿐이다. 내가 이 수필을 든 것이 당연하다고 못 본다. 왜 그런가 하면 사별삼일(士別三日: 선비가 3일을 떠나 있음)에 당괄목상대(當刮目相對: 마땅히 눈을 비비고 서로 대함)하는 것이 본리(本理: 본래 이치)인데, 현상만을 가지고 평하였으니 어찌 후일에 득당(得當: 틀리거나 잘못됨이 없이 아주 마땅함)하다 하리요? 그러니 이 붓을 든 것은 현상의 내가 본대로 기록한 것이다.

신묘(辛卯: 1951년) 음력 8월 25일

봉우병석(鳳宇病席)에서

〈천부경(天符經)〉

토(吐: 현토懸吐)는 서현근(徐鉉根) 소전(所傳: 전해 온바)이니 역가易家(正易)

一始無始一이라 析三極하연 無盡本이라 天一一이오 地一二오 人一三이라

一積十鉅하연 無匱化라 三天二오 三地二오 三人二니 三大를 三合하고

六生하야 七八九를 運三하고 四成環五하고 七一妙衍하니 萬往萬來에

用變하고 不動本이라 本心本太陽昂明이라 人中天地一하니
一終無終一이라.

〈천부경(天符經)〉 현토(懸吐) 사의(私意: 봉우 선생님 사견)

一이 始無하고 始一하야 析三하니 極은 無에 盡本하나니

天의 一은 一이오 地의 一은 二오 人의 一은 三이니

一이 積하야 十이오 鉅無하야 匱化하니 三이라

天도 二의 三이오 地도 二의 三이오 人도 二의 三이니 大三이 合하
야 六이라

生七八九하고 運三하야 四成環五하니 七一이 妙衍이로다

萬往萬來하야도 用은 變하대 不動本하나니 本이 心이라

本이 太陽의 昂明이니 人中天地一이라 一이 終하고 無終一하나니
라.

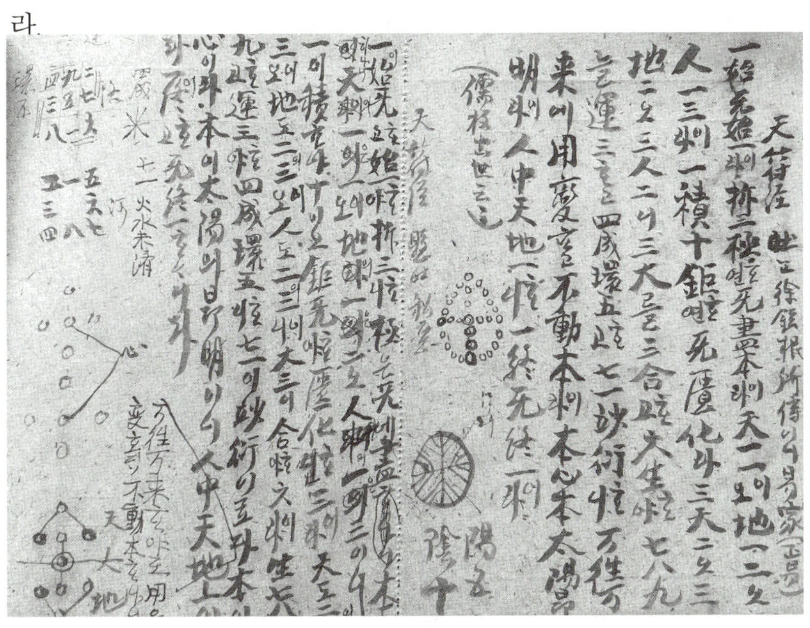

〈7-37〉, 〈7-38〉의 〈천부경〉 원문 및 도해

가아(家兒: 아들)의 육사(陸士)
입학의 보(報: 알림)를 듣고

영조를 내가 31세시에 생(生)하였다. **가빈친노**(家貧親老: 집안은 가난하고 부모는 늙으심)하고 내 주위 사정도 말할 수 없이 복잡한 때에 나는 낭인(浪人)생활을 계속하고 있었다. 실인(室人: 아내)도 본가에서 현상을 유지할 수 없어서 가아를 복중(腹中: 뱃속)에 가지고 그 친가(親家)인 경북 상주 화서면 사산리 황대원[61] 씨 허(許)에 반년이나 가 있다가 경오(庚午: 1930년) 9월 초6일 유시(酉時: 오후 5~7시)에 **순산**(順産)하였다고 서신을 받았다. 그러나 나는 여전히 낭인 행각이라 가서 보지도 못하였던 것이다. 그 다음해 정월 20일이 내 서모의 회갑이다. 그날 오후에 신생아를 데리고 가인(家人: 집사람)이 상신 본가로 왔다. 이때가 부자의 초대면이다. 내 선친께서도 희열(喜悅: 기뻐하심)하시었다. 가아 이전에도 수인(數人: 몇 사람)의 남아(男兒)를 낳았으나 다 불행하여 내 선친께서 손자를 늦게 보시어 걱정하시던 중에 가아 상모(相貌: 얼굴

---

61) 〈조선일보〉 1923년 3월 22일자 신문에 '평해(平海) 황씨(黃氏) 보소(譜所)를 경북 상주군 화서면 사산리 304번지 황대원(黃大源)의 집에 완설(完設)하였사오니 첨종(僉宗)씨는 속속 수단(修單) 부송(付送)을 경요(敬要)함. 대종손(大宗孫) 황대원(黃大源) 고백(告白) / 평해 황씨 문중 사무소를 경북 상주군 화서면 사산리 304번지 제 집에 마련하였으니 종친 여러분께서는 서둘러 족보 수정용 자료를 보내 주시기를 정중히 부탁드립니다. 대종손 황대원이 삼가 알립니다'라는 광고가 보인다.

모습)가 건강하고 별로 군데가 없이[62] 오관(五官: 눈, 귀, 코, 혀, 피부 등)이 구족(俱足: 다 갖춤)한 것 같아 내가 명명(命名: 이름 지음)을 영조(寧祖)라고 하였다. 말하자면 조부님의 마음을 편안히 하시게 한다는 의미이다.

장성(長成: 자라서 어른이 됨)하겠다는 것이요, 또 내가 계룡산에 가서 정신 수양을 할 때에 계룡산 본산(本山: 산신령)이 반(盤: 쟁반, 소반)에 금동자(金童子)를 양손으로 내게 바치는 것을 내가 받고 그 후에 **수태**(受胎: 아이를 뱀)되어 이 아이를 낳았으니, 계룡산에서 준 것이라는 암시도 된다. 이것은 역학상(易學上) 해석이다. 그 후 무병하게 잘 자랐다. **가도**(家道: 집안의 살림 형편)는 여전히 빈궁하다. 내 생활은 말할 것도 없이 무정기 수입으로 있으면 쓰고, 없으면 못 쓰고 하는 생활을 계속하는 중에 가아 7세 시에 내가 **친상**(親喪: 부친상)을 당하고 내 친상이라고 명색만 하고 있었다. 그리하여 상신리에서 학교가 공암이라 학령(學齡: 취학 연령)에 곧 입학 못하고, 수년을 경과하여 겨우 입학하였다. 이 초등학교를 졸업하는 동안에 당연히 부모 책임으로는 중학 입학 준비를 하는 것이 옳은데, 그동안 나는 약간의 생활 여유가 있었으나 내가 혈맹의열단장으로 독립운동을 하였다고 대전경찰부에서 검속해서 7개월 유치되고 나오느라 별 준비에 정신이 없었고, 물론 학교에서 사조(師助)야 있을 것이나, 부형(父兄: 학부형)이 **재가무일**(在家無日: 하루도 집에 없음) 가정 교육이 부족한 데다가 경성 모 중학교 입학원서를 내고 모 씨가 교제한다는 것이 도리어 문제가 되어 학과로는 입학률이

---

62) '군데가 없다 = 온전하다'라는 의미. 군은 흠이나 결점 또는 쓸데없는 것을 뜻하는 접두사다. 군- 접두사가 붙은 단어들로는 '군살(쓸데없는 살), 군말(쓸데없는 말), 군소리(불필요한 소리), 군더더기(불필요한 것)' 등이 있다.

있었으나, 문제가 있을까 하여 입학을 안 시킨 것이다. 이것이 가아로서는 일생의 불행의 초점일 것이다. 그 후는 내가 다시 중학입시의 원서도 내보지 못하였었다. 물론 생활도 부족하였었으나, 80~90%는 내가 성의가 부족하였던 관계다.

그 후에 을유 8.15를 봉착하여 또 내가 정당 운동이라고 동서분주하느라고 박토기두락(薄土幾斗落: 척박한 땅 몇 두락)이나마 매진(賣盡: 다 팔음)하고, 여전히 낭인생활을 하게 되어 가아의 중학 같은 것에 정신이나, 물질이나 허락이 못 되었다. 그리하여 (가아가) 몇 년을 농업에 종사하였다. 그때에 정읍사는 종제(從弟: 사촌아우)가 정읍중학으로 보내라고 하였으나, 내가 듣지 않았었다. 그 이유야 물론 있다. 종제의 호의는 고마우나 그 이면에는 내가 가아의 장래를 위하여 정신상 불쾌를 줄 수 없어서 중지하였던 것이요, 또 대전에서도 보문중학에 입학시키겠다고 오라는 것도 내가 중지하였던 것이다. 이것이 부모 된 책임감도 있었고 내 자식을 내가 공부를 못 시키고 타인의 신세를 진다는 것이 불쾌하였던 것이다.

그러나 나는 여전히 동서분주로 다니면서 귀가해 보면 가아가 완전한 일인당(一人當)의 농부로 농업에 종사하는 것이 내가 양심상 불만하고 자괴(自愧: 스스로 부끄러워함)하였었다. 중학 졸업이라도 하고 가사를 보기 위하여 농업에 종사한다면 용혹무괴(容或無怪: 혹시 그럴 수 있더라도 괴이할 것 없음)나 생활난으로 중학 입학은 못하고 가정의 농업이나 한다면 부모 된 책임상 이것을 보고 가정생활에 도움이 된다고 환영할 수는 없는 것이다. 양심상 자괴(自愧)하였었다. 그러자 때마침 (국방)경비대에서 모병이 왔었다. 물론 강제는 아니요, 자유다. 그러고 가아는 독자(獨子)인 관계로 안 가도 무관한 것이다. 그런데 가아도 저의 동지들 간에 말끝에 군대나 갔으면 하더라는 말을 내가 들었었다. 그리하여 제 의사를 물었었다. 금번 모병이 있으니 네 의사대로 하라고 하였더니, 곧 모병에 응하겠다고 대답한다. 이 동네에서 4인이 같이 입대하였었다. 그때 내 심정이 무엇이라 말할 수 없었다. 안 가도 무방한 데를 집에서 농사나 짓고 있는 것 보기 싫어서 군대에 가는 것을 말하지 않았었다. (상신리 입구) **진덕교(進德橋)**에서 (아들을) 보내며, 내 심정이 어떠하였으리요?

그 후에 동행한 4인에서 1인은 오래지 않아 신병(身病)으로 제대되고, 1인은 제주도에서 전망(戰亡: 전사)하고, 1인은 불명예로 제대되고, 가아만 4인조에서 잔존조였다. 그간 제주도 공비토벌 6개월의 성과를 내고 인천 와서 있다가 곧 옹진전투지구로 가서 6개월이나 있다가 적탄 3발에 명중을 받아 중상하였었다. 그리하여 부산병원에서 치료 중이라고 통지를 받고 실인(室人)도 가서 보고, 소성(小星)도 가서 보고 왔었다. 9월 중 다행히 상처의 경과가 양호하여 몇 달 만에 완치되어 서울로 왔었다. 서울서 내가 있을 때였다. 상이군인으로 제대할 수도 있었으나 내가 권하여 다시 입대하였다가 육사에나 입학하라고 입지를 세우라고 하였던 것이다. 곧 수도사단으로 입대하였으나, 오래지 않아서 상이군인이라 수원의 보충연대로 가게 되어 여러 가지 대우가 부족하다고 불평하였다. 다시 부탁한 것이 수도사단 부평대대에 가서 인사계로 있다가 6.25 사변을 당하여 **전전(轉戰: 이리저리 다니며 싸움)** 끝에 패퇴하여 귀가하였다. 실인(室人)은 애정(愛情)에 곧 못 가게 하고, 나는 곧 종군(從軍)하라고 하였다.

며칠을 휴식하고 (그때는 미군이 **금강선錦江線**에 있을 때다) 대전으로 갔다가 곧 귀가하였다. 대전도 군대는 없고, 헌병들뿐인데, 본대의 거처를 알 수 없고 임시귀향증을 가지고 귀가하였다가 기회를 보아서 다시 원대로 복대(復隊)하라더라고 도로 (상신에) 왔다. 며칠 후에 인민군이 이 땅(상신리)을 점령하였다. 나도 사변이 나자, 6.28 서울 입성(入城)날 피난민으로 향토(鄕土: 상신)로 온 것이다. 부자(父子)와 종제(從弟)와 신동운 동지와 같이 연정원 석굴 속에서 피난하다가 내가 인민군에게 체포되어 사상교양장에 가자 며칠 후에 가아도 피체(被逮)되었었다. 부자가 수십일 간을 매일같이 인민군에게 총살한다는 위협을 당하였다. 공주로, 내무서(內務署)로 간 것도 동일 동시에 공암 유지들과 13인이 갔었다. 가아는 내무서에서 며칠간 취조(取調: 문초) 끝에 임시귀가를 하게 되고 나는 10여 일 만에 대전행을 4차나 명하였으나, 번번이 지장이 있어서 정치보위대에 가서 역시 임시귀가 명령을 받았다. 나는 집에 와서 곧 피신을 하고, 가아는 복구대로 출역(出役: 일하러 나감)을 하였었다. 출역을 완료하고 학질을 앓으며 귀가하자 때마침 음력 8월 15일 날 인민군 후퇴 시라 반동분자는 전부 처분하고 가는 중이라 우리 부자는 물론 모두 처분 대상 인물이었다. 집에서 밤중에 아무도 모르게 산간 토굴 속에서 피신하고 있다가 며칠을 경과하고, 후퇴 인민군이 상신에 충만하자 곧 공암으로 피신하였었다. 공암으로 가서 나는 자치회를 조직하였었고, 가아는 곧 서울로 보내서 수도사단에 복대되어 그간 1년간이라는 세월을 전쟁 중에서 보내고 있었다.

그리하여 동부전선에서 1개월에 수차씩이라는 서신왕복이 있을 적마다 나는 가아의 **초지관철(初志貫徹)**을 잊지 말라고 하사관이나 장교나 국가일 하기에는 같으나, 동가홍상이라고 이왕 군인이 된 바에야 육사를 졸업 않으면 병사학에 맹목적이니 비록 전쟁이라도 독학을 불휴하고 육사 입학을 목표로 진출하라고 권하였던 것인데, 음력 8월 29

일 돌연 서신으로 애비가 말한 초지관철을 잊지 않고 '육사에 입학하였습니다'라고 서신이 왔다. 일변(一邊: 어느 한편) 반가우며, 일변 감개무량하다. 나는 아비의 책임을 못하고 자식들에게나 자식 된 책임을 완수하라고 한 내 심정도 자괴(自愧)도 하고, 또는 전쟁 중 군문에서 무슨 정신이 없을 것인데 자습이나 독학으로 일차에 육사시험을 입격하였으니, 자식의 고심도 알 일이다. 여기서 부자가 합격된 것은 군문이라는 위험한 곳이라는 연상을 버리고 일신을 민족과 국가에 바쳐야 된다는 것과 선임하사 정도로 일신의 **안온**(安穩: 조용하고 편안함)을 생각지 말고 일시(一時)는 물론 위험도 있을 곳이나, 육사에 입학하여 장래 출신을 준비해야 한다는 것이 합치된 것이다. 앞으로 일층 열심히 공부하여 우수한 성적이 되기를 바라고 또 일보 전진하여 보병학교(초등고등군사반)를 목표로 노력하는 것을 바라고 이 붓을 그치노라. (17기 갑종간부후보생)

신묘(辛卯: 1951년) 음력 8월 30일
상신정사(上莘精舍) 봉우서(鳳宇書)

《내 이념》이라는 제목 아래 국방(國防)이라는 부문을 다시 기록해 보자
– 나의 대한민국 국방 대책

우리는 성조(聖祖: 거룩한 조상) 단군(檀君: 밝은 임금)이 창국(創國: 개국)하신 후 항상 평화를 주장하시어 민족의 습성(習性)이 되었다. 그러나 우리 민족이 문약(文弱)하지는 않았었다. 단군천년(檀君千年)이라는 역사도 정복도 없었고 피정복도 없는 평화시대였었고 기자천년(箕子千年)도 역시 정복, 피정복이 없었던 것이다. 최후대에 비로소 위만(衛滿)의 불법 침공을 받은 것은 너무나 평화로운 습성에서 위만의 내항(來降: 와서 투항함)을 동정하다가 불의의 침공으로 패한 것이요, 적국과 상대한 것은 아니다. 그리고 삼국시대에서 마한(馬韓), 변한(弁韓), 진한(辰韓)이라고 평화적으로 분배하였고, 소호도 상침(相侵: 서로 침략함)이 없었다. 그러다가 신라 삼국 때부터 그 전일(前日) 문약(文弱)을 소소(小小) 각오하고 무비(武備: 군비)에 힘쓰자 서로 국방에 노력하였으나, 타족에 대해서는 여전히 평화적이면서도 자수(自守)에 강력하였었다.

고구려에서는 북방에서 얼마나 강하든지 수국(隋國: 수나라)이 대국의 전 역량을 다하여 정복코자 했으나, 고구려의 일차 반격에 편갑불회(片甲不回: 하나의 갑사도 돌아가지 못함)하였고, 당(唐)나라 역시 (고구려를) 정복코자 하였으나 실패하였었다. 그리하여 당 태종시대에 모신(謀臣: 모사급 신하)들이 고구려의 강함을 상대 말고 그 약하기를 기다리라고 상언(上言)하였던 것을 볼지라도 얼마나 강하였는지 잘 알 일이나, 그래도 평화롭게 자수(自守: 자기 수비)에 강하였지 중국을 **선침**(先侵: 먼저 침략)한 예가 없다. 이것은 온전히 우리 성조(聖祖) **단군**의 **유풍**(遺風: 옛 부터 내려오는 풍속)이신 평화인 까닭이니, 그 후에 삼국 통일 시에는 자멸(自滅)이요, 전패(全敗)가 아니다. 예외일 것이요 고려 때에도 좀 약한 때였으나, 그래도 서희(徐熙)63)의 토벌이 있었고, 강감찬의 **요구**(遼寇: 요나라 도적) **격패**(擊敗: 쳐서 패퇴시킴)가 있었고, 이 태조의 왜적 격패가 있었고, 이조 중엽 임진난에도 이조에서는 아주 무비를 안이하고 문약하였던 때임에도 불구하고 8년간을 아무 준비와 훈련이 없는 우리 백성을 데리고도 완전히 방어하였던 것이다.

비록 정묘호란이나 병자호란이 있었으나, 이것은 거국적이 아니요, 무신(武臣)이 마음대로 못한 때라 역시 예외로 하자. 그리고 이괄의 난이나 홍경래 난이 일시 강성했으나 무사히 평정된 것이 우리 민족이 4,000~5,000년 습관이 평화하나, 그러나 약하지 않았다는 실증이 역사적으로 나타난다. 비록 정복은 안 하나 피정복 시에는 단연 반격하여 적을 일패도지(一敗塗地)하게 한다는 민족성이다. 여기서 우리가 말하고자 하는 것은 상고(上古)는 말할 것 없고, 중고(中古)에는 국책상으로 **국민개병제**(國民皆兵制)였고, 무술이 통속화가 된 때라 수당(隋唐)이 다 실패한 것이었고, 그 후 근대에 고려에서는 고구려와 같은 강력은 못 되나 침공자를 반격할 만한 사령관도 있고, 병사도 있었다. 이조에서는 아주 문약하여 **무비**(武備: 군사 대비)는 아주 안 한 시대라 율

---

63) 고려 전기의 외교가(942~998). 자는 염윤(廉允). 성종 12년(993) 거란이 침입하였을 때에, 적장 소손녕과 담판하고 유리한 강화를 맺었으며, 이듬해에는 여진을 몰아내었다.

곡의 10만 양병설(養兵說)을 유식 계급에서 반대를 할 정도였다. 그만큼 무비를 주의 안 하다가 졸지에 임진란을 당하였으니, 어찌 패망 안 할 수가 있었으리요? 그리고 국책이 무비하는 정신이 없었던 것이라 왜적이 석권하는 것이 무리가 아니었다.

그러나 우리 민족의 습성이 평화나 자강(自强)하여 반격할 용기가 나서 다시 우리나라가 승리한 것이다. 그러니 우리 민족을 국책으로 국민개병제로 하고 장재(將材: 장수될 인재)를 국책으로 양성하고 무기를 국산으로 시켜서 신발명을 하게 하면 신무기가 우리의 손으로도 얼마든지 나올 것이다. 훈련을 보통 3년씩 하여 두면 강할 만큼 강할 것이요, 두뇌가 명석한 지휘자를 맞이해 가지고, 충분한 국방정책을 수립하고 참모총장, 국방상(國防相: 국방장관), 교육총감이 전력하여 훈병기(訓兵期: 병사 훈련 기간)를 10년 내지 20년이면 육군, 공군은 충분할 것이요, 해군만은 단시일 가지고는 절대로 안 된다. 상당한 시일을 요해야 완성될 것이다. 그리고 기계화 부대는 우리가 연정원에서 실지 경험한 바에 의하면 10년만 전문으로 연구하면 세계를 제패할 것이다. 별문제 없다고 본다.

육군 훈련도 고식(古式: 옛날 법식)을 참작하여 신(新)방식으로 우리 민족 특유의 적합한 신(新)훈련법을 택할 필요도 있다. 병사 훈련 기간으로 국민개병이 되어 완성된 국방이면 방어하기도 족하고 공격하기도 족할 것이다. 이 족족(足足)한 국방을 가지고 있어야 완전 평화를 구할 수 있는 것이다. 하시하일(何時何日: 어느 때 어느 날)에 세계 어느 나라를 상대하든지 공방이 완전한 국방 역량을 가지고 있다면 하국(何國)이든지 감히 침공할 생각을 못 할 것이요, 우리도 비록 강병(强兵)을 옹(擁: 끌어안음)하였다고 타국을 침공할 의사를 가지지 말고, 세계 평화 노선의 선구자가 되어 정책을 확립하는 것이 당연한 일이다.

이 붓을 든 것은 우리의 평화를 **자강**(自强: 스스로 강해짐)함에서 구하라는 내 본의(本意) 때문이다. 약한 자가 평화를 구하는 것은 강자들이 보기에는 애걸(哀乞: 애처로이 구걸함)로밖에 인정하지 않는 법이다. 내가 강하고도 남을 침공하지 않고 도리어 평화책을 구하는 것이 정당한 평화일 것이다. 대의(大義)만 대강 기록하고 이 붓을 그친다.

신묘(辛卯: 1951년) 음력 8월 30일

유산정사(有莘精舍)에서 봉우서(鳳宇書)

추기(追記)

이 국방책이 수립되자면 물론 부수 조건이 **재정 문제와 국가 공업** 문제다. 그리고 지휘자의 **두뇌** 여하로 시일의 지속(遲速: 늦고 빠름)을 좌우하는 것이다. 현 계단으로 보아서는 비록 징병제를 실시하였으나, 국방상이나 교육총리이나 참모총장이나가 모두 우리 민족의 적합자라고는 못하겠다. 참모총장은 미지수이나 국방상이나 교육총리는 내가 잘 아는 사람이라 그 책임 완수에 족족한 사람이 아니다. 말하자면 하도 사람이 없는 이 세상이니 근가(僅可: 겨우 허락함)라고나 해볼까 하는 것이다. 그리고 이 국방책이 국책화하지 않으면 안 되는 것인데 현재는 국책화라고는 말 못하겠다. 전쟁이나 아뭇커나(아무튼) 승리하고 후일 다시 최고 정객(政客)들이 결정할 일이다. 아무리 보아도 한심(寒心)한 일이다.

국채(國債) 소화상(消化狀)을 보아 도시보다 농촌이
과중(過重)하다 하여 국회에서 농촌에는 국채를
소화 말라는 건이 통과되고, 순농가의 소화된 국채
를 보상하라는 문제가 통과되었는데 현상을 보자[64]

이 사건으로 군(郡)에서 면장회의가 있었고, 면에서는 각 구장(區長: 지역장)회의가 있었다. 여기서 입법기관이 대립상이 보인다. 무엇인가 '순농가(純農家)' 규정을 순농업으로 전 가족이 생활하는 사람에 한하여 '순농가'로 규정한다는 말이다. 당연한 말인데 부대조건이 이러하다. 농가라도 계견돈우고양(鷄犬豚牛羔羊: 닭, 개, 돼지, 소, 염소, 양) 등 6건의 가축이 있어도 물론 부업이 있으니, 순농가가 아니요, 과일나무가 한 그루만 있으면 부수입이 있으니 순농가가 아니요, 방직기 일좌(一座: 한 대)를 하든지 자리 한 입을 매여도 물론 순농가는 아니다. 이 해석을 한 자가 국회에서 한 것인가, 정부에서 한 것인가? 국회의 발의했던 선량(選良: 국회의원)의 본의가 이러하였을 리가 없을 것이다. 이 해석이 실행되는 금일 농촌의 국채(國債)[65]를 소화 말라는 조건은 지

---

64) 1951년 정부는 부족한 조세 수입을 보충하기 위해 국채소화방안을 마련하고 국채발행을 추진했다. 이 과정에서 국채시장이 확립되지 않고 낮은 표면금리가 유지되었기 때문에, 일반 국민들에게 강제적으로 국채를 할당하는 방식이 동원됐다. 농촌 지역의 농민들 역시 이러한 강제 할당의 대상이었는데 이미 전쟁으로 인해 극심한 경제적 어려움을 겪던 농민들은 국채 매입에 대한 압박으로 생활고가 더욱 심화되었다.

65) 국가에서 세입의 부족을 보충하기 위해 발행하는 채권.

상공문(紙上空文: 종이 위의 공허한 글. 실제 효력이 없는 법률 조문)이다. 그 해석대로면 일국의 순농가가 몇 사람이 못 되리라.

이런 두뇌와 양심을 가진 자들이 엄연히 목민관(牧民官)으로 앉아 있으니, 무슨 정치가 될 것인가? 물론 국채 소화도 해야 국가비상사태를 대처할 것이다. 농가라고 아주 국채를 소화하지 말라는 말도 아니나 이왕 국회에서 통과한 것을 이와 같은 해석으로 망민(罔民: 백성을 속임)하는 것은 선정의 정반대일 것이다. 우리는 물론 순농가도 아니요, 또 일고(日雇: 날품)생활로 지내는 사람도 아니다. 무정기(無定期) 수입으로 되어가는 대로 지내는 사람이다. 소위 공관리(公官吏)라는 자들이 이런 해석으로 백성에 임한다는 것이 한심한 일이다. 국회에서도 좀 정신을 차려서 선량들의 위신(威信) 문제도 생각하고, 백성들의 기대도 생각하여 정부에서 처사하는 것을 백방으로 연구하여 민생 문제가 해결될 것인가 종전(從前)보다 열 배, 백 배 노력하기를 바라노라.

신묘(辛卯: 1951년) 음력 8월 30일 야(夜: 밤)
봉우어유신정사병석(鳳宇於有莘精舍病席: 봉우는 유신정사 병석에서)

추기(追記)

국회 통과가 있은 후에 제2차 농가 국채 소화 배당량이 제1차에 비하여 배(倍) 이상이 되었으니, 선량들의 행사를 자기 방귀만큼도 못 여긴 것이다. 한심한 일이다.

수필(隨筆): 6.25 전쟁 중의 민생 파탄 실정

비록 전쟁 중이라도 일선(一線: 전쟁 제일선)만 아닌 후방에서는 최저생활 확보가 보통가구(家口)면 그렇게 큰 문제가 아닌 것 같은데 실지 면에 있어서는 그렇지도 않아서 대단히 곤란한 점이 많다. 우리 같은 무재인(無才人: 재능 없는 사람)으로는 1개월에 25만 원 이상의 생활비를 수입할 예산이 나오지 않는데, 그렇다고 생활을 안 할 수도 없고 하자니 말 못할 일이 층생첩출(層生疊出: 일이 여러 가지로 겹쳐서 자꾸 생겨남)한다. 부채는 부채대로 늘고, 사람은 사람대로 대견하고, 가족은 가족대로 불평한다. 이 일이 나만 그런가 하면 나보다도 심한 사람이 얼마든지 있고 우리 같은 사람도 다대수요, 이 걱정을 면한 사람이 대체로 보아서 한 동리에 몇 사람이 안 되는 것 같다. 아무리 보아도 민생의 생활 파탄이다. 지금보다 일기가 좀 한냉(寒冷)하여지면 시정(柴政: 땔나무에 관한 일)이 얼마나 곤란해질 것인가 예측할 수 없는 우리의 생활, 부평초(浮萍草)와 근사한 내 신세를 자탄천(自歎天: 스스로 하늘을 탄식함)하며, 자괴(自愧: 절로 부끄러워함)하도다.

의식주(衣食住) 삼건사(三件事: 세 가지 일)를 어찌하면 문제없이 해결할 것인가를 연구해 보았으나, 공상(空想: 현실적이지 않거나 가망 없는 생각)으로는 별 문제없고, 사실에 있어서는 대난(大難)관계가 이 난관이 생각보다는 어찌어찌 지내고 보면 우습기도 한 일이다. 작년 오늘 온 천리 여관집에서 수무분전(手無分錢: 수중에 푼돈도 없음)하고 식량도 없이 지낼 적에 앞으로 어찌해야 옳을지를 생각이 나지 않았었다. 그러나 금일까지 지내고 보니 지내기는 하였는데 물론 과거 1년간 생활 총액은 물경(勿驚: 놀라지 마라)하라! 월평균 30여만 원인데 380여만 원이나 되는 생활비가 지출되었다. 물론 부채도 많으나, 이 380여만 원이 다 부채는 아니다. 약 80여만 원이 부채다. 그리고 명년(明年: 내년) 금일(今日: 오늘)이 어찌될지 궁금하다. 과거는 부채라도 지고 의외의 수입이라도 있어서 지냈으나, 장래는 어찌 할 것인가 예산할 수 없는 것이다. 참말로 도깨비 살림살이 같다. 명년 금일을 보기로 이 붓을 그치노라.

신묘(辛卯: 1951년) 8월 30일
어신야정사봉우서(於莘野精舍鳳宇書: 신야정사에서 봉우는 씀)

역(易)

역(易)은 음양(陰陽)을 말한 것이요, 음양이 합한 것이 역(易)이요, 역(易)이 나누어지면 양(陽)이나 음(陰)으로 변하여지고, 일양일음(一陽一陰)이 합하여 또 이양(二陽)도 될 수 있고, 이음(二陰)도 될 수 있다. 음양이 합하면 변하는 것이 원리가 되어 양(陽)의 대표가 건(乾)이 되고, 음(陰)의 대표가 곤(坤)이 되어 양(兩) 대표가 합하여 변하고 또 합하여 변한 것이 건곤감리진손간태(乾坤坎离震巽艮兌)의 팔괘(八卦)가 되고, 이리저리 착종(錯綜: 여러 가지를 섞어 모음), 합변(合變: 합하고 변화함)한 것이 64괘(卦)를 원정(元定: 으뜸으로 정함)[66]하고, 이 64괘가 384효(爻: 역의 괘를 이루는 6개의 가로 그은 획)로 대정(大定)[67]하였다. 이 384효가 얼마든지 합변하면 천지만물의 동정(動靜)이 다 표현되는 것이다. 그러나 대체는 건곤(乾坤) 양괘(兩卦: 두 괘)에서 동정 변화가 있을 뿐이다. 이것이 장자(張子: 장재張載1020~1077, 장횡거張橫渠)[68] 말씀에 "건곤이괘(乾坤二卦)에 사도진의(斯道盡矣)"[69]라 하신

---

66) 64괘를 근본적인 기준으로 삼는다는 말로, 즉 64괘가 우주의 변화 원리를 규정하는 근본 틀로 확정되어 있다는 뜻.

67) 근본적이고 변치 않는 규정으로 정함. 64괘가 다시 384효로 세분화되어 이 384효가 천지 만물의 변화를 담아내는 궁극적 법칙으로 확립되었다는 뜻.

68) 장재(張載: 1020년~1077년)는 중국 송나라 시대의 사상가이다. 봉상미현의 횡거진(橫渠鎭) 출신이었기 때문에 횡거선생(橫渠先生)이라고 호칭된다. 존칭하여 장자(張子)라고 불린다. 주돈이(周敦頤), 소옹(邵雍), 정호(程顥), 정이(程頤)와 더불어 '북송의 다섯 선생님(北宋五子)'으로 불리는데, 그의 학문은 주자학 형성의 중요한 축을 담

말씀이 역(易)의 정온(精蘊: 에센스)을 다 말씀하신 것이다.

역(易)이라는 명칭은 음(陰)도 아니요, 양(陽)도 아니며, 또 양도 될 수 있고, 음도 될 수 있는 것이다. 고로 왈(曰) '양재(兩在)'라 한 것이다. 여기서 《대학(大學)》의 중산위만상(中散爲萬象: 가운데가 흩어져 만상이 됨)하여 말부합위일리(末復合爲一理: 끝내 다시 합하여 한 이치가 됨)70)라는 말씀도 이 역리(易理)에 지나지 않는 것이다. 그러니 사람이 모름지기 그 만상(萬象)의 변화불측(變化不側: 변화를 예측 못함)에 정신이 현란(眩亂: 현혹되어 어지러움)하지 말고, 시음시양(是陰是陽: 때로는 음, 때로는 양)이며 비음비양(非陰非陽: 음도 아니고, 양도 아님)71)인 이 역리를 정연(精硏: 정밀히 연구함)하면 만상(萬象: 온갖 사물)의 만변(萬變: 온갖 변화)을 한 불변하는 원리로 추지(推知: 미루어 앎)할 수 있는 것이 역(易)의 본의(本意)다.

역(易)은 무사야(無思也: 생각함이 없음)하며, 무위야(無爲也: 억지로 꾸밈이 없음)하여, 적연부동(寂然不動: 고요히 움직이지 않음)이라가 감이수통천하지고(感而遂通天下之故: 느껴서 천하의 연고를 통함)라는 부자(夫子: 공자의 주역 계사전繫辭傳에 나옴)의 말씀이 역의 불변의 원리

당하였다.

69) 건곤 두 괘 속에 이 도리가 다 갖추어져 있다. 여기서 '이 도리'는 단순 도덕규범이 아니라 자연질서, 인륜도덕, 존재원리를 아우르는 총체적 도(道)를 말한다.

70) 中(중)을 우주의 본체, 곧 理(이)나 太極으로 해석한다면 '본체(中)가 흩어져 만상의 현상 세계를 이루고, 그 말단의 모든 현상은 다시 하나의 근원적 이(理)로 합쳐진다.' 즉 우주의 근원과 만물의 현상은 흩어짐과 합일을 통해 하나로 이어져 있다는 뜻.

71) 是陰是陽(음이기도 하고, 양이기도 하다)은 음·양 어느 한쪽으로 규정 가능함을 말함(有의 차원). 非陰非陽(음도 아니고, 양도 아니다)은 음·양 그 자체로도 규정 불가능한 상태를 말함(無의 차원). 결론적으로 是陰是陽(시음시양)은 세상의 현상적이고 상대적인 특성이고 非陰非陽(비음비양)은 그 너머의 절대적이고 초월적인 본질이라 할 수 있다.

를 말씀하신 것이다. 멀리 건곤감리(乾坤坎离)를 찾지 말고 일신(一身)의 건곤감리를 무사무위(無邪無爲)한 심경(心鏡: 마음의 거울)으로 만상(萬象)을 조(照: 비춤)하면 무엇이 감히 가림이 있으리요? 감히 역(易)을 말하니 죄 됨을 알겠노라.

신묘(辛卯: 1951년) 음력 9월 초1일(初一日)
봉우지죄서(鳳宇知罪書: 봉우는 죄인 줄 알며 씀)

역(易)의 문자화(文字化)와 원리(原理)

하도(河圖) 낙서(洛書)는 역(易)의 문자화하는 시작이다. 하도나 낙서가 역을 수리적(數理的) 해설로 표현한 것이니, 하도가 55점(點)이요, 낙서가 45점이라 이 점은 성인(聖人)이 역을 수리화하기 위해서 혼원(混元)에서 무극(無極)이 생하고, 무극이 유극(有極)이 되어 태극(太極)으로 음양이 장차 나뉠 징조가 나타나고, 태극이 양의(兩儀: 음과 양)로 변하자 자연적으로 혼원이 무극이 되고, 무극이 태극으로, 태극이 양의로 되는 순간적 계단에서 진화된 것이 하도(河圖)의 생성수(生成數)여서 이 생성으로만 이 우주를 주재(主宰)할 수 없어서 낙서(洛書)에 상생상극(相生相克)의 순환수(循環數)가 되어 여기서 1, 2, 3, 4, 5의 획(畫)이 생하니, 이것이 천지만물수(天地萬物數)가 되어 이 수가 문자화한 것이다.

연산역(連山易)[72]에서는 수자획(數字畫)이 있을 뿐이요, 문자는 없다. 획과 획이 합하여 문자가 되니, 이 획이 하도(河圖)도 되고, 낙서(洛書)도 된 것이다. 이 획으로 수(數)의 1, 2, 3, 4, 5도 표시되고, 동서남북 중앙을 표시할 수도 있고, 상하(上下), 주야(晝夜: 낮과 밤)를 표시할 수도 있었다. 여기서 이것을 원리로 하여 숫자(數字)가 제일 먼저 생기고,

---

72) 주역(周易)보다 앞선 고대 중국의 역(易) 점복 방법 중 하나로, 주례(周禮)에 언급된 삼역(三易) 중 하나. 하(夏)나라의 기본 역서로 알려져 있으며, 태호복희팔괘역에서 음괘와 양괘의 순서가 다르거나, 산괘(山卦)로 시작하여 산괘로 돌아가는 구조를 가졌다.

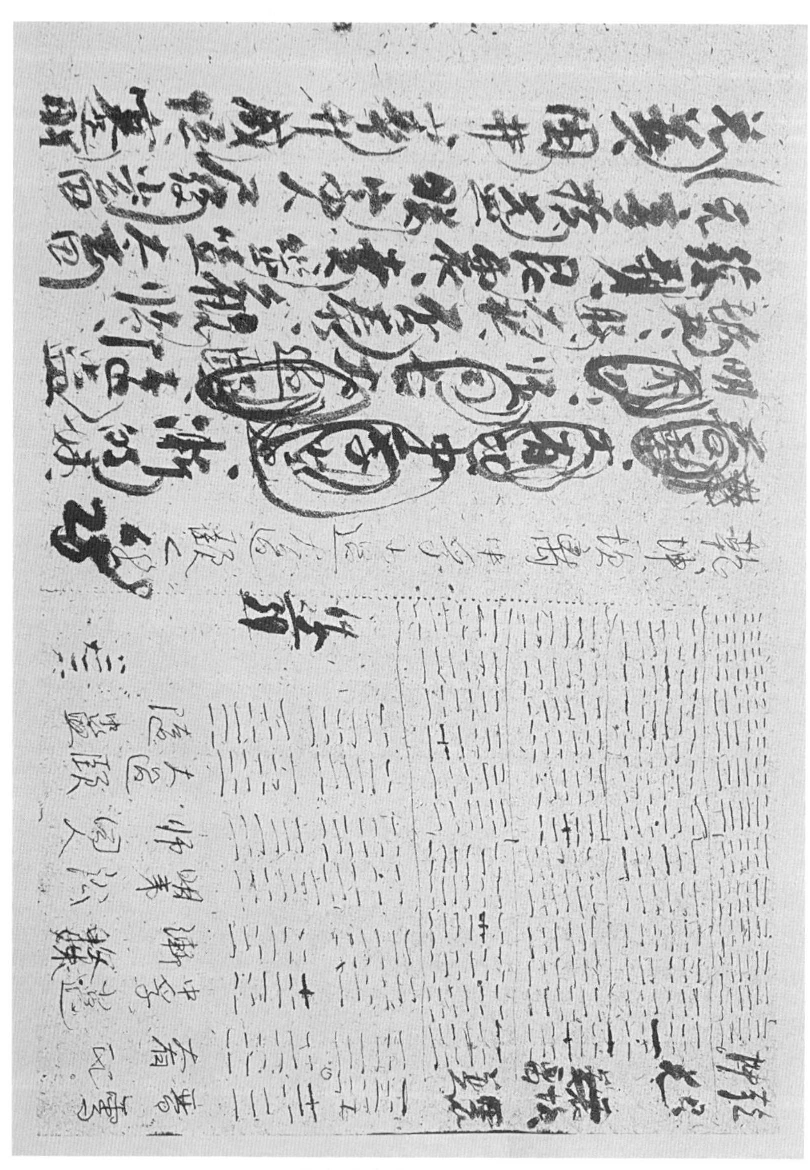

일기 원문에 쓰신 낙서들

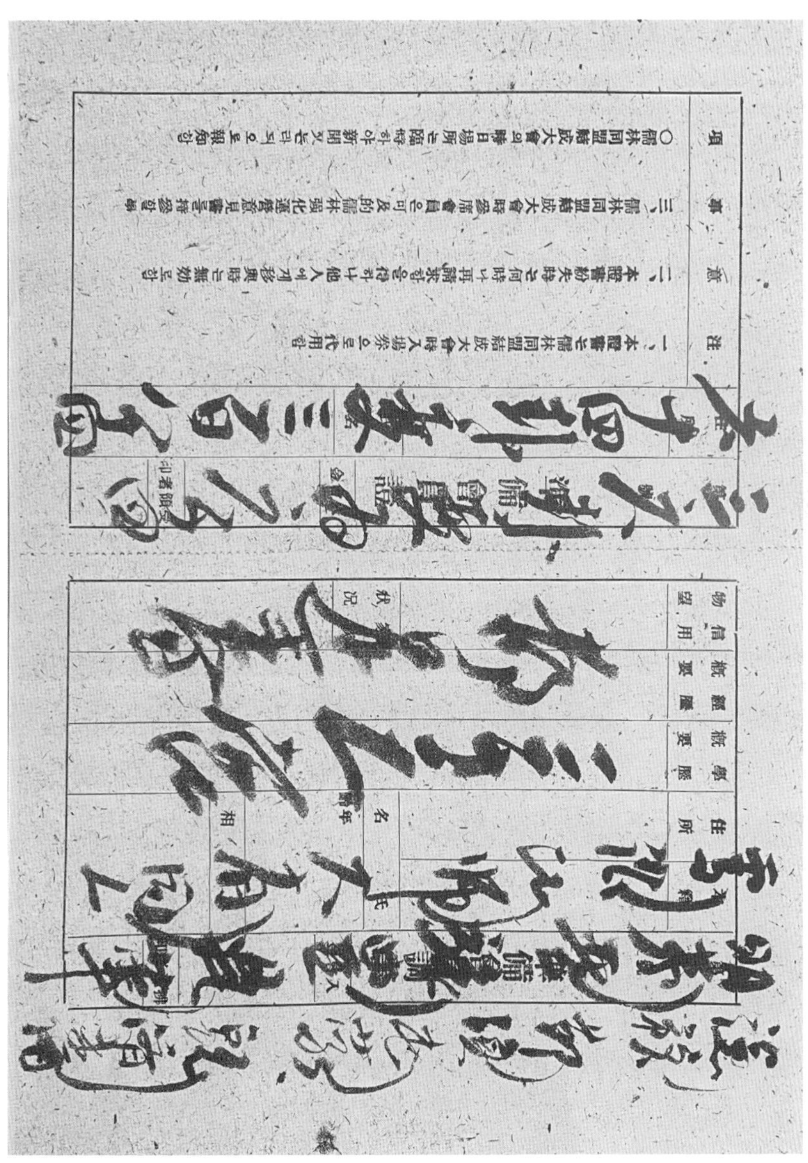

일기 원문에 쓰신 낙서들

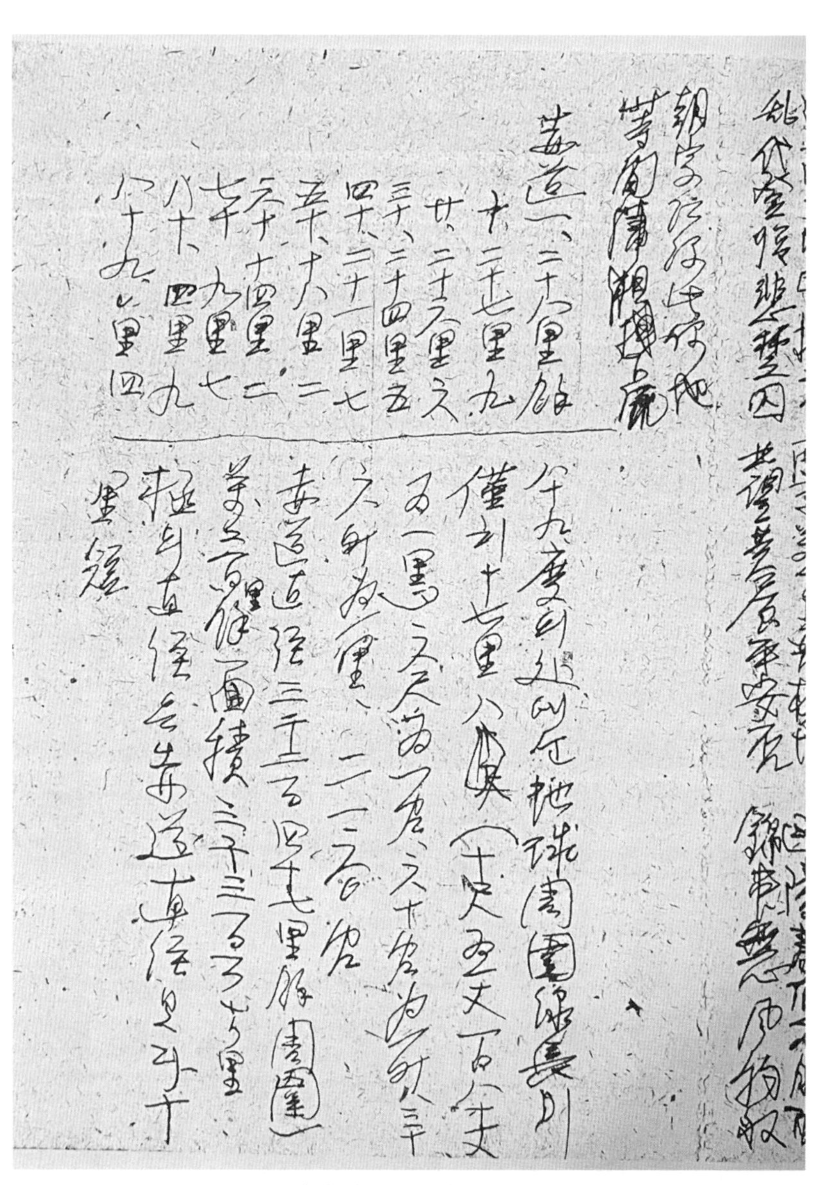

일기 원문에 쓰신 낙서들

방위(方位)가 생겨서 점점 진화(進化)된 것이 문자(文字)다. 세계 각국이 다 이 원리에서 벗어나지 않을 것이다.

예를 들면 하나와 하나가 대등한 것을 합하여 하나로 합하면 크다는 대자(大字)요, 하나를 둘로 나누면 십자(十字)가 되고, 동서남북을 대등하게 사방(口)을 정하고 고자(古字)는 그 중(中)에 田자(田字)로 해서 가운데를 가리키고 위에를 표현하기를 ㅗ자(字)로 하고, 아래로를 가리켜 ㅜ자(字)로 표현하고, 한 획, 한 획씩 그어서 한 자(字), 두 자 늘리었다. 이것이 점점 진화하여 별별 상형(象形), 해의(偕意: 會意) 등의 문자가 생하니, 상(上)으로, 하(下)로, 중(中)으로, 원(遠)으로, 근(近)으로 취(取)하여 조작(造作: 만듦)한 것이 오늘에 이르는 문자가 된 것이다.

한문(漢文)이라는 한자(漢字)는 나라의 한(漢)을 표현한 것이 아니고, 하도(河圖) 낙서(洛書)가 모두 물에서 연(緣: 연분, 인연)을 지은 것이라 하한(河漢: 황하와 한수를 이름)을 의미하여 한(漢)이다. 말하자면 하도에 일점(一點), 이점(二點)이 합하여 팔괘(八卦)가 되고, 이 괘획(卦劃)이 변하여 문자(文字)로 된 것이 한문(漢文)인데 이것이 우리 성조단군(聖祖檀君) 때에(4589년 전) 시작된 것이라 한(漢: 환)은 우리의 고대(古代) 지방명(地方名)이요, 한(漢)은 중국에서 한(韓)이나 동음(同音)인 것이다. 우리를 중국에서 한(汗)이라, 한(韓)이라 하나 우리의 한(韓)이라는 것은 동방국(東方國)이라 천지혼암(天地昏暗: 천지가 어두움)할 때에 일광(日光: 햇빛)이 선승(先昇: 먼저 떠오름)하여 환하다는 것이 한(韓)으로 변하고, 한(汗)이나 한(漢)이 다 이 변음(變音)이다.

이 역리(易理)가 우리 성조단군이 시작하신 것이요, 문자도 역시 단군조(檀君朝)에서 원시문자(原始文字)가 나온 것이다. 현행 문자가 다 그렇다는 것은 아니다. 원시문자는 300여 자(餘字)밖에 안 되었었다.

이것이 384효(爻)가 원시문자 대표가 되는 것이다. 여기서 우리들이 우리의 고대 문학을 구고(究考: 깊이 연구함)할 필요가 있다는 것이다. 역(易)에 우리 고대(古代) 암시(暗示)가 여실히 보이는 데 기인(起因)한다. 이 암시하는 역사를 연구할 필요가 있다는 것이다. 총합하여 보면 역(易)이 천지만물의 원리를 말하는 것이요, 이 역(易)을 벗어나서 천지만물이 있을 리가 없다는 것이다.

그러니 이 역리(易理)를 연구하되, 공부자(孔夫子: 공자님) 말씀과 같이 인자견지(仁者見之: 어진 사람이 보면)에 위지인(謂之仁: 어질다 하고)하고, 지자견지(智者見之: 지혜로운 사람이 보면)에 위지지(謂之智: 지혜롭다 하리라)[73]라고 자기의 선입견을 가지고 해석이 다를 것이다. 그러나 내 말은 아전인수로 하지 말고 역의 원리를 그대로 연구하라는 것이다. 역의 획이 변하여 문자가 된 것이 문자가 생긴 시작이요, 이 문자가 역효(易爻)로 변하는 것과 같이 변하여 무수한 문자를 낳은 것이 오늘날 문자일 것이다.

그래서 문자만 배운 자는 이 문자가 역(易)과 무슨 관련성을 가지고 있는지 알지 못할 것이 사실이다. 그러니 문자를 배우기 시작할 때에 역과 관련성 있게 배우라는 것이다. 여기서 천지만물의 수(數)가 만(萬)이 넘는 것이다. 그러니 문자도 1만 자(萬字) 이상 될 것이요, 자원(字源: 글자가 구성된 근원)인 창시자(創始字: 처음 만들어진 글자)를 정연(精研: 정밀 연구)하는 것이다. 창시자만은 500자 이내(以內)이니, 누구든지 배울 수 있는 것이요, 보급할 수 있는 것이다. 이 자원(字源)을 새로 연구해 볼 예정이다. 이 자원을 연구하자면 먼저 역의 원리를 연구

73) 공자님이 쓰신 《주역 계사전(繫辭傳)》상편에 나옴.

하지 않으면 안 될 것이다.

원리를 연구하는 데는 공부자(孔夫子)가 계사전(繫辭傳)에 말씀하신 "역(易)은 무사야(無思也: 아무 생각이 없음, 無念無想) 무위야(無爲也: 함이 없음), 적연부동(寂然不動: 고요하며 움직이지 않음)이라가 감이수통천하지고(感以遂通天下之故: 느끼어 천하의 연고를 통함)"라고 하신 역의 원리 연구의 노정(路程)대로 나아가야 할 것이다. 이 노정이 우리가 말하는 연정원에서 행하는 방식이다. 그러나 노정기만 가지고 반드시 그 길을 바로 가라는 것이 아니다. 그러니 심사숙려(深思熟慮: 깊이 생각함)하고 작지불이(作之不已: 그치지 않고 계속 노력함)하면 이 원리를 행행행리각(行行行裏覺)이요, 거거거중지(去去去中知)할 것이다. 이 정도로 이 붓을 그치노라.

신묘(辛卯: 1951년) 음력 9월 초1일(初一日)
유신야(有莘野: 신야에서)
봉우서우병석(鳳宇書于病席: 봉우는 병석에서 쓰다)

백발(白髮)이 성성(星星)한 금일(今日) 추억되는 옛날

인생은 허무(虛無)하도다.

죽마(竹馬)의 희(戲: 놀이)로 무사기(無邪氣: 삿된 기운이 없음)한 천진(天眞)한 동성(童性: 아이 성품)이 작일(昨日: 어제)과 같은데, 그간 우우풍풍(雨雨風風: 고난)이 얼마 안 되어 명경(明鏡: 맑은 거울)에 백발은 자연 노쇠한 줄을 깨닫게 하는도다.

아아 생(生)은 참으로 길지 않도다.

비록 내가 장수로 백세를 능형(能亨: 능히 형통함)한다 하여도 이미 반쪽은 지난 것이 틀림없는 사실이로다.

여기서 고인(古人)이 인생의 무상(無常)함을 말한 것이로다.

나도 역시 그 무상함을 말하노라.

그러나 인생의 일생(一生)을 짧다고 보면 말할 수 없는 것이요, 그리 짧지 않거니 하고 보면 역시 인생 백년도 상당히 긴 세월인가 보다.

내 이 자리에서 과거를 추억해 보기로 하자. 내가 이 세상에 나온 것이 단기(檀紀) 4233년이요, 서기 1900년이다. 내가 난 후에 무슨 일이 이 세상에 있었으며, 내 자신에는 무슨 일이 있었나 추억해 보자.

세계 사조(思潮: 사상)는 19세기가 20세기로 변하는 때요, 우리나라는 광무황제 경자년(庚子年)이다. 정부는 갑오경장이 있은 후, 정부는 친일, 친로(親露)의 양당이 국권(國權)을 좌우하고 국사(國事: 나랏일)는 점점 일비(日非: 날로 잘못됨)할 때다. 광무황제께서 아관(俄館: 러시아

공사관)에 파천(播遷: 임금이 피난함)하시어 국정(國政)이 친로파의 수중에서 좌우하던 때다. 친일파들도 암동(暗動: 숨어 움직임)을 그치지 않고 있다가 일로전쟁(日露戰爭: 러일전쟁)이 일본의 승리로 돌아가고 일본은 전승(戰勝)한 여위(餘威: 나머지 위엄)로 한국을 웅시(雄視: 위세를 보이며 남을 대함)하고 있다. 친로파가 몰락되고 친일파가 등장하여 을사5조약이 성립하니, 조병세, 민영환 제대신(諸大臣)의 순절(殉節: 충절을 지키기 위해 죽음)이 있었고, 지방에서도 순절한 의사(義士), 충신이 상당히 많았다. 이 선생(이준열사)의 해아(海牙: 헤이그) 할복(割腹) 같은 일이 세계의 이목을 충동(沖動: 깊이 움직임)하였었다.

불구(不久: 오래지 않아)에 일본에게 압박되어 광무황제는 선위(禪位)하시고, 융희황제가 등극(登極)하시니 내 선친도 능주(綾州: 전남 화순) 임지(任地: 군수로 임명된 곳)에서 군욕신사(君辱臣死: 임금이 욕을 당하면 신하는 죽음)가 당연한 일이나, 비록 죽지는 못할지언정 이 자리에 있을 수 없다고 단연(斷然) 기관(棄官: 벼슬을 버림)하고 귀가하시었다. 융희조(隆熙朝: 순종황제)의 이완용 내각에서 정미7조약(1907년)이 있었고, 오래지 않아 경술년에 일본에 병합되어 나라가 아주 국치적으로 패망했었다. 그 후 10년을 경과한 무오년(戊午年: 1918년)에 태황제께서 적비(賊匪: 일제)의 손에 약으로 붕(崩: 죽음)하시어, 국장일인 1919년 3월 1일에 손의암(孫義庵: 손병희) 이하 33인의 의사가 독립을 선언하고 조선 방방곡곡에서 독립만세를 호창(呼唱: 부름)하여 그 후 음적, 양적으로 국내, 국외에서 정치외교적으로, 군사적으로 각종, 각색의 민족운동이 있었고, 국내에서 그치지 않고 운동이 전개되어 연년(年年)이 희생자가 무수하였었다.

상해에서도 망명정부로 이승만, 이동휘, 김구 선생 등 위인들이 계속적으로 독립운동을 하였다. 이 결과가 을유(乙酉: 1945년) 8월 15일에 일본이 대동아전쟁에서 패하고 우리들도 자유를 얻게 되었다. 그리하여 미 군정 3년에 우리 국토가 북은 소련 군정이 되어 양분되어 날로 **사상전(思想戰)**을 하다가 무자년(戊子年: 1948년)에 대한민국이 남방에서 수립하였고, 북방은 여전히 인민공화국이 수립되어 대치하고 있다가 경인년(庚寅年: 1950년) 6.25 사변이 나서 **전화(戰禍**: 전쟁으로 인한 재화)가 전국에 미쳤다. 아주 민족적 패망이 되었는데 국련(國聯: 국제연합)에서 구군(救軍: 구원군)으로 복구 중이나, 아주 완전 제승(制勝: 압승)을 아직 못하였다. 그리고 기축년(己丑年: 1949년)에 김구 선생은 암살을 당하시었다. 이것이 우리나라의 과거만을 추억해 본 것이다.

그간에 중국도 망하고 혁명군이 득승(得勝: 승리함)하여 중화민국이 등장하였었고, 혁명의 주인공 손문 선생 사후에 장개석 장군이 지략(智略)이 있게 통일하였다가 일본과 전쟁 8년이 있었고, 전쟁이 중지되자 공산군에게 패퇴되어 대북(臺北: 대만의 수도) 일우(一隅: 한쪽 구석)에 있게 되고, 일본은 일로전쟁의 승리로 일약(一躍: 단번에 높이 뛰어 오름) 세계 5대 강국이 되었다가 세계 제패를 독일, 이태리와 같이 꿈꾸다가 영미군에게 패하였으나, **선패자(善敗者**: 잘 패한 자)는 **불망(不亡**: 망하지 않음)이라고 여전히 국토를 보전하고 다시 **갱기(更起**: 다시 일어남)를 또 꿈꾸고 있고, 독일은 우리나라와 같이 동서로 분립되어 미소가 싸우고 있는 중이요, 이태리는 아주 패하였고, 인도 노제국(老帝國)이 갱생 독립하였다.

내 반생(半生)이 짧다고 하나, 우주사상(宇宙史上: 우주 역사 위)에 기록될 별별 일이 다 많았다. 그간의 국가흥망도 많았었고, 민족흥망도 많았었다. 따라서 개인적으로도 추억될 일이 아주 없는 것은 아니다만은 주마등격(走馬燈格)으로 이 정도 추억하고 보니, 그간에 개인적으로도 저만 잘하였으면 성현군자나 영웅호걸도 될 수 있고, 역사상 인물도 얼마든지 될 수 있었다. 여기서 인생의 백년이라는 것도 그리 짧지 않다는 것을 생각해 본다. 무의미하면 천년, 만년을 살아도 별 수 없고 성공하면 이 인생 백년 중에도 못할 일 없이 다할 수 있다는 것이다.

여기서 인생 백년을 짧다고 원망 말고 자기의 인격 수양이 부족한 것을 자탄(自歎: 스스로 탄식함)할 뿐이요, 비록 70, 80일지라도 조문도(朝聞道: 아침에 도를 들음)면 석사(夕死: 저녁에 죽음)라도 가(可: 좋음)라 하니 수인사대천명(修人事待天命: 사람의 일을 다 하고 하늘의 명을 기다림)하는 것이 타당하다고 생각하며 아직 반생(半生)이니, 앞으로 무슨 일이든지 할 수 있는 것이니 자포자기(自暴自棄)말고 용감히 나아갈 일이다. 이로써 내 백발의 성성을 자위하며 또 작지불이(作之不已: 쉬지 않고 노력함)를 자려(自勵: 스스로 힘씀)하노라.

신묘(辛卯: 1951년) 음력 9월 초일일(初一日: 초하루)
봉우서우유신정사(鳳宇書于有莘精舍: 봉우는 유신정사에서 씀)

추기(追記)

일본에서 명치유신(明治維新) 후로 거물급의 인재가 많이 났었다. 그 중에 서향(西鄕: 사이고)[74] 판원(坂垣)[75] 이 ○○○ 인물들은 정한론

---

74) 사이고 다카모리(西鄕隆盛, 1828~1877)는 일본(사쓰마)의 번사, 군인, 정치인이다. 메이지 유신의 주역이었으며, 세이난 전쟁에서 패배한 후 할복하였다.

75) 이타가키 다이스케(板垣退助, 1837~1919)는 일본의 무사, 정치인이다. 메이지 유신

(征韓論)76)을 하던 사람이다. 이등(伊藤: 이토)77)이가 거물 중에서도 남의 위에 나갈 거물로서 한국을 요리하고, 또 부족하여 일로(日露) 협상차로 막부(莫府: 모스크바)를 가는 도중에 하얼빈두(頭: 驛頭역두. 역전)에서 우리나라 의사(義士) 안중근의 손에 그 일생을 마치었다. 만약 이등이가 모스크바로 가서 협상이 되면 중국을 일본과 러시아가 평분(平分: 평균하여 분배함)하고, 동서각패(東西各覇: 동서양을 각자 제패함)하자는 음흉한 모략이 안 의사의 손에 파궤되었던 것이다.

그리고 제1차 세계대전에 독일이 패망하고 중소국가(衆少國家)가 신생(新生)하였다가 10여년 만에 독일이 갱기하여 제2차 대전이 되자, 전격전으로 10여 국을 병합하고 일본, 이태리와 같은 조로 세계를 분식(分食: 나누어 먹음)하려는 대계(大計: 큰 계략)가 독일, 이태리가 먼저 패망하고, 일본이 후패(後敗)로 종료하고, 세계는 여전히 미영(美英) 위성국가 대 소련 위성국가의 약부호(約符號: 묶은 부호들)로, 노자(勞資: 공산주의와 자본주의) 대립전이다. 물론 미국편이 강하나, 소련편도 아주 경시할 수 없는 현상이다. 이것이 제3차 대전이 어느 날, 어느 때에

의 원훈 중 한 명이다. 유신 이후에는 자유민권운동 주동자로 알려져 서민파 정치인으로서 국민의 압도적 지지를 받았다. 사망 이후에도 민주정치의 선구자로 인기가 높아 일본 국회의사당에 동상이 세워져 있다.

76) 19세기 말 일본에서 조선을 정벌해야 한다는 사상 또는 신념으로, 1868년 메이지 유신 이후 일본 신정부가 조선에 보낸 서계(國書)를 조선 정부가 거부한 사건을 계기로 1873년 일본의 군국주의자들 사이에서 시작되었다.

77) 이토 히로부미(1841~1909)는 에도 시대 후기의 무사(조슈 번사)이자 일본의 정치가이다. 메이지 유신 이후에 정부의 요직을 거쳤으며, 일본 제국 헌법의 기초를 마련하고, 초대·제5대·제7대·제10대 일본 제국 내각 총리대신을 역임했다. 또한 초대·제3대·제8대·제10대 추밀원 의장, 조선통감부 초대 통감, 귀족원 의장, 관선 효고현 지사 등을 지냈다. 존왕양이 운동을 전개하다가 개화파로 전향하였고, 개국론·부국강병론을 전개했다. 일본 제국이 러일 전쟁에서 승리한 이후에 조선통감부의 통감을 역임했으며, 1909년에 만주 하얼빈에서 안중근 의사가 쏜 총탄에 맞아 죽었다.

발단되어 장래의 평화가 될 것인가 세계 각국은 학수고대(鶴首苦待)하는 것이다. 수십 년래 처음 되는 세계 대전환국(大轉換局)이 목전에 있는 것은 사실이다. 그러하고 우리가 현상으로는 조불모석(朝不謀夕: 아침에 저녁 일을 헤아릴 수 없음)하는 약소민족이나, 장래에 세계를 좌우할 능동력(能動力)이 있다는 것을 잊어서는 안 된다.

중중첩첩(重重疊疊: 거듭 쌓임)한 큰 사업이 목전에 있는데 우리의 성성(星星)한 백발이 무엇이 한(恨)되리요? 내 자격이 부족하면 다른 사람이라도 양성하여 이 연극을 구경하였으면 우리 원하는 바가 성취되는 것이다. 이 연극의 주인공이야 누가 되든지 우리가 알 바 아니요, 이 극(劇)이 우리 생전에 나와서 구경이나 하고 갔으면 족하다. 이 연극의 할역(割役: 역할)으로 갈 자격을 양성하여서 출세하는 것도 좋은 일이나, 자격이 부족하거든 구경이나 해도 무방한 일이다. 백산운화(白山運化)가 그리 멀지 않아서 될 것이요, 삼육성중(三六聖衆)도 각안기위(各安其位: 각자 그 자리에 안착함)할 날도 우리 국가에 있을 것이다. 현상으로 보아서는 비록 남북전쟁이 잘 해결된다 해도 수십 년으로는 이 상처를 완치 못할 것이나, 대운(大運)은 난어(難禦: 감당하기 어려움)라 우리 민족은 안심하고 고대(苦待)할 뿐이다.

시기가 도래하면 순풍괘범(順風掛帆: 순풍에 돛을 닮)이 되는 것이다. 이것을 운명론이라고 청년들은 말하나, 때라는 것이 별다른 때가 아니라 명석한 두뇌의 소유자가 득위(得位: 자리를 얻음)하는 것을 의미한 것이다. 백성은 초상지풍(草上之風: 풀 위의 바람)이라 최고지도자만 있으면 문제없는 것이다. 우리 민족성으로 보아서 평화를 천성으로 아신 민족이니, 물론 우리에게 장구평화(長久平和)인 극락세계(極樂世界)의 창설(創設) 역할이 우리 민족이 아니고는 할 사람이 없다는 것을 부언하여 둔다. 그 이유는 후일로 미루고 "우리 민족에게 장래의 월계관(月桂冠: 우승의 영예)이 있다"는 예언(豫言)을 확언하리라.

1951년 음력 9월 초하루

봉우생(鳳宇生)은 유신정사 병석에서 쓰다(추기 끝)

간 사람들을 추억하며

내가 여러 가지로 추억되는 인사들을 기록코자 한다. 나하고 관계 있는 사람만을 초출(抄出: 골라서 뽑아냄)해 보는 것이다. 거물급들은 그만두고 친우(親友) 중에서 먼저 **박양래**(朴養來)를 기록한다.

이 사람은 나하고 친한 지 30여 년 전이다. 이 사람에 **대평**(對評: 대한 평가)이 '백면백양(百面百樣: 백 가지 얼굴에 백 가지 모양)'이다. 별별 악평(惡評)도 있고, 선평(善評)도 있을 것이나 이것을 초월하여 나는 정평(正評)을 하자는 것이다.

운주유악지중(運籌帷幄之中: 장막 속에서 일을 궁리함)하여 **결승천리지외**(決勝千里之外: 천리 밖의 사람을 능히 이김)는 **자방지비**(子房之比: 장자방[78]에 견줌)요,

장검이기(杖劍而起: 칼을 짚고 일어남)하여 **호령삼군**(號令三軍: 전군을 호령함)은 **한신지비**(韓信之比: 한신[79]에 견줌)라.

입이가이위모사(入而可以爲謀士: 들어가면 제갈량 같은 책사가 될 수

---

78) 중국 한나라의 건국 공신(?~BC 168). 이름은 장양이다. 진승(陳勝) 오광(吳廣)의 난이 일어났을 때 유방의 진영에 속하였으며, 고조 유방을 도와 한나라 창업에 힘썼다. 선견지명이 있는 책사(策士)로서 소하, 한신과 함께 한나라 창업의 삼걸(三傑)로 불린다.

79) 중국 전한의 무장(武將)(B.C.?~B.C.196). 한(漢) 고조를 도와 조(趙)·위(魏)·연(燕)·제(齊)나라를 멸망시키고 항우를 공격하여 큰 공을 세웠다. 한나라가 통일된 후 초왕에 봉하여졌으나, 여후에게 살해되었다.

있음)요, **출이가이위장군(出而可以爲將軍**: 나가면 장군이 될 수 있음)이
라.

상관천문(**上觀天文**: 위로는 천문을 봄)하고 **하찰지리(下察地理**: 아래
로는 지리를 살핌)하고, **중찰인사(中察人事**: 가운데로는 사람의 일을 살핌)
하고,

대장지재(**大將之材**: 대장의 재목)로 **불과시(不過時**: 때를 지나치지 않
음)하고,

명주매진(**明珠埋塵**: 밝은 진주는 흙속에 묻힘)하여 **방랑어주색재지중**
(**放浪於酒色財之中**: 주색과 재물 속에서 방랑함)이라가

무성무취(**無聲無臭**: 소리도, 냄새도 없음)하게 **공수래공수거(空手來空**
手去: 빈손으로 왔다 빈손으로 감)하니, **천(天)**이 잠차차인어하처(**暫借此**
人於何處: 잠시 이 사람을 어데서 빌렸음)오?

무자생(**戊子生**: 1888년)인데 을해년(**乙亥年**: 1935년)에 환원(**還元**: 죽
음)하니, 48세를 일기(**一期**)로 **천년수도(千年修道)**한 용(**龍**)이 여의주
(**如意珠**)는 어데 두고 미리 왔다 미리 갔는고?

애석(**哀惜**)이라기보다 이 사람의 간 곳을 의심하노라. 타인이야 무슨
말을 하든지 **오불관언(吾不關焉**: 나는 상관 않음)이다.

김좌진(**金佐鎭**: 1889~1930)[80]은 **가령일군(可領一軍**: 전군을 이끌음)
하고, **흡득군심(洽得軍心**: 군사의 마음을 흡족히 만듦)하며, **좌대장지재**
(**佐大將之材**: 대장의 재목을 보좌함)하고, **진일방즉가이어적삼군(鎭一方**

---

80) 항일기의 독립운동가(1889~1930). 자는 명여(明汝). 호는 백야(白冶). 부유한 명문대
　　가 출신으로 15세 때 가노(家奴)를 해방할 정도로 진취적 개화사상이 강하였다. 1920
　　년 10월 20~23일 청산리 80리 계곡에서 유인되어 들어온 일본군을 맞아 백운평·천
　　수평·마록구 등지에서 3회의 격전을 전개하였고 일본군 3,300명을 섬멸했다. 1962
　　년 건국훈장 대한민국장이 추서되었다.

則可以禦敵三軍: 한쪽을 진압한즉 적의 군대 모두를 방어할 수 있음)할 지모(智謀: 슬기로운 계책)와 **장략**(將略: 장군의 지략)이 있는 사람이라 국내에서 그의 방랑생활 때에 알던 사람들은 **방화수류**(訪花隨柳: 꽃을 찾아 버들을 따라 노님)하는 것을 성격으로 평하나, 이것은 **차일시**(此一時: 이 한때), **피일시**(彼一時: 저 한때)인 것이다. 백전노장(百戰老將)이 그 성공을 못보고 간 것을 애석해 하노라.

김규식(金圭植, ?~1929)[81]은 백 가지 불비(不備: 갖춰지지 않음)한 독립군을 가지고도 **백전백승(百戰百勝)**하는 **상승**(常勝: 늘 이김) 장군이다. 이 사람은 전적(前敵: 적을 앞에 둠) 사령관으로 명참모장(名參謀長)

---

81) 김규식(金奎植, 1882년 3월 4일~1931년 5월 10일)은 한국의 독립운동가이다. 대한제국의 해산 군인 출신으로 북로군정서에서 독립군의 호장군(虎將軍), 상승장군(常勝將軍)이라는 별명으로 활동했다. 아호는 노은(蘆隱). 대한민국 임시정부 계열의 우사 김규식(金奎植), 서로군정서의 김규식(金圭植)과는 동명이인이다. 1902년에 대한제국 무관학교에 입학하여 대한제국 육군 참위를 지냈다. 1907년 일제에 의한 대한제국 군대 해산 이후 의병으로 전환하였고, 양주에서 의병을 일으켰다. 1912년 만주로 망명, 1919년 서일, 김좌진 등과 함께 북로군정서를 조직하였다. 북로군정서는 이 시기 무장 항일 투쟁의 핵심 근거지 중 하나였으며, 산하에 사관연성소를 세우고 김규식은 교관을 맡아 무력을 양성했다. 1921년 청산리 전투에서는 제2연대장인 김좌진 수하의 제1대대장으로서 전투에 참가했다. 이후 1922년 3월에는 러시아의 밀산부에서 북로군정서가 다른 무장 투쟁 단체들과 통합하여 대한독립군단을 편성했을 때 총사령에 취임했다. 그러나 대한독립군단의 참모총장 이장녕, 여단장 이청천과 함께 군 병력 3,500여 명을 이끌고 러시아령으로 들어갔다가 자유시 참변을 겪게 되어 다시 옛 근거지인 연길 지역으로 돌아와야 했다. 대한독립군단 총재 서일이 이 사건의 책임을 지고 자결하고 남은 조직은 재정난에 시달리는 어려움을 겪었으나, 김규식은 상하이 임시정부의 도움으로 위기를 넘기고 이범석을 영입해 1923년 이번에는 길현 명월구에서 고려혁명군을 창립하여 총사령에 취임했다. 1925년 신민부에, 1926년에는 고려혁명당에 가담해 활동하였고, 장기적인 항일 투쟁을 위해 교육에 뜻을 두고 연길에 학교를 설립하기도 하였으나, 1931년 주하현 하동향 마의하 부근에서 암살되었다. 김규식을 유인해 암살한 사람은 옛 동지였다가 공산주의 계열로 전향한 최악인 것으로 알려져 있다.

의 지휘를 받았으면 조운(趙雲: 조자룡)[82]의 비(比: 견줌)가 되고도 손색이 없을 것이다. 양김(兩金)이 모두 명장(名將)의 자질을 가지고 우리 한국이 독립되고도 비록 사후라도 논공행상(論功行賞: 공적을 논하고 상을 줌)이 없는 것을 정부의 실책이라 하노라.

정수당(丁隨堂)은 삼교구류(三敎九流: 모든 학문)에 무불통지(無不通知: 통하여 알지 못하는 게 없음)하고 어술어수(於術於數: 술법이나 수리)에 무소부지(無所不知: 모르는 게 없음)라 처지막빈(處之幕賓: 영주의 책사로서 역할 함)하고, 보주지부족즉가야(補主之不足則可也: 주인의 부족함을 보좌함이 옳음)요, 임지타처즉부적의(任之他處則不適矣: 다른 곳에 맡겨지면 맞지 않음)리라.

이인상(李寅相)도 역시 막빈(幕賓)으로 고금득실(古今得失)과 장상지자문(將相之諮問: 장수와 재상의 자문역)에 임(任: 임명)으로 두면 불괴고인(不愧古人: 옛사람에 부끄럽지 않음)할 것이요,

권혜산(權蕙山) 옹(翁)은 박학다문(博學多聞: 널리 배우고 들은 것이 많음)하여 전한지직즉족의(典翰之職則足矣: 홍문관 종3품 전한 자리면 족함)나 그 외는 부적합하고,

서약포(徐藥圃)는 점령적지(占領敵地: 적의 땅을 점령함)하고, 실무후지임즉(室憮後之任則?) 불욕주장자(不辱主將者: 주장을 욕되게 안 함)요, 그 외는 부족관(不足觀: 부족하다 봄)이요,

문수암즉사지협의처(文殊庵則使之俠義處: 문수암은 곧 호협하고 의협으로 삶)하여, 불고생사(不顧生死: 생사를 돌아보지 않음)하고, 억강부약(抑强扶弱: 강자를 누르고 약자를 도와줌)하는 협자류(俠者流)요, 혹적임

---

82) 중국 삼국 시대, 촉한(蜀漢)의 무장(168~229). 이름은 운(雲)이다. 관우, 장비, 황충, 마초와 더불어 오호대장군으로 불렸다.

경내(或敵臨境內: 혹시 지역 안에서 적을 만남)에 관군(官軍)이 부족하면 취당거의(聚黨擧義: 무리를 모아 의병을 일으킴)에 소무구색(少無懼色: 조금도 두려워하는 기색이 없음)할 용기가 있는 사람이요, 또 협의성(俠義性)이 있어 사지위지(使之危地: 위험한 곳이라 하더라도)라도 태연자약(泰然自若)할 사람이다. 평시 인물은 아니요, 비상시(非常時)이면 가용지재(可用之材: 쓸 만한 인재)요 가용지기(可用之器: 쓸 만한 그릇)라 막빈(幕賓: 영주의 책사)을 천일지양(千日之養: 천일 간 양성함)을 하여 하루에 족히 보답할 의사(義士)로 고인(古人)에 지지 않을 것이다. 모수자천(毛遂自薦)[83]이라도 할 사람이다.

권오훈(權五勳)은 만복웅심(滿腹雄心: 뱃속 가득 웅대한 마음)이 공명정대(公明正大)하지는 못하나, 종횡책모(縱橫策謀)로 통당거강(統黨拒强: 무리를 통합하고, 강자엔 항거함)하며, 음수권력(陰樹權力)하고 ○도중진(○圖重鎭)할 유룡(幼龍: 어린 용)이다. 이대로 나갔으면 대신(大臣: 장관) 일석(一席: 한 자리)쯤은 문제없을 사람이요, 대신으로 보통은 지낼 인물이었다. 그리고 오래만 있으면 내각수반(內閣首班: 행정부의 가장 높은 자리)도 꿈꾸고 당수(黨首: 정당의 우두머리)도 꿈꿀 인물이었는데, 불행히 조요(早夭: 요절)가 역시 운여(運歟: 운)다. 거물 취급을 못 받으면서 속으로 거물이 되려는 유룡이었다. 애석한 일이다.

한강현(韓康鉉)은 내가 굴레 벗은 천리마(千里馬)라고 하였던 사람이다. 자기 생각에 히돌라(히틀러)를 꿈꾸나, 좀 부족하고 일본의 두산만(頭山滿)[84] 같은 낭인(浪人)으로 부하사람을 ○진(○鎭)에 두고 자

---

83) 모수가 스스로를 천거함. 《사기(史記)》 〈평원군열전〉에 나옴.

84) 도야마 미쓰루(頭山 滿, 1855년 5월 27일~1944년 10월 5일)는 대아시아주의의 입장에서 운동을 펼친 일본 제국의 국가주의 사상가이다. 일본 근대 우익·민족주의 비밀결

기는 후방에서 엄연(儼然: 의젓함)한 지도자로 있기를 희망하는 사람이 었다. 청년들을 잘 양성하는 본성이 천리마이나 백락(伯樂)[85]을 못 만나서 천리마 행세를 못한 것이다. 주인을 만나서 실력을 발휘하면 두산만 쯤은 될 가능성이 있었던 것이다. 영호(英豪: 영웅호걸)를 좋아하는 성격이요, 현철(賢哲: 어질고 밝은 이)을 좋아하는 성격은 아니다. 일개 장관쯤은 안하(眼下: 눈 아래)로 보지 보통 평등으로 보지 않는 정도였다. 보좌를 잘 구해서 주고, 외국 사신으로 갔으면 성공할 수도 있고 그렇지 않으면 낭인생활도 두산만이나 같은 행세를 하였으면 족할 인물이다. 애석한 일이다.

민경대(閔京大)는 청년으로 유재유능(有才有能)하고 장래성이 있던 사람이다. 차서(次序: 차례의 순서)를 밟아서 가면 다른 일류에게 지지 않을 만큼 견실성(堅實性)이 있던 청년이 공비의 손에 불행하였다. 애석한 일이다. 무슨 당이나, 군(軍)이나, 외교 방면으로 가더라도 절대로 남의 뒤에 설 인물이 아니었다. 장관쯤은 시간적 문제인 인물이었는데 애석한 일이다.

주형식(朱亨植)은 비록 거물(巨物)이나 상류(上流)는 못 되나, 연정원에서 수년간만 정연(精研: 정밀히 연구함)하였으면 착실성이 현 일류보다 나을 것이었는데 묘이불수(苗而不秀: 모가 말라죽음, 젊은 사람이 죽

<hr>

사인 흑룡회(黑龍會)의 지도자이다. 범아시아주의를 내세워 일본의 대륙 진출, 특히 조선·중국에 대한 팽창정책을 이론적으로 뒷받침했다. 그러면서도 대한제국 말기와 일제강점기 초기에 조선의 정치인, 의열 인사들과도 접점이 있다.

85) 중국 춘추시대 진(秦)나라의 정치가. 손양(孫陽)이라고도 한다. 진목공 때 말을 보는 일을 맡았는데 백락일고(伯樂一顧: 자신의 재능을 세상에서 알아주는 것을 뜻함)라는 고사가 있다. 당나라의 대문장가 한유(韓愈)는 어느 시대에나 천리마는 있으나 그를 알아보는 백락이 없어서 천리마가 제 능력을 발휘하지 못한다고 하였다.

음)86)한 불행의 남아(男兒)다. 일견(一見: 언뜻 봄)에 **초초(草草: 초라해** 보임)하나 그의 **인내견실(忍耐堅實: 참을성과 착실함)**과 **불휴(不休)**의 노력이 장래를 촉망하던 연정원 중 청년이 불행히도 공산당의 손에 죽었으니, 애석한 일이로다. **치응미순(穉鷹未馴: 길들이지 않은 어린 매)**이라고 평하였으니 **응양(鷹揚: 매가 날아오름)**할 장래가 있는 것은 사실이었다.

그 외에 얼마든지 있으나, **거물(巨物)**은 거물로 제(除)해 두고, **등외(等外: 등급의 밖)**는 등외로 제해 두고, **중견(中堅)**은 대표적 중견 몇 사람을 평하였으니 그 정도로 제외하고, 간 사람들의 추억을 다시 다음에 하기로 하고, 이 붓을 그친다. **심야독좌(深夜獨坐: 깊은 밤 홀로 앉아)**하여 간 사람들을 추억하여 보면 감개무량하다. 이 사람들을 일조일석(一朝一夕)에 친했던 것이 아니다. 최소한 몇 년이요, 길면 수십 년간을 두고 교제하며, 음으로 양으로 그들의 장래를 추진하던 것이 우리가 일은 시작하기도 전에 **사자(死者: 죽은 사람)** **태반(太半: 반수 이상)**이니, 다시금 정인(靜人)을 얻어서 검토하고 서로 확실한 악수하기까지는 요원(遙遠)한 일이다.

내 일도 아니요, 한 사람의 일도 아니요, 이것이 우리의 일이다. 안 하면 안 될 일이다. 우리가 발족하는 것도 시일 문제일 것이다. 발족해서 안 될 리도 없고 성공 안 할 수도 없는 일이다. 그러나 동지들이 있어야 되는 것이요, **고장(孤掌: 한 손바닥)**이 **난명(難鳴: 울리기 어려움)**이라는 것이다. 그래서 동지를 구하는 것이요, 비록 동지로 구한 동지라도 검토를 안 할 수 없는 것이다. 한 사람의 부족자가 있어도 이 일이

---

86) 《논어(論語)》〈자한(子罕)편〉에 나옴.

그만큼 부족점이 나오는 것이다. 그러니 되어가는 대로 두어서는 안 된다. 될 수 있는 대로 정금미옥주의(精金美玉主意: 순금과 좋은 옥을 주로 선발함)를 쓰는 것이다. 그리고 닭 10마리보다 학(鶴) 1마리가 낫고, 학 100마리보다 봉(鳳) 1마리가 나은 것이다.

여기서 정연(精研: 자세하고 치밀한 연구)을 주장하는 것이다. 그런데 보통 눈으로 보아서는 닭의 화려함이 학에게 좀 손색이 있을지언정 일대일(一對一)은 못 되더라도 이대일(二對一)은 문제없을 줄로 믿고 일대일도 보통으로 여기는 것이 세인의 안목이나, 어찌 학이 그리 용이 하며, 더구나 봉황이 구해질 것인가? 비록 학이 아니라도 닭이 아니면 응(鷹: 매), 취(鷲: 독수리) 같은 것도 닭과 동일(同日)에 논할 바 아니라 역시 극귀(極貴: 극히 귀함)하도다. 구(龜: 거북)나 용(龍)이나, 기린(麒麟) 종류도 모두 학과 근사하고 용도 노룡(老龍)으로 여의주(如意珠)나 가진 용이면 거물급일 것이다. 용도 천수룡(淺水龍: 얕은 물에 사는 용)이나 유룡(幼龍: 어린 용)은 아직 용사(用事: 현실에 응용함)하기 부족하니, 수귀(雖貴: 비록 귀함)나 별무신기(別無神奇: 별로 신기한 게 없음)로다.

여기서 간 사람들을 더 추억되는 도다. 삼국 시절에도 복룡봉추(伏龍鳳雛)87)가 이인(二人)이 있을 뿐이었고 그 외에는 다 미급(未及: 미치지 못함)한 것은 사실이었었다. 사마의(司馬懿: 중국 위나라의 명장, 정치가)는 구체이미(具體而微: 내용은 대략 갖추었으나, 실력은 미미함)요, 주유(周瑜: 175~210, 중국 후한 말 오나라의 장군, 전략가)는 미달일간(未達一

---

87) 엎드린 용과 새끼 봉황. 아직 안 드러난 지략 있는 청년을 의미. 《촉지(蜀志)》의 〈제갈량전(諸葛亮傳)〉 주(注)에 나옴. 제갈량(복룡)과 방통(봉추)을 지칭하는 데 사용되었다.

間: 한 칸이 모자람)이요, 서원직(徐元直)[88]은 역시 **구체이미(具體而微)**였다. 그 외 **전풍(田豊)**[89], **허유(許攸)**[90] 등이야 어찌 동일(同日)에 논할 바가 아니었었다. 이만큼 득인(得人: 쓸 만한 사람을 얻음)이 **난(難: 어려움)**한 것이다. 더구나 인재를 양성해서 내 사람으로 사용한다는 것은 대단히 곤란한 것이다. 득인난(得人難)을 말하자니 **실인(失人: 사람을 잃음)**의 애석함을 중첩하지 않을 수 없도다. **언지장(言之長: 말이 길어짐)**함을 불각(不覺: 깨닫지 못함)하고서 이 붓을 얼른 그치지 못하노라.

신묘(辛卯: 1951년) 9월 초일일(初一日: 초하루)

봉우서우계룡산유신야연정원고기(鳳宇書于鷄龍山有莘野研精院古基:

봉우는 계룡산 상신 연정원 옛터에서 씀)하노라

추기(追記)

친지 중에서 간 사람들이 수(數)가 얼마나 될지 알 수 없으나, 대강만 표현하는 것이요, 사람마다 하는 수는 없어서 몇 사람만 쓴 것이요, 사

---

88) 서서(徐庶). 삼국(三國) 시대, 유비(劉備)의 모사(謀士). 자(字)는 원직(元直). 후에 조조(曹操)가 그의 모친을 인질로 삼자 조조에게 투항하였고, 조조 휘하에서 우중랑장(右中郎將) 벼슬을 지냈다.

89) 전풍(田豊)은 후한 말기의 관료로, 자는 원호(元皓)이며 거록군 혹은 발해군 사람이다. 기주목 원소를 위하여 계책을 바쳐 공손찬 평정에 공헌하였으나, 관도대전 개전을 반대하다가 옥사하였다.

90) 허유(許攸: ?~204)는 중국 후한 말 원소 휘하의 모사로 자는 자원(子遠)이며 형주 남양군 사람이다. 원소의 핵심 참모로 총명하고 지모가 있어 원소가 중용하였다.

람이 없어서 쓰지 않는 것은 아니다. 본기(本記)에도 말한 것 같이 거물은 제외하고 미급자도 제외하고 대표로 몇 사람만 기록하여, 동급이면 또 기록할 필요 없이 산삭(删削: 깎음)한 것이다. 친우나 좀 선배 중에서 간 사람의 기록이라면 영도급(領導級: 지도자급)도 있고, 장상급(將相級: 장군이나 재상급)도 있다. 삼비팔주(三飛八走)가 다 있을 것이다. 그러나 내가 이 붓을 든 것은 수필로 해보는 것이요, 간 사람의 본기를 하는 것이 아니니, 후일 보는 사람이 색안경을 쓰고 보지 말기를 바라노라.

내 금년 세전(歲前: 새해되기 전)의
행사를 예정해 보자

무슨 일이나 마음대로 되지 않는 것이 상리(常理)라 역도(逆睹: 앞일을 미리 내다봄)할 수는 없는 일이나, 금년 말까지 무슨 일을 할까 예정해 보는 것이다. 공적(公的)은 연말까지는 중지할 예정이요, 사적으로는 의식주 문제나 해결해 볼까 하는데, 무슨 방식으로 할 것이냐 내 생각에 완목건(腕木件)[91]으로 해볼까 하였는데, 이것도 그리 용이한 일은 아니다. 사장도 마음대로 못하는 것이요 경리과장이 자기 **친신인**(親信人: 가까이 신임하는 사람)에게 일임하는 것이 당연한 일이니, 내게 필연적으로 이 조건이 오리라고는 못 믿는다. 그러니 이 일은 **오리무중**(五里霧中)으로 두고, 약이나 가지고 이 사람, 저 사람 상대해 가지고 4개월간에 몇 건만 성공해 볼 예정이요, 그렇지 않으면 **한협**(韓協: 유엔한국협회) 자동차를 이용하여 몇 차례만 활용하면 목전에 급한 식생활이나 해결하고 **의주**(衣住: 의복과 주거문제)는 아직 별문제 없으니, 후일로 미루기로 하자. 백미가(白米價: 쌀값)를 1만 5,000원으로 가정하고 인구 4인이 4개월이면 연인구(延人口: 인구가 늘어남)하여도 40두(斗: 말)는 필요한데, 금액으로 60만 원이다.

실상은 생각하는 일이 잘되면 4개월에 60만 원쯤은 별문제 아닌데,

---

91) 전선을 매기 위해 전봇대의 상부에 가로대는 나무토막.

실행으로 옮기면 역시 곤란하다. 1개월에 2차씩만 자동차를 사용하면 1차에 6만~7만 원의 순이익이 있을 듯하니, 1개월에 자동차로 10만 원만 수입할 예정이요, 4개월에 약(藥)으로 3~4인만 성공하면 30만 원은 될 것이니, 4개월 식생활 문제는 해결될 것인데 이 이상은 내가 생각지 않는다. 현상으로 보아서 소성(小星)이 월 5만 원은 수입할 것 같고, 현(現) 시(柿: 감) 수입이 10만 원은 되고, 농작물이 10만 원은 될 것이요, 잡수입이 역시 10만 원은 될 것이다. 그러면 30만 원이니 2개월 식생활의 대가(代價)인데 비상비용이 얼마나 날지 알 수 없는 일이라 확실한 예정을 못하겠노라. 실인(室人: 아내)이 **차여(借與: 빌려와 보탬)** 해 준 것이 있으나, 이것은 예외로 하고 신규로 무슨 일이든지 해서 월 15만 원만 확보하자는 것이다. 최저 식량은 될 것 같다. 이 외는 전부 중지하겠노라. 무슨 일이든지 60만 원만 수입하면 이상은 중지할 예정이다.

삼동(三冬: 겨울의 석달)은 식량 준비나 되면 독서나 하고, 안정해 볼 생각이다. **외사개초(外舍蓋草:** 바깥채 지붕을 이엉으로 임) 문제도 있는데 이것은 예외로 하는 수밖에 없다. 성군(成君) 오기를 기다려서 대전이나 가볼까 한다. 대전서 순조로 되어도 역시 **집목(集木:** 나무를 모음) 하기가 대곤란이다. 마음대로 되는 일이 없는 내 금년 일이다. 4개월 식생활 문제도 그리 용이하리라고는 생각 않는다. 무슨 기회나 있으면 대구나 부산이나 일차 왕래하고, 전주나 왕래할 예정이나 역시 **노비 (路費:** 여행비) 문제니 확언을 않는다. 가아(家兒) 회견(會見: 만나봄) 문제도 있으나 예외 수입이 있기 전에는 부산행은 중지하겠다. **동장군 (冬將軍:** 혹독한 겨울 추위)이 **내습(來襲:** 습격해 옴)하면 시정(柴政: 땔감

목 준비)이 역시 큰 문제다. 그 글자대로 계옥(桂玉)[92]도 수(愁: 시름)가 있다는 말이다. 이것저것 합하여 100만 원이면 해결하겠는데 도시(都是: 도무지, 전부) 난관(難關)이다. 이 정도로 세전 행사를 예정하여 보자.

신묘(辛卯: 1951년) 야(夜: 밤) 초1일(初一日)
봉우서우유신정사(鳳宇書于有莘精舍: 봉우는 유신정사에서 쓰다)

---

92) 땔나무는 계수나무와 같고 쌀은 옥(玉)과 같다는 뜻으로, 땔나무와 식량이 귀하고 비쌈을 이르는 말.

이 책을 끝내며 나의 소감

6.25 사변 이후로 내 몸이 무사분주(無事奔走: 하는 일 없이 공연히 바쁨)하여 조금도 한가(閑暇)가 없었다. 그리하여 친지간에 애경시(哀慶時: 슬프거나 경사스러울 때)에도 전부 실례(失禮: 예의에 벗어남)하고, 문문(問問: 고함)을 못하였던 것이다. 마음에 없는 일이나 할 수 없이 나사는 반포면에서 9.28 수복 즉시로 면(面) 자치위원회 위원장, 반포면 경비대장, 국민회 반포지부장, 한청(韓靑) 반포지단장, 시국대책위원회 위원장, 방위연대 고문(顧問), 방위대대 고문, 방위중대 고문, 반포둔(屯) 고문, 군경(軍警)후원회장, 향토방위대장 등 마음에도 없는 별별 기괴망측한 이름이 다 있어서 무조건하고 추신(抽身: 몸을 뺌)할 수가 없었다. 주야를 막론하고 이 일이 겨우 끝나면 숨도 고르기 전에 저 일이 또 닥쳐오고, 이 일을 아직 설계도 못하였는데 또 다른 일이 닥쳐와서 안비막개(眼鼻莫開: 눈코 뜰 새 없음)로 7~8삭(朔: 달)을 지내고 보니, 식불감침불안(食不甘寢不安: 먹어도 달지 않고, 자도 편안하지 않음)하여 무엇이든 나는 모른다고 기권을 해도 역시 대중이 인정을 하지 않아서 여러 사람 일이라 칭찬듣기보다는 원망듣기가 십상팔구(十常八九)다.

그 후도 또 한협(韓協) 일로 몇 달을 출장도 해보았으나, 세사(世事)가 도시(都是: 전부) 한 궤도라 마음대로 되는 일이 어디 있을 리가 없다. 여기서 내가 공암(孔巖) 있다가 간간(間間)이 상신 본가를 오게 되면 주야를 물론하고, 동리 친지가 와서 **좌상객상만**(座上客常滿: 좌중에 늘 손님으로 가득 참)이라 역시 한가하지 못하였다. 그리하여 야심후(夜深後: 밤이 깊은 뒤) 객산(客散: 손님이 흩어짐)하고 가족들은 다 잠든 후에 **차사피사**(此事彼事: 이 일 저 일)가 생각이 나니 역시 불면증이다. 여기서 **청수제**(請睡劑: 잠 청하는 약)로 마음 없는 붓을 들고 별 생각할 것 없이 **소견법**(消遣法: 시간 보내는 법, 소일 삼는 법)으로 한 마디, 두 마디 기록한 것이 한 번, 두 번 모여서 일부 책자가 되어 오늘 이 책자가 끝나게 되니 내 소감이 어떠한가? 자기 심사(審査)를 해볼 일이로다.

기술(記述)이라는 것은 박학다문(博學多聞: 널리 배우고 보고 들은 것이 많음)한 사람으로도 무슨 제목을 두고 기술하자면 상당한 배치와 역량이 있어야 하는 것인데, 내가 이 붓을 든 것은 오로지 내가 **망리한**(忙裏閑: 바쁜 속의 한적함)을 취할까 하고 상신 본가로 왔으나 여전히 **한중망**(閑中忙: 한가한 가운데 바쁨)이 되어 극도의 정신 피로로 불면증이 생기어서 하는 수 없이 청수제로 이 붓을 든 데 지나지 못하는 것이니, 배치도 없고 역량도 없고, 기승전결(起承轉結)의 법도도 없는 것이요, 이 붓을 들고 청수(請睡: 잠을 청함)하다가 졸음이 오면 내가 성공한 것에 지나지 않는 것이라 내가 다시 검토해 볼 여유도 없고 검토할 필요를 느끼지도 않는다. 그리고 이 글을 타인의 안목에 괘(掛: 걸음)하자고 쓴 것이 아니니, 횡설수설했다고 누가 책(責: 꾸짖음)할 사람도 없고, 누가 찬(贊: 찬성함)할 사람도 없는 것이다. 그러나 내가 1년이나 불면증으로 싸우던 기념이니, 무엇이라 하였던지 불계(不計: 따지지 않음)하고 내가 버리기는 무엇하여 그저 두는 것이다.

명문거작(名文巨作: 유명한 문학이나 위대한 작품)도 자고(自古: 옛 부터)로 보존하는 것이 얼마 안 되는데 이것은 다만 내 청수록에 지나지 못하는 것이니, 무엇이 존부존(存不存: 보존과 보존 안 함)이 관계 있으리요? 그러나 내가 이와 같은 붓을 든 것이 4~5차로 수백 매(枚)나 되었으니, 전부 6.25 사변 전(前) 것은 오유(烏有: 아무것도 없게 됨)가 되고, 남은 것은 이 책자뿐이라 여기서 소장(所藏: 지니어 간직함)이 이러하다. 무슨 일이든지 꾸준히 불식지공(不息之功: 쉼 없는 공력)으로 하면 유시유종(有始有終: 시작과 끝이 있음)이 되는 법이라는 것은 불변의 원칙이다. 이 책자에 내가 붓을 든 것이 6.25 사변 후, 9.28 수복 직후에 우연히 심사산란(心思散亂)하여 야심독좌(夜深獨坐)하였다가 시작한 것이 1차, 2차를 쉬지 않고 쓴 것이라 청수여가(請睡餘暇: 잠을 청하는 틈)에 얻은 문자라 그것이 시(始)가 되고, 그것이 종(終)이 되어 말이야 되었든지, 안 되었든지 간(間)에 이 책자가 완성되니, 무슨 일이든지 유시유종(有始有終)만 하면 성공 못하는 법이 없다는 확증(確證)이다.

내가 불면증이 없었던들 이 붓을 들 리 없고, 이 붓을 들었더라도 그 다음에는 다른 청수방(請睡方: 잠 청하는 약)을 취하였딘들 이 책자기 완료되었을 리가 없다. 여기서 정일(精一: 하나에 집중함)하여야 한다는 것이다. 일기(一氣: 한 기운)로 나가는 것도 좋으나, 일기로 나가는 것이 더 정(精: 정밀함)하면 정(精)할수록 가치가 있다는 것이다. 이다음 또 시작하는 것은 동가홍상(同價紅裳)이면 좀 정(精)하게 해보라는 것이다. 이렇게도 해보고, 저렇게도 해보는 중에 백련금(百鍊金)이 될 수 있다는 것이다. 붓을 드는 데는 고인의 책자를 많이 안 보고는 방불(彷佛: 거의 비슷함)하게 할 수 없는 것이다. 고인의 한 것을 모르고 제 마음대로 해보면 불합리한 것이 많아지는 것이니, 고인의 문체(文體)를 배우라는 것이 아니라, 고인의 전수심법(傳授心法: 전해 주는 심법)을 알아서 그 원리만 알고 그것을 말해 두면 후인이 문체화할 수도 있고 언어화(言語化)할 수도 있는 것이다. 통합해 말하자면 유시유종(有始有終)하라는 것과 동가홍상(同價紅裳: 같은 값이면 붉은 치마)이면 정금미옥주의(精金美玉主意: 순금과 미려한 옥을 주된 뜻으로)를 잊지 말라는 것이다. 이 책자에 이 붓을 그치노라.

신묘(辛卯: 1951년) 9월 초2일(初二日)

봉우서우유신정사(鳳宇書于有莘精舍: 봉우는 유신정사에서 쓰다)

1955년 을미(乙未)

머리말삼

내가 무사분주(無事奔走: 하는 일 없이 공연히 바쁨)하여 재가무일(在家無日: 집에 있는 날이 없음)이었다. 이 생활을 계속한 것이 청년시대부터 60에 가까운 이때까지 변함없이 골몰(汨沒) 중에서 장년기 경과나, 노쇠기(老衰期) 당도(當到: 다다름)가 다 일률적이었다. 그러는 동안에 사회의 백면상(百面狀: 온갖 모습)을 맛보지 않은 것이 별로 없어서 비록 충분한 전문적 학식은 물론 부족하나, 상식적으로는 많은 경험이 원료가 되어서 보통은 자타가 공인하는 바이다. 그래서 내가 붓을 든 것이 수십 년 전에 《내 이념》이라는 책자로부터 시작이 되어 내 이문목격(耳聞目擊: 귀로 듣고 눈으로 봄)에 걸리는 일과 또 내 자신에 관계 있는 일과 내가 비록 관계없는 일이라도 후진에 도움이 된다면 아끼지 않고 집필해 본 것이 일정시대는 일경(日警: 일본 경찰)에게, 대한민국이 수립되고는 우리 경찰에게 여러 차례 피검(被檢: 수사기관에 잡혀감) 당할 때의 일이라 그 수년간 적성권축(積成卷軸: 책, 문서들이 많이 쌓임) 해서 전부 일경의 손에 압수당하고 을유(乙酉) 8.15 후에도 여전히 일경시대의 고등계원이 잔존한 관계로 수삼 차의 구검(拘檢: 구속)을 저들의 손에 당하고 가택수색에서 내가 귀중히 여기는 역사 참고서와 내가 정신을 쓴 책자 수십 권이 다 분실되고 말았다.

겨우 남은 것이 수삼권(數三卷: 몇 권)이 있을 뿐이요, 이 남은 책자는 다 내가 정신이 산란하던 중에 만담(漫談)이나 수필로 쓴 것이라 내 자신이 보아도 잡동산이(雜同散異)다. 다만 청수록(請睡錄: 잠을 청하는 기록)이나 그 반면(反面) 축수록(逐睡錄: 잠 쫓는 기록)에 지나지 못하는 것이다. 그러나 인간이라는 것은 행행행이각(行行行裏覺)이요, 거거거중지(去去去中知)하는 것이라 경험을 쌓을수록 경거망동(輕擧妄動)이 적은 것은 사실이다. 내가 비록 학식이 없으나 내가 본 경험에서 후인들의 참고가 될 만한 것을 쓰고자 하는 것이요, 내 의견을 문언화(文言化)해서 후인에게 전하고자 하는 것이 아닌 관계로 내가 쓴 것은 전부가 구어체로 일호반점(一毫半點) 문장의 가치가 없는 것이다. 작년 조춘(早春)에 신야촌담(莘野村談)을 시작해서 금년, 즉 을미(乙未: 1955년) 신춘(新春)에 그 책자를 완전히 다 쓰고, 새책 준비가 없어 월여(月餘: 한 달 남짓)를 비록 시간의 여유가 있어도 허송하고 있었는데, 하동인 군이 미국 유학을 갔다 오는 길에 이 책자를 선물로 가지고 왔다. 반가이 받고 하 군의 선사하는 이 책자를 될 수 있으면 무의미하지 않게 사용해 보겠다는 내 결심이요, 소호라도 후진들에게 유리한 것을 택해 볼 목적이나 믿지 못할 것은 세상사라 내 마음 가는 대로 기록해서 이 책자 마금(마감)하는 날에야 정당한 판결이 나릴 것이다. 내가 항상 불평불만이 많아서 발어성정(發於性情: 타고난 성정을 드러냄)하여 말만 시작하면 강개불평(慷慨不平: 의롭지 못한 것을 보고 원통하고 슬픔)이 많고, 또 쓰기만 시작하면 원망과 득실(得失) 비판을 좋아하는 내 최대의 결점인 줄 알면서도 못 고치는 것이다.

그러나 이 책자에는 될 수 있는 한 불평불만(不平不滿)을 피하고 단적으로 사회상(社會相)의 계획에 대하여 내 의견을 첨부해서 기록해 보기로 하고, 수문록(隨聞錄: 들은 대로 기록한 것)이나 수필(隨筆)이나는 인간사회 백면상(百面狀)이라 역시 첨가해 볼 예정이다. 내가 금년 예정은 춘기(春期: 봄의 시기)에 몇 종을 쓰기로 하였으나, 겨우《용호결(龍虎訣)》에 대한 천견(淺見: 얕은 견해)을 1권 쓰고, 그 외는 시간이 없어서 일책(一冊)도 쓰지 못했다. 만사분이정(萬事分已定: 모든 일이 이미 나눠져 정해짐)인데 부생(浮生: 덧없는 인생)이 공자망(空自忙: 괜히 절로 바쁨)이라고 일생을 분망한 중에 지내나, 소득은 일건도 없고 다만 백발이 성성(星星)할 뿐이다. 거자(去者: 떠난 사람, 과거)가 이럴진대 내자(來者: 올 사람, 미래)도 가지(可知: 알 만함)로다. 만사불계(萬事不計: : 모든 것 제쳐놓음)하고 금년 중에는 이 책자와 친구가 되어 1년 360일을 의미 있게 경과하고자 하는 것이요, 이 마음이 사실화되어야 이 책자를 선물로 준 하동인 군도 마음이 좋을 것이라고 생각된다. 이것으로 머리말을 그치노라.

을미(乙未: 1955년) 윤3월(閏三月) 18일 경오(庚午)
경신일민(耕莘逸民: 상신의 밭 가는 선비) 봉우서(鳳宇書: 봉우는 쓰다)

서독이 완전 재무장을 하다

카이젤 1세[93] 시대에 보불전쟁[94]으로 일약(一躍: 한 번에 뛰어오름) 강국에 참례되고, 카이젤 2세[95]의 불휴(不休)하는 웅지(雄志)는 그 민족성을 앙양(昂揚: 드높이고 북돋움)시켜서 각종 과학 문명이 세계 수준을 돌파하고 당시 무비(武備: 군비)야말로 거국일치(擧國一致: 온 국민이 뭉치어 하나가 됨)가 되어, 제1차 갑인년(1917년) 세계대전에 연전연승

93) 빌헬름 1세(1797년 3월 22일~1888년 3월 9일)는 프로이센의 국왕(임기: 1861년 ~1888년)이다. 북독일 연방의 의장(임기: 1866년~1871년)이자, 독일 제국의 초대 황제(임기: 1871년 1월 18일~1888년)이다. 1861년 형인 프리드리히 빌헬름 4세 대신 왕이 되자 오토 폰 비스마르크를 수상으로, 헬무트 카를 베른하르트 폰 몰트케 백작을 참모총장으로 등용하여 독일의 통일을 꾀하였다. 그는 1864년 프로이센-덴마크 전쟁과 1866년 프로이센-오스트리아 전쟁, 그리고 1870년 프로이센-프랑스 전쟁에서 차례로 승리한 뒤, 1871년 베르사유 궁전에서 독일 제국 황제가 되었다. 비스마르크를 신임하였으며 내외 정치에 수완을 보여, 독일을 유럽 제일의 강대국으로 만들었다.

94) 1870년 7월 19일부터 1871년 1월 28일까지 프랑스 제2제국과 프로이센 왕국을 중심으로 한 독일 제(諸)국 간에 벌어진 전쟁. 이 전쟁에서 패배한 프랑스 제2제국은 무너지고 프랑스 제3공화국이 세워졌으며 승리한 프로이센은 독일 연방 내 모든 회원국을 통합해 독일 제국을 건국했다.

95) 빌헬름 2세(1859년 1월 27일~1941년 6월 4일)는 독일 제국 황제 겸 프로이센의 카이저이었다. 본명은 프리드리히 빌헬름 빅토어 알베르트(Friedrich Wilhelm Victor Albert)이며 독일의 빌헬름 1세의 손자이다. 독일 제국의 제3대 황제 겸 프로이센 왕국의 제9대 국왕이자 독일의 마지막 군주. 전임 황제들과 달리 비스마르크를 실각시키고 친정을 하여 외교 전면에 나서 업적을 남겼으나 제1차 세계대전의 패배로 강제 퇴위당했다. 패전 이후 네덜란드로 망명하였고 제2차 세계대전 중 네덜란드 도른에서 사망했다.

하였으나, 불행히 미국의 참전으로 패전국이 되어 다시 재기할 여력이 없었다. 그러나 선패자(善敗者)는 불망(不亡)이라고 당시 명장인 힌데부루쿠 원수[96]는 연합국의 갖은 압박을 다 당하면서도 국민의 정신을 재무장시키고, 전패(戰敗: 패전)의 상흔(傷痕)을 복구시키기에 여념이 없었다.

그리하여 그다음 10여 년 만에 완전 복구를 보게 되자 당시 걸출(傑出: 난 사람)인 '힛도라(히틀러)'는 나치단(團)을 동지 몇 명과 조직해서 이 세력이 오래지 않아 전 독일을 수중에 넣고 수상의 직에서 일약 대통령이 되어 만반의 준비를 다 하고, 카이젤이 꿈꾸던 세계 제패를 다시 실현하려는 세계 제2차 대전을 발발(勃發)시킨 것이다. 질풍신뢰(疾風迅雷: 빠른 바람과 천둥)격으로 구주(歐洲: 유럽) 전체가 거의 그 마제(馬蹄: 말발굽) 아래에 있었다. 그러다 또 미국의 참전으로 참패를 당하고 국토는 동서로 양분되어 연합국의 손에 점령당하고, 이제는 다시 갱기(更起) 못할 만큼 타격을 받았던 것이다. 그럼에도 불구하고 국민이나 독일을 지도할 인물들은 그 당할 수 없는 곤욕을 다 인내해 가며, 동독은 소련의 점령으로 압력적 적화(赤化: 공산화)시키고 서독은 영불의 점령으로 민주화하나, 점령지인 만큼 별별 고생을 다 당해 가면서도 국민성은 소호도 불변하고 자립에 전력을 경주하는 관계로 비록 동서독이 분립되었으나, 이는 정치적인 국경이요 국민은 여전히 통일되어 있음에 틀림없다.

---

96) 파울 루트비히 폰 베네켄도르프 운트 폰 힌덴부르크(1847년 10월 2일~1934년 8월 2일)는 바이마르 공화국의 군인이자 정치가이다. 바이마르 공화국 제2대 대통령(1925년~1934년)을 지낸 그는 아돌프 히틀러를 내각 수상으로 임명해 나치 독일 성립의 길을 열었다.

이 현상을 연합국에서 고려한 끝에 서독의 점령을 종결시키고 완전 무장으로 북구(北歐: 북유럽) 동맹에 참가시켜서 공산 진영의 방파제로 등단하게 되었다. 현 육해공군 50만을 허락한 것이나, 독일 5,000만 인구에서 400만, 500만은 가능한 병력이다. 이것이 독일로는 성공이다. 이 현상이 얼마 안 가서 소련도 감히 남침을 못할지나, 유럽 여러 나라도 누가 독일의 비견(比肩: 어깨를 나란히 함)할 자 있으리오? 이것은 독일 민족의 견고한 인내심과 지도인물들의 노력이라고 생각된다. 하필 독일뿐이랴? 아세아주(亞細亞洲: 아시아대륙)에서도 일본이 독일과 동일한 사정으로 전패(戰敗: 패전) 10년 만에 완전 복구가 되어 전쟁 전 실력보다도 일층 생산력이 증강되어 있고, 국민의 단결력도 전쟁 전과 소호도 감(減: 감소함)함이 없다.

이것이 연합국에서 본 서(西)의 독일이요, 동(東)의 일본이 방공(防共: 공산주의를 방어함)의 **견진(堅陣: 견고한 진영)**이라고 신심을 가지게 된 것이다. 이런 신망을 얻음으로 그 국력이 강해지고 그다음 웅도(雄圖: 웅대한 계획)할 수 있는 것이다. 독일의 점령이 종결됨과 아울러 재무장됨을 보고 나는 우리나라의 국토 양단과 아울러 사조(思潮: 사상의 흐름) 대립으로 동일 민족이 적대시하고 있는 현상은 다만 국민의 수준이 부족하다느니보다 지도인물의 역량이 부족하다는 느낌을 가지고 서독의 재무장을 축(祝)하며 이 붓을 그치노라.

을미(乙未: 1955년) 윤3월 18일

봉우서(鳳宇書)

7-51

위정자(爲政者: 정치인)의
최대 급무(急務: 급선무) 〈고(考)〉

　우리나라는 이조 말엽의 혼란기를 지내고 그다음 왜정의 식민지 정책을 지낸 금일에 와서 또 세계의 2대 사조인 **노자**(勞資: 노동자와 자본가) 충돌의 최첨단인 우리 38선을 두고 싸우는 현상에서 위정자는 무엇으로 민족의 정신을 통일할 것인가가 최대 급무일 것이다. 북한에서는 우민(愚民)들을 **감언이설**(甘言利說)로 겸해서 강력한 압박으로 공산주의를 선전하는데, 선전뿐만 아니라 실행으로 각양각색을 다 위장하고 있는데, 우리 한국에서는 무엇으로 그 침투하는 세력을 격퇴시킬 것인가가 주요 문제라고 보는데, 우리의 위정자들의 실적을 보건대, 일에서 백까지 거의 유엔에 의존하고 있을지언정 공산주의자들의 선전을 막아보기에 충분한 정신통일 정책이 보이지 않으며, 또 위정자들의 민족을 위하는 성의를 볼 수 없다. 현상(現狀)으로 무조건 하고 유엔에서 한국이 이탈된다면 이북과 상대할 자력이 있는가 하면 **이구동성**(異口同聲)으로 불가능하다고 하리라. 그 이유로는 위정자들의 방편삼아 나올 말이 북한은 배후에 중공이 있고, 또 세계 강호(强豪)인 소련이 있으나, 우리의 자력만으로는 도저히 불가능이라고 하리라. 그러나 나는 이 말에 반대하노라.

　그 이유로는 남한 인구가 2,000만 이상이나 되나 위정자가 그들의 정신무장에 소호도 관심한 바가 없고, 정신통일을 위해서 정책을 수립한 일이 없고 다만 자립할 생각이 없이 미국을 위시한 유엔 각국에 의존할 정신 외에는 아무 시책이 없었다고밖에 생각이 안 된다. 위정자가 북한 공산주의의 악점(惡點)은 선전하나, 우리의 무슨 주의가 그들 공산주의를 배격하고도 여유가 족족(足足)하다고 할 만한 것이 없다. 북한은 1,000만 인구에서 소수의 반대는 있을지언정 대다수의 비록 외형일망정 통일된 공산당이 있으나, 남한에서는 **백인백당(百人百黨)**이요, **천인천당(千人千黨)**이나 다만 동일 보조를 걷는 것은 **자하달상(自下達上**: 아래에서 위까지 미침)이나 **자상달하(自上達下**: 위에서 아래로 미침)를 불구하고 개인적 영리주의에는 통일되었으나, 국가나 민족을 위한 시책은 눈을 세식(洗拭: 씻고 닦음)하고 보아도 볼 수가 없다고 생각된다. 다만 남한도 병력만은 전력을 다하는 것 같으나, 이것도 자주(自主)로 하는 것은 아니다. 위정자들이 최대 급무는 남한일망정 2,000만이라는 거(巨)민족이 있으니 정신통일 방법을 가져 현명하게 시행해 볼 것이요, 이 국민정신이 통일되면 북한이나 중공과 소련을 소호도 외구(畏懼: 무서워하고 두려워함)할 필요가 없다.

정신통일 방식에 있어서는 각 방식이 있으나, **숭조(崇祖**: 조상을 숭상함) **이념**으로 우리의 **배달족**이 조선(祖先: 조상)은 이렇다는 것을 확실무의(確實無疑)하게 인식시키고 조선을 배양함으로써 후진이 비로소 살 수 있다는 숭조이념만이 자기 일신만 생각하는 공산주의를 배격함에 족한 것이어늘 현 위정자들은 소년 교육에서부터 수신(修身: 몸과 마음을 수양함) 과목을 제외하고, 통일된 역사를 가르치지 않고 각교각인(各校各人: 학교마다 다른 사람)의 역사와 과학문명이 등장할 뿐이요, 완전한 물질문명이 19세기를 지배하게 되었다. 비록 물질문명이라고 정신도덕을 도외시하라는 것은 아니나, 현 우리나라 위정자들이야말로 물질문명의 최첨단을 걷고 있는 미주(美洲: 아메리카)나 구주(歐洲: 유럽)에서도 볼 수 없는 도덕무시의 정책이 나오고 자립을 어떻게 해야하는 것인가도 염두에 둘 새 없이 의존정신으로, 임시 미봉책으로 자기 일신이나 안과(安過: 편안히 탈 없이 지나감)하면 지상성공(至上成功: 최상의 성공)이라고 생각하는 것 같다. 비록 위정자가 다 그럴 리는 없으나 일폭십한격(一曝十寒格: 열흘 동안 춥다가 하루 볕이 쬐이는 격. 꾸준하지 못하고 자주 끊김)이라 좀 양심 있다는 인물도 등장만 하면 그 전염병 환자로 화해지는 것이다.

위정자가 사상육하(事上育下: 조상을 받들고 아랫사람을 키움)의 도덕을 가르치지 않는 관계로 국민 전체가 그 와중에서 허덕이고 있다. 사상육하의 노노유유(老老幼幼)를 그대로 한다면 국민도 숭조이념이 자연적으로 배양될 것이요, 그 근원을 배양함으로써 자기 자신의 영화가 있고, 자신의 영화가 있음으로써 자손의 발전이 있다는 것을 자각할 정도로 국책으로 도덕정신을 보급시키면 자연 우리의 근원이 동일 황조(皇祖: 할아버지)였다는 것을 알 것이요, 대황조(大皇祖: 큰할아버지)의 동일 자손이라는 것을 확실무의하게 알게 될 때 거족적 정신통일은 자연 되어 가는 것이다. 공산도배들의 부모니 조상이니를 알지 못하고 자신만 아는 자들이 자손을 알 리가 없는 것이다. 이것은 완전히 금수(禽獸: 짐승)시대로 환원하는 이념과 실행이니, 누가 도덕을 버리고 금수로 가기를 좋아하리오?

그러나 위정자들이 공산은 배격하면서 도덕을 배양이라기보다 아주 망각한 시책만 하니 어찌 정신통일이 되리오? 내가 위정자에게 말하고자 하는 것은 국민 전체에게 숭조이념과 도덕관념을 국책적으로 위정자들이 솔선궁행(率先躬行: 앞장서 실행함)하면 국민정신이 통일될 것이요, 정신이 통일되는 날 실력양성은 별 큰 문제가 아니라고 본다. 정신도덕을 향상하면 물질은 자연적으로 장족진보를 할 것이요, 공산당의 결점을 앎으로 자연적으로 적도(赤徒: 공산당 무리)들의 선전이 허사가 될 것이다. 이러해서 자주자립으로 독립정신을 확립하면 비로소 우리의 수준이 약하다는 것을 자각하고 단시일에 물질문명의 부족한 것을 거족, 거국적으로 따르면 그 수준을 돌파할 수 있다고 본다.

근본 방침을 수립하지 않고 의존하지 않으면 안 될 시책을 하는 것은 위정자들의 자격이 의심되는 것이다. 회고해 보라! 건국한 지 8년이나 되도록 국가 생산에 가장 중요한 전력(電力) 문제를 해결 못하고, 국민의 8할이 농민인데 농민의 제일 요소인 비료 문제가 지금껏 시설이 없고, 국내 생산의 중점을 차지한 광업(鑛業)을 모모 개인들의 독리장(獨利場: 독점 이익 장소)으로 만들어 국리민복에 하등 효과가 없고, 우리나라는 반도인 관계로 해산품이 풍부하거늘 국책이 아직껏 중소 수산업자의 자유로 두고 이것을 국부민강(國富民強)의 자료로 등장하게 못하고, 산림천택(山林川澤)이 그 나라의 빈부를 알게 되는데 외양으로는 임업령(林業令)이 엄하나, 건국 후 완전한 조림을 보지 못하겠고, 그 나라 양풍미속(良風美俗: 미풍양속)이 그 나라의 장래를 배양하는 것이어늘 현 위정자들은 무엇이 양풍이며 무엇이 미속이라는 분별조차 못할 정도이니 양풍미속을 장려할 아량이 나올 새가 없다고 본다. 그리고 고인들은 녹족이대기경(錄足以代其耕)[97]이라고 해서 관공리의 사생활을 확보시켜서 전 역량을 다 공헌하게 하였는데, 현 한국 실정은 관공리의 보수라는 것이 사생활을 유지 못하게 하는 관계로 관

---

97) 봉록은 그가 농사짓는 것을 대신하기에 충분하다는 뜻으로, 《맹자(孟子)》 〈만장장구(萬章章句)〉하(下) 2장에 나옴.

공리가 별도 수입을 공공연하게 하는 것을 위정자로서 공인하니, 이런 시정(施政: 정치를 시행함)이 어디 있으며 문교행정은 국가의 근본 대책이어늘 현 우리나라는 문교행정의 왜곡이 얼마든지 매거(枚擧: 낱낱이 들어 말함) 못할 만큼 많고, **국방책**은 거국거족의 사활이 여기 있는 것인데 국민들이 재상자(在上者: 윗분)들의 왜곡에 반감이 있어서 징병령에 순종이 아니라 억지로 못 이겨서 하는 감이 있으니 위험천만한 일이요, 장령급의 양성이 중요 문제인데 현상으로는 적격자가 어느 정도인지 의심날 정도요, 현 국가 초창기에는 **외교**가 중차대한 임무인데 근일 외교 책임자들은 국민이 보기에는 외자(外字) 교자(交字)를 분별 못하는 인물들이 등장한 것 같고, **상공 정책**은 국가의 빈부를 말하는 것인데 역대 상공장관이라는 인물들이 국내 공업시설은 일건도 못하고 외국에서 도입시키는 것이 생산에 유리한 상품이 아니라 단순한 소모품 정도로 몇몇 상인의 사리(私利)를 충(充: 채움)할 뿐이었고 국가 발전에 필요한 것은 일건도 없었다. 교통 정책이야말로 수십만 대의 자동차가 운행되는데 국내에서 일적(一滴: 한 방울)의 기름도 생산 못하는 현상에 부득이한 외에는 남발이 없었으면 한다. 기차, 기선도 국내 석탄의 채굴이 원활하지 못하여 일본에서 수입하는 현상이니 교통 정책도 왜곡되었다고 할 외에 타도(他道: 다른 도리)가 무(無)하다.

　　내무 정책의 왜곡이 제1위를 거(居: 차지함)한다. 세인이 공지(共知: 다 같이 앎)하는 것이라 불기(不記: 쓰지 않음)하기로 하고, **재정책**은 수지를 불계하는 의존책이니 말할 필요가 없고, **법률 정책**이 좀 낫다고 보나 역시 압력이 발동해서 사법(司法)을 좌우하는 일이 많으니 아직 확립하기에는 묘연하다. 통신 정책은 겨우 어느 부(部)의 일과(一課)였으면 족할 것 같다. 이것이 행정부의 왜곡된 것이요, 의회정치라고는 아직 먼 장래라야 유효할 것 같다. 위정자들이여! 민족정신 앙양으로 자연 통일이 있기를 바라고 이 붓을 그치노라.

을미(乙未: 1955년) 윤3월(閏三月) 18일

봉우서(鳳宇書)

우리 농가의 농업 방식을 개량하라

현세계의 생존경쟁은 날로 첨단을 밟아서 작년에 경쟁하던 방식은 금년에 보면 아주 격세감이 있고, 거월(去月: 지난 달)에 지내던 방식이 이 금월(今月: 이달)에는 아주 낙후감이 있다. 세계의 정세가 나날이 변해 가는 이때에 우리의 농촌생활은 여전히 원시생활에서 별로 변해짐이 없이 농사하는 방식조차 거의 동일한 정도다. 이 현상이 지속됨으로 우리 농촌이 점점 쇠퇴해 가는 것은 면할 수 없는 사실이다. 이 사실을 부인할 사람도 없고 또 사태를 갱신해서 농촌운동을 전개할 사람도 아직은 보이지 않는다. 그렇다면 정부에서는 무슨 대책을 수립하고 있는가 하면 역시 고식책(姑息策: 임시방편)이요, 만년대계(萬年大計)가 아니라고 본다. 그렇다면 그 누가 이 쇠퇴하여 가는 농촌을 구할 것인가?

물론 정부에서 시책하는 것이 당연한 일이나, 정부에서 국방이니, 외교에 안비막개(眼鼻莫開: 눈코 뜰 사이 없음)하는 이때에 농촌의 자멸(自滅)을 목전에 보고 있으며 지사(志士)들이 점점 무언(無言)하는 것은 비록 고인 말씀에 부재기위(不在其位: 그 자리에 있지 않음)하얀 불모기정(不謀其政: 그 정사를 논하지 않음)98)이라고 하시었으나, 우리가 정부의 정치 득실을 말하고자 함이 아니요 다만 우리 농촌을 우리의 힘으로 개선하자는 것이 무엇이 잘못함이 있으리오?

---

98)《논어(論語)》〈태백(泰伯)〉편과 〈헌문(憲問)〉에 나오는 공자님 말씀.

우리가 목도하건대 현 세계에서 정말(丁抹: 덴마크)을 지상 천국이라 하나, 이 정말이 수십 년 전에는 현 우리나라 농촌 이상의 파탄이 되었다는 것을 누가 부정하리요? 그러나 그 패망하여 가는 정말을 지상 천국으로 개량시킨 것은 누구나 다 아는 정부가 아니요, 정말의 우국지사(憂國之士) 몇 분의 결사적인 헌신사업과 국민들의 호응으로 천국 별명을 듣는 금일이 있는 것이다. 정말보다는 우리나라는 천혜적인 기후와 지혜적(地惠的: 땅의 혜택을 받는) 비옥한 토지에 또 반산반야(半山半野)인 관계로 수리(水利)가 어느 곳이라도 노력만 하면 충분히 할 수 있는 현상이요, 평야부를 제하고는 거의 산림의 혜택을 입을 수 있고 또 해변에는 해산품이 농가의 부업으로 유리한 곳이다.

정말의 지상 천국은 소설적으로 듣고 실지로 모범 못하는 이유가 나변(那邊: 어디)에 있는가? 우리나라에서도 헌신적으로 나오는 우국지사가 없는 관계요, 또 솔선궁행 체험으로 수범(垂範: 본보기가 됨)하는 인사가 적은 원인이다.

우리나라는 여러 방면으로 보아서 농촌실정이 수십 년 전의 정말에 비하여는 그래도 풍유(豐裕: 풍요)한 편이다. 10년이나 20년 계획을 수립하고 우리 농촌을 개선한다면 현 정말의 지상 천국의 비(比)가 아니라는 것은 누구나 잘 알고 있는 사실이다. 이야말로 불위야(不爲也: 하지 않음)인정 비불능야(非不能也: 할 수 없는 게 아님)라는 말이다. 우리 농촌도 졸지에 정말을 모범하려면 도저히 불가능한 일이나, 10년이나 20년을 두고 계획을 수립해서 일건 일건씩 개량해 나가면 20년이라는 세월이 그리 긴 세월이 아니요, 성공함으로 가급인족(家給人足: 집집마다 생활이 풍족함)하면 국태민안(國泰民安)도 자연히 올 것이다. 우리나라 현 농촌생활은 그 농업 방식을 가지고는 그들의 1년 현 수입으로는 아무리 최저생활을 한 대도 현상유지가 극히 곤란할 것이요, 자손들이 제2세 국민 양성할 여유가 절대 불가능한 일이다.

현 농업자제들의 향학열이 구시대보다 좀 나은 것 같으나, 그 부형(父兄: 학부형)들의 학비 조달에 얼마나 곤란을 당하는가는 불문가지(不問可知: 안 물어도 앎)요, 학부(대학)에 진학한 농촌 자제들도 충분한 학비가 없어서 참고서류나 실험비를 지불 못하는 자가 태반(太半: 반수 이상)이나 되어 완전한 공부를 할 수 없는 것도 사실이다. 이 정도까지라도 농촌에서 대농가가 아니면 생각도 못하는 일이다. 그러나 농촌에서 농업 방식을 계단적으로 개량한다면 비록 영세농가라도 다 그 자제들을 학부에 보낼 수 있으며, 또한 가정생활도 현상과 같은 빈궁상이 아니고도 충분히 지내리라고 믿는다. 현 농촌에서 평야부를 제외하고 일호당(一戶當) 6,000평의 답(畓: 논)을 경작하면 대농가라 할 것이다. 평년작으로 평균 쌀 60석(石: 섬, 120가마니) 수입이 된다 보면 가족 팔구(八口: 8명)를 평균으로 하고, 쌀 20석은 식량으로 제하고, 나머지 40석이 1년 학비와 아울네[99] 자손들의 학비가 되는 것이다.

학부에 입학한 1인(一人)의 1년 소요가 10만 원 평균이라면 대농가 1년 총수입의 3분의 1은 대학생 1인 1년 학비에 해당한다. 그렇다면 중고등학생이 있다면 그 농가는 적자날 외에 타도가 없다. 별도리 없이 소유 토지를 매도해서 적자 보충을 하지 않으면 안 된다. 이 정도로 농촌 수지(收支: 수입, 지출)가 절대로 맞지 않는 것은 누구나 다 잘 알고 있는 것이다. 그러나 현상으로 일부씩이라도 농업 방식을 개량해서 생활을 안정하는 인사들을 보면 대농가를 표준하여 6,000평 논에서 황

---

99) '아우르다'의 옛 활용형 또는 방언. "나머지 40석이 학비와 자손들의 학비를 함께 포괄하거나 충당한다"는 뜻으로 보인다.

산식(黃山式)100)이면 쌀 180석의 수입이 있다. 비록 학비 일체가 더 지출된다 하더라도 가정생활도 풍족해지고 자손들의 학비도 염려 없고, 수지 계산은 연년(年年)이 적축(積蓄)이 될 것이다. 이래서 10두락(斗落: 마지기, 한 마지기는 약 150평~200평)을 경작하는 영세농가로도 대학생 1인쯤은 별문제 없이 보낼 만하게 되는 것이다.

그 외에 전작(田作: 밭농사)의 개량과 축산 장려와 다른 부업 장려로 가족 전체의 노동을 할 수 있는 직장을 농촌 자체가 갖게 되면 농촌생활 개량도 자연히 될 수 있는 문제요, 우리 농촌도 생활의 3대 요소인 가옥부터 아주 문화주택으로 일신(一新)하게 재건할 수 있고, 생활 수준도 자연적으로 향상시킬 수 있는 것이다. 이 정도로 계단적으로 일건, 일건씩 개량해 가면 식생활 문제는 아주 용이하게 해결되고 의류는 현 중소 직물공업이 농촌에도 보급되면 큰 노력 없이 용이하게 해결될 것이다. 의식주 문제가 해결됨으로써 비로소 예의, 염치가 생기고 도덕이 행해지는 것이다. 농업 방식의 개량 절목(節目: 조목)은 정말(丁抹: 덴마크) 농촌기(農村記)도 있고 우리의 실정에 맞을 개량 방식이 얼마든지 있는 것이다. 전작(田作: 밭농사)도 현 농촌 수입보다 5~6배 내지 10여 배의 수입이 되는 것이 많음에도 불구하고 농촌에서는 불변하고 광대한 경지에서 근소한 수입을 하는 원시생활을 변할 줄 모르는 것이 이처럼 과도기에 있어서 얼마든지 우국지사들이 등장할 수 있는

---

100) 황산식 수도재배법(黃山式水稻栽培法)은 1949년에 보급되기 시작한 새로운 벼농사 법이다. 이 방법은 전라남도 해남군의 황산면에서 이재훈(李載勳)이 온상에 건묘육성(乾苗育成)을 하여 조기 이앙함으로써 10a당 벼 8석을 올려 한때 선풍을 일으켰다. 그러나 단점으로 일찍 모내기를 한 결과 농약이 없던 당시에 이화명충(二化螟虫)의 피해가 컸다. 그 뒤 중앙농업기술원(지금의 농촌진흥청)장인 채병석(蔡丙錫)이 1955년경 일본에서 벼의 보온절충식 육묘법(保溫折衷式育苗法)에 의한 조기 재배 기술을 도입하였다.

것인데, 정부 시책만 나무라고 1인도 농촌의 농업 방식을 개량시킬 책임을 지고 나오는 사람이 없음을 나는 탄식해마지 않는 것이다.

국가적으로는 농업이나, 공업이나 상업이나 다 동일 취급할 일이나, 우리나라는 8할 이상이 농업을 하는 사람이라 주로 농업 개량을 먼저 착수하는 것이 **득당**(得當: 이치에 맞아 마땅함)한 처리라고 믿는 관계로 내가 이 붓을 든 것이요, 내가 목도(目睹)하기에도 어느 곳에서는 동일 면적에서 1만 원을 수입하는 것이 일반 농촌에서는 1,000원 이내 내지 기백 원 수입을 하는 것을 보면 이것이 금일 농촌 쇠퇴상의 제일 원인이 되는 것 같다. 그리고 농촌에서 무계획으로 농업을 하는 것이 제2의 원인이 된다고 본다. 대체로 원인은 지도인물이 없는 연고요, 다른 것이 아니라고 나는 확언하는 것이다. 금일이라도 속히 헌신적으로 나오는 농촌 지도인물이 나오기를 바라고, 또한 정부에서도 좀 정신을 차려 농촌 실정을 탐사해서 지방에다 곳곳에 모범 부락을 설립해서 실지적으로 수범하는 현상을 농촌 인사로 하여금 목도시키는 것이 가장 유효하다고 나는 생각한다.

을미(乙未: 1955년) 윤3월(閏三月) 19일

봉우서(鳳宇書)

공업을 국책(國策)으로 장려하라

우리나라 공업 진영이 타국에 비해서 아주 저열함은 가리지 못할 일이다. 이 원인은 이조 500년에 쇄국주의로 있을 때에 국가에서 공업을 장려하지 않고 약간의 전래하는 공인(工人)들에게는 각 방면에 **토색**(**討索**: 돈이나 물건 따위를 억지로 달라고 함)이 심해서 유지를 못하고 공업인으로의 연구정진할 여가가 없었다. 공업인을 양성하지 않은 관계로 점점 쇠퇴해 가고 만 것이다.

삼국시대에 철공들의 주종술(鑄鐘術: 종을 만드는 기술)은 철합금하는 묘기가 있었던 것이요, 석공들의 숙련한 기술은 어느 고대 석공보다도 우수하였고, 또 야금술(冶金術)도 근대인으로는 절대 추급(追及: 따라붙음)치 못할 정도요, 청기와나 자기류(磁器類)는 전 세계에 비류(比類: 비교할 종류)가 없었고 활자나 금은세공 공업이 다 우수하였다. 그리고 검(劍)이나 도류(刀類)가 다 명물이었으며 건축 공업도 구시대 것이 우수하였고 유기(鍮器: 놋쇠그릇)도 구시대가 우수한 것으로 보아 우리 민족이 공업 기술이 아주 없는 종족이 아니라는 것은 잘 알 일이다. 그러나 국책이 장려하지 않은 관계로 아주 쇠퇴하였고, 근대에 와서도 보면 학생들이 법률, 경제, 정치, 상업, 의약 등에는 지원이 많으나, 공과에는 아주 지원인이 소수였다는 것이 이조의 습관이 공업을 천하게 여긴 관계가 유래하였고, 또는 일정 당시에 공업으로 자립할 만한 경제가 허락하지 않은 점도 있다. 과학문명을 민족이나 자기의 성공을 목표로 나가느니보다는 거의 자기들의 취직이 용이한 과목을 택한 폐단이 적지 않다.

해방 후에 조사에 의하면 우리나라 사람으로 공학 견서(肩書: 비견서)가 있는 인물이 전부 기백 명에 불과하다고 한다. 이 사람들이나마 집단해서 연구한 것이 아니요, 각기 구복지계(口腹之計: 생계)로 취직 생활을 대부분 한 것이다. 우리나라 경제가 공과에서 나온 사람의 연구할 장소가 없고, 또 자립할 수도 없고 그저 취직이라는 것이 자립하는 취직이 아니라 고용생활이나 일반인 것이라 무슨 공업이 우리의 손으로 발전을 볼 수 없는 일이다. 해방 후에도 적산 공장이 많이 우리의 손으로 돌아왔으나 기술 관계도 있고 전기 관계도 있어서 운영 못하는 곳이 거의 전부인데, 더구나 6.25 사변으로 전부 파괴되었으니, 그대로 운영하기도 극난(極難)한 중에 더구나 외래품이 압도적으로 입국되어 국산 공업품의 발전을 저지하고 있고, 인민들이 모외열(慕外熱: 외국 것을 사모하는 열기)이 심해서 무슨 물건이고 외래품이라야 특품인 줄 아는 악영향이 많아서 우리가 보기에는 국산의 우수품도 국산으로 등상하면 고객이 없어서 부득이 가짜 상표를 붙여 외래품으로 행세하는 것을 종종 발견하겠다. 비록 동가(同價: 같은 값)라도 국산을 애용해야 당연한 일인데 고가를 주고도 외래품을 구하는 인사들 심리야말로 알 수 없는 일이다.

국내 공업을 국책으로 장려하자면 먼저 국산 애용을 국책으로 정하고 국내에 절대적 생산 못하는 물품에 한해서 외래품을 허락할지언정 국내 생산 가능품은 입국을 불허하는 것이 국내 공업 장려의 근본 방침이요, 공업을 발전시키자면 전력을 충실히 해야 될 것이요, 그다음은 대공장을 국영하거나 그렇지 않으면 반관반민식으로 대자벌(대재벌)로 충분한 공장과 우수한 기술자를 양성해서 발명 상금이나 발명 상장이 민족의 자랑거리가 될 정도의 국책이 수립되어야 공업인으로 연구도 하고 발명도 첩출(疊出: 거듭 나옴)할 것이다. 이것은 개인 영업으로 방치하면 외래품과 경쟁할 역량이 아직 부족해서 점점 외래품 도입만 더 하게 하는 것이다. 반드시 국책적으로 국내 공업을 발전시켜야 될 것이다. 현상으로는 100만 장병이 일용하고 있는 무기가 일건도 국산이 없고, 탄피 하나도 완전한 국산이 없고, 대통령 이하로 최말단인 부락 반장에까지 외래품이 아니면 쓰지를 못하게 되니, 일상 필수품도 국산으로도 얼마든지 될 것을 국책이 확립되지 않은 관계로 외래품 안 쓰는 사람이 없다. 이것이 비록 소소한 일 같으나 국가적으로는 대손실이라는 것은 누구나 다 잘 알 일이다.

우리나라도 반농반공(半農半工)으로 국책이 수립되어 10년이나 20년의 계획 정책으로 공업을 발전시킨다면 여러 조건이 다 우리에게 유리한 것이다. 우리나라는 수력 발전 지대가 충분해서 공업 발전이 용이하고 또 광물이 풍부해서 공업 원료난이 없고 산과 바다가 평분(平分)되어 생산품이 고르게 될 것이다. 그리해서 공업과 농업이 균등해지면 우리나라도 되지 말라고 축원해도 세계 열강에 자연적으로 참례(參禮)될 것이다.

을미(乙未: 1955년) 윤3월 19일

봉우서(鳳宇書)

군자지수(君子之守) 수기신이천하평(修其身而天下平) 〈필고(必考)〉[101]

하필 군자에 한해서 하신 말씀이 아니요, 누구든지 각자가 각자의 의무와 책임을 완수함으로써 천하는 **무위이치(無爲而治:** 하려함이 없이도 다스려짐)가 되어 **자연태평(自然太平)**하리라는 말씀인 것 같다. 세상 사람들은 흔히 자기의 임무는 잊어버리고 타인에게 자기의 욕구를 얻고자 하는 일이 많으나, 이것은 춘절(春節)에 **시종(蒔種:** 모종을 냄)이 없이 추절(秋節)에 수확을 구하고자 하는 것이나 다를 것이 없다. 고성(古聖: 옛 성인) 말씀에 "**인병(人病:** 사람들의 병폐)은 **사기전이운인지전(舍其田而芸人之田:** 자기 밭은 내버려두고 남의 밭을 김매는 것)이니, **소구어인자중(所求於人者重:** 이는 남에게 요구하는 것은 중하게 여김)하고, **이소이자임경야(而所以自任輕也:** 스스로에게 요구하는 것은 가벼운 것이다)이라"[102]고 하신 것이다.

세인이 각자가 각자에게 부여된 책임을 충분히 이행한다면 세계가 일가(一家)로 지내어도 소호도 불평불만이 없을 것이라고 생각된다. 고성(古聖) 말씀에 "**노오로(老吾老:** 나의 나이 드신 부모를 노인답게 공경하

---

101) 이 글은《맹자(孟子)》진심장(盡心章) 32에 나오는 것으로 "군자의 지킴은 자신의 몸을 닦을 뿐이지만 천하가 태평해진다"의 뜻입니다. 제목 옆의 〈필고(必考)〉 표시는 이 봉우 선생님 유고 제목 위에 자필로 후세 독자들에게 이 글을 반드시 심사숙고해서 읽어달라는 뜻으로 써놓으신 것으로 생각됩니다.(역주자)

102)《맹자》〈진심장구〉 32

여)하야 **이급인지로**(以及人之老: 다른 사람의 부모에게 미침)하고, 유오유(幼吾幼: 나의 어린 자식을 아이답게 사랑함)하야 **이급인지유**(以及人之幼: 다른 사람의 아이에게 미침)면 **천하**(天下)는 **가운어장**(可運於掌: 손바닥에 올려놓고 움직일 수 있음)이라" 하시니, 각자가 가정에서 부모에게 효(孝)하는 사람이 국가에 충(忠)하지 않을 리 없고[103], 부모에게 효도하고 나라에 충성하는 사람이 붕우(朋友: 벗)에게 신(信)하며 부부가 화(和)하며 형제가 우애하며, **공경대상**(恭敬待上: 공경함으로 윗사람을 대함)하고 **자애급하**(慈愛及下: 자애로움이 아랫사람에 미침)하지 않을 리가 어찌 있을 것인가?

그러니 타인에게 '나를 공경하라, 자애하라' 하지 말고 내가 먼저 행하면 상대도 호의를 악의로 보답하는 법은 없는 것이다. 인여인(人與人: 사람과 사람)이 그러하고, 족여족(族與族: 민족과 민족)이 그러하고, 국여국(國與國: 나라와 나라)이 그러하면 천하는 자연히 태평해지는 것이요, 이 원인은 먼 데 구할 것이 없이 각자가 각자의 몸을 윤리도덕으로 수양하는 데서 자연이화(自然而化: 자연히 변화함)하는 것이다. 비록 인간사회가 진선진미(盡善盡美: 완전무결함)하지 못해서 혹 탈선되는 일이 있으나, 이것은 그 탈선된 사람이나 그 족속이나 국가가 과오를 범함이요, 도의(道義)를 지킨 편의 잘못은 아니요, 또 역사로 보면 과오를 범하고 그 대가를 받지 않는 법은 절대로 없다. 다만 그 시기의 원근이 있을 뿐이요, 종두득두(種豆得豆: 콩 심은 데 콩 남)하고 **종과득과**(種

---

103)《맹자》〈양혜왕장구〉 상편7장. "내 집 어른을 어른으로 섬기는 마음을 남의 집 어른에게 미치게 하고, 내 집 아이를 아이로 사랑하는 마음을 남의 집 아이에게 미치게 한다면 천하를 손바닥 위에서 움직일 수 있을 것이다.(老吾老, 以及人之老. 幼吾幼, 以及人之幼. 天下可運於掌.)

瓜得瓜: 오이 심은 데 오이 난다)하는 것이 천리(天理)요, 인리(人理)다. 그렇다면 자기의 몸을 닦음이 없이 사회에 나가고자 하는 것은 조제(粗製: 거칠게 만듦) 상품을 가지고 시장에 가는 것과 소호도 다를 것이 없다.

그 가치가 저열할 것은 당연한 일이다. 그러나 세인들은 조제(粗製)니, 특제니의 구별보다도 아직 미완성품을 가지고도 특제 이상의 대가를 기대하는 일이 많은 것 같다. 요행히 여기서 일시적인 고객을 만나서 상품화가 된다 하여도 이 물건이 소용없는 폐물임에는 종말 실패를 면하지 못할 것이다. 그러하니 무엇보다도 각자가 자신을 완전무결하게 닦으면 어느 모로 가든지 특제품으로 대우받을 것은 당연한 일이다. 사자(士子: 선비)가 세상에서 등용 못하는 것을 한(恨: 한탄)하지 말고 자기 일신(一身)을 잘 연성(練成: 단련해 성공함)함으로써 목적 달성을 삼으라는 말이다. 세인이 성공을 못하면 원천우인(怨天尤人: 하늘을 원망하고 남 탓을 함)하는 식이 많으나, 그것은 옳지 않은 일이다. 다만 자기의 수양력이 부족함만 한탄할 것이요, 비록 나이가 60~70의 고령일지라도 조문도(朝聞道: 아침에 도를 들음)면 석사(夕死)라도 가(可: 가능함)라 하시니, 죽기 전에는 불휴(不休)하고 수신(修身)의 길로 나가라는 고성(古聖)의 말씀이요, 우리도 당연히 실행으로 우리의 목표를 정할 것이라고 자경(自警)하며 이 붓을 그치노라.

을미(乙未: 1955년) 윤3월(閏三月) 20일
봉우(鳳宇) 지죄근서(知罪謹書: 죄인 줄 알며 삼가 씀)

올림픽에서 보는 내 소감

덕육(德育), 지육(智育), 체육이 병진함으로써 그 민족, 그 나라가 문명해 나갈 수 있는 것이다. 근대의 세계 올림픽대회가 5년 1차씩 세계 각지에서 시행한다. 여기는 세계 각국에서 직업적이 아닌 운동선수의 경기로 이 대회에서 신기록을 내면 5년간만은 세계에서 그 기록을 가질 수 있는 것이요, 또 그중에도 마라손(마라톤)만은 제압만 하면 대회 그곳에다 동상을 세우는 것이 대회의 예라고 본다. 우리나라에서 손(손기정) 선수가 일차 우승한 일이 있고, 그다음에는 입선은 되었으나 우승은 못하였다. 현상으로는 손 선수 기록으로는 입선 권외인 것은 사실이다. 그런데 내가 본 올림픽대회 기록이라는 것이 그리 불가급(不可及: 미치지 못함)할 정도가 없는 것 같다. 청년으로 교시를 받으며 후원이 있다면 현 35종목은 다 신기록으로 자신 있게 돌파할 수 있다고 생각된다. 그 연습에 있어서 직업적으로 하라는 것이 아니라 각계각층의 선수들을 택해서 유능한 지도자 아래에서 어느 학교나 직장을 가지고도 사계(斯界: 이 종목들)에 유위(有爲)하는 청년으로 열의와 인내력만 있다면 특별교시로 2년, 3년이면 누구를 물론하고 성공할 수 있는 것이다. 국가에서 문교부 체육과가 있으나, 전적으로 국내 청년들의 올림픽에 나가서 우승을 목표로 하는 시설이 없는 것 같다. 이 대회에서 만약 마라손(마라톤) 이하 10종목 이상만 한 나라에서 제압한다면 세계적으로 체육계에 이름이 날 것이요, 국여국 간에 외교보다 족여족 대외교인 민간외교에 상당히 유리하리라고 생각된다.

내가 청년시대에 본 산간(山間: 산골)에서 수련하던 청년층의 체력으로 말하면 현 올림픽 35종목을 모조리 제압할 자신을 가진 분이 부지기수라고 본다. 물론 그분들의 주위 사정도 있을 것이요, 자기네 주장도 있을 것이나, 그분들 정도의 실력을 가진 분들이 출정한다면 현 올림픽 기록은 모조리 신기록을 낼 수가 있다고 본다. 그뿐 아니라 내가 실지로 경험한 바에 의하면 아주 운동의 소질이 없던 농촌 청년을 1년 반 정도의 무규칙한 체련(體鍊)을 시켜 보았는데, 경보(競步)는 현 세계 기록보다 우수하고, 마라손(마라톤)은 현 자토백의 기록보다 25분 정도 단축되었다. 이 정도라면 좀 규칙적이고 소질이 있는 청년이라면 훨씬 우수하리라고 본다. 이것은 내가 체험해 본 것이요, 누구든지 될 수 있는 일이다. 국가를 위하고, 민족을 위해서 청하는 청년이 있다면 내가 이 교시를 휘지비지(諱之秘之: 꺼리고 비밀로 함) 않고 공개할 예정이다. 내년 올림픽에 참가를 목표로 훈련을 시작하는 청년이라면 내 사적 사정 여하를 불계하고, 전력을 다해서 교시하겠노라. 이것이 민간외교 친선의 일대 중요 건이요, 민족 선전에도 무엇보다도 이것이 속한 일이라고 생각된다. 물론 덕육과 지육과 체육이 병진해야 되는 것도 잘 아는 바이나, 체육으로라도 세계 무대에 제승(制勝: 승리)하고 싶은 마음이야 어찌 없을 것인가?

우리 민족의 존재를 현 세계에서 6.25 사변으로 약간 인식하나, 확인을 못하는 것이다. 우리가 올림픽대회에서 전 종목에서 반수 이상만 우세로 나가면 자연히 참가 제국은 물론이요, 세계 각국에서 재인식이 되리라고 나는 생각하노라.

이런 관계로 가능한 이 대회의 제패를 하지 않고 국가의 무성의(無誠

意)대로 보기가 불평(不平)해서 이 붓을 듦이요, 또 단기간이라도 지원 청년이 있어서 명년 호주대회에서 태극기를 여러 번 올려 주기를 바라는 관계로 중언부언하는 것이다.

을미(乙未: 1955년) 윤3월 20일

봉우서(鳳宇書)

추기(追記)

운동 경기 일체에 대해서 무슨 종목이든지 3년이라는 세월만 충분히 연습하면 자신 있게 현 세계 기록을 모조리 돌파할 수 있다는 것을 재확언해 두는 것이다. 혹 예외의 신기록이 있다면 알 수 없으나, 현 세계 신기록은 충분히 단축하되 3분의 1이나 4분의 1은 자신만만하다고 추기하는 것이다. 마라손(마라톤) 신기록 2시간 13분이면 40분 정도는 자신 있게 단축되리라는 자신이다. 최악의 경우라도 1시간 50분은 확보할 수 있다고 본다. 다른 종목도 거의 동일 비례요, 다만 단거리에 한해서 차한(此限: 이 한계)에 부재(不在)라고 본다.

봉우추기(鳳宇追記)

이공과(理工科) 연구생에게 정신수련법을 특수 조건으로 교습시키도록 하라 〈필참고(必參考)〉

우리나라 이공업계가 구미(歐美: 유럽과 미국, 서양)에 추급(追及: 따라 붙음)하자면 현상으로는 1세기의 차가 완전히 있다고 누구나 인정할 것이요, 우리나라에서 공업계에 타국의 모방만 하는 기초 공사라도 그 럴듯하게 하자면 10년이고 20년을 요하리라고 우리는 생각된다. 그러 자니 구미 각국은 발전 도중에 있고, 우리나라는 배태(胚胎: 아이를 뱀) 에서 아직 신아(新芽: 새싹)도 나지 않은 셈이다. 이 유치한 공업을 그대 로 가지고 백반(百般: 제반, 온갖 것)이 부족한 중에서 물질문명인 과학 만 갖고는 추급할 가능성이 거의 부족하다고 나는 생각하는 관계로 일 방으로는 이공학을 국책으로 장려하며, 일방으로는 이공과 연구생에 게 특별히 정신수양법을 교수시켜서 3년간의 시간에 2,000시간 정도 만 특훈(特訓)을 시켜 보라는 내 요청이다. 그 효과가 물론 100프로(퍼 센트)가 된다고는 못할지나, 100분의 몇 프로만 되어도 무방하다 본다.

공업이라는 것은 사람마다 신발명을 하는 것이 아니라 이 분야에 몇몇 사람만 특수한 천재적 두뇌가 있어서 타국에서 추급하지 못할 신 발명을 한다면 비록 현 계단으로는 일세기라도 구미의 물질문명 중에 서 이공학은 추급하지 못할 것이나, 천재의 신발명으로 단번에 구미를 압도할 수 있는 것이요, 그 천재의 두뇌가 보통 인간으로는 1세기를 연 구해도 안 될 것이라도 몇 년이면 충분히 연구가 되는 것이다. 정신수양법이라는 것은 보통인의 두뇌를 인조천재로 만드는 비법이라고 보는 관계로 이공학부에서 연구하는 인사에게 절대조건으로 특수 수양을 하도록 하였으면 하는 내 의견이다. 내가 실지 경험으로 이런 일이 있는 관계로 세인이야 나에게 무어라 하든지 불계하고 이 붓을 든 것이다.

입산수양을 몇 개월 한 분이 공인(工人: 기술자)으로 나가서 정신연구를 이용해서 1년 만에 10년 이상 숙련공이 못하는 일을 무난히 하는 것을 내가 목격하였고, 이 사람이 발표하지 않았으나 신발명한 것이 수종(數種: 몇 종)이나 있었다. 이 사람의 입산수양 총시간이 3개월 이내였었다. 만약 이런 사람이 1년 내지 2년을 충분히 수양하였다면 천재적 두뇌로 화해질 것이라고 자신한다. 국책적으로 이것을 시험해 보려면 이공학부 출신 연구하는 인사를 정신수양 방식대로 1년 내지 2년간을 몇 사람만 양성해서 효과적인가 아닌가를 실지로 본 후에 구체적으로 이공학부 전체에 다 실행하라는 말이다. 물론 전국적인 공업 기반도 있어야 하나, 모방 공업 정도로는 백년을 가도 신기한 맛이 없고 그 수준에 도달하기가 극난(極難)하다고 생각된다. 이것도 내가 청년시대에 정신수양 당시에 얻은 경험을 솔직히 고백하는 것이다.

정신수양이라는 것은 연구력을 평시에 비해서 몇 십 배 내지 몇 백 배 이상의 증진을 보게 되는 관계로 하필 이공학뿐이 아니라 과학계 전체에 응용될 것이라고 나는 확언하노라. 정신수양이 사고력을 얼마 증진시키는지는 몇 개월만이라도 정신수양 해본 사람이면 다 인정할 것이다. 서양의 물질문명을 동양의 정신문명으로 상대성을 가지고 연구하라는 것이 아니라 서양의 물질문명은 그대로 배우고 우리의 정신문명을 합치시켜서 확충하라는 말이다. 이리해서 물질문명과 정신문명이 이원합일(二元合一)이 되어야 비로소 극치점에 갈 수가 있으며, 또 불퇴전(不退轉)이 될 수 있다는 것이다. 세상 사람들은 현 우리나라 실정으로 백년을 가도 구미문명을 추급 못한다고 자포자기하는 것이 보통이요, 그 사람들의 하는 말이 절대로 무근거하거나 아주 무리라고는 않는다. 그러나 다만 우리나라에 고래부터 전래하는 정신문명의 존재를 잘 알지 못한다는 증거라고 나는 말하겠다.

그 사람들도 이 나라에 정신문명이 있는 줄을 확실히 안다면 그런 소리를 하라고 백번 권해도 그런 발언은 하지 않으리라고 나는 생각하는 관계로 그 사람들의 잘잘못을 말할 것 없이 이런 것이 있으니, 실지로 시험해 보고 그다음 우리 장래가 어찌 될 것인가 다시 생각해 보라고 하고 싶다. 우선적으로 이공학부 출신이나 또는 연구인에게 연정수양을 보급시켜 보라고 진언(進言)하는 것이다.

을미(乙未: 1955년) 윤3월 20일

봉우서(鳳宇書)

박제가(朴齊家)[104]의 진언을 추억한다

지금으로부터 170~180년 전 일이다. 중국으로부터 천주교인들이 전교(傳敎)차로 우리나라에 출입하고 있을 때다. 박제가가 그 사람들의 일상생활을 보고 나라에 상소(上疏)한 일이 있다. 그 대요는 그 사람들의 생활을 보건대 근검 저축성이 있고, 가족개로(家族皆勞: 가족 모두 일함)로 유한민(遊閒民: 놀고먹는 놈)이 없으며, 기계학에 발달해서 이용후생(利用厚生)하는 일이 많고, 가산도 일시적 건축에는 힘이 드나 영구히 다른 손이 덜 갈 것 같고, 의복은 일차 착용하면 춘하추동의 구별은 있으나, 자주 갈아입지 않게 되고 세탁한 인공(人工: 사람일)이 그리 들지 않고, 음식도 간편해서 여자들의 일상생활이 극히 편리해서 여자들도 그 시간을 이용해서 무슨 일이든지 남자와 동일하게 하는 것을 보았다고 진언(進言)하고, 나라에서 그 사람들의 하는 일이 우리나라에 유리한 일이어든 모방하고, 불리한 일은 금하면 우리나라 사람도 그 나라들과 같이 부유할 수 있지 않은가 하고, 그다음으로 이런 말을 진언한 일이 있었다.

국책으로 가가개와(家家皆瓦: 집집마다 기와집)요, 인인개금(人人皆

---

104) 조선 후기의 실학자(1750~1805). 자는 차수(次修)·재선(在先)·수기(修其). 호는 위항도인(葦杭道人)·초정(楚亭)·정유(貞蕤). 시문 사대가(詩文四大家)의 한 사람으로, 박지원에게 배웠으며, 이덕무·유득공 등과 함께 북학파를 이루었다. 시·그림·글씨에도 뛰어났으며 저서에《북학의》,《정유고략(貞蕤稿略)》따위가 있다.

錦: 사람마다 비단옷)이라야 물산의 장려가 되고, **국부민강(國富民强)**할 수 있다고 하였다. 가가개와(家家皆瓦)라야 연년(年年)이 가옥에 들어가는 인부와 집 소비가 덜 들 것이요, 인인개금(人人皆錦)이라야 물산을 증식할 수 있다. 물산이 증식됨으로써 자연히 국부민강해질 것이요, 현 국가에서 **상검(尙儉**: 검소함을 숭상함)하는 관계로 각종 물산이 쇠퇴해지는 것이다. 검소함이 부당하다는 것은 아니나, 물산을 증산해서 천량(千兩)의 수입으로 100량을 사용하고, 900량을 적축(積蓄)하는 것이 부강하는 도리이지 검소, 검소해서 물산을 아주 쇠퇴시켜서 50량의 수입으로 40량을 사용하는 것이 검소가 아니라 패망의 도리라고 진언하고 서양인들의 장점을 배우고 그들의 단점을 버리라는 요점이었다. 그래서 그 사람들과 왕래하며 우리에게 없는 기술을 배우는 것이 우리의 유리한 조건이라고 하였다. 당연한 진언이라고 생각된다.

만약 당시에 박제가의 말씀대로 우리나라에서 구주(歐洲: 유럽) 문명을 절충해서 수입했다면 17세기 말엽 때부터 18세기까지에 완전히 추급해서 동양에서 여러 각도로 군림했을 것이었다. 그러나 박제가는 당시의 **모양병자(慕洋病者**: 서양을 사모하는 병자)처럼 대우를 하고, 유문(儒門: 선비의 무리)에서는 아주 성문(聖門: 성인의 무리)에서 이탈된 사람처럼 취급하였으니 물론 박제가의 진언을 실행했을 리가 없다. 현세에서 추억해 보면 박제가는 **선견지명(先見之明)**이 탁월한 분이었다고 나는 생각한다. 수백 년 전에 쇄국 당시에 있어서, 이런 의견을 상소할 용기를 가지고 있었다는 점, 우리는 감사의 뜻을 표하는 바이다. 현세에도 박제가가 100여 년 전의 선견지명으로 진언한 것과 같은 수백 년 후나 천 년 후에 후인들의 추억이 새로울 진언이나 실행하는 사람이 없으라는 법이야 어디 있는가? 이 세상에서도 당연한 진언을 하더라도 세인에게 박제가의 당시에 받던 그 취급을 받지 말라는 법이 없다고 생각한다.

그러나 지사들은 남이야 무어라 하든지 나라를 생각하고 민족을 위해서 회포(懷抱: 마음속에 품은)한 의견을 발언도 하고 실행도 해보는 것이 누구를 위하는 것이 아니요, 자기가 자기 책임과 의무를 완수하는 것이다.

현세도 국가위기 **존망지추**(*存亡之秋*: 존망이 결정되는 아주 위급한 때)에 있어서 우국지사(憂國之士)들이 몸을 내놓고 일할 때라고 생각되어 박제가가 당시에 **위언위행**(*危言危行*: 위험한 말, 위험한 행동)인 줄 알고도 서슴지 않고 진언한 것을 추억하노라.

을미(乙未: 1955년) 윤3월 21일

봉우서(鳳宇書)

우리 조선(祖先)에서 위인, 명인(名人)들의 전기를 상세히 조사해서 우리 2세 국민들에게 상식적으로 보급시키라

우리나라 조조(肇祖: 시조)이신 대황조(大皇祖) 단군님부터 우리 사학가들이 서로 구구한 집견(執見: 고집스런 견해)으로 그 행적을 통일되게 저술을 못하고, 각자의 의견에 맡겨 두는 것은 국가에서 우리 조상에 대한 성의가 아주 없는 일이라고 볼 외에 타도가 없다. 소위 위정자인 그 인물들부터 어느 사가(史家)의 말이 옳은지 알지 못하고 또는 일종의 의심을 가진 부류의 인물들이라는 말이다. 근원을 재배(栽培) 못하는 자가 어찌 장래의 결과가 있을 것인가? 이것은 당연히 위정자들이 국책적으로 역사를 통일시켜서 국민의 숭조이념(崇祖理念)을 배양하는 것이 무엇보다도 급선무라고 나는 생각한다.

내 조선(祖先: 조상)의 일은 알지 못하고 야소(耶蘇: 예수)나 석가의 일을 잘 말하는 자들은 자기의 부모는 내버리고 타인의 부모에게 효성(孝誠)하는 불효자들이라고 단정하는 외에 다른 도리가 없다. 자칫 오해하면 다른 성인을 숭봉하지 말라는 말로 듣기 쉬우나, 내 조선의 성자(聖者: 성인)를 먼저 숭봉하고 다음에 다른 성인을 숭봉하라는 말이다. 내 나라 성자는 어떤 일을 했는지 알지도 못하고 있는 국민 전체가 불쌍하고, 그래도 위정자라고 하는 인간들이 이것을 아무 걱정조차 하지 않는 기막힌 인물들이 위정자연하고 있으니, 어찌 한심하지 않으리오?

대황조에 대한 이념조차 이 지경이니 다른 위인이나 명인들의 사기(史記: 역사 기록)가 소멸되는 것쯤은 보통이라고 생각하는 것이다. 내가 말하고자 하는 것은 우리나라의 대황조 이후로 위인들과 명인들의 역사를 어느 방법으로라도 상세히 조사해서 유치원, 소학교, 중고등학교에 어떤 부문을 불문하고 전부 상식적으로 보급시켜서 학교에서나 가정에서나 우리의 조상들께서 이러한 위인과 명인이 있었다는 것을 보통으로 다 알게 되면 2세 국민도 자신이 나서 우리도 위인도 될 수 있고, 명인도 될 수 있고, 진보력이 있고 또 숭조이념이 강해져서 의타(依他)를 하지 않고라도 우리의 힘으로도 만사 가능이라고 매진할 것이다. 우리 백두산족속으로 역대 단군이 계시고, 그다음 순(舜)이 계시고, 그다음 성탕(成湯)105)이 계시고, 그 자손이 역대로 중국에 군림(君臨)하였고, 말기에 기자(箕子)106), 미자(微子)107), 비간(比干)108) 등

---

105) '탕왕'의 다른 이름. 상나라의 초대 국왕. 재상 이윤(伊尹)의 보좌로 명조(鳴條) 전투에서 대승하며 하나라의 폭군 걸왕(桀王)을 패사시켰다. 박(亳)에 수도를 정하고 상(商) 왕조를 건국했으며 제도를 정비했다.

106) 기자(箕子)는 은나라 주왕(紂王)의 친척이자 그의 태사(太師)였다. 기국(箕國)에 봉해져 자작(子爵)이 되었기 때문에 기자라고 불렀다. 은나라 주왕은 음탕하고 포학하며 무도(無道)했으므로, 기자가 간언을 해도 듣지 않고 그를 감옥에 가두었다. 그리하여 기자는 머리를 풀어헤치고, 거짓으로 미친 사람 행세를 하였다. 주(周)나라의 무왕(武王)이 주왕을 쳐서 은나라를 멸망시키자, 명령을 내려 기자를 감옥에서 풀어주었으므로, 기자는 조선으로 달아났으며, 주왕은 따라서 그를 그 땅에 봉했다. 이 당시의 봉건은 '영토로 확정된 곳'을 하사받는 것이 아니라 '가서 그 지방을 정복하고 살아라'라는 개념에 가까웠다. 조선으로 달아난 기자에게 일방적으로 봉작한 것이다.

107) 미자(微子)는 중국 상나라의 왕족이자, 서주의 제후국인 송나라의 초대 공작(재위: 기원전 1038년?~기원전 1025년?)이다. 성(姓)은 자(子) 씨(氏)는 송(宋) 이름은 계(啓)이다. 미(微)나라에 봉해졌고 자작의 작위를 받았으므로 '미자(微子)'라고 한다. 송성(宋姓), 종성(鍾姓), 화성(華姓), 공성(孔姓) 악성(樂姓) 묵성(墨姓), 화성(花姓)의 시조로 전해져 오며, 《논어》에서는 미자, 기자, 비간 세 사람을 '은나라의 세 어진

왕족과 문중(聞仲)109), 상용(商容)110) 등 대현(大賢)들이 있었다. 여
기서 백두산족속의 수난기요, 한족(漢族)들 전성기가 되어 한족의 대표
적인 문왕(文王)111), 무왕(武王)112)이 흥기하며 백두산족은 여지없이

사람[殷三仁]'으로 부른다. 공자(孔子)는 미자계의 후손이다 공자의 뿌리는 탕왕이며
상나라와 송나라 왕실의 후손이다. 미나라는 원래 현재의 산시성 노성(潞城) 동북쪽
에 있었다가 후에 현재의 산둥성 양산(梁山) 서북쪽 일대로 옮겼다.

108) 비간은 상(商)의 28대 태정제(太丁帝) 문정(文丁)의 아들로 주왕(紂王)의 숙부(叔父)
이다. 이름은 비(比)이고, 간(干)이라는 나라에 봉(封)해져 비간(比干)이라고 불린다.
子(자)성이므로 자비(子比)라고도 한다. 중국의 민간(民間)에서는 글과 재물(文財)을
관장하는 문곡성(文曲星)의 화신(化身)으로 숭배되어 문곡성군(文曲星君)으로 불리
기도 한다. 《봉신연의(封神演義)》에서는 주왕에게 심장을 내어주고 죽는다. 이후 강
자아(姜子牙)는 비간을 북두성군의 문곡성에 임명한다.

109) 문중(聞仲)은 《봉신연의(封神演義)》에서 나오는 인물로, 상나라의 태사(太師)이다. 제
신이 집권한 지 7년 째 되던 해에 북해의 72제후들이 반란을 일으켰으며, 문중은 이
를 진압하기 위해 15년 동안 자리를 비우게 되었다. 반란을 진압하고 수도 조가로 돌
아왔을 때, 문중은 그동안 제신의 많은 폭정을 행했음을 대해서 알고는 이를 원래대로
되돌리기 위해 애썼다. 또한 원시천존(元始天尊)이 강자아(姜子牙)를 시켜 봉신(封神)
계획을 꾸미고 있다는 것을 알았으며, 봉신 계획의 부조리를 깨닫고는 이를 저지하기
위해 상나라의 군사 및 질교 출신의 요괴들과 힘을 합해 강자아와 무왕(武王)이 이끄
는 서기(西岐)의 군사들 및 이들 뒤에서 지원해 주는 천교(闡敎) 출신의 선인들과 싸
웠다. 하지만 결국 절룡령(絶龍嶺)에서 운중자(雲中子)와 싸우다 통천화주(通天火柱)
에 의해 사망한다. 봉신계획이 끝난 이후 강자아는 문중을 뇌부신(雷部神)의 통령(統
領)인 구천응원뇌신보화천존(九天應元雷神普化天尊)에 임명했다. 문중은 옥추경에도
제일 앞에 등장하고 민간설화에도 중요 인물로 끊임없이 등장하는데도 문중의 실제
기록이 없는 이유는 사마천 등 중국 역사가들이 한족의 중원 패권이 걸린 전쟁에서 한
족에 맞서 제일 앞에서 대항한 중요 인물이라 고의로 뺐을 가능성이 있다.

110) 상나라 말기의 재상. 당시 미자(微子), 기자(箕子), 비간(比干) 세 사람이 현인으로 거
론되지만, 그도 상나라 사람들의 추앙을 받던 현인이었다. 무왕이 목야전에 승리하
고, 전후 수습을 위해 상용을 찾으려고 사람을 보냈지만, 상용(商容)은 태행산에 숨어
버렸다. 일설에는 기자처럼 고향인 고조선으로 돌아갔다는 말도 있다.

111) 주 문왕(周 文王, 기원전 1152년~1056년)은 중국 상나라 말기 주(周) 씨족의 수령
이다. 성은 희(姬), 이름은 창(昌)이다. 둘째 아들인 서주 무왕이 주나라를 세운 후 문
왕으로 추숭했다. 후세에선 도통(道統)의 전인(傳人)들 중 하나로 보기도 한다. 그의
세력이 강성해지자 주왕에 의해 구금되어 있다가 보물을 바치고 풀려났다. 임종 시에

분산된 것이다. 여기 우리도 이 분산 중의 일족으로 우리의 발상지인 백두산을 저버리지 못하여 현 만주평야와 조선반도로 피거(避居)한 것이 우리들의 조선(祖先)이라고 본다.

물론 몽고와 일본족도 다 동조(同祖: 같은 조상)임에는 틀림없다고 본다. 그 후에 우리나라는 기자천년(箕子千年)을 퇴수적(退守的: 물러나 지킴)으로 경과하고, 위만조선(衛滿朝鮮)은 한족에게서 축출당한 백두산족의 일부일 것이요, 삼한(三韓)은 전래하는 백두산족일 것이요, 그 후 삼국(三國)은 삼한(三韓)의 진보적 해체라고 생각된다. 현상으로 보아서 삼국사가 아주 분명치 못하나, 고구려의 동명왕 이후에 을파소(乙巴素)113), 을지문덕, 연개소문 등과 신라, 백제에도 유명, 무명의 위인, 명인이 얼마든지 있었던 것만은 부정 못할 일이며, 그다음 고려가 되기 전에 발해가 우리 백두산족임에 틀림없고, 고려가 창업한 후에 기다(幾多: 여러 수많은)한 인물이 있었고, 원(元)의 중국뿐만 아니라 세계를 정복한 대영주(大英主)가 있었다. 역시 백두산족속이었다. 다 같은 대황조의 자손들이다. 그다음 이조(李朝)로 와서 역사에 광채를 낼 위인과 명인이 얼마든지 있었고, 또 은군자(隱君子)들도 많았다. 백두산

둘째 아들인 무왕을 불러 서둘러 상나라를 멸망시킬 것을 도모하라고 당부했다. 전해 오는 말로는 현재 통용되는 《주역》 및 《후천팔괘(後天八卦, 또는 문왕팔괘(文王八卦)》가 모두 문왕의 저서라고 하나 확인된 바는 없다.

112) 주나라(서주)의 초대 왕. 상나라 마지막 왕 제신(주왕)을 처단하고 서주시대를 열었다. 성(姓)은 희(姬), 이름은 발(發). 재상으로 강태공을 기용하였다.

113) 을파소(乙巴素, ?~203년)는 고구려 초기의 명재상(국상)으로 고국천왕, 산상왕을 섬겼다. 유리왕 때 신하인 을소의 증손자이며 입관 전에는 서압록곡(西鴨淥谷) 좌물촌(左勿村)의 가난한 농부였다. 《삼국사기》에 〈열전〉이 남아 있다. 고국천왕이 외척인 좌가려나 어비류 등의 세력을 제압한 후에 그동안 외척들의 횡포로 인해 어지러워졌던 내정을 살피기 위해 등용한 인물이었다. 이후 산상왕 대까지 고구려의 최고 관직인 국상 벼슬을 지내며 선정을 베풀었다.

족이 3,000년간 수난기였으나 앞으로는 백두산족의 전성시대가 되리라는 예언이 많이 있는 것이다. 공부자 말씀에 간도(艮道)는 성시성종(成始成終)114)이라고 하신 것도 있고, 모니불(牟尼佛)이 3,000년 전세후(傳世後: 세상에 전한 뒤)에는 용화교주(龍華敎主)가 출세한다고 한 것도 있고, 순(舜)의 중화(重華)라는 묵시(默示: 은연중에 뜻을 나타내어 보임))도 있다. 이것이 다 우리 장래에 서광이 비치어 온다는 것이다.

우리의 다 같은 조상이니 백두산족의 역사로 그들의 조상을 다 조사하는 것이 당연하나 우선 급한 우리 직계요, 또 이 토지에서 일어난 5,000년간 일의 중대한 것이나 국책적으로 조사를 못하거든 민족적이라도 단결해서 조사하고 그중 제2세 국민들에게 수범이 될 만한 것은 각양각색으로 선전시켜서 국민 전체에 보급하는 것이 숭조이념을 고취시키는 것이요, 정신통일을 시키는 가장 중요한 방식이라고 나는 생각하노라. 현 역사가들의 고집을 통일해야 될 것이요, 숭조이념에 배치되는 역사 기록은 엄단을 내리는 것이 당연하다고 본다. 삼국 말기에는 당나라에서 고구려에게 참패한 사실을 엄폐(掩蔽)하기 위해서 요동에 경관(京觀)을 철폐하는 등 역사적 가치 있는 유적이라면 다 없애 버렸다. 그 후에는 고려에서는 사대사상으로 우리나라 전래하는 학설은 다 내버렸던 것이 사실이다. 여기에 대한 문헌은 간간이 중국 패사(稗史: 야사) 중에서 볼 수 있고, 또 도관(道觀: 도교 사원)에서 전설로 전해 오는 것이 많다.

---

114) 《주역》 〈설괘전〉에 나옴. 간(艮, 그칠 간)은 동북방의 괘(卦)이며, 만물이 마침을 이루는 곳이면서 시작을 이루는 곳이기 때문에 "간괘에서 말하여 이룬다"고 말하였다(艮 , 東北之卦也 , 萬物之所成終而所成始也 , 故曰成言乎艮). 즉, 간(艮)의 역학적(易學的) 의미는 성시성종(成始成終)으로서 이는 동북아에서 인류 문명의 불꽃이 일어나고 그 문명의 결실도 역시 여기서 맺어진다는 암시로 볼 수 있다.

현 대한민국 위정자들은 삼국 말기의 **모당병**(慕唐病: 당나라를 사모하는 병)의 사기(死期: 임종)에 가까운 자들보다도 일층 심한 **모미병**(慕米病: 미국을 사모하는 병)에 걸려서 소위 일국 대통령으로 있는 분이 이 나라, 이 민족의 초대 대통령으로의 체면과 위신도 생각지 않고, 미국 방문 시에 대중 석상에서 미국에서 허락한다면 미국에서 여생을 보내다 죽었으면 자기의 무상(無上)한 영광이라고까지 담화를 발표하였다. 이 분은 육신은 우리 한국인이나 정신만은 미국지민(米國之民: 미국인)이 된 지 벌써 오래전이라고 간주하는 것이 당연하고 이 분을 숭배하고 있는 위정자들도 역시 동일하다고 보는 관계로 현 계단에서는 우리 민족들이 자각해서 숭조이념을 고취할지언정 정부에 백번, 천번 진언하여도 좀 실언일지 알 수 없으니, 진소위(眞所謂: 참말로) **우이독경**(牛耳讀經: 소귀에 경 읽기)에 불과할 것이라고 나는 확언해 두노라.

그러니 우리 동지들이 자신으로 민족들의 숭조이념을 고취하자면 백배, 천배의 노심(勞心: 마음으로 애를 씀), 노력을 아끼지 말고 각자가 결사적으로 헌신해야 우리 민족의 숭조이념의 배태가 아주 삭아지지 않을 것이요, 이 배태가 배양되어 싹트는 날이 우리 민족 정신통일의 희망이 성취되는 날이라고 확언해 두노라. 붓을 들다 보니 정신이 흥분되어서 말이 과해짐을 불각(不覺)하였도다. 사실임에는 할 수 없이 개삭(改削: 고치고 깎음)을 못하고 그대로 두겠노라.

현 사조가 삼국 말기의 모당병보다는 각 방면으로 보아서 백배, 천배 더 심한 모미병 중태에 걸려 있다고 보아서 우리의 민족 자체가 숭조이념을 고취하기까지에는 상당한 시일을 요하지 않으면 안 될 것이라고 보아서 이 모미병이 완전히 낫기 전에는 우리의 독립은 불가능이라고 보며, 북한의 **모소병**(慕蘇病: 소련을 사모하는 병)도 남한의 모미병보다 절대로 경증이 아닌 중태에서 **시각대변**(時刻待變: 죽을 때를 기다림) 중에 있는 현상이라 무슨 비상조치가 있기 전에는 도저히 회생할 가망이 없다고 본다. 여기다 우리 민족에게 숭조이념이라는 주사를 놓아 보았댔자 현상으로는 효력 여하가 의문시된다. 대풍(大風) 환자에게 대풍자유(大楓子油: 대풍자나무 기름)을 주사하는 셈으로 죽는 것을 보고 **치지도외**(置之度外: 내버려두고 문제 삼지 않음) 할 수 없어서 의존병이요, **모타병**(慕他病: 남을 사모하는 병)을 걸린 남북한 병자들에게 특별 신안(新案: 새로 고안함) 주사약을 제공하고자 하는 것이다.

이 이념이 반공이념보다도 강하고 반미이념보다도 강해야 이 사경(死境)에서 회생할 가능성이 있다고 본다. 일(一)에서 십(十)까지 숭조이념이요, 일에서 십까지 반소(反蘇), 반미(反美)이념이라야 자립할 수도 있고, 자생할 수도 있다는 것이다. 무조건하고 소련을 증오하며 미국을 증오하라는 것이 아니다. 내가 살기 위해서 내가 삶을 내가 개척하는 관계로, 소련이 개척한 곳이나, 미국이 개척한 곳에는 소련사람이니 미국사람이 살고, 우리가 개척한 곳에는 우리가 살아야 하기 때문에 우리나라 개척을 우리의 손으로 하기 위해서 반소도 하고, 반미도 해가며, 우리 조상이 개척하시던 우리 국토를 우리의 손으로 다시 개척하자는 이념에서 숭조이념을 전 국민에게 보급시킬 것이요, 가장 중요한 곳은 제2세 국민들에게는 아주 상식화하도록 보급에 전심전력을 다 경주(傾注: 기울여 쏟음)하라고 나는 주장한다. 이 숭조이념이 우리 일상생활에는 별로 직접 관계가 없는 것 같으나, 이 이념이 확립함으로써 우리의 국토를 지상천국으로 재건할 수도 있고 **상춘세계**(常春世界)로 나갈 수도 있는 것이다.

을미(乙未: 1955년) 윤3월 22일

봉우지죄근기(鳳宇知罪謹記)

우독맹자서유감

(偶讀孟子書有感: 우연히 맹자를 읽다 느낌이 있음)

우독맹자서(偶讀孟子書: 우연히 맹자를 읽음) 독지(讀至: 다음 내용까지 읽음)115)

孟子曰(맹자왈)

맹자께서 말씀하셨다.

伯夷116), 目不視惡色, 耳不聽惡聲。

(백이, 목불시오색, 이불청오성)

---

115) 이 글은 봉우 선생님께서 《맹자》〈만장(萬章)〉 하편 첫 부분을 원문만 인용해 놓으시고 그에 대한 소회와 느낌을 적으신 것입니다. 독자들의 편의를 위해 먼저 해당 원문을 풀어 놓고, 다음으로 선생님 글도 여주하였습니다.

116) 고죽국의 후작인 아미(亞微) 묵태초(墨胎初)의 세 아들 중 맏이. 백(伯)은 첫째라는 뜻이고 이(夷)는 시호. 묵태초는 삼남 숙제에게 군주 자리를 물려주려 했다. 묵태초 사후, 백이는 부친의 뜻을 따르고자 했지만 숙제는 관례에 따라 큰형 백이에게 왕위를 양보했다. 이에 백이는 막내를 아낀 부친의 뜻이라며 사양하고 나라 밖으로 피신해 버렸다. 이에 숙제도 형제간의 의리를 지키기 위해 형을 따라 도망쳐 버리는 바람에 그 나라 사람들은 어쩔 수 없이 둘째 아들 아빙을 왕으로 세웠다. 이후 백이와 숙제는 서백(西伯) 희창(姬昌), 즉 미래에 주문왕으로 추존될 이가 어질다는 소문을 듣고 찾아갔으나 이미 서백은 죽은 뒤였다. 슬픔에 잠겨 있던 백이와 숙제는 서백의 아들 무왕이 부친의 상중에 은나라 주왕(紂王)을 정벌하는 것을 보고 경악했다. 그리고 무왕의 수레를 말고삐를 잡아 막으며, "상중에 어찌 전쟁을 할 수 있는가? 주나라는 상나라의 신하 국가인데 신하가 임금을 주살하려는 것을 어찌 인(仁)이라 할 수 있겠는가?"라며 막았다. 이때 강태공이 형제를 죽이려는 무왕과 신하들을 만류하며 "이들은 의인들이니 죽여선 안 된다"라고 변호해 목숨을 건졌다. 무왕의 주나라가 강국이 되자 형제는 주나라 백성이 되기를 부끄럽게 여겨 수양산에 은거해 고사리(薇)를 캐먹다 굶어 죽었다.

백이는 눈으로는 부정한 것을 보지 않았고, 귀로는 부정한 소리를 듣지 않았다.

非其君不事, 非其民不使。

(비기군불사, 비기민불사)

바른 임금이 아니면 섬기지 않았고, 바른 백성이 아니면 부리지 않았다.

治則進, 亂則退。

(치즉진, 난즉퇴)

세상이 잘 다스려졌을 때에는 나아가 다스렸고, 혼란할 때에는 물러났다.

橫政之所出, 橫民之所止, 不忍居也。

(횡정지소출, 횡민지소지, 불인거야)

횡포한 정치를 하는 조정에나 횡포한 백성들이 사는 곳에는 차마 살지 못했다.

思與鄕人處,

(사여향인처)

아무것도 모르는 시골 사람과 함께 사는 것을

如以朝衣朝冠坐於塗炭也。

(여이조의조관좌어도탄야)

관복차림으로 시키면 진흙에 앉는 것과 같이 생각했다.

當紂之時, 居北海之濱, 以待天下之淸也。

(당주지시, 거북해지빈, 이대천하지청야)

은나라 폭군 주의 세상 때에는, 북해의 변두리에 살면서 천하가 맑아지기를 기다렸다.

故聞伯夷之風者, 頑夫廉, 懦夫有立志。

(고문백이지풍자, 완부렴, 나부유입지)

그러므로 백이의 기풍을 듣게 되면, 탐욕한 사내가 청렴해지고

나약한 사내가 지조를 갖게 된다.

伊尹117)曰 何事非君? 何使非民?

(이윤왈 하사비군? 하사비민?)

이윤은 '누구를 섬긴들 임금이 아니며, 누구를 부린들 백성이 아닌가?'

라고 하여,

治亦進, 亂亦進。

(치역진, 난역진)

세상이 잘 다스려졌을 때에도 다스리러 나아가고, 세상이 혼란한 때에

도 나아갔다.

曰 天之生斯民也, 使先知覺後知,

(왈 천지생사민야, 사선지각후지)

하늘이 이 백성을 낳으심에 먼저 안 사람(先知)으로 하여금 뒤에 알게

될 사람(後知)을 깨우치게 하고,

使先覺覺後覺。

(사선각각후각)

먼저 깨달은 사람(先覺)으로 하여금 뒤에 깨닫게 될 사람(後覺)을 일깨

워 주게 하였다.

予, 天民之先覺者也。

---

117) 은나라의 이름난 재상으로 탕왕을 도와 하나라의 걸왕을 멸망시키고 선정을 베풀었
다.

(여, 천민지선각자야)

나는 하늘이 낳은 백성 가운데서 먼저 깨달은 자(先覺者)이다.

予將以此道覺此民也。

(여장이차도각차민야)

내 장차 이 도(道)로써 이 백성을 일깨우리라고 말하였다.

思天下之民匹夫匹婦有不與被堯舜之澤者,

(사천하지민필부필부유불여피요순지택자)

천하의 백성 중에서 미천한 남자, 미천한 여자(匹夫匹婦)라도

요순이 베푼 은택을 입지 못한 자가 있으면,

若己推而內之溝中,

(약기추이내지구중)

자기가 그를 밀어 도랑 가운데에 넣은 것같이 생각하였고,

其自任以天下之重也。

(기자임이천하지중야)

그 천하의 무거운 짐을 스스로 떠맡는다 생각하였다.

柳下惠[118]**, 不羞汚君, 不辭小官。**

(유하혜, 불수오군, 불사소관)

유하혜는 더러운 임금을 부끄러워 않고, 작은 벼슬을 사양하지 않았다.

---

118) 유하혜(BC720~BC621)는 중국 춘추시대 노(魯)나라 때의 현자(賢者)다. 춘추 초기 노나라의 대부로서 성은 전(展)이고 이름은 획(獲)이다. 식읍(食邑)이 유하(柳下)였고 시호는 혜(惠)다. 그래서 사람들은 유하혜(柳下惠)라고 불렀다. 능란한 변설과 밝은 예절로 이름이 높아 공자로부터 칭송을 받았다. 또한 직도(直道)를 지켜 임금을 섬기고 진정한 화(和)를 이룬 사람이라고 평가를 받아 맹자에 의해 이윤(伊尹: 상나라 초기의 명재상), 백이(伯夷: 상나라 말기 충신), 공자와 함께 4대 성인으로 추앙되었다. 춘추시대 대도(大盜)이며 악인(惡人)의 대명사로 쓰이는 도척(盜跖)이 그의 동생이다.

進不隱賢, 必以其道。

(진불은현, 필이기도)

나아가서는 자기의 어짊(賢)을 숨기지 않아서, 반드시 그 도리(道理)로
서 하였다.

遺佚而不怨, 阨窮而不憫。

(유일이불원, 액궁이불민)

버림을 받아도 원망하지 않으며, 곤궁에 빠져도 근심하지 않았다.

與鄕人處, 由由然不忍去也。

(여향인처, 유유연불인거야)

아무것도 모르는 시골 사람과 살면서도 너그럽게 대하고, 차마 떠나지
못했다.

爾爲爾, 我爲我,

(이위이, 아위아)

너는 너고 나는 나다.

雖袒裼裸裎於我側, 爾焉能浼我哉?

(수단석라정어아측, 이언능매아재?)

"비록 내 곁에서 벌거벗고 있다 한들 네가 어찌 나를 더럽히겠는가"라
고 하였다.

故聞柳下惠之風者, 鄙夫寬, 薄夫敦。

(고문유하혜지풍자, 비부관, 박부돈)

그러므로 유하혜의 기풍을 듣게 되면 비루한 사내가 너그럽게 되고,
천박한 사내가 후덕하게 된다.

孔子之去齊, 接淅而行。

(공자지거제, 접석이행)

孔子가 제나라를 떠나실 적에는 밥하려고 일어 놓았던 쌀을 건져 가지고 갔지만,

去魯, 曰 遲遲吾行也。

(거로, 왈 지지오행야)

노나라를 떠나실 적에는 ˝내 발걸음이 왜 이다지도 무거우냐˝라고 말씀하셨다.

去父母國之道也。

(거부모국지도야)

父母의 나라를 떠나는 도리였다.

可以速而速, 可以久而久,

(가이속이속, 가이구이구)

빨리 떠나야 할 때에는 빨리 떠나고, 오래 있어야 할 때에는 오래 있고,

可以處而處, 可以仕而仕, 孔子也。

(가이처이처, 가이사이사, 공자야)

머물러 있어야 할 때에는 머물고, 벼슬할 수 있을 때에는 벼슬하신 이가 공자이셨다.

孟子曰 (맹자왈)

맹자께서 말씀하셨다.

伯夷, 聖之淸者也。 (백이, 성지청자야)

백이는 성인 중에도 맑은 분이요,

伊尹, 聖之任者也。 (이윤, 성지임자야)

이윤은 성인 중에서도 맡으신 분이요,

柳下惠, 聖之和者也。(유하혜, 성지화자야)

유하혜는 성인 중에서도 조화로운 분이요,

孔子, 聖之時者也。(공자, 성지시자야)

공자는 성인 중에서도 때에 맞게 하신 분이시다.

孔子之謂集大成。(공자지위집대성)

공자를 일러서 집대성(여러 가지를 많이 모아 크게 이룸)이라고 한다.

集大成也者, 金聲而玉振之也。(집대성야자, 금성이옥진지야)

집대성은 금으로 소리(金聲)를 울려 냄이요, 옥(玉) 소리를 떨쳐 냄이니

金聲也者, 始條理也。(금성야자, 시조리야)

금으로 소리를 울려낸다는 것은 조리를 시작함이요,

玉振之也者, 終條理也。(옥진지야자, 종조리야)

옥소리를 떨쳐 낸다는 것은 조리를 끝맺음이다.

始條理者, 智之事也。(시조리자, 지지사야)

조리를 시작함은 지(智)의 일이요,

終條理者, 聖之事也。(종조리자, 성지사야)

조리를 끝맺음은 성(聖)의 일이다.

智, 譬則巧也。(지, 비즉교야)

지(智)는 비유컨대 기교이고,

聖, 譬則力也。(성, 비즉력야)

성(聖)은 비유컨대 힘이다.

由射於百步之外也,(유사어백보지외야)

백 걸음 밖에서 활을 쏘는 것 같으니,

其至, 爾力也。其中, 非爾力也。(기지, 이력야. 기중, 비이력야)

표적까지 화살이 도달하는 것은 너의 힘이지만, 과녁을 맞히는 것은 너의 힘이 아니다.

- 여기까지《맹자》만장 하편 원문 인용 끝 -

라 하야는 첩엄권이탄식야(輒掩卷而歎息也: 문득 책을 덮으며 탄식함)로라.

백이, 이윤, 유하혜는 각구성인지일체(各俱聖人之一體: 각자가 성인의 한 몸을 갖추었음)하고,

공자는 집대성지시성(集大成之時聖: 집대성한 그 시대의 성인)이사대,

생불기진(生不其辰: 좋은 시절에 태어나지 못함)하얀 도불행이욕부해이동(道不行而欲浮海而東: 도가 행해지지 않으니 뗏목타고 바다 동쪽으로 가고 싶구나)하시니[119],

부재기위지고야(不在其位之故也: 그 자리에 있지 않은 연고임)라.

요순우탕문무(堯舜禹湯文武(요임금, 순임금, 우임금, 탕왕, 문왕, 무왕)는 득기위(得其位: 그 지위를 얻음) 고로 기도이행(其道易行: 그 도를 쉬이 실행함)하고,

백이, 이윤, 유하혜, 공자는 부득기위(不得其位: 그 지위를 얻지 못함) 고로 기도불행(其道不行: 그 도가 행해지지 않음)이나

맹자는 성지아자(聖之亞者: 성인 버금가는 분)시라 능찰전성지심(能察前聖之心: 능히 앞선 성인의 마음을 살핌)하사,

---

119)《논어》〈공야장(公冶長)〉 원문: 자왈(子曰), 도불행(道不行: 도가 행해지지 않으니), 승부부우해(乘桴浮于海: 배를 타고 바다로 나갈까 보다) 참조.

계후지학자(啓後之學者)의 호의불결지서(狐疑不決之緒: 뒤에 오는 학자
들의 주저주저하는 마음을 열어 인도함)하사,

수조상교(遂條詳敎: 조목조목 자세히 가르침)하시니

전성후성(前聖後聖: 과거의 성인과 후세에 오는 성인)이 기규일야(其規一
也: 그 법규는 하나임)라.

약사백이(若使伯夷)로 당금지세즉당여하재(當今之世則當如何哉)아.

만약 백이로 하여금 현 세상을 살게 한다면 어찌 세상을 살 것인가?

횡정지소출(橫政之所出)과 횡민지소지(橫民之所止)에 불인거야(不忍
居也)리라.

횡포한 정치를 하는 조정에나 횡포한 백성들이 사는 곳에는 차마 살지
못했으리라.

약사이윤(若使伊尹: 만약 이윤으로 하여금)으로 당금지세즉역당여하재
(當今之世則亦當如何哉: 현 세상을 살게 한다면 또한 어찌 세상을 살 것인
가?)아.

수왈하사비군(雖曰何事非君)이며, 하사비민(何使非民)이리요 하여

비록 말하기를 '누구를 섬긴들 임금이 아니며, 누구를 부린들 백성이
아닌가'라고 하여

치역진(治亦進)하고 난역진(亂亦進)이라 하나,

세상이 잘 다스려졌을 때에도 다스리러 나아가고, 세상이 혼란한 때에
도 역시 나아갔다 하나

금지세즉수백이윤(今之世則雖百伊尹: 현세에는 비록 백명의 이윤)이 재
세(在世: 살아 있음)라도 무가진지도의(無可進之道矣: 도덕으로 나아갈 수
없음)리니,

기자임(其自任: 그 천하의 무거운 짐을 스스로 맡음)이 하익재(何益哉: 무

슨 이익이 있으랴)아.

약사유하혜(若使柳下惠: 만약 유하혜로 하여금)로 당금지세즉(當今之世則: 현 세상을 맡게 했으면)

불수오군(不羞汚君)하고 불사소관(不辭小官)이라

더러운 임금을 부끄러워 않고, 작은 벼슬을 사양하지 않았으리라.

진불은현 필이기도(進不隱賢, 必以其道)하려니와

나아가서는 자기의 어짊(賢)을 숨기지 않아서, 반드시 그 도리(道理)로서 하였거니와

세인(世人)은 부지성지화자재세의(不知聖之和者在世矣: 성인들 가운데 조화로운 분 유하혜가 세상에 나와 계셨음을 몰랐으)리라.

부자약당차세즉(夫子若當此世則: 공자가 만약 지금 이 세상에 계셨다면)
역무내탄지지오행야(亦無奈歎遲遲吾行也: 또한 어찌할 수 없다며 "내 발걸음이 왜 이다지도 무거우냐"라고 탄식하셨으리라.)

당차계세(當此季世: 이 말세를 당함)하여 수성현출세(雖聖賢出世: 비록 성현이 세상에 나오심)라도 말유여지하의(末由如之何矣: 말세는 어찌 되는가)니

위정(爲政: 정치)이 역당기극고(亦當其極故: 또한 그 극을 향해 치닫는 고로)로 극즉필변(極則必變: 극에 달한 즉 반드시 변함)이라.

불구성인(不久聖人: 머지않아 성인)이 어세(御世: 세상을 다스림)하여 현현대동지책어금세의(顯現大同之策於今世矣: 대동책을 현세에 밝게 드러냄)리라.

을미(乙未: 1955년) 윤3월 22일

봉우지죄근기(鳳宇知罪謹記)

운강(雲岡) 초대면 인상기(印象記)

山窓晝寂 春花滿發(산창주적 춘화만발)하여,

산창의 낮은 고요하고, 봄꽃은 가득히 피어

獨自感天地之無私(독자감천지지무사)하고,

홀로 절로 천지의 사사로움 없음을 느끼고,

觀群生萬物之得時和樂(관군생만물지득시화락)하며,

뭇 생명의 때를 만나 서로 즐거워함을 보며,

感吾生之行休(감오생지행휴)로다.

내 삶의 가고 멈춤을 느끼도다.

閱孫吳遺書而自慰胸中之慷慨(열손오유서이자위흉중지강개)라가

손무(孫武)120)와 오기(吳起)121)의 남긴 글들을 읽다 가슴속 의로운 슬

픔을 스스로 위로하다가

偶然入于睡鄉(우연입우수향)하여

우연히 낮잠에 빠져

徘徊于桐江隆中(배회우동강융중)하며 討論今古得失(토론금고득실)이

러니,

---

120) 중국 춘추시대의 병법가. 기원전 6세기경의 사람으로, 오나라 왕 밑에서 초나라, 진나
라를 위압하고 절도와 규율 있는 군사를 양성하였다. 저서에 병서《손자》가 있다.

121) 중국 전국시대(戰國時代)의 병법가(B.C.440?~B.C.381). 증자(曾子)에게 배우고 노
(魯)나라, 위(魏)나라에서 벼슬한 뒤에 초(楚)나라에 가서 도왕(悼王)의 재상이 되어
법치적 개혁을 추진하였다. 저서에 병법서《오자(吳子)》가 있다.

동강[122]과 융중[123]에 배회하며 고금의 득실을 토론하니,

報鶴一聲(보학일성)이 驚我甘夢(경아감몽)이라.

학이 한 소리 알려줌이 나의 단 꿈을 깨네.

整齊衣冠(정제의관)하고 欣接來賓(흔접내빈)하니,

의관을 가지런히 하고 기쁘게 찾아온 손님을 맞으니,

白髮星星(백발성성)하고 威儀軒軒(위의헌헌)이라.

흰머리 하얗고 위엄 있는 모습 당당하구나.

眼有隱光(안유은광)하고 口若懸河(구약현하)라.

눈에는 감춘 빛이 있고, 입은 물을 쏟는 듯 거침이 없네.

不問可知豪傑之士(불문가지호걸지사)로다.

묻지 않아도 호걸 선비임을 알겠노라.

一見而披肝露膽(일견이피간로담)하고,

한번 만나 봄에 간과 쓸개를 열어 보이고(서로 솔직해져서)

屋屋談論(옥옥담론)이 夜以繼日(야이계일)하여,

집집마다 고담준론이 밤이 새도록 이뤄졌고

不知天色(부지천색)이 將曙(장서)로다.

하늘빛이 장차 동트는 것도 몰랐네.

余得聞于來賓(여득문우내빈)하니,

내가 손님에게 얻어 들으니

고종무자세(高宗戊子歲: 1888년)에 강생어강원도금화(降生於江原道金

化: 강원도 금화에서 출생함)하여

조습문장(早習文章: 일찍이 글을 익힘)하고

겸섭무경(兼涉武經: 겸하여 무술경전도 섭렵함)이러니,

기시왜승아국내공허(其時倭乘我國內空虛: 그때 왜놈들이 우리나라의 빈 곳을 틈타)하야

솔요동전승지병(率遼東戰勝之兵: 요동전쟁에서 승리한 병사들을 거느리고)

박아정부(迫我政府: 우리 정부를 다그쳐서)하야

결보호지약(結保護條約: 보호조약을 맺음)이라.

불승분배(不勝忿盃: 분노의 잔을 이기지 못하여)하야,

거의병우향리(擧義兵于鄕里: 고향에서 의병을 일으켰으니)하야,

사오성상(四五星霜: 4~5년)을 위진기향(威振其鄕: 그 고향에서 위세를 떨치다가)이라가

제경술국치(際庚戌國恥: 1910년 경술국치를 당함)하야

독력난지(獨力難支: 혼자 힘으로 지탱하기 어려워)라

솔기중이입만(率其衆而入滿: 그 무리를 이끌고 만주로 들어가니)하니,

동시도강자(同時渡江者: 동시에 강을 건넌 사람들이)가

이십유팔인(二十有八人: 28인)이라.

전전우만몽각지여노령등지(輾轉于滿蒙各地與露領等地: 만주와 몽골 각지와 러시아아령 등지를 전전)하며,

규합동지(糾合同志: 동지들을 모음)하야, 욕보기구(欲報其仇: 그 원수를 갚아주려다)라가,

기미독립운동후군웅병기(己未獨立運動後群雄竝起: 기미 독립운동 후 수많은 영웅들이 함께 일어섬)라.

역이기중(亦以其衆: 또한 그 무리들로)으로 명명의군부(命名義軍府: '의

군부'라 명명함)하고,

지우을유(至于乙酉: 을유 해방 1945년까지)히 독립운동어북만(獨立運動
於北滿: 북만주에서 독립운동을 함)이라가,

왜군퇴거지후(倭軍退去之後: 일본군 물러난 뒤)에

흔연귀국즉신조애국자(欣然歸國則新造愛國者: 기쁘게 귀국하니 새로 만
든 애국자)가

만우가도(滿于街道: 길거리에 가득 참)하야 불허유공지인등장(不許有功
之人登場: 공이 있는 사람의 등장을 허락지 않음)이라.

회포불평(懷抱不平: 마음에 품은 것이 못마땅함)하고

왕래영호중우문주인지규합동지(往來嶺湖中偶聞主人之糾合同志: 영호
남을 왕래하다 우연히 주인의 동지를 규합한다는 소식을 들음)하고. 불원천
리내방운(不遠千里來訪云: 천리를 멀다않고 찾아왔다 함)이러라.

내빈(來賓: 찾아온 손님)은 위수(謂誰: 이름은 무어라 하는가)요?

소년의거김봉삼(少年義擧金鳳三)이요, 재만인군시김운강운의(在滿引
軍時金雲岡云矣: 만주에서 군대를 인솔할 때 김운강이라 불리움)러라.

여일견즉기성(余一見則其性: 내가 한번 보자 그 성품)이 여열화(如烈火:
세찬 불과 같음)하고

기용(其勇: 그 용맹함)은 여기응박금(如飢鷹搏禽: 주린 매가 새를 잡는 것
같음)이요,

전고박식(典故博識: 고전에 박식함)에 흉장모략(胸藏謀略: 가슴엔 온갖
책략을 감추고 있음)하고

여도할죽(如刀割竹: 칼로 대나무를 조각내듯이)하여, 견세즉진(見勢則進:
형세를 보면 곧 나아감)하고

여전석우천인지악(如轉石于千仞之岳: 천 길의 큰 산에서 돌을 굴리는 것처

럼)하야

중난정류(中難停留: 도중에 멈추기 어려움)러라.

호걸지사(豪傑之士: 호걸 선비)요, 비성문규모중인야(非聖門規模中人也): 성인의 문중 사람은 아님)라.

연(然)이나(그러나),

당차난세중즉비영호(當此亂世中則非英豪: 이 난세 속을 당해서 영웅호걸이 아니)면

난이제승고(難以制勝故: 싸움에 이기기 어려우므)로

추운강위맹호출림(推雲岡爲猛虎出林: 운강을 추대하여 '사나운 호랑이가 숲에서 나옴')이라 하노라.

용봉구린(龍鳳龜獜: 용, 봉황, 거북, 기린)은 각유기기(各有其技: 각자 그 재주가 있음)하니라.

을미(乙未: 1955년) 윤3월 회일(晦日: 그믐날)

주기(追記) 봉우서(鳳宇書)

수필: 혹세무민하는 무리들은 천벌을 받으리라

여우이헌규보위인(余友李憲珪甫爲人: 나의 벗 이헌규는 사람 됨됨이)이 근신충직(謹愼忠直: 삼가고 조심하며 충직함)하야 소무부허지언행(少無浮虛之言行: 조금도 뜬구름 같은 언행이 없음)이라.

여상뢰언(余常賴焉: 내가 늘 힘입고 있음)러니,

조춘내방시전언왈(早春來訪時傳言曰: 이른 봄에 방문했을 때, 말하기를

군지인친(君之姻親: 자네의 사돈)이 거우공주읍(居于公州邑: 공주읍에 삶)하며,

근실상업중(勤實商業中: 성실하게 상업에 종사하는 중)에 우연중 동업자 모 씨를 상봉하여 언왕언래간(言往言來間: 말이 오가는 중)에

모 씨가 자언철학이론(自言哲學理論: 스스로 철학 이론을 얘기함)하여, 수차(數次) 경험이 번번이 적중하는 고로,

신지약이인(信之若異人: '이인'처럼 믿음)이러니,

모 씨 언내(言內: 말 가운데)에 금년 3월 중에 대홍수가 있어서 공주읍 전체가 침수될 것이니, 속히 피난하라고 해서 모 씨는 상업(장사)하던 물자를 진위방매(盡爲放賣: 모두다 팔아 버림)하고, 보은으로 이거(移居: 이주)하였다고 하며, 이 씨와 인친(사돈)되는 사람도 공주에서 점포를 아주 저가(低價: 낮은 가격)에 방매하고 피난 준비를 하겠다는 말을 듣고, 이 씨가 내게 와서 묻고자 왔다고 한다.

그래서 내가 이 군더러 그 모 씨를 상봉하고 왔는가 하니, 일야(一夜:

하룻밤)를 상봉해 보니, 보통인은 아니요 무슨 공부를 했는지 정신은 좋은 것 같고, 말도 조심, 조심해서 하며 자기 선생의 말씀이 있고 또 자기가 영관(靈觀: 영적 투시)으로 보아도 십중팔구는 별 이상 없이 적중된다고 자신 있는 말을 하더라고 한다. 그래서 내가 말하기를 사불가역도(事不可逆睹: 어떤 일을 미리 알기는 불가함)나 금년 춘한(春旱: 봄 가뭄)은 있기 용이하나, 홍수(洪水)는 의외(意外)요, 또 수일(水溢: 물이 넘침) 삼십장(三十丈: 약 90미터)이라는 것은 물론 만무(萬無: 결코 없음)한 일이요, 대수(大水: 큰물)도 없을 것 같다고 했었다. 그래서 이 씨가 그 인친(姻親: 사돈)에게 피난 말라고 권했다고 그 후에 들었었다. 그래서 하회(下回: 일의 결과나 상황)가 어찌 되었나 하고 있던 중에 일전의 성○○ 편으로 그 사람이 100만 원대의 점포를 수십만 원대에 매도하고 대전으로 이거(移去)했다고 한다.

3월은 다 지나고 홍수는 없었으니, 그 사람의 실패는 물론이요, 그 모 씨는 무슨 이론으로 이 씨의 인친(姻親: 사돈)을 대할 것인가 알 수 없는 일이다. 근일(近日: 요사이)에 또 이와 유사한 사실을 들었다. 내가 서울서부터 포문(飽聞: 많이 들음)한 '중앙천주인(中央天主人)'이라는 태을진인(太乙眞人)이 있다. 그 태을진인의 거과(去過: 지난 잘못)는 말할 필요가 없다. 근일 또 10여 일 전에 계룡산 갑사에 와서 3일간 천지대공사(天地大公事)를 하고 진인이 체화(體化: 실체로 됨)해서 그 제자들을 도통(道通)을 시킨다고 해서 갑사까지 수행한 제자가 10여 고족(高足: 수제자)이 있고, 금전 소비가 100여만 원이었다고 한다. 그 후문(後聞: 뒷소문)은 일전에 무사히 대전 선화동 자택으로 귀가하고, 금번에 체화는 하지 않았고 중인(衆人: 여러 사람) 안전(眼前: 눈앞)에는 별 이상이 없으나, 자기는 할 일을 다 했고, 호언장담을 여전히 하더라고 가빙(可

憑: 믿을 만함)할 만한 곳에서 들었다.

　이런 **좌도혹중**(左道惑衆: 사교로 대중을 현혹시킴)하는 인물들이 하필 태을진인뿐이랴? 얼마든지 있다. 각 유사 종교의 주인들이나, 또 그 간부들이나, 또는 모모 괴물(怪物)들이 가위(可謂: 그야말로) 많다고 본다. 고대 성인들을 안하(眼下: 눈 아래)로 보고 **방약무인**(傍若無人: 곁에 마치 아무도 없는 것처럼 거만함)한 언사를 농(弄: 희롱함)하되, 그 제자들은 그런 말을 더 자신 있게 믿는다. 호남에 김추강(金秋江)도 천상천하에 유아독존이라고 장생불사한다던 인물이 작년에 사거(死去: 사망)하고, 또 그 동류(同類)들의 일종인 윤포산(尹飽山)은 천자니, 천사(天師)의 꿈을 꾸고 있으니 그 제자들이 불쌍한 것이다. 이 인물들도 다 이 세상에 별인물이 없다고 각자 위지대장(謂之大將: 일러 대장이라 함)이요, 구왈여성(俱曰余聖)124)격이나 대체로 **주출망량**(晝出魍魎: 대낮에 날뛰는 도깨비)에 불과하다고 본다.

　형광불여(螢光不如: 반딧불만도 못한) 혜광(慧光: 지혜의 불빛)을 가지고 대아(大我)를 저버리고, 소아를 위해서 **기인취물**(欺人取物: 남을 속이고 물건을 뺏음)을 하는 것은 **동천서광**(東天曙光: 동쪽 하늘의 새벽 동틀 무렵의 빛)이 빛이 나면 다 **홍로점설**(紅爐點雪: 붉은 화로 위의 한 점 눈)과 같이 종적(蹤迹: 자취)이 없어질 물건들이라고 나는 확언해 두노라. 그 인물들 중에도 대아성(大我性)이 있다면 용서 가능이나 기인기심(欺人欺心: 남을 속이고 양심을 속임)하는 무리들은 천벌(天罰)이 오는 날이 멀지 않으리라.

---

124)《시경(詩經)》〈소아편(小雅篇)〉 '正月'이란 시(詩)의 다섯 번째 구절 말미에 "구왈여성(俱曰余聖: 저마다 성인이라 하니), 수지오지자웅(誰知烏之雌雄: 누가 까마귀의 암수를 알리오?)"라고 나옴.

을미(乙未: 1955년) 4월 초1일(初一日)

봉우서(鳳宇書)

추기(追記)

차등간물(此等奸物: 이들 간사한 인물들)이 하대무지(何代無之: 어느 때고 없으리오?)리요.

연이계세법망(然而季世法網: 그러나 말세의 법망)이 불엄(不嚴: 엄하지 않음)하여 임의행지(任意行之: 마음대로 감)라.

고로 별별기괴망측지도(別別奇怪妄則之徒: 별별 기괴망측한 무리들)가 자립위성인문호(自立爲聖人門戶: 각기 성인이 되는 문호를 세움)하고,

혹세무민지행(惑世誣民之行: 세상을 현혹시키고 백성을 속이는 행위)으로 자이위호수단(自以謂好手段: 스스로 좋은 수단이라 이름)하니, 애차인생(哀此人生: 이 인생을 슬퍼함)이로다.

여문신도중심(余聞新都中心: 내 들으니 신도안 중심)으로 각립문호(各立門戶: 각자 문호를 세움)하고

자이위칭성칭진칭왕개수십인(自以謂稱聖稱眞稱王皆數十人: 스스로 이르기를 성인, 진인, 왕이라 하는 자들이 수십 명)이요,

금구(金溝), 정읍 중심으로 역시 30여 종이요, 영남에 역유십여종(亦有十餘種: 역시 10여 종이 있음) 운운(云云)하니,

기인자(欺人者: 남을 속이는 사람)도 가증(可憎: 가증스러움)이나, 피기자(被欺者: 속임을 당하는 사람)는 이부당지욕(以不當之慾: 당치 않은 욕심)으로 자기야(自欺也: 스스로 속여 넘김)요, 비수기야(非受欺也: 속아

넘어간 것이 아님)라.

사민지우(斯民之愚: 이 백성의 어리석음)가 하기심야(何其甚也: 어찌 그리 심한가?)요.

자상달하(自上達下: 위에서 아래까지)로 무모성수정지심(無慕聖守正之心: 성인을 그리워하고 바름을 지키는 마음이 없음)하고,

단유사욕지행(但有私慾之行: 단지 있는 것은 삿된 욕망에서 비롯된 행위)이라.

고로 약간유간지자배(若干有奸智者輩: 약간의 간악한 꾀를 지닌 무리들)가 장계취계(將計就計: 상대의 계략을 미리 알아내 반대로 그것을 이용하는 계략)하여 설차부질이속(設此不疾而速: 이 빠르지 않으면서 빠르고)하고, 불행이지지법(不行而至之法: 가지 않으며 도달하는 법을 만듦)하여,

천하지나태불근자(天下之懶怠不勤者: 천하의 게으르고 부지런하지 않은 자)로 자함정기중(自陷井其中: 스스로 우물 속에 빠짐)이로다.

도시상무왕화지치야(都是上無王化之致也: 아무리 애를 써 봐도 전혀 위로는 임금의 덕화가 이루어짐이 없구나)라.

사사민(使四民: 온 백성으로 하여금)으로 각득기소(各得其所: 각자 그 하는 바를 얻게 하면)하면 하가(何暇: 어느 겨를)에 염차우롱(染此愚弄: 이 어리석은 희롱에 물들겠는가?)가.

가위장태식자야(可謂長太息者也: 그야말로 긴 한숨이 나오네)라.

봉우추기(鳳宇追記)하노라.

위인모이불충(爲人謀而不忠)
– 물경이시(勿輕易視: 가볍게 쉬이 보지 말라)하라

증자왈오일삼성오신(曾子曰吾日三省吾身: 증자께서 말씀하시기를 나는 날마다 세 가지로써 내 자신을 반성한다)125)이라는 제하(題下)에 **위인모이불충호(爲人謀而不忠乎**: 남을 위하여 일을 도모하되, 불충하지 않았는가?)아, 하신 일이 있다. 내가 자력의 족부족(足不足)을 도(度: 헤아림)하지 않고 부탁하는 일을 맡고 그 일을 성실히 보지 못하는 것은 이것이 위인모이불충(爲人謀而不忠)이 되는 것이다. 내가 우연히 또 이 훈계(訓戒)를 알면서 범하였으니, **수원숙우(誰怨孰尤**: 누구를 원망하고 누구를 탓하겠는가?)리요? 이 책임을 다시 완수하도록 하는 것이 당연한 일이요, 또 그런 범행이 없기를 자서(自誓: 스스로 맹세함)하고, 간단히 숫자로 기록하며 과거 잘못을 가리지 말고, 성실히 그 일을 거울삼아서 오는 일에 재범이 없기를 맹세하노라.

그리고 내가 **행독경(行篤敬**: 독실하게 공경을 행함)에 어그러짐이 있어서 금번에도 위인모이불충(爲人謀而不忠)을 범한 것이다. 먼저 결심하고 **부화(浮華**: 겉은 화려하나 실속이 없음)한 일이어든 **염적(染跡**: 더러운 행적)을 하지 말라는 재삼 경계다. 금번 범행이 내 양심에 적지 않은 충동을 주었고, 다시 범한다면 내 장래에 붕우간(朋友間: 친구 사이)의

---

125)《논어(論語)》〈학이편(學而篇)〉 4장 출전(出典).

큰 실수라고 잘 기억해야 하는 것이다.

이아지심(以我之心: 내 마음)으로 도타인지심(度他人之心: 타인의 마음을 헤아림)해 보면 알 일이 아닌가? 아무리 생각해도 내가 주의에 주의를 하던 것이 잠시 소홀로 막대한 고치기 어려운 범행을 한 것을 뉘우치노라.

을미(乙未: 1955년) 4월 초3일(初三日)

봉우서(鳳宇書)

운강(雲岡) 입산에 제(際: 만남)하여

운강의 말씀을 듣건대, 수련 관계로 백두산에서 7년이나 고행(苦行)을 하셨다고 한다. 칠순(七旬)에 가까운 고령으로 백반(百般: 온갖 것) 준비가 부족한 입산을 단연 결정하는 것은 그 용감성을 감탄하지 않을 수 없다. 물론 입산하자면 예의 곤란을 예기(豫期: 닥쳐올 일을 생각하고 기다림)하고 들어가는 것이요, 또 입산 목적이 용이하게 성공되는가, 안 되는가는 제2문제로 하고 사람이라는 것은 **칠전팔기(七顚八起)**하는 것이 최후의 승리라는 것을 철칙으로 꾸준히 나가는 사람은 성공이 앞에 있고, 가다가 중도에서 개로(改路)하는 사람은 실패가 닥쳐오는 법이라.

그래서 운강이 70 노옹(老翁)임에 불구하고 불사신(不死身)으로 선두하는 것을 나는 감탄하며, 그의 내두(來頭: 미래) 성공이 있기를 심축하고, 또 그의 목적하는 일이 어떤 개인을 위한 욕망이라면 **초월불관(楚越不關**: 서로 관여하지 않음)이나, 민족의 **만년대계(萬年大計)**를 위해서 일신을 희생하는 일이라. 우리와 동일 목적인 바에는 어찌 동정하지 않으리요?

그리고 그를 따르는 청년들의 최종 목표가 무엇인가 하는 것은 미리 알고자 하지 않는다. **사별삼일(士別三日**: 선비가 헤어진 지 사흘)에 **당괄목상대(當刮目相對**: 마땅히 눈을 비비고 서로 대함)하는 법이라. 현상으로 그들의 심리야 무엇이든지 수양에 따라서 백변(百變: 백 가지로 변함)할 수 있는 것이라 예측을 불허하는 것이다. 다만 청년들도 내두 성공이 있기를 빌 뿐, 아직 이 정도의 감상을 기록하노라.

을미(乙未: 1955년) 4월 초8일(初八日)

봉우서(鳳宇書)

무항심(無恒心)한 1개월간

내가 예정한 일이 여의치 못하고 또 신 목표를 정할 필요를 아직은 생각 없고, 그리해서 4월이라는 1개월이 아주 무항심한 중에 허송하게 되었다. 서울 여행이나 할까 한 것도 중지되고, 이원(伊院)에도 가서 아주 후고(後顧: 뒤돌아봄)를 하지 않게 일을 볼까 한 것이 그곳 사정이 연기되고 그러면 가아(家兒) 혼사나 확정할까 한 것이 역시 **군치진비격(群雉陣飛格: 여러 꿩이 열을 지어 날아가는 격)**이라 단순치를 않고 선택이 곤란하고 또 가아의 소식을 고대한 것이 지지(遲遲: 늦음)해서 타사(他事)에 착수를 못하게 되었다. 그리고 가아의 보직이 하필 정보주임이라는 별로 신기하지 못한 직책을 맡게 되어 마음이 그리 편치 못하다.

송사(松士: 오치옥)에게도 좀 미안한 감이 있고, 조태술(曺泰述) 보(甫: 사내, 남자의 미칭)에게도 역시 미안하다. 일이 마음대로 되지 않고 가간생활(家間生活: 집안 살림)도 아주 극곤란을 당하고 있는데, 제약 건이나 완료시킬까 한 것이 한기(旱氣: 가뭄) 관계로 분말이 되지 않아서 역시 시일만 허송하게 되었다. 백사불성(百事不成: 모든 일이 안 됨)이라면 입산해서 수양이나 해보는 것이 좋은 일인데, 역시 식량 문제도 여의치 못하다. 이래서 이달은 거의 무항심 중에서 허송하고 있다.

이헌규 동지가 광업을 경영한다고 해서 혹이나 하고 그 성공을 축(祝)한 것이 역시 실패라고 한다. 나는 무슨 연고로 금월(今月: 이달)을 무의미하게 보내느냐 하면 내 예정했던 대로 순조로 나가지 않아서 내 사업을 착수하기 싫어서 퇴수(退守)하는 관계였다고 하는 것이 정상이라고 생각된다. 아무렇든지 귀중한 시간을 허송한 것만은 사실이다. 게다가 우리가 대망하고 있는 모종(某種) 대체(代替) 문제는 어쩐지 마음대로 될 것 같지 않아서 불안감이 있다. 만약 이 인물 대체가 잘 안 된다면 큰일이다. 여러 사람의 소망이 귀어허지(歸於虛地: 빈 땅으로 돌아감)가 되는 것이다. 사불가역도(事不可逆睹: 일은 미리 볼 수 없다)라고는 하나, 현상으로는 극히 성공성이 희박하다 보는 것이 도리어 당연하다. 천시(天時), 인사(人事)를 누가 예언할 것인가? 기다리고 있을 뿐이다.

그러나 내 당면 문제인 생활 상태가 아주 교착(膠着: 단단히 달라붙음)이 되어서 아무 변동이 되지 않고, 저회(低廻: 밑에서 돎)되는 것이 걱정이다. 무슨 호화생활을 의미하는 것은 아니나, 비록 최저생활이라도 확보되어야 하겠는데 현상으로는 아무 해결안이 보이지 않는다. 이러는 중에도 타인들은 내 생애는 별문제 없거니 하고 별별 소청(所請: 청하는 일)이 다 많다. 그리고 자신의 생활 여하는 언급들도 하지 않는다. 이것이 곤란하다는 것이다. 안빈(安貧: 가난 속에서도 편안한 마음을 가짐)은 말할 것도 없고, 고궁(固窮: 곤궁한 것을 잘 견뎌냄)이라도 해야겠는데 마음대로 고궁도 잘 안 된다. 그렇다고 탈선(脫線)이야 할 수 없으나, 아무래도 마음이 요동하는 것은 사실이다. 이래서 이 4월을 허송하며 그 소감을 써보는 것이다.

을미(乙未: 1955년) 4월 25일

봉우서(鳳宇書)

우리 동리(洞里: 마을) 현상(現狀: 현재) 생활

우리가 살고 있는 동리(洞里)는 충청남도 중앙부인 공주군이요, 공주군의 동남단(東南端)인 반포면의 서남방(西南方)인 상신리(上莘里)다. 사위(四圍: 사방의 둘레)가 청산(靑山)이요, 외래하는 사람들은 **산중수복의무로(山重水複疑無路**: 산과 물이 겹쳐서 길이 없는 것으로 의심됨)하니, **류암화명우일촌(柳暗花明又一村**: 버들잎 짙고 꽃이 환한 또 한 마을이 있네)[126]이라고 별유천지(別有天地: 별세계)로 아는 것이다. 비록 **궁협(窮峽**: 깊고 험한 산골)이나, **백호촌용(百戶村容**: 백여 집들의 마을 모습)이 정제(整齊: 가지런히 정돈됨)한 거동(巨洞: 큰 동네)이다.

동방은 전동(全洞: 전체 동네)의 **수구(水口**: 물이 들어오거나 나가는 곳)라 **녹계이하(綠溪而下**: 녹색 시내가 내려옴)하면 하신리(下莘里)를 경과해서 온천리(溫泉里) 삼등로(三等路)에 접하고, 남방은 계룡산 북록(北麓: 북쪽 기슭)이 **기봉괴석(奇峯怪石**: 기이한 봉우리와 암석)으로 **탱천지세(撑天之勢**: 하늘을 떠받칠 듯한 기세)로 옹립(擁立: 받들어 모심)하여 **아기봉(牙旗峰)**이 최고봉으로 중봉(衆峯: 무리봉)이 나열하고 산길이 아기봉 서방(西方)을 월(越: 넘음)하면 갑사(甲寺)로 가는 곳이요, 아기봉 동북으로 넘으면 동학사로 가는 2조(條: 가지)의 산길이 있고, 아기봉 동방으로 넘으면 천장리(天藏里)로 가는 산길이 있다. 본동(本洞: 이

---

126) 송나라 시인 방옹(放翁) 육유(陸游: 1125~1210)의 시 〈유산서촌(遊山西村)〉에 나오는 유명한 구절.

동네)에서 약 10리가 다 된다. 이 삼조로(三條路: 세 가지 길)가 다 산길이나, 왕래부절(往來不絶: 왕래가 끊이지 않음)하는 곳이며, 계룡산 상봉(上峯)이나 연천봉 통로가 되며, 신도(新都: 신도안) 통로가 되는 관계다.

그다음 본동의 서방에 영(嶺: 재)이 두 곳이 있으니 일왈(一曰), 구치(鳩峙: 비둘기 고개)니 반포면에서 계룡면으로 통하는 곳이요, 본동에서 갑사 왕래나 경천시장 왕래를 전부 이 구치를 이용하고 이왈(二曰), 보살치(菩薩峙)니 역시 구치와 동일 목표이나, 이곳은 익구곡(益口谷) 즉 청소(淸沼), 내흥(奈興), 상왕(上旺), 하왕(下旺), 소룡(巢龍), 반송(盤松), 흑룡동(黑龍洞) 등과 왕래 통로요, 겸해서 공주읍 첩경(捷徑: 지름길)이 되는 곳이다.

그다음은 본동의 정북방인 와룡치(臥龍峙: 느랭이 고개)이니 내흥, 마암(馬巖), 상하왕촌(上下旺村) 통로요, 그다음 동북방은 방치(芳峙)니 공주읍 통로이며, 동일(洞日), 부강(芙江)에서 강경, 논산 통로였던 곳이다. 이곳으로 면 소재지인 공암(孔巖)도 이곳으로 왕래하면 약간 거리가 가깝다. 산간으로 보아서는 비교적 교통이 편리한 곳이다. 공주, 유성, 대평리(大坪里), 경천(敬天), 신도(新都), 이인, 탄동(炭洞)이 다 30리다. 대전이 50리, 두계(豆溪)가 40리, 부강이 50리, 조치원이 60리다. 그러나 교통은 거의 다 대전으로 한다. 온천리를 통과하는 자동차 편이 매일 6회 평균 있고, 이 동리에서 약 15리 되는 봉암(鳳巖)에서 국도를 통과하는 서울행이 있다. 어느 모로 보든지 교통은 편리한 곳이다.

이 동리가 개동(開洞: 동네가 생김)된 지 약 300년 되는 것 같다. 추정이다. 본동은 구일(舊日: 옛날) 사찰 폐허이다. 현상도 초석(礎石: 주춧돌) 파편은 어느 곳에서든지 볼 수 있다. 동리가 된 지 300년이라는 것은 본동의 분묘(墳墓)로 보아서 배씨 12대(代)가 제일 장구하고, 그다음 최씨 10대, 이씨 8대, 유씨 7대로 추정된다. 구시대는 신소(莘沼)라면 아주 산협(山峽: 두메산골) 취급을 받았고, 동학사, 갑사의 승속한이(僧俗漢이: 세속으로 돌아온 중)들이 퇴속(退俗: 환속)해서 갈 데가 없어서 산전(山田)이나 해먹고 있던 곳인 것 같다. 현상도 그들의 자손들이 아주 없다고는 못하겠다. 그래서 공주영문(公州營門: 공주감영) 퇴리(退吏: 은퇴한 관리)들이 간혹 퇴촌(退村: 촌으로 물러나서 삶)하느라고 내거(來居: 와서 삶)하기도 하고, 산수 좋아하는 유림(儒林)들도 잠시씩 우거(寓居)한 일이 있었던 것은 사실인 것 같다.

동중계곡(洞中溪谷)의 반석에 각자(刻字: 글자를 돌에 새김)한 것으로 보아서도 이런 것이 증명된다. 신주촌(申舟村)의 자사(子舍: 자제)인 둔암(遯庵)이 내거했던 둔암유허(遯庵遺墟: 둔암이 살던 터)가 있고, 백운거사(白雲居士) 오경감(吳景鑑)의 각자가 곳곳에 있다. 진덕교(進德橋)니, 이락(二樂)이니, 교도석(敎道石)이니, 개학동문(開學洞門)이니, 태극암(太極岩)이니, 명월유수보감개(明月流水寶鑑開: 밝은 달 아래 흐르는 물, 보배로운 거울이 열리네)니, 탄금대(彈琴臺)니, 백록담파영방사해(白鹿潭波盈放四海: 백록담 물이 차고 넘쳐 사방으로 흐르네)니, 자양산월공조만천(紫陽山月共照萬川: 자양산 달이 온 시내를 같이 비추네)이라는 등으로 보아서 유자(儒者: 유교 선비) 중 산림처사(山林處士: 산속에서 공부하는 벼슬 없는 선비)들이 은세(隱世: 세상에 숨음)하느라고 와서 있었던 것은 사실인 것 같다. 근대에 와서 운현궁(雲峴宮: 대원군 거처하던 궁전) 토지 대리인이 상신 와서 있게 되어 유 판관이니, 김 직산이니, 이 판서니가 다 그 사음(舍音: 마름)으로 와서 있던 인물들이다.

구시대 속전(俗傳)으로 신소삼천냥(莘沼三千兩)이라는 것이 미궐전천냥(薇蕨錢千兩: 고사리 값 천 냥), 시전천냥(柿錢千兩: 감 값 천 냥), 뉴광전천냥(杻筐錢千兩: 싸리광주리 값 천 냥)이라고 산중도방(山中都房)이라고 하던 곳이다. 근대에 와서도 거민(居民)들이 거의 산을 이용해서 먹고 사는 것은 사실이다. 상하동중(上下洞中: 상하신 동네) 우마차가 수십 대인데 전부가 시상(柴商: 잡목상인)이다. 산판(山坂: 나무 베는 일판)은 400~500정보(町步: 약 3,000평)나 되나, 입목(立木)이 장양(長養: 오래 키움)될 날이 별로 없다. 경지 면적은 근소하고 전부가 일가(日稼: 날품팔이)로 생활하는 현상이다. 본동에서 자기 식량으로 곤란 받지 않는 사람이 1할이 못 된다. 만약 산림령(山林令)이 엄중하다면 현상 유지를 못할 사람이 얼마든지 있다. 내가 이 동리로 반이(搬移: 이사)해온 지가 벌써 40년이다. 수삼 차나 이 동리 개선을 발의해 보았으나, 일부 반대로 성립되지 못했다.

30여 년 전에 이 동리에서 별별 계(契)가 성행해서 동리가 거의 패동(敗洞: 동네가 망함)이 되게 되었을 때에 각 계를 파(破)하고 그 자본으로 합자조합(合資組合)으로 공장을 하자고 발의한 것이 불성립되었으나, 그 계(契)들은 전부 패망하고 말았다. 그다음 도박을 금하고 주사(酒舍: 술집)를 금한 것은 일시적이나마 성공해서 패동(敗洞: 망한 동네)을 부흥시켜 보았고, 또 전동일치(全洞一致)로 30년 계획으로 조림(造林)을 동산(洞山) 3분의 1을 하고, 입산금지를 해서 전동(全洞) 자금을 삼자고 하고 산판(山坂) 3분의 1은 과목(果木)을 배양해서 10년 계획으로 2만 본만 공동 배양하자고 발의했으나 불성립되고, 또 이도 저도 되지 않거든 천연림이라도 남벌(濫伐: 나무를 함부로 베어 냄)을 말고 지역별로 반부(半部: 반쪽)만 10년간 내지 15년간씩 입산금지를 하고, 배양해보자 해도 몇몇 이욕(利慾)을 가진 자들의 모략으로 불성립되었다.

현상 생활은 대한민국 수립 후 토지개혁 덕분으로 자작농(自作農)이 많으나, 본디 경작면적이 없어서 별 큰 소득이 없고, 동산암벌(洞山暗伐: 동네 산에서 몰래 벌목함)로 생활을 보충하는 것이다. 다른 부수입이라고는 뉴광(杻筐: 싸리나무 광주리)외에는 별 것 없다. 시목(柿木: 감나무)도 새로 배양해야 되는 것인데 노목들이라 생산이 점점 축소되고 타 지방과 같이 부수입이 없다. 근년에 보니 호도가 아주 적지인데, 동중(洞中: 동네)에서 공동으로 만 본(萬本: 1만 그루)만 재배해 두면 6~7년 만이면 동민(洞民)생활은 이것만으로도 향상될 것이라고 나는 생각된다. 호도 1두(斗: 말)가 하시든지 백미 1두 가격이다. 호도 만 본에서 매주(每株: 한 그루마다) 1말씩이라도 백미로 환산하면 연산 500석(石: 섬) 이상이 될 것이다. 이것은 불위야(不爲也: 하지 않았던 것 뿐)언정 비불능(非不能: 할 수 없는 것은 아님)이다.

이것이 농촌 진흥을 생각하는 인물들이 없는 관계요, 사리사욕(私利私慾)과 일시적 동족방뇨격(凍足放尿格: 언 발에 오줌 누는 격, 한때 도움이 되는 격)만 생각하는 인물들이라 할 수 없다고 본다. 하일(何日: 무슨 날)이든지 우리 동리도 현상을 벗어나서 지도인물이 나오고, 이에 호응하는 청년들이 나와서 계획 실행을 함으로써 성공이 있으리라고 본다. 현상으로는 현상 유지에 급박해서 아무렇든 생각할 여유가 없고 또 이론(異論)과 반대를 주로 하는 자들이 없어지기까지 고대하거나, 강력하게 추진할 청년들을 악수하거나의 2조건이 확립함으로써 이 계획을 실시할 수 있을 것이다.

을미(乙未: 1955년) 4월 26일

봉우서(鳳宇書)

인재양성(人材養成)을 하자면 〈참고(參考)〉

인재양성이라는 것은 종류가 몇 종이 있다. 국가에서 소용되는 사물에 필요한 자격을 양성하기 위해서 각 부문의 전문학과를 교수시키는 방법과, 세계에서 공통된 자격을 인정받을 수 있는 각 과학을 각자가 선택해서 각자가 연구와 수양으로 노력을 다해서 양성하는 것도 공통된 방법이요, 또는 어느 단체가 자기들의 목적하는 일을 성공하기 위해서 자기 권내의 자격을 양성시키는 방법이 있는데, 이 방법에서는 그 단체의 목적 여하로 자기들의 목표되는 자격은 양성되었을망정, 공통된 인재라고는 못할 것이다.

그다음 각자의 가정적 요구로 그 학과에 순응하는 자격양성도 있다. 이상 여러 가지가 다 인재를 양성하는 방법이나, 그 효과에 있어서는 천차만별이 있다고 본다. 예를 들면 국가에 소용되는 사물에 필요한 자격을 양성하기 위해 각 부문의 전문학과를 교수한다면 그 목표는 사물에 사용할 정도를 운위(云謂: 일러 말함)함이요, 인재양성을 주로 하는 것이 아니다.

현상으로 보더라도 과학별로 보면 문법이농상공의약(文法理農工商醫藥) 등인데 대학을 졸업한대야 정부에서 청구하는 자격이 다 되는 분이 몇 할이 못 되고, 더구나 사범학교니 사범대학이니 하는 곳을 보건대, 일부 기계적 인판(印板: 도장 조각)교수요, 사범이라는 글자 그대로 사도(師道: 스승 된 도리)로 모범될 만한 자격양성은 현상으로는 아주 요원(遙遠: 아득히 멂)하다고 본다. 국민의 소학교육이 국민 장래의 기초가 되는 것인데, 현상으로는 겨우 각 과학에 들어가는 노정을 볼 정도요, 국민정신 주입이나, 장래 기초를 닦아 주는 것은 아주 없다. 이것은 국가에서 소아교육법을 치중하지 않는 관계로 사범교육이 결여(缺如)하다는 것이요, 사범대학은 중고등학교 교육자 양성소인데 역시 정신은 아주 없고, 피하주사격으로 형식만 흉내 내는 교육자를 양성시키는 국가방침 무슨 연고인지 알 수 없는 일이다.

더구나 학생풍기(風氣: 풍속)가 근일처럼 해이해지는 때에 중고등학교에 남녀무용을 학과시간으로 시키는 문교장관이나 중앙교육위원들의 심리이나 세인이 공정한 안목으로 보면 그 사람들은 그 무엇에 희생된 일생이라고 평할 것이다. 그래도 종교인으로는 도덕관념이나 있으나, 그다음 동일단체이나 사상결합 이권단체라면 그들의 양성하는 방식은 아주 인간의 자유를 구속한 가축 대우의 자격양성이라고 본다. 예를 들면 독일의 히도라(히틀러)가 나치스당을 조직하고 인재를 양성하는데, 각양각색의 자격을 양성하는데 나치스주의가 아니면 절대 용허(容許: 허용)되지 않았다. 이것은 나치스를 위한 양성이요, 그 양성된 개인을 위해서가 아니요, 또 세계 공통된 인재가 아닐 것이다. 그중에도 이공학이나 의약학 같은 것은 아무래도 공통할 수 있는 것이나 이외에는 절대로 나치스 선외(線外)에서는 행동을 못하였고, 이태리 무소린이(뭇솔리니)에 흑(黑)샤츠단 역시 나치스와 대동소이하였다. 그중에도 제일 그 폐해가 극심한 것은 소련의 공산당의 당적 훈련일 것이다. 그들의 양성은 전 인류, 전 세계의 궤도를 무시하고 비인도(非人道), 무도덕한 야수성을 그대로 양성해서 공산당 체계로 잇는 인물들끼리도 소호(小毫: 아주 조금)만 그 (공산당) 당책(黨策)에 걸리는 일이 있다면 용서 없이 숙청시키는 잔혹성을 가진 양성일 것이다.

세계 각 인류와 각 민족들이 그 병에 걸리면 대풍(大風: 중풍)환자와 같이 병자인 줄 알면서도 고치지 못하고 나병환자가 결속되듯이 서로 결속되는 것이다. 이 양성이라는 것은 양성이 아니요, 야수(野獸)로 환원시키는 법인데 고인들이 감언이설(甘言利說)에 기만되어 여기를 범하는 자가 얼마든지 많다. 일조(一朝: 하루아침) 들어가서는 공포심으로 감히 탈당을 못하는 것이 상례일 것이다. 이런 것도 인재양성이거니 하고 감언이설을 듣다가는 별 수 없이 야수환원으로 인간사회에서는 제외되고 말 것이다.

민주주의 국가에서는 이런 일은 없으니, 아직 완전한 민주주의가 못되고 민주를 빙자하고 독재를 하는 곳에서는 인재가 양성되어서 자기네들의 명령이 잘 복종되지 않을까 해서 우민정책으로 민(民)은 **이식위천(以食爲天: 먹는 것으로 하늘을 삼음)**이라는 것을 악용해서 민(民)으로서는 먹는 것 이외에는 감히 일언반사(一言半辭: 한 마디 말과 반 구절, 아주 짧은 말)도 하지 못하게 하고, 독재적 신판주의(新判主義)인 것을 내포하고 외양으로 민주주의를 걸고 있는 것이다. 이런 곳에서는 인재가 양성될까 봐 독재자들은 **고침안면(高枕安眠: 높은 베개에 편안한 잠)**을 못하는 것이다. 이것도 공산당의 인민을 야수로 환원하는 방법과 대동소이한 악법이라고 본다.

그러니 단체가 양성시키는 자격양성은 이것이고, 저것이고 다 대가가 있는 것 같다. 그 단체라는 것이 아주 대아성(大我性)을 구비한 공정한 단체요, 지도인물이 도덕적이라면 혹 그 궤도를 벗어날지 알 수 없는 것이다. 그러나 이런 인물의 출세는 극히 힘 드는 것이요, 현세로 보기 용이하지 않다고 본다. 그다음은 각 가정의 청구에 응하는 자격양성이라는 것도 각 개인의 개성과 합치되기가 어려운 일이다. 농가에서 그 자손들을 농과로 보내고자 하는데 그 당자(當者)인 학생은 문과, 이과, 공과로 다른 곳을 희망한다면 그 가정의 소망과 배치되고 각자의 희망을 고집함으로써 성공이 곤란하다는 것이다. 각자의 가정의 소망과 본인의 소망이 합치된다면 이것은 별 문제 없이 성공의 길을 걷는 것이라고 생각하는 편이 용이하다. 그러나 이런 분이 몇 분이나 될 것인가? 극귀(極貴)한 일이다.

그러나 인재를 양성하자면 우선적으로 중견인물들이 자각을 가지고 동지가 규합되어서 국가와 민족의 사명을 양견(兩肩: 두 어깨)에 부하(負荷: 짐을 짐)하고 농산어촌(農山漁村)과 도시를 막론하고 대단결을 하고 민족 자체가 자진해서 각성하게 계몽 사업을 하며, 일방으로 경제도 수립하고 일방으로 민족 중의 인재를 양성시키되 무조건하고 그 인재에 적응될 자질을 양성시켜서 민족 수준을 자연적 향상을 시키며, 민족의 경제력도 자연 향상이 되어야 이것이 자타의 별(別)이 없이 인재가 양성되는 것이다. 무슨 대아성이 없는 선입감을 가지고 후진을 상대한다면 완전한 인재는 양성되지 못할 것이요, 민족의 행운도 하시(何時)에 올지 부지(不知)하는 일이다.

일일(一日)이라도 속히 실행력이 풍부한 용감한 민족 지도자가 우리나라에 출현해서 이 민족의 수난기를 벗어나게 하길 바라는 바이다. 제1조건은 이 지도자 될 인물양성이 큰 문제라고 생각된다. 이 책임은 민족 전체가 지고 각 방면으로 준지도격 인물을 탐색해서 그들의 단점을 보충시키며, 완전무결한 인격자로 출세하게 후원하는 것이 우리의 공통된 책임이라고 보는 관계로 내가 이 붓을 든 것이다.

을미(乙未: 1955년) 4월 27일

봉우서우유신초당(鳳宇書于有莘草堂: 봉우는 유신초당에서 쓰다)

우리들이 취할 태도

　세상이야 치세(治世: 잘 다스려진 세상)건 난세(亂世)건 생민(生民: 일반 국민)으로 각자의 취할 태도가 있는 것이다. 그렇다면 대한민국 현재에 우리들이 취할 태도는 무엇인가가 제일 중차대한 문제라고 아니할 수 없다. 그 취하는 방식도 여러 가지다.

　민(民)은 **이식위천(以食爲天**: 먹는 것으로 하늘을 삼음)이라고 무슨 짓을 하든지 가족의 식생활이나 해결하고 거지(居地: 거주지)나 택해서 **부대불소(不大不小**: 크지도 작지도 않음)한 주택이나 신건(新建: 새로 지음)하고 일상 필수품이나 과히 곤란 안 받으며, 부업이나 있어서 후진교육에 큰 관심되지 않을 정도의 욕구도 있고,

　좀 여유가 있으면 후진늘도 위할 수 있는 사업도 하고 공익사업도 간간이 해가며, 무슨 기업체도 가져서 풍유(豐裕: 흠뻑 많고 넉넉함)한 생활로 좀 더 족족하면 자선사업도 했으면 하는 부류도 있고,

　남이야 무어라 하든지 벌어야 먹고 먹어야 사는 것이니, 직업이 무엇이든지 돈이나 잘 벌 일이라면 무슨 일이든지 관계할 것 없다고 수단을 택하지 않고 눈이 벌게서 마구 덤비는 사람도 있고,

　동가홍상(同價紅裳)이면 타인소시(他人所視: 남이 보는 것)에 창피(猖披)하지 않은 직장을 택해서 수입이 좀 적더라도 고상한 편을 택하는 사람도 있고,

　직업에 귀천이 있느냐 아무 직업이라도 돈이나 많이 수입되면 도적

질 이외에는 무슨 일이라도 해야겠다고 수입지상주의로 하는 사람도
있고,

그중에도 양심상 허락되지 않는 것을 피하고 양심을 지켜 가며 직업
을 구하는 사람도 있고,

무슨 단체의 무슨 정당이니 하며 노력이 덜 드는 일로 명예욕도 있
고 이권욕도 있어서 실사구시(實事求是)를 하지 않고 별 실행력이 없으
면서도 허장성세(虛張聲勢: 허세만 떠벌림)하는 중에 빙공영사(憑公營
私: 공적임을 빙자하여 사적 이익을 얻음)하는 부류도 대부분이요,

구복(口腹: 먹고 삶)을 위해서 자기의 노력이 감당하지 못하는 직장을
별별 수단을 다해서 취직하여 이 직장을 이용하여 갖은 불양심적 사행
(事行: 일함)이 있는 사람들도 많고,

이 세상에서 욕구할 일은 많고 경제력은 부족하니, 어느 장(場) 떡이
염가(廉價)인가 하고 목표 없이 갈팡질팡하며 금일은 문인(文人)생활,
명일은 광산(鑛山)생활, 내명일(來明日: 모레)은 다방생활 또 내두(來頭:
장래)는 회사 설립 발기인, 또 교수생활로 전전불휴(輾轉不休: 전전하며
쉬지 않음)하며, 방인(傍人: 옆 사람)으로 그 본색을 알 수 없이 활동사진
연극을 하는 사람도 있고,

입법(立法), 행정, 국방 부문에 속해서도 자기의 직무를 수행 못하며
직권을 남용하는 사람도 있고, 정반대로 극히 양심적으로 일하나 별로
밖으로 드러나는 효과가 보이지 않는 사람도 있고,

소아(小我)에 매두몰신(埋頭沒身: 머리와 몸이 파묻혔다는 뜻으로 일에
매달려 헤어나지 못함)하고 어느 직장에서 악질 노릇만 하는 사람도 있
다.

자기가 하는 일이 악질이거니 자각하면서 욕심(때문)에 별 문제없이

실행하는 사람도 많다.

사람을 일생 기만(欺瞞: 남을 속여 넘김)함으로써 자기의 식생활을 해결하는 인간도 있다.

남녀노소의 다름과 동서남북의 거주관계도 없이 별별 각종이다. 현상으로 보면 각 정당들이 양심껏 민족을 위하는 곳이 어느 당인가 하면 거의 오십보(五十步)로 소백보(笑百步: 백보를 비웃음)의 동일한 이기당(利己黨)이요, 완전한 양심으로 국가와 민족을 위하는 당이라고는 백번 식안(拭眼: 눈을 씻음)하고도 볼 수 없다. 십만선량(十萬選良)[127]으로 나간 민의원들도 다 불량하다는 것은 아니나, 거의 밀아자(蜜啞子: 꿀벙어리)가 되고 밀아자가 아닌 인간들도 역시 별 성과를 내지 못한다. 역시 오십보 차가 아닌가 한다. 당에서도 적당(赤黨)은 말할 필요조차 없고 현재 우익계 여야(與野)가 다 이 정도다. 그렇다면 순수애국자는 어디 있는가 의심이 난다.

지방이나 도시를 물론하고 국가흥망이 이 민족의 사활을 도외시하고, 자칭 비좌비우(非左非右)의 중립파들이 가장 많으니 이 중립파라고 자칭하는 자들이야말로 의좌의우(依左依右: 좌나 우에 의존함)하며, 구복(口腹)만 위하는 몰염치한 인간들이 제일 많이 혼재했다는 것이다. 그리고 이 부류들이 가장 인테리(인텔리)급에 속한 인간들이 많다. 혹 순수애국자들이 있더라도 이 중립파들의 비판에 견디지 못해서 은둔 생활들을 하는 것이다.

---

127) 1950년대 당시 국회의원 1명당 약 10만 명의 국민을 대표하는 구조였다. 1950년 대한민국 총인구는 약 2,000만 명이고 당시 국회의원은 약 200여 명으로 대략 10만 명당 의원 1명 꼴. 참고로 당시 미국은 대략 34만 명당 1명(인구 1억 5,000만 명에 의원 435명), 영국은 8만 명당 1명(인구 5,000만 명에 의원 625명)였다.

그러니 현상으로는 우리 민족의 장래가 우려되는 바이다. 민족의 태반 이상은 불관주의(不關主義: 관여 안 하는 주의)인 중립파요, 그다음 몇 할은 국가와 민족을 좀먹는 부류들이요, 이것을 목불인견(目不忍見: 눈으로 차마 보지 못함)하는 부류는 극소수라 역량이 없어서 어찌하지 못하고 또 순수애국자들이 혹 있으나, 산재사방(散在四方: 사방으로 흩어짐)으로 항하사(恒河沙: 갠지스 강의 모래)에서 명주(明珠: 밝은 구슬)를 구하기보다도 더 어렵고 선배니, 중견이니가 이 정도라 후진인 청장소년들 중에서 무엇이 태동된지 미지수에 속한다. 그렇다면 우리들은 이대로 사기(死期: 죽을 날짜)를 고대하고 있어야 옳은 것인가? 그렇지 않으면 우리들의 취할 태도는 무엇일까?

구시대에 입헌군주시대에 전제정치에도 상탕하부정(上蕩下不正: 위는 흐리고 아래는 바르지 않음)하여 민생고를 감내(堪耐)할 수 없으면 영웅호걸들이나 강개불사(慷慨不辭: 슬퍼하고 원통함을 마다하지 않음)한 지사(志士)들이 "왕후장상(王侯將相)이 영유종호(寧有種乎: 왕, 제후, 장수, 대신이 어찌 씨가 따로 있단 말인가?)아"[128] 하고 사분(辭忿: 분노를 알림)을 불승(不勝: 이기지 못함)해서 성불성(成不成)은 운에 맡기고 거사혁명(擧事革命)한 일이 역사가 증명한다. 이것은 구시대에서는 성공 못하면 이삼족(夷三族: 삼족을 멸함)을 당하고 그 일파문내(一派門內: 일파의 문중)가 다 폐족(廢族: 벼슬을 할 수 없는 족속)이 되고, 대모험인 것이다. 근일에는 혁명이라는 것이 성공하면 호운(好運)이요, 실패하면 일인(一人)이 당하는 것이다. 구시대에 비해서 아주 용이하다.

그렇다면 불필타구(不必他求: 반드시 남이 구할게 아님)요, 유지자사경

---

128) 중국 진(秦)나라 2세 황제 때 진승이 봉기를 일으키며 외친 말.《사기(史記)》〈진섭세가(陳涉世家)〉 출전.

성(有志者事竟成: 뜻을 가진 자는 일이 끝내 이루어짐)이라고 남녀노소와 빈부귀천과 동서남북을 불분(不分: 나누지 않음)하고 동지자를 규합해서, 대황조(大皇祖) 단군님의 유지(遺志)를 본받아서 대지(大志)를 먼저 우리나라에 선포하고, 그다음 백산오족(白山五族)이 통일하고 그다음 중국과 인도와 손을 잡고 우리 아세아 통일을 먼저 하고, 국토는 국토대로 정신의 통일로 만년태평(萬年太平)을 건설하고, 그다음 동(東)의 남북미주(美洲: 아메리카)와 서(西)의 유럽과 평화적 악수로 세계일가(世界一家)로 진출할 외에 타도가 없다.

당인(當仁)하얀 불양어사(不讓於師)[129]라고 이런 일을 누구에게 미룰 것 없이 서로서로 선두에서 태평천하(太平天下) 창조의 깃발 아래로 집합해서 현세계의 암흑을 광명한 대황조님 덕화(德化)로 밝히는 것이 우리들의 책임으로 알고, 규합동지의 길을 제일 먼저 밟는 것이 우리들의 취할 태도라고 나는 미리부터 제창(提唱)한 것이다. 누구를 원망할 것 없고 누구를 칭찬할 것 없이 속히, 속히 실행하라.

을미(乙未: 1955년) 4월 27일

봉우서우유신정사(鳳宇書于有莘精舍: 봉우는 유신정사에서 쓰다)

---

129) 어진 일에 있어서는 스승에게도 양보하지 않는다는 공자님의 말씀. 《논어》 〈학이편(學而篇)〉 출전.

태도를 정하고 실행에 옮기기까지의 준비는 무엇인가 〈필참고(必參考)〉

나침반이 없는 배가 **만경창파**(萬頃滄波: 한없이 넓고 푸른 바다)에 뜬다면 동서남북의 갈 길을 정할 수 없는 것과 동일하게 우리도 여생(餘生: 남은 삶)을 어디로 가야 하느냐 하는 문제가 결정되지 않으면 역시 나침반 없는 바와 동일한 것이다.

그래서 여러 가지 목적물을 나열해 놓고 신중(愼重) 선택한 것이 우리의 여생은 아무래도 대황조(大皇祖)님의 홍익인간(弘益人間)하시는 이념을 그대로 본받는 것이 무엇보다도 우리에게 타당하다는 것을 발견하고 우리의 갈 길을 정한 것이다.

이것이 배가 나침반을 얻은 것과 동일하다.

우리는 여생이 얼마 남지 않았다.

낡은 몸으로 우리가 해야 할 일은 태산보다도 넓고, 하해(河海: 큰 강과 바다)보다도 깊다.

말하자면 만경창파에 **일엽편주**(一葉片舟: 한 척의 조각 배)로 갈 길은 천리, 만리로다.

이 배가 갈 길을 알고 나침반을 얻었다고 반드시 잘 가라는 법은 없다.

범피중류(泛彼中流: 저 흐르는 물 한가운데에 떠 있음) 일엽편주(一葉片舟: 하나의 조각배), 순풍에 돛을 달고 천리, 만리 머나먼 길 만경창파 헤처 가며, 무양(無恙: 무탈)하게 다녀오라.

말로야 못할 손가? 그러나 이 길을 떠나자면 무엇, 무엇이 있어야 할 것인가 요령을 적으리라.

제일 먼저 배가 **만리왕반(萬里往返: 만리 왕복)**에 중도 고장이나 없을 것인가 정밀히 점검하고, 그다음 왕반(往返)에 필요물을 일일이 준비하고 만반 준비된 연후에 이 배를 부릴 사공(沙工), 인내력, 용감력과 백절불굴(百折不屈: 백번 꺾여도 굽히지 않음) 굳은 의지, **창해만리(滄海萬里: 넓고 큰 바다)** 싸워가며, 동서남북 불시(不時: 때 아닌) 폭풍, 수기응변(隨機應變: 기회를 따라 변화에 응함) 막아가며, 범피만경창파상(泛彼萬頃蒼波上: 저 넓고 푸른 바다 물결 위에 떠 있음)을 **여답평지(如踏平地: 평지 밟듯이)**하올 인물 선택이 제일이라.

고인의 말씀에도 만사구비(萬事具備: 모든 일을 다 갖춤)에 지결동남풍(只缺東南風: 단지 동남풍이 모자라네)이라고 주랑(周郎: 주유)이 와병(臥病)하니, 동남풍은 공명(孔明: 제갈량)이 자담(自擔: 스스로 담당함)하고 적벽대전을 성공하였다는 것과 같이 우리도 태도를 정했으니, 만반을 준비해야 할 것이요,

만준(萬準: 만반의 준비)이 다 되어도 도사공(都沙工: 우두머리 사공), 부사공(副沙工: 버금가는 사공)에 전후좌우 보조사공을 완전히 인선(人選)하고, 양진(良辰: 좋은 날), 길시(吉時: 길한 시각) 택하여서 **소고천지(昭告天地: 천지신명에 밝게 알림)**하온 후에 이 몸의 **생사존몰(生死存沒: 생사존망)** 신명(神明)께 일임(一任: 모두 맡김)하고 순풍에 돛을 달고 만경창파에 조각배를 띄우리라.

왕반무양(往返無恙: 오고감에 탈 없음)은 우리는 알 배 아니로다.

가자, 가자 어서 가자. 우리 갈 곳으로 어서 가자.

창해만리(滄海萬里) 저 언덕에 대황조님 맞으신다.

을미(乙未: 1955년) 4월 28일 여해기(如海記: 여해는 씀)

추기(追記)

우리의 태도가 정해진 후에는 제1 준비조건이 동일 목표자 규합이요, 제2 준비조건이 규합된 동지들의 중의(衆議: 중론)를 존중해서 완전 무결한 계획을 수립할 일, 제3 준비조건은 신 수립된 계획을 실행할 수 있는 완전한 준비를 할 일, 제4 준비조건이 이 계획을 완전히 실행할 수 있는 역군을 분업적으로 확정할 것, 제5 준비조건이 이 계획 전체를 운행할 수 있는 정부(正副: 으뜸과 버금) 조역(助役)의 인선(人選)을 공정히 할 것, 제6 준비조건은 이 계획 실행에 있어 통할지도(統轄指導)에 충분한 인선을 중의로 정할 사(事) 이상 제 조건이 완수되어야 비로소 실행에 옮기는 것이요, 이 정도 준비를 가지고 나가야 성공의 희망이 있는 것이다.

만불비(萬不備: 만사가 준비되지 않음)를 무릅쓰고 저돌적으로 나간다면 일시적으로 협객(俠客)이니, 의사(義士)니, 지사(志士)니의 이름은 얻을지 알 수 없으나 사업의 성공은 요원한 일이다. 더구나 혁명은 준비의 결점이 없이 완전히 되어야 기존 세력을 방축(放逐: 자리에서 쫓아냄)하고 신세력 수립의 가능성을 볼 것이다.

을미(乙未: 1955년) 4월 28일 여해추기(如海追記)

재추기(再追記)

　우리 같은 인간들이야 이런 일에 전초(前哨: 보초병), 소졸(小卒: 졸병)
도 못 되나 내 일생을 백산운화(白山運化)에 바치고 세인이야 무어라
하든지 내가 이 백산운화에는 불사가인생산작업(不事家人生産作業: 가
족의 생산 작업을 돌보지 않음)하고 비록 역미(力微: 미력함)하나 그침 없
이 내 몸이 쇠로(衰老: 쇠약해 늙음)한 백발옹(白髮翁)이 되었다. 그러니
이런 일이라면 청장년들에 지고 싶지는 않다. 이것이 노옹(老翁)의 실
력 없는 마음인 줄 자신하면서도 속담에 참새가 방앗간을 그저 갈 수
없다는 격이라 이런 일을 보고 전부(前部: 앞부분) 선봉은 못 되어도 산
병(散兵: 흩어진 병사)으로 유격(遊擊)쯤이야 못할 것인가? 내 지혜 부족
하니 중군(中軍: 대장이 직접 통솔하던 군대) 참모는 추현양능(推賢讓能)
할 일이요, 원원(遠遠: 멀리멀리)한 후원(後援) 정도는 자담(自擔)하겠노
라.

여해소기(如海笑記: 여해는 웃으매 씀)

　이 붓을 들고 유룡(幼龍: 권오훈), 정학(頂鶴: 차종환), 준총(駿驄: 한강
현), 치응(穉鷹: 주형식), 석상송(石上松) 등의 환원(還元: 죽음)과 출림호
(出林虎), 창해용(滄海龍), 단산봉(丹山鳳)의 환위(還位: 원래 자리로 돌아
감)를 못내 슬어(슬퍼)하는 바이다. **뇌자부(雷紫府: 뇌부와 자부)** 환원
(還元)은 제외한다.

여해재추(如海再追)

《봉우일기》 4-149 맨 앞의 유실된 부분 발견 재수록

《봉우일기》 4권 567쪽, 홈페이지 글 기준으로는 '봉우사상을 찾아서 (461) - 공주 민의원선거 정견발표 4-287'

4-149 민의원 입후보자들의 합동정견(政見)발표를 보고

갑오년 5월 20일 선거할 민의원 의원출마자들의 합동정견발표가 공주 갑구(甲區)에서는 반포면이 제1회였다. 과거 5.10 선거에서는 합동정견발표가 없었던 관계로 나도 출마하였으나, 각개인적으로 순회하였을 뿐이었고, 5.3 선거 시부터 합동정견발표가 있었던 것인데 나는 당시 서울에서 선거에는 불관(不關: 관계하지 않음)한 관계로 참례해 본 일이 없었고, 또 청강(聽講)도 안 했었다. 금번에는 역시 우연하게 공암에서…

(봉우일기 4-149 바로 시작하는 글(유실된 글)을 이번에 찾아 수록합 니다.)

수필: 분주했던 지난 3월

(이 글도 7-69와 같이 발견되었기에 수록합니다.)

3월이라 한 달을 내가 무슨 일로 분주하였는지 알 수 없었다. 타인이 내용을 알지 못하는 것은 당연한 일이요, 당사자인 나부터 목적을 부지하고 하루도 안일(安逸: 편안함)할 새가 없이 장재도상(長在道上: 오래 길 위에 있음)이었다. 그러나 노이무공(勞而無功: 애쓴 보람이 없음)이다. 아무 수확이 없었고 신체만 극도로 피곤하였을 뿐이다. 물론 내가 전월(前月) 여행 중 자동차 사고로 좀 부상한 것이 원인일지 알 수 없으나, 정신적이나 신체적이나 공히 예를 벗어나게 감축되고 인내력이 아주 약해져서 무슨 일이든지 감내를 못하겠다. 그래서 내가 연령으로 보아서 아직 노쇠가 아닌 시절인데, 정력이 위축되어 70~80 고령자의 비교가 되는 고로 혹 무리한 시험도 3월 중에 3차나 해보았으나 번번이 실패하였다. 이것은 심신과로에서 나온 결과인 일시적 변태(變態: 변화)일 줄로 믿으나 완전한 건강이 회복되기 전에는 아무래도 평심서기(平心舒氣: 마음을 평온하고 순화롭게 함)할 수 없는 일이다.

그리고 독서를 해보아도 근망증(近忘症: 건망증)이 생해서 일변(一邊: 한편) 독서하며, 일변 잊어버리는 아주 악증(惡症: 나쁜 증세)이 있고, 수십 년 친지들의 성명이 가다가는 아주 생각이 안 나서 한참 생각을 해서 겨우 기억이 되는 일이 간간 있다. 이것이 극도의 피로가 아니고 무엇인가? 물론 생활로 보아서는 우리보다도 못한 생활을 하는 사람이 많은 것은 사실이나, 나는 내대로 심적, 물적 공히 공격을 받는 관계로 방어를 못하고 피습당하는 것 같다. 게다가 내 양력(量力: 힘을 헤아림)

을 못하고 **탁덕**(度德: 덕을 헤아림)을 못하고 아무 일이나 착수하는 것이 실패의 원인이 되었다. 문제의 교육구 건이나 횡성금광 건이나, 모모 직장 주선 건이나 또는 사채미보(未報: 갚지 못함) 건이 다 내 자력을 생각 못한 관계로 까닭 없는 곤란을 받는 것이다.

게다가 민의원 선거 관계에 나는 아주 냉정하게 기권하고 말았으니, **물외한인**(物外閒人: 세상 밖의 한가한 사람)이 되어야 하겠는데 그래도 친지들이 출마하는 관계로 비록 실력은 없으나, 후원 안 할 수도 없는 형편이요, 이 후원이라는 것이 상대방에게 **중상모략**(中傷謀略) 재료가 되고 내 위신에도 관계되는 일이 간간 생하는 것 같다. 내가 별 일 없으면 아주 이 선거 기간에는 산사나 온천이나에 여행이나 하였으면 누가 무슨 소리를 하든지 관계없는 일인데, 경제적으로 이것도 허락하지 않아서 향리를 못 떠나고 있으니, 별별 기괴망칙한 중상모략이 다 많다. 아무렇든지 내 양심에 비추어 볼 일이요, 누구에게 그러니 안 그러니를 발명할 필요가 없다.

다만 목전에 개재한 제사업을 어찌 처리하느냐가 문제요, 그다음은 최저생활 확보가 문제일 것이다. 아무리 **분주불가**(奔走不暇: 바빠서 틈이 안 남)해도 계획이 확립되지 않으면 성공의 길을 얻기 어렵고 도로**무익**(徒勞無益: 쓸데없고 이로움이 없음)한 일이다. 이 무의미하게 지낸 양춘(陽春: 따뜻한 봄) 3월을 보내고 하사월(夏四月)을 맞이해서 목전난사(目前亂絲: 눈앞의 얽힌 실) 같은 일을 일건 일건씩 해결하기로 하고 이 붓을 그치노라.

갑오(甲午: 1954년) 음력 하사월(夏四月)

초길일(初吉日: 초하루) 봉우서(鳳宇書)

하동인 군의 내신(來信: 온 편지)을 보고

근일삭(近一朔: 한 달 가까이) 소식이 없어서 혹 무슨 연고나 없나 하고 궁금하던 차에 하동인 군에게서 온 2봉(封) 서신 10장(張) 세찰(細札: 자세한 편지)이 동래(同來: 같이 옴)했다. 그 내용은 군의 백년대사(百年大事)인 혼인에 대한 중대한 관계가 있는 서신이다. 하 군이 미국 가기 전까지는 군의 혼사(婚事)보다 그 계군(季君: 막내 동생)의 혼사를 우선적으로 하라고 권고했다고 하였다. 그런데 미국 유학 소감에서 내게 편지한 데 보면 귀국 후 혼인 문제를 선결로 해결하겠다고 하였었다. 과연 그가 귀국한 지 2개월이 못 되어서 군의 혼인 문제를 가지고 내게 참고적 의견을 물은 것이요, 참고라기보다 그 결정에 대한 평점을 구한 것이다.

상대방인 규수(閨秀: 남의 집 처녀)가 경북여고 출신으로 그 가정은 규수의 부친은 보성전문학교 상과 출신으로 평택금융조합 전무이사라고 하고 신앙은 기독교요, 규수의 형부 되는 분도 대구에서 장로로 대학교수로 있는 분이 매개(媒介: 중매)한다고 한다. 하 군의 매씨(妹氏: 손아래누이)가 신자라 그 관계인 듯하다. 그래서 규수와 초대면 감상으로 보아서 여러 점을 후하게 채점해 본 결과가 80점은 된다고 하고, 다만 미안한 것은 상대방이 종교인이라 하 군이 염원하고 있는 동양철학을 하시든지 시간만 있으면 연구하고자 하는 것인데, 혹이나 배우자의 종교가 군의 동양철학 연구에 방해가 되지 않을까 염려되어서 규수에게

질문한 일도 있는 것 같다. 그리고 나와의 관계도 언급한 것 같다. 군의 의사만은 사전에 고하지 못한 것은 중간에 **총총**(悤悤: 급하고 바쁜 모양) 한 원인이었으나, 충분히 고려를 요할 시간을 가지고 결정하겠다는 것 이었다. 그리고 규수가 학부라도 졸업했으면 하는 것과 혼인 후라도 향학하겠는가 또 군의 선친의 유지인 의학, 약학과를 졸업한 배우자 중에서라도 구해 보든지 그렇지 못하면 그 방면으로 취학시켜 보겠다 는 의사였다. 이 서신을 보고 내가 생각한 바 있었다.

다른 사람이라면 자기의 혼인에 대한 문제를 내게 물을 리가 없고 또 혹 상의한다 하더라도 나와 장래의 전개될 것까지 생각할 리가 없 다. 하 군이 위인이 침착하고 **주밀**(綢密: 꼼꼼함)한 데다가 더구나 신의 감을 존중히 하는 관계라고 생각된다. 나로서 감개무량한 일이다. 군이 비록 연소하나 우리 목적하는 민족운동에 이바지할 장래 역군의 한 사 람이라는 것은 틀림없다고 생각하는 까닭에 이 사람도 내게 장래 역군 이 될 때에 이런 배우자로 지장이 없겠는가 하는 **힐문**(詰問: 따져 물음) 이 아닌가 한다. 그래서 내가 답서한 내용이 총평으로 보아서 혼인을 결정하라고 하였고, 상대방이 문학과 음악에 소질이 있다 하니 철학 방면과 거리가 그리 멀지 않다고 본다. 그런 정도면 군의 동양철학 연 구에 방해될 리가 없고, 규수의 진학 문제는 혼인 후라도 얼마든지 할 수 있고, 또 선친의 유지라고 군 자신이나 그 계군이 실행 못한 이상, 배우자의 목적하는 소질 있는 과목이 무엇인지 부지하고 무조건하고 그 방면으로 진학시킨다는 것은 내 생각에는 좀 무리가 있다고 본다. 그 유지 실현은 제2세에게 하는 것이 어떠한가 하고 답하고 그리고 배 우자 채점이 80점이라면 상대방에서 군의 채점은 몇 점으로 보았나 아 는가 일방적으로서 80점 채점이라면 이 점수는 만점으로 추정하는 것이 당연하다고 본다고 귀결점을 내리고 그다음 배우자가 종교인이라는 것이 내 목적하는 이념을 좌우할 수 없는 것이라고 본다.

내가 목적하는 일에 신념이 그 종교의 신념을 압도할 만하다면 별문제 없다고 예를 여러 위인, 거물들이 종교인이었으니 자기네의 목적하는 일에는 소호도 변함이 없었다고 말하고, 고성인(古聖人)들도 군자지도(君子之道)는 조단호부부(造端乎夫婦: 부부 사이에서 그 실마리가 만들어짐)130)라고 하시며, 《시경(詩經)》에도 금슬우지(琴瑟友之)와 종고락지(鍾鼓樂之)131)라고 부부의 화합을 제일 두서(頭書: 머리말)한 것으로 보아서 동양도덕도 이 부부생활에 최고 관심을 둔 것이요, 선택에 소홀히 해서는 안 된다는 것도 언급했다. 대체로 하 군이 조실기친(무失其親: 그 부모를 일찍 여읨)하고 가간지사(家間之事)와 그 일신의 중대사를 상의할 곳이 마땅치 않아서 내게 연고자(年高者: 나이 많은 사람)라고 그 일신의 백년대사인 혼인에 관해서 문의한 것을 내가 득당(得當: 마땅히 얻음)하게 해답했는지 안 했는지 이 책임은 내가 지는 수밖에 없다고 본다. 그렇다고 아주 무책임하게 할 수 없어서 약간 색책(塞責: 책임을 면하기 위해 겉으로만 둘러대어 꾸밈) 정도로 답서(答書)한 것이다. 일로 그의 장래를 보리라.

을미(乙未: 1955년) 5월 10일

봉우서(鳳宇書)

---

130) 《중용(中庸)》 제12장 출전.

131) '금슬우지'는 거문고(琴)와 비파(瑟)의 조화로운 음률처럼 서로 화합하는 부부관계, '종고락지'는 부부의 큰 기쁨과 즐거움을 표현. 종(鍾)과 고(鼓)는 예식이나 축제에서 사용되는 악기로 크게 울리는 기쁨의 상징으로 쓰임.

운강(雲岡) 선생과 답산(踏山)하고 내 소감

내가 비록 정밀하지는 못하나 고인들의 **간산(看山)**하는 조박(糟粕: 찌꺼기)을 알게 되어서 비록 **행술(行術:** 의술, 복술, 방술 등으로 행세함)은 하지 않으나, 친지간에 간혹 **위선사(爲先事:** 조상을 위하는 일)에 보아 준 일이 있었고, 내 **친산(親山:** 부모산소)도 타인의 손을 빌지 않았다. 그렇다고 내가 누구의 산을 보든지 길흉에 대한 확평을 한 일이 없고, 또 내가 **정형(定形:** 형국을 잡음)을 한 일이 없고, 또 **구산평(舊山評:** 오래된 무덤자리평)을 해서 파묘(破墓)시킨 일이 없다. 혹 친지간에 부득이한 청구라면 **신산(新山:** 새로 쓴 산소)을 선택하였고, **보백지지(保魄之地:** 넋을 보존하는 자리, 명당은 아니지만 무난한 땅)는 된다고 할 정도였다.

혹 **유자손가용(有子孫可用)**이라고도 하고, 산서(山書: 지리서)로 보아서는 귀(貴)도 있고, 부(富)도 있을 법하다는 말을 한 일이 있다. 대지 **명산(大地名山)**은 내가 일부러 구해 보지 못하였고, 그 친지들 운이 좋은 사람은 혹 길지(吉地)요 대지나 명산에 가까운 곳을 얻은 사람도 없는 것은 아니나, 그 사람 일을 하러 가서 그 근지(近地: 가까이 있는 땅)에 산을 구하다가 내 보는 법대로 **무사무념(無邪無念:** 삿된 생각이 없음)하고 보아서 준 것이 자연적으로 차등이 없는 것은 아니다.

그러나 내가 **하후하박(何厚何薄:** 누구에겐 후하고 누구에겐 박함, 차별 대우함)으로 그런 것은 아니다. 그래서 내 친산도 내 근지(近地)에서 용이한 곳으로 정한 것이요, 무슨 평소 닦음이 있었고 음덕(陰德)이 있었다고 대지나 명산을 구한 것은 아니요, 다만 혈(穴)이거니 하고 선택한 것인데 아주 하지(下地)는 아니리라고 믿고 있다. 내가 심중에 정하고 있는 곳은 고령(高靈) 단봉함서(丹鳳含書: 붉은 봉황이 책을 머금은 형국)인듯한 곳이나 아직 역부족해서 확정을 못하고 있는 중이요, 연전(年前: 몇 해 전)에 내가 서해찬 동지와 서고청(徐孤靑) 선생132) 친산을 경안(經眼)한 일이 있었고, 그 점산(占山: 산소자리를 점침)133) 당시에 선생이 토정(土亭) 선생134)과 등산하였는데, 토정 선생이 과(過)하지 않은가 하고 수차나 고청 선생에게 질문한 일이 있었다고 한다.

거기서 내가 다시 그 산을 세밀히 고사(考査: 고려함)한 일이 있었다. 아무리 보아도 별 길지(吉地)는 아니요, 유자손가용지지(有子孫可用之地: 자손들이 쓸 만한 땅)요, 혹 과대평을 한다면 백자천손지지(百子千孫之地: 많은 자손이 나올 땅)라고는 할 정도였다. 거기서 내가 각오(覺悟: 깨달음)가 있었다.

고인들은 소길지(小吉地)에도 이런 주의를 하고 점산 하는데, 내가

---

132) 서기(徐起, 1523(중종 18)~1591(선조 24))는 조선 중기의 학자, 도인이다. 충청우도 최초의 서원인 공암정사(현, 충현서원)을 세워 후학을 양성하고 기호학파의 맥을 호서 지역에 정립했다. 유교 경전 중심의 사변적인 학풍보다는 성인(聖人)의 길을 학문의 궁극적 목표로 삼았으며 1572년(선조 5) 계룡산 아래 공암으로 이주해 후학 양성에 매진하였다. 그에 대한 야사가 다수 존재하며 봉우 선생님께서도 종종 그를 언급하셨다.

133) 풍수적으로 산의 기운과 형세를 분석하여 묘터나 거주지의 길흉을 판단하는 과정을 말함.

134) 이지함(李之菡 1517~1578)은 조선 중기의 학자이다. 본관은 한산이며, 호는 토정(土亭)·수산(水山)이다. 친형 성암 이지번의 문인이다. '토정'이라는 호는 그가 마포 나루에 '토정'이라는 흙집을 짓고 가난한 사람들과 같이 살았기에 붙은 이름이다. 봉우 선생님 말씀에 의하면 도계 3단 정도의 계제가 있다.

반생을 두고 친지 10여 인의 점산을 해주었는데 이 산과 등대(等對: 대등함)되는 산이 수삼처(數三處) 외에는 거의 그 이상이요, 그 외에는 그래도 중지(中地: 중간 등위의 묏자리) 이상의 길지인 것 같다. 내가 그 사람들의 적선(積善) 정도도 알지 못하고 남발한 것 같다. 이것이 내 책임이라고 생각하고, 또 내 선친께서 재세시(在世時: 살아계실 때)에 소소(笑笑) 선생과 성화산(盛花山) 신좌〔辛坐: 묏자리가 신방(辛方: 서쪽에서 북쪽으로 15도 되는 방위)을 등진 자리〕를 보시고 오시어서 그곳은 명산이라니 내가 무슨 적덕(積德)을 해서 명산에 가겠느냐 하시고 그 신산(辛山)을 못 가시겠다고 유언하신 관계로 그곳을 오치옥(吳致玉) 동지에게 준 일이 있었다.

금번에 운강 선생이 내방하시어 계룡산에 입산수도하시고 있는 중이라 나와 일일(一日) 동행하시어 경좌(庚坐: 경방을 등진 자리)를 점(占)하시고, 내 친산을 그곳으로 면례(緬禮: 무덤을 옮기어 다시 장사 지냄)하라고 권하신다. 그런데 내가 보기에는 그곳은 확실히 중지(中地) 이상인 길지요, 성화산 신좌(辛坐)보다 소호라도 우세할지언정 저열하지는 않다고 평하겠다.

권하시는 운강 선생의 호의는 감사한데, 내 선친께서 유명(幽冥)이 다르시나 불만하시지 않으실지 알 수 없다. 운강 말씀은 공후(公侯: 제후) 길지(吉地)라고 속발(速發: 효과가 빨리 나타남)이 된다고 하시는데, 내 생각에는 속발은 틀림없고 경재(卿宰: 재상)가 혹 날 듯도 하고, 진신만문(縉紳滿門: 벼슬아치가 문 안에 가득함), 자손번성지지(子孫蕃盛之地)에 부(富)도 겸할 듯하다고 본다. 좀 고려해 보고 내 선친의 의사와는 아무리 생각해도 적합하지 않고 내 선비(先妣: 어머니) 산소나 그곳으로 정해 볼까 한다. 내 경제력만 있으면 고령(高靈)으로 정하겠다고 생각한다. 운강 선생의 권하시는 것은 감사하나 내 자신이 좀 어려울 것 같다는 것이다. 서대산(西坮山)이나 대둔산이나 덕유산에 수삼혈(數三穴)을 보기는 했으나, 내 역량에는 불합(不合: 합치가 안 됨)해서 감히 욕구를 못하는 것이다. 이 정도로 붓을 그치노라.

을미(乙未: 1955년) 5월 13일

봉우서(鳳宇書)

선비(先妣) 산소를 아기봉(牙旗峰: 삼불봉)
곤좌(坤坐)로 모시고

월전(月前: 달포 전)에 운강 선생과 왕봉하(王峰下) **경좌**(庚坐: 남서쪽을 등진 묏자리)를 답산(踏山)하고 내 소감을 기록한 일이 있다. 그 후에 신양(身恙: 신병)으로 10여 일을 신음하고 또 서울 왕래 10여 일을 소비했다. 가간사(家間事: 집안일)로 정신이 산란하던 중에 운강 선생이 **친산면례**(親山緬禮: 부모님 산소 이장)를 하라고 권하신다. 그래서 다시 **구산**(求山: 묏자리를 찾아봄)해 보겠다고 연기를 하니, 운강 선생 말씀이 삼불봉 근지(近地: 가까운데 있는 땅)에 길지(吉地)가 있더라고 말하신다. 내 생각에 아기봉에는 근지에 수삼혈이 다 **평길**(平吉: 일반적 길지)은 되는 곳이요, 또 산내(山內: 계룡산 내부)에 제혈(諸血: 여러 혈)이 있으니, 일차 **경안**(經眼: 묏자리를 봄)하리라 생각하고 운강 선생과 동반해서 차산국내(此山局內: 계룡산 안의 묏자리)를 일순(一巡: 한바퀴 돎)했다. 때마침 모우(冒雨: 비를 무릅씀)하고 **자조지모**(自朝至暮: 아침부터 저물 때까지)토록 간산(看山)한 끝에 비록 대지나 명산은 못 되나, **속발지지**(速發之地)로 평길(平吉)은 될 듯한 곳이 삼불봉 뒤에 있어서 선비(先妣: 돌아가신 어머니) 산소 면례를 확정하였다. 선비 산소는 관봉(冠峰: 갓봉우리)에 산변(山變)을 당한 후에 선친 산소 뒤에 임시로 모시었던 관계다.

그 익일(翌日: 이튿날) 정좌(靜坐)하고 묵상(默想)하니, 선비께서는 신산(新山: 새로 쓴 산소)으로 옮기실 준비를 하시고 신산은 석혈(石穴)이라 산역(山役: 무덤을 만듦)이 대곤란할 것이니 수삼인(數三人)으로는 곤란하다고 하신다. 그래서 내가 다시 정정(定精: 면밀히 묵상하여 살핌)하고 보니, 괴석(塊石: 큰 돌)이 중중(重重: 많이 있음)하였다. 그러나 혈(穴)임에는 틀림없는 일이다. 혈전(穴前)에 일혈(一穴)이 있는데, 역시 가족묘지라고 하신다. 길흉화복(吉凶禍福)은 예외로 하고 선비 영혼이 적합하게 여기시는 것으로 족하다고 생각된다. 그래서 택일한 것이 을미년(을미년: 1955) 계미월(癸未月) 을미일(乙未日) 계미시(癸未時)에 선비께서 신미생(辛未生)이시고 좌(坐: 좌향)가 **곤좌(坤坐)**다. 때마침 강우기라 갑오일(甲午日) 개산(開山: 무덤을 엶)한 것이 종일 모우(冒雨: 비를 무릅씀)하고 산역은 과연 괴석(塊石: 큰 돌)으로 대곤란을 경(經)하며, 근근 일혈(一穴)을 득해서 하관시에는 다행히 청천(晴天: 맑게 갠 하늘)이 되어 안장하였다. 동중제익(洞中諸益: 동네 여러 친구)들이 30여 명이나 모우(冒雨)하고 2일간이나 욕을 본 데는 감사를 표하는 바이다.

혈론(穴論)으로 보면 영서일혈(嶺西一穴) – 을산(乙山) – 과 경좌(庚坐: 남서쪽을 등진 자리)와 혈하(穴下) **곤좌(坤坐: 곤방을 등진 자리)**와 유치(楡峙) **자룡고모혈(子龍顧母穴: 새끼용이 어미를 돌아보는 혈)**이 도리어 우수할 것 같다. 그러나 내 친산은 내 선비께서 족하다 하시니, 내게는 안심되는 것이다. 다만 산이 양사(兩寺) 경계라 좀 염려되나 별일이야 있을 리 없다고 생각된다. 이 산소에 길흉론으로 정평하자면 혈토(穴土)가 좀 부족하다고 할 것이요, **후룡(後龍: 묏자리의 뒤쪽으로 바로 벋어 내려온 산줄기)**은 좋으나 **뇌후개장(腦後開帳: 무덤의 뒤쪽으로 열린 휘장)**이 부족하고, 원조(遠助)는 좋으나, **좌포우공(左抱右拱: 좌우로 껴안음)**이 좀 부족하고, 원안(遠案)은 좋으나 근안(近案)이 태저(太低: 너무 낮음)하고, 원수(遠水)는 좋으나 근수(近水)가 미미하고 원사(遠沙)는 구비하나 근사(近沙)가 부족하다. 다만 입수(入首: 들머리)가 근(近)해서 발복은 속하나, 길흉이 상반(相半: 서로 반반임)한 곳이다. 유자손가용지지(有子孫可用之地: 자손에게 쓸 만한 땅)요, 우평(優評: 좋게 평함)하면 문무과부절지지(文武科不絶之地: 문무과거 급제자가 끊임없이 나올 자리)라고 하고, 식근(食根: 먹을거리가 나오는 곳)도 좋을 듯하다. 아무렇든지 득지(得地: 좋은 자리를 얻음)했다고 하겠다. 고령(高靈) 단봉함서(丹鳳含書)만은 부족하다. 고령은 중상(中上)이요, 삼불봉 곤좌(坤坐)는 중하지(中下地)라고 정평해야 옳다. 이 평은 득지한 중에 구계(九階)중 사계(四階)라는 말이다. 길지는 길지나 중지하(中之下) 길지라는 말이다.

고인들 같으면 이 정도도 과하다고 평할지 알 수 없으나, 설마 중지하에야 감당 못할 리 없으리라고 자신한다. 대간룡(大幹龍: 큰 줄기용)이라 득혈(得穴)만 하면 장구(長久)하리라고 본다. 관봉(冠峰)은 상지하지(上之下地)라 3계나 저(低)하나, 운(運)에 내하(奈何: 어찌하리요)요, 5년 이내에 발복(發福: 운이 틔어 복이 닥침)이 나야 정확하다고 본다. 내 선비 산소를 면례하기를 정사년(丁巳年: 1917년)에 하세(下世: 돌아가심)하시어 공동묘지에 장례 모시고 계해(癸亥: 1923년)에 갑동으로 면례하였고, 기사년(己巳年: 1929년), 기사월, 기사일, 기사시(己巳時)에 아기봉하(牙旗峰下) 정봉(丁峰)으로 모시어서는 가내(家內)가 온기(溫氣)가 돌았었다.

그러다 임신년(壬申年: 1932년), 임자월, 임신일, 임자시(壬子時)에 관봉으로 면례하였는데 정봉(丁峰) 구산(舊山: 옛무덤 자리)에서는 관내자등(棺內紫藤: 관 안의 자색 등나무)에 옥로만관(玉露滿棺: 옥 이슬이 관 가득함)하고, 천개(天蓋: 관 뚜껑)를 열 때 훈기(薰氣: 훈훈한 기운)가 백운(白雲: 흰 구름) 같이 상승하였다. 관봉으로 모신 후에는 하원갑(下元甲) 운회시발지지(運回始發之地: 운이 돌아와 시작하는 자리)라 별 발복은 없으나, 그래도 가정은 안정(安靜)했었다. 기축년(己丑年: 1949년)에 산변(山變)을 당하고 임시로 선친 산소 후(뒤)에 권조(權厝: 임시로 조치함)하였다가 금번에 면례한 것이다. 체백(體魄)이 그리 편치 못하시었던 것 같다. 자손으로서는 조선(祖先: 조상)의 체백이나 안온(安穩: 조용하고 편안함)하신 혈을 득하면 만족한 것이다. 금번 곤산(坤山: 곤좌坤坐)도 보백지지(保魄之地: 넋을 보호하는 자리)는 틀림없다고 생각한다.

을미(乙未: 1955년) 6월 20일

봉우서(鳳宇書)

수필: 1개월간의 휴식

5월 13일부터 6월 20일까지는 신병(身病)으로 또 여행으로 아무 정신이 없어서 일차도 집필할 여가가 없었다. 그동안 내게 찾아오신 분중에 심 선생, 이섭 씨의 근신지사(謹愼之士)가 있었고 주(朱) 선생이 수차 내방하시고 청산(靑山) 박 선생도 수차 방문하시었고, 고담(高談)도 많았으나, 내가 분주해서 기록 못하였고, 금번 면례시(緬禮時)에는 대전 외숙주(外叔主: 외삼촌 아저씨)께서 4,000원이나 부조(賻助: 부의금으로 도움)하시었고, 대월(大月: 1년 열두 달 중 날짜가 많은 달) 14일에 이규용 씨 간상(艱喪: 어려운 상)을 당했다. 현제(賢弟: 아우뻘 되는 사람이나 남의 아우를 높여 부르는 말)가 탁약(託藥: 약을 부탁함)한 일이 있었고, 가아(家兒: 남에게 자기 아들을 낮추어 이르는 말)가 인제, 원통리에 3사단 22연대 정보주임으로 있으며 급성 폐렴으로 욕을 보았다고 한다. 이런 일, 저런 일이 많으나 전부 궐(闕: 뺌)하고 1개월간은 휴식 중이다.

미가(米價: 쌀값)는 1,100원을 좌우하며 정국은 별별 기관(奇觀: 기이한 광경)이 다 많은 것 같다. 이것이 치지호기극(致之乎其極: 그 끝에 도달함)인 것 같다. 그러나 부재기위(不在其位: 그 자리에 있지 않으면)하얀 불모기정(不謀其政: 그 정사를 꾀하지 않음)이라고, 산촌에 거하는 인간이라 농사나 등풍(登豊: 풍년이 들다)하기 바랄 뿐이다.

을미(乙未: 1955년) 6월 20일 봉우서(鳳宇書)

8.15 광복절을 맞이하여

이조(李朝) 말엽에 국가 다사(多事)하였다. 광무황제 제위(帝位)에 등극하시며 얼마 되지 않아서 경복궁 재건으로 민폐가 좀 심했었고, 또 **병인양요(丙寅洋擾)** 135)로 국내가 셧뜰했었고(?) 그다음 강화도 재습(再襲: 재습격)으로 **국가존망론(存亡論)**까지 있었고, 그다음 대원군과 민중전(閔中殿: 민비) 간의 대립으로 국내에 영일(寧日: 편안한 날)이 없었고, 이러는 중에 **임오군요(壬午軍擾: 임오군란)** 136)로 민중전이 도피 생활을 했었고, 당시 **유신파(維新派: 개혁파)**로 지목된 **홍김(洪金: 홍영식, 김옥균)** 양인의 **암중비약(暗中飛躍)**으로 **갑신(甲申: 1884년) 시월지변(十月之變)**이 있었고, 그때부터 **수구파(守舊派)**, 유신파가 항상 분립해서 수구파는 중국에 의존하고 유신파는 일본에 의존하고 정권쟁탈전이 계속되었다.

그러자 갑오(甲午: 1894년) 동학란을 계기로 양파가 국내 병력 부족이라는 명목하에 수구파는 중국에, 유신파는 일본에 청병(請兵: 군대를

---

135) 흥선 대원군의 천주교 탄압으로 고종 3년(1866)에 프랑스 함대가 강화도를 침범한 사건.

136) 고종 19년(1882) 임오년에 구식 군대의 군인들이 신식 군대인 별기군과의 차별 대우와 밀린 급료에 불만을 품고 일으킨 난리. 군납 비리를 저지른 민겸호, 명성황후 등을 제거하기 위해 구식 군인들과 납세자인 백성들이 들고 일어났다. 이를 계기로 다시 정권을 잡은 대원군은 여러 가지 개혁을 단행하는 등, 사태 수습에 노력하였으나 결국 실패하여 청나라에 압송되었으며, 조정은 일본과 제물포 조약을 맺게 되었다.

요청함)한 것이 도화선이 되어서 일청전쟁으로 화해져서 일본의 승리로 국내에서도 수구파가 몰락되고, 유신파의 신등장으로 을미(乙未: 1895년) 4월 경장(更張: 개혁)이 있어서 김홍집 내각의 조각 인물들이 거의 수구파는 제외되었었다. 이것이 우리나라의 망국의 배태였다고 보는 것이 옳다. 그러자 김홍집이 민중전 암살 지정불고(知情不告: 남이 저지른 죄를 알면서 고발 안 함)라고 대중에게 조복(朝服: 관원의 예복)을 입은 채로 광화문 밖에서 학살(虐殺: 참혹하게 마구 죽임)당하고, 모모 인물들이 유배를 당하고, 수구파들이 다시 등장하기 시작했으나, 유신파들의 일부가 친일 태세를 변해서 친로(親露: 친러시아) 정책을 감행해서 광무황제(고종)께서 아(俄: 러시아) 공관에 **임어(臨御: 임금이 왕림함)**하시어 국정(國政)을 하실 정도였다.

이것이 **이이제이책(以夷制夷策)**이라고 하나, 우리가 보기에는 친일파도 매국 행동이요, 친로파도 매국 행동임에 틀림없는 것이다. 필경 **갑진년(甲辰年: 1904년)** 일아(日俄: 일본, 러시아)전쟁으로 대세는 결정되었다. 일본의 승리로 우리나라는 일본의 수중으로 아주 들어간 것이다. 국내에서는 을사(乙巳: 1905년) 5조약 대신들을 **망국적(亡國賊: 망국의 도적)**이니, **매국적(賣國賊)**이니 하나, 진실은 일아전쟁이 만약 아(俄: 러시아)의 승리였다면 역시 우리나라는 아의 수중으로 갔을 것은 재언할 필요조차 없다. 일청전쟁이나 일아전쟁의 제물은 우리나라 삼천리 강산을 조상(俎上: 도마 위)에 놓고 분배하자는 것임은 명약관화(明若觀火)한 일이다. 이것도 자립 못하고 의존하려던 원인이다. 다만 망국은 시간문제였다.

그 후 해아(海牙: 헤이그) 밀사 건으로 광무황제께서 선위(禪位: 양위)의 강요를 당하시고 융희황제(순종) 경술(庚戌: 1910년)에 아주 합병이 된 것이다. 오조약, 칠조약 대신들이 **매국극(賣國劇**: 매국 연극)의 배우들임에 틀림없고 국운은 비록 다 되었으나, 이 극에서 배우 노릇을 자기들이 안 했으면 **유후만년(遺嗅萬年**: 영원히 썩은 냄새 풍김)할 리는 없는 것이다. 이것이 명리욕(名利慾)이 그 나라를 망하게 하고, 그 일신(一身: 자기 한 몸)을 망치고 그 민족을 망쳐 놓은 것이다. 이 원인(遠因: 먼 원인)이야 이태조께서 **격왜득공(擊倭得功**: 왜놈을 쳐서 공을 쌓음)으로 **이가성국(以家成國**: 집안으로 나라를 만듦)하신 관계로 역시 망국을 일본에게 하신 것이나, 근인(近因: 가까운 원인)은 **갑신정변과 갑오동란(甲午東亂**: 갑오동학란)에 일청전쟁과 갑진(甲辰: 1904년) 일아(日俄)전쟁이 망국할 조짐이 결정된 것이요, 세계에서도 강국들은 이것을 인정한 것이었다. 우리 민족으로는 일본을 원망하는 이보다도 우리의 자력이 부족했음을 각오해야 한다. 자립할 자력이 부족하면 하시든지 이 망국욕을 당할 것이라고 본다.

경술합병으로 나라가 망했거니 하고 국민들은 알았으나, 유안자들이 보기에는 일청(日淸), 일아(日俄) 전쟁에 수반해서 대한국의 운명은 **부중지어(釜中之魚**: 가마솥 속의 물고기)가 된 것이었다. 한말(韓末: 구한말舊韓末) 정치에 민생고야 말할 것이 없었으나, 그래도 국가가 있는 민족이었었다. 경술망국 후로 민족들은 비로소 망국 치욕을 맛보고 10년이라는 긴 세월을 경과한 기미년(己未年: 1919년) 3월 1일에 미국 대통령 위일손(韋日遜: 윌슨) 씨의 민족자결주의 주창을 뇌동(雷同: 우뢰처럼 함께 어울림)해서 대한독립만세와 독립선언문을 세계에 공포하고 공공연하게 독립운동을 개시한 것이 왜정의 압박하임을 불구하고 우리 360주(州), 삼천리강산의 어느 곳에서도 호응하지 않은 곳이 없었고, 일부는 중국으로 망명해서 임시정부를 조직하고 정치적으로 왜적들과 투쟁하고 일부는 만주에서 독립군을 양성해서 직접 군사행동을 개시하고 별별 난관을 겪어 가며 꾸준히 수십 년을 하루같이 싸워왔고, 국내에서도 각계각층으로 민족운동과 독립운동을 지하로 계속해 왔었다.

그러자 제2차 세계대전에 일본에 항복함을 계기로 을유(乙酉: 1945년) 8.15에 우리나라가 일본에게서 이탈되어 독립의 기회를 얻게 되었다. 그러나 불행히도 대강국들의 야심과 악희(惡戱: 못된 장난)로 말미암아 우리나라 삼천리강산, 삼천리민족은 국경 아닌 국경 38선의 분할점거로 국토는 양단되고, 또 사상도 좌우로 아주 대립되었다. 이것이 백인종들의 강국에서 유색인종의 자멸책(自滅策)을 시(施: 베품)한 것이라고밖에 생각 안 된다. 국내 민족들도 물론 정신통일이 못 된 것이 원인이나, 그 대원인은 미소양군(美蘇兩軍)이 분거(分據: 거점을 나눔)한 것이 독립되지 못하는 것이다. 군정하 별별 기괴망칙한 일을 다 당하고 유엔 한국위원회가 겨우 가능한 지역에서 선거한다는 명목하에 남한만 선거한 것이 유엔에서 실력 부족한 것이요, 미소공동위라는 것도 외양으로 통일코자 하는 것 같은 표장(表裝: 겉장식)에 불과한 것이요, 양국들이 완전히 손을 떼고 남북총선거를 자연 분위기에서 할 용의가 없었던 것은 다 사실이다. 여기라도 일시적이나마 하고 출각(出脚: 벼슬에서 물러났다 다시 벼슬길에 나아감)한 정부 요인들이 북(北: 북한)은 북대로요, 남(南: 남한)은 남대로의 미소(美蘇)의 양대 권내(兩大圈內)에서 정권을 장악한 것은 사실이다.

이것이 무자년(戊子年: 1948년) 건국절(建國節)인 8.15요, 광복절일 것이다. 이 박사를 주반(主班)으로 조직된 정부가 4년간을 두고 건국 초창기에 무엇을 시행했는가? 회고할 필요가 있다. 제1차 내각총리 인선

(人選)에 있어서 이 박사는 거물 불필요라는 방패를 가지고 자기 명령에 복종하는 인물 외에는 절대 입각을 불허하고, 자기에게 아부하는 인물이면 다 고관을 획득하였다. 이것이 제1차 이범석 내각으로부터 민국당의 천하가 되었었다. 그러자 기축년(己丑年: 1949년) 백범 선생 암살을 공공연히 행하고 임정 일파를 대압박을 가했다. 이 자리에서 성재옹(誠齋翁: 이시영 선생)137)이 부통령으로 있는 것이 사실은 실수였다고 본다. 그러자 우사(尤史: 김규식 선생)138)는 묵언자수(默言自守: 말을 아끼며 자신의 입장을 유지함)하고 있었고, 조소앙(趙素昂, 1887~1958)139)은

137) 이시영(李始榮, 1868년 12월 3일~1953년 4월 17일)은 조선, 대한제국의 관료이자 대한민국의 독립운동가이며 교육자, 정치인이다. 1885년 사마시(司馬試)에 급제하고 여러 벼슬을 거쳐 1891년 증광문과(增廣文科)에 병과(丙科)로 급제, 부승지, 우승지(右承旨)에 올라 내의원 부제조, 상의원 부제조 등을 지냈다. 한일 병합 조약 체결 이후 독립운동에 투신, 일가족 40인과 함께 만주로 망명하였다. 1919년 4월 대한민국 임시정부 수립에 참여하였고, 1919년 9월 통합 임정 수립 이후 김구, 이동녕 등과 함께 임시정부를 수호하는 역할을 하였다. 광복 이후 귀국, 우익 정치인으로 활동하며 임정 요인이 단정론과 단정반대론으로 나뉘었을 때는 단정론에 참여하였다. 1948년 7월 24일부터 1951년 5월 9일까지 대한민국의 제1대 부통령을 역임하였다.

138) 김규식(金奎植, 1881년 1월 29일~1950년 12월 10일)은 대한제국의 학자·종교인·교육자, 일제강점기의 독립운동가·통일운동가·정치인·학자·시인·사회운동가·교육자, 대한민국의 정치인·종교인이다. 대한민국 임시정부(임정) 학무총장, 구미위원부 위원장과 부위원장 등을 역임하였다. 광복 직후 신탁통치 반대운동에 가담하였으나, 1946년 미소공동위원회 때부터 적극적인 반탁론을 보류하고 先과도정부수립 後탁치 논의를 주장하며 미소공위에도 협조하였다. 1946년 여운형과 함께 좌우합작운동을 주도하였다. 1948년 남한 단독 총선거 반대 입장을 표명하고 김구, 조소앙 등과 함께 북한으로 건너가 남북협상에 참여하였다. 1950년 6.25 전쟁 중 납북되어 병으로 사망하였다. 북로군정서의 호랑이 장군 김규식과 서로군정서의 김규식과 동명이인이다.

139) 조소앙(趙素昂, 1887년 음력 4월 10일~1958년 9월 10일)은 일제강점기의 독립운동가이자 정치인 겸 교육자이다. 1919년 2월 1일 대한독립선언서를 작성하였고, 곧바로 일본 도쿄로 건너가 유학생들을 지도하여 2.8 독립선언을 작성하도록 지도하였다. 1919년 3.1 운동 직후인 4월 11일 중국 상하이에서 대한민국 임시정부를 수립하기로 결의하고, 삼균주의 이념을 바탕으로 첫 헌법인 대한민국 임시헌장을 작성했다.

뇌동(雷同)해서 민의(民議: 국회의원)로 나갔었다. 당시 신성모[140] 내각

이었다. 국방상을 겸한 자로 사리사욕만 일삼는 관계로 국방정책이 묘

연하였다. 외교도 역시 제기류(第幾流: 제 몇째 류) 인물들이라 국제 무

대에서 아주 신용을 받지 못하고 있었던 관계로 국방군의 무기(武器)라

는 것이 겨우 국내 치안에나 근근할 정도였었다. 국방책이라면 인국(隣

國: 이웃나라)의 실정을 선찰(善察: 잘 살핌)하고 방수(防守: 막아 지킴)를

잘해야 하는 것인데, 김일성 정권의 강력한 무비(武備: 군비)를 찰(察)하

지 못하고 미국만 믿고 있다가 6.25 남침에 북한군들이 여입무인지경

(如入無人之境: 무인지경으로 들어가는 것처럼)같이 남한을 풍미(風靡: 바

이후 대한민국 임시의정원과 정부에서 활동하였다. 1945년 광복 후에 귀국하여 임시
정부 법통성 고수를 주장하였고, 김구, 이승만 등과 함께 우익 정치인으로 활동하다
가 1948년 4월에 김구, 김규식 등과 남북협상에 참여하였다. 남북협상 실패 후에는
노선을 바꾸어 대한민국 단독정부에 찬성하고 지지하였다. 1950년 제2회 국회의원
선거에 서울시 성북구에 출마해서 전국 최다 득표로 국회의원에 당선되었지만, 1950
년 6.25 전쟁 당시 조선민주주의인민공화국으로 피랍되었다.

140) 신성모(申性模, 1891년 5월 26일~1960년 5월 29일)는 대한민국의 독립운동가 겸
정치인이다. 1951년에 발생한 거창 양민 학살 사건을 둘러싸고 당시 계엄사령관이던
김종원(金宗元)과 함께 사건을 합리화시키고 있다는 국회의 비난을 받았고, 그런 와
중에 세칭 국민방위군사건이 발생하여 국회가 진상조사단을 구성하고 조사한 결과
착복금 중 일부가 이승만 정치자금으로 사용된 것으로 밝혀졌다. 이때 신성모는 이를
무마하려다가 국방부 장관직을 사임하였다. 1951년 제5대 주일본 수석공사로 근무
하였다. 이때 그의 일본 공사관 부임을 놓고 내무장관 조병옥, 장면 총리 등이 반대했
고, 민주국민당 최고위원 윤보선 역시 국민방위군 사건과 거창 사건을 두고 그의 도
덕성을 언급하며 반대하였으나 이승만 대통령은 이들의 반발을 무릅쓰고 신성모의
일본 공사직을 관철시켰다. 신성모의 가장 큰 문제는 국방장관으로 있던 6.25 전쟁
발발 전의 행적이다. 육군 정보국(박정희, 김종필 증언)과 전선에서 지속적인 남침도
발 징후를 보고하며 대비를 촉구했으나 고의로 무시하였고 오히려 남침 적극 대비를
주장하는 육군참모총장 신태영을 경질하였다. 이승만이 군 경력이 없는 신성모를 국
방장관으로, 지휘 경험이 없는 병기소좌 출신의 채병덕을 육군총참모장으로 임명한
것과 전쟁 발발 전 이들의 수상한 행적은 미국의 애치슨 라인과 함께 의심을 사기에
충분하다.

람에 쓰러짐)하였다.

비록 유엔군의 구원으로 9.28 수복은 하였으나 또 1.4 후퇴로 우리 금수강산은 완부(完膚: 흠 없는 완전한 살가죽)가 없게 상하였다. 동족상잔(同族相殘)의 책임이야 물론 양거두(兩巨頭)에게 있으나, 실책임은 미소(美蘇)가 져야 하는 것이다. 미국이 태평양 방위선에서 우리 남한을 제외한다고 선언한 것이 김일성이를 남침하라고 한 것이나 동일한 조건이다.

그리고 미국만 의존하려는 한국 고위층들의 무능이야말로 여실히 폭로된 것이다. 이 박사의 **오가제갈**(吾家諸葛: 우리 집 제갈공명)이라 칭찬을 받는 백박사(白博士: 백성욱)[141]가 당시 내무장관으로 그 부하가 정보를 가지고 월북하여도 알지 못하고, 신성모 국방상은 적군(赤軍: 공산군)의 남침을 대비할 방책이 없이 명리욕으로만 국방상 자리에 안좌(安坐)하고 있다가, 제2국민병 사건[142]을 발발시키고도 이 박사님의

---

141) 백성욱(白性郁, 1897년~1981년 8월 16일)은 대한민국의 불교 승려 겸 정치가 및 시인이자 불교학자 겸 대학 교수이다. 파리 보배 고등학교, 남독일 뷔르츠부르크 대학에서 공부를 마치고 1925년 〈불교순전철학〉으로 한국 최초의 독일철학박사 학위를 취득했다. 1928년 돌연 모든 세상일을 놓고 오대산 적멸보궁에서 100일 기도를 마친 후 금강산에 입산 장안사 소속 안양암에서 조국독립을 위해 기도하며 대방광불화엄경을 제창했고, 후에 지장암에서 500명의 제자를 가르치다가 1938년 일본 경찰의 압력으로 하산했다. 1948년 동국대에서 교수생활을 거치고 1950년 2월에 내무부 장관에 취임했다가 7월에 그만두고 광업진흥공사 사장으로 자리를 옮긴다(제자들 이야기로는 심안으로 땅속 석탄 광석을 발견했다고 한다). 1953년 동국대학교 총장에 취임한다. 1952년 제2대 대통령 선거에서 무소속 대한민국 부통령 후보로 출마하였으나 무소속 함태영 후보에 밀려 낙선하였고 1956년 제3대 대통령 선거에서 무소속 대한민국 부통령 후보로 출마하였으나 민주당 장면 후보에 밀려 낙선하였다. 봉우 선생님께서는 이 대통령 정부의 '사이비적, 괴물적 존재'로 평하신 바 있다.

142) 국민방위군 사건. 1.4 후퇴 시기 국민방위군의 간부들이 방위군 예산을 부정 착복한 결과 철수 도중에 많은 병력들을 병사시킨 사건. 1.4 후퇴 시기 방위군 예산을 국민방위군 간부들이 약 25억 원의 국고금과 물자를 부정 착복함으로써 야기된 것이었다.

신임을 받아서 일본으로 도피, 무사하였다. 그 후 장면 내각, 허정 내각, 장택상 내각을 경과하고 정치파동 시에 **추태백출(醜態百出)**한 것과 이범석[143] 족청 계열의 **백괴병행(百怪竝行: 백 가지 괴이함을 병행함)**한 것이 다 망국책이라고 본다. 그러자 제2차 대통령 선거 당시에 족청 천하로 최대 강압을 가해서 이 박사님의 재선은 되었으나, 이 박사님의 신임 박약(薄弱)으로 부통령은 선거 2~3일을 앞두고 함태영[144] 씨

식량 및 피복 등 보급품을 지급하지 못하였고 방위군 수만여 명의 아사자와 병자를 발생시켰다. 이 사건으로 신성모 국방장관이 물러나고 이기붕이 그 후임으로 임명되었으며, 사건의 직접 책임자인 김윤근, 윤익헌 등 국민방위군 주요 간부 5명이 사형 선고되었다.

143) 이범석(1900년 10월 20일~1972년 5월 11일). 일제강점기 북로군정서 교관, 고려혁명군 기병대장, 광복군 참모장 등을 역임한 독립운동가, 군인, 정치인. 본관은 전주(全州). 호는 철기(鐵驥). 다른 이름으로 인남(麟男), 철기(哲琦) 등을 사용했다. 서울 출신. 아버지는 이문하(李文夏)이며, 어머니는 연안 이씨(延安李氏)이다. 중국 지역에서 독립운동을 전개했으며, 광복 후 조선민족청년단(朝鮮民族靑年團)을 창설하였다. 초대 국무총리 및 국방장관 등을 역임했다. 1946년 10월 이범석·안호상·양우정 등이 미군정의 후원을 받아 만든 우익단체 '족청(조선민족청년단)은 해방 공간에서 민족주의에 바탕을 두고 급격히 세를 불려 이승만의 정치적 파트너로 성장했다. 족청은 이범석의 정치활동 기반이 되었으며, 1949년 이승만의 지시로 해산되었지만, 그 뒤에도 '족청계'라는 형태로 남아 자유당 창당 과정 등에서 큰 역할을 했다. 이승만 초기 정권에 큰 영향력을 행사한 족청계는 파시즘과 연관이 있고 대의제 민주주의와는 다른 포퓰리즘적 대중민주주의를 추구했다는 평가를 받고 있다. 이러한 족청계는 1953년 이승만을 추종하는 자유당이 의회정당으로 거듭나는 과정에서 권력 중추부로부터 축출됐다.

144) 함태영(咸台永, 1872년 10월 22일 조선 함경도 무산 출생~1964년 10월 24일)은 대한제국의 법관이자, 일제강점기의 독립운동가, 종교인, 대한민국의 정치인이다. 3.1 운동 당시 민족대표 48인의 한 사람이기도 하다. 1952년 8월 15일부터 1956년 8월 14일까지 대한민국의 제3대 부통령을 역임하였다. 함경북도 무산군 출생이다. 대한제국 때인 1898년 법관 양성소에서 수석으로 전문학사 학위 취득하고 한성재판소에서 검사로 법관 근무를 시작했다. 한성재판소 판사 당시에는 독립협회, 만민공동회의 사건 수사 담당자였다. 그는 독립협회 사건으로 체포된 이상재, 윤치호, 이승만 등 독립협회, 만민공동회 관련자들에 대한 관대한 판결을 내렸으며, 이 인연으로 훗날 이승만의 지지를 받고 부통령이 되기도 했다.

에게로 돌아갔다. 이것도 **이이제이책**(以夷制夷策)이었다. 그다음 족청 세력이 타지(墮地: 땅에 떨어짐)하고 다시 자유당 천하로 제3차 민의선 거야말로 강압적 관력(官力: 관청의 힘)선거였다. 그래도 부족해서 개헌 통과에 사사오입(捨四五入)[145]이라는 기괴상(奇怪狀)을 그대로 현출(現 出)하고도 아주 철면피였다. 이 박사의 방미(訪美) 행각으로 국위(國威: 국가의 위신)는 아주 땅에 떨어졌고, 고립화되는 감이 있다.

세계에서는 평화를 요구하는데 이 박사님은 전쟁을 욕구한다는 것 이 미국 외 각국에서 공지(공지: 모두 앎)하게 되었고 유엔에서 극력 한 국을 원조하는 것은 한국, 한민족을 원조한 것이 아니요, 한국 부유층 기개인(幾個人: 몇몇 개인)의 사유재산을 증식한 것이라는 것도 유엔 각 국에서 알게 되었다. 그리고 우리나라 민의원은 입법기관이 아니요, 고 위층의 독재도구라는 것도 유엔에서 공지하게 되었다. 그리고 한국 외 교가 유엔에서 인정 못 받는 것도 사실이다. 이웃나라인 일본이 친소 (親蘇), 친중공 정책을 감행하는 것도 원인이 한국 외교의 **불원활**(不圓 滑: 원활하지 않음)에서 기인된 것이라는 설까지 있게 되었다. 한국은 자 **상달하**(自上達下: 위에서 아래까지)로 극히 복잡다단한 장면(場面)에 봉 착하고 있다. 미군이 한국에서 철수한다는 등 설(說)이 전포(傳布: 전파) 되고 있다. 그런다면 한국은 또 위기가 박두한 것이다.

그러나 고위층에서는 무엇을 자신하는가?

외국에 저축된 것이 있으니 자기들은 안심이라는 생각인지 알 수 없

---

145) 사사오입 개헌(四捨五入改憲)은 대한민국의 제1공화국 시절의 집권 세력이었던 자유 당이 사사오입(四捨五入, 반올림)을 내세워 당시 정족수 미달이었던 헌법 개정안을 통과시켜 대한민국 헌법 제3호가 제정된 사건이다. 이로써 민심은 크게 이반되었고 장차 4.19 혁명의 씨가 배태되었다.

으나 민생(民生)은 하죄(何罪: 무슨 죄)인가?

하늘이 백성을 다 죽게 안 하시는 것이 우주사(宇宙史)가 증명하는 것이다.

현상으로는 거의, 거의 그 극(極)에 달한 것 같다.

을미(乙未: 1955년) 광복절을 당해서 심중(心中)이 무어라 형언할 수 없이 흥분되었다.

폭풍우의 전야(前夜)같다.

현 한국 고위층들이여!

무슨 방책으로 국내 정책은 안정시키며, 국제 외교의 타지(墮地)는 무엇으로 부흥시키며, 국방책은 무슨 책이 수립되었으며, 남북통일 성업(聖業)은 무슨 방책이 수립되었나?

공개하여 보아라.

일시적인 고식책으로 자신의 일시의 안락만 취하다가는 일조유사시(一朝有事時: 하루아침 일이 생겼을 때)에는 천주(天誅: 천벌), 신주(神誅: 신벌), 인주(人誅: 인벌)를 면하지 못하리라.

일시적 번화(繁華: 번영)로 백세(百世: 오랜 세대)에 유후(遺嗅: 썩은 냄새를 끼침)를 면치 못하리라.

남북한 고위층은 공동 책임을 질 것이라고 본다.

민족과 우리 조상들에게 죄인 됨은 확실하도다.

8.15 광복절을 경축하며 과거 10년을 회고하건대 감개무량하여 통곡을 금할 수 없도다.

명년(明年: 내년) 8.15 광복절에도 여전히 동일 보조라면 이 나라는 진정한 광복을 기대 못할 것이 아닌가?

다만 심축(心祝)하는 바는 명년 이 날은 반가운, 진정한 경축이 있기를 비노라.

을미(乙未: 1955년) 8.15 광복절

봉우서(鳳宇書)

수필: 이 박사님의 영단과
환율 문제 및 동지들 근황

8.15 광복절을 지내고 심서(心緒: 마음의 실마리)가 자못 산란하여 산으로 야(野: 들)로 경(京)으로 향(鄕: 시골)으로 아무 목적을 세운 일이 없이 가위(可謂: 가히 이르자면) **소견세려격(消遣世慮格: 세상 걱정들을 씻어 버리려는 격)**으로 50여 일을 경과하는 동안에 나하고 가장 친근한 이 책자와 대면할 시간이 전전(全全: 온전히) 없었던 것이다. 중추전야(中秋前夜: 음력 8.15일 전날 밤)에 환가(還家: 집에 돌아옴)하였으나 역시 여행 중 정리되지 못한 가사 정리로 일자가 결렸고, 금일이야 비로소 붓을 들게 된 것이다. 50여 일간에 공적으로 있었던 일은 우리 정부에서 관영요금(官營料金)을 일체로 인상해서 공관리 대우를 개선하고, 농민의 부담을 경감하겠다는 이유로 국무위원회에서 통과되어 국회에 의안(議案)으로 상정되어 야당의 절대적인 반대도 수포(水泡: 물거품)로 돌아가고 여당의 다수로 이 안이 민의원에서 통과되어 실시된 지 불과 1개월인 9월 5일에 대통령 긴급조치령으로 관영요금 전부를 이전으로 환원시키는 거조(擧措: 어떤 일을 꾸미거나 처리하기 위한 조치)가 있었다. 여당의 위신은 타지(墮地: 땅에 떨어짐)되고 말았다.

그 후 민의원에서 이 긴급령에 대해서 여야당 사이에 타당성 여부로 논쟁이 있었으나, 여당에서는 울며 개자(芥子: 겨자씨)먹기로 정부안을 통과시킨 것이다. 우리가 보기에는 준법(準法: 법대로 행함)이건, 부준법

(不準法)이건 이 박사님의 영단(英斷: 슬기롭고 용기 있는 결단)만은 찬양하는 것이다. 비록 일시적 과오로 실책이 있었더라도 그 비(非: 잘못됨)를 각(覺: 깨달음)한 바에는 일시도 지체 없이 개과(改過)하고자 하는 영단만은 누구도 따르지 못할 것이라고 본다. 나는 시시비비론(是是非非論)을 떠나서 박사님이 비록 여당에서라도 잘못이 있다면 영단성을 가지고 그 비(非)를 엄폐하지 않는 것만 감사히 생각하는 것이다.

그다음은 한국 원(圓) 대 미국 불(弗)의 환율이 500 대 1로 됨에 대하여 나는 경제인이 아니라 근본적 설명은 알 수 없으나, 무엇보다도 우리나라 화폐가치가 약해진 것은 가리지 못할 일이요, 이 원인의 주요는 국가생산이 부족해서 국채(國債)가 많은 데 기인(起因)한 것이라고 생각된다. 이것이 수십 년 전에 미국 1불 대(對) 한국 2원으로 환(換: 바꿈)함에 비하여 한국 화폐가치는 25,000분지(分之) 1로 저하한 셈이나, 현 암취인(暗取引: 암거래)으로 최고 1,000원까지 되는 것 같다. 이것은 비록 암취인이나 5만분지 1이 되는 것이다. 이 정도까지 된 것은 한국 고위층의 경제관념보다 소아(小我)적 행동이 점점 이 나라 경제계를 교란시키는 것이다. 고위층에서 경제계에 전념했다면 환율이 이 정도는 되지 않을 것이다. 500대 1의 환율이라는 것은 패망국가 중에서도 처음 보는 환율이다. 정부 고위층들로 이 창피를 당하고도 자감(自甘: 스스로 달게 받음)해 하는 행동은 우리들로 차마 정시(正視: 똑바로 봄)할 수 없는 일이나 이 정도로 그치고 그다음 내각 개조(改造)에 장관 3인을 선택한 것이 전부 군인이었다.

그 군인들이라고 정치인 되지 말라는 법은 없으나, 그 인물들이 가관(可觀: 비웃을 만함)이다. 하필 군인으로만 개조를 하는 것이냐 하회(下

回: 다음 차례)를 두고 보자. 그다음 적성감위(敵性監委)[146] 문제도 국제적 입장은 실신(失信: 신용을 잃음)이라고 보는 것이 당연한 일이다. 시시비비는 불론(不論: 논하지 않음)하겠다. 그다음 아이크(아이젠하워 미국 대통령)의 중태로 미국 정계에 변동이 있을 듯하다고 전하나, **오불관언**(吾不關焉: 우리는 무관함)한 일이다. 이 정도로 여행 중 공적 변동이 있었다고 볼 것이다. 그 외에도 여러 가지 일이 있으나 내 알지 못하니, 그만두고 내 사적으로는 운강장(雲岡丈: 김봉삼)과 서울 동행한 일은 내 본의가 아니요, 운강장의 요청으로 부득이한 일이었으나, 서울 가서 **일사불성**(一事不成: 하나의 일도 성취 못함)하고 운강장이 안 동행을 한 것은 사실 미안한 일이다. 그러나 나로서는 일거수일투족을 주의하지 않을 수 없어서 주의한 결과가 운강장의 공행(空行: 헛된 발걸음)으로 된 것이요, 내가 **위인모충**(爲人謀忠: 남을 위해 꾀를 냄)을 하지 않은 것이 아니다. 내가 후회하지 않는다.

그리고 최승천 동지의 재경시(在京時: 서울 있을 때) 환대를 받았고 유화당(劉華堂)도 점진적으로 착족(着足: 발을 붙임)이 되는 것 같고, 이재현(李載鉉) 동지도 여전하고, 황의환(黃義煥) 군도 경제적으로 좀 안정되는 것 같고, 박영○(朴永○) 동지도 기분(幾分: 약간) 안정감이 있고, 이윤직 동지는 여전히 일한(一寒: 한 추위)이 여○(如○)하고, 조훈(曺勳) 동지는 춘풍화기(春風和氣)가 여전한 것 같다. 이용순(李用淳) 생애

146) 적성감위(敵性監委)는 '적성감시위원회'의 약자로, 한국전쟁 당시 유엔군과 대한민국 정부가 적대국(공산국가)과 연계된 것으로 의심되는 인물들을 감시·관리하기 위해 운영했던 조직을 의미한다. 1955년의 적성감위 축출 국민 시위운동은 공산 간첩 색출 문제, 유엔 및 미국의 소극적 태도, 한국 국민들의 반공 의식 강화라는 배경 속에서 발생했다. 한국 국민들은 "적성감위가 공산 간첩을 방치하고 있다"는 의심을 가졌고, 이를 해체하라고 요구하며 시위를 벌였다. 그러나 미국과의 외교적 문제로 인해 시위는 일시적으로 중단되었다.

는 변함없이 호화선을 탑승하는 중이요, 신욱재(申旭齋)는 여전한 신기루 꿈이요, 김상조(金尚祖) 동지는 자기 일신 경제는 해결한 것 같다. 백강(白岡: 독립운동가 조경한)147)이 무슨 술책인지는 알 수 없으나, 최승천 동지에게 전문(傳聞: 전해 들음)한 바에 의하면 무슨 종교라는 미혼진(迷魂陣: 혼돈 속)에서 방황하는 것 같더라고 한다. 나로서는 미지수의 일이다. 신옥(申玉) 군과 이용환(李用桓) 군의 훈련은 아직 미숙하나, 장래는 촉망된다. 그리고 삼각산이나 북한산이나, 인왕산이나, 북악산 등산에서는 약간의 소득이 있을 뿐이다.

이상이 내가 서울 여행 중 주마간산격(走馬看山格: 말 타고 산을 보는 격)인 기억이요, 정구명(丁奎明) 동지의 건투와 나재리(羅在履) 동지의

---

147) 조경한(1900년 7월 30일~1993년 1월 7일)은 대한민국의 전 독립운동가, 정치인이다. 호는 백강(白岡)이다. 본관은 옥천(玉川). 1900년 전라남도 순천군 주암면 한곡리 한동마을에서 태어났다. 중국 베이징 시 계명학원 법정과를 졸업하였다. 1918년 독립단의 국내 연락원으로 독립운동에 참여했다가 1919년 3.1 운동 후 만주로 망명하여 독립운동에 투신하였다. 이후 1924년 중국으로 망명하여 만주에서 항일 무력투쟁, 광복군 창립, 독립운동 단체의 조직에 참여하였다. 1930년 7월 북만주에서 한국독립당을 창당할 때, 홍진, 이청천 등과 함께 창당에 참여했으며, 한국독립당의 선전부 위원으로 선임되었다. 1931년 만주 사변 직후 한국독립군을 조직하여 활동하였다. 1933년 말 난징에 있던 김구의 제의로 이청천 등과 중국 관내 지역으로 이동하였다. 1934년 낙양군관학교가 개교되자 이범석 등과 교관을 맡았다. 1935년 민족혁명당 결성에 참여하였다가 김원봉과의 이견으로 1937년 민족혁명당을 탈당해 조선혁명당을 창당하였다. 1939년 대한민국 임시정부의 임시의정원 회의에서 의정원 의원으로 선출되었고, 1944년까지 의정원 의원으로 활약하였다. 1940년 충칭 시에서 한국독립당에 참여했으며, 중앙상무집행위원 겸 훈련부장을 역임하기도 하였다. 이후 한국광복군 총사령부에 몸담았다. 한편 대한민국 임시정부 국무위원으로도 활동하였다. 1962년 건국훈장 독립장을 수여받았다. 1963년 제6대 국회의원 선거에서 민주공화당 후보로 전라남도 순천시-승주군 선거구에 출마하여 당선되었다. 1967년 제7대 국회의원 선거에서는 민주공화당 공천에서 현역 전국구 국회의원인 김우경에 밀려 탈락하였다. 그 해 이갑성을 친일반민족행위자로 공격하여 논란이 되었다. 별세할 당시, "나를 국가유공자로 둔갑한 친일파가 가득한 현충원이나 국립묘지에 묻지 말아 달라"는 유언을 남겼다.

노당익상(老當益狀: 노익장 모습)을 축(祝)한다. 이다음 귀가 후 일대(一
大) 소득이요, 장래의 한 도움을 기대하는 것은 구영직(具永稙) 군의 생
존하였다는 소식이다. 우리가 생각하고 있는 유기화학진(有機化學陣)
에서 장래 일중진(一重鎭)임은 우리들이 확인할 수 있는 것이다. 아직
경과의 상세는 미지하나 상봉일에 그것은 구 군에게 책임 지을 것을
예고하는 것이다. 이것이 내 사적으로 소감인 것이다. 다음에 축조(逐
條: 한 조목씩 차례로 좇음)로 설명하기로 하고 이만 그친다.

을미(乙未: 1955년) 8월 21일

봉우서(鳳宇書)

가아(家兒: 아들)의 사주(四柱)를 보내고 내 소감

가아(家兒)가 금년이 26세다. 구시대 같으면 좀 만혼(晚婚: 늦게 혼인함)일지 알 수 없으나, 현상으로는 보통일 것이다. 내가 무매독신(無媒獨身: 형제자매 없는 홀몸)으로 항상 고적(孤寂: 외롭고 쓸쓸함)을 느끼는데 가아 역시 무매독신이다. 내 자신은 내 선친께서 45세에 탄생하시어 내 나이 10세 시에 성취(成就: 결혼)시키시고 내 선비께서 내 나이 18세 시에 하세(下世: 돌아가심)하시고 가정은 내 서모(庶母)가 좌우하게 되었다. 그 후 불구해서 내가 패가(敗家: 집안을 망침)하고, 10여 년 곤란한 중에 가아가 제○남으로 출세(出世: 출생)했으니 현존(現存)은 무매독신이요, 가정생활은 여지없는 **궁곤리(窮困裡**: 곤궁 속)에 육성되다가 가아가 7세 시에 선친께서 하세하셨다.

그 후 내가 3년 집상(執喪: 어버이 상사에 예절을 지킴)이 끝난 후에 일본 왕래로 소소(少少: 조금 조금) 경제적 여유를 득하다가 가아가 소학을 졸업할 전후해서 내가 왜정하에 혈맹(血盟) 의열단(義烈團) 관계로 영어(囹圄: 감옥) 생활을 하는 중에 도로 경제적 역경에 처한 중에 가아의 진학을 못하고, 이어 을유(乙酉: 1945년) 8.15를 당해서 내가 수년간 정당운동을 하다가 아주 **입추(立錐**: 송곳을 세움)의 여지가 없게 되어, **파락호(破落戶**: 인생 실패자) 생활로 몇 년을 경과하는 중에 가아가 군에 입대하여 그간 여러 차례에 위지(危地: 위험한 지위)를 경과하고 2차나 상이(傷痍: 부상)군인이 되어 가며, 현재 제3사단 22연대 정보참모로 재직 중에 있는데 수삼 년을 두고 혼담(婚談)이 별별 곳에서 다 있었으나, 다 성립되지 않고 금년에 김운강(金雲岡) 선생의 소개로 충남 대덕군 구즉면 관평 성○○ 씨 영양(令孃: 딸)에게 혼담이 있다. 수차(數次) **언왕언래(言往言來: 말이 오고감)** 후에 쾌히 결정하고 금일 가아 사주(四柱)를 성주영 군 편으로 보내게 되었다.

우리 가정에서는 내가 현 실인(室人: 아내) 황 씨와 결혼한 후 44년 만인 장구한 시일 만에 내 부모님 계시다 하세하신 지 수십 년 만에 처음 신생(新生)의 반가운 일이었다. 그리고 혼기는 명년 정월 18일 경으로 정할까 하는 내 심산이다. 내 가문 중으로는 내 선친 5형제분에 현상 내가 7종형제요 종형(從兄: 사촌형) 사위(四位: 네 분)는 선서(先逝: 먼저 돌아가심)하시었다. 그래서 질항렬(姪行列: 조카항렬)이나 손(孫: 손자) 항렬이 수자(數字)가 보통은 되고 **유복지친(有服之親: 상복을 입는 가까운 친척)**으로도 상당하나 아무렇든지 나만은 심히 고적(孤寂)한 몸이다. 내가 가아의 사주를 보내고 바라는 마음은 무엇보다도 후진(後進: 후손)이나 성(盛: 번성함)하였으면 하는 것이다.

을미(乙未: 1955년) 8월 25일 갑진(甲辰)

봉우서(鳳宇書)

수필: 내 정신산란을 안정시키며

무항산(無恒産: 먹고 살 재산이 없음)이면 무항심(無恒心: 흔들림 없는 굳건한 마음)이로되 무항산이유항심자(無恒産而有恒心者: 항산이 없으며 항심을 가진 사람)는 유사능지(維士能之: 오직 선비만이 그럴 수 있음)[148] 라고 고성(古聖)이 말씀하시었다. 그런데 내 근일(近日) 가정 주위 형편이 무어라고 말할 수 없이 복잡다단(複雜多端)하여 내 심경이 형언할 수 없는 파문을 일으키고 있다. 무항산이무항심(無恒産而無恒心: 항산이 없으니 항심도 없음)한 것 같다. 그러고 보면 내가 자가(自家) 비판을 해본다면 선비의 지위를 못간 것이 분명하고 내 소양이 좀 후퇴된 것도 사실인 것 같다.

비록 주위 형편이 형언할 수 없을지라도 안정심신(安靜心神: 마음과 정신을 편안하고 고요하게 함)하기 충분한 고려 후에 임사처변(臨事處辨: 생긴 일에 분별하여 처신함)하면 정신은 항상 분요(紛擾: 어지러움) 중에도 한적한 취미를 가지고 망중한(忙中閑: 바쁜 가운데 한가한 틈)이 자약(自若: 큰일을 당하여도 아무렇지 않고 침착함)할 것인데, 내가 근일 불한불망(不閑不忙: 한가하지도, 바쁘지도 않음)의 입장에서 정신이 난사(亂絲: 얽힌 실)와 같이 산란하여 무슨 일이고 손에 잘 잡히지를 않고 이것도 해보다 저것도 해보다 한 가지도 정일(精一: 하나에 정통함)한 것이

---

148)《맹자》양혜왕(梁惠王)편 상(上)에 나옴.

없이 지내온 것은 도무지 내 수양이 부족한 연고라고 비판하는 것이 양심상 당연한 일이다. 내 근일 주위 형편이라는 것이 별 대관절인 급박한 사정이 있는 것이 아니라 그저 떼꽁149)에 매어 놓은 것 같은 기분으로 일이 이것저것이 다 마음에 맞지 않는 신신(新新)치 않은 일뿐이요, 또 내 마음이 좀 쏠리는 일은 경제력이 부족해서 생심(生心: 마음을 냄)을 못하는 현상이다.

그런 고로 마음에 없는 일을 할 수 없이 정신적이 아닌 기동적으로 움직이자니 아무 일을 하든지 마음에 신신(新新)할 리가 없어서 그저 정신적으로 혼몽(昏懜: 정신이 흐리고 가물가물함) 중에서 세월을 보내자니, 현실적으로 이것이 무항심(無恒心)한 것으로 화하고 마는 것이다.

그렇다고 내가 목표하고 나가는 것을 중지한 것은 아니나, 임시 휴식 상태로 변했기 때문에 무항심연(無恒心然: 항심이 없는 것처럼)하게 된 것이다. 내 입장을 선명히 하자면 내 마음에 없는 서울 출입도 중지하고 또 무슨 기업체니, 무슨 광업이니, 무슨 사회사업이니 다 치워 버리고 단순하게 가족 생애에 최저를 확보할 만한 직업을 가족들에게 취해 주고 나는 나대로 내 목표로 매진하는 것이 당연하다고 본다. 그런데 너무나 미온적인 완보적(緩步的: 느리게 걷는)인 태도가 목표 달성에 지장이 되며, 또 가족 경제에도 불철저하다는 것이다. 그리고 금번에 내 자식 혼사(婚事)가 확정되자 경제적으로 아무 준비 없이 묘연한 중에서 (결혼)기일(期日: 정해진 날짜)을 고대하자니, 내 정신상으로 고통이 아주 없다고는 못하겠다.

이것이 좀 입장이 복잡하다는 것이다. 지금 이후로는 정신을 차려서

---

149) 자치기 할 때 쓰는 작은 자. 양 끝을 서로 반대 방향으로 비스듬하게 깎아 큰 자로 치면 튀어 오르게 만든다.

일에 구별성을 가져 해보고 선후를 분변(分辨: 분별)한 후에 급무(急務: 급한 일)를 해놓고 **여리난사(如理亂絲: 얽힌 실을 풀어 가듯)**하듯 해볼 것이다. 일이 급하다고 바늘을 허리에 매서 사용 못하는 것도 사실이다. 분망(奔忙: 아주 바쁨)할수록 침착성을 가지고 임사하면 실패 없을 것이 정리(正理: 바른 이치)다. 내 **정신산란(精神散亂)**을 안정시키며 이 붓을 그치고 전두(前頭: 來頭, 장래)에 일터로 나가리라.

을미(乙未: 1955년) 9월 초9일(初九日)

봉우서(鳳宇書)

운동선수를 양성(養成)하고자 하는 내 의도(意圖)

덕육(德育)이나 지육(智育)이나 체육(體育)이나가 다 그 국민을 육성하는 불가결의 임무를 가지고 있고, 어느 한 가지라도 부족한 것이 있다면 그 국민은 완전한 국민이 아니다. 이 삼육(三育)이 병진(竝進: 함께 나아감)함으로써 그 민족이 흥하고, 이 삼육이 병진하지 못함으로써 그 민족이 쇠해지는 것은 아주 역사가 여실히 증명하는 것이다. 우리나라로 보더라도 삼육이 병진하던 상고(上古: 아주 오랜 옛날)시대에는 주위 사정 여하를 불구하고 족족(足足)히 자립하고 지냈었고, 그다음 기자조선(箕子朝鮮) 말기에 와서는 삼육이 병진 못하고 덕육과 지육 양육(兩育: 두 교육)에 편경(偏傾: 치우쳐 기욺)하다가 필경 위만(衛滿)150)에게 침공을 받았고, 그다음 삼한(三韓)시대는 아주 쇠약했다가 다시 민족적으로 삼육이 병진되자 신라, 백제, 고구려 삼국(三國)이

---

150) 위만(衛滿, 기원전 227년~?)은 춘추전국시대 연(燕)나라 출신으로 군사를 이끌고 고조선에 망명하여 준왕(準王)이 그에게 땅을 주고 변방을 지키게 하였다. 그러다 연에서 망명해 오는 무리들을 점차 규합하고 세력을 불려 수도를 공격하여 준왕을 쫓아내고 위만조선을 건국한다. 사료에는 연나라 사람이라 기록되어 있지만 망명 당시 그가 상투를 틀고 조선 복식을 입었다는 기록을 근거로 조선 유민 출신이라 추측하기도 한다. 일제 식민사학에서는 위만이 연나라 사람이므로 위만조선은 중국의 식민정권이란 억지 주장하기도 했으나 애초 '중국'의 규정조차 모호했기 때문에 최근엔 위만조선의 성격을 연에서 망명한 위만 세력과 조선 지배층의 연합 정권으로 보고 있다. 신채호는 위만이 찬탈한 지역은 고조선의 일부 지역에 불과하다 평가하기도 했다. 소수 망명 세력에게 나라를 뺏길 정도로 군사력이 약화된 것이 삼육병진을 못해 체육에 소홀하고 덕육과 지육에만 치우친 결과였다는 선생님의 지적이다.

정립(鼎立)하고 민족적으로 강성(强盛)해 왔던 것이다.

비록 삼국사(三國史)가 소상히 전하지는 못하나, 추상적으로 보건대 당시 신라는 삼육을 국책적으로 병진시켰으나, 지방성(地方性: 지방 특유의 성격)이 좀 덕육과 지육에 편경함이 있어서 항상 국세(國勢)가 약하였고, 백제는 지육(智育)에 편경되어 체육과 덕육이 차위(次位: 다음 자리)에 있는 관계로 항상 자립에 급하였고, 고구려는 체육과 지육에 편경하고 덕육을 소홀히 함이 있었다. 그러나 북방에서 중국과 국경을 가지고도 수(隋)와 당(唐)을 제압하고 있었다. 이것은 오로지 고구려가 체육과 지육을 병진하던 효과일 것이다. 그러더니 말류(末流: 말세)의 폐(弊: 폐단)가 덕육이 부족했던 관계로 국내 분열로 나라가 망하고 만 것이다. 역량이 부족해서가 아니라 단결이 되지 못해서가 원인이었다는 것이요, 백제도 지육에 편경하고 덕육과 체육 양육(兩育)을 병진하지 못한 원인으로 그 말엽에 지모(智謀: 지략)가 부족함이 아니라, 정신력인 덕육(德育)과 전투력인 체육의 부족으로 망하였다. 그런데 신라에서 ○○직전에 국내에서는 **화랑도(花郎道)**로 국민 진체의 삼육(三育)을 병진해서 실력을 양성하고 있다가 고구려와 백제의 약점을 틈타서 당군(唐軍)과 합세하여 일격하(一擊下)에 통일을 완수한 것이다.

그 당시에 백제나 고구려가 무력으로 부족하였음이 아니요, 삼육이 병진 못하였던 원인으로 신라가 승리를 본 것이다. 통일신라가 그 국책(國策)이던 삼육병진을 그대로 나갔다면 어찌 망했을 리가 있으리요? 그런데 전승 후 **모당풍(慕唐風: 당나라를 사모하는 풍조)**이 대취(大吹: 크게 불어옴)해서 근본 국책을 내버리고 국민 상하가 다 **호화(豪華)**를 일삼다가 고려에게 패망을 여지없이 당한 것이다. 고려의 패망과 이조의 계승과 조선 말년의 역사는 근대사라 다 아시는 바라 기록을 안 하며, 어느 나라든지 흥하자면 청년의 체육이 발달되어 굳센 기백(氣魄)으로 단결이 되어 그 나라의 강성(强盛)을 도모하는 것이다.

이것이 나라의 국책이라면 더 말할 필요도 없거니와 이 나라를 지배하는 정치 요인들이 무엇에 정신이 팔려서 아직 **삼육병진(三育竝進)**은 고사(姑捨: 내버려둠)하고 일육(一育: 하나의 교육)도 완전히 육성해 보겠다는 안(案)이 보이지 않는 관계로 민간인으로서 가장 역량에 가능한 체육의 일부라도 국제무대에 진출해서 우리나라의 청년들의 기백을 살려보겠다는 미미한 희망을 가지고 다가올 올림픽대회를 상대로 16, 17, 18회의 3기(期)를 목표로 내 실력 닿는 대로 몇 십 명이고 몇 종을 전공시킬 각오를 가지고 있는 것이다.

이것으로 청년들의 기백이 살아서 **지육(智育: 체육·덕육에 대해, 지능의 개발과 지식의 함양을 목적으로 하는 교육)**에도, **덕육(德育: 인격을 닦고 덕성을 기르는 교육)**에도 우리나라에서 단결되면 무난하게 세계 제압에 자신이 있다는 증거를 알게 하고 이것을 성공함으로써 **삼육병진**이 발족되리라는 것을 확신하고 이 나라에서 국책적으로 하기 전에 민간인으로서 자진해서 미력(微力: 적은 힘)을 공헌해 보겠다는 것이다. 앞으로 약 10년이면 충분히 내가 말하는 것이 사실화되느냐, 안 되느냐에 답안이 설 것이다. 외람(猥濫: 함부로 퍼트림)히 운동선수를 양성합네 하고 지도자 입장으로 나가겠다는 것이 아니라 이 지도야 누가 하든지 나는 방계(傍系: 곁갈래)로 내가 역량 있는 대로 올림픽 제19회까지는 불휴의 노력을 해보겠다고 자맹(自盟: 스스로 맹세함)을 하고, 3회 안에서 우리나라가 세계 운동사에서 최대 신기록을 작성할 것을 미리 자신하고 이 붓을 드는 것이며, 이 체육 발족도 우리 **연정원의 삼육병진책**의 한 부문이요 타궤도(他軌道: 다른 궤도)가 아니라는 것도 부언(附言)

해 두는 것이다.

여기서 정신과 과학이 합치되고 유물(唯物), 유심(唯心)의 이원론(二元論)을 배제하고, 이원합일의 삼위일체론(三位一體論)을 주장하는 것이다. 13회 올림픽에는 시기가 내두(來頭)에 불구(不久: 머지않음)해서 준비적으로 몇 사람이나 육성해 보겠고 그다음에는 전력을 경주해서 10년 일기(一期)로 2회에 나눠서 양성을 계속하겠노라.

을미(乙未: 1955년) 9월 중양일(重陽日) 151)

봉우서(鳳宇書)

---

151) 중양절. 옛 명절의 하나로 음력 9월 9일을 이른다.

속보법(速步法) 요지(要旨)

내가 수년 전에 김재위(金載瑋)씨가 쓴 〈제15회 올림픽 기행문〉[152] 을 보다가 각 종목에서 소감(所感)한 바가 있는 중에 **경보(競步)**라는 종목의 기록을 보고 좀 놀란 일이 있었다. 이것이 세계 체육 수준이라면 다른 종목도 다 그러리라고 판단을 가볍게 내려 본 것이다. 무슨 연고인고 하니 물론 올림픽이라는 것은 직업선수들이 아니라 아마추어들의 집회장이나, 그러나 이 대회에서 우승한 선수면 세계 어느 곳을 가든지 그 종목으로는 상대할 사람이 없는 것은 사실이다. 그러하니 이것이 그 종목, 그 종목의 권위자들이요, 또 이것이 세계 현재 최고 수준이라고 보아도 과한 실책은 아닐 것이다. 그래서 내가 놀라지 않을 수가 없게 된 것이다. 하고(何故: 무슨 까닭)인가 하면 올림픽 전 종목에서 몇 종목을 제하고는 전부가 우리나라에서 내가 목도(目睹: 목격)한 **은군자(隱君子**: 숨은 선비, 도인)들의 가진 기록에 50% 이내인 까닭에 놀란 것이다. 물론 타국에서도 그런 감상이 있을지 알 수 없으나, 현재로 보아서는 각자 기록 보유자 이외에는 타인은 이름을 전하는 사람은 없는 것을 보면 비록 아마추어라 하더라도 현 기록 보유자가 현 세계 최고 수준일 것이다.

그래서 내가 목도(目睹)한 **제군자(諸君子**: 여러 군자)들 중에서 **경천**

---

152) 봉우사상을 찾아서(333) – 제15회 올림픽 기행문을 기증 받고 일람(一覽)후 내 소감 (http://www.bongwoo.org/xe/13372)

동지적(驚天動地的: 하늘을 놀라게 하고 땅을 움직이는) 기록은 고사(姑捨)하고 내가 청년시대에 몸소 실행해 보던 속보법만 하더라도 현 경보 기록은 가소로울 지경이다. 하필 경보 기록뿐 아니라 마라톤 기록까지도 청년시대 내 속보 기록 범위 이내(以內)이다. 그래서 내 이상(以上) 건보(健步)로 육지비등법(陸地飛騰法: 육지에서 날아오르는 법)이나 비보법(飛步法: 날 듯이 걷는 법)을 하는 특기를 가진 분이 아니라도 보통 구식(舊式) 속보법쯤 하시는 분은 이루 수(數)를 헤일 수가 없었다. 내가 실행한 것은 속보법에서 하지중(下之中)은 되나, 청년시대에 내가 가진 기록이 3분에 1미천(米千: 킬로미터의 약기略記)이면 종일 걸어도 피로 없을 정도였다. 이것이 속보를 습득한 자로 최하는 아니요, 하지중은 되는 것이다. 이것으로 현 올림픽 기록과 대조해 보면 경보는 물론이요, 경보라도 중장거리 이상 마라톤까지 거의 다 내 기록 이내다.

그렇다면 현재라도 은군자(隱君子)들을 동원하면 각 종목의 신기록 수립은 별문제 없을 것이나, 이것은 예외로 하고 청년들 중에서 희망자나 또 소질이 있는 자를 택해서 교습을 시켜야 누구는지 훈련으로 다 되는 것을 증명할 것이요, 또 우리 민족이 이만큼 선천적으로 체육에 소질이 있다는 것도 세계에서 주지하게 할 수도 있는 것이다. 그래서 은군자(隱君子: 숨은 능력자) 기용을 중지하고 신청년 양성을 목표로 나가고자 하는 것이다. 시간이 유한해서 여러 가지를 말하지 않고 우선 속보법 요지만을 기록해서 청년제위에게 일람(一覽: 한번 열람함)을 제공코자 하는 것이다. 물론 선배들이 보시면 정저와(井底蛙: 우물 안 개구리)라고 평하실 줄도 잘 아는 것이나, 나로서는 내 의사와 내가 실천해 본 그대로 쓰는 것이요, 누구의 말이나 전하는 것을 쓰는 것이 아닌 관계로 두서없이 사실 그대로 기술하는 것이다.

행보(行步)가 완보(緩步)와 평보(平步)와 속보(速步)의 구분이 있는 관계로 완보나 평보의 행보를 제하고 속보법에 한해서 말하고자 하는 연고로 저술의 명칭을 '속보법 요지'라 한다.

〈완보(緩步)와 평보(平步)와 속보(速步)의 구분〉

1시간이 60분이요, 1분이 60초라. 1시간을 초로 환산하자면 3,600초다.

〈완보법(緩步法)〉

일보(一步)의 거리가 1척(尺: 30센티미터) 정도요, 2초에 3보(步) 정도를 행보하는 것을 명칭하기를 완보(緩步)라 하니, 노쇠인이나 청장년이라도 신체 불건강하거나 혹 건강하더라도 유람하는 자들과 무사(無事: 일 없음)한 사람들 행보니, 900칸(間)을 중심으로 **차상차하(次上次下)** 되어 좀 속한 완보는 1일 50~60리의 거리를 행보하고 그 이내는 40~50리 정도에 불과하는 것이 차(此: 이것)에 속하는 보법(步法)이요,

〈평보(平步)〉

일보(一步)의 거리가 1척 2촌(寸: 6센티미터) - 36센티미터 - 을 중심으로 차상차하 되어 1시간에 4킬로미터를 평균으로 속(速)한 자는 5킬로미터요, 지(遲: 늦음)한 자는 3킬로미터 정도로 하루 10시간을 평균하고 1일 130리면 속한 자요, 100리면 보통이요, 80리면 좀 지(遲)한 편을 평보(平步)라고 명칭한다.

1보의 거리가 1척 5촌 – 45센티미터 – 이상으로 2척(60센티미터)을 보통으로 하고, 좀 습득하면 3척(90센티미터)은 가능하다. **거보초속(擧步秒速**: 발걸음 내딛는 초속) 4차를 평균으로 한다. 최하라도 일시에 3,600칸(間: 6.5킬로미터)은 가능하고 보통은 4,800칸(8.64킬로미터)이라야 하고, 완전한 속보는 일시에 7,200칸(13킬로미터)이 되어야 속보법 선수권을 가지게 되고, 이상은 연습으로 진보(進步)할 수 있는 것이니 초보라도 일일(一日) 166리(里) 이상은 가능하고, 보통은 하루에 222리 이상이요, 완전 습득자라면 하루 평균 330리 이상을 행보할 수 있는 것이다. 좀 연습되어서 **비보식(飛步式**: 나는 걸음 방식)으로 1초 5차, 4척씩 이내(以內) 3척 5촌이라면 일시에 50리는 가능하다. 이것이 내 청년시대 기록이다. **10리에 12분 평균**이었다. 종일 (속보로) 가도 감축은 되지 않는 것이다.

〈보법(步法)〉

완보나 평보는 체구(體軀: 몸집)를 정면으로 족적(足跡: 발자국)이 이선(二線: 두줄)으로 나가는 것이 보통이나, 속보법은 필히 좌보(左步)를 선출(先出: 먼저 나감)하고 발자국은 한 줄로 하되, 광보(廣步: 넓은 걸음)를 주로 하여 연습 시에는 단장(短杖: 짧은 지팡이)을 가지고 중심을 잡는 것이 요결(要訣)이다. 그리고 상체는 앞으로 조금 굽히고, 얼굴은 오른 쪽을 향해서 조금 기울이고, 족근(足跟: 발꿈치)에는 공허(空虛)하게 하고 족선(足先: 발끝)에 주로 집력(集力: 힘을 모음)하는 것이요, 광보(廣步) 정도는 중심을 잡지 못하게 되도록 광보를 하되, 단장으로 중심을 잡는 것이 가장 요지이다.

　장소는 **사장(沙場: 모래사장)**이 가장 적지(適地)이나 부득이(不得已)한 때는 어느 곳이라도 관계없고, 처음 연습 시에는 양다리에 사낭(砂囊: 모래주머니)을 각반(脚絆)으로 약 10근으로부터 20근 정도를 하고 배낭(背囊)에도 10근 이상 20근의 중량이 있는 것을 지고 연습하는 것이 요법(要法: 요점)이요, 호흡은 절대로 비공(鼻孔: 콧구멍)으로만 해야 한다. 모래주머니가 30근까지만 되면 보통 반년이라야 하는데, 모래주머니를 제거하면 **십리당(十里當)** 15분은 별 문제없이 행보할 수 있다.

〈비교(比較)〉

　현 경보법(기록)에서 일만미(一萬米: 10,000미터)가 45분 이상이니 리당(里當) 18분이요, 오만미(五萬米: 50,000미터)가 4시간 28분이니 **리당 21분**이다. 속보법을 완전 습득자라면 이 기록은 아주 멀리 돌파할 것이라고 본다. 자토백[153]의 마라톤 기록도 2시간 23분이니 **리당 14분**에 해당한다. 역시 비교가 되지 않는다. 이래서 우리 청년을 양성해서 현 세계 사계(斯界: 육상계)의 군림을 도모하자는 것이다. 하필 속보법만 그런 것이 아니라 제(諸: 모든) 종목이 거의 다 그러하다고 본다. 가지가지의 실천록을 쓰기로 하고 이것으로 청년 제위의 참고에 제공할까 하는 것이다.

---

153) 에밀 자토펙(1922년 9월 19일~2000년 11월 22일)은 체코슬로바키아의 육상 영웅이다. 1948 런던 올림픽과 1952 헬싱키 올림픽의 장거리 종목에서 금메달 4개와 은메달 1개를 수상했다. 20세기 최고의 육상선수 중 한 명으로 꼽힌다. "새는 날고 물고기는 헤엄치고 사람은 달린다"라는 명언을 남겼다.

이상 기록은 예를 평지에서 한 것이다. 경사가 급한 **영치**(嶺峙: 재, 고개)나 **이녕**(泥濘: 땅이 질어서 질퍽하게 된 곳)이 심한 습지(濕地)나, **기구**(崎嶇: 험함)한 산악지대의 밀림속이라면 기록이 변할 것은 사실이다. 그리고 선수들이라 나체 외에는 소지품이 없는 것으로 간주하고, 아주 경장(輕裝: 가벼운 옷차림)한 사람을 예로 한 것이니, 경기장 이외에서 자의로 하는 것은 약간 장애물이 있어도 기록의 변경이 발생되는 것이 당연하다고 본다. 그러나 우리들의 속보법으로는 경기장에서 보는 약간의 경사(傾斜: 기울어짐)로는 기록의 변화가 나지 않는다. 이외에 중하(重荷: 무거운 짐)를 지고 보행한다면 이 보법은 완보 중에도 비할 수 없는 것이므로 예외로 한다. 군인들이 무기를 소지하고 행군(行軍)하는 것도 소지한 물품의 중량이 행보 시간의 지속(遲速: 늦어짐과 빨라짐)을 낳는 관계로 예외로 보는 것이 당연한 것이다. 이외에도 이런 예에 속할 조건이 있는 것은 다 제하고 기록한 것이다.

을미(乙未: 1955년) 9월 초10일(初十日)

봉우추기(鳳宇追記)

학생 3인에게 운영산(雲英散)[154]을 기증(寄贈)하고

대전공고에 통학하는 내 외종(外從: 외사촌)과 그의 동창인 이수하(李壽夏)의 내방을 보고 현상 역도를 연습 중이나 체력이 약해서 지구력과 인내력이 부족하다 해서 내가 운영산 1제씩을 기증하고, 또 성이석 군의 영운(令胤: 자식)은 현 대전에서 어느 중학교 재학 중인데 반포초등학교 재학 시에 ○○○선수로 항상 우승하던 아동이요, 전 공주 초등학교 대항에서도 2등을 했다. 그러나 신장이 매우 짧고, 체질이 아주 약하여 장족진보할 희망이 부족해서 항상 내가 걱정하던 것인데, 우연히 내게 그 부친의 심부름으로 왔음을 기회로 내가 운영산을 기증하고, 장래 체질이 좀 변경되기를 바라는 기대로 또 유효하다면 차차기(次次期) 올림픽에 출정시켜 볼까 하는 생각에서 해본 것이다.

사실인즉 신인(新人)들을 택하느니보다 현 기록이 선수권 내에 드는 사람을 택하는 것이 양성상(養成上)으로는 유리할지 모르나, 내가 생각하기에는 이 인물들은 기성(旣成)인물들이라 정신교양상(精神敎養上) 불비(不備)한 결점이 있다고 보는 관계로 아주 기록이 저열한 사람을 택해서 비록 노력과 경제적으로 손(損: 손실)은 있으나, 자타가 공인하는 신생(新生) 선수로 등장하면 정신교양상 효과가 기성 인물보다는 어느 모로 보든지 유리하리라고 나는 생각하고 내가 현하 5~6인을 양

---

154) 봉우 선생님께서 제조하신 전통 선가비방 중의 하나로 광물성 한약재인 운모(雲母)를 주재료로 한다.

성하는 도중이다. 이것도 역시 경제 문제가 수반되는 것이라 여의(如意: 뜻대로 됨)할지 안 할지는 미지수로 하고 나는 내대로 적극적인 노력을 적축(積蓄: 쌓음)해서 신인을 양성할 각오이기에 불휴의 노력을 하는 중이다.

을미(乙未: 1955년) 9월 17일

봉우서(鳳宇書)

하동인 군의 혼례식에 참(參: 참석)하고

수월 전(數月前: 몇 달 전) 하 군의 서신으로 군이 평택 이○○ 양과 혼담이 있던 것은 잘 알았다. 그 후 소식이 없어서 아마 중단되었나 하였던 것이다. 그런데 수삼 일 전에 하 군의 서신으로 그간 약혼식이 거행되고 총총해서 내게 통지도 못했었다는 간략한 통지에 겸해서 혼례식이 을미(乙未: 1955년) 9월 21일 오전 11시 평택 장로교회 예배당에서 거행하겠다고 나더러 참석하였으면 생광(生光: 영광)이라는 미시(尾示: 편지 끝에 알림)가 있었다. 때마침 나는 예(例)가 없는 경제적 수난기였다. 수무분전(手無分錢: 손에 한 푼도 없음)하고 의복도 불성양(不成樣: 모양을 갖추지 못함)이었다. 내가 하 군에게 대한 마음이야 내 경제 여하로 좌우할 리가 없고, 하 군 역시 내가 공수(空手: 빈손)로라도 혼례식에 참례하는 것만으로 불평은 없을 줄로 나도 잘 아는 바이나, 타인이 보기에 미안한 마음으로 당일 식장에 참례할까 말까의 기로에서 9월 20일 이른 아침까지 결정 못하고 있다가 용기를 내서 제백사(除百事: 모든 일을 제외함)하고 참례할 차로 여정(旅程)에 오른 것이다.

대전에서 오후 3시 반 보통차로 평택에 일모(日暮: 날이 저묾)해서 하차하여, 여관에서 일숙(一宿: 하루 묵음)하고 그 다음날 이 씨 가(家)로 이른 아침 심방(尋訪: 찾아 방문함)한 것이다. 하 군의 장인 되는 이 씨는 평택금융조합 이사였다. 하 군이 와서 이 씨 댁에서 유숙(留宿: 머묾)하고 있다. 그런데 거리 관계상 신랑 편에서는 군인 장교 2인 외에는 친족 1인도 없었다. 시간이 되어 식장으로 가서 보니 참례한 빈객(賓客: 손님)이 100여 인이나 되고 목사의 주례로 선물 교환과 맹세가 있고, 식은 엄숙하게 거행된다. 그런데 신부는 세장신구(細長身軀: 가늘고 긴 몸매)에 명목호치(明目晧齒: 밝은 눈과 하얀 치아)요, 소구고비(小口高鼻: 작은 입에 높은 코)에 두소정장(頭小頂長: 머리는 작고 정수리는 깊)하고, 면모(面貌: 얼굴 모양)는 보통이었다. 어느 모로 보든지 하 군 편이 우수하였다. 다만 하 군 편이 경제적으로 여유가 부족하다는 것뿐이었다. 그러하고 선물 교환에 하 군은 금지환(金指環: 금가락지)이었고, 신부 편에서는 야소교 신자요 신랑편이 교신자가 아닌 관계로《신약전서》를 신랑에게 신물(信物: 신표)로 교환하는 것이다.

　이것이 신부의 본의인지 아닌지는 알 수 없으나, 종교인과 비종교인 간에 배우자 선택에 주의를 요하는 것이다. 혼인으로 신랑, 신부가 각자의 주의, 주장을 합치시킬 수 있는가, 아닌가를 생각할 점이요, 이○○ 양의 선물인《신약전서》를 하 군이 백년을 소중하게 신봉할 것인가 혹은 정반대로 신부가 신물이야 무엇을 교환하였든지 하 군의 주의, 주장을 전적으로 찬조할는지 누가 미리 예단(豫斷: 미리 판단함)하리요? 다만 바라는 바는 두 사람이 인간적 합치점으로 비로소 한 가정을 형성하며 이 가정이 우리 민족에 부과(賦課)한 임무를 이행해서 선량한 국민으로 제2세 국민양성의 책임을 완수하는 것으로 혼인의 결과가 나오고, 또 신부가 현처양모(賢妻良母)로 남편의 목적 달성에 내조역과 자손 교훈에 직접 책임을 다한다면 금일 선물이야 무엇이든지 우리가 말할 필요가 없으나, 만약 혼례식 당일 신물 그대로 신부의 의사가 남편의 주의, 주장 여하를 막론하고 남편이 종교인으로서라야 가정이 화합하겠다면 하 군으로서도 고려할 필요가 있다고 본다.

종교인들의 신앙만은 좋으나, 이 종교로 만능주의를 주장하는 것은 우리 같은 문외한으로서는 색안경으로 보인다. 나는 바라는 바는 2인의 신물이야 무엇이든지 2인의 장래에 화락한 가정을 형성하고 하 군의 주의, 주장하는 목표에 신부로서 보좌역으로 일일(一日)이라도 속하게 성공하도록 노력해 주기를 바라고 이 붓을 그치노라.

을미(乙未: 1955년) 9월 23일

봉우서(鳳宇書)

추기(追記)

이 혼례식을 보고 고우(故友: 세상을 떠난 벗) 하용락 군의 명복을 축(祝: 빎)하며, 그 가족 전체의 내두 행운이 있기를 심축하고 하 군의 더욱 건투하기를 빌고 이 붓을 그치노라.

을미(乙未: 1955년) 9월 23일

봉우추기(鳳宇追記)

지지(遲遲: 더디게 감)한 9월을 송(送: 보냄)하며

국추가절(菊秋佳節: 국화 피는 아름다운 가을)이라고 이달 오기를 고대하는 풍류재자(風流才子: 풍류 좋아하는 선비)들이 많으나, 나와 같은 사람은 불농불상(不農不商: 농사도, 장사도 안 하는)하는 한 파락호(破落戶: 좋은 집안 출신으로 방탕하여 망한 사람)라 그런지 알 수 없으나, 춘하추동 사시절(四時節)이 어느 절서(節序: 절기)가 내게 가장 좋고 어느 절서가 좋지 않은 때가 없다. 다만 내 주위 형편이 좀 여유가 있으면 하시(何時: 어떤 때)고 기분이 좋고, 궁박(窮迫: 궁색)하면 사시절서가 도무관언(都無關言: 도무지 아무 말이 없음)이요, 두통만 나는 것이다. 그런데 금년이야말로 내게는 공적이나 사적에 공(共)히 번뇌(煩惱)만 생하고 소호도 전미(展眉: 눈썹이 펴짐)할 여유가 없다. 더구나 불농가(不農家: 농사 안 짓는 집)에 만추(晩秋: 늦가을)가 무엇이 그리 상쾌할 것인가?

산촌사위(山村四圍: 산촌의 사방 둘레)가 도시가색(都是稼穡: 모두 곡식 농사)인데, 우리 가정만은 추역춘(秋亦春: 가을 역시 봄)이라 이상 없이 한가하다. 그러나 나도 인간인 이상에는 의식주(衣食住)를 궐(闕: 빠뜨림)할 수 없고 이 관계로 준비에 시기를 실(失: 잃음)하여서는 안 되는 것인 줄은 누구보다도 내가 선각(先覺)일 것이다. 그러나 동서사린(東西四隣: 동서 사방의 이웃)은 수확에 분망한데, 적수공권(赤手空拳: 빈털터리)인 나는 무슨 열성이나 취미가 있는 것 같이 무심중 친해지는 것은 상우고인(尚友古人: 옛사람을 숭상하고 벗함)이라고 경사자집(經史子

集)155) 외에는 내 마음을 위로해 줄 것이 없다. 내두(來頭)에 개재(介在: 사이에 끼어 있음)한 일은 태산 같고 감내할 능력은 절대로 의문이다.

그래서 **중추념회**(中秋念晦: 9월 15일에 그믐을 생각함)부터 내가 서울이나 가서 무엇을 **영위**(營爲: 일을 꾸며 나감)해 볼까 하고 매일같이 출행(出行) 준비를 해보았으나, **가위**(可謂: 그야말로) **사면초가**(四面楚歌)라 **일사불성**(一事不成)하고, 일일(一日)을 보내기에 **지지**(遲遲)한 이 9월을 어느덧 **회일**(晦日: 그믐날)을 당하고 보니 일방 섭섭하며, 일방은 시원하다. 그렇다고 내일이 10월 **초일일**(初一日: 초하루)이니, 금일이나 명일(明日: 내일)이 다 같은 내 환경에서 다를 것이 없는 날이다. 언제나 동일할 것이나, 사람이란 미미한 희망을 가지고 사는 것이다.

9월이라는 29일간이 **백사불성**(百事不成: 모든 일이 이뤄지지 않음)하였으나 한 달, 한 달씩 돌아가고 다시 돌아오는 10월이라는 한 관문이 오니, 혹이나 하는 희망으로 백사불성하든 9월을 시원하게 보내며, 그래도 고생, 고생하며 같이 지내든 **정의**(情誼: 서로 친해진 정)로 해서 섭섭하기도 무던히 섭섭하다. 이야말로 금강산도 식후경(食後景)이라고 **황국단풍호시절**(黃菊丹楓好時節: 노란 국화, 붉은 단풍이 좋은 시절)을 아무 정신없이 **주마간산격**(走馬看山格: 말 타고 산을 보는 격)으로 책자나 보고 두통이 심하면 등산도 하였다. 그러나 고인(古人)은 **취적비취어**(取適非取魚)156)라고 하였는데, 나는 정반대로 취적(取適)이 아니라 두

---

155) 경서(經書), 사서(史書), 제자(諸子), 시문집(詩文集)의 네 종류를 아울러 이르는 말.
156) '낚시질을 하는 참뜻이 고기 잡는 데에 있지 않고 세상(世上) 생각을 잊고자 하는 데에 있다'는 뜻으로, 어떤 행동(行動)의 목적(目的)이 거기에 있지 않고 다른 데에 있음을 비유적(比喩的)으로 이르는 말.

통을 치료하기 위한 방식으로 등산을 한 것이요, 고인들의 **구일등림**(九日登臨)[157]을 본받아서 등산한 것이 아니다.

서울에서도 친구들이 나의 상경을 독촉하는 것도 의미가 있는 일이나, 내 형편이 이러해서 **불출산문**(不出山門: 산문을 나가지 않음)하고 이 **구추상국**(九秋霜菊: 음력 구월 서리 내릴 때의 국화)을 **영송**(迎送: 맞아들임과 보냄)한 것이다. 바라건대 내월(來月: 내달)이나 활기를 띄우고 공사(公私) 공히 **전족**(展足: 발을 폄)하였으면 하는 기원을 가지고 이 붓을 그치노라.

을미(乙未: 1955년) 9월 회일(晦日: 그믐날)

봉우서(鳳宇書)

---

157) 음력 9월 9일 중양절(重陽節)에는 예로부터 산에 올라 재앙을 피하고 장수를 기원하는 '등고(登高)' 풍습이 이어져 왔다. 이날은 양수(陽數)가 겹치는 길일로 여겨졌으며, 산에 올라 국화를 감상하고 국화주를 마시며 시를 짓고 놀았다. 한나라 시절부터 시작된 이 풍습은 당송 시대를 거치며 성행했고, 한국에서도 궁중과 민간에 널리 퍼졌다.

박홍근 씨의 서신을 보고

　씨는 내가 부지초면(不知初面: 초면이라 알지 못함)의 인사다. 의외에 서신을 받고 그 내용을 보니, 씨는 당년(當年: 올해) 31세의 청년으로 대전 금융조합에 봉직하며 원대한 희망은 그리 어렵지도 않고 그리 용이치도 않은 마라톤에 목표를 정하고 매일같이 연습한 결과가 스포츠맨이 부족한 우리 충남이라 자기가 충남 기록을 가지고 있어서 욕망은 국제 무대에 나가보고자 하나, 금추(今秋: 올 가을) 서울에서 보니 최윤칠 선수의 2시간 26분을 위시해서 2시간 30분 이내 선수가 6~7인 이상이나 되니, 아무리 생각해도 도저히 실력의 차가 있는 것 같아서 거의 고심하는 때에 대덕군 출신 충남 도교육위원인 최영선 씨의 소개로 직접 서신을 내게 한다는 의사였다. 내가 생각하는 바는 소인(素人: 풋내기, 비전문가, 초심자)을 새로 지도해서 국제 무대 진출까지라면 보통 난사(難事: 어려운 일)가 아니다.

　그러나 박 씨 정도라면 그 기록이 얼마인지는 알 수 없으나, 그래도 충남 선수권 보지자(保持者: 소유자)라면 2시간 30분 정도에서 대차(大差: 큰 차이)가 없으리라고 믿는다. 그렇다면 여기서 반년 이상을 계속적으로 지도한다면 몇 십분 간 단축만은 내 자신이 만만(滿滿)한 것이다. 그러나 아직 씨를 대면하지 않아서 확정적으로 답서를 못하고 그저 감사하다는 의사와 좀 더 강하고 좀 더 씩씩하게 나가면 내두의 성공이 있으리라는 정도와, 또 나는 19세기 유물로 시대에 낙후된 기물

(棄物: 버린 물건)이나 **애국애조(愛國愛祖: 나라와 조상을 사랑함)**의 이념으로 운동에 열심 하시는 청장년의 도움이 될 일이라면 미력이나마 헌신적으로 경주하겠다는 간단한 답서를 썼다. 아직 하회(下回: 회답)는 알 수 없으나, 내 자신으로는 타인보다 또 소인보다 이 박 씨가 합치점을 본다면 내가 지도하는 데 사반공배(事半功倍: 일은 반 만해도 공은 갑절)가 아닐까 하는 추상(推想: 미루어 생각함)을 가지고 있고, 본인을 상대한 후에 다시 결정을 내리겠다.

현상 같은 종목을 연습하는 사람들 중에서 신(申) 군은 연령이 37세라 조건이 불리하고, 이 군은 아직 1차도 경기장에 나서본 일이 없어서 미지수에 속하고, 송 군은 전일(前日: 전날) 선수생활도 해본 사람이라 좀 조건이 유리하나 그 기록이 그리 우수하지 않은 것 같고, 박 씨만은 지방 선수일망정 일(一) 지방 선수권을 확보된 것 같으니 조건적으로는 가장 유리하다고 본다. 본인을 대면하고 다시 확평(確評)을 내리겠노라.

을미(乙未: 1955년) 10월 초3일(初三日) 개천절(開天節)

봉우서(鳳宇書)

추기(追記)

만약 박 씨와 대면해서 여러 각도로 심사하여 합격자라면 물론 운영산(雲英散)도 제공해야 될 것이요, 그다음 용호단(龍虎丹)이나 소불하(少不下: 적어도) 장근환(壯筋丸: 근육강화제)이라도 제공해서 유시유종

(有始有終: 시작과 끝이 있음)의 성공을 목표로 나가야 될 것이다. 이것은 내가 책임져야 할 일이다. 다만 기한이 촉박(促迫)해서 걱정이다. 반년 이내에 최소한 30분을 단축하지 않으면 내년 우승이 문제시된다. 자토벡의 2시간 23분 기록은 내년에 자토벡이 또 단축할 것은 명약관화한 사실이니, 우리는 아주 2시간 정도로 신기록을 목표로 추진해야 된다. 이 추상 기록이 내가 청장년시대의 속보기록이었던 것이다.

평시 속보가 12분 10리(里: 약 4킬로미터)요, 최급시(最急時) 예외 기록이 10분 10리였다.158) 이것은 연일(連日: 매일)해서는 보지(保持: 보존하여 지탱해 나감) 못하였고, 12분 기록은 1년, 2년이라도 휴식 없이 보지하던 것이었다. 앞으로 시간만 있다면 의지가 견고하고 주위 사정이 허락하는 청년이라면 17회 올림픽 이내로 12분 확보는 자신만만(自信滿滿)한 것이다.

을미(乙未: 1955년) 개천절 봉우추기

---

158) 12분에 10리 주파는 환산하면 시속 20km로 마라톤 기록으로는 2시간 6분 35초, 10분에 10리 주파는 시속 24km이며 마라톤 기록으로는 1시간 45분 28초이다. 참고로 현 남자 올림픽 마라톤 기록은 2시간 6분 26초(타미라트 톨라, 2024 파리 올림픽)이다.

하면 되고 행하면 가진다 〈고(考)〉

형이상(形以上: 道)은 명(明)을 명(明)하는 데 있으며, 형이하(形以下: 德)는 신(新: 새롭게 함)하는 데 있고, 우리 민생(民生: 민초의 삶)은 지극(至極)히 선(善)한 데 지(止: 멈춤)하기에 있다고[159] 고성(古聖: 공자)이 말씀하시고, 또 이 말씀을 문언화하여 후인을 교(教)하시었다. 이것이 양(洋: 바다)의 동서와 시대의 고금을 분별해서[160] 하신 말씀이 아니라 우주만대(宇宙萬代)의 통론(統論)일 것이다. 형이상의 **묘묘명명(妙妙冥冥: 묘하고 어둡고 그윽한)**한 **현리(玄理: 깊고 오묘한 이치)**야 일호반점(一毫半點: 아주 작은 점)의 흑점이라도 있어서는 알 수 없는 일이라 그런고로 선천적인 태양계 광명을 품수(稟受: 선천적으로 타고남)한 인간으로 후천적인 인위(人爲)의 력(力)과 열(熱)로 그 광명을 완전히 빌휘함으로써 형이상을 살필 수 있고, 형이하는 이 **개벽(開闢: 세상이 처음으로 생김)**에서 저 개벽까지의 간격을 과거, 현재, 미래로 나누며 세월이 경과함을 따라 이 우주의 질(質)과 량(量)은 묵은 것을 쌓고, 새것으로 변할 뿐이다. 이 신(新)을 지(知)하는 것이 형이하를 지(知)하는 것이다. 그래서 이 신(新)을 지(知)하는 법을 **과학(科學)**이라고 한다. 고성(古聖)이 가장 간단히 말씀하시기를 온고이지신(溫故而知新: 옛것을 잘 익

---

159) 《대학(大學)》경(經) 1장에 나옴.

160) 양(洋)의 동서: 동양과 서양, 즉 지리적·문화적 구분. 시대의 고금: 과거와 현재, 즉 시간적 구분.

혀 새것을 앎)161)이라 하시었다.

앞으로 한(限)이 없이 오는 신(新)도 이것의 계통이 없이 공중에서 오는 것이 아니라, 현재가 있기 전 과거에서 현재까지 온 과정을 그대로 경험하고 좀 더 추측을 가하면 장래 무한차무궁(無限且無窮: 끝없음)한 미래, 즉 신(新)도 얼마든지 추측할 수 있는 것이 형이하의 신(新)을 아는 법이다. 환언하면 변증법 유물론이 이 형이하를 말한 것이다. 무한한 과거의 추이(推移)로 보아서 현재를 알 수 있고, 과거와 현재를 합해서 장래를 추측하면 앞으로 무한무궁(無限無窮)한 미래, 즉 신(新)도 알 수 있다는 것이다. 그러나 우리는 형이상과 형이하의 중간에 생(生)한 인간으로서는 어떠한 방도를 취해야 옳은가 하면 다만 지극히 선(善)한 데 이르기까지에 있다고 성인이 말씀하시었으나, 우리가 과거, 현재를 통관(洞觀: 꿰뚫어 봄)하건대 민생으로 이 형이상과 형이하의 중간에서 생하여 능히 그의 '하옴'이 지극히 선한 데에 이른 사람은 우주를 통해서 몇 사람이 못 된다. 그 원인은 무엇보다도 각자가 '하옴'이 없고, '행함'이 없는 연고이다. 하지 않은 관계로 '되옴'이 없고, 행하지 않은 관계로 '가옴'이 없는 것은 변명할 여지조차 없는 것이다.

이 우주 역사는 가장 간단한 표어를 내가 경험담으로 이렇게 기록해 보았다. "행행행리각(行行行裏覺)이요, 거거거중지(去去去中知)"라고 하면 무슨 일이든지 되고, 행하면 어디든지 가진다는 철칙이 있다. 이것이 민(民)은 지어지선(止於至善: 지극히 선한 데에 이름)이라는 것이다. 그런데 여기서 후인의 오해를 풀기 위한 가장 중요한 구절이 있으니, "온고이지신(溫故而知新)"이라는 말씀과 탁덕양력(度德量力: 자신

---

161)《논어》의 〈위정편(爲政篇)〉 11장. 子曰 溫故而知新 可以爲師矣.(공자가 말했다. 옛것을 익혀서 새것을 안다면, 스승이라고 할 수 있을 것이다.)

의 덕행과 능력을 헤아리고 살핌)하라는 수어(數語: 몇 마디 말)가 "하면 되고, 행하면 가진다"는 말씀과 합치되어야 한다는 것이다. 내가 가고자 하는 곳이 만리(萬里)라면 내 각력(脚力: 다리 힘)의 만리를 갈 수 있을 심사를 해서 부족함이 없이 보충하고 가면 중간 실패가 없고 내가 천근(千斤)을 들고자 할진대, 내 여력(膂力: 근육의 힘, 완력)을 양성해서 충분한 체력이 된 뒤에 천근을 들어라 하는 조건이 부수(附隨: 붙어 따름)되는 것이다. 그렇다면 무엇이 하면 되고 행하면 가지는가 하고 반문(反問)이 있을 것이다. 또 그 이상 힐문(詰問: 트집을 잡아 따지고 물음)도 있을 줄로 안다.

그러나 내가 보건대 세상에서 동일한 인간으로도 1일(一日) 100리(百里)씩 1년에 3만 6,000리를 행하는 사람도 있고, 1일 1,000근씩 1년 36만 근을 운반하는 사람도 있는데, 어떤 인간은 총 생명을 100년이라 해도 행한 리수(里數)가 1,000리도 못 되고 자기 역량으로 운반한 근수(斤數)가 1,000근도 못 되는 사람도 사실상으로 많다. 이것이 예외라는 말이다. 자기의 역량껏 평생을 과거의 지선(至善: 지극히 착함)한 사람들의 실적대로 한 사람은 우주사(宇宙史)를 장식시키는 사람들이요, 하지 않고 가지 않은 사람들은 실적이 없어서 초목(草木)으로 동부(同腐: 같이 썩음)하는 외에는 타도가 없다는 것이다. 각자가 각자의 역량 것 최선을 다함으로써 이 나라가 빛이 나고, 이 세계가 광명해지는 것이요, 각자가 자포자기(自暴自棄)함으로써 이 나라가 쇠하고, 이 세계가 흑암화(黑暗化: 몹시 어두워짐)한다는 것이다.

끝으로, "힘껏 하고, 힘껏 가라. 하고, 가면 광명이 있고, 하지 않고, 가지 않으면 흑암(黑暗)하리라" 이것이 이 우주사의 과거상(過去狀)이며, 현재이며, 미래상의 공통점이라는 것을 말하노라.

을미(乙未: 1955년) 10월 초5일(初五日)

봉우(鳳宇) 지죄근서(知罪謹書: 죄인 줄 알며 삼가 씀)

추기(追記)

하면 되고, 행하면 가진다고 해서 자기의 실력이 미치지 못하는 일을 망상하고 나간다면 이것은 도로무익(徒勞無益: 헛되이 아무 소득이 없음)한 일이다. 이런 것을 고성(古聖)이 말씀하시기를 "유연목구어(猶緣木求魚: 마치 나무에 올라가 물고기를 구함과 같음)"162)라 하시었다. 내가 말하는 "하면 되고, 행하면 가진다"는 것은 각자 역량의 최고량을 발휘하는 데까지 말한 것이다. 고금을 통해서 사람들이 자기의 역량을 100%로 발휘한 사람이 극소수에 속하는 것은 사실이 증명하는 것이다.

자기의 역량에서 어느 부분을 발휘함으로써 이것이 각자의 전 역량인 줄로 오인(誤認)하게 되는 것이다. 나라가 강할수록 국민의 역량을 더 발휘할 수 있게 되어 그 나라의 전 역량이 타국보다 우수해지는 것이 절대로 약국(弱國: 국력이 약한 나라), 약민(弱民)보다 개인, 개인 간의 역량이 우수함이 아니요, 동일한 역량에서 약국의 국민은 자기 역량의 최소 부분을 발휘하고 여력을 사용 못함으로써 전 국민의 총역량이 강국에 비하여 약해지는 것은 명약관화한 일이다.

___

162)《맹자》의 〈양혜왕 장구(章句)〉 상편(上篇) 출전.

여기서 우리나라 같이 약한 나라라도 국가에서 최고 지도하는 인물이 두뇌를 명석하게 사용하여 부하 인선(人選: 사람을 가려 뽑음)에 공정하게 하고, 각층의 지도인물들의 역량부터 최고량을 발휘할 수 있도록 신임한다면 여기서 전 국민의 역량을 최대한 발휘할 수 있는 기구를 각계각층에 조직하여 이것으로 전국의 역량 수준이 자연적으로 향상되어 이것이 적축(積蓄)됨으로써 약국이 강국으로 변할 수 있는 것이다.

만약 최고 지도인물이나 그 이하 지도층에 그런 두뇌가 없다면 국민 각자가 각오하고 혹은 국민 층에서 선구자인 지도자가 나와서 정부를 대신하여 국민을 계몽하여 국민 각자의 역량을 발휘하도록 하여 수준을 향상시키는 방도(方途: 방법)도 있다. 우리가 목도한 정말(丁末: 덴마크), 분란(芬蘭: 핀란드), 서전(瑞典: 스웨덴), 낙위(諾威: 노르웨이) 등 국민 각자의 각오로 국가의 위기를 타개하고 **안락무우(安樂無憂**: 안락하고 근심 없음)한 지상천국(地上天國)을 건설해 가지고 있는 것도 그 원인이 단순히 지도인물들이 그 국민 역량을 좀 더 발휘시킨 관계라고 본다.

이것이 하면 되고 행하면 갈 수 있다는 증거요, 절대 불가능한 일을 또 인생의 역량으로는 절대 될 수 없고 갈 수 없는 일도 하면 되고, 행하면 갈 수 있다는 것이 아니다. 우리나라는 천혜(天惠: 자연이 베푼 은혜)가 정말(덴마크)보다 아주 우수한 나라라 만약 최고한(最高限)으로 역량을 발휘한다면 정말의 현재 정도는 문제가 안 되게 초월한 발전을 볼 것인 것은 자타가 공인하는 것인고로, 내가 이 문제를 쓰게 된 것이다.

일일(一日)이라도 속히 우리 지도자들의 각성이 있기 바라고 또 국민 각자도 누구의 지도가 있기 전에 자각하고 속히 실천, 실행으로 옮기기를 심축하며 우리 농촌에도 민간 자체에서 모범농들이 각자의 개인 사상을 내버리고 국가 민족 전체주의로 곧 발족하기를 바라는 관계로 이 붓을 든 것이다.

을미(乙未: 1955년) 10월 초5일(初五日)

봉우추기(鳳宇追記)

노노유유지심(老老幼幼之心)[163]

누구나 **양지양능**(良知良能: 타고난 재능)은 자기 부모에게 공경하며
자손에 자애(慈愛: 도타운 사랑)하는 것은 누가 교훈해서가 아니라 대자
연 그대로가 변함없이 발로함이라. 외래하는 환경에 변함을 받아서 부
모에게 공경하는 열이 감해지고 자손을 자애하는 마음이 약해지는 것
은 이것이 변태요, 상리(常理: 당연한 이치)가 아니다.

천지대자연(天地大自然)에 **생양쇠장**(生養衰藏: 낳아 기르고 늙어 죽
음)의 도(道)를 그대로 본받는 것이 선(善)이요, 그 대자연을 역행하는
것이 악(惡)이다. 여기서 **노노유유지심**(老老幼幼之心)이라는 것도 실
행에 있어서는 그리 용이한 일이 아니나, 그 의의는 가장 간이하다.

노오노(老吾老: 내 부모를 공경함)하여 **이급인지로**(以及人之老: 남의
부모를 공경함에 미친다)하고, 유오유(幼吾幼: 내 아이를 사랑함)하여 **이급
인지유**(以及人之幼: 남의 아이까지 사랑함에 미침)[164]라는 것인데, 내 부
모에게 효성(孝誠)을 다하는 사람이 그 마음을 이루어서 타인의 부모

---

163) 늙은이를 늙은이로서 존경하고 아이를 아이로서 아끼는 마음.《맹자》〈양혜왕〉상편
의 "老吾老以及人之老 , 幼吾幼以及人之幼" 구절과 관련 있다. "내 집의 부모를 생각
해서 남의 부모까지 극진히 공경하고, 내 집의 어린이를 생각해서 남의 어린이까지
지극하게 사랑한다면 천하를 내 손바닥에 올려놓고 마음대로 할 수 있으리라"는 내
용. 老吾老는 내 부모를 공경하듯 남의 부모도 공경한다는 의미로 개인적 효심이 사
회적 도덕으로 확장되는 표현이라면 老老는 노인을 노인으로서 공경하는 좀 더 일반
적이고 보편적인 존중 태도를 나타낸다.

164)《맹자》〈양혜왕〉상편 출전.

에게도 공경을 다하며 내 자손에게 자애(慈愛)하는 마음과 행동을 미루어서 타인의 자손을 사랑하라는 것이다.

이것을 시(詩)로 표현하기를

대인막설불여오(對人莫說不如吾: 남들이 나만 같지 않다고 말하지 말라)

오자오시피역오(吾自吾時彼亦吾: 나 스스로 나라고 할 때, 남 또한 나인 것을)

이물간오오역물(以物看吾吾亦物: 사물의 입장에서 나를 보면 나 또한 사물이고)

추오급물물역오(推吾及物物亦吾: 나를 미루어 사물에 미치면 사물 또한 나인 것을)

라고 하였다. 이 시를 잘 해득(解得)한다면 노노유유지심을 그대로 발현할 것이라고 본다. 천하만사가 다 나라는 것을 치중하는 관계로 여기서 불평이 생하는 것이다. 나와 상대를 구별 말고 내가 상대방을 취급하는 도리가 상대방에서 나를 취급하는 도리와 소호도 차가 없다면 이는 대자연 그대로일 것이라 시시비비론(是是非非論)이 필요를 불감(不感: 느끼지 않음)한다. 각자가 다 내가 할 일만 책임과 의무를 이행한다면 누구를 원망하고 누구를 칭찬할 것 없이 각자의 역량대로 각자의 보수가 있을 뿐이라 무슨 시시비비가 개입할 리가 없다. 천지의 생양수장(生養收藏: 낳아서 기르고 거두어 감춤)의 대도(大道)와 같이 만물이 생하자면 얼마나 노고를 당하며, 양(養: 기름)하는 데도 각기 역량을 다하고, 수(收: 거둠)하는 데도 역시 근로해야 하는 것이요, 장(藏: 감춤, 저장)하는 것은 장래의 생을 준비하는 것이다.

천지 대자연이 일시도 휴식함이 없이 근로함을 본받아서 인간도 춘하추동을 불계하고 우유도일(優遊度日: 하는 일 없이 한가롭게 세월을 보냄)함이 없이 근로하면 여기서 각자가 경제적으로 여유가 있고 상(上)을 사(事)하고, 하(下)를 육(育)하는 데[165] 부족이 없어서 노노유유지심을 서로서로 **실천궁행**(實踐躬行: 실제 몸으로 밟아 행함)할 수 있을 것이요, 이것이 실천궁행하는 범위가 광대할수록 인여인(人與人: 사람과 사람), 가여가(家與家: 집과 집), 동여동(洞與洞: 동네와 동네)으로 일국(一國)이 화(化: 됨)하고 이것이 **추급**(推及: 미루어 생각이 미침)해서 국여국(國與國)으로 천하가 태평하고 극락세계로 화해지는 것이다. 그래서 고성인(古聖人)이 말씀하시기를 "**능추노노유유지심**(能推老老幼幼之心: 능히 노노유유지심을 실천할 수 있으면)이면, **천하**(天下)는 **가운어장상**(可運於掌上: 손바닥위에 놓고 운용할 수 있음)이라"고 하시었다.[166] 이것이 물질문명이 아니라 정신문명이다. 물질문명의 각 과학을 각자가 근로 중에서 연구 실천하며, 정신문명인 도덕사상으로 생존경쟁이 없이 **태평세계**(太平世界: 평화세계)를 건설하는 요점이 **노노유유**(老老幼幼) 2자(字)에 그치는 것인데 이 간단하고 용이한 일이 왜 실행이 못 되며, 실행하자고 발기(發起)하는 사람도 없는가? 태평세계가 염승이 나서 그런 것인가? 약육강식(弱肉强食)이 좋아서 그런 것인가? 또는 선(善)보다 악(惡)이 좋아서 그런 것인가 의문이다.

다만 이것은 발기하는 지도자가 없는 연고요, 다른 관계는 없다고 본다. 현세에 선행(善行)을 하라고 경종(警鐘)을 치는 각 종교가 없는 것은 아니나, 노노유유지심으로 그러는 것이 아니라 내 노(老)가 노(老)요, 남의 노(老)는 노(老)가 아니라는 것과 내 유(幼)가 유(幼)요, 남의

---

165) 사상육하(事上育下). 윗사람을 공경하고 아랫사람을 기른다. 즉, 위로는 예를 다하고 아래로는 책임을 다한다는 뜻.

166) 《맹자》 〈양혜왕〉 장구(梁惠王 章句) 상편에 나옴.

유(幼)는 유(幼)가 아니라는 실천궁행을 뵈이며 선행을 하라는 관계로 각 종교가 **제세창생**(濟世蒼生: 세상의 모든 생명을 구제함)을 못하는 것이다.

이 종교들도 대자연에서 보면 **아전인수**(我田引水)하는 것으로밖에 보이지 않으리라. 좀 더 대아적 견지에서 **통개문로**(通開門路: 문로를 개통함)하고 **세계일가**(世界一家)로 **동락태평책**(同樂太平策)을 수립하고 우주를 울리는 거종(巨鐘)을 구(扣: 치다)하라는 것이다. 종교를 다 하지 말라는 것이 아니라 아전인수를 말라는 것이다. 머지않은 장래에 우리에게서 이 노노유유 보급 정신이 발단해서 전 세계에 피아(彼我: 상대방과 우리)의 구분이 없이 공통된 이념으로 태평세계 건설의 발족이 있으리라고 나는 자신만만하며 이 노노유유지심이라는 제목을 쓰는 것이요, 누구를 반대하기 위해서가 아니라는 것을 재선언하는 것이다.

현 국제연합 기구에서도 미미부진하나 세계를 전쟁 없는 평화로운 낙원을 건설해 보겠다는 원칙하에서 움직이고 있으나, 이것은 약소제국의 총의(總意)요, 강대국들은 체면에 끌려서 왔다갔다할 뿐이요, **인면수심상**(人面獸心狀)을 그대로 표현시키고 있는 중이라 맹수들에게 불(佛: 부처)이 설법을 하며 육식(肉食)이 죄가 된다고 소(素: 채식)를 시키는 격이라 조금만 시장하면 약육강식을 안 할 리가 없다고 본다.[167] 가장 질이 악(惡)해서 세계평화를 해치는 자에게는 하늘이 속히 벌을 내리시어 **발악**(發惡: 악을 씀)을 못하게 하시고 속히 대아적(大我的)인 노노유유지심이 전 우주에 충만해서 **장춘세계**(長春世界)요 **태평세계**

---

167) 부처가 맹수에게 설법하며 육식을 금지하고 채식을 시킨다는 비유는 짐승 같은 자들에게 도덕을 설교해 봤자 본능 앞에서는 무의미하고 생존이 걸리면 도덕도 버린다는 말씀.

(太平世界)를 건설하기 바라노라.

을미(乙未: 1955년) 10월 초6일(初六日)

봉우서(鳳宇書)

우리 동리(洞里: 마을) 소농가의 1년의 수지(收支)

1가정(一家庭)을 5구(五口: 다섯 식구)로 하고 자작농 10두락(斗落: 1 두락은 150~300평, 밭은 100평, 마지기와 같은 말)과 전작(田作: 밭농사) 5 두락으로 간주하고 1년 생산액이 도(稻: 벼) 20석(石: 섬, 약 160킬로그램, 2가마니)과 맥(麥: 보리) 28석과 대두(大豆: 콩) 10두(斗: 말) 정도의 수입이 있고, 지출 면에 있어서 식량이 매월 12두 정곡(精穀: 정미한 쌀)이 소요되니, 연액(年額) 144두요, 농비(農費: 농사비)가 40두는 필요하고, 의류에 20두가 보통 소요된다. 그리고 부식비가 정곡 15두 예정이면 연 220두의 지출과 세금과 잡비를 합해서 30두를 추가해야 한다. 근검 하는 가정은 약간의 흑자가 되고, 동삼삭일가(冬三朔日稼: 겨울 석 달 농사)나 또 축산의 부수입이 있는 가정은 조금 여유가 있다.

그러나 이 정도로는 자손을 중고등학교에 진학할 수 없는 것은 사실인데 우리 동리 현상이 소농가로 이 수입도 못하는 가정이 7~8할 이상이요 이 정도로 유지하는 가정이 근근 2할 정도다. 초족(稍足: 조금 만족함, 약간 넉넉함)한 농가는 전동(全洞: 온 마을)에서 몇 집이 못 된다. 이것이 현 농촌 실정이다. 만약 망년(亡年: 농사를 망친 해)이나 당하면 그 부채가 7~8년씩 청산이 못 된다. 무엇으로든지 이 실정을 보아서 농가 생활을 개선하지 않으면 큰일이라고 생각된다. 그리고 농작물도 무슨 다수확법을 이용해서 같은 면적에서 증산을 하지 않으면 장래의 발전성이 없고, 또 무슨 부업이든지 확고한 것이 있어야 가정생활 수준도 향상되고, 자손 교육 문제도 해결될 것이다. 경제적 급박으로 인해서 자손 교육을 치지도외(置之度外: 내버려둠)하니 사정이 가련한 일이로다.

근년에 연초(煙草: 담배) 경작을 하는데 전작(田作: 밭농사)에는 잡곡보다 5~6배의 증수(增收)가 되는 것 같다. 그 외라도 다른 농작물을 택해서 모범적으로 경작한다면 우리가 보기에 평당 500~600원 이상 되는 것은 여러 가지 있는 것 같다. 이런 종류의 경작으로 농가들이 자진 개선했으면 비록 경지 면적은 부족할지라도 현상과 같은 곤란은 면할 것 같다. 부업에 있어서도 일동 공동적으로 적당한 부업을 선택해서 아주 전적으로 하면 경제적으로 난관은 해결될 것 같다. 우리는 비농가인 관계로 농가 실정을 잘 알 수 없으나, 그래도 목도하는 일이라 대강 기록해 보는 것이다.

을미(乙未: 1955년) 10월 초7일(初七日)

봉우서(鳳宇書)

속보법 요지 추기(追記)

속보법에 대한 요지는 선자약기(先者略記: 먼저 간략히 기록함)하였다. 그러나 이 법에 대해서 신구법(新舊法)의 차이와 **호장호단(互長互短:** 서로 장단점)의 법요(法要)가 있으며, 이것이 **주법(走法:** 달리는 법)으로 화(化)하여져서 현금(現今: 바로 지금) 세계 각국의 운동 경기 중 육상에서도 **경주(競走:** 달리기 경기)에 한해서는 사범들이 거의 동일법으로 지도하는 것 같다. 우리나라에서도 역시 이 보법이나 주법을 그대로 사용하는 것이 아주 통속화해졌다.

내가 본론을 기록하는 것은 신식 보법이나 주법이 합리적이지 않다는 것이 아니라 이 신식보다도 구식이요, 우리나라 전래식인 것이 도리어 유리하다는 것을 증거하기 위해서 **실화(實話:** 실제 있는 이야기)를 쓰는 것이다. 예를 들면 신식은 기관차식이요, 겸해서 동물의 사족(四足: 네발)이 있는 짐승의 보법이나 주법이요, 구식인 우리 법은 항공식이요, 겸해서 동물의 쌍익(雙翼: 양 날개)으로 비행하는 새의 비법(飛法)을 그대로 본받은 것이다. 그리고 수중에 있는 어족(魚族: 어류)들의 수영법을 본받은 것이다. 이것이 사실인가 아닌가에 있어서는 무엇보다도 **실지(實地)**가 증명하는 것이다.

〈신구보법과 주법의 자세와 형용(形容)의 차이점〉

신법(新法)의 보법은 기착(寄着) 자세에서 정면으로 우보(右步: 오른

쪽 걸음)를 전진시킴과 동시에 좌수(左手: 왼손)를 전진시켜서 **좌우교착**(左右交錯)으로 전방으로 행진하는 것이요, 구식 보법은 기착 자세에서 15도 우향립(右向立: 오른쪽을 향해 섬)을 하고, 좌족(左足: 왼발)을 15도 좌향으로 전진시키며, 좌우수(左右手: 왼손, 오른손)를 좌우로 **쌍익형**(雙翼形)으로 보좌하며 보법을 시행하는 것인데, 속력이 자연 증강되어지는 것이요, 양완(兩腕: 두 팔)을 신식은 전후로 움직이는 것이요, 구식은 될 수 있으면 양팔을 움직이지 않고 협(脅: 옆구리)에 부착함으로써 호흡을 조절할 수 있는 것이며, 경사를 주하(走下: 달려 내려감)할 때에만 양팔로 중심을 잡아서 활동하는 것을 예로 한다. 그리고 신식은 각부(脚部: 다리 부분) 자세를 슬(膝: 무릎)을 전면으로만 굴곡(屈曲: 굽힘)하나, 구식은 무릎을 평지에서는 전후로 굴신(屈伸: 굽혔다 폈다함)하고 경사지(傾斜地)를 주하(走下)할 때는 아주 족근(足跟: 발꿈치)으로 둔부(臀部: 엉덩이)에 닿을 정도로 굴신을 요해서 속력을 가하게 하는 것이 절대 유리한 것이다.

〈구식 주법(走法)이나 보법의 준비〉

주로 **경신**(輕身: 몸을 가벼이 함), **건력**(健力), 인내를 연습으로 성공하는 것인고로 3건은 신구식의 차별이 조금도 없고, 강한 자가 성공하고 약한 자가 패하는 원칙이요, 다만 부대조건인 준비에 있어서 신체의 두부(頭部: 머리 부분)는 수건으로 될 수 있는 한 강압(强壓)을 해서 맬 것이요, 요부(腰部: 허리)는 명주(明紬: 비단 천) 침척(針尺: 바느질자) 5척 이상으로 호흡할 수 있게 **유대**(紐帶: 허리를 두름)할 것이요, 각부(脚部: 다리 부분)는 기름을 발라서 근육의 피로를 방지할 것이요 족저(足底: 발바닥)에는 인모(人毛: 사람의 머리털)를 **후부**(厚敷: 두텁게 깖)하여 족열(足熱)을 퇴치하고 구중(口中: 입속)에 늘 사탕정(砂糖精: 사탕)을 머금어서 후두(喉頭)의 건조를 방지하는 것이 상례(常例)로 한다.

〈연습 기간〉

보통 1년간으로 하나 허약한 자는 이 한도에 있지 않고 2~3년을 계속하는 것이 당연하고 매일 2시간 정도가 제일 적당한 시간이다. 4계 중에서는 가을 말에서 이른 봄까지가 적기이나, 봄, 여름이나 초가을이라고 중지하라는 것이 아니라 진전율이 가을 말에서 이른 봄만 못하다는 것이다.

〈지역〉

제일 적지(適地)가 **사장(沙場**: 모래사장)이요, 다음이 산악 능선에서 연습하는 것이요, 그다음이 소로(小路)에서 치(峙: 고개)를 두고 왕복하는 것이요, 그다음이 신작로에서 연습하는 것이요, 제일 불리한 것이 운동장에서 연습하는 것이다. 그러나 부득이한 때는 운동장에서라도 충분한 맹연습을 하면 효력이 발생할 것이다.

〈가감법(加減法)〉

양다리에 모래주머니나 아연판을 달고 연습하며, 또 배낭에 무거운 짐을 지고 연습하는 것도 실례가 있는 것이다. 총량 50~60근까지도 할 수 있는 것이다.

〈음식물의 조절〉

될 수 있는 한 경보(競步)나 경주시에는 위에 4분의 1 양(量)으로 음

식을 줄이고 조금도 포증(飽症: 배부른 증상)이 없을 때에 출장(出場: 운
동장에 나감)해야 하는 것이다. 평시 음식물은 가급적 수분을 덜 취하도
록 하고, 채식을 주로 하며 일주일에 1차나 2차의 육식도 필요하다. 그
러나 계란은 될 수 있는 한 피하는 것이 좋을 것이다.

〈복약(服藥)〉

주로 **장근골보음양**(壯筋骨補陰陽: 근육과 뼈를 튼튼하게 하고, 기운과
혈액을 보충함)하는 성능이 있는 약품이면 상시 복용하는 것이 좋으나,
우리는 **운영산**(雲英散)을 주제(主劑: 주된 약품)로 하는 **경신약**(輕身藥:
몸을 가볍게 만드는 약)을 사용한다. **거습제**(去濕劑: 몸의 습을 제거하는
약)나 **건위제**(健胃劑: 위를 튼튼히 하는 약)도 겸용해야 한다.

〈성생활〉

물론 합숙하는 것이 당연하나 장기 연습이라면 너무 무리도 할 수
없는 것이라 청장년기면 10일 1차 정도라면 연습에 큰 지상은 절내로
없다고 본다.

〈수면(睡眠)〉

온도가 좀 저열(低熱: 낮은 열)인 부옥(蔀屋: 덧문 있는 집)이나 그렇지
않으면 침대 사용이 가장 좋으며, 시간은 될 수 있는 한 오후 10시에서
오전 4시까지 6시간 숙수(熟睡: 숙면)면 생리상에 지장이 없다고 본다.

〈목욕(沐浴)〉

하시(何時: 어느 때)든지 **냉욕**(冷浴: 냉수욕)을 요하며, 열탕이나 온천

은 한 달에 한 번 이상이면 연습이나 능력 발휘상 지장이 있다고 본다.

〈평시(平時)〉

경기가 종료한 후라도 그치지 말고 장기로 비록 시간은 단축할지언정 연습을 중지하면 생리상 근력의 이상이 발생해서 건강을 해칠 염려가 있다고 본다. 환언하면 **행지불이**(行之不已: 계속 움직임)하라는 말이다. 그러면 비록 노쇠기(老衰期)라도 건강은 확보할 것이다.

이상 제조(諸條: 모든 조건)를 속보법 요지에 첨부하는 것이다.

을미(乙未: 1955년) 10월 초9일(初九日)

봉우서(鳳宇書)

1956년 병신(丙申)

을미년을 송(送: 보냄)하며

희망도 많았고, 기대도 많았던 을미년은 천도불언이세공(天道不言而歲功)이 성(成)이라 - 하늘의 도는 말하지 않으매, 한 해의 수확이 이루어짐 - 고 지구의 자전과 공전이 또 이 역학적(曆學的)으로 규정한 1년을 경과해서 을미년이라는 명칭이 어느 곳으로 사라지고, 머지않은 순간이면 병신년(丙申年: 1956년)을 맞이하게 되겠다. 해마다 이 날을 당해서 1년간 경과를 추억해 보는 것이 상례였으나 금년은 내가 글자 그대로 취생몽사(醉生夢死: 흐리멍덩하게 살아감) 생활을 하느라고 허무한 공허(空虛)를 실재(實在)로 생각하고, 집착되어 무사분주(無事奔走)하느라고 이 다정한 책자와 대할 시간이 별로 없었던 것이라. 그간 소문(所聞), 소견(所見)이 문언화되지 못하고 무하유향(無何有鄉)[168]으로 사라지고 말았다. 도로무익(徒勞無益)한 내 삼동간(三冬間: 겨울 석 달 간) 행각을 겨우 제석(除夕: 섣달 그믐날 밤) 앞에서야 휴식하며 이 붓을 들고 묵상(默想)의 경계를 왕래하다가 도로 돌아온 때가 거의 제석날 오후 12시경이라.

고인의 말씀과 같이 거자(去者: 떠나간 사람)를 막추(莫追: 쫓지 말라)요, 내자(來者: 찾아온 사람)를 막거(莫拒: 막지 말라)[169]라고 가는 을미

---

168) 아무것도 없는 곳. 어떤 인위도 없는 자연 그대로의 세계. 장자(莊子)가 추구한 무위 자연의 이상향.《장자》소요유, 응제왕, 지북유 출전.

169)《맹자(孟子)》〈진심하(盡心下)〉출전.《순자(荀子)》〈법행편(法行篇)〉과《논어(論語)》

년을 추억하며 붙잡을 것 없이 가는 대로 보내고, 내 명상(冥想: 고요한 생각)에 잠긴 무한한 포부도 가는 을미년과 같이 보내고 환영(歡迎)을 기다리지 않고, 서슴지 않고 선뜻 들어오는 이 병신년을 맞이해서 우리도 **신신**(新新: 새롭고 새로움)이라는 새 정신으로 거자를 막추하고, 신규수립(新規樹立), 신실행(新實行)으로 옮기라는 결심으로 내 독자(獨自)가 이 병신년을 맞이하자.

붓을 들고 무엇, 무엇이 내가 희망한다느니 기대한다느니를 다 공공리(空空裏: 비어 있는 속)에 두고 다만 반가운 마음으로 맞이하며, 성과 있기를 바라고 이 붓을 그치노라.

병신(丙申: 1956년) 원단(元旦: 설날 아침)

봉우서(鳳宇書)

〈술이편(述而篇)〉에도 비슷한 예가 나온다.

무제(無題)

내가 병신 원단에 이 책자를 대하고 만 65일 만에 다시 대하게 되었다. 그간 어수선한 내 정신, 무어라 말할 수 없었다. 정월 18일이 내 자식 신혼 예식이었고 그 후는 혼례후 선후책(말하자면 경제적으로) 관계로 **우왕마왕**(牛往馬往: 소 갈 데 말 갈 데 다 다닌다는 뜻으로, 온갖 군데를 다 쫓아다님)하느라고 시간적 여유가 없었고, 또 이헌규 씨 녹용 문제가 해결되지 않은 채 지우금일(至于今日: 오늘에 이르름)하고 있었고, 또 미국 보스톤 마라톤대회에 참석하기 위한 한국 예선에 우리 선수를 참례시킬까 하는 미미한 야망도 있었다. 그리고 자식 혼례식 때 참례한 동지들 중에서 **삼삼절**(三三節: 삼월 삼짇날)을 기해서 다시 동지회를 발족하자는 발언도 있었다. 이 일, 저 일이 다 내 성신상, 육체상 공히 피로가 극(極)하게 된 것이다.

더구나 우리는 금년 정·부통령 선거에 관심을 두고 있던 것인데, 우리가 대망하는 인물은 절대적으로 출마 의사를 표시하지 않고 은둔(隱遁)할 결심을 확정하고, 또 동지 중에서 망상으로 출마코자 하는 인물은 경제가 허락하지 않아서 수속도 하지 못하였고, 또 모모 인물들도 자진해서인지 권고를 당한 것인지 다 기권하고 정·부통령으로 출마가 확정되어서 발표된 인물은 이승만 박사와 신익희 씨와 조봉암 씨가 정통령(正統領)으로, 이기붕, 이범석, 이윤영, 이종태, 윤치영, 장면, 박기출 씨의 부통령으로의 출마가 확정되었다.

이 정·부통령 선거야말로 우리 민족국가의 대외, 대내적으로 **최긴최요(最緊最要)**한 일이라 **소허(少許**: 얼마 안 되는 분량)라도 부주의했다가는 국가의 안위(安危)가 여기 있는 것이라 국민으로 가장 신중할 필요가 있는 것이다. 그러므로 다음에 출마 인물 각 개인에 대한 내 포부와 국민들도 주의할 일을 내가 적어 보기로 하고 근 70일 동안 **분주불가(奔走不暇**: 분주하여 여유가 없음)하던 연유(緣由: 사유)를 먼저 고백할 뿐이다.

병신(丙申: 1956년) 음력 3월 5일

봉우서(鳳宇書)

자식의 혼례식을 필(畢: 마침)하고 내 소감

내 조부께서 내 선친을 34세 시(時)에 제3자(子)로 탄생하시고, 내 선친께서 45세 시에 나를 만득자(晩得子: 늙어 낳은 자식)로 낳으시고, 내가 31세 시에 가아(家兒) 영조(寧祖)를 생산하였었다. 내 선친께서는 유년(幼年: 어린 나이)인 12세 시에 계부주(季父主: 아버지의 막내아우) 출계(出繼: 자손을 잇기 위해 나감)로 양자(養子)가 되시어 양모님 밑에서 와 백부(伯父: 큰아버지)님 밑에서 장성하시어 당시는 조혼(早婚)시대임에 불구하고 20세를 경과하시어서 비로소 성례(成禮: 혼례식을 지냄)하신 후 불과 몇 년 만에 상배(喪配: 상처)하시고 재취(再娶: 두 번 째 장가를 듦)를 하시어 역시 몇 년이 못 되어서 상배하시고 32세인 정해년(丁亥年: 1887년)에 선비(先妣: 어머니)께 혼례하신 후 2남 2녀를 생(生)하시어 1남 2녀가 다 조요(早夭: 일찍 요절함)하고, 내가 장성했을 뿐인데 나는 한말(韓末: 대한제국말기) 기유년(己酉年: 1909) 당시 10세였다.

사회적으로 나라가 망한다는 것을 예감하고 유언비어(流言蜚語: 뜬소문)가 횡행(橫行)해서 혼란이 일어났다. 나도 이 조류에 혼동되어 구생유취(口生乳臭: 입에서 젖 냄새가 남)의 유년으로 10세에 성혼했었고, 13세에 상처하고 다시 현 실인(室人: 아내)인 황 씨에게 성혼(成婚: 혼인을 함)하였다. 그 후 6남매를 생산해서 영조를 제하고는 다 조요(早夭)하였다. 내 가정경제는 계해년(癸亥年: 1923년) 이후로는 입추(立錐: 송곳 세움)의 여지(餘地: 남은 땅)가 없는 파락호 생활을 지속하고 있는 중이었으나, 영조가 점점 장성하므로 성혼하기를 권하는 사람이 많았다. 그러나 내가 경험한 바로 조혼은 절대로 반대하였으며, 또 자식이 군인으로 있는 한 좀 고려할 필요도 있었다.

그러다 전쟁이 휴전으로 종결되고 임시 안정이 되고 자식의 연령이 27세라 비로소 구혼(求婚)한 것이다. 상대방의 별 조건이 다 있었으나, 나는 **신인**(新人: 새색시)의 학력이나 **사가**(査家: 사돈집)의 경제력이나 아주 우수한 편은 불계(不計: 따지지 않음)하고 불응하였고, 또 구일(舊日: 옛날) **양반잔재**를 너무 운위하는 인간도 불응하였다. 내 자식이 학력이 없고 내가 경제력이 없고 내가 혁혁한 **사환가**(仕宦家: 벼슬살이한 집안)가 아닌 관계였다. 그래서 지방에서는 **사색**(四色: 조선시대 사색당파, 노론, 소론, 남인, 북인)도 보고, 좌우족(左右族)도 보고, 경제도 보는 관계가 있으나, 나는 **당자**(當者: 당사자)만 50점 정도라면 내 사람 된 후에 사람의 질적 향상이 있으면 그만이라는 주장이었다.

그래서 금번에 사가(査家: 사돈집)가 된 성 씨에 대해서 양심상으로 고백하건대, 그가 **색목**(色目: 사색당파)이 무엇인가, 또는 씨족적으로 어떤 정도인가를 내가 일언반사라도 수하(誰何: 누구)를 물론하고 물어 본 일이 없었다. 다만 당자가 유순(柔順)해 보이고, 심덕(心德)이 있음 직해서 그리고 경제력도 그다지 풍요한 가정은 아닌 듯한 관계로 내심으로 결정했던 것이요, 자식에게 그 이유를 말하고 승낙을 구하며, 또 자식의 개성을 억압을 하지는 않았었다. 자식도 인식하고 쾌락(快諾: 쾌히 승낙함)해서 정월 18일 성혼을 하고 곧 **우례**(于禮: 결혼한 신부가 처음으로 시집에 들어가는 예식)를 한 후에 가간(家間: 집안 사이)에서 일상생활을 보니 소망에 벗어나지 않는다. 다만 좀 신체가 허약한 것 같다. 이 점만 보충했으면 할 것 같다. 그리고 혼례 시에 적수공권(赤手空拳: 맨

손과 맨주먹, 빈털터리)으로 일을 당해서 창피나 당하지 않을까 한 것이 가족들이나 동지들의 힘으로 다행히 당일 과히 창피할 지경은 안 당한 것은 오로지 제위(諸位: 여러분)의 힘이라고 본다. 몇 십만 원의 부채가 있었으나, 아마 봄여름 사이면 충분히 청산될 가망성이 보인다. 다만 신인(新人: 새색시)이 들어옴으로써 우리 가정이 쇄신(刷新: 새롭게 함)해서 희망하는 일이 실현화되기를 빌 뿐이다. 붓을 그치노라.

병신(丙申: 1956년) 3월 초5일(初五日)

봉우서(鳳宇書)

자식이 여전히 일선(一線: 북한과 대치 중인 국경 전선)에 있어서 속히 근지(近地: 가까운 곳)로 보직(補職)되었으면 하는 희망이 있을 뿐이다.

병신(丙申) 3월 초5일(初五日) 봉우 추기(追記)

이용환 군의 실패를 보고

　세상사가 백 가지를 희망하면 한 가지라도 완전한 성공이 있다면 이것이 거둠이 있다고 하는 것이다. 그래서 세상에서 성공이라는 것이 그리 용이하지 않는 것을 말하고 신(信)하는 것이다. 무슨 일이든지 착수했다가 실패하는 것이 상사(常事: 보통일)요, 별 이상할 것은 없다. 그러니 이 성공과 실패의 기로에서 두어 가지로 분별할 도리가 있다.

　"孟子曰挾泰山以超北海 語人曰 我不能 是誠不能也 爲長者折枝 語人曰 我不能 是不爲也 非不能也.(맹자께서 말씀하시되, 태산을 끼고 북해를 뛰어넘는 것을 남에게 말하기를 '나는 할 수 없다'라고 하면 이것은 진실로 할 수 없는 것이지만, 연장자를 위해 나뭇가지를 꺾는 것을 사람들에게 말하기를 '나는 할 수 없다'라고 하면 이것은 하지 않는 것이지 할 수 없는 것이 아닙니다)"

　라는 말씀이 있다.[170] 말하자면 성공이나 실패의 원인을 탐색할 필요가 있다는 것이다. 금번에 이용환 군이 보스턴 마라톤 예선에서 완전 실패한 원인은 다른 사람들이 말하자면 반드시 명코치에게 상당한 시일을 요하고도 가능하냐, 불가능하냐가 문제인데, 이 군은 연습 부족

---

170) 《맹자》 〈양혜왕 장구(章句)〉 출전.

과 코치의 지도를 받지 못하고 졸지에 처녀 출정을 한 것이니, 이 군의 출정은 기적이나 바랄까 하는 절대 불가능의 일이요, 실패가 무엇보다도 당연한 일이라고 할 것이다.

이것이 세상에서 보는 통례(通例)일 것이다. 그러나 이 군의 실패한 원인은 나는 이렇게 평하고자 한다. 이 군이 학교의 수학은 만점이었으나 사회적이나 도덕적으로 본 이 군의 수학 시험은 마이너스 만점으로 본다. 이 군의 역주(力走)하는 역량이 성공권 내에서 가능한가, 불가능한가를 검토해 보면 공정하게 일호반점(一毫半點: 아주 작은 털 하나의 반점) 사심이 없이 평하더라도 신인이 나와서 예상 외 신기록이 나오면 모르되, 현 세계기록보다는 최소한 20분 이상의 단축을 보고 있던 것은 사실이 증명하는 것이다. 그런데 하고(何故: 무슨 까닭)로 자기 기록보다도 40분 이상을 지연시켜서 참패를 당했는가? 그 원인이 무엇보다도 이 군 자신이 수학적으로 아주 영점이라는 데에서 기인된 것이다.

하고(何故)인가? 이 군은 학교 수학 점수는 항상 반점이있으나, 사회 현실적인 수학이 좀 부족한 것이 아니라 아주 마이너스 낙제점이라고 정평을 내린다. 무슨 까닭인가 하면 비록 마라톤이 체육의 일부문이라하나, 성공함으로써 우리 한국 체육계는 물론이요, 세계 체육계의 화형적(花形的: 최고 아름다운 꽃 같음) 존재일 것이다. 이것으로 우리 민족적 영예가 얼마나 되며, 후진들의 기세를 얼마나 도울 것인가? 적지 않은 수확이라고 보는데, 이 군이 이를 목표하고 연습 도중에서 개인의 일시적인 불합법한 향락을 취하다가 본 목표를 망각하고 부지불식간에 아주 방향을 전환하고 말았으니, 이것은 이 군이 일시적인 마이너스의 향락에 치중하고 자기가 목표하고 우리들이 목표하고 있는 공동의 목표인 백산운화(白山運化)의 초출발점이라는 것을 망각하고, 개인으로서도 보통은 취하지 않는 추악한 범행을 하고, 또 도리어 **회과**(悔過: 잘못을 뉘우침)함이 없이 **수변성노**(羞變成怒: 부끄러움이 변해서 화를 냄)로 반항의 기세를 보인 것이다.

고인의 말씀에 **선패자**(善敗者: 최선을 다해 싸워 진 사람)는 **불망**(不亡: 망하지 않음)171)이라 하였는데, 이 군의 참패는 회과(悔過: 잘못을 뉘우침)를 못하므로 다시 회복 못할 참패라고 본다. 다만 바라는 바는 이 군이 비록 늦게라도 후회하고 이 일 아닌 타 사업이라도 목표에 성공하기를 빌며 이 붓을 그치노라.

병신(丙申: 1956년) 3월 초5일(初五日)

봉우서(鳳宇書)

---

171) 《제갈량 심서(諸葛亮心書)》 15장 부진(不陣)편 출전. 선리자 불사(善理者 不師), 선사자 부진(善師者 不陣), 선진자 부전(善陣者 不戰), 선전자 불패(善戰者 不敗), 선패자 불망(善敗者 不亡). 잘 다스리는 자는 군사를 일으키지 않고, 군사를 잘 일으키는 자는 진을 치지 않으며, 군진을 잘 치는 자는 전쟁을 하지 않고, 전쟁을 잘 하는 자는 패하지 않으며, 잘 패배하는 자는 망하지 않는다.

삼삼절동지회(三三節同志會)를 경과하고

　정월(正月) 18일 내 자식 혼인시(婚姻時)를 제(際: 시기)하여 동지 여러분이 삼삼절에 다시 회합하자는 발의가 있었다. 동지들의 찬동이 있었으나, 각자의 형편상 지장이 없을까 하고 염려하던 차에 삼삼절(三三節: 음력 3월 삼짓날)은 순식간에 닥쳐왔다. 회합한 동지 명단은 최연장인 송영철 동지를 비롯하여, 조봉희 씨, 서정만 씨와 우리 동지들 중에서 가장 성의를 가진 **이송하** 동지와 **오치옥** 동지와 열렬한 포부를 발휘코자 하는 **한인구** 동지와 남에게 지지 않을 각오로 실천코자 하는 **박하성** 동지와 **신현달** 동지와 각자의 개성을 불고하고 맹종하는 김학수 동지와 묵언실행하는 **최종은** 동지와 **자처소졸**(自處小拙: 아주 쓸모없는 사람으로 자처함) **최현선** 동지와 자기주장을 불굴하려는 박은식 동지와 동지라기보다 동실인(同室人: 같은 방 사람) 같은 **이헌규, 고개천** 동지와 **포풍착영**(捕風捉影: 바람을 잡고 그림자를 붙듦. 허황된 행동)하는 **이무영** 동지와 **맹타공관**(猛打空罐: 빈 깡통을 맹렬히 때림. 실속 없이 요란함)하는 **무장골한**(無腸骨漢: 창자도 뼈도 없는 사내, 즉 기개와 담력이 없는 사람) 박종원 동지와 **취중건곤**(醉中乾坤: 술에 취해 천지를 논함)인 박해선 동지가 회합하였다.

　우리 동지 중에 중진이며, 희망을 가졌던 구영직(具永稙) 동지의 불참과 동지 중의 고참 격인 한의석(韓義錫) 동지의 선기내방(先期來訪: 약속일보다 일찍 방문함)하였다가 삼삼절에 재참(再參) 못한 것과 또 연정원 동지 중 **최승천** 동지와 **임지수** 동지에게는 통지조차 못한 것은 내 과오였고, 소년시대부터 동지인 **이윤직** 동지가 참석코자 했으나, 경제가 불허해서 미참(未參)하였고, 한상록 동지는 여행 중이라 금번 회합을 부지(不知)하였던 것이다. 발족이니만큼 전원이 다 참석하기는 극곤란한 것이다. 이상이 동지들의 참불참(參不參)을 말한 것이요, 때가 마침 정부통령 선거운동 중이라 혹은 어떤 선거운동이나 아닌가 하고, 색안경을 쓰고 보는 사람도 있었으나, 우리들은 아주 순수한 일개인으로 어느 정당이나 단체에 속함이 아니다.

각자가 다 같이 자주자립(自主自立)을 계획적으로 실천해서 농산어촌과 도시를 물론하고 불휴의 노력으로 정신적이나, 물질적 공히 수준을 향상시켜서 중구(中歐: 중부유럽) 정말(丁抹: 덴마크) 등 제국(諸國: 여러 나라)의 신생(新生: 새로운 탄생)을 **효칙(效則: 본받아 법으로 삼음)**하고 일보 전진하여 세계평화의 배태(胚胎: 새끼를 뱀)를 우리들의 손으로 종식(種植: 씨를 심다)하자는 의견일치를 보고, 아주 문언화시키기는 **칠칠절(七七節: 칠석날)**에 재회합해서 발표하자고 만장일치해서 발족선서에 그치고 산회(散會)했다. 이만큼이라도 상당한 수확이라고 본다.

병신(丙申: 1956년) 3월 초9일(初九日)

야추기(夜追記) 봉우서(鳳宇書)

추기(追記)

금번 참석한 중에서 아직 정신적으로 훈련이 덜된 동지 몇 분이 금

번 회합의 목적을 알지 못하고 모모 동지들에게 모씨 선거운동이요,
회비는 모씨에게서 나온 것이라고 악선전한 분이 있어서 본옥(本玉)에
거주한 동지 서모씨가 질의한 바 있었다. 그래서 동지들 중에서 오해
한 분이 있었다는 것도 알게 되었다. 이런 것을 고인들이 말하기를 "하
대무현(何代無賢: 어느 시대인들 현인이 없으리요)이리요?"했다.172) 대체
로 내가 경제적으로 여유가 없는 연고로 이런 것을 화두에 오르게 되
는 것은 여러 동지들에게 심심사과(深深謝過: 깊이깊이 사과함)하는 것
이다.

동일추기(同日追記)

봉우서(鳳宇書)

---

172) 《정관정요(貞觀政要)》〈택관편(擇官篇)〉에 보임.

정부통령(正副統領) 출마를 보고 내 소감

부(富)를 누가 원하지 않으며, 귀(貴)를 누가 원하지 않으리요마는 사람마다 다 부하고 사람마다 다 귀하지 못하는 것이 원칙이다. 이것은 내가 부나 귀를 원하는 마음보다 부나 귀할 자격을 양성 못한 데에서 원인이 되어, 원하나 이루지 못하는 사람이 많은 것 같다. 하늘이나 신(神)이나 사람이나 다 같이 명철(明哲: 밝음)하다. 일이 오기 전에는 아는 사람이 귀하나, 지낸 뒤에는 비록 우부우부(愚夫愚婦: 어리석은 남자와 어리석은 여자를 아울러 이르는 말)라도 선악을 평할 수 있는 것이다. 일에 있어서 100근(百斤)을 운반한 사람에게 노임을 100원을 주었다고 가정하고, 만약 100근의 10배인 1,000근을 운반한 사람이 있다면 당연히 노임을 1,000원 주는 것이 당연한 일이요, 정반대로 100근을 못 운반한 사람에게는 100원 받을 자격이 없고, 몇 십원의 노임이 정연(正然: 바름)하다고 보며, 또 그 직장에서는 1,000근을 운반할 수 있는 사람이 필요하지 그 이내의 역량자로는 자격이 없는 것은 사실이 증명하는 것이다.

그래서 고인들이 소부(巢父)니 허유(許由)니[173] 하는 사람들은 사람

---

173) 소부와 허유는 요 임금 시기의 숨은 도인이다. 하루는 요임금이 허유를 찾아와 왕의 자리를 맡아 주길 부탁했는데, 이 말을 들은 허유는 영천(潁川)이란 개울로 가 귀를 씻고 기산(箕山)에 들어 숨어 살았다. 이때 소부(巢父)가 마침 소를 끌고 영천으로 가 소에게 물을 먹이려다 이 소식을 듣고 더러운 물을 소에게 먹일 수 없다고 영천 상류로 가서 물을 먹였다. 요 임금은 어질기로 천하에 따를 자가 없었고 당대에 태평성대

마다 다 원하는 부귀를 다 마다하고 은일(隱逸: 숨어 삶)로 산림처사(山林處士)가 되었다. 이것은 소부니 허유는 다 자기를 잘 아는 사람이다. 귀위천자(貴爲天子: 존귀함은 천자임)요, 부유사해(富有四海: 부유함으로는 사해를 가짐)174)라는 그 공기(公器: 공적 물건)가 자기의 힘에 과했든지, 불급(不及: 미치지 못함)했든지를 물문(勿問: 묻지 않음)하고 자기가 나서길 적소(適所: 적당한 곳)라고 인정치 않는 관계로 기산(箕山), 영수(潁水: 하남성 등봉현에서 회수淮水로 흐르는 강)175)에서 소요자적(逍遙自適: 아무 속박 없이 느긋이 지냄)하고 천자(天子)를 사양했던 것이다. 후세에는 이 미풍(美風: 아름다운 풍속)이 어느 곳으로 사라지고, 부(富)와 귀(貴)를 위해서는 자기의 역량과 덕량(德量)을 계산할 여지없이 천하의 공기를 사용사취(私用私取: 사적으로 쓰고 취함)하는 데 수단과 방법을 가리지 않고 진록(秦鹿)이 주(走)하니 무비초봉(無非楚蜂)176)이라고 오륜삼강을 불고(不顧: 돌아보지 않음)하고 난립하는 것이 근세의 통례인 듯하다.

그러나 인국(隣國: 이웃나라)인 비국(比國: 필리핀) 대통령 막사이사이 177)만은 이 통례를 벗어나서 고대 명철한 군주의 행동을 간간 본받는

를 구가했음에도 그런 반응을 보였던 것이다. 정치란 그런 것이다. 그렇다고 소부와 허유가 과연 우리가 본받을 만한 사람들인가? 유능한 사람이 정치를 멀리하면 무능한 자가 그 자리를 차지하고, 어진 자가 정치를 멀리하면 폭군이 그 자리를 대신하고, 선한 이가 침묵하면 악이 득세한다.

174) 《중용(中庸)》 18 기유문왕장(其惟文王章). 《설원(說苑)》, 《자치통감(資治通鑑)》 등에 보임.

175) 중국 요임금 때의 현자 소부와 허유가 놀던 곳. 현 중국 하남성 소재.

176) '진나라의 사슴이 달아나니, 쫓는 것은 모두 초나라의 벌이다'라는 뜻으로, 하나의 이익이나 권력을 두고 여러 세력이 다투는 상황을 말함. 진록(秦鹿)은 진나라의 권력이나 잔재를, 무비초봉(無非楚蜂)은 벌떼처럼 몰려드는 초나라의 군사나 세력을 비유.

177) 라몬 막사이사이(1907년 8월 31일~1957년 3월 17일)는 필리핀의 독립운동가, 정

것 같다. 이것이야말로 송무백열(松茂栢悅: 소나무가 무성하니 잣나무도 기쁨)이라고 본다. 그런데 내가 말하고자 하는 것은 100근의 역량인 자가 1,000근을 들지 못하면 일을 낭패할 직장에 **자천**(自薦: 스스로를 추천함)하는 것은 노력이 부족하고도 고가(高價)의 노임(勞賃)을 받고자 하는 것이니, 정평(正評)하자면 이런 부류를 '도적(盜賊)'이라고 하는 것이다. 이 도적 아닌 인간이 얼마나 되는가? 자가비판을 해볼 일이다. 현상 우리나라는 이조 말엽부터 왜정 36년간의 식민정책하에서 민족혼이 거의 다 소삭(消削: 사라지고 깎임)되고 경제력은 왜정 흡취(吸取: 빨려짐)되어 공각(空殼: 빈 껍질)만 남아 있고, 문명 정도도 식민지 문교행정이 자멸하도록 교육시설을 해놓은 것이요, 겨우 저희들이 사용인으로 취급하기 용이할 정도 외에는 교수(教授: 가르쳐 줌) 안 한 것이 사실이었다.

그러던 잔재(殘滓: 남은 찌꺼기)에서 8.15 광복이라는 선물을 받았으나, 군정이 역시 자립을 허(許)하던 것이 아니요, 자기들의 장래 시장을 목표로 하는 것 같은 감이 많고, 실지에 있어서도 **임시주사**(臨時注射)적인 방도(方途)가 많았다. 그래서 남북한 분립부터가 양대 조류의 조상(俎上: 도마 위)에 오른 생선 노릇밖에 되지 못한 것이다. 그래서 우리가 보기는 6.25 사변 역시 우리 남북한의 자발적인 전쟁이 아니요, 미소(美蘇)의 전주적(前駐的: 앞서 주둔한)인 입장에서 유사(有史) 이래 초유(初有)의 희생을 당한 것이라고 본다. 남북한 공히 일호반점의 소득이 없는 미소정책에 순응하는 전쟁에 불과한 것이었다. 그러나 이 불행한 중에서라도 우리의 지도자들이 정신을 차리었다면 다각적으로

치인이다. 필리핀의 제7대 대통령이자 필리핀 제3공화국의 제3대 대통령이다. 청백리로 유명하다. 비행기 사고로 별세하였다.

현상과 같은 패망의 지경까지는 가지 않았으리라고 믿는다.

이것이 우리 민족은 '목마른 사람이 물 찾듯이'와 '배고픈 사람이 밥 찾듯이'와 동일하게 국가의 이 대난국(大亂局)을 수습하며, 민족의 행복을 줄 인물을 구하는 것이 무엇보다도 우선적일 것이다. 우리는 건국의 형식이 된 후로 제2차 대통령을 선거하고 금번이 제3차 정부통령(正副統領) 선거다. 그래서 출마한 인물들을 보고 각각 내 소감대로 수자식(數字式: 몇 자씩) 기록하고자 한다. 절대로 어느 개인을 위해서가 아니라 내 소감대로 쓰고자 하며, 끝으로 금번에 출마하려는 몇 명의 인사도 첨기(添記: 덧붙여 기록함)코자 한다. 한 국민의 입장으로라는 것을 재표명한다.

(1956년 음력 3월 9일 기록 추정)

진보당 공인(公認) 조봉암(曺奉岩)[178] 군(君)

죽산(竹山)은 갑오년 민의원 선거 당시에 자유당에게 대타격을 당하고 은둔생활을 하는 중에 좌우 접근자들까지 주의(注意), 주의하여 왜정시대의 고등계 요시찰 이상 취급을 받고 있던 중인데 작년부터 다시 거두(擧頭: 머리를 듦)하기 시작하는 형적(形跡: 자취)이 간간(間間: 사이사이)이 보였다. 그래서 민주당 신편성에 참여하느니, 노농당(勞農黨)인 전진한(錢鎭漢)[179] 군과 합작하느니 하더니, 민주당에서 입당 거부를 당하고 일시는 고적(孤寂: 외롭고 쓸쓸함)하던 때에 동암(東庵) 서상일(徐相日)[180] 옹(翁)이 민주당에서 탈당해서 죽산과 제휴(提携)하고 김

---

178) 조봉암(1898~1959), 정치가·독립운동가, 호는 죽산(竹山). 노농총연맹조선총동맹을 조직해 문화부책으로 활약하다가 상하이에 가서 코민테른 원동부(遠東部) 조선대표에 임명되고, ML당을 조직해 활동했다. 제헌의원·초대 농림부장관이 되고 대통령에 출마하기도 했다. 1952년 제2대 대통령에 출마하여 차점으로 낙선, 1956년 다시 제3대 대통령에 출마하였으나 낙선되었다. 그 해 진보당(進步黨)을 창당, 위원장이 되어 정당 활동을 하다가 1958년 1월 국가보안법 위반으로 체포되어 대법원에서 사형선고를 받고 1959년에 처형되었다. 2011년 1월 20일 대법원에서 간첩죄와 국가보안법 위반 등 주요 혐의에 대해 무죄 선고를 받았다.

179) 전진한(錢鎭漢, 1901년 11월 5일~1972년 4월 20일, 경북 상주)은 한국의 독립운동가, 노동운동가, 정치인이다. 대한민국의 초대 사회부 장관을 역임하였으며 장건상, 김성숙, 유림 등과 함께 1949년 독립노동당을 조직하였다. 본관은 문경(聞慶)이며 호는 우촌(牛村)이다.

180) 서상일(徐相日, 1886년 7월 9일~1962년 4월 18일)은 대한민국의 독립운동가, 기업인, 정치가이다. 1945년 한국민주당 창당에 참여하여 총무의 한사람으로 선출되고, 건국준비위원회에 대항하여 송진우 등과 국민대회준비위원회를 조직, 부위원장이 됐다. 미군 주둔 후 미 군정 때 남조선과도입법위원회 민선 의원으로 선출되었고, 뇌물

창숙(金昌淑)[181] 옹을 추대해서 대통령 출마를 시키자고 공작을 하다가 김 옹이 응하지 않을 줄 예측한 죽산이 진의(眞意) 아닌 수차를 권한 후에 자기가 대통령으로 출마를 확정하였다.

일부 측에서는 야당연합전선 결성을 죽산 군이 선창(先唱)하고도 조직력에 강한 죽산 군은 당 대회에서 추천을 받고 대통령으로 출마한 것이다. 그런데 세간에서는 금번 출마 시에는 대체로 자유당이나 관변(官邊)에서 아주 방치하는 것을 보면 현 이 박사와 또는 자유당 고위층과 모종의 결합이 된 것 같다는 풍설(風說)도 유포되고 있다. 죽산이 비록 실지 면에 있어서 이런 사실이 없다고 하더라도 야당이라는 명목으로 나와서 야당끼리 상타(相打: 서로 때림)하면 **좌수어인지공(坐受漁人之功**: 가만히 앉아 어부의 공을 거둠)할 당은 자유당 외에는 타당이 없다. 죽산의 금번 행사는 아마 이 박사와 모종 결합이 아니면 해공(**海公**: 신익희)[182] 타도(打倒)가 목표로 나온 것 같다고 나도 본다. 그런 사실이 없이 이런 행동을 한다면 이것은 민주당과 동패(同敗)할 외에는 타도가 없으리라. 권하고자 하는 것은 죽산이 좀 더 냉정해 가지고 야당 결합에서 고집을 말라고 권할 뿐이다.

수수로 파면된 천종효를 대신하여 미군정청 소방국장을 지내기도 했다. 제1공화국 기간 중에는 야당 정치인으로 활동했다.

181) 김창숙(金昌淑, 1879년 음력 7월 10일~1962년 5월 10일)은 유학자·독립운동가·정치인·교육자이다. 자는 문좌(文佐). 호는 심산(心山)·벽옹(躄翁). 김구와 함께 민족 분열을 막기 위해 노력하였으며, 이승만 정권 때는 독재를 막기 위한 투쟁을 벌였다. 성균관대학교 초대 총장에 취임하였다. 건국훈장 대한민국장이 수여되었다. 저서로는 《심산만초》와 《벽옹만초》가 있다.

182) 신익희(申翼熙, 1894년 7월 11일~1956년 5월 5일)는 대한민국의 정치인이다. 대한민국 임시정부 외무부 차장, 미군정청 남조선과도입법의원 의장 겸 상임위원장, 대한민국 민의원 의장 등을 지냈다.

요행으로 득표를 해서 죽산이 당선을 한다 해도 그의 행정이 우리가 생각하고, 우리가 염원하는 행정이 나오리라고 믿지 못하고 그의 조직력만은 강하나, 실질 면에 있어서는 정통령(正統領)으로 좀 더 정치 훈련을 받은 후에 출마해 보는 것이 당연하다고 본다. 금번에는 야당연합운동에 죽산이 해공과 고집하는 것은 자멸책이요, 도의감(道義感)이 부족한 관계라고 본다. 물론 죽산으로서는 자기도 해공에게 지지 않을 승산이 있다고 자신하고 그러는 것이나, 역사를 살아보지 않은 연고요, 당국자미(當局者迷: 그 일을 직접 맡아보는 사람이 도리어 실정에 어두움)인 까닭이 아니면 이 박사와 모종의 결합이 있는 것이라고 평할 외에 타도가 없다. 죽산을 정평한다면 거물 내각의 평장관으로는 충분하나, 국무총리 자격에는 좀 미급하다고 본다. 일시적 성부(成否)로 자기 행동을 좌우하는 감이 있는 인물인 관계로 우리는 전적으로 믿을 수 없다는 평을 내린다.

(1956년 음력 3월 9일 기록 추정)

민주당 공인 출마자인 신익희(申翼熙) 씨

미군정시대에 내가 해공을 평하기를, "음험간독(陰險奸毒: 음흉하고 험악하며, 간사하고 악독함)에 근세영웅(近世英雄)"이라고 한 일이 있었다. 공명정대한 인물로는 이런 혼란한 세상에 출세코자 않는 것이 상례라고 본다. 해공은 출세하기 위해서 임시정부와 분메(分袂: 옷소매를 나눔, 서로 작별함)하고 국민당을 조직하고 중간파를 규합하였고, 국민당의 당세가 부진하므로 임정의 주의, 주장에 정반대인 민주당의 수양(收養)아들 격으로 합당하였다. 이것이 그가 출세하기 위한 모략이요, 그 본의는 아닐 것이다. 민주당에서 정통파가 아니라고 외면으로는 최고위원격으로 있으나, 민주당의 실권은 항상 인촌파(仁村派)가 장악하고 있는 것이 사실이었다.

인촌(김성수)이 서거한 후로 원 민주당파와 암쟁(暗爭: 암중투쟁)이 있었던 것도 사실이다. 이것이 함상훈(咸尙勳)[183] 사건이었다. 함도 야당적 입장에서 출세할 길이 없어서 여당과 결합해서 지파(支派)의 거물인 해공을 매장하고 자기가 출세코자 하는 최악질적 행사를 하다가 실

---

[183] 함상훈(咸尙勳, 1903년 10월 25일~1977년 1월 2일)은 일제강점기의 언론인, 작가이며 대한민국의 정치인이다. 1954년에 당시 국회의장이던 거물급 야당 정치인 신익희가 한국전쟁 때 북한으로 간 조소앙과 1년 전 인도의 뉴델리에서 밀담을 갖고 한반도 중립화를 모의했다는 폭탄선언으로 물의를 빚었다. 신익희는 함상훈의 주장을 조목조목 반박했다. 이 사건은 신익희를 음해하기 위한 정치공작 사건으로 판단되나 이후 함상훈이 입을 다물어 정확한 진상은 더는 알려지지 않았다. 함상훈은 이 사건으로 민주국민당에서 제명당했다.

패한 것이다. 이런 부류의 인간들이 임정에서 간부 진영으로 있었으니, 비록 열렬한 백범 선생과 그 선배들이 계셨으나 **오월동주격**(吳越同舟格)이었을 것이다. 그래서 **일주막전**(一籌莫展: 한 가지 계책도 펴지 못함)하고 곤란을 당한 것도 면하지 못할 현실이었다.

대체로 해공은 일을 하고자 하는 사람이라고 본다. 그가 임정 요인으로 입국할 당시보다는 아주 **비부오하아몽**(非復吳下阿蒙: 예전의 여몽이 아님. 많이 발전했음)이다. 민의원 의장 6년간에 **대인접물**(待人接物: 사람과 사물을 대하고 접함)하는데, **춘풍화기**(春風和氣: 봄날의 화창한 기운)로 **원만**(圓滿)을 주로 하며, **능각**(稜角: 뾰족한 모서리)이 보이지 않으려고 행동을 주의하는 것이 그의 제2의 천성화한 것이다. 그가 욕심이 없는 사람이 아닌데 장래에 무엇을 위해서 자기의 사욕을 인내하고 의장 생활 6년에 **청렴개결**(淸廉介潔)하였고, 또 자기의 고집도 없는 사람이 아니었으나, 의장으로 소호도 자기의 고집을 발휘한 일이 없었다. 죽산 같으면 제2회 대통령 출마 시에도 사양 없이 출마하였을 것인데, 성재 옹(省齋翁: 이시영 선생)184)에게 양보하고 자기는 후방에 있었다.

그런데 해공이 의장으로서의 흠점(欠點: 흠결)이라면 정치파동 시에 퇴일보(退一步), 진일보(進一步) 논법으로 개헌안을 통과시킨 것이었고, 이것도 개결(介潔: 성질이 굳고 깨끗함)하게 반대하는 것이 당연한 일이나 장래 무엇을 꿈꾸는 관계로 **은인자중**(隱忍自重)한 것이다. 해공 자신으로도 이것이 불합리한 논법인줄 아주 알지 못한 것이 아니다. 금번에도 이 박사 생전에는 출마 안 한다는 풍설이 있었으나, 상대방의 약점이 노골화해짐을 보고 **단도직입**(單刀直入)적으로 평시 같으면 구

---

184) 이시영(李始榮, 1868년 12월 3일~1953년 4월 17일)은 조선, 대한제국의 관료이자 대한민국의 독립운동가이며 교육자, 정치인이다.

각(口角: 입)에도 올리지 않을 이 박사가 대통령으로서의 8년간 실정(失政)을 맹공격을 하여 도시의 인기는 거의 집중하는 감이 있다. 금번에 성불성(成不成)은 예외로 하고 출마의 수확만은 크다고 본다. 지방에서 민주당이 범한 과오 때문에 흔히 말하기를 **이포역포(以暴易暴: 나쁜 사람을 갈아치운다면서 또 다른 나쁜 사람을 들여앉힘)**185)라고 자유당이나 민주당의 행정방식이 **오십보(五十步)**로 **소백보(笑百步: 백보를 비웃음)**에 불과하리라 하면서도 해공 개인에는 호감을 가진 인사들이 많은 것은 사실이다.

그가 본의가 민주당 정책의 전당(殿堂: 큰집) 노릇을 했다면 지방 인사들이 해공이나 민주당을 같이 볼 것인데, 해공이 부득이한 형편으로 민주당에 기생하고 있는 것을 이해하는 관계다. 금번에 해공이 당선된다 가정하고라도 무슨 정책으로 이 백성들의 위경(危境: 위태로운 처지)을 면하며, 현 정치의 부패를 청산하며 또 아주 파멸상(破滅狀)인 경제를 갱생할 안(案)이 수립되었으며, 제일 중대문제인 남북통일 안은 무엇인가 하면 해공의 복안이 있을 것이나, 나로시는 해공이 대영단을 내려서 경천동지할 안은 없으리라고 보고 대체로 미온적이며, 점진적으로 시정해 나갈 방안이 나오리라고 믿는다.

파촉(巴蜀)의 오호대장(五虎大將)이 없어지니 요화(廖化)가 대장이 된다고 현상의 인물이 극귀(極貴)한 때라 해공이라도 혹 그 자리에 가게 되면 좋은 방안을 가진 사람들이 제안을 할 것인가 하는 생각으로

---

185) 《사기(史記)》 〈백이숙제열전(伯夷叔齊列傳)〉 출전. 고죽국(孤竹國)의 두 왕자 백이(伯夷)와 숙제(叔齊)가 서로 왕위를 사양하고 수양산(首陽山)에 들어가 살며 부른 노래에 나옴. "저 서산에 올라 고사리를 캐노라, 폭력으로 폭력을 바꾸면서 그것의 그릇됨을 알지 못하도다.(登彼西山兮, 采其薇矣. 以暴易暴兮, 不知其非也.)."

해공 개인을 염두에 두는 것이요, 절대로 민주당 정책을 찬성하는 것은 아니다. 다만 해공은 도시의 표수는 적지 않을지나, 향촌 표수는 관권의 압박하에서 극소할 것으로 믿는 관계로 성패는 미지수라고 보고 비록 금번에 당선 못하더라도 언제든지 (대통령) 대상 인물임에는 틀림없을 것인 관계로 해공 자신의 더욱 연구와 덕량의 함양이 있기를 바라고 만사는 국민의 운(運)에 맡기고 붓을 그치노라.

(1956년 음력 3월 9일 기록 추정)

자유당의 공인자 이승만 박사

이 박사는 3.1 운동 당시에 임정 제1대 대통령으로 취임하였고, 그후 무자년(戊子年: 1948년)에 대한민국 초대 대통령으로 당선된 후에 2차에 또 다시 직선법을 국회에 통과시키고, **관권만능(官權萬能)**으로 절대다수로 당선되었었다. 대한민국 대통령은 초대는 2차에 그친다는 엄연한 헌법 조문이 있음에 불구하고, 이 조문을 삭제하기 위한 개헌안이 국회 법규로 부결되었음에 불구하고 다시 사사오입(四捨五入)이라는 철면피적 행동으로 몇 차라도 대통령 출마를 할 수 있다는 아전인수적인 헌법을 개정하였다. 세계의 조소를 받아가면서라도 자기 종신 대통령을 자당(自黨)을 관권으로 수립하고 **백마구현(百魔俱現**: 백가지 마귀가 동시에 나타남)하는 상태야말로 차마 정시(正視)할 수 없는 것이다.

물론 자유당이라는 복마전이 있어서 이러는 것이라고 보나, **책재원수(責在元帥**: 책임은 국가원수에게 있음)라고 다른 사람이 책임질 사람이 없는 것이다. 국가와 민족이야 흥하건 망하건도 불관하고 각 개인들의 향락만 주로 하는 악질배들의 소굴인 자유당일 것이다. 그중에 간혹 양심분자가 있는 것 같으나, 명리(名利)관계로 어쩌지 못하고 **동진동퇴(同進同退)**하는 것 같다. 박우출(朴又出) 같은 인물은 야당이라는 덕분에 대구에서 이갑성 군을 이기고 당선한 자가 당선시킨 지방의 체면도 볼 여가 없이 자유당에 입당해서 여당으로의 이권을 취득할 심산인 것 같은 인물들이 집중한 곳이다. 금번 이 박사가 3선에는 불출마를 허울 좋게 표명하고 또 **관조민의**(官造民意: 관이 민의를 조작함) 데마[186]로 일시적인 **대요란상**(大擾亂狀)을 정(呈: 드러내다)하고 민의에 할 수 없어 다시 출마를 표명하니, 이는 자타가 공인하는 사기책에 지나지 않는 것이다. 과거 8년간 시정(施政)한 실적을 회고하고라도 국가와 민족의 장래를 만일이라도 생각한다면 감히 출마한다는 개구(開口: 입을 벌림)를 못할 것이다.

그럼에도 불구하고 대통령이라는 공기(公器)가 자유당이나 이 박사 개인의 **모리**(謀利) 시장으로 알고 당선되기까지는 수단과 방식을, 합법과 불합법을 불문하고, 유리하게만 사용하여 근일(近日: 요사이)에도 보면 관권만능으로 공관리(公官吏)와 준공무원까지 전부 운동원으로 사용해 가며 당선코자 하는 이면에는 타당(他黨), 타인이 당선됨으로써 자기네의 8년간 범행한 사실이 탄로될까 공구(恐懼: 두려워함)한 것이요, 또 앞으로 4년간이라도 더 착취해 보겠다는 심산임에 불외(不外: 벗어나지 않음)하다. 국가와 민족에게 범한 죄과를 일일(一日)이라도 속히 청산하는 것이 당연한 일인데 도리어 이 부류의 인물들은 자기 개인주의의 결합체라고밖에 볼 수 없다.

금번 선거에는 관권의 압력도 가하려니와, 금전으로 매수도 하려 드는 현저한 실증이 있다. 내가 독평(毒評)일는지는 모르나, 그 인물은 호피(虎皮)에 광견질(狂犬質)[187]임에 틀림없다. 개도 진돗개 같은 것은 그 주인이 아니면 먹지 않고, 그 주인이 아니면 말을 듣지 않고, 싸움에

---

186) Demagogy. 대중을 선동하기 위한 정치적 허위선전.

187) 호랑이 가죽을 뒤집어쓴 미친 개.

나가면 용맹하여 겁이 없다. 그러나 이 부류 인물들은 광견질임에 틀리지 않다. 먹을 것이면 만사 해결이요, 행동만 하면 국가와 민족에게 해독을 끼치는 인물들의 집결체에 총재라면 대표인물임에 불외하다.

금번에도 물론 자일지백(自一至百: 하나에서 백까지)에 강권(强權)과 모략중상(謀略中傷)과 금전으로 득표를 도득(圖得: 꾀하여 얻음)할 것이나, 성불성(成不成)을 말할 것 없이 출마한 것부터가 만복야욕(滿腹野慾: 배에 가득 찬 더러운 욕심)이라고 보는 관계로 아무러한 표어나 정책과 정강을 내세운다 해도 절대로 믿어지지 않는다.

간간히 보면 지방의원들로 양심 있어 보이는 인물들도 마약 중독자들이 인에 걸리듯[188] 자유당에만 입당하면 이권과 관권만능한 데 인이 걸려서 마비상을 일으키는 것 같다. 이 진영에서 탈출하는 인물들이 아주 근소하다. 세상에서 무식하다고 자타가 인정하는 김두한 의원 같은 사람은 쾌남아라고 본다. 백절불굴(百折不屈: 백번 꺾여도 굽히지 않음)하고 단연 탈당을 한 것이다. 그들 중에서도 혹 양심이 아주 사라지지 않은 분자들은 마음이 놓이지 않는 것 같다. 금번에 이 복마전(伏魔殿)의 최후의 발악할 때라 우리들로는 절대적인 주의를 요하며, 암암리(暗暗裏: 어둡고 어두운 속)에서라도 이런 사실을 민중에게 계몽하는 것이 우리들의 책임이라고 보는 관계로 내가 이 위언(危言: 위태로운 말씀)을 감히 하는 것이다. 일일(一日)이라도 속히 이 박사가 과오를 청산하고 그 공기(公器)에서 물러나기를 바라고 이 붓을 그치노라.

(1956년 음력 3월 9일 기록 추정)

---

188) 인이 박히듯, 무의식적으로 습관적으로 반복하다, 몸에 배었다

부통령 출마 제씨(諸氏: 여러분)에 대한 기대

부통령은 아직까지 실권이 없었고 대통령을 보좌한다는 시위소찬(尸位素餐)189)격의 자리였었다. 제1차의 성재옹(省齋翁: 이시영)도 부통령으로의 일언반사(一言半辭)도 유효해본 적이 없었으며, 인촌옹(仁村翁: 김성수)도 동일 궤도였고, 2차(부통령) 함씨 4년간에 무엇을 한 사적이 있는가 의심이 난다. 혹이나 대통령이 불행(사망)했을 때에 부통령으로 대통령을 승위(承位: 자리를 계승함)할 수 있다는 것만으로는 너무 무의미한 것이다. 대통령을 보위한다는 데 소호의 도움이 못 된다면 출마할 필요조차 없는 것이다. 금번에는 참의원 의장이 될 수 있다니 권리나 사용해 볼까 하는 욕망으로 여당 측에서는 6인이라는 다수가 난립한 것 같다.

진보당의 박기출 군이나 민주당의 장면 군은 자당의 대통령 출마자를 보좌역으로 나온 것이라 부득이한 사정이나 자유당에서 당으로의 추천과 총재 이 박사의 지명이 이기붕으로 된 이상, 그 외 5인이나 난립한 것은 이것도 이 박사의 상투적인 팔면미인격(八面美人格)으로 추파를 보내서 한 표라도 더 얻어 볼까 하는 심산인 듯하나, 감히 대통령에는 출마 못하고 부통령으로 난립하는 그 인물들이 거의 주출망량(晝出魍魎: 대낮에 나온 도깨비) 아닌 자가 없다. 그래서 개인 평은 제하고

---

189) 직책을 다하지 못하고 자리만 차지하고 녹만 받아먹는 일.

이 정도로 붓을 그치노라. 추기하고자 하는 것은 부통령은 하시(何時)든지 대통령이 될 수 있는 자격이 구비해야 하는 것인데, 내가 보기에는 8인의 부통령 출마자들 중에서 일인(一人)이라도 그 사람이 대통령이 되었으면 하는 인물이 보이지 않는다. 영도자가 될 만한 역량을 가진 인물은 전전(全全) 없다고 본다. 자가비판을 해보더라도 자신이 없으리라.

세인들이 불학무식(不學無識)한 하우불이자(下愚不移者: 아주 어리석은 사람)들이 흔히 말하기를 "세상에 별놈 있나? 당해 보면 다 같다"는 말을 한다. 자기의 부족을 자인하는 말이요, 선배를 무시하는 불량(不良) 무식자들이 하는 행동인데, 금번 자유당에서 6인의 부통령이 출마한 것도 거의 이 상태요, 진보당의 박기출 군도 당의 공인(公認)이나 자기 자신이 대통령이 없을 때에 부통령으로 대통령이 될 만한 자신이 있나 의심이다. 부통령 중에서 장면 군은 선자(先者: 먼젓번)에 대통령 출마를 시키려고 하던 인물이라 비록 폭은 협(狹: 좁음)하나, 양심적이라고 보아 거물은 아니나, 보조 격에는 혹 가능할까 하는 감도 있다. 중분하다는 것은 절대로 아니다. 금번 부통령 출마에는 야망이 있는 인물들이요, 공정하기에는 거의 다 부족한 인물이라고 평하고 싶다.

병신(丙申: 1956년) 3월 초10일(初十日)

봉우서(鳳宇書)

추기(追記)

금번 대통령 선거에 출마코자 전국 각지를 유세 행각을 반년간이나 하며, 회수가 2,000회에 가까운 강연을 하던 노정일 씨는 대통령에 자신 있는 것같이 대언(大言: 큰소리)을 하던 인물이었는데, 금번에 출마 못한 것을 보면 경제적으로 혜택을 못 받은 것 같다. 그의 의지만은 좋았다. 국내에서는 그 인물을 아는 사람이 극소하나 상식이나 학력은 좀 있어 보인다. 그리고 우리들 동지 중에도 대통령 출마병자가 일인(一人)이 있어서 수년 전부터 각지로 순회하며, 대통령 출마 시에 후원할 인물을 물색하는 모양이더니 금번에는 단연 출마하겠다고 후원인도 충분히 있다고 장담하더니 등록 마감 전일까지 고대하던 금주(金主: 전주錢主, 돈댈 사람)가 다 낭패(狼狽: 실패로 돌아감)되어 중간 비용만 몇십만 원 소비한 사람들이 기인(幾人: 몇 사람) 있는 것 같다.

이런 류의 대통령 몽유병자(夢遊病者)들이 여러 사람이었는데, 그래도 되든지 되지 않든지 간에 정당이라는 조직체를 가진 인물이 아니고는 출마를 못한 것이 가리지 못할 사실이다. 우리들은 정당운동은 불관(不關: 관여 안 함)할 작정이라 대통령이니, 부통령이니의 출마에는 하등 관심이 없고 다만 민족계발과 태평세계 건설의 이상을 실현하는 할역(割役: 역할)에 만일이라도 도움이 되었으면 하는 목적을 가진 고로 동지들도 다 이에 공명하는 것이다. 사생활도 수준이 향상되어야 가급인족(家給人足: 생활이 풍족함)하여 국태민안(國泰民安)하게 될 날이 장래에 그리 머지않다고 본다. 정치에는 별 관심 없으나, 우리 사업에 도움이 될 정치 이념을 가진 사람이 정부통령으로 출마한다면 우리들도 전국적으로 동지들을 통해서 그의 선거에 도움이 되게 할 것도 자연적으로 결부되어 있는 것이다. 현상으로는 아직 그런 인물이 등장하지 않는 관계로 **수수방관**(袖手傍觀: 팔짱을 끼고 보고만 있음)할 뿐이다.

병신(丙申: 1956년) 3월 초10일(初十日)

봉우서(鳳宇書)

연정원 갱생의 최급선무

연정원을 갱생하자면 여러 가지로 조건이 완비되어야 비로소 재발족하여 실패가 없을 것은 의심할 여지가 없는 것이나, 그래도 여러 가지 조건 중에 최급(最急: 가장 급하고), 최요(最要: 가장 중요함)한 조건이 무엇인가 검토하지 않을 수 없다. 대외, 대내적으로 백 가지 조건에 다 개입하는 경제문제도 이 연정원 갱생에도 최선적으로 참례 안 할 리가 없고, 세인들이 흔히 말하는 백불이삼지기우(百不二三知己友: 나를 아는 벗은 백 명에 두셋뿐)라는 시구(詩句)가 우리 연정원 갱생에도 빠짐없이 참례한다. 동지가 규합되어 단결력이 견고하다면 발족하는 경제문제쯤이야 문제가 안 될 것 같다. 그리고 보니 무엇보다도 이 연정원을 갱생시키는 데는 최급선무가 동지 규합에 있고, 이 동지들 중에서 핵심체 될 동지가 서로가 가림 없는 결속을 하고, 이론을 실현시키는 데 누구보다도 먼저 **실천궁행(實踐躬行**: 실제 몸으로 밟고 행함)할 동지를 규합하는 것이 제일 선무(先務: 먼저 해야 할 일)라고 생각한다.

이것으로 삼육(三育: 지덕체)이 병진할 수 있고, 이것으로 정신적이나 물질적인 수준을 급속도로 향상시킬 수 있는 것이라고 나는 생각한다. 삼육에서 가장 속히 표현하기 용이한 것은 체육이다. 학식에 있어서는 약간의 차가 있어도 외현되지 않아서 각개인의 고저를 알 수 없는 일이나, 체육에서는 그 일부인 운동경기에서라도 전 세계를 통해서 소호라도 차이점이 생기면 곧 고하가 정해지는 것이다. 물론 지육도 안 그런 것은 아니나, 외현이 속히 안 된다는 것이다. 그래서 내가 말하고자 하는 것은 다른 것이 아니라, 연정원을 갱생하는 데는 제일 의지가 견고한 청장년을 택해서 동지들이 경제적으로 좀 희생이 되더라도 우리 방식대로 연성(練成: 훈련 성공)을 시켜서 세계 무대를 제압함으로써 체육에 대한 이론과 실질이 부합하게 된다.

이로부터 우리들의 이론은 실질적이요, 가공적이 아니라는 것이 판명됨으로써 정신연구에 대한 우리들의 이론도 역시 실질적이요, 가공적이 아니라는 것을 기분(幾分: 얼마만큼) 인식하리라고 생각한다. 여기서 동지들의 실행력에 적지 않은 도움이 될 것이라는 것을 재삼 언명(言明: 말로 표명함)하는 바이다. 체육 중에서도 무술 같은 것은 더욱이 백 가지 이론이 일차의 시합으로 해체(解體)되는 것이다. 우리의 전래하는 무예를 기본으로만 전할 것이 아니라, 동지 청장년을 실질적으로 양성해서 완전한 기예를 학습해서 무사의 일인(一人)으로 인정될 때는 무엇보다도 국내, 국외로 권투, 유도, 공수도, 레슬링 등 종목의 명인들을 대항해 봄으로써 우리나라 전래하는 무예의 진가치(眞價値)를 알게 될 것이요, 이런 뒤에야 국내 청장년들이 학습을 자원할 것이다.

그래서 무술을 연습하려면 무사(武士)를 선결 조건으로 양성하라는 말이다. 물론 정신연구에 있어서도 백번 이론보다 실제 면에 있어서 정신고단자 연성이 제일 선결문제라고 나는 항상 말하는 것이다. 여기서 초창기인지라 정신계 고단자가 과학적인 물질계 대학자들이 생각도 하지 못한 발명을 함으로써 현 과학계에 일대 파문을 던지고 우리들이 주장하는 유심(唯心), 유물(唯物)의 한계를 두지 않고, 권(圈)을 더 크게 심물합일론(心物合一論)을 실현시킬 수 있는 것이다.

이것의 배태(胚胎)가 오로지 의지가 견고한 동지로 백절불굴의 노력을 불사할 결심으로 연구를 시작할 동지와 이 동지의 성공 시까지 변함없이 물심양면으로 후원할 동지가 급선문제라고 본다. 그러면 이런 이론만은 확립해 있는가 하고 반문이 있을지 모른다. 이 점에는 백 명의 동지가 묻더라도 자신 있게 법만은 완비되었다고 대답하리라.

이것이 불가(佛家)에서 말하는 불법승(佛法僧)이다. 불(佛)이라 함은 법대로 수련해서 성공했다는 말이요, 승(僧)이라 함은 이 법에 비로소 귀의했다는 말이요, 법(法)이라 함은 범인으로 성신(聖神)이 될 수 있는 가르침이다. 비록 교명(敎名)은 다르나, 동서고금, 천문만호(千門萬戶: 모든 문호)가 동귀일철(同歸一轍: 같은 결과로 돌아감)이라는 말이다. 우리는 행운으로 백산족(白山族)으로 대황조의 혈통을 받고, 또 백산운화(白山運化)가 목전에 있을 적에 이때, 이 땅에 태어나서 동지들과 이 역사에 발기(發起)를 보게 되는 것은 천겁(千劫), 만겁(萬劫: 아주 오랜 세월)에 호운(好運)이라고 보며, 이런 자리를 허송한다면 이다음에 다시 만나지 못할 것을 재확언하노라.

병신(丙申: 1956년) 3월 11일

봉우망론(鳳宇妄論: 봉우는 망령되이 논하다)

삼삼회합(三三會合)의 대책

삼삼절(三三節)에 동지들이 모여 우리 장래에 수준을 향상시킨 완전 자립으로 대중에게 수범을 해서 무언의 지도를 하자는 의사가 통일되었다. 그러나 각자의 실천궁행이 그리 용이한 것이 아니요, 또 그 계획 수립이 그리 간단한 것이 아니다. 우리들이 실행하기 용이하고 효과가 우수해서 다른 사업을 경영하느니보다 이 사업을 경영함이 무엇보다도 완전성이 있어야 할 것이요, 또 그 계획이 대중적으로 누구나 다 할 수 있는 일이라야 보급할 수 있는 것이다. 그렇다고 가장 용이한 방법으로 누구나 다 같이 실행하라는 것이 아니다. 물론 업의 종류가 다르고 각자의 주위 환경이 다르다. 그래서 우리들도 이것을 미리 고려해서 지역의 농산어촌(農山漁村)이나, 도시를 목표로 대분(大分)하고 업의 공상농의기(工商農醫技)로 대분해서 지역에도 농촌이라 해도 평야와 비산비야(非山非野)와 아주 산촌이 있고, 황무지 신척(新拓: 새로 개척)하는 데와 수면매립(水面埋立)한 곳의 현수성(顯殊性: 특수성)이 있고, 또 도시 주변의 농가는 향촌 농가와 사정이 판이한 것이다.

그 지역에 따르는 농업이 아니면 계획을 수립할 수 없는 것이요, 산촌이라 해도 거산부(巨山部), 중산부(中山部), 야산부와 도시 주변의 산부(山部)가 그 산으로의 계획 가치가 얼마든지 다르고, 어촌이라 해도 우리나라는 반도국이라 해면이 육지보다는 훨씬 광대하고 해산물이 풍부해서 잘 이용한다면 국가 생산의 대부분을 점령할 것이다.

그러나 아무리 해산물이 풍부하다 해도 계절이 있는 것이다. 그런 관계로 어촌이 그 풍어 시기만 번화하지 그 시기가 경과하면 한산하기 말할 수 없는 것이다. 이런 곳의 한산기를 이용해서 무슨 부업으로든지 일시라도 휴식이 없게 할 계획을 수립하고, 현 어촌의 미비점을 잘 보충함으로써 국가에 큰 도움이 될 것이라고 본다. 해면선(海面線)이 전국적으로 6,000리에 지나고 도서(島嶼: 크고 작은 섬들)가 1,000개가 넘는 우리나라 어업이 본궤도에 오르면 농업에서 생산하는 곡물 가치보다 우수하리라고 믿는다. 그리고 산촌은 우리나라는 산 외에는 약간의 평야가 있을 뿐이다.

산이야 국유건 사유건을 막론하고 국책으로 조림(造林)하고 그 조림하는 수목(樹木)이 민생에 가치 있는 것을 택해서 부분적으로 조림하면 현 산림 수입보다 100배 이상 유리함이 있을 것이다. 그리고 이 조림에 수반하는 조건이 무엇인가 하면 현상 국가에서 대책이 없이 입산 금지를 엄시(嚴示: 엄하게 보임)하나, 국내 어느 곳을 물론하고 산은 다 독산(禿山: 민둥산)이 되고 마는 것은 오로지 국가에서 연료 대책이 없이 남벌되는 연고라고 본다. 내용인즉, 연료를 안 쓰지 못해서 허가가 없는 관계로 암벌(暗伐: 몰래 나무를 벰)을 하느라고 계획적인 벌채를 못해서 모조리 산은 다 독두(禿頭: 대머리)가 되고 박의(剝衣: 옷을 벗김)를 당한다.

우리가 말하고자 하는 것은 그 죄과가 암벌하는 백성은 100%에서 10%밖에 안 되고 죄과의 전 90%는 정부가 지지 않으면 안 된다는 말이 된다. 왜 그러한가 하면 비록 현 세계에서 민주주의의 자유를 주장하나, 나라가 서기 위해서 법령적으로 연료에 대한 벌채를 확정하고 석탄과 토탄(土炭)의 채굴을 장려하며, 또 온돌 개량을 시키고 벌채한 부분에는 꼭 조림을 시키되 30년 연차(年次)계획으로 연료를 국책적으로 인정한다면 절대로 산은 독두(禿頭: 대머리)가 될 리가 없다고 본다. 그리고 이보다도 아주 완전한 대책은 우리나라는 산국(山國)이요, 반도국인 데다가 10대 강이 동서로 유하(流下)하니, 어느 곳이고 수력발전할 적지(適地) 아닌 곳이 없다. 국가에서 시설을 못하면 민간에서라도 이곳저곳 수력발전 시설을 해놓으면 국가의 원동력인 공업이 대발전할 것이요, 부수 조건으로 산림에서 연료 소비가 아주 삭멸(削滅: 깎여 없어짐)될 것이다.

그러면 조림은 자연적으로 될 것이요, 교통은 전력이 장악함으로써 타국에서 유류의 수입이 소량만으로도 충분히 지낼 수 있다고 본다. 상호조건으로 공업이 자연 왕성하고 산림이 조림됨으로써 축산이 얼마든지 장려될 수 있다. 공업은 현상으로는 아주 신아(新芽: 새싹)도 발생 못한 시기이나, 자력으로 조품염가(粗品廉價: 조악한 물건을 싼 값에 팜)를 주장 말고 정제품(精製品)으로 외래품을 이길 정도로 희생적으로 연구와 발명을 장려하고, 국산이 자연적으로 보급되어 외래품이 상대하지 못할 정도로 추진할 계획을 수립해야 하는 것이다.

예를 들면 미국이 비도(比島: 필리핀)을 50년 통치하는 데 화력전기로 전 공업을 시설하였지 수력을 이용하지 않았다는 점 무엇보다도 증명하기 용이한 것이다. 자력으로 충분히 움직일 수 있다면 타국의 시장이 될 리가 없는 연고로 자력 확립을 용허하지 않는 선진국들의 심산을 잘 이해하라는 말이다. 비국(比國: 필리핀)이 **막사이사이**190)가 대

---

190) 라몬 막사이사이(1907년 8월 31일~1957년 3월 17일)는 필리핀의 독립운동가, 정치인이다. 필리핀의 제7대 대통령이자 필리핀 제3공화국의 제3대 대통령이다. 청백리로 유명하다. 비행기 사고로 별세하였다.

통령으로 취임한 후에 연차계획으로 수력전기를 대중가시키는 것은 이 원인이 미국의 시장화하는 정책을 면하고자 하는 것이다. 비국보다는 우리나라는 몇 배의 **천혜**(天惠: 자연의 혜택)가 있고, 아직 미국에서 착취시설이 그리 심하지 않은 때라 자각으로 자립을 속히 하면 어찌 강압적으로야 자립을 방해할 것인가?

이 나라는 공업국으로의 천혜가 이만큼 많고 더구나 유류를 제하고는 각종 광물이 나지 않는 것이 없다. 현 정부에서 공업에 대해서 어떤 시책을 하고 있는가 하면 민간 공업은 전부 휴면 상태요, 귀속 공장은 전부가 공업인의 손으로 경영되는 것이 아니라 정부여당이나 또는 근일 유행하는 '빽'이 있는 인물들의 이권으로 사용되어 그 '빽'을 사용하는 사람이 반드시 공업의 상식인이 아닌 관계로 부흥이나 재건을 목표로 하는 것이 아니요, 현존 공장을 임시 사용해서 그 기존의 이권을 박**취**(剝取: 벗겨 뺏음)할 방법 외에는 타도가 없고 중소공업으로 민간에서 혹 자력으로 경영하는 것은 국가에서 당연히 장려해야 옳을 것인데 불구하고 정부 시책이 이 중소공장들은 아주 자멸하지 않으면 안 되게 한다. 그 이유는 어디에 있는가 하면 내가 본 예를 일건(一件) 들어 보리라.

6.25 직전이다. 원조물자로 들어온 원면사(原綿絲)는 당연히 방직업자에게 배급이 되어서 직물로 화(化)하는 것이 원칙인데 불구하고, 이 원사(原絲)를 당시 여당과 준여당들의 민의원 출마자금으로 대부분이 배급되고, 또 군대와 정부 각 부처에서 분배되고 있고, 민간 층에서는 경무대와 연락이 있고 친분이 있는 학교니, 단체니가 주로 점령하고 천주교 신부님들과 야소교 목사님들이 이 원사배급물표를 가지고 **외자**(外資: 외국자본) **부랑배**(浮浪輩)들에게 이익을 보고 매도(賣渡: 팔아

넘김)하는 현상을 얼마든지 내가 목도하였다. 신부님이나 목사님은 종교의 신직(神職)이나, 이런 매도에 있어서는 부랑배들하고 일푼(一分), 일리(一厘)를 상쟁(相爭)하는 것을 보고, 종교는 종교요, 상업은 상업이라고 보았다. 그리고 현 부통령 출마 모씨는 모당(某黨) 부당수 격으로 정계에 중진연(重鎭然)하는 인물인데 당시 원사배급표 매매 현상을 보니, 아주 사기 상습(常習)을 가지고 신의는 어느 곳으로 가서 찾을지 알 수 없을 지경이었다. 금번에 부통령으로 출마한 것을 보고 민족을 위해서 한심하였다. 이런 야비한 인물들이 감히 천하의 공기(公器)인 부통령 출마를 소호도 겁(惻: 두려워함)함이 없이 나올 마음을 먹는다는 것 양심이 없는 인물들이다.

그 당시 원사뿐만 아니라 원면(原綿), 광목(廣木), 당목(唐木: 무명실로 곱게 짠 피륙, 서양목), 옥양목(玉洋木: 빛이 희고 고운 무명), 양복지 등도 역시 이 규정대로 되었다. 원사 본가(本價)가, 원조물자나 비용관계로 취입(取入)한 금전이 일궤(一櫃: 한 궤짝)에 18만여 원이었었는데, 외자청(外資廳)에서 사정(査定: 조사 결정) 가격이 57만 6,000원으로 배급시키고, 이 배급물자가 품질에 있어서 최상 85만 원, 최하 65만 원의 시상행매(市上行賣)를 하니, 이것이 현 정부의 취하는 원조물 대책이라고 본다. 이 외자청에서 전권을 장악한 백두진 군의 횡포야 무어라고 말할 수 없었다. 그러나 백계 인물들은 백을 자기들의 활빈당 주인 격으로 칭찬하는 것을 근일에도 본 일이 있다. 이런 부패한 자멸(自滅) 정책을 감행하면서도 감히 국민을 대하여 우매하다고 기만하고 선정(善政)이나 하는 것 같은 선전을 하니, 어찌 한심하지 않으리요?

외자는 외자대로 건건이 이러하고, 국유재산은 재산대로 역시 건이 이러해서 고위층들은 거의 다 몇 억 불이니, 몇 천만 불이니, 몇 백만

불의 외국에 저금하지 않은 자가 없다고 전한다. 나는 이것이 사실이라고 추정하고 싶다. 이런 인물들이 이 나라를 멸망의 구렁으로 도입시키는 부류라고 판정하고 싶다.

그리고 중소공장들로 자립을 해볼까 하는 사람들은 국가 시책이 자멸하지 않으면 되지 않는다. 왜냐하면 외래품은 직물로 말하더라도 원사 18만 원어치에 3,000마(碼: 야드)로 가정하고, 그 임금을 가해서 30만 원이라도 1마당 100원이면 이익이 있는 것인데, 국내 생산은 이 원사 동일품을 가지고 최저렴하게 배급 원가로 치고 공임을 가산한다면 70만 원에 3,000마라 본가가 마당(碼當) 130원 이상이 되니, 외래품과 상쟁할 도리가 없고 외래품도 자연적으로 폭리를 먹게 되는 것이다. 이 정도로만 그쳐도 도리어 만족할지 알 수 없는데, 소소 공장의 생산이라도 한다면 이 공장이 완전히 운영되기 전에 막대한 과세로 여유가 없게 하고, 또 부수하는 잡종금이 얼마든지 있다. 1년, 2년 지장하다가 필경 파업하는 비참한 운명을 갖는 현상이다. 이것이 우리들의 고배를 알며 마시는 것이요, 이것이 현 정부 요인들의 무정견한 시책이라고 본다. 이 애로를 우리는 무엇으로 타개하고 정부시책 이전에 불구하고 우리들의 충분한 자력자립으로 각계각층을 통해서 실천궁행으로 수범할 수 있을 것인가 하는 계획이 수립되어야 한다.

그리고 도시집중이 우리나라의 기현상이다. 별 이렇다는 직업이 없이 상호간의 여유 있는 경제를 무슨 방법으로든지 착취하여 일시적 **안과(安過: 편안히 탈 없이 지냄)**를 도모하는 것 같다. 이것이 영구하면 그 도시가 발전성은 아주 없다고 본다. 도시라는 곳은 농업도 못하고 공업도 못하고, 상업 외에는 타도가 무하며, 각계각층의 수뇌부의 집산지인 관계상 완전한 생활 수준이 없이는 도시집중을 마는 것이 좋다고 본다. 도시, 생산도시도 있고, 소비도시도 있고, 집산도시도 있고, 항만도시도 있다. 각 도시별로 우리들의 대책도 따라서 다를 것이다. 일본에서도 보면 대판(大阪: 오사카), 신호(神戶: 고베)는 공업과 상업도시요, 동경은 국도(國都: 국가의 수도)인 관계로 공업과 상업도시로만 말할 수 없고 집산(集散: 모이고 흩어짐)도시요, 경도(京都: 교토)는 문화도시였으나, 근대에 와서는 부업도시가 되었고, 횡빈(橫濱: 요코하마)은 항만도시였다. 이런 종별과 같이 현 우리나라 도시는 무어라고 명사를 정할 수 없다.

이것은 국책이 아니고는 우리 개인들로 어찌할 수 없는 것이나 우리들은 우리들의 역량 내에서 노력하고 연구해서 각계각층의 자력자립으로 완전히 수준을 향상시켜서 대상에게 수범이 될 계획을 수립함으로써 수립할 뿐만이 아니라, 실천궁행함으로써 우리들의 이상을 발표하는 것이요, 우리들이 실천궁행해서 대중에게 수범한 것이 효과가 발생하여 거족적으로 그 복리를 맛보게 하고, 범위를 확대시켜서 국제적으로 완전히 보급됨으로써 우리의 이상이 실현되었다고 할 것이나, 이것으로 우리의 발족하고자 하는 본의의 대강을 말하는 것이요, 본격적인 계획 수립에 있어서는 또 만반 준비가 다 되어야 비록 시발족(始發足)일망정 부분적으로 실행할 수 있게 작성해 볼 것이다. 시간 관계로 이 정도로 약(略)한다.

병신(丙申: 1956년) 음력 3월 12일

봉우서(鳳宇書)

한의석(韓義錫) 동지의 내방(來訪)을 추억함

동지는 을유(乙酉: 1945년) 8.15 직후에 **식형(識荊)** **191)**의 원(願)을 수(遂: 성취함)한 인(人)이라 그 이전의 경력은 내가 묻고저도(물으려고도) 하지 않았고, 또 본인에게 듣지도 못했다. 을유년 중추 어느 때인 것 같다. 내가 서재에서 **독좌간서(獨坐看書: 홀로앉아 책을 봄)**하고 있었다. 여러 사람이 서신을 전하기에 개봉해 보니, 아주 간단한 문구였다.

"**심동지(尋同志: 동지를 찾음), 요허부(要許否: 허락 여부를 요함)**, 한의석(韓義錫) 배(拜: 절함)"

라는 10자의 명랑(明朗: 밝고 환함)한 문구가 있을 뿐이다. 그 주인공이 수하(誰何: 누구)됨을 불문하고 내 생각에 고인(古人)들도

"**래자(來者: 온 사람)**를 **불거(不拒: 막지 않음)**요, **거자(去者: 가는 사람)**를 **막축(莫逐: 쫓지 말음)**이라"

고 했다.

"내 비록 불사(不似: 같지 않음)하나 나를 찾는 인사를 어찌 흔접(欣接: 기쁘게 맞음)하지 않으리요?" 하고,

"**일뢰파적군생동(一雷破寂群生動: 한번 천둥소리에 고요함이 깨지고 뭇 생명들이 움직이니), 신야일민소탑구(莘野逸民掃榻久: 신야의 숨은 도인**

---

191) 훌륭한 분을 만나 뵙고 자기 이름이 그에게 알려지기를 원함을 비유적으로 이르는 말. 중국 형주(荊州)의 자사(刺史)인 한조종(韓朝宗)의 명성이 매우 높아서 모든 사람이 그를 만나 보기를 원(願)했다는 고사에서 유래함.

평상을 소제해 놓은 지 오래일세)."

라고 답서를 보내었다. 그 다음날에 비로소 한 동지가 시문(柴門: 사립문)을 방문하였다. 일견허심(一見許心: 한번 만나자 마음을 허락함)하고, 영서상조(靈犀相照)[192]하였다.

그래서 내가 발족하였던 동지회합이 점점 숫자적으로 증가함에 수반해서 호사다마(好事多魔: 좋은 일에 방해가 많이 생김)라고 당시 군정(軍政)인 관계로 집회문제가 말썽이 되어서 부득이 기성 정당인 한독당 계룡산특별당부라는 간판을 붙이게 되었다. 그러다 한 동지는 우리의 발족하던 당시 의사와 상위(相違: 서로 어긋남)된다는 점으로 불참한 것이 시인(始因: 시작 원인)이 되어 나는 한독당 간판을 백범 선생 서거하시기까지 지키고 있다가 그 후 별별 악몽을 다 경과하고 다시 한인(閑人)생활을 하는 중에 대전에서 비로소 한 동지가 대덕군 동옥(東玉) 사성리(沙成里)에 은거하고 있다는 것을 알게 되고 수차 상봉했으나, 일차도 온토심곡(穩討心曲: 조용하고 온당하게 마음속 깊이 토의함)할 시간이 없었다.

그러다 을미년(乙未年: 1955년) 동(冬: 겨울)에 모씨의 인연으로 한형(韓兄)의 근상(近狀: 근황)을 상지(相知)하게 되고, 또 한 동지의 일차 내방하겠다는 소식을 듣게 되었다. 병신(丙申: 1956년) 정월 18일이 내 자식 혼일(婚日: 혼인날)이었는데, 한 동지가 참석하려다가 중도 고장으로 못 참례했다는 연유를 알게 되었고, 2월에 한 동지가 신야(莘野)를 내방했던 때에 내가 마침 서울 여행 중이라 허행(虛行)하였다. 그 후 삼삼절 집회 시에도 한 동지가 꼭 참석코자 하였던 것은 사실이었다.

192) 영력이 있는 무소의 뿔은 하나의 구멍이 있어서 뿌리에서 끝까지 통한다는 뜻으로 두 사람의 마음이 잘 통함을 비유적으로 이르는 말.

그러다 일주일 후인 3월 초10일 경에 한 동지가 내방하여, 수삼일간을 온토심곡(穩討心曲)하고 한 동지는 나와 무자년(戊子年: 1948년)에 분수(分手: 헤어짐)한 후에 한의학계에 종사하며, 연단법(鍊丹法)에 중심(重心: 무게중심)을 두고 각종 도서(道書)를 수집하며, 그 오심(奧深: 심오함)한 진미를 상(嘗: 맛봄)하는 것 같다. 그리고 근년에는 경제적으로 초족(稍足: 조금 부족함)해서 약초 재배로 가인(家人: 집안사람) 생산에는 별 지장 없는 것 같다. 말하자면 사업의 공명(功名)을 목표로 하는 사람이 아니요, 도자류(道者流)에 속하고자 하며 양심적으로 세사(世事)를 비판하는 동지이다.

내두에 상종하는데 이런 의미로 그의 진취미를 방해하지 않는 한의 동지로서의 찬동을 구할 정도다. 동지는 신구학(新舊學)이 다 수준이 넓으신 동지라 우리에게는 동지라기보다 어느 의미로 보아 선배적 입장이라고 해야 정당한 평일 것이다. 비록 연령적으로는 나보다 4년의 차가 있으나, 식(識: 앎)의 풍부한 것은 나보다 십년지장(十年之長)이 있다고 정평(正評)하겠노라. 일후(日後: 후일, 뒷날) 한 동지에게 누(累)됨이 없이 우리 일에 도움이 있기를 바라며, 우리들도 너무 열중적인 동지들은 한 동지를 양선격(凉扇格: 서늘한 부채 격)으로 함이 좋다고 본다.

병신(丙申: 1956년) 3월 17일

봉우서(鳳宇書)

벽상관초전(壁上觀楚戰) [193]

내가 글제(題: 표제)를 쓰다가 탈선한 제목을 쓴 것 같다. 세인들이 벽상(壁上: 성벽 위)에 관초전(觀楚戰: 초나라 전쟁을 봄)이라면 자기에게는 아무 관계없는 일을 말하는 것이다. 그런데 내가 쓰고자 하는 글은 우리의 가장 중대한 문제를 쓰고자 하며, 벽상에 관초전이라 했으니 이것이 탈선인 것 같다. 그러나 사실만은 벽상관초전 격이다. 근일 우리나라에서는 정부통령 선거전이 벌어져서 어디를 가든지 이 선거전 관계로 일거수일투족을 조심해야겠고, 더구나 구각(口角: 입아귀)이야 수구여병(守口如瓶) [194] 하는 것이 당연하다고 본다. 그러나 이 선거야말로 우리 민족, 우리 국가의 중차대한 문제일 뿐만 아니라, 우리의 한 표식(票式)의 사인으로 이 나라를 바로잡을 사람도 선출할 수 있고, 우리를 진구렁으로 끌고 갈 분을 선출할 수도 있는 가장 중대한 문제인데 내가 벽상관초전이라고 함이 탈선인 제목이라는 말이다.

그러나 내가 보기에는 현상으로는 내가 이 선거전에 열중할 필요 없이 아주 냉정한 태도로 벽상관초전 격으로서 이 선거전 와중에서 벗어나라는 말이다. 현 정부통령 출마전원이 내 신경을 몹시 둔하게 만든

---

193) 《사기(史記)》〈항우본기(項羽本紀)〉에서 항우의 군대가 거록(鉅鹿)에서 진(秦)나라 군대를 공격할 때, 다른 제후의 장수들이 성벽 위에서 관망만 하고 있었던 고사(故事)에서 나왔다.

194) 입을 병마개 막듯이 꼭 막는다는 뜻으로 비밀을 잘 지켜서 남에게 알리지 않음을 이르는 말.

것이다. 대통령 출마자 3인에서 어느 1인이라도 장래에 대영단(大英斷)을 가질 만한 인물이 있다면 나로서도 적극 진출해서 희생적으로 선거운동이라도 해볼 용기가 나는 것이나, 출마자 3인의 경력이나 현상을 보건대 누구든지 열중하지 않을 것은 사실이다.

1번인 죽산(竹山: 조봉암)은 아무리 보아도 미성취감이 있고 좀 진보되어야 비로소 유치(幼稚)를 면할 것이요, 현상으로는 명리욕에 열중해서 야당으로의 취할 연합작전을 고의로 지연하는 것은 자타가 공인하는 자멸전임에 틀림없고, 그래도 무슨 요행이 올까 하고 학수고대를 하는 인물이니 통일로 성공되고 분열로 실패되는 이유를 아지(알지) 못하는 관계는 아닐 것인데 민족적인 양심보다 자기 일인(一人)의 명리를 목표로 금번 분열로 야당이 공도(共倒: 함께 넘어짐)됨으로써 차기의 자기가 좌수어인지공(坐受漁人之功)[195] 할 야심이 충만해서 그러는 것 같은 감이 많으나, 만약 금번 연합을 방해한다면 다시 갱기(更起) 못할 타격이 자기에게 제일 먼저 온다는 철칙을 아지 못하는 천견(淺見: 얕은 견해)인 연고인 것 같고, 아직 성숙되지 못한 과물(果物: 과일)이라 생생한 맛은 있으나, 저장할 수 없이 부패될 가능성이 많다고 본다.

아무리 보아도 반복무상(反覆無常)[196]한 인물이다.

우리가 이 죽산을 추진할 수는 없고, 제2번인 해공(海公: 신익희)은 대체로 보아서 오십보로 소백보(笑百步) 정도의 죽산과 비교라고 할 것이나, 그래도 포용량이 죽산보다는 우수하고 겸공대상(謙恭待上: 윗사

---

195) 가만히 앉아서 고기잡이의 공을 거둔다. 남들이 싸우는 틈을 타서 슬쩍 그 공을 가로 챔을 이르는 말.

196) 말이나 행동을 이랬다저랬다 하며 일정하지 않음.

람에 겸손하고 공경으로 대함)하고 자애급하(慈愛及下: 자애로움이 아래에 미침)하려는 흉내를 제법하며, 대인접물(待人接物)에 별무규각(別無圭角: 달리 모난 곳이 없음)해서 본심이야 어쨌든지 외양으로는 장자연(長者然)한 맛이 있고, 6년 민의원장 생활에 아주 인물이 비부오하아몽(非復吳下阿蒙)197)이 되어 현대 인물이나 기성 인물 중에서는 누구나 해공을 추중(推重: 높이 받들어 귀하게 여김)하게 되었다. 이것이 해공이 비록 당선되더라도 별 신기묘산(神奇妙算)은 나오지 못해도, 또 대영단은 나오지 못해도 온기상존(溫氣常存)해서 미온책인 소강(小康)을 확보함에는 해공의 우(右)에 출(出: 나옴)할 자가 없다고 본다. 이것이 민중의 신망(信望)이 해공에게 집중하는 연고다.

내 생각에는 해공이 당선된다면 아마 남한 경제안정을 주로 하는 정책과 인사(人事)에 파벌적 과오를 덜 질 것 같다고 본다. 남한이라도 경제자립으로 장래적으로 세계 수준을 향상시킬 안이 나올 것 같지 않고, 그저 현상으로 초초(稍稍: 점점) 안정해 가며, 소호의 여유라도 있으면 타국에서 미풍양속을 모방해 볼까 하는 정도라 그 실력이 태약(太弱: 크게 약함)해서 4년간에 큰 죄과를 짓지는 않으나, 선정(善政: 착한 정치)이 표 나게 나오지는 못할 인물이라고 보는 관계로 그리 심적으로 추진하고자 하는 것은 아니나, 그래도 3인중에서는 이 사람을 울며 겨자 먹는 격으로 추진해 보는 것이다.

제3번인 이 박사는 무엇이라고 평할 여지가 없는 8년 대통령으로의

---

197) 오나라의 어리석은 여몽이 아님. 장족의 발전. 괄목상대.《삼국지(三國志)》〈오서(吳書)〉'여몽전(呂蒙傳)'에 배송지(裴松之)가 붙인 주(注)에 나오는 말. 손권의 장수 여몽이 신하 노숙(魯肅)에게 선비가 헤어진 지 사흘이면 서로 눈 비비고 다시 봐야 한다고 말한 데서 비롯했다.

악정(惡政)이 여실히 증명하는 바에 내가 말할 필요가 없고, **만복경륜**(滿腹經綸: 뱃속 가득 찬 경륜)이 도시(都是: 모두 다) 이욕(利慾)이라 대통령이라는 신기(神器: 신령스런 그릇)가 무언 줄 아지(알지) 못하고, 자기 직권남용처로 아는 **노혼**(老昏: 늙어 어두움)한 인물을 추대하는 악질들이 더 증오감이 날 뿐이다. 이러하니 어찌 민족으로 성심(誠心)이 날 것인가? 그래서 내가 이 전쟁을 '벽상관초전(壁上觀楚戰)'이라고 방관적 태도로 말하는 것이요, 어찌 내 나라, 내 민족의 가장 중차대한 일을 무관심해서 그런 것은 아니다. 금번에도 기성 인물이라도 **이왕전하**(李王殿下: 영친왕) 198) 같은 인물이 출마하겠다면 대통령 기간 내에 육해공군의 완성과 혹은 완성할 기초를 확실히 수립하였을 것이요, 또 국내 경제의 안정을 확립해서 민생문제를 해결하거나, 혹은 해결할 계획을 확립하였을 것이요, 문교행정의 대전환을 초래해서 민족정신을 앙양(昂揚)하였으리라고 본다.

그가 10년 **상담**(嘗膽: 쓸개를 맛봄)하고 군사적, 정치적으로 대망을 품고 있는 것은 사실이요, 그 일단(一端)을 맥아더 원수나 리지웨이 원수가 발로시키고자 하던 것도 사실이다. 내가 구한국의 세은(世恩)이 있어서 구왕족을 추모하는 것이 아니라, 기성 인물 중에서는 남북을

---

198) 대한제국 보병 참위 경력과 일본 육사 졸업 후 야전군 지휘와 요직을 거쳐 중장까지 진급한 군 경력이 있다. 한국전쟁 당시에 맥아더는 한국인 출신 군 전략가가 없었기 때문에 영친왕 이은을 군 요직에 배치해 실제 전쟁에 투입하려 했지만, 이승만 정부 측에서 반대하는 바람에 참전은 이뤄지지 않았다. 이승만의 냉대와 달리 연합군 최고사령부는 이은에게 호의를 보여 사령관 맥아더가 부관을 보내 위문하고 생활 물자를 보내 주기도 하였다. 일제 패망 후 연합군 최고사령부에 재일한국인으로 등록하였지만 이승만 정권이 호적이 없다는 이유로 대한민국 국적을 인정하지 않아 무국적자가 되었다. 나중에 4.19 혁명으로 제2공화국이 출범하자 국무총리 장면은 영친왕 이은에게 주영 대사직을 제안하였지만 이은은 건강상 이유로 거절하였다.

통해서 인기를 집중시킬 인물이 그분 외에는 타인이 아직 없다고 보는 관계다. 그 외의 신인물들은 미지수인 고로 어떤 성인이나 영웅이 잠재한 지를 알 수 없다는 연고로 기성 인물 중에 금번에 만약 이왕전하가 출마하셨다면 압도적인 표수로 당선될 것은 사실인데 불연(不然)하고 현상 3인이 각축하니, 누가 성공할지는 알 수 없으나 그래도 초량(稍良: 조금 양호함)하니, 2번을 추대해 볼까 하고 벽상관초전을 하는 것이다.

병신(丙申: 1956년) 3월 19일

봉우서(鳳宇書)

한강 백사장에서 해공의 정견을 듣고

때마침 소간사(所看事: 일볼 것)가 있어서 서울 여행 중에 간극(間隙: 틈)이 있었다. 이윤직 동지와 해공 정견발표를 들어보자고 한강 사장(沙場: 모래사장)으로 출발하였다. 우리들 마음에는 전차로 가면 30분이면 충분하리라고 생각하고 오후 2시부터 시작한다는 말을 듣고 오후 1시쯤 을지로 4가에서 출발해 보니 정류장마다 인산인해(人山人海)로 도저히 승차할 도리가 없었다. 그래서 시발지인 동대문까지 가서 보니, 역시 인산인해였다. 겨우 승차하고 한강으로 향하는 도중 교통순경의 별별 구실로 전차는 2시 30분경에야 겨우 용산역까지 와서 전부 하차시킨다. 그러나 도로는 6.25 당시 남하하는 피난민을 연상할 만큼 복잡했다. 한강 사장에 왔을 때는 해공 정견발표 중간이었다. 청중은 사장은 물론이요, 한강 좌우안(左右岸)과 인도교(人道橋)에 교통이 두절될 정도요, 선척(船隻: 배)199)을 이용하는 인사들도 많았다. 관(官)에서 교통 방해가 아니었으면 청중은 배(倍: 갑절) 이상이 초월했으리라고 추상된다. 정확한 숫자는 알 수 없으나 무려 30만 명은 될 것 같다. 이 집회만으로도 해공의 인기가 서울에서 얼마만한가 알 것이다.

우리는 그 정견발표 중간에서 시청(始聽: 비로소 들음)하는 것이라 그

---

199) 사람이나 짐 따위를 싣고 물 위로 떠다니도록 나무나 쇠 따위로 만든 물건. 모양과 쓰임에 따라 보트, 나룻배, 기선(汽船), 군함(軍艦), 화물선, 여객선, 유조선 따위로 나눈다.

전에 무슨 말을 했는지 알 수 없으나, 내가 들은 것만으로 현 정부의 부패를 숙청하겠고, 일당일파(一黨一派)적인 인사행정을 하지 않고 인재 본위로 하겠다는 것과 국가 자립상 휴면공장을 전부 활동시킬 안(案)을 수립하고 국방문제는 인해전술을 떠나서 현인수(現人數: 당시 총병력 수는 60만 명)의 약분(約分: 맞줄임)인 50만 정도로 정병(精兵: 정예병)제도를 하겠다는 것이요, 현상 세법에 인정과세를 폐지해 보겠다는 것과 국민교육에 급진적 향상을 보도록 하겠다는 등 여러 가지였다. 본디 해공이 웅변은 아니나 자기의 포부를 그대로 말한 것이 대중심리를 충격을 주어서 군중의 환호성은 천지를 동하는 것 같았다. 해공도 신이 아니니 어찌 구두(口頭)로 한 말을 언행일치(言行一致)야 하겠는가? 그러나 이상만이라도 좋은 것은 사실이었다. 만약 현 정부가 8년간 행정 실적이 보통만 되었더라도 금일 해공의 정견발표에 대중적 심리가 그렇게 호응할 리가 없다. 이것은 유정장(劉亭長: 한고조 유방)이 선치(善治: 백성을 잘 다스림, 선정)가 아니라 초백왕(楚伯王: 항우)보다는 초량(稍良: 조금 나음)하다는 것이 인심이 돌아간 것이다.

일부에서 최후의 발악이 있을 것인데 금후(今後) 신변을 절대로 주의해야 할 것이다. 성불성(成不成)은 도외시하고 인심만은 해공에게 집중한 것이 사실이다. 해공을 위해서 축하하는 바요, 또 너무 인기가 집중하는 것은 상대방의 최후적 공격을 상기할 수 있는 것이라 걱정도 되는 것이다. 금년 해공의 연운(年運)이 "귀이무위(貴而無位: 귀한데 자리는 없음)요, 고이무민(高而無民: 높은데 백성은 없음)이라"는 평을 내가 유년(流年: 한평생의 운수를 해마다 풀어 놓은 사주)에 쓴 일이 있다. 이 평구(評句)와 같다면 득위(得位: 자리 얻음)가 문제라고 생각되는데, 현 인심 동태로 보아서는 득위 못할 리가 없다는 것이다. 사불가역도

(事不可逆睹: 일은 미리 알아볼 수가 없음)이니 **후회**(後回: 뒤차례)를 보리라.

병신(丙申: 1956년) 3월 23일

봉우어경로중(鳳宇於京路中: 서울 여행 중에 봉우는 쓰다)

해공(海公: 신익희)의 급서(急逝)를 조(弔: 조상)함

비록 사불가역도(事不可逆睹)라 하나 어찌 운명의 작희(作戱: 훼방을 놓음)가 이다지도 심한가? 재작일(再昨日: 엊그제)에 한강 사장(沙場: 모래사장)에서 인산인해 중 **사자후(獅子吼**: 영웅적인 연설)를 토하며, 수십만 대중의 환호리(歡呼裏)에서 연단을 내려오던 해공, 자기도 모르게 만족의 미소를 띠고 대중을 바라보던 모습, 내 눈에서 아직 사라지기도 전에 해공의 급서(急逝: 급히 돌아감)를 접하고 보니, 나는 아무리 생각하여도 사실이 아닌 잠 속인 것 같다. 내가 해공의 아무 일 없이 고이 잠들어 있는 모습을 보고야 비로소 거짓 없는 사실인 줄 알았으며, 이것이 해공 개인의 운명이라기보다 우리 3,400만 배달족의 앞으로 몇 년간 침체될 운명으로 말미암아 해공은 우리 민족 전체의 **중망(重望**: 두터운 명망)을 가진 채, 하날이 급히 부르신 것이라고 해석할 수밖에 없다.

해공이여! 비록 그 자리는 얻지 못했으나 배달민족 전체의 심적(心的) 지지를 받았다는 것으로 영령(英靈)은 길이 미소를 띠고 저 나라로 가시라. 백범(白凡) 선생이 지하에서 반가이 맞으시리라. 그 자리는 임정 요인들이 다 얻지 못했으나 민족의 신망(信望)만은 만재(滿載: 가득 실음)하고 돌아간다는 것만으로도 자리를 얻어서 악정(惡政)을 한다는 평과 천추(千秋)의 차가 있지 않은가?

백범 선생과 같이 이 나라, 이 민족을 위해서 이 국토에서 정의의 수

호신으로 하루라도 속히 이 나라, 이 국토에서 악마를 구축(驅逐: 쫓아냄)함으로써 해공의 영계(靈界)의 책임을 완수하고 우리 민족의 해공을 믿는 마음을 보답하는 것으로 알지어다.

나는 아직 식지 않은 시체로 이 나라, 이 민족에게 일호반점(一毫半點) 보답할 줄 아지(알지) 못하는 우맹(愚氓: 어리석은 백성)이다. 그러나 해공을 바라던 마음 누구보다도 앞서던 사람이다. 내가 기축년(己丑年: 1949년)에 백범 선생을 영결(永訣)하고 이번에 또 해공을 보내게 되는 내 심정이야 무어라고 형언할 수 없으며, 다만 우리 민족 전체의 복(福)이 부족하고 액(厄)이 아직도 남아서 이런 일을 당했다고 자기들의 불운이 쌓이고 쌓여서 해공이 견디지 못해서 급서한 것을 슬퍼할 뿐으로 형언할 수 없는 내 정서를 무언중에 두고 눈을 감고 해공의 명복을 빌며 이 붓을 그치노라.

병신(丙申: 1956년) 4월 초5일(初五日)

봉우경조(鳳宇敬弔)

추기(追記)

해공 사인(死因)에 대해서 세간에서는 구구한 풍설(風說: 풍문)이 다 많으나, 나는 고인의 운명론을 믿고자 해서 그런 것이 아니라, 실패 후 자위(自慰)의 자료로 운명론을 말하는 것이다. 만사도시명(萬事都是命: 모든 일이 전부 운명)이요, 반점불유인(半點不由人: 반점도 사람의 힘으로 되지 않네)200)이라고 고인들은 말했고, 또 선철(先哲)들은 운명은 운명대로 맡기고 인간으로서 할 일은 할대로 해보라고 **수인사대천명**(修人事待天命)이라고 하셨다. 인간으로서의 할 일을 최선을 다해 보면 그 천명(天命)이라고 하는 것이 어느 정도 변경되는 것도 사실인 것 같다. 최선을 다하지 못하는 관계로 자기의 기대와 어그러지는 운명의 판정이 내리는 것이라고 본다.

예를 들면 한말(漢末) 유현덕(유비)이 서서(徐庶)201), 방통(龐統)202), 제갈량(諸葛亮)203) 3인을 얻어서 공명으로 군사(君師)를 삼고, 방통으로 부군사를 삼고 원직(元直: 서서의 字)으로 보좌를 삼아서 삼국이 정족지세(鼎足之勢)로 있었다면 조만(曹瞞: 조조), 손권이 감히 일시도 고침(高枕: 높은 베개)할 날이 없었을 것이요, **중흥한실**(中興漢室: 한나라 왕실을 다시 일으킴)도 **가이계일이대야**(可以計日而待也: 날을 헤아리며 기다릴 수 있음)어늘 원직은 **실어조**(失於曹: 조조에게 잃음)하고, **사원**(士元: 방통의 字)은 **사어낙봉**(死於落鳳: 낙봉에서 죽음)하니, 공명이 수현

---

200) 명나라 때 고전 속 격언이나 속담 등을 모아 편찬한 아동 계몽서 《증광현문(增廣賢文)》에 나오는 말. 《증광현문(增廣賢文)》은 《명심보감》, 《채근담》과 함께 동양의 3대 격언집으로 꼽힌다. 앞의 만사(萬事)가 대가(大家)로 나와 있다.

201) 유비(劉備)의 모사(謀士). 자(字)는 원직(元直). 후에 조조(曹操)가 그의 모친을 인질로 삼자 조조에게 투항하였다.

202) 후한 말의 전략가이자 유비(劉備)의 모사(謀士). 자는 사원(士元)이며 형주 양양 사람. 유비에게 출사하기 전부터 명망이 높던 선비였으며, 육적, 노숙, 제갈량 등 당대에 이름난 인물들이 하나같이 그를 높게 평가하며 유비에게 권하였는데 이때부터 유비를 따르게 된다. 이후 유비군의 군사중랑장으로서 유비가 촉을 얻기 위해 공격할 때 모든 기초 전략을 설계하여 유비 세력이 나아갈 대전략을 제시했다.

203) 촉한의 정치가(181~234). 자(字)는 공명(孔明). 시호는 충무(忠武). 뛰어난 군사 전략가로, 유비를 도와 오(吳)나라와 연합하여 조조(曹操)의 위(魏)나라 군사를 대파하고 파촉(巴蜀)을 얻어 촉한을 세웠다. 유비가 죽은 후에 무향후(武鄕侯)로서 남방의 만족(蠻族)을 정벌하고, 위나라 사마의와 대전 중에 병사하였다.

(雖賢: 비록 어젊)이나 **독력난지**(獨力難支: 혼자 힘으로 지탱하기 어려움)
라 **사마씨**(司馬氏: 사마의)[204]가 **식소사번**(食小事煩: 적게 먹고 일은 번
거로움)하니, **기능구호**(豈能久乎: 어찌 능히 오래갈까)아? 하는 평을 내리
게 되었었다. 이것을 운명이라고 한다.

원직(元直)을 잃지 않았으면 형주(荊州)를 원직이 조자룡을 데리고
수호(守護)했으면 **조손**(曹孫: 조조와 손권)이 감히 일보를 진(進: 나아가
지)치 못했을 것이요, 촉(蜀)은 공명과 사원이 동진(同進)했으면 **낙봉파**
(落鳳坡)의 실패가 없고, **남정북벌**(南征北伐: 남북으로 정벌함)에 **사반
공배**(事半功倍: 일은 반하고 공은 배가 됨)가 되어 중흥의 업을 성공했을
것은 명약관화한 일이다. 그런데 운명의 작희(作戲)로 사원, 원직을 다
잃고 공명이 **독전군웅**(獨戰群雄: 홀로 여러 영웅들과 싸움)하는 것이 이
것을 운명이라고 한다. 여기서 본론으로 돌아온다.

해공이 전민족의 여망(輿望: 여럿이 기대함)을 가지고 마지막으로 한
강 사장 정견발표에서 전 민족의 대표한 인기를 보았으면 전라남북도
는 더구나 해공을 지지하는 곳이라 부하의 거물급들을 대송(代送: 대신
보냄)하더라도 소호의 지장이 없는 것인데, 연일 과로함을 무릅쓰고 자
기가 친히 간다는 것도 자기 건강을 덜 생각한 것이요, 또 자기 몸이 평
시와 같지 않다는 것을 생각지 못하고, 음식물을 검사해 보지 않고 직
접 사용한 것이 어느 점으로 보아서 자기나 또는 그 좌우 지인이 주의
를 덜 한 것이 사인이라고 본다. 우리가 생각하기에는 한강 정견발표
후에는 단연 종적을 선거전까지 감추고 정양(靜養)할 일이라고 본다.

---

204) 위(魏)나라의 명장・정치가(179~251). 자는 중달(仲達). 촉한(蜀漢)의 제갈공명의
　　 도전에 잘 대처하는 등 공을 세워, 그의 손자 사마염이 위(魏)에 이어 진(晉)을 세우
　　 는 데에 기초를 세웠다.

그랬으면 해공 자신의 피로도 회복되고 상대방의 **암전**(暗箭: 숨어서 쏘는 화살)도 쓸 곳이 없을 것이 아닌가?

이것이 해공 자신이 인간으로의 주의할 일을 다하지 못한 관계로 극(隙: 틈)을 규(窺: 엿봄)하는 사람이 생한 것이라고 본다. 이것을 세인들은 운명에 부치나 이것은 우리 민족들의 운명이요, 해공으로서는 최선의 방비를 못한 관계로 최악의 경우를 당한 것이라고 보고 또는 해공으로서는 대통령의 자리를 득해서 4년간 행정한 것보다 금번 선거전 민심을 다 얻고 전 민족 **계련**(係戀: 마음이 끌려 잊지 못함) 속에서 돌아감이 도리어 성공일지 모른다. 나는 일시적 해공의 실지(失志)를 조(弔)하느니보다 천추(千秋)의 방명(芳名: 향기로운 이름)이 사라지지 않기를 심축하고 이 붓을 그치노라.

병신(丙申: 1956년) 4월 5일

봉우서(鳳宇書)

수필: 배사(背師: 스승을 등짐)

공부자대성(孔夫子大聖)이 사대 문도(門徒: 제자) 3,000인에서 신통육예자(身通六藝者) 72인이요, 승당입실(升堂入室: 마루에 오른 다음 방에 들어옴)은 10여 인에 불과하다. 그중에서도 제자 중의 호학(好學)은 오직 **안자(顏子)**[205] 일인(一人)을 칭찬하실 뿐이다. 하필 공부자만 그러신 것이 아니라 석가모니불도 49년 설법에 10대 제자 중에서 오직 **가섭불(迦葉佛)**[206] 일인(一人)이 그 심법을 받았을 뿐 **아난(阿難)**[207] 같은 고족(高足: 수제자)도 아직 심법의 전통에는 묘연했던 것이다.

그후 제성(諸聖: 모든 성인)이 다 **동궤일철(同軌一轍:** 같은 수레바퀴 자국)이다. 하물며 **성문고제(聖門高弟:** 성인 문하의 고족제자)들도 이렇거든 그 외 사람으로 **배사(背師:** 스승을 등짐)짐 하는 것은 상사(常事: 보통 일)라고 본다. 이것이 책임이 사도(師道: 스승의 도리)에도 있고, 제자에게도 있다고 본다. 제자들의 욕망이 수판적(數板的)인 데 대해서 그 수판에 맞지 않으면 답안이 틀린다고 반대하는 것이 상례다.

사도간(師徒間: 스승과 제자 사이)에는 불가결할 **성경신(誠敬信)** 삼자(三字)인데 그 성경신을 그대로 실행하는 사도들은 만의 일인(一人)도

---

205) 안회(顏回). 춘추 시대의 유학자(BC 521~BC 490). 자는 자연(子淵). 공자의 수제자.

206) 석가모니의 십대 제자 가운데 한 사람. 석가의 심법을 전해 받았다.

207) 석가모니의 십대 제자 가운데 한 사람. 석가모니 열반 후 경전을 결집(結集)했다.

귀하다고 본다. 제자의 이탈을 섭섭히 생각 말고 내 자신을 회고해서 상대방에게 성의 표시를 다 못한 것을 **회과**(悔過: 잘못을 뉘우침)할 것이다. 사제 간이라고 서로 바라는 것이 상인들의 물건 **흥성**(興成: 물건을 사고 팔기 위해서 가격 등을 따지고 의논함)하듯 하는 것은 부정(不正)하다고 본다. 나도 근일 좀 불쾌한 점이 있으나, 이것도 내가 어느 과오가 있는 연고로 상대방에서도 그 과오의 극(隙: 틈)을 타서 그 과오 이상의 평을 하는 것이라고 보는 관계로 나는 그 사람들의 반성 있기를 기대하고 내가 직접은 일언반사 안 할 생각이다. 그리고 나도 반성할 필요가 있다고 본다.

병신(丙申: 1956년) 4월 초3일(初三日)

봉우서(鳳宇書)

5.15 정부통령 선거를 하고 내 소감

오늘 우리가 투표하는 한 표, 한 표가 우리의 4년간 희노애락(喜怒哀樂)을 같이 할 정부통령을 선출하는 가장 귀중한 시간이요, 또 우리의 가장 위대한 권리를 행사할 수 있는 순간이다. 선출의 정부정(正不正)으로 정부통령 임기인 4년간에 한(限)한 우리 민족의 사활을 운위할 뿐 아니라, 장래 백년, 천년 기초의 공고(鞏固: 단단함)하고 불완전한 분기점도 우리의 오늘 한 표, 한 표로 자연적인 결정을 보게 되는 것이라 아무리 보든지 가장 중대한 책임이 우리에게 있다는 것을 자각하게 되었다.

그러나 우리나라에서는 행(幸)인지 불행인지 전 민족의 여망을 양견(兩肩: 두 어깨)에 지고 도처에서 대환영을 받던 대통령 입후보자인 해공(海公)이 급서(急逝)함으로써 민족 전체에서 일부 편파(偏跛: 한쪽으로 치우친 절뚝발이)에 흐르는 인간들을 제하고는 거의 다 애도(哀悼: 슬퍼함)하였다. 이것이 우리 민족의 운이 부족한 연고라고 생각된다. 그러나 해공이 갔다고 우리의 대통령 선거를 중지할 수 없는 것임에는 누구나 다 시인할 것이다. 그렇다면 현 입후보자이신 1번 조봉암 씨와 현 대통령이신 이승만 씨의 각축전(角逐戰)임에 틀림없다고 본다. 여기서 공정한 마음으로 양 씨 중에서 한 분을 선택해 보자.

해공이 생존해서는 민족의 다대수(多大數)가 해공에게 호응한 것은 가리지 못할 사실이었다. 그러나 현존 조죽산(曹竹山: 조봉암의 별호)과 우남(雩南: 이승만의 별호) 양인(兩人) 중에서 선출하자면 우리들도 **최정 (最精: 가장 정예)**한 심사가 필요한데, 현장에서 보니 유권자가 제위(諸 位: 여러분)가 어떤 지방의원 일인(一人) 선출하는 것보다 조금도 신중 고려하는 것 같지 않다. 각 당파적인 선전과 인격에 대한 **중상모략(中 傷謀略)** 등을 함부로 하며, 투표 장소 근지에서도 주식(酒食: 술과 밥)을 접대하며 아전인수(我田引水)하려는 선전들을 하는지 집중하는 유권자 들도 없다고는 볼 수 없다. 이 인간들의 부족상들도 있고, 또 우리 면소 재지에서 투표 장소에서는 **목불식정(目不識丁: 낫 놓고 기역자도 모름)** 하는 고용(雇傭)살이 하는 인간이 일고(日雇: 날품)에 팔리여서(팔려서) 투표하러 가는 부인들에게 대통령에 3번, 부통령에 2번을 꼭 찍어달라 고 바로 투표 장소 10미터 이내에서 선전하고 있다.

그리고 자유당 선전 지프차 마이크는 역시 투표 장소 직전에서 방송 을 한다. 이것은 자기네 표 얻기 위한 행동으로 보아도 좋으나, 촌에서 나오는 노인들이나 부인 간에는 선전원들이 대통령에 3번, 부통령에 2 번이라니 대통령 투표용지에다 2번, 3번을 찍는 사람이 나수인 긋 같 다. 이것은 각 부락에서 선거에 대한 계몽이 부족했던 것이요, 또 민중 들도 관심이 부족한 연고라고 생각된다. 다만 4년 전 정부통령 선거 당 시보다 대중 층이 어느 모로 보든지 수준이 향상되었다는 것은 반가운 일이다.

현존한 죽산이나 우남에게 대한 총민의(總民意)가 집중이 되지 않아 서 적지 않은 해공 투표가 있는 것 같은 감이 있다. 이왕 돌아가신 분은 할 수 없고 현 죽산, 우남 중에서 우리 민족의 복리가 될 인물을 택하는 것이 가장 현명한 방법이라고 본다. 이런 점이 좀 부족하다는 것이다. 그리고 부통령 투표에는 박기출, 이종태 양인이 기권하고 현존 6인 중에서 우리 면에서는 장면, 이기붕, 이범석 3인의 표 외에는 별로 없는 것 같다. 동정을 살피건대 이범석 표가 많은 것 같다. 이것이 우리 면 실정이요, 타군, 타면에서는 알 수 없는 사실이다. 이다음 선거 때에는 좀 더 수준이 향상되기를 바라고 이 붓을 그친다.

병신(丙申: 1956년) 4월 초6일(初六日)

봉우서(鳳宇書)

추기(追記)

금번 선출은 누가 되든지 우리 민족에게는 별 수확이 없다고 본다. 왜냐하면 이우남(李雩南: 이승만)은 8년간 과거로 내두 4년간에 별 호 성적이 나오지 못할 것은 명약관화한 일이요, 또 죽산(竹山)이 당선된 다 하여도 죽산은 조직력은 강한 인물이나, 이 민족의 난국을 타개할 만한 역량이 절대적으로 부족한 인간이라고 본다. 그리고 현 국회에서 죽산을 지지하는 사람이 극소수라는 것이 행정부로서 난관(難關)을 봉 착할 것이다. 그래서 현 헌법으로 보아서는 누가 되든지 우리 민족의 복리를 가져올 만한 역량이 다 부족해서 이조(李曺) 양인(兩人: 두 사람) 에게는 아무 기대가 없는 일이다.

그러나 하필 이 양인이 입후보한 바에는 우리가 백방으로 고려해서 그래도 좀 나은 편을 선출하는 것이 당연한 일인데 민족적으로 수난기 임에 틀림없는 관계로 4년간을 인곤(忍困: 곤궁함을 참음)해야 하겠다 고 본다. 민족은 '고(苦: 고통)는 낙지종(樂之種: 즐거움의 씨앗)'이라고

고(苦)도 그 극에 달하도록 되는 것이 낙(樂)이 속히 올 조짐이 되는 관계로 이다음 정부통령 선거 시까지 인내하고 자숙하며 자립으로 나가는 것 외에는 타도가 없다고 본다. 이 난국을 타개하는 데에는 민족의 지도자로 자임(自任)할 농산어촌(農山漁村)과 경향(京鄕: 서울과 시골)의 중견적 양심분자들이 자진해서 단결하여 이에 대처함으로써 금번 정부통령 선출의 부족점을 보충할 것으로 나는 단정한다.

1956년 음력 4월 초6일(初六日)

봉우추기(鳳宇追記)

정부통령 투표 개표 후문(後聞: 뒷소문)을 듣고

우리의 4년간 총민의를 대표할 정부통령 선거와 그 투표가 가장 신성해야 할 것인데 의외에도 금번 개표 후문을 도청도설(道聽塗說: 길거리에 떠도는 뜬소문)로 듣건대, 무엇보다도 자유 분위기라야 할 투표 장소에서 경관들이 직접 투표인이 누구에게 투표하는가를 보아서 현 대통령이 아니신데나 또 부통령이 자유당 입후보자가 아니면 현장에서 구타한 사실도 있고, 어느 곳에는 아주 투표함을 바꾸었다는 곳도 있고, 또는 모당(某黨: 어느 정당)에서 투표용지를 사적으로 인간(印刊: 인쇄해 찍어냄)하여 자당 출마인에게 조인(調印: 투표지에 도장을 찍음)해 가지고 환표(換票: 투표지를 바꿈)를 했다고도 하고, 미리 투표통 안에 표가 넣어져 있었다고 하는 갖은 사고가 다 나가지고 있다.

그럼에도 불구하고 중앙선거위원회에서는 (선거)사범(事犯) 전부를 불수리(不受理: 불법선거사범 신고를 받지 않음)하고, 대구에서는 일자가 경과하여도 개표를 하지 않는 괴사고(怪事故)가 있다고 한다. 이것이 우리 국가, 우리 민족의 치욕인 것은 말할 것도 없고 국제적 위신을 무어라고 할 것인가? 아무리 생각하여도 한심(寒心)을 불금(不禁)한다. 이런 갖은 악행을 다하고도 그래도 자당(自黨)의 승리를 축(祝)할 만한가? 아무리 생각해도 몇 개인의 정상모리배(政商謀利輩)로 말미암아서 금번 선거가 아주 난동된 추악상을 다 노출시킨 것으로밖에 볼 수 없다.

모당 제위(諸位: 여러분)시여. 개과천선(改過遷善)할 아량이 없는가? 아주 민족에게 금번 선거의 여러 가지 불신성한 (선거)사범을 자당에서 범한 것을 만천하에 자백하고, 이 다음 행정을 개선하는 것이 당연한 일이 아닌가? 그렇지 않고 여전히 자기들의 죄과를 부인하고 기만정책을 쓴다면 비록 집권한 곳이라 감노이불감언(敢怒而不敢言: 화가 나지만 감히 말하지 못함)[208]하나, 악질적 행동이 그 극에 달하면 인민은 미력해서 성토(聲討)를 못하나 천(天)과 신(神)이 소재(昭在: 밝게 존재함)함에 어찌할 것인가? 백일하에 그들의 죄상이 폭로될 때에도 감히 괴변(怪辯: 괴이한 말)으로 민중을 기만(欺瞞)할 수 있을 것인가?

자고로 역사를 보건대 막현호은(莫見乎隱: 숨은 것보다 더 잘 드러남은 없다)이며 막현호미(莫顯乎微: 미세함보다 더 잘 나타나는 것은 없다)[209]라 그 시기의 조만(早晩: 이르고 늦음)은 있을지언정 여영수형(如影隨形: 마치 그림자가 형체를 따라옴)[210]하는 것이 원리라고 본다. 우리들이 하필 이 이매망량(魑魅魍魎: 도깨비, 두억시)이 백주(白晝: 대낮)에 출현해서 무소불위(無所不爲: 하지 않음이 없음)의 악행을 다하되, 함구불언(緘口不言: 입을 닫고 말을 안 함)하는 외에 타도가 없는 이 세상에 (태어)난 것이 불행 중에 더 불행한 것이라고 자기의 운명을 나무라며, 또 무슨 희망을 바라는고 하니 이 침침칠야(浸沈漆夜: 물속 깊이 가라앉은 칠흑 같은 밤)가 동방서색(東方曙色: 동쪽의 새벽빛)이 속히 오기를 빌며,

---

208) 두목(杜牧: 803-852) 〈아방궁부(阿房宮賦)〉에 나오는 유명한 구절.

209) 《중용(中庸)》 출전.

210) 《법구경(法句經)》 제9장 〈쌍요품(雙要品)〉 출전. "中心念善, 即言即行, 福樂自追, 如影隨形.(마음속으로 선한 생각을 품은 채 말하고 행동하면 복락과 즐거움이 저절로 쫓아온다. 마치 그림자가 형체를 따르듯.)"

금번 선출된 인물들의 손으로 행정하는 것을 인내해 가며 우리들의 자립과 자성(自省: 스스로 반성함)을 촉(促: 재촉함)할 뿐이다.

병신(丙申: 1956년) 음력 4월 욕불일(浴佛日: 초파일, 석가탄신일)

봉우서(鳳宇書)

추기(追記)

금번 개표가 도처에서 말할 수 없는 추악상이다. 나타난 것은 세인이 공지하는 바이나, 더욱이 대구 개표 사고로 정(正) 72시간을 지연시킨 책임자가 누구인가? 대구시장 허모라는 위인이라고 한다. 이것은 허모 일인(一人)에 국한된 문제가 아니라 자유당 경북도당부에서와 중앙당부의 책임이 전적으로 있다고 생각된다. 타지방에서는 별별 사고사범을 자유당에서 임의자재로 무소불위하고도 대구에서도, 또 이런 방식을 취하려다가 시민들과 야당 참관인들의 결사적 반대로 성공을 못하고 외국 기자단의 발동이 있었고 대통령의 명령이 있어서 할 수 없이 개표한 것이 대구 제1구에서 장면 박사가 49,117표에 이기붕 군이 7,266표요, 제2구에서 장면 박사가 42,639표에 이기붕 군이 6,457표요, 제3구에서 장면 박사가 49,804표에 이기붕 군이 8,671표로 총표수 장면 4,012,654표요, 이기붕 군이 3,805,502표요, 윤치영 군이 241,178표요, 이윤영 군이 35,308표요, 백성욱 군이 230,556표요, 이범석 군이 322,579표로 장면 박사의 당선이 확정되었다. 만약 각 지방에 불법, 부정 개표가 없었다면 장이(張李: 장면과 이승만) 양인의 득표차가 300만

표차는 되었으리라고 관측한다.

금번 해공이 급서함으로써 대통령은 기정적으로 이 박사가 3선 되었으나, 민의의 총집결은 부통령 선거에 있었고, 정부 측이나 여당 측도 역시 부통령 선거에 치중한 것은 사실이다. 별별 사범을 무소불위로 해가면서라도 자당의 승리를 득(得)코자 하던 것이다. 이러했음에도 불구하고 총민의는 현 정부의 권력에 아부하지 않고 결사적인 투쟁으로 우리의 의사를 신성한 우리들의 표로 발표했다. 현 정부의 과거의 심판을 달게 받아야 할 것이요, 앞으로도 민의에 반영해서 과거 같은 실태(失態: 볼썽사나운 모습)가 나오지 않게 하여 주기를 바라는 바요, 또 총민의로 당선한 장면 박사도 앞으로 대통령을 보좌하여 과거 같은 실정(失政: 잘못된 정치)이 없게 하기를 바라는 바이다.

해공에게 바라던 민의는 비록 부통령일망정 장면 박사에게 집중한 것이니, 장 박사도 자중(自重)하기를 바라노라. 끝으로 우리 충남이 가장 세상에서 유약해서 관권에, 세력에 복종한다고 악평이 심하던 곳인데, 의외로 충남 15구(區)를 통해서 부통령 선거에 압력이 심했음에도 불구하고 대덕, 당진, 서산을 제외하고는 12개 시군(市郡)이 우세했고, 우리 공주는 장면 박사에게 32,000표 이상에 이기붕 군 16,000표로 정반수(正半數)밖에 되지 않았다. 이것으로 충남도 그 유약(柔弱)이 한(限: 한계)이 있다고 본다. 이 다음 제종(諸種: 여러 종류) 선거에도 민의에 가림 없이 발표되기를 바라는 바이요, 금번 제일 유감인 곳은 강원도 전체가 비밀개표와 갖은 압박이 심했다는 점을 일층 주의해야 되겠다. 책임자들의 악질적 행동을 개오(改悟: 잘못을 깨닫고 뉘우침)하라.

(1956년 양력 5월 21일 추기追記 봉우鳳宇)

해공(海公) 장례식 거행 소식을 듣고

인생의 공죄(功罪: 공로와 죄과)는 **개관(蓋棺: 관 뚜껑을 덮음)** 연후에 정평(正評)이 내리는 것이라고 고인들이 말하였다. 사실이 대체로 보아서 그러하다고 인정한다. 혹은 예외도 있으나, 보통은 이러한 편이 많다. 해공이 조년(早年: 젊을 때)에 일본 조대(早大: 와세다대학교) 학부를 나오고. 곧 중국으로 가서 임정(臨政: 임시정부)에 참례해서 수십 년간 **적공(積功: 공을 쌓음)**이 있은 후, 을유(乙酉: 1945년) 8.15 광복 후에 귀국 당시 임정 내무부장 명함을 가지고 입국한 후로 국내에 와서 **기다(幾多: 여러 많음)**한 파란곡절(波瀾曲折)이 **층생첩출(層生疊出: 거듭해서 나옴)**해서 임정 계통인 한독당을 떠나서 독촉국민회니, 민주의원의장이니, 국민당이니 또 한민당과 합당해서 민국당이니 해서 일시는 세인이 해공의 정조(貞操)를 의심해서 지청천(池靑天, 1888~1957)[211]과 공히 "인촌(仁村: 김성수)네 **문번견(門番犬: 문 앞을 지키는 개)**"이라는 악평도 들은 일이 있었고, 그다음은 이승만 박사 다음으로 국회의장이 되어 만 6년간을 명의장(名議長)이라고 세평이 있다가 정치파동 시에 국회에서 발췌개헌안[212]을 퇴일보(退一步), 진일보(進一步)로 통과시

---

211) 지청천(池靑天, 1888년 3월 7일~1957년 1월 15일)은 일제강점기 조선시대의 군인이자 대한민국 임시정부시대의 항일 독립운동가였고, 대한민국의 정치인이다. 광복군 총사령관을 역임하였다. 대한민국의 독립 후 대한민국 제헌 국회의원과 초대 무임소 장관을 지냈고, 민주국민당 최고위원을 역임하였다.

212) 이승만이 재선을 위해 벌인 부산 정치파동 기간에 임시 수도 부산의 제2대 국회에 제

커서 해공의 명가(名價)가 좀 약해졌었다.

당시에 해공이 강경하게 반항했으면 그 개헌안이 통과 못했을 것이라고 정평한다. 그러나 해공은 단면인물이 아닌 관계로 자기 말과 같이 퇴일보, 진일보가 되는 것이라는 이론을 가지고 이 박사가 이 개헌안으로 간선(間選)이 아닌 국민직선에서 당선되더라도 불구(不久: 오래지 않아)해서 실정으로 인민의 신망을 얻지 못할 것이라는 관점에서 민의원 의장으로서 인내 못할 창피를 당하며 이 발췌 개헌안을 통과시킨 것이다. 이것이 정평하자면 자기의 장래를 위해서 은인자중하면서 세인의 악평을 감수한 것이다. 환언하면 해공이 의장으로서만 종신(終身)할 생각이었었다면 공명정대한 성명서를 온 세계에 선포하고 이 박사 정권의 불법과 반항함으로 정치생명을 가치 있게 살고 민의원의 입법정신도 그대로 살 것이었다.

그러나 해공의 심산은 여기 그치고자가 아니라 장래의 무엇을 꿈꾸는 까닭에 여러 가지로 **타산**(打算: 계산을 헤아림)한 나머지 퇴일보, 진일보를 하게 된 것이라고 나는 생각했다. 이것이 내가 해공을 병하기를 "음험간독(陰險奸毒)의 근세영웅(近世英雄)"이라고 한 것이다. 장래에 정치적 야망이 없었다면 당시에 해공이 의장으로서의 생명을 걸고 공명정대한 성명서로 현 정부의 범죄상을 **토죄**(討罪: 죄를 엄히 나무람)할 수 있었고, 그다음 해공은 다시 출세 못했을 것도 사실화할 것이다. 여러 가지 해공의 수판이 장래라는 바람이 있어서 제2차 대통령 출마

안되어 공포된 첫 개정 헌법안이며 대한민국 헌정사상 첫 번째 친위 쿠데타이기도 하다. 대통령 직선제와 국회 양원제를 골자로 하는 정부의 안과, 의원내각제와 국회 단원제를 골자로 하는 국회의 안을 절충해 발췌해서 통과시켰다고 하여 발췌 개헌이라는 이름을 얻었다. 그러나 실상은 이승만의 대통령 재선을 위하여 실시된 헌법을 위반한 개헌이었다.

를 거절하고 제3차의 민의원 출마를 광주(廣州: 경기도)에서 하는 심리, 누가 해공을 알 것인가?

물론 여당 천하에 별별 압박과 창피를 다 받아가며 당선해서 평의원으로 있으며, 제3차 대통령 선거를 기다렸던 것이다. 이 박사의 8년간 집정으로 민생고는 말할 수 없는 이때라 해공이 민심을 잘 파악하고 "못살겠다. 갈아보자"라는 표어를 내걸고 나오자 온 천하 민심은 해공에게로 총집결되었다. 그리고 해공이 당선되어서 실행 가능 여부는 예외로 하고 그의 능숙한 정치 의견 발표에서 민생고의 가지가지를 들고 일어나니, 다음에 실현성 있고 없는 것을 감별할 만한 지식 수준이 아직 없는 우리 백성들은 해공이 우리들의 구세주(救世主)라고 대한(大旱: 큰 가뭄)에 감우(甘雨: 단비)를 만난 듯 열광적으로 환호했다. 이것이 해공의 최고 영예(榮譽)가 될 것이다. 민심의 열도(熱度)가 넘어갈수록 상대방의 증오감도 수반하는 것이다. 해공의 이리 열차 중 급서야말로 누가 그의 사인(死因)을 알 것인가? 알고 싶지도 않다.

그러나 해공의 이 급서가 없이 당선되었다면 행정 4년간으로 민심의 고열이 지속되었을 것인가는 너무 현저한 답안이 나오는 것이다. 해공 일인(一人)만은 자기가 가지고 있는 복안을 실현코자 하나, 주변 인물들의 역량이 가능 여부를 타진할 필요조차 없다고 나는 본다. 오십보(五十步)로 소백보격(笑百步格)일 것이다. 우리 백성으로는 또 이 박사를 모시게 된 것이 불행한 일이나, 해공에게로는 이보다 더 행(幸)한 일이 없다. 왜냐하면 백년이 지나도 백성들은 해공이 집정(執政: 정권을 잡음)했었으면 인정(仁政: 어진 정치)이 있었을 것을 하는 바람이 그래도 남을 것이다. 이것이 해공이 영생(永生)하는 것이라고 본다. 신문지상으로 보건대 해공 장례가 사회장으로 5월 19일 거행하겠다고 하더니, 또 무기연기라고 하더니, 며칠 후에 거국일치의 국민장으로 5월 23일 서울 운동장에서 영결식을 지내고 우이동 장지에 안장했다는 보도와 당일 참석 인원이 무려 70만 명이요, 행렬이 10여 리가 되더라는 인산인해경(人山人海景)을 사진으로 소식을 전한다.

우리가 보건대 장례식으로 우리나라에서 국장을 2차 지냈고, 개인으로는 왜정시대였으나 장례가 성대하기는 **손의암**(孫義庵: 손병희)213) 장례와 **이월남**(李月南: 이상재)214) 사회장과 **이남강**(李南岡: 이승훈)215) 사회장이 있었고, 을유해방 이후로는 **여몽양**(呂夢陽: 여운형)의 장례식과 백범 선생의 국장(國葬)과 **이성재**(李省齋: 이시영) 선생의 국민장이 있었다. 금번 해공 장례가 전 국민의 대망하던 마음을 그대로 **헌성**(獻誠: 정성을 바침)해서 돌아간 해공에 대통령 투표하는 것과 같이 마음으로 비애(悲哀)와 실망을 자위(自慰)하며 해공 장례를 거행하는 것이라 해공은 돌아갔어도 유감없이 고이 선열들의 영(靈)을 따르리라.

---

213) 손병희(孫秉熙, 1861년 4월 8일~1922년 5월 19일)는 천도교(동학)의 지도자요, 제3대 교주이자 대한제국의 독립운동가로, 1919년 3.1 대한독립만세운동 당시의 기미민족 대표 33인의 일원이다. 최시형(동학 제2대 교주)에게 받은 도호(道號)는 의암(義菴)이다.

214) 이상재(李商在, 1850년 10월 26일~1927년 3월 29일)는 대한제국 의정부 총무국장 직책을 지낸 정치가이다. 충청남도 서천군(태어날 당시에는 한산군) 출신으로 고려시대 학자 겸 정치가 이색의 후손이다. 조선후기, 대한제국의 정치인으로 개화파 운동가였으며, 일제강점기 조선시대의 교육자, 청년운동가, 독립운동가이자 정치인, 언론인이다. 자는 계호(季皓), 아호는 월남(月南)이다.

215) 이승훈(李昇薰, 1864년 3월 25일~1930년 5월 9일)은 한국의 독립운동가이자 교육자이다. 본명은 인환(寅煥), 호는 남강(南岡)이다. 1911년 105인 사건 주모자로 일제에게 징역 6년형을 선고받았고 1919년 3.1 운동 때에는 민족대표 33인에 참가하여 징역 3년형을 언도받았다. 출옥 후 오산학교를 중심으로 교육 사업을 계속했다. 오산학교는 안창호의 대성학교와 함께 민족주의 교육의 핵심 역할을 했다.

그리고 백성들이 해공에게 바라는 마음의 만일이라도 보답하려거든 이 토지(土地)에서 길이 거령신(巨靈神: 큰 힘을 가지고 있다는 신령)이 되어 국운을 개척하라! 나는 **궁협(窮峽**: 깊고 험한 산골)의 일포의(一布衣: 일개 벼슬 없는 선비)요, 거래(去來: 가고 옴)가 흔적이 없는 사람이나 해공의 감을 하날게(하늘께) 감사의 뜻을 표하노라. 그 원인은 해공이 감으로써 백성의 마음은 백운(白雲) 속에 해공을 가진 비애와 고로(苦勞)를 맛볼 때마다 생각할 곳이 있다고 자위하게 됨은 오로지 하날이(하늘이) 해공을 이런 인기 총집중 때에 불러 주심이라고 거듭 해공을 위해서 하날게 사의(謝意)를 표하노라. 해공이여! 유명(幽冥: 저승)은 다르나 하날의 은덕(恩德)을 감사히 생각하라.

병신(丙申: 1956년) 양력 5월 28일

봉우기(鳳宇記: 봉우는 씀)

신석균(申錫均) 옹을 조(弔)함

옹(翁)은 내가 대구서 상대한 것이 경진년(庚辰年: 1940년)인 것 같다. 그 후에 옹이 북해도(北海道)에 거주하며, 종종 서신으로 **문문**(問聞: 묻고 들음)을 계속하였고, 수년에 일차씩은 상신리까지 왕래한 일이 있었고, 또 그 **위선사**(爲先事: 조상을 위하는 일)를 내가 해준 일이 있었다. 그러다 을유 8.15를 맞이해서 일본서 직접 상신리로 이거(移居: 이사)하여 2년간을 갖은 고생을 다하고 자기 고향인 단양으로 간 후에도 수삼차 서신이 있다가 수년을 아주 소식이 없어서 육감적으로 **선화**(仙化: 늙어 죽음)하지 않았나 하고 있던 중 유완준 편으로 옹이 중풍증으로 4~5년을 병석에 누워서 소식도 못 전했다는 것을 작년 10월에 비로소 알렸다. 옹은 내가 상종해 보건대 아주 양심적이요, 또 **호협성**(豪俠性: 호걸, 협의 기질)도 있고, 인사(人事)세가 누구에게 실수할까 항상 조심하던 기색이 보였다.

그런데 그 가정형편이 본부인은 중풍증으로 기거(起居)를 못하는 분이요, 소실(小室)은 그리 **현숙**(賢淑)해 보이지 않는 현대 여성이었다. 고향으로 가본 즉 본부인이 병신(病身)이라도 있는 것이 마땅치 못해서 자기 소생녀를 데리고 부산으로 가버리고, 옹이 자기 문중에 기생하고 있던 것이다. 서신 일자도 마음대로 못한 것 같다. 옹이 내게 대한 성의만은 아주 만점이었는데, 내가 옹을 상대하는 것이 항상 부족하였다. 혹 무슨 일이 되면 옹의 급한 생활이나 해결할까 하고 마음만은 늘

있었는데, 일은 아직 되지 않고 금번 3월 초순경에 **이작고인(已作古人:**
이미 고인이 됨)하였다는 소식을 역시 유완준의 서신으로 4월 20일경에
비로소 들었다. 아무리 보든지 부생(浮生: 덧없는 인생)은 허무(虛無)한
것이다.

　옹도 70에 근(近)하고 후사(後事)를 이을 자식이 없고 여식(女息: 딸)
만 수인이 있을 뿐이니, 어찌 한심치 않으리? 우리들도 역시 **창해일속**
(**滄海一粟**: 큰 바닷속 한 톨 좁쌀)이라 선후가 있을 뿐이지 얼마 후에는
유명(幽冥)을 분별할 것 없이 서로 상봉될 것이나 아직 이 세상에 남는
몸이라 옹의 감이 가장 고적(孤寂)함을 못내 슬퍼하며 영혼이라도 아
주 편안한 곳으로 고이 가시기를 빌며 이 붓을 그치노라.

병신(丙申: 1956년) 4월 21일

봉우근조(鳳宇謹弔)

미가폭등에 대한 정부 방침은 없는가?

미가(米價: 쌀값)가 민간생활의 안정되고 안 되는 중요 분기점이 되는 것이다. 그래서 정부로서는 생산 실비보다 저렴할 때는 농촌이 파멸되므로 국가에서 생산비에 해당한 보조를 해서 농촌 파멸을 방지하고, 무리한 고가(高價)가 나올 때는 정부에서 보유미를 방출해서 소비자의 파탄을 방지하는 것이 어느 정부로서든지 시행하고 있는 실례라고 본다. 그런데 현 우리나라 미가는 아무 조건 없이 앙등일로(昂騰一路)로 현상 백미 1두(一斗)에 3,400원을 초과하고 있어서, 도시나 농촌에 생활 공황(恐惶: 두려워 어찌할 바를 모름)을 초래하고 있다.

그 원인이 방과(邦過: 나라의 잘못)에 있는가 하면, 작년 농작물이 예년에 비해서 흉작이 아니었고, 또 소비자로서도 무슨 예외의 무리한 소비를 한 일이 없이 또 무슨 경제적으로 혜택이 있는 것이 아니고, 민간인으로는 원인을 알 수 없는 미가폭등이 계속되어 최신 기록인 3,400원대를 초과하고 있어도, 정부 당국자들은 일언반사(一言半辭: 한마디, 반마디) 여기에 대한 시책이 이러하다는 발표가 없다. 여당에서 정부통령 선거 후 민심수습 정책이라고, 각부 장관들을 자기 당에서 개체(改替: 다른 이로 바꿈)함으로써 민심 안정이 되는 것 같은 발언을 하니, 현 정부의 각 장관들도 개체하기 전에도 일인도 여당 아닌 인간이 없었다.

그리고 이 대통령의 명령에 불복종하는 인물도 없었던 것은 자타가 공인하는 것이 아닌가? 그런데 금번에 4장관 개체가 무슨 의미이며 여당으로서 미가 대책에는 어찌 생각하는 것인가? 야당들은 이 문제를 운위하나 여당으로서 무관심한 태도를 취하고 있으니 민생문제에 중대 관계를 가지고 있는 미가에는 여당의원 제위들은 미가가 **천정부지**(天井不知) 될지라도 즉접(卽接) **통양불관**(痛痒不關: 아픈데 관계하지 않음)인 연고인가? 혹은 이 미가폭등이 간접적인가, 즉접적인가? 양자 간에 여당에서 책임을 질 일이 아닌가 의심이 난다.

의심에 그치는 것이 아니라 그들의 행동으로 책임 소재가 현 정부와 여당에 있다고 인정하여도 과한 오판이 아니리라고 본다. 예를 들건대 금번 선거에서 막대한 비용을 여당에서 소비하였는데 그 자금 출처가 어드메며, 작년 수집한 정부미는 어느 곳으로 다 소비되고 또 일본으로 방출한 백미(白米)는 누가 해서 그 이익은 무엇에 사용했나가 의문이요, 예년에 비해서 잔존미가 동일하다면 폭등할 이유가 없지 않은가? 흉년이 아닌 대흉년을 국민들은 다 당하고 있어도 정부로서 아무 말도 없는 것은 이것은 정부에서 행정하는 것이 아니라 여당과 결탁하고, 적민(賊民: 백성을 도적으로 대함)216)하는 것이라고밖에 말할 수 없다.

그리고 현상이 미가폭등으로 이익을 보는 사람은 현 정부 요인들과 여당 간부 외에는 일인(一人)도 없다. 그 이유로는 선거 전후해서 각 은행대출을 동결시키고 다만 여당 간부 진영과 현 행정부 중요 계통들만 특인(特認) 대출을 해서 이 자금으로 일부 선거비용도 쓰고, 일부로는

---

216) 도적떼를 지칭하기도 하나 반대로 백성의 고통(痛痒)을 외면하고 부패나 결탁으로 민생을 도외시하는 정부나 관료를 비판적으로 지칭한 말로도 사용했다. 다산도 백성을 수탈하는 관리를 '賊民'이라 표현하며 비판했다.

백미를 저가에서 매축(買畜: 사서 쌓아놓음)해 놓고, 이것을 계속적으로 연합매상하므로 미가폭등의 실리는 농민에 있지 않고 여당 간부층과 현 행정부 요인 측에서 그 혜택을 받는 것이다. 이것이 적민(賊民)이 아니고 무엇이라는 말인가? 금번 선거 시에 민심 동태를 정부 고위층들이나 여당 간부들도 다 알았을 것이다.

그럼에도 불구하고 개과(改過)할 생각보다 더욱이 권리나 획득해서 무소불위(無所不爲: 못하는 게 없음)나 해볼까 하는 그 인물들, 그들의 육체는 아직 혈육근골(血肉筋骨: 피, 살, 힘줄, 뼈)의 구성이 해체되지 않아서 동작하고 있으나, 그들의 양심은 그 육체를 떠난 지 이미 오래되었다고 보는 것이 당연하다. 일점(一點)의 고기로 큰솥의 국 맛을 다 안다고, 한 가지 일하는 것을 보면 그 인물들의 동태를 다 알 수 있는 것이라. 나는 이 인물들의 죽은 양심을 조상(弔喪: 문상)하며 속히 내 양심이 움이 돋아나오기를[217] 바라고 이 붓을 그치노라.

병신(丙申: 1956년) 4월 25일

봉우서(鳳宇書)

추기(追記)

고인들이 말하기를 구미삼년(狗尾三年: 개꼬리 3년)이라고 한다. 사

217) '움'은 새로 돋아 나오는 싹을 말하는데 더 정확히는 '움'이 자라서 '싹'이 된다. '움'이 나오는 것을 '트다'라고 하고, '싹'이 나오는 것을 '나다' 또는 '돋다'라고 구별한다. 《표준국어대사전》에서는 '움'과 '싹'을 거의 같은 뜻으로 풀이하고 있다.

실이 그러한 예가 많다. 선거 후 인사행정을 보건대, **전도**(全道: 한 도의 전부)에 자유 분위기를 파괴하고 전도에 비밀투표로 대수확을 한 최 지사가 아주 영전했고, 장관 개체도 다 자유당 직계로 해서 여당 권리 확보 일로로 매진하고 있다. 이것이 민심 수습상 제일 중대 문제인듯한 인사행정을 하고 있다. 이 정도로 나간다면 신문지상(新聞紙上) 말과 같이 소경(장님)의 잠자나 마나가 아닌가 한다. 우리들 **세농층**(細農層: 영세농업층)들은 **칠궁**(七窮)218)이라고 **신추**(新秋: 첫가을, 음력 7월)가 되기 전까지는 생계가 망연(茫然: 아득해짐)하다. 위정자를 원망하지 않을 수 없다. 이것이 **생부진한탄**(生不辰恨歎: 제때 태어나지 못했음을 한탄하다)이다. 누구를 원망하리요? 다만 그래도 혹 나은 시정(施政)이 있을까 하고, 기다리는 것도 백성으로서는 바라지 않을 수도 없다. 이것이 다 우리 백성 된 사람들의 **스럼**219)이라고 본다.

(4월 25일 봉우추기)

---

218) 음력 7월의 궁핍. 농가에서 묵은 곡식은 떨어지고 햇곡식은 나지 않아 가장 곤궁한 때임.

219) 스러움. 서러움의 충청 방언. 스럽다 = 서럽다

한중망(閒中忙: 한가함 속의 바쁨)

심산궁곡(深山窮谷: 깊은 산골짜기) 사월천기(四月天氣)라 녹음방초성화시(綠陰芳草盛花時: 푸른 나무는 우거지고 향기로운 풀, 꽃은 활짝 필 때)라고 무슨 이렇다는 경치야 있으랴마는

황앵서상전교음(黃鶯栖上囀巧音: 꾀꼬리는 보금자리 위에서 아름다운 소리로 지저귀고)하고,

두견지두소애원(杜鵑枝頭訴哀願: 두견이는 나뭇가지 끝에 앉아 슬픈 소원을 하소연하네)하며,

봉접난무정원만화간(蜂蝶亂舞庭園晚花間: 벌과 나비는 뜰의 늦게 핀 꽃 사이를 어지러이 춤추네)하는데,

내가 거처하는 정사(精舍)야말로 신야(莘野: 상신리) 한복판(腹板)에 가장 한적한 곳이니,

더구나 농시방극(農時方劇: 농사가 가장 바쁠 때)하여 동중인(洞中人: 동네 사람)은 도재어전답(都在於田畓: 모두 밭과 논에 있음)하고

장장하일(長長夏日: 긴긴 여름날)에 왕래인적(往來人跡: 오가는 사람 자취)이 별무(別無: 달리 없음)한, 아주 사찰 같은 감이 불무(不無: 없지 않음)한 곳이다.

나 역시 세사분요(世事紛擾: 세상일의 어지러움)가 다 귀찮아 고인의 말과 같이 구전성명어난세(苟全性命於亂世: 어지러운 세상에 목숨을 보전함)하고,

불구문달어제후(不求聞達於諸侯: 제후에게 명성이 높아짐을 구하지 않네)한다는 시구(詩句)대로 구전성명할 뿐 **기외하구(其外何求: 그 밖에 무엇을 구하랴?)**아.

주위가 한적하니 내 몸도 한적하다.

그래서 간간이 고인(古人)의 서적이나 열람하며 고금지인(古今之人)의 득실이나 평론하는 것으로 내 소견(消遣: 잡념을 없애 버림) 방법을 정하고 있으니,

누가 나를 보든지 한인(閒人)이라고 할 것이요, 나도 자인(自認)하기를 한인이거니 한다.

신거경적심수한(身居境寂心隨閒: 몸이 고요한 곳에 사니 마음 또한 한가로워지네)이라고 이 몸의 주위 환경이 이 몸의 변화를 항상 지배하는 것이 우리 보통인의 상사(常事: 늘 있는 일)다.

연생오지(蓮生汚池: 연꽃이 사는 더러운 연못)에 **청향(清香)**이 자족(自足)하고 **불염점진(不染點塵: 한 점의 티끌도 물들이지 않음)**하는 것은 보통인으로는 도저히 불가능한 일이요,

고인의 말씀 그대로 무항산(無恒産: 늘 가용할 재산이 없음)이면 무항심(無恒心: 변함없는 마음도 없음)은 누구나 다 그러하되,

무항산이유항심자(無恒産而有恒心者: 항산이 없어도 항심을 간직하는 것)는 **유사능지(維士能之: 오로지 선비만이 가능함)**라고 했으나,

누가 그 무항산이유항심(無恒産而有恒心)한 사자(士子: 선비)로 자처할 만한가?

말은 용이하나 그 실지 면에 있어서 가장 어려운 일이다.

보통은 **수경변화(隨境變化: 상황에 따라 변함)**하는 것이 상례라고 본다.

나도 이 보통인 중 일인(一人)이다. 그래서 내가 살고 있는 동리가 가장 한적한 곳이라 주위 환경에 따라서 내 자신도 모르게 몸이 한적해졌다.

고인들이 **산중무역일**(山中無曆日: 산속에서는 책력으로 세는 하루하루가 없음)이라기에 내가 소시(少時: 어렸을 적)에 생각하기를, 설마 그럴 리가 있는가 하였더니 내 역일(曆日)의 필요를 별로 느끼지 않는다.

하늘 환하면 해가 뜬 줄 알고, 땅이 깜깜하면 해가 진 줄 알고,

꽃이 피고 새가 울면 봄이거니 하고,

녹음방초(綠陰芳草: 푸르른 나무와 향기로운 풀)가 우거지면 **여름**이거니 하고,

금풍옥로(金風玉露: 가을바람, 이슬)에 **황화적엽**(黃花赤葉: 국화, 단풍잎)이 됨을 보고 **가을**이거니 하고,

만산백설(滿山白雪: 산 가득 하얀 눈)에 **고송**(孤松: 외로운 소나무)이 **특립**(特立: 우뚝 섬)한 것을 보고 이것이 **겨울**이거니 하니,

평시에 하루하루 가는 것을 그리 알고자 할 필요가 없어서 산중무역일이라고 한 것 같다. 나도 지내 보니 1년 360일에 역일(曆日)을 찾아보는 날이라고는 제삿날이나, 생신날 외에는 별로 역서의 필요를 불감(不感)한다.

이 정도의 생활이요, 또 경제적 수준이 아주 저열하나, **불농불상**(不農不商: 농업도 상업도 안 함)하고 그러나 **불휴**(不休: 쉬지 않음)라는 한 가지로 근로(勤勞)에 다음다음 가는 활동으로 겨우 식생활은 해결하고 있는 것이다.

그래도 고인들의 **한인**(閒人)이라는 **아칭**(雅稱: 우아한 칭호)이 좋아서 나도 '한인'이라고 자칭한다.

그러나 실상은 이 한가한 중에 진미적(眞味的)인 한(閒)은 십분지일(十分之一)도 못 된다. 항상 내 심중에서 배회하는 과거, 미래, 현재의 3대 망상이 이 한경(閒境: 한가한 곳)을 침습(侵襲)해서 하루 24시간 중에 아무 생각하는 마음이 없이 이것이 '한취(閒趣: 한가한 취향)'여니 할 만한 한(閒)은 수면 시간을 제하고는 정좌(靜坐)하고 있는 수 시간밖에 없다고 해야 옳은 것이고, 이 정좌 시간 중도 무념무상(無念無想)이 되지 않아서 삼분지일(三分之一)은 소비되는 것으로 보아 외양은 한(閒)이나, 실(實)에 있어서 한(閒)이 못 되는 관계로 이 '한중망(閒中忙)'이라는 제목을 써보는 것이다.

마음이 점점 수련됨으로써 이 한중망의 영역이 해방을 점차적으로 될 것이요, 이 한중망의 영역이 아주 줄어짐으로써 비로소 진정한 한인생활이 될 것이라고 생각된다. 나는 아주 한중망 영역이 거의 반반을 차지하고 있는 이 마음의 한인(閑人)이 아니라 이 몸의 주위 환경상 관계로 이 몸의 한인이라는 것을 자인하며, 끝으로 이 한중망을 퇴치할 용기, 즉 고인(古人) 말씀에 호연지기(浩然之氣)를 양성해서 심신 공히 진정한 한인이 되기를 바라고 이 붓을 그치노라.

병신(丙申: 1956년) 4월 28일

봉우서(鳳宇書)

열(熱)이 성(成)을 초래한다

고인의 시(詩)에

"산(山)절로 수(水)절로,

산수간(山水間)에 나도 절로,

저절로 나온 몸이 늙기도 절로 하리"[220]

라는 대자연 속에 자연인으로 생로병사(生老病死)를 자연에 맡기자는 자연주의자도 있었다. 그러나 이 세상에서 이 원리대로 되는 일이 별로 없고, 또 이 원리를 본받아서 참된 자연인으로 시종여일(始終如一: 시작과 끝이 하나같음)한 사람이 역시 별로 없는 것이다. 이 세상에서 세간인(世間人: 세상 사람)으로 살아가자면 물론 생로병사하는 중에 이 생명을 계속하기 위해서 가장 불가결할 문제는 의식주(衣食住)요, 이 의식주가 가장 간단한 일이나 그래도 이 문제 해결 방식에 있어서 우주사(宇宙史)가 탄생한 후로 현재까지 또 미래개벽(未來開闢)이 되기까지 가지가지의 형식이 다 많을 것이다.

이것이 대자연 속에서 꾸물꾸물하는 인생의 동태(動態)라고 본다. 세상 사람들이 동태를 분류해서 말하기를 두 가지로 한다. 그 한 가지

---

220) 조선 후기 민간 문집/언해본에서 송시열(宋時烈, 1607~1689)의 시로 수록되어 전해졌으나 김인후(金麟厚, 1510~1560)의 시문집 《하서집(河西集)》에도 거의 유사한 시가 있어 최근 학계에서는 김인후 작으로 보는 견해가 더 우세하다. 송시열이 차용했거나 후대에 잘못 귀속되었을 수 있다. 김인후의 시는 본인이 자기 문집에 직접 넣은 것이지만 송시열의 시가 실린 민간 시가집은 후대 편찬본이다.

는 가장 이 세상에서 다대수를 점령하고 있는 먹자고 사는 사람과 또한 가지는 일하기 위해서 살자고 먹는 사람으로 두 가지로 나뉘어 있다. 그러나 답안이 다를지언정 의식주는 일반이요, 생로병사도 동일하다. 목표하고 나가는 길이 먹자고 사는 것이나, 또는 살자고 먹는 길이나, 천연적으로 나서 **생왕쇠장**(生旺衰葬: 나서 왕성하고 노쇠해서 죽음)을 하는 식물과 같이 모든 생활을 자연에 맡길 수 없고, 걸어가는 길의 여하를 불구하고 전부 인위적으로 자기 목적 달성을 해야 먹자고 살으나, 살자고 먹으나를 완전히 성공할 것이다.

이 인위적 역량이 부족해서 자기가 목적하고 나가는 길을 미온적으로나 또는 냉정적(冷靜的)으로 해나간다면 목적의 여하를 불구하고 성공 못할 것은 사실이요, 목적을 성공 못하므로 자기 일생을 허송하는 것도 가리지 못할 일이다. 이 세상에서는 우주사를 통하여 보면 먹자고 사는 사람이나, 살자고 먹는 사람이나를 물론하고, 성공을 한 사람이 많을 때가 그 나라 그 민족의 **성왕**(盛旺: 왕성함)함을 말함이요, 그 목적을 실패하는 사람이 많으면 그 나라, 그 민족이 쇠퇴하는 것이 역사가 증명하는 사실이다. 자기가 목적하는 것은 자기의 역량을 자기가 알아서 할 일이다.

사람이 먹자고 사나, 살자고 먹으나 살기는 일반이요, 이 세상의 구조가 두 가지가 다 없을 수 없는 일이다. 그러니 그 어느 것을 선(善)이니, 악(惡)이니 구별할 필요가 없이 자기 역량에 통합하게 두 길에서 한 길을 택해서 최선의 노력을 하면 자연적으로 성공될 것이라는 말이다.

이 최선의 노력이라는 것이 냉정도 아니요, 미온도 아니요, 불휴(不休)의 열(熱)이라는 것이다. 무슨 목적이든지 이 불휴의 열로 나가면 그 일에 대소(大小)로 시간적 지속(遲速: 더딤과 빠름)은 있으나, 그 열이 비등점(沸騰點: 끓는 점)까지만 가면 성공 못할 리가 없다고 본다. 이 성공의 필연성을 가지고 이 나라, 이 민족을 다스리는 선구자들이 우주사에 영생(永生)되는 성현군자, 영웅호걸들이다. 살자고 먹는 지도(指導)를 주(主)로 하고, 먹자고 사는 지도를 객(客)으로 하는 사람들을 성현군자라고 하고, 먹자고 사는 지도를 주로 하고, 살자고 먹는 지도를 객으로 하는 사람들을 영웅호걸이라고 하는 것이다. 두 가지가 다 이 나라, 이 민족이 다 성공만 한다면 성왕(盛旺: 왕성)할 외에 타도(他道)가 무(無)한 것이다.

그러나 먹자고 사는 것만 지도하고, 살자고 먹는 것은 지도하지 않으면 이것은 금수와 분별이 없는 것이라 패망이 속한 것은 역사가 확증하는 것이다. 그러나 이 나라, 이 민족이 각자가 자진해서 목적 양건(兩件) 중에서 일건(一件)을 택하기는 그다지 용이한 일이 아니요, 다만 국가에서 위정자가 고인(古人) 말씀과 같이 **발정시인(發政施仁**: 정사를 펴서 어짊을 베품)²²¹⁾해야 가장 효과가 속하고 그렇지 못하면 민족 중에서 선구자가 자기 일신을 희생적으로 헌신하고 다수 동지를 모아서 이 나라, 이 민족을 구출하는 최선 방책으로 지도하면 비록 난관일망정 아주 성공 못할 일도 아니다.

그러하니 위정자나 민간인이나를 물론하고 이 일을 성공시킬 만한 역량을 가진 위인이 하루라도 속히 나오기를 바라고, 우리들 민간인으로서도 각자가 자각해서 냉정에서 미온적으로 추진되고 이 미온적에서 **백열적(白熱的**: 온도가 매우 높은)으로 점진해서 위정자나 민간 선구

---

221) 《맹자》 〈양혜왕 장구〉 상편에 나옴.

자가 나오기 전이라도 자진적(自進的)으로 **맹각(猛覺**: 맹렬히 깨침)해야
할 일이다.

　또 하나의 퇴치하지 않으면 안 될 일은 우리가 목견(目見: 목격)하는
현상으로 우리 민족 중에서는 다대수를 점령하고 있는 것은 별 목적이
없이 먹자고 사는 것도 아니요, 살자고 먹자는 것도 아니요, 무슨 성공
을 고대하는 것도 아니요, 그저 아무 목적 없는 **대해부주양(大海浮舟**
樣: 큰 바다 떠 있는 배 모양)인 금일, 명일(明日: 내일), 금년, 명년 살아가
는 부류가 이 나라, 이 민족을 병들게 하며 좀먹는다는 것을 말하고 싶
다. 이 부류에 속한 인간들은 **농공사상(農工士商)**을 물론하고, 다 열이
부족해서 진취성이 부족하고, 그저 소극적으로 되어 가는 대로 생로병
사를 기다리는 부류가 제일 많은 것이 이 나라, 이 민족의 갱생을 더디
게 하는 것이다. 하루라도 속히 퇴치해야 먹자고 사는 사람이나, 살자
고 먹는 사람으로 **백열(白熱)**을 내서 전 국민의 성공을 초래할 것이라
고 본다.

병신(丙申: 1956년) 4월 30일

봉우서(鳳宇書)

우이도, 석황도 광건(鑛件: 광산건)을 기권하고

거금(距今: 지금으로부터) 29년 전인 무진년(戊辰年: 1928년) 추간(秋間: 가을 사이)에 내가 목포에서 작객(作客: 나그네, 손님 노릇을 함)하고 있을 때에 우연히 **산주장허**(汕住丈許: 산주장 박양래의 집)222)에서 상봉한 김익표(金益杓) 동지를 객중(客中)에서 만나게 되었다. 그래서 수삼삭(數三朔: 서너 달)이나 그 동지에게 폐를 짓고 중동(仲冬: 음력 11월)에야 귀가하게 되어서 친교(親交)하게 되었다. 당시 김 동지의 본가가 무안군 흑산면 우이도(牛耳島)라 그래서 내가 우이도까지 심행(尋行: 찾아감)해서 일망(一望: 한 보름 동안)223) 있는 중에 그 근도(近島: 가까운 섬) 석황도(石黃島)에 황철(黃鐵)로 전도(全島: 온 섬)가 구성된 것을 발견하고 이것을 수십 년간을 염두에 두고 있었으나, 내가 무슨 광업(鑛業)에 소질이 없었고 또 자금이 없어서 아무 주선도 해본 일이 없었다.

그러나 모모 씨에게 혹 그런 광구가 있다는 말을 했으나, 교통이 불편해서 착수할 생각을 하는 사람이 없던 중에 청양 이 씨가 수차나 청구하나, 개인적으로 금주(金主: 전주)와 동사(同事: 동업)라는 데 불합의(不合意)했었다. 그러다 김운강장(金雲岡丈)은 불계(不計: 시비나 이해, 사정 따위를 가려 따지지 않음)하고 누가 하든지 성적이 양호하면 수입금으

---

222) '許'는 문맥에 따라 그 사람을 지칭하기도 하고 그 사람의 장소(집)를 말하기도 한다.
223) 기본적 의미는 '한눈에 바라봄'이며 '한 보름 동안'이라는 뜻도 있다.

로 공동 공익사업을 해보자고 수차 상의하던 끝에 일전에 내방하고 우이도도 **탐광**(探鑛: 광맥을 찾음)을 동행하자고 **긴청**(緊請: 긴하게 부탁함)한다. 내 생각에 나는 현상 불건강한 몸으로 도중(島中: 섬 가운데)까지 동행한다는 것은 무엇을 의심하는 것 같다고 생각하고 일체를 김운강 선생께 **일임**(一任: 모조리 맡김)하고 나는 아주 기권했다.

이 광산이 성적이 양호해도 내가 권리를 주장할 리 없고 설혹 불량하더라도 내게는 별 책임 없다고 생각된다. **이불리**(利不利)는 오불관(吾不關)이요, 석황도라는 광구를 **심중일역**(心中一域: 맘속 한구석)에 가지고 있어서 항상 무엇이 있거니 하는 감이 있던 것을 이 심중에서 수술해 버리고 내가 목적하는 곳으로 전력을 경주해서 매진하고자 하는 행동이라고 생각된다. 본 목적 이외에 부대조건은 모조리 간추리어 버릴 작정이라 금번 우이도의 석황도 광구를 아주 기권하는 것도 역시 심중 부수조건을 제거하는 한 방식이라고 자신하는 관계로 소호도 **계연**(係戀: 마음이 끌려 잊지 못함)함이 없이 도리어 두뇌 일부가 **청쾌감**(淸快感: 상쾌한 느낌)이 있도다. 이외에도 광구가 5~6처가 아직도 심중에서 아주 사라지지 않는 곳이 있고, 또 무엇, 무엇하는 조건이나, 마음의 번뇌를 조장하는 것이라 일일이라도 속히 순차적으로 제거해야 비로소 내 심중영역에서 부수물이 기생 못하고 좀 명랑성이 날 것 같다. 이 정도로 붓을 그치노라.

병신(丙申: 1956년) 5월 초1일(初一日)

봉우서(鳳宇書)

　이 석황도 광구를 알게 된 원인이 김익표 동지를 안 관계라 이 광산의 성적이 양호하더라도 그 실익(實益)은 김익표 동지에게 돌려보내는 것이 당연한 것이라고 내 생각이 들고 내가 무슨 부당 이득할 심사(心事)는 소호도 없다. 이것이 내 평시 심사요, 일시적 고작(故作: 일부러 만듦)은 아니다. 김운강 선생에 전적으로 권리를 양도한 것도 운강 선생 역시 이 광산을 사적으로 호화생활에 제공된다는 심사면 나도 **천장지비**(天藏地秘: 하늘이 감추고 땅이 숨김)한 물건을 남발할 필요가 없으나, 운강 선생의 말씀만이라도 공정(公正)을 주장하는지라 나도 무조건하고 양보했다.

병신(丙申: 1956년) 5월 초1일(初一日)

봉우추기

국회 정부의장(正副議長) 재선을 듣고

국회에서 2년간 정부의장으로 입법기관의 체면을 여지없이 **타지(墮地**: 땅에 떨어뜨림)시킨 이기붕(李起鵬) 군이 **불고체면(不顧體面**: 체면을 돌아보지 않음)하고 이 대통령의 담화로 정부의장을 변치 말라는 교지(教旨)대로 여당 일색으로 만송(晩松, 이기붕의 호)이 재선되고, 조경규(趙瓊奎) 씨와 황성수(黃聖秀) 씨가 각각 부의장으로 선임되었는데, 무슨 정부의장 선거에 수표(手票)**224)** 50매가 문제가 되었다고 한다.

누가 명리욕이 없을까만은 그래도 양심에 비쳐 보아서 좀 냉정해야 한다. 그럼에도 불구하고 여야를 물론하고 민의원이라면 10만의 선량(選良)이라고 보아야 옳은 것이다. 민의원들의 행동으로 그 나라 수준을 타국에서는 평할 것이다. 우리나라 여당 자신들이 회고하건대 그들의 의회에 발언이나 표결한 것을 속기록으로 냉정히 제3자가 되어서 보아라. 과연 세계 다른 나라에 우리 한국과 같은 유례가 있나 양심적으로 자가비판을 해보라. 우리나라에서도 그대들만 아니면 이와 같은

---

224) 국회 내부 소수 인원 투표라 정식 인쇄가 아닌 손으로 작성된 비공식 투표지를 사용하였다. 문제는 의장단 선거에서 '표 수'가 실제 참석자 수보다 50장 많았다는 의혹이 제기되었고 일부 표는 기명 형태였다는 증언도 있어 사전조작 정황까지 의심되었다. 민주당은 의회민주주의에 대한 모독이라며 의장단 선출 불복을 선언하였고, 언론은 망국적 부정 선거이며 민의원 권위를 땅에 떨어뜨렸다고 강도 높게 비판하였다. 이때부터 국민들은 '이기붕=부정의 아이콘'으로 인식하기 시작하였고 1960년 3.15 부정 선거에서 이기붕이 부통령 후보로 나서자 이런 인식이 폭발하였다. 결국 이날의 부정 행위는 4.19 혁명으로도 이어진다.

국제적 수치는 받지 않으리라. 그런 일은 소호도 생각하지 않고 수표를 남발해 가면 정부의장 명예욕이 충천한 이유가 어디 있는가? 가련한 생간(生間: 인간)들이다.

유례없는 민주국가에서 독재 행동을 하며 입법기관에서 이를 시정하지 못하고, 여당이라는 명목하에 이에 아부하여 백괴천추(百怪千醜: 백 가지 괴이함, 천 가지 추함)가 다 나오니, 불쌍한 것은 호흡이 정지되지 않고 정신 사망이 된 송장들이여! 그대들에게 정치 생명은 죽은 지 이미 오래라는 것을 각오하여라. 금번 정부통령 선거로 가림 없이 그대들도 우리나라 민심 동태를 잘 알 것이 아닌가? 천주(天誅: 천벌), 신주(神誅: 신벌)가 어찌 무섭지 않은가? 그 경과를 그대들은 우리 민간인보다 더 상세히 알았으리라.

그럼에도 불구하고 또 금번 정부의장 선거에도 동일 방법을 사용하여 권리만 잡아 보자는 모략적 행위만 하니 어찌 감개무량하지 않으리요? 물극즉변(物極則變: 사물이 극에 달하면 변함)이라는데 현 행정부와 여당의 추태가 이래도 그 극에 달하지 못했다고 평할 것인가?

만송도 초년에는 자기대로 몸을 근신(謹愼: 삼가고 조심함)양 하더니, 속담에 늦게 배운 도적질이 날 새는 줄 모른다고 만송이 서울시장 당시나 국방상 당시에는 세평이 그리 표표(票票: 가볍고 하찮음)하지 않았는데, 금번 자유당 당수로 되면서부터는 아주 정신이상이 되어서 소호도 양심의 반성을 못하는 것 같다.

인생 백년이 얼마나 되며, 행동이 여차(如此: 이와 같음)하고 그 백년 내에 천주, 신주가 없을 줄 아는가? 사후 역사적 성토를 물론이어니와 생전에도 무슨 일이 있을지 누가 기필(期必: 꼭 이루어지기를 기약함)하는 것인가? 양심을 속이며 천(天)이나 신(神)이 없는 줄 알고 세계 여론도 불관하는 대담한 철면피들이여! 불구해서 이것이 극(極)이라는 신호가 오리라. 신호도 준비 신호는 온 지가 오랜 줄 그대들도 잘 알 일이라.

나는 여야당에 소호도 관계가 있는 사람이 아니요, **신야**(莘野)의 한 **일민**(逸民: 묻혀 지내는 덕행군자)이다. 그러나 **의분**(義憤: 불의를 보고 일으키는 분노忿怒)에 견디지 못하여 이런 붓을 든 것이다. 그대들도 **유취**(遺臭: 나쁜 냄새를 풍김) 백년을 하더라도 좀 반성이나 해보아라.

병신(丙申: 1956년) 5월 초1일(初一日)

봉우서(鳳宇書)

효창원(孝昌園)에 운동장 신설 계획을 듣고

효창원은 이조(李朝)의 **능침(陵寢**: 왕릉)의 일부로 원(園: 동산)이었다. 그 후에 **구왕궁가(舊王宮家)**에서 **개장(改葬**: 이장)을 한 후에 8.15 광복절을 지내어서 중경(重慶)으로부터 임정 요인들이 입국 후에 백범 선생이 윤봉길(尹奉吉, 1908~1932), 이봉창(李奉昌, 1900~1932), 백정기(白貞基, 1896~1934)[225] 등 3열사의 유해(遺骸)를 효창원 **청룡(靑龍)** 일록(一麓: 한 산기슭)에 안장(安葬)하고, 민족정기(正氣)를 고취하였다. 그다음이 임정 요인이요 애국자이신 이동녕(李東寧)[226] 선생 유해를 그 하록(下麓: 아래 산기슭)에 안장할 때, 임정 비서장이던 차이석(車利錫, 1881~1945)[227] 씨 유해도 동처(同處)에 안장하였고, 그 후 임정 요인으로 입국하여 서거한 조성환(曺成煥, 1875~1948)[228] 선생 유해도

---

225) 독립운동가(1896~1934). 호는 구파(鷗波). 1933년 주중(駐中) 일본 대사를 암살하려다가 잡혀 무기형을 선고받고 복역하다가 나가사키(長崎) 형무소에서 옥사하였다.

226) 독립운동가·정치가(1869~1940). 자는 봉소(鳳所). 호는 석오(石吾)·암산(巖山). 〈제국신문〉의 논문위원을 지냈으며 국권 강탈 후에 서간도 학습소를 설립하여 독립군 양성과 교포(僑胞) 교육에 힘썼다. 1919년 상하이 임시의정원의 초대 의장으로 선임되어 대한민국 임시정부의 탄생을 주선하였으며 국무총리를 역임하였다. 1937년에 중일전쟁이 일어나자 한국광복진선(韓國光復陣線) 결성에 참가하여 항일전에 앞장섰다.

227) 독립운동가(1881~1945). 일명 서입환(徐立煥). 호는 동암(東巖). 독립운동에 헌신하여 1911년에 105인 사건으로 투옥되었고, 3.1 운동 후 독립당 간부로 활약하였다. 1922년에 임시정부의 국무위원에 선임되었다.

228) 독립운동가(1875~1948). 일명 욱(煜). 호는 청사(晴簑). 1907년에 안창호, 이갑 등

차지(此地: 이 땅)에 안장했다. 그 후 기축년(己丑年: 1949년)에 백범 선생 국장(國葬) 시에 역시 묘소를 동일한 효창공원으로 정하였고, 그 후 풍풍우우(風風雨雨)가 경과하여도 칠렬영전(七烈靈前: 칠열사 영전)에는 항시 누구의 손으로인지 부지(不知)할 만큼 참배자와 생화(生花)가 그치지 않고 있었다.

당국에서 참배자를 조사도 해보고 방해도 해보았으나, 소호도 변동됨이 없이 민족들의 숭배열은 여전하였다.[229] 이것이 당국으로서 색안경을 쓰고 보는데 민심의 귀추가 자기들에게 있지 않고 돌아간 선배들에게 아직도 남아 있고 그 일파들에게 기대성이 있어서 금번 해공 출마 당시도 해공 고인(故人)의 인격보다 임정 요인이라는 간판이 현 정부 요인들보다 낫다는 것이 가장 현 행정부 요인들에게 증오감을 사게 되어서 당국에서 핑계는 시내 운동장 신설 계획이라고 하나, 이것은 외면의 허위적 선전이요, 오로지 백범이하 칠위(七位) 열사영령(烈士英靈)의 유해에게라도 복수해 보겠다는 당국의 독한 악행이 아닌가 한다. 행정부에서 일부러라도 선열 영령을 표창함으로써 민족 정기가 살 수 있는 것인데, 천추에 유방(遺芳: 후세에 빛나는 영예를 남김)할 제열사 영령의 유해를 공병들의 부르도자(불도저)로 밀어내는 것이 이 나라,

---

과 신민회를 조직하여 항일 구국 운동을 벌였으며, 1919년에 임시정부 수립에 참여하였다. 광복군 창설의 기초를 닦았으며, 광복 후 대한독립촉성국민회 위원장을 지냈다.

229) 효창원 선열 묘역을 파헤치고 탄압을 가하는 일이 벌어진 것은 김구 주석이 안장된 뒤부터로 알려져 있다. 친일 인맥에 기반하였으며 김구 암살 의혹까지 있던 이승만 정부로서는 국민들이 숭앙하는 효창원 묘역이 눈엣가시로 보였다. 경찰이 길목을 막고 묘소 참배를 불온시하는 일이 계속되면서 참배객은 곤란을 당하고 유가족까지 검색을 당했다.

이 민족에 감히 행할 수 있는 일인가?[230]

　행정부에서 고의로 이런 일을 한다면 그대들의 유골을 둘 곳이 없다는 것을 어찌 생각지 못하는가? 이 악독한 설계를 한 자는 영겁(永劫: 영원한 세월)에 그 죄를 다 벗지 못하리라. 이 설계의 주인공이 서울시장일 것이요, 그다음은 자유당의 궁극책일 것이요, 이 박사도 알며 모르는 체하는 음험차독(陰險且毒: 음험하고 악독함)한 물건이라고 본다. 이것이 현 행정부의 죄악이 화급천양(禍及泉壤: 화가 저승에까지 미침)시키는 데까지 미치니, 어찌 천(天)이 무심하며 신(神)이 무지하실 것인가? 우리 백성들은 감노이불감언(敢怒而不敢言: 화가 나도 감히 말 못함)하고, 말없는 창천(蒼天: 파란 하늘)만 바라볼 뿐이다.

　고성(古聖)들이 말씀하시기를 노노유유(老老幼幼: 남의 부형을 나의 부형처럼 공경하고, 남의 자식을 나의 자식처럼 사랑함)면 천하(天下)는 가운어장상(可運於掌上: 손바닥 위에서 움직일 수 있음)[231]이라고 하시었는데, 현 행정자들은 정반대 철학을 배운 것이라고 본다. 이것이 현 행정부 요인들이나 여당 고위층들의 죄악이 관영(貫盈: 죄악이 가득 참)해가는 표현상이라고 보며, 효창원의 칠위 열사 영령에게 우리들의 역량이 너무나 약해서 이 화란(禍亂)을 구하지 못하는 것을 무어라고 하소연할 수 없는 것이다.

---

230)　1956년에 효창공원에 있는 독립운동가들의 묘를 이장하고 그 자리에 운동장을 건립할 계획을 수립했지만, 사회단체, 여론, 국회의 반대로 무산되었다. 국회에서 김두한 의원은 "독립운동가들의 묘소를 훼손하는 것은 선열들에 대한 도리가 아니다"라며 반대하는 등 많은 이들의 반발로 결국 효창운동장 공사중지건의안은 여야 만장일치로 통과되었고, 결국 현재 규모 정도로 축소해 축구장을 지었다. 이 축구장이 바로 지금의 '효창운동장'으로 대한민국 최초의 국제 규격 축구 경기장이다.

231)《맹자》출전.

역사로 보라! 비록 적국이라도 충렬(忠烈)이 있으면 사후에 그 충렬을 표창하는 것과 그 묘소를 기념하는 것은 당연한 일로 하는데, 어찌 인류로 금수만도 못한 행동을 천신(天神)의 무서움이 없이 하니, 사필(史筆: 역사 기록)은 일월(日月)같이 밝은 것이라 소호도 가림이 없이 그대들의 죄악상을 기록하고 천추(千秋: 먼 미래)의 정평(正評: 올바른 비평)을 기다리리라. 내가 붓을 들다가 이런 불유쾌한 것을 쓰게 될 때는 무명업화(無明業火)[232]가 삼천장(三千丈: 약 9,000미터)을 오름을 아지(알지) 못하겠노라. 칠위영신(七位靈神)이야 그들의 유해의 안위(安危)에 소호도 경중이 없으리라. 그러나 이 악정을 마음대로 하는 자들은 분시서(焚詩書: 시서를 불태움), 갱유생(坑儒生: 선비들을 구덩이에 묻음)하는 권(拳: 주먹)의 악정(惡政)보다도 백배, 천배가 된다고 본다.

음력 5월 1일 〈동아일보〉 지상에 심산(心山) 김창숙(金昌淑, 1879~1962)[233] 옹의 "통곡(痛哭) 효창원"이라는 제목으로 한시(漢詩) 2절(二絶)이 있었다. 내가 쓰는 이 글과 대동소이한 것이라 그래서 그대로 초(抄)해 본다.

1.

임풍통곡효창원(臨風痛哭孝昌園: 효창원에서 여럿이 소리 내 슬피 우니)
칠렬영령앙재천(七烈英靈仰在天: 일곱 분 열사의 영령 하늘에 계심을 우러르네)

---

232) 불같이 성내는 마음이나, 깨우치지 못하고 번뇌에 얽혀 짓는 악업.

233) 독립운동가·유학자(1879~1962). 자는 문좌(文佐). 호는 벽옹(躄翁)·심산(心山). 임시정부 의정원 부의장을 지냈다. 광복 후에 이승만 정권에 항거하였으며, 부정 선거를 규탄하였다. 성균관 대학교를 창립하고 초대 학장을 지냈다.

지중고골증해죄(地中枯骨曾奚罪: 땅속의 마른 뼈는 일찍이 무슨 죄인
가?)
임녀공병곽하번(任汝工兵钁下飜: 너희 공병에 맡겨 괭이로 밑을 뒤치네)

2.
첨피남산탑동원(瞻彼南山塔洞園: 저 남산의 탑동원을 보니)
아아동상삽운천(峨峨銅像揷雲天: 높고 높은 (이승만의)동상, 구름 하늘
에 꽂혀 있네)
독재공덕금여허(獨裁功德今如許: 독재의 공덕은 지금도 여전하지만)
지박창상일순번(只怕滄桑一瞬飜: 다만 세상이 상전벽해처럼 한순간에 뒤
집어짐 두려울 뿐)

  이상이 심산옹(心山翁)의 시구(詩句)다. 남산 탑동원이라는 것은 이
처(二處: 두 곳)에다 우남(雩南: 이승만)의 동상이 충천지세(衝天之勢: 하
늘을 찌를 듯한 기세)로 서 있는 연고다. 그 동상도 우남의 공덕보다 주
최자 측의 상행위가 수판이 불합(不合: 맞지 않음)해서 동상 제작자와
호상 법적으로 고소 중에 있다고 하니, 세인들의 아부 행각도 그 극에
달한 것 같다. 왜정하에도 대정(大正), 소화(昭和)의 사진을 상매(商賣:
상업 판매)하더니, 그 나라가 망하고 말았다. 거의 동일 행위라고 본다.
비록 우리가 무복(無福)해서 현철(賢哲: 어질고 사리에 밝은 이)을 불봉
(不逢: 만나지 못함)했으나 어찌 우리가 대황조(大皇祖: 한배검) 자손으
로 피배(彼輩: 저 무리)처럼 무렴무치(無廉無恥: 염치가 없음)한 금수(禽
獸)만도 못한 것들이 주출망량(晝出魍魎: 낮에 나온 도깨비들)격으로 나
와서 전 무리 족속들을 망신시키는 것인지 알 수 없는 일이다. 하루라

도 속히 해안하청(海晏河淸)[234] 되기를 바라고 이만 그치노라.

병신(丙申: 1956년) 5월 초2일(初二日)

봉우서(鳳宇書)

---

234) 바다도 잔잔하고, 강도 맑다. 태평세월.

수필: 내게 맞지 않는 신식 양계법

산촌에서 아무것도 하는 일이 없어서 비록 가간(家間: 온 집안) 경제적으로는 별 큰 도움은 되지 않으나, 파적차(破寂次: 고적함을 깨치는 것)로 양계(養鷄: 닭을 침)나 해볼까 하고, 동중(洞中: 동네)에 있는 부화장에 가서 간간이 그 장양(長養: 오래 기름)시키는 것을 견학해 보니, 의외로 재래종 양계와는 대부동(大不同: 크게 다르지 않음)하여 부화된 병아리 100수(首)만 가지고 시험적으로 시작할지라도 이 사업에 아주 전문적으로 있는 사람이 한 사람은 있어야 하겠고, 장소도 상당한 면적이 필요하게 된다. 일일(一日)이라도 사람의 손이 안 가면 반드시 고장이 난다. 그리고 인공적으로 부화된 병아리가 천연적으로 된 데 비해서 상당한 차이가 있게 약한 관계로 병이 잘 걸리고, 병이 걸린 후 소생률이 재래종보다 약하다. 그러나 모계(母鷄: 어미닭)가 필요 없는 것 같고 일시에 다수를 부화시키는 데 경제적으로 인공 부화가 유리할 뿐이다.

내가 수십 차나 왕래하며 견학한 것이 아무리 생각해도 나 같은 한인(閒人)으로는 적당치 못한 일이다. 그래 내 심중으로는 다른 일은 모르되 양계는 내게는 부적(不適: 맞지 않음)한 일이요, 재래식이면 모계나 5~6수 양(養)하여 재래식으로 부화시키면 성적이 양호하면 1년이면 100수 가까이 기를 수 있다. 이 양계법은 별 수속이 들지 않아서 아무라도 할 수 있고, 사료만 준비되면 하시(何時)든지 할 수 있는 일이라

파적 겸 하려면 재래식을 택하고 종란(種卵: 씨달걀)이나 양호○을 구할 필요가 있다고 나는 생각하는 관계로 신식 양계는 전문적으로나 아주 농가 부업으로 계산을 수립하고 할 일이요, 일시적 파적차로는 절대 불가능한 일이라고 보아서 이것도 십문(十聞: 열 번 들음)이 불여일견(不如一見: 한 번 봄만 못함)이라고 내가 이 신식 양계 현상을 보고, 내가 해볼까 하던 생각을 아주 취소해 버리고 귀로만 들은 일을 가지고 계획을 수립 말고 실지 경험 있는 일을 백번 검토해서 실지에 옮기라고 내가 이 붓을 든 것이다. 하필 양계 한 가지에 그치라는 것이 아니라 무슨 일이든지 실지 경험이 필요하다고 재언(再言)해 두노라.

병신(丙申: 1956년) 5월 초3일(初三日)

봉우서(鳳宇書)

우리 동산(洞山: 동네 산)에
유실녹화(有實綠化)를 실시했으면

우리가 거주하는 이 동리의 산림이 동유(洞有: 마을 소유)와 귀속재(歸屬財: 귀속 재산)인 산을 합해서 400여 정보(町步: 약 3,000평) – 120만평 상당 – 라 비록 심산(深山)이나 조림상(造林狀: 숲을 만드는 상황)은 아주 삭발(削髮: 벌목)을 다한 곳이다. 그러나 천연림의 장양(長養: 오래도록 키움)으로 동민(洞民)들은 이것을 생활의 한 수입상(收入相: 수입 상태)으로 알고 있는 것이다. 그러나 다만 자연 장양되는 것만 삭취(削取: 깎아 버림)할 정도요, 일인(一人)도 조림해 가며 삭취할 의사를 가진 사람은 없다. 이것이 하필 우리 동중만이 아니라 우리나라 전국 어느 곳을 가든지 거의 이 현상이다. 그러나 내가 우리 동산(洞山) 조림 관계로 수차나 붓을 든 일이 있다.

우리 100호(戶)가 되는 동민이 단결해서 동민 시정(柴政: 땔감 잡목 정책)으로 동산 중에서 어느 부분을 정하고 그 외 부분에는 상층부에는 백수(柏樹: 잣나무)를 수천 본(本: 그루) 장양시키고, 중부층에는 호두나무를 수천 본 장양시키고, 하부층에는 감과 밤나무를 장양시키면 낙엽은 시정(柴政) 해결도 되고, 수입은 현상 삭벌(削伐: 깡그리 벌목함)하는 데 (보다) 백배가 될 것이다. 종목(種木: 종자나무) 본수(本數: 그루 수)는 정확히 말할 수 없으나, 2만~3만 본은 가능하다고 본다. 눈 딱 감고 10년만 인내하면 1년 수입으로 이 동민 전체의 1년 생활을 충분히 하고도 저축으로 무슨 사업이든지 할 수 있을 것이다. 물론 이것도 완전한 성공을 하자면 별별 애로가 다 많을 것이다. 이것은 동민 전부가 극복하지 않으면 안 될 것이다. 명년(明年: 내년)부터는 일부분적이라도 실지적으로 실험을 해볼까 한다. 물론 **기다(幾多**: 매우 많음)한 준비가 필요한 줄도 모르는 것은 아니다. 그러나 시작이 반(半)이라는 **고어(古語**: 옛말)대로 명춘(明春: 내년 봄)에 틀림없이 시작할 것을 자경(自警: 스스로 경계함)하노라.

병신(丙申: 1956년) 5월 초3일(初三日)

봉우서(鳳宇書)

충고(忠告)를 받고

인간으로서 가장 행하기 어려운 것은 과오가 없는 행실일 줄로 믿는다. 사람이 백행(百行: 모든 행동)에 아무 과오가 없다면 거의 성현군자에 근(近)한 사람이 되는 것이다. 그렇다고 무슨 일이든지 다 정당하게 행치 못한다는 것도 아니요, 다만 닦음이 있는 사람은 큰일에 근신(謹愼: 삼가고 조심함)해서 그 일에 과오가 없고자 노력하고 적은 일에도 조심하나, 그래도 큰일보다는 주의를 덜 한다. 간혹 실수를 하는 것이요, 일일이 다 과오를 범하지 않는 것이다. 그래서 성인이 이 정도의 과오를 자각하고 개과천선(改過遷善)의 문을 개방하시어, 인수무과(人誰無過: 사람이 누가 허물이 없으리?)리요, 개지위선(改之爲善: 허물을 고쳐서 착하게 함)이라[235] 하시었다. 이런 과오를 범할 때에 그 범하기 선이나, 범한 후에나를 물론하고 자각하지 못하였을 때에 수상수하동배(手上手下同輩: 손위, 손아래의 비슷한 사람들)를 물론하고 과(過)를 범할 우려가 있는 것은 예고해서 범치 못하게 하고, 현행(現行: 현재의 행위)이 범과(犯過: 잘못을 저지름)할 듯한 것은 즉석에서 범하지 않도록 권고하고, 만약 과를 범한 후라면 이 범한 과를 감(鑑: 거울)으로 다시 그런 과(過)를 범치 않게 권고하는 것을 충고(忠告)라고 한다.

---

235) 《좌전(左傳)》 출전. 《좌전(左傳)》은 공자의 《춘추》를 노나라 좌구명이 해석한 책으로 《춘추좌씨전(春秋左氏傳)》·《좌씨춘추(左氏春秋)》·《좌씨전(左氏傳)》이라고도 한다. 기원전 722년~481년의 역사를 다루고 있다.

이 충고도 과거, 미래, 현재의 3계단으로 된 것이다. 그러나 이외에도 비평적으로, 풍자적으로, 또 공격적으로, 또 백열적(白熱的)으로, 또 미온적으로의 구분이 있는 것 같고 직접적이나, 간접적이나도 동일 효과인 것 같다. 그러나 이외에 중상적으로, 모략적으로 타인의 과오를 선전하는 것은 충고라고 볼 수 없는 것이다. 그다음에는 각자의 주의, 주장이 달라서 행해진 것을 자기의 주의, 주장과 다르다고 개과(改過)하라거나 또는 과오라고 인정하는 것은 정당치 않은 것이라고 본다. 식생활을 주로 하는 사람의 안목으로 보면 자기 이외의 각개 목표로 매진하는 사람들의 행동을 볼 때에 그들의 행위가 다 과오로 인정될 것이다. 또 정신생활자들이 식생활자들의 하는 일상생활을 볼 때, 그들의 행위가 거의 과오 아님이 없다고 볼 것이다. 그러니 각자의 주의, 주장이 달라서 그들의 행사가 결과적으로 달라지는 것이다.

순(舜)은 성인(聖人)이시오, 대효(大孝: 지극한 효자)시나, 불고부모(不告父母: 부모에 알리지 않음)하시고, 아황(娥皇)[236], 여영(女英)[237]을 맞이하신 것을 누가 효(孝) 아니라 하리요? 그러나 여기도 호사자(好事者)들의 말이 있어서 맹자께서 설명하신 일이 있고, 강태공(姜太公)[238]

---

236) 요(堯) 임금의 장녀. 동생 여영(女英)과 함께 순(舜)에게 시집갔는데, 순이 천자가 되자 아황은 후(后)가 되고 여영은 비(妃)가 되었다. 그 후 순이 죽자 강(상수湘水)에 빠져 죽어 상군(湘君: 상수의 신)이 되었다.

237) 아황(娥皇)의 동생. 순이 죽자 아황과 같이 상수에 투신하여 상부인(湘夫人)이 되었다고 전해진다. 상부인도 상군과 함께 상수(湘水)에 산다는 수신(水神)이다.

238) 주나라(周) 초엽(初葉)의 조신(朝臣)인 '태공망(太公望)'을 그의 성(姓)인 강(姜)과 함께 이르는 말. 위수(渭水) 강가에서 낚시를 하다가 문왕(文王)을 처음 만나 그의 군사(軍師)가 되었으며, 뒤에 무왕(武王)을 도와 은나라(殷)를 멸망(滅亡)시키고 천하(天下)를 평정(平定)하여 제나라(齊)에 제후(諸侯)로 봉해졌다.

이 염용말풍(塩甬末風?)한 일이 있으되, 누가 강태공더러(에게) 지혜가 없다 하리요? 그러나 그 부인 마씨(馬氏)는 강태공의 부지(不智: 슬기롭지 않음)를 욕하고 개가(改嫁: 재가, 다시 시집감)한 것이 사실이다. 근고(近古: 그리 오래되지 않은 옛날)에 와서도 공명이 **요사여신(料事如神:** 일 처리를 귀신같이 함)이라는 천신(天神) 같은 대우를 받으나, **읍참마속(泣斬馬謖)**239)한 일이나, 화용도(華容道)에서 **조만(曹瞞:** 조조)을 용서한 일이나, 현덕(玄德)의 연영(連營) 700리를 간과(看過)한 일240)이나, 방사원(龐士元: 방통)을 낙봉파(落鳳坡)에 보낸 일을 들어서 그 과오를 말하는 사람이 있다. 여기서 **수인사대천명(修人事待天命:** 사람의 일을 다 한 뒤에 하늘의 명을 기다림)이라는 말이 생(生)하는 것이다.

문왕(文王)241)의 7년 유리수(羑里囚: 유리의 죄수)도 역시 일례(一例)일 것이다. 그럼에도 불구하고 세인들은 자기가 목표하고 사사(師事: 스승으로 섬김)하던 사람들이 일언반사라도 자기 심사(心事)에 불합(不合)하면 곧 이 사실을 듣고, **배사(背師:** 스승을 등짐)하는 것이 예상사

---

239) 큰 목적(目的)을 위하여 자기(自己)가 아끼는 사람을 버림을 이르는 말.《삼국지(三國志)》의 〈마속전(馬謖傳)〉에 나오는 말로, 중국(中國) 촉나라(蜀) 제갈량(諸葛亮)이 군령(軍令)을 어기어 가정(街亭) 싸움에서 패(敗)한 마속을 눈물을 머금고 참형(斬刑)에 처하였다는 데서 유래(由來)한다.

240) 촉한의 황제 유비가 관우, 장비의 원수를 갚고 형주를 수복하기 위해 동오를 공격했다. 이때 이릉전투에서 육손의 화공(火攻)과 뒤이은 공격으로 참패하고 백제성까지 물러났다. 육손은 3만 병력으로 유비의 10만 대군을 물리쳐서 칠백리연영을 불태워버리고 10만 대군은 몰살한다.

241) 주 문왕(周 文王, 기원전 1152년~1056년)은 중국 상나라 말기 주(周) 씨족의 수령이다. 성은 희(姬), 이름은 창(昌)이다. 둘째 아들인 서주 무왕이 주나라를 세운 후 문왕으로 추숭했다. 그가 유능한 사람들을 등용해 국력이 날로 커지자 상나라 주왕(紂王)이 경계하여 유리(羑里)에 갇히게 되었다. 수금된 기간 동안《주역》일서(一書)를 써냈다. 이후에 유신씨(有莘氏)의 딸과 려융(驪戎) 문마(文馬) 등 보물을 바치고서야 비로소 풀려날 수 있었다.

(例常事: 대부분 보통일)로 하는 것이다. 이것이 공문(孔門: 공자문하) 삼천 제자에서 **승당입실(升堂入室: 마루에 올라 방에 들어감)**의 고제(高弟)가 10여 인이요, **신통육예자(身通六藝者: 몸이 육예에 통한 자)** [242] 72인에 불과한 것이 공부자께서 교도(教導: 가르쳐 지도함)가 부족하신 것이 아니라 각자의 견해가 달라서 사문(師門: 스승의 문하)의 단점이나 **규시(窺視: 몰래 훔쳐봄)**하다가 자기의 수신(修身)을 못한 연고라고 본다.

하필 공문(孔門)뿐이랴? 모니불(牟尼佛)도 49년 설법에 수천 제자들이 수행(隨行: 따라감)했으나, 성불(成佛)한 제자는 10여 인밖에 안 된다. 역시 사문(師門)에서는 가르칠 따름이요 제자들이 자수(自修: 스스로 닦음)해야 되는 것이다. 그런 증거가 어디든지 있는 것이다. 그럼에도 불구하고 자수의 힘은 약하고 사도(師道)의 교도가 부족하다고 배사하는 자들이 고금 일반으로 많은 것이다.

내가 이 붓을 든 것은 다름이 아니라 내게 출입하는 사람 중에서 수인(數人: 두서너 사람)이 운동을 시작해서 반년이나 되었다. 그런데 자기들 생각에는 자기들의 노력보다 내가 무슨 비방(祕方)으로 자연적 성공을 희망했던 것 같다. 그러나 그런 법이 있을 리 없다. 중간 연습에 호성과(好成果)를 얻었으나, 의외에 사고로 성공을 못했다. 이것이 내가 부주의하고 내가 비방을 부전(不傳: 전하지 않음)한 원인이 있다고 오해한 것 같다. 환언하면 자기들의 목적을 낙망(落望)하고 수판적으로 보아서 다시 갱기(更起: 다시 일어남)할 여력이 없다고 자인하고 배반하는 행동을 취한다. 고인의 말씀과 같이 **내자(來者: 오는 사람)**를 불거(不拒: 막지 않음)요, **거자(去者: 가는 사람)**를 막축(莫逐: 쫓지 말라)하는 것

---

242) 공자의 제자들 중 육예(六藝)에 능통한 72명을 가리키는 말. 육예는 예(禮), 악(樂), 사(射), 어(御), 서(書), 수(數)를 의미한다.

이 원리다. 종용(從容: 조용함)히 자기들의 목표를 달성 못했으나, 타방도(他方道: 다른 방법)를 구하겠다 해도 얼마든지 좋은 일인데, 반발로 내게 이런 충고를 한다.

(나의) 예언이 불합하고 내가 '불의(不義)의 재(財: 재물)'를 취한다는 구실(口實: 변명거리)로 자기들은 자기대로 행동을 취하겠다고 한다. 충고는 좋은 말이라고 본다. 내가 예언을 한 일이 없고 소망은 이러하다는 민족, 국가를 위해서 이런 일이 있었으면 좋을 것 같다는 말을 한 일이 있었다. 이 말이 부합되지 않았다는 것이요, 불의지재(不義之財)라는 것은 자기들이 약간의 경제적 원조가 있었다는 것을 직접 말하지 않고 해공에게서 노자(路資: 여비)를 받은 것이 불의지재라고 한다. 그러나 친지간(親知間)에서 행자필유신(行者必有贐: 여행자는 반드시 노잣돈이 있어야 함)이라고 신행(贐行: 여행노자)을 받은 것을 불의(不義)라고는 인정 않는다.

이것은 내가 주장하는 이유와 그 사람들의 주장하는 이유가 다른 것이다. 그래서 나는 이 사람들의 충고는 사실 본의 아닌, 조직적인, 배신하려는 구실적 충고이기 때문에 그리 반갑지 않다는 것이다. 중유(仲由: 공자의 제자 자로子路)는 희문과(喜聞過: 자신의 잘못을 듣는 것을 좋아함)라고 했는데, 나라고 진정한 과오를 말해 주면이야 고인(古人)만은 못하나 어찌 사람이 내 과오를 말해 주는데 반갑지 않으리요마는 고의적인 조작적 구실이기 때문에 이런 충고는 그리 반갑지 않다고 본다.

병신(丙申: 1956년) 5월 12일

봉우서(鳳宇書)

우중(雨中: 빗속)에 효창원을 찾아서

우연한 기회로 서울을 오게 되어 수삼일을 두류(逗留: 체류, 머묾)하게 되었다. 때마침 그칠 줄을 모르는 여름비는 비록 폭우는 아닐망정 객중고(客中苦: 나그네 고통)를 더 느끼게 한다. 그러나 비가 오더라도 볼 일은 보아야 하겠고, 귀향할 일자 관계로 그저 있을 수 없다. 이 우중(雨中) 분망중(奔忙中)이라도 또 한 가지 마음에 계연(係戀: 애착)되는 것은 신문지상으로 보던, 효창공원 소식을 실지로 알고 싶어서 부슬부슬 오시는 비를 맞아가며 효창공원을 찾게 되었다. 사실상으로 선배들의 유택(幽宅: 무덤)에 목첩지간(目睫之間: 눈과 속눈썹 사이, 아주 가까운 때나 장소)에 화색(禍色: 재앙의 증조)이 박두(迫頭)하였던 것은 현상이 증명한다. 그러나 아직은 그들 유택계하(幽宅階下: 무덤 계단 아래)까지만 불도자로 삭평(削平: 평평하게 깎음)하고 임시 공사를 중지한 것 같다. 이유를 3의사 묘전(墓前: 묘소 앞)에 참배하는 어떤 분에게 물어보니 국회에서 이 공사에 대한 질의가 있고 또 반대가 있어서 임시 중지하는 것 같다고 확실성은 알지 못하는 대답을 들을 뿐이다. 대체로 그 공사가 여론의 표적이 되어 임시인지 장구인지는 알 수 없으나, 중지한 것은 사실이요, 국회에서 이 공사 명령 출처를 질의한 바 있었는데 다 책임 회피하고 추궁하니 경무대 비서실에서 직접 명령한 것이라고 전해진다. 그 이유에 있어서는 알 수 없는 일이다.

서울특별시의 운동장을 신설하자면 서울시 의회에서 의안(議案)으로 제출해서 시의회의 통과를 본 연후에 비로소 기공할 일인데, 서울시에서는 **오불관언**(吾不關焉: 나는 상관하지 않겠음)하고 묵과(默過)했다는 이유도 알 수 없고, 그렇지 않으면 내무부 예산으로 국회에서 통과해야 할 일인데 내무부에서도 오불관언하고 직접 공병대의 불도저가 출동한 이유가 있을 것이 아닌가? 들으니 서울에다 운동장이 필요하다면 영등포구 내(內)에서 수십만 평의 적지(適地)가 있다함에도 불구하고 이 효창공원을 삭평하고자 하는 심사의 소재가 본 목적은 운동장 신설에 있지 않고 7의사(義士)의 **구묘**(丘墓: 무덤)를 삭평코자 함에 있다는 것은 너무나 명백한 일이다.

이 일의 국회에서의 질의가 있다. 서로 책임을 회피하는 것은 세인의 여론이 무서워서 그러함이요, 또 그 책임을 경무대 비서실로 보내는 것은 세인들이 감노이불감언(敢怒而不敢言)하라는 것이다. 그러나 이 공사를 건의한 사람이 반드시 이 박사가 아니라는 것도 명약관화한 일이다. 이 박사가 서울시에 운동장의 부족을 직접 느끼는 사람이 아니요, 또 운동장의 부족을 느낀다 해도 이 박사가 효창공원이 가상 적시라고 독자적으로 선택했을 리가 만무한 일이다. 다만 우리가 생각하기에는 어떤 자가 **조걸위악**(助桀爲惡)243)하느라고 이런 악설계(惡設計)를 해가지고 외면만은 허울 좋게 이러이러하니 이곳에 운동장이 필요하니 특명(特命)해 달라고 특청(特請)했으리라고 추정된다.

이 박사로서는 이 운동장 공사 지중(地中)에 백범 선생 산소나 이동영, 조성환, 차이석, 이봉창, 윤봉길, 백정기 **제선배**(諸先輩: 여러 선배님들), **제의사**(諸義士: 여러 의사님들)의 **구묘**(丘墓: 무덤)가 삭평되는 줄을

---

243) 폭군 걸왕을 도와 악한 짓을 하게 함. 못된 사람을 부추기어 악한 짓을 더하게 함을 이르는 말.

알고도 특명으로 개공(開工: 공사를 시작함)하라고 했을 리가 없다고 본다.

이곳에 운동장을 신설하자는 자의 본의가 악질이라 협천자이령제후(挾天子而令諸侯: 천자를 끼고 제후에게 명령함)하고서 이런 악(惡)설계를 했던 것이요, 우리가 아무리 이 박사를 불신한다 해도 이 이유를 다 알고 고의로 이 박사가 명령했으리라고는 인정되지 않는다. 만약 이 박사가 그 고의라는 것을 인정하고 찬동해서 개공 명령을 했다면 이것은 이 박사가 전에 범한 악행보다 일층 더 중한 범행이라고 본다. 차심(此心: 이 마음)이 가이위무소불위(可以爲無所不爲: 가히 못하는 게 없는 상태가 됨)라는 말이다. 그러나 우리가 그래도 설마 이 지경에야 갔을 리가 없으리라고 추정하고 이 건의자는 반드시 다른 악질적 인물이 있으리라고 인정하는 것이 마음이 편한 것이다. 그러나 이 공사가 임시 중지에 그치지 않고 영구히 중지하기를 바라고 부슬부슬 내리는 비를 맞고 백범 선생을 참배하고, 제의사(諸義士), 선배 묘소를 참배하고 돌아와서 이 붓을 든 것이다.

병신(丙申: 1956년) 5월 15일

봉우서(鳳宇書)

〈추서(追書)〉

김창숙 옹이 또 신문지상으로 이 효창공원 공사 중지의 진위를 부지하고 담화를 발표하였는데, 사실은 알 수 없고 될 수 있으면 금번 중지가 진의였으면 하고 바랄 뿐이다.

(봉우추서鳳宇追書: 봉우 이어 쓰다.)

신생(新生: 새로 남)이라는 것은 무엇인가 〈고(考)〉

우주사(宇宙史)가 있은 후로 지금까지 우리 인류가 살아오는 것은 비록 양(洋)의 동서(東西)나 시대의 고금(古今)의 차는 있을망정 변함 없이 계속되고 있는 것은 가리지 못할 사실이다. 이 사실을 보는 사람에 따라 달리 보고 각자가 각자의 의사대로 명칭을 붙이는 것이다. 대분(大分)하면 이것도 과거, 미래, 현재로 나누는 이외에 별것이 없다고 본다. 그러나 이 세 가지의 위치와 시기가 확정한 것이 아니요, 우주 대자연이 구름(轉)을 따라 시시각각(時時刻刻)으로 그 명칭이 변해 간다.

그래서 과거도 한(限)이 없고, 미래도 한이 없고, 현재도 한이 없는 것이다. 이 무한한, 무궁무진(無窮無盡)한 우주에서 창해(滄海: 넓고 큰 바다)의 일속(一粟: 좁쌀 한 톨) 같은 몸으로 또 전광석화(電光石火: 번갯불이나 부싯돌의 불) 같은 짧은 일생에서 각자가 각자의 의사대로 운위(云謂: 일러 말함)하는 것을 누가 왈시왈비(曰是曰非: 옳고 그름을 얘기함)하리요마는 다만 각자의 우리로 성립된 이 사회를 될 수 있으면 과불급(過不及: 넘치거나 미치지 못함)이 없는 중도(中道)로 이 전광석화 같은 짧은 세월일망정 좀 가치 있게 살아보자는 의미에서 오륜삼강(五倫三綱)이니 도덕이니를 말하는 것이다.

또 우리가 이것을 실행하기 위해서는 경제적으로 너무 여유가 없으면 고인의 말씀과 같이 의식족이지예절(衣食足而知禮節: 입고 먹는 것이 풍족해야 예절을 앎)이라고 생활에 얽매여서 학(學: 배움)도 할 수 없고

문(問: 질문)도 할 수 없이 그저 생을 지지하게 지내다 동물들과 소호도 다름이 없이 무성무취(無聲無臭)하게 가는 것이 이 세상에서 다대수가 그러하고 더구나 우리 민족은 어느 민족보다도 이 수가 많은 것은 가리지 못할 일이다. 여기서 우리들도 다른 민족들과 같이 물심양면(物心兩面) 공히 고해(苦海)에서 좀 벗어나 보자고 재래(在來: 있어 온) 생활하고 오던 방식을 개선해서 의식족이지예절이라고 먼저 생활 수준을 향상시킴으로써 부지불각(不知不覺: 모르고 깨닫지 못하는) 중 과학 수준도 자연 향상할 수 있다고 주장하는 것이 신규로 생활 방침을 실행한다는 것을 약(略: 생략)해서 신생(新生)이라고 하는 것이 아닌가 나는 생각한다.

현 세계에서도 정말(丁末: 덴마크)이니, 서전(瑞典: 스웨덴)이니 하는 나라들은 자기들이 실행하고 있는 생활을 신생(新生)이라 하지 않고 일상생활이라 하리라. 거기 따르지 못한 나라와 민족들은 그들의 하는 생활을 표준하고 재래해 오던 생활을 개선하자는 것이 신생이라고 명칭하는 것 같다. 그러니 우리 민족의 현 실정으로 보아서는 신생활을 전개하기보다도 현상 유지도 극히 곤란해서 패망의 길을 걷고 있는 것은 누구나 다 아는 사실인데, 그래도 지도자들이 아직 나오지 않고, 몰락 행각은 점점 백척간두(百尺竿頭: 백척이나 되는 높은 장대 위)에서 진일보(進一步: 일보를 내딛음)를 하고 있다.

여기서 우국우족(憂國憂族: 나라와 민족을 걱정함)하는 농산어공(農山漁工: 농업, 산업, 어업, 공업)이나, 도시 향촌을 물론하고, 각자가 이 위급존망지추(危急存亡之秋: 생사가 아주 절박한 때)라는 것을 자각하고 이 구국구족(救國救族: 나라와 민족을 구제함)할 신생 개발 실행에 일일(一日)이라도 속히 착수하고 발족해야 할 것이라고 나는 단언한다. 이 신

생 실행이 속함으로써 우리나라, 우리 민족의 행복이 따라서 속할 것
이요, 이와 정반대로 이 신생 문제 실행이 지연됨으로써 이 나라, 이 민
족의 멸망이 그만큼 급하다는 것도 확언하노라.

병신(丙申: 1956년) 5월 15일

봉우서(鳳宇書)

추기(追記)

신생 방식에 대한 구체안은 우리나라 우리 민족에게 적합하게 설계
를 작성해서 각종 전문 상식자들이 최선의 지식과 경험을 염출(捻出:
생각해 냄, 짜냄)해서 시초에는 전국적으로 실행을 못하나, 각 지역에 실
천 부락을 건설하여 이 부락을 모범해서 5년 계획이든지, 10년 계획이
든지 수립하고 착착 실천함으로써 이것이 구국구족(救國救族)의 최대
안(最大案)이라고 나는 확언하노라. 물론 국가사업이나 현 행정부가
아직 그런 정신이 없는 것 같으니, 우리 민족이 자진(自進)해서라도 실
천에 옮기기를 나는 충심으로 바라는 바이요, 이 실천이 오기 전이라
도 우리 동지들이라도 비록 규모는 적더라도 무슨 방식으로든지 신생
실천을 했으면 한다.

병신(丙申: 1956년) 5월 15일

봉우추기(鳳宇追記)

우리나라 인물지(人物志)를 보다가

지나간 역사를 거울삼아서 역사의 등장인물들이 일을 하는 것이다. 그래서 그 역사가 왜곡한 사실을 정명(正名: 이름을 바로잡음), 정죄(正罪: 허물을 바로잡음)하지 못할 때는 후세에 새로 나올 역사의 등장인물들이 역시 **외구심**(畏懼心: 두려운 마음)이 없어져서 자기 마음대로 일시적 사욕(私慾)이라도 감행하는 것이다. 그래서 고대에는 역사를 감히 어느 개인이 저술을 못하고 국가에서 가장 공정한 인재를 택하여 **수사관**(修史官: 역사를 쓰는 관리)에 임명하고, 그 **사기**(史記: 역사기록)를 비록 **시군**(時君: 당시의 군주)이라도 감히 첨삭을 못하고, 바로 **사고**(史庫: 역사기록 서고)에 넣어 두었다가 후일에 보게 된 것이 이 역사의 중요성을 말하는 것이다. 그럼에도 불구하고 근일 **사가**(史家)로 자칭하는 사람들의 행동을 보면 자가비판부터 하지 못하는 인물들이 집필하는 예가 **십상팔구**(十常八九: 십중팔구)가 되어 역사가 국민과 **국가만년대계**(國家萬年大計)에 큰 도움이 되는 것을 알지 못하고, 다만 **상매적**(商賣的: 장사팔이적)으로 이 책을 저술해서 잘 팔아서 돈벌이가 잘되게 할 지상(至上: 최상) 목적을 가지고, 이 역사책의 책임이 소호도 없다는데 한심하지 않을 수 없는 일이다.

내가 이조 500년 《승정원일기(承政院日記)》244)를 일람(一覽: 한번 죽

---

244) 조선시대에 승정원에서 취급한 문서와 사건을 기록한 일기. 조선 전기부터 있었으나 임진왜란과 병자호란 때 다 소실되고, 오늘날 전하는 것은 인조 원년(1623)부터 고

훑어 봄)한 일이 있다. 이 책은 비록 본사기(本史記)는 아니나, 역사가들의 가장 중요 참고서류인 것은 사실이다. 그런데 역사로 자칭하는 인물들로도 이《승정원일기》도 못 본 인간이 거의 (다)인 것 같다. 이 일기가 역사상 가치로 중대한 것은 물론이요, 국보적 존재인 것이나 다만 행정부와 직접 관계 있던 사실만 기록된 관계로, 민간인으로의 행사(行事)와 산림처사(山林處士)들의 공정한 평어(評語)가 없고, 이 역사를 장식(粧飾: 꾸밈새)시키는 인물들의 전기가 없다. 그리고 지방 행정의 역사적 존재가 좀 부족하였다.

그래서 이를 보충하자면 민간의 인물지에서 각 개인의 전기가 나올 것이요, 여기서 야사적(野史的) 가치가 나올 것인데 물론 아주 없다는 것은 아니나, 대체로 보아서 인물지 등장인물들 중에는 현인군자(賢人君子)도 있고, 영웅호걸도 있고, 충의지사(忠義之士)도 있고, 문장명필(文章名筆)도 있고, 각종(各種) 각색(各色)이 더 있을 것이다. 그러나 우리가 보기에는 이 전기(傳記)의 소자출(所自出: 어떤 사물이 나온 출처나 근거)이 그 자손들의 가장(家狀: 집안 기록)이나, 행장(行狀)에서 초출(抄出: 골라서 뽑아냄)함이 많다. 세상에서 이 사람은 소인(小人)이라고 하는 인물도 그 인물지에서 기록된 것을 보면 영웅호걸, 성현군자 아닌 인물이 없고, 소호도 자과(自過: 자기 잘못)를 자인한 사실을 못 보았다. 그래서 각기 상대방에서 저술한 야사에서의 그 인물평을 보면 역시 정곡(正鵠: 과녁의 한복판)을 잃은 것이다.

일례를 들면 국가위급 존망지추에 원수(元帥: 대장의 위)로 임명되어 자기 임무를 수행치 못하고, 누구보다도 선도(先逃: 먼저 달아남)한 인

종 31년(1894)까지 272년간의 것이다. 2001년에 유네스코 세계 기록 유산으로 지정되었다. 우리나라 국보이다.

물이나 전적(前敵: 적 앞) 총사령관으로 밧어나 전쟁을 하지 못하고 일패도지(一敗塗地: 여지없이 패해서 일어날 수 없게 됨)해서 도망한 인물이나가 다 일등원훈(一等元勳: 첫째 공훈)으로 국가에서 대우하게 되고, 조정에서 국가 백년대계를 잊어버리고, 임기응변한 무주장, 무정견한 인물로 국사를 대오(大誤: 크게 그르침)하고도 역시 원훈(元勳: 나라를 위한 가장 큰 공)에 참(參: 간여함)한 인물이 많다.

이것이 국가에서 심사부정이어니와 인물지에서 이런 인물들을 예찬한 당시 왜곡한 집필가들이 많은 것은 사실이다. 그래도 이런 인물들에게는 후세의 야사(野史)가 필주(筆誅: 글로써 벌을 줌)를 내리기는 하나, 역사로 보나, 인물지로 볼 때에 감상이 못마땅하다는 말이요, 내가 이 인물지를 저술하는 사람에게 바라는 바는 어떤 인물이든지 그가 입지(立志)하고 성공하기까지의 경로와 인격적으로의 일상 생애를 상세히 적어서 후세 사람들도 그것을 본받아서 제2, 제3, 제4의 위인을 조성, 육성하는 것이 역사가의 책임이며, 인물지 집필가의 책임이라고 본다. 아주 상고사는 인몰(湮沒: 인멸)되어서 참고할 수 없으나, 삼국사를 보면 고구려의 을지문덕이 수(隋)의 대병(大兵: 대군)을 퇴격하고, 연개소문이 당병(唐兵)을 대파(大破)했다고 기록되어 있고, 김유신이 삼국통일 후 당장(唐將)과 비교에 우세했다고 한다.

내가 말하고자 하는 것은 사후 공적을 말하라는 것보다 을지문덕이나 연개소문과 김유신이 무슨 수련 방식으로 그만한 지용(智勇: 지혜와 용기)을 갖게 되었는가 하는 위인들의 평소 생활면을 왜 상세히 조사, 연구, 참고를 못하고 전부 이 부류의 사람들은 천재적 존재로 아무것도 배우지 않아도 절로 이런 자격자가 되느냐는 의문을 갖게 하는 것이요, 후진들이 그 방식을 아지(알지) 못하는 관계상 제2, 제3, 제4의

을지문덕이나 연개소문이나 김유신 같은 위인이 나오지 못한다는 것이다. 고려에도 강감찬이나, 이조에도 이순신, 송구봉, 박엽 등 무수한 명인(名人), 위인(偉人)이 있으나 고대는 오래 되어서 조사나 연구를 못한다 하고, 불과 300년 전후된 일도 소위 역사가로 자칭하는 인물들이 왜 상세한 연구를 못하는 것인가.

그래서 근일(近日: 요사이) 청년들 중에서는 고대 우리나라 위인이니, 명인이니 하는 이들은 당시 미개민족에서 소호의 **선견지명**(先見之明)이 있는 인물들을 과대평가한 것이라고 왜곡성 해설을 하는 사람이 가장 많고, 또한 아는 야만인일수록 신비를 바란다고 물질과학이 현대문명을 증명하는 것인데, 부패한 고대 **사조**(思潮: 사상의 흐름)는 생각할 필요조차 없다는 경박한 청년들이 많이 생긴 것은 이것이 역사가들의 무책임한 저술로 말미암아서 그 청년들이 목표를 둘 곳이 없어서 이런 **망조망국**(忘祖忘國: 조상과 국가를 잊음)하는 행동이나 말을 마음대로 하게 하는 것이라고 나는 생각한다.

이것이 가장 우리가 중히 여겨야 할 **숭조이념**(崇祖理念: 조상을 받드는 이념)을 **배외**(拜外: 외국숭배)이념으로 전환시키는 범죄가 이처럼 남발하는 역사가들의 용서받지 못할 죄악이라고 나는 확언하노라. 앞으로 어떤 위인전기 한 권이라도 내가 말하는 그 위인의 일상 생애로부터 그가 목적하고 나가는 일을 성공하기 위하여 어떠한 노력과 인내를 하며, 유물, 유심 양면에 어떤 수련을 해서 그가 성공하도록 되었다는 정확한 조사와 후인이 모범할 수 있도록 그 방식을 상세히 기록해 달라는 것이다. 사가들이 인물지라고 해서 금전 수입이나 목표로 무책임한 저술을 말아달라는 부탁이다.

현재까지 우리나라 청년들의 **모외병**(慕外病: 외국을 사모하는 병)이 중태에 함(陷: 빠짐)해서 다시 치료할 방도가 없는데, 이것을 완치하자면 우리 고대 위인들이 신(神)이 아니요, 보통사람으로 이러이러한 수양과 이러저러한 노력으로 그만한 성공을 했다고 후인이 그 방식대로 할 수 있게 저술함으로써 불구한 장래에 모외병 중태는 완치될 수 있다고 본다. 이것이 내가 우리나라 인물지를 보다가 각오(覺悟: 도리를 깨침)한 점이라 횡설수설로 쓰는 것이다.

병신(丙申: 1956년) 5월 16일
봉우서(鳳宇書)

추기(追記)

고인들은 저술을 소년이나 청년시대에는 별로 하지 않았다. 청소년시대에 독서와 경험을 축적해서 (생긴) 자신(自信)이 **행불유구(行不踰矩**: 행동이 경우에 벗어나거나, 모나지 않음)할 만하다고 인정될 때에 비로소 후인에게 전하고자 하는 집필을 하는 것이 상사(常事: 늘상 있는 일)였다. 무슨 영풍영월(咏風詠月: 풍월을 읊음)이나, 기행문이나, 왕래서신 같은 것을 말하는 것이 아니라 이 책을 후인이 보아야 하겠다는 불가불 내가 저술하지 않으면 안 되겠다는 중요한 연고가 있고야 저서를 하였고, 남저(濫著: 저서의 남발)를 하지 않았다는 말이다.

공부자(孔夫子: 공자의 높임말)께서는 대성인(大聖人)이사대, 68세에 비로소 《춘추(春秋)》245)를 집필하시고 노자(老子)246)도 성인이사대, 70세에 《도덕경(道德經)》을 집필하시고 장자(莊子)247)도 《남화경(南

華經)》248)을 노경(老境)에 저술하였다. 그 후에도 (송나라) 육군자(六君子)249)의 명도(明道: 정호程顥) 선생250)은 저술하신 것을 거의 다 기권하시고 별로 전하시는 것이 없었고, 우리나라 송구봉(宋龜峯) 선생도 음풍영월(吟風詠月)의 시귀(詩句)는 전할지언정 후인에 전하라는 서적은 없었다.

이것이 고성인(古聖人)의 경전(經傳: 성경현전聖經賢傳)에 알릴 만한 일은 다했고, 이것을 중언부언(重言復言)한대야 별 신기(神奇)하지 못하다고 될 수 있으면 신(新)저술을 피한 것이요, 사기(史記: 역사 기록)에 있어서는 국가적으로 사가(史家)가 있어서 공정을 기한 것이요, 사사로 개인이 사기를 운위하는 것은 법이 아니었다. 그러다 후대에 와서 세강속말(世降俗末: 세상이 말세가 됨)해지고, 나라가 망해서 36년이나 주인이 없었고, 신국가 건설을 목표로 남조(南朝: 남한)만이라도 독

---

245) 유학 오경(五經) 중 하나로, 공자가 노나라 은공(隱公)에서 애공(哀公)에 이르는 242년(B.C. 722~B.C. 481) 동안의 사적(事跡)을 편년체로 기록한 책이다. 11권.

246) 중국 춘추시대의 사상가(?~?). 성은 이(李). 이름은 이(耳). 자는 담(聃)·백양(伯陽). 도가(道家)의 시조로서, 상식적인 인의와 도덕에 구애되지 않고 만물의 근원인 도를 좇아서 살 것을 역설하고, 무위자연을 존중하였다.

247) 중국 전국시대의 사상가(B.C.365?~B.C.270?). 이름은 주(周). 도가 사상의 중심 인물로, 유교의 인위적인 예교(禮敎)를 부정하고 자연으로 돌아가자는 자연 철학을 제창하였다. 현종이 '남화진인'이라는 시호를 내렸다. 저서에 《장자(莊子)》가 있다.

248) 당(唐)나라의 현종(玄宗)이 《장자(莊子)》를 높이 평가하여 내린 이름.

249) 덕이 높은 여섯 사람. 이 글에서는 송나라의 대표적 성리학자인 송조육현(宋朝六賢)을 지칭한다. 주돈이(주염계), 정호(정명도), 정이(정이천), 장재(장횡거), 소옹(소강절), 주희(주자)를 말한다.

250) 정호(程顥, 1032년~1085년)는 중국 송나라 도학의 대표적인 학자다. 성리학과 양명학 원류의 한 사람이다. 자는 백순(伯淳), 시호(諡號)는 순공(純公). 명도 선생(明道先生)으로 호칭되었다. 음양이기에 근거한 역 철학과 인(仁)을 강조하였다. 정이가 그의 동생이다.

립되었으나, 우리 행정부가 역사의 중요성을 부지(不知)하고 있으니 부득이 야사(野史)라도 있어야겠고 그나마라도 공정했으면 하는 바람이다.

(병신丙申: 1956년 5월 19일 봉우추기)

6.25 기념 행사의 신문 기재(記載: 적어 올림)를 보고

국여국간(國與國間: 나라와 나라 사이)에 서로 이해(利害)를 조상(俎上: 도마 위)에 놓고 평화적으로 해결이 되지 않을 때에는 서로 최후적 통첩(通牒)이 있은 후에, 무력으로 승부를 결하는 것이 근대의 전쟁이라고 보겠다. 고대의 춘추전국시대에도 토(討: 토벌)도 있고, 벌(伐: 치다, 베다)도 있고, 쟁(爭: 다툼)도 있었으나, 근대에는 약육강식(弱肉强食)하는 시절이라 그런 종류는 없고 그저 이해득실(利害得失)로 상쟁(相爭)하는 것이 보통이다. 그래도 그 상쟁하는 데 전쟁도덕이 있는 것이다. 그런데 우리나라에서 일어난 6.25 사변이라는 것은 물론 서로의 이해득실이 없다는 것은 아니나, 국여국간에 일차라도 무슨 시시비비가 있어서 무엇을 청구했는데, 반대라든지 불응(不應: 응하지 않음)이라든지 간에 있던 것도 아니요, 또는 무슨 최후통첩이 있던 것도 아니다. 다만 북한에서는 김일성이 거국일치(擧國一致: 온 나라가 뭉쳐 하나가 됨)로 무력을 완성하고 있음에 반하여 남한은 유엔만 믿고 국군의 국방 상태라는 것이 무엇인 줄 모르고, 소위 행정 요인들이 적정(敵情: 적의 정세)에 아무 상식이 없었다. 약간의 국방비도 요인들이 착복(着服)한 나머지 잔액을 가지고 유지해 갈 정도였다.

그 당시 미국에서는 북한 적정을 다 조사하고도 남한으로 하여금 군비(軍備: 군사 대비)를 하게 안 한 것은 우리가 보기에 미국의 야심(野心)이라고밖에 생각이 안 된다. 우리 남한이 아주 무방어 상태라 하더라도 미국에서 태평양 방어선이 우리나라 38선이라 했으면 북한에서 미국을 상대로 남한을 침공했을 리가 만무(萬無)한 일이다. 그럼에도 불구하고 미국이 우리 남한의 방어력은 아주 영점임을 숙지(熟知: 익히 앎)하면서 태평양 방어선을 일본해에 둔다고 선언한 것이 북한더러 남한을 네 마음대로 침공해 보라는 주문임에 불과하다.

이런 선언이 있고 미국의 재한(在韓) 중요 인물들은 6.25 사변 발발 이전 1개월 전에 **이한**(離韓: 한국을 떠남)한 것은 가리지 못할 사실이다. 미국은 **명약관화**(明若觀火)하게 북한의 침공이 있을 것을 알며, 고의로 이런 행사를 했다면 이 6.25 사변 총책임은 미국이 져야 당연한 일이다. 우리 행정부에서는 미국이 무엇을 하고 있는지 외교라는 명목만 있지 정보 제공이 없었다. 남북한 총파괴와 수백만 생명의 희생이 다 미국이 책임을 져야 할 것은 당연한 일이요, 그다음은 당시 행정부 요인들도 동일한 책임을 지는 것이 아주 확정된 일이다. 그리고 사변이 나자마자 정부 요인들부터 아무 책임이 없이 도망하고 백성들만 전화(戰禍: 전쟁의 재화)를 입으려니, 이런 불량한 인간들이 어디 있을 것인가?

전쟁 중에는 이 일이 해결되지 않아서 부득이 그 자리에 있었다 할지라도 비록 임시 휴전이라도 된 후에는 당시 행정부 요인들은 인민(人民)에게 사과해야 정당한 일이다. 그럼에도 불구하고 엄연히 그 자리에서 퇴거할 줄을 알지 못하니, 이런 종류의 인물들을 철면피라고 하는 것이다. 이것이 6.25 사변의 요점이요, 이다음 유엔군이 와서 그들의 전략이라는 것을 보면 오로지 남북한 총파괴를 주목적으로 하는 것이 아닌가 할 의심이 난다. 왜 그런가 하면 병사학상(兵事學上: 군사학상)으로 보면 전쟁에서 일시적 승리가 있다고 영구한 만전책(萬全策)

이 아니면 진퇴(進退)를 극도로 주의하는 것이 병가상사(兵家常事)인데, 유엔군이 9.28 수복 후에 장구북진(長驅北進: 말 타고 북쪽으로 멀리 쫓아 나감)하여 압록, 두만강선(線)까지 진격하는 것이 중공을 개입시키는 모략(謀略)이 아닌가 한다. 이것이 남북 통일책은 못 되는 것을 알며 하는 관계다. 전쟁이 아닌 평화시라면 알 수 없으나, 전쟁 중 방어선이 3,000리 이상을 수비하지 않으면 안 될 양강선(兩江線: 압록, 두만강선)까지 진출했다는 것이 미군의 모략적 야심(野心: 거친 욕망)이 아니면 아주 무모(無謀: 신중하지 못함)한 일이다.

우리가 수차나 선번(先番: 먼저 번)에 말한 바도 있거니와 비록 현대 화학병기라 할지라도 북진을 평원선(平元線: 평양, 원산라인) 즉 39도선 정도에서 그치고 완전한 진지(陣地)를 가지고 방어하며 정치적으로 해결하여도 중공이 여기서 개입 못할 것이요, 전쟁은 간단하게 해결하게 될 것인데, 양강선까지 무모한 북진을 하고 또 1.4 후퇴에 그칠 줄을 아지(알지) 못하고 또 서울이 적에게 점령되고 중부까지 인민군과 중공군이 남침하게 되었으니, 이것이 무모가 아니면 야심이라고 본다. 그리고 현 전선도 보라. 유엔군이 직접 전쟁하던 곳은 아무래도 기계화 부대로 우리 국군보다 무기가 백배됨에 불구하고 한강 북안(北岸: 북쪽 기슭)까지 북한군의 진출을 허용했으니, 유엔군보다 100분의 1의 불비(不備: 갖추지 못한)한 무기를 가진 우리 국군이 책임진 동부전선은 그래도 약간 진출한 것은 사실이다. 이 정도도 유엔군이 봐주지 않았다면 물론 자력으로 현상까지 못 될 것은 명약관화한 일이나, 동가홍상(同價紅裳: 같은 값이면 다홍치마)이라고 봐주려면 좀 가치가 있게 봐주어야 하는 것이 아닌가?

환언하면 유엔서 우리를 구호하는 것이 고맙지 않다는 것이 아니라 정신적으로 **심열성복**(心悅誠服: 마음이 기뻐서 정성으로 복종함)하게가 아니요, 피하(皮下)에 진통제 주사 맞는 감이 있다는 것이다. 말로는 이 비참한 6.25 사변을 국민 전체적으로 상기하자고 기념사에서 말은 하나, 현 행정부 요인들이 여전히 정신이 무엇에 마비되었는지 6.25 사변을 상기하는 행정이라고 볼 수가 없다. 여전히 당파적 권세 수탈전에 **안비막개**(眼鼻莫開: 눈코 뜰 새가 없음)하고 있는 모양을 누가 6.25를 상기해서 남북통일을 결심한다고 하겠는가?

우리는 부재기위(不在其位: 그 자리에 있지 않음)한 **궁협**(窮峽: 깊고 험한 산골) 농민이라 무슨 실력이 있으랴만은 각자가 행정부의 6.25 상기(想起)하기를 바라지 말고 자력, 자주로 6.25를 상기하고 일동일정(一動一靜)을 임전태세를 변치 않으면 불구한 장래에 우리에게 이 어마어마한, 이 비참한 6.25 사변도 평화적으로 완전히 해결을 볼 수 있다고 본다. 각자의 6.25를 잊지 않고 단결된 마음의 결정(結晶)이 남북이 통일될 수 있고, 우리의 수준이 현 세계 수준보다 향상될 수도 있고, 이 6.25를 길게 회고해서 영구 평화도 있을 수 있다고 본다. 나는 이 6.25 기념행사가 신문에 기재된 것을 보고 내 감상 나는 대로 횡설수설(橫說竪說)해 본 것이다.

병신(丙申: 1956년) 5월 19일
봉우(鳳宇) 6.25 후추기(後追記: 뒤에 따라 쓰다)

　나는 6.25 사변의 참혹한 고초(苦楚: 고난)를 다 당하고 구사일생(九死一生)으로 생명만은 구해졌으나, 현상까지도 그 6.25 상흔(傷痕: 상처의 흔적)이 가시지 않고 경제적, 동지적(으로) 다시 구해서 구할 수 없는 막대한 손실을 보고 있다. 아무리 6.25 사변을 잊자 해도 꿈에도 잊을 수 없다. 우리가 가장 신망(信望)하던 동지들 중에서 이 6.25 사변으로 다시 오기 어려운 길을 밟은 분이 **조소앙**(趙素昻, 1887~1958)[251], **조완구**[252], **일파**(一坡: 엄항섭)[253], **안재홍**[254], **우사**(尤史: 김규식)[255],

---

251) 조소앙(趙素昻, 1887년 5월 2일~1958년 9월 10일)은 독립운동가이자, 대한민국 임시정부의 정치인 겸 교육인이다. 본명은 용은(鏞殷). 자는 경중(敬仲). 3.1 운동 이후에 임시정부 국무위원과 의정원 의원을 지내고, 한국독립당을 창당하였다. 광복 후에 이승만, 김구 등과 국민의회를 설치하고 1948년에 김구 등과 남북협상 회담에 참석하였다. 1950년 6.25 전쟁 당시 납북되었다.

252) 조완구(趙琬九, 1881년 3월 20일~1954년 10월 27일)는 한국의 독립운동가, 정치인이다. 임시정부와 임시의정원에서 활동하였으며 광복 후 한국독립당의 국내 초대 재정부장을 거쳐 1949년 한국독립당의 총재를 역임하고 1950년 6.25 전쟁 중 납북되었다. 자는 중염(仲琰), 호는 우천(藕泉), 본관은 풍양(豐壤). 홍명희의 고모부이다.

253) 엄항섭(嚴恒燮, 1898년 10월 15일~1962년 7월 30일)은 독립운동가이자 정치인이다. 본관은 영월(寧越), 호는 일파(一波)이며, 가명은 아호를 따서 엄일파라 하였다. 임시정부 선전부장을 지냈고 광복 뒤에는 한국독립당의 간부로 활동하였고, 1930년부터는 백범 김구(金九)의 최측근으로 활동했다. 해방 이후 대한민국 임시정부 귀국 제1진으로 귀국, 한국독립당의 국내지부 건설과 김구를 도와 신탁통치 반대 운동, 미소공위 반대 운동 등에 참여하였으며 1948년 김구의 남북협상을 지지하였다. 남북협상 실패 후 1950년 한국전쟁 중 납북되었다.

254) 안재홍(安在鴻, 1878년 5월 13일~1951년 10월 18일)은 독립운동가, 정치가이며 언론인, 역사가, 언어학자이다. 대한민국 정부 수립 전 건국준비위원회 부위원장과 남조선 과도정부의 민정장관이자 정부 수반이었다. 6.25 전쟁 중 납북되었다. 저서로 《조선상고사감》 등이 있다.

255) 김규식(金奎植, 1881년 1월 29일~1950년 12월 10일)은 학자, 종교인, 교육자, 독립운동가, 통일운동가, 정치인, 시인, 사회운동가이다. 임시정부 학무총장, 구미위원

권오훈256), 한호(韓浩), 주형식(朱亨植) 257), 신현상(申鉉商) 258), 오원영(吳原英) 제동지외(諸同志外) 유명, 무명의 의열(義烈: 의사, 열사)과 우리의 가장 도움이 되던 분들을 50~60인을 - 이 사람들은 동지 중 중진(重鎭)이었던 사람들이다 - 손실하고 잔존조(殘存組)들은 맥이 풀려서 상후낙엽(霜後落葉: 서리 내린 뒤 떨어진 나뭇잎)처럼 산재사방(散在四方: 사방으로 흩어짐)해서 연락이 되지 않으니, 누구보다도 우리들의 6.25 상기(想起)는 무어라고 할 수 없고 그저 치명상(致命傷)을 받은 것이라고 밖에 할 수 없다. 그래도 정신을 수습해서 갱정잔군(更整殘軍: 다시 남은 군사를 정리함)해 보려니, 난사(難事: 어려운 일) 중에도 갱난사(更難事: 더욱 어려운 일)라 하겠다. 그래서 내가 경인년(庚寅年: 1956년) 후로 6회의 6.25 기념을 맞이하나, 일차도 붓을 든 기억이 없

부 위원장, 외무부장, 선전부장, 부주석을 역임하였다. 1948년 남한 단독 총선거 반대 입장을 표명하고 김구, 조소앙 등과 함께 북한으로 건너가 남북협상에 참여하였다. 1950년 6.25 전쟁 중 납북되어 병으로 사망하였다.

256) 권오훈(權五勳, 1911년~1951년 1월 26일)은 정치인, 국회의원이었다. 해방 정국에서 우익 정치인으로 활동하여 독립촉성국민회 창당에 참여, 충남도지부 부위원장을 지냈다. 그 뒤 1950년 5월 10일 경상북도 달서구에서 제2대 국회의원 총선거에 출마하여 당선되었다. 6.25 전쟁 중 현역 국회의원의 신분이었으나, 미군의 부녀자 겁탈을 저지하다가 미군 총에 맞아 사망하였다. 봉우 선생님 제자로 '원상 혹문장'의 주인공이다.

257) 봉우 선생님 제자.

258) 신현상(1905년 ~1950년)은 대한민국 임시정부 민단 요원으로, 군자금 모금 활동을 전개한 독립운동가. 충청남도 예산 출신. 1929년 3월 군자금 조달의 지령을 받고 국내로 잠입, 예산에서 최석영(崔錫榮)을 포섭한 뒤 천안 호서은행(湖西銀行) 지점에서 5만 8,000원을 강제 조달하였다. 1930년 3월 5일 유기석(劉基錫)과 함께 텐진 일본 영사관을 습격하기 위하여 무기를 구입하다가 일본 경찰에 잡혀 징역 5년을 언도받고 공주형무소에서 옥고를 치렀다. 광복 후에는 이범석(李範錫)의 조선민족청년단(朝鮮民族靑年團)에 참여했으며, 반민족행위특별조사위원회 검찰관 등을 역임하였다. 1950년 5월 한국전쟁이 발발하자 인민군에게 체포되어 8월 13일 대전에서 사망하였다.

다. 왜냐하면 정신이 산란해서 그날은 아무 여념(餘念: 딴생각)이 없는 까닭이다. 금번에는 우연히 신문의 6.25 사변 기념행사를 기재한 것을 보고 비록 기일(幾日: 며칠)이 경과했으나 때마침 나 혼자 심야무매(深夜無寐: 깊은 밤잠이 없음)해서 촌계삼창(村鷄三唱: 마을 닭이 세 번 울음)을 듣고 이 붓을 그치노라.

병신(丙申: 1956년) 5월 19일

봉우추기(鳳宇追記)

야당계 민의원들의 시위 행렬의 보(報)를 듣고

어느 나라를 물론하고 정치상에 파쟁(派爭)이 있는 것은 근대사에 아주 상례가 된 것이다. 그러나 그 파쟁의 범위가 국시(國是: 국가 이념, 국가 운영의 기본 방침)를 해함이 없는 각자의 의견의 상위점으로 대립하는 것이요, 왈시왈비(曰是曰非)를 물론하고 일(一)에서 백(百)까지 대립 파쟁으로 나가는 것은 예를 보지 못한 일이다. 국난(國難), 국시(國是)에 관한 일이라면 타국의 예로는 각당, 각파가 거국 일치적으로 의사(議事)를 진행하고, 서로 약간의 문구(文句) 수정이 있을 정도에 그치는 것이다. 각당이 비록 정부, 여야의 구별은 있으나, 그 나라, 그 민족을 위해서 행정부에서 배치되는 행정이 있다면 시정해 가고, 또 국회에서 의원들의 발의로 정부의 부족점을 보충시키는 것이 여야를 물론하고 각자 의원들의 책임이며 의무라고 본다.

내가 본 타국의 의회를 견학한 대로 기록해 보면 중국에서 국민당 일색이나, 거기서 무소속도 있었다. 의회 진행 방식이 아주 예의를 지키고 서로 겸양(謙讓: 겸손하게 양보함)하는 것이 군자의 풍(風)이 있었고, 혹 발의(發議: 의안을 내놓음)에 반대하는 의사가 있다면 공손히 모 의원의 발의에 "비견(鄙見: 자신의 의견을 겸손히 낮추어 이르는 말)으로는 여차(如此), 여차한 의심이 있으니 설명을 요한다"는 정도로 대립되어 상대방의 충분한 보충 설명을 듣고 그래도 부족할 때 재설명을 청하되, 반드시 이유를 첨부해서 상대방에게 충분한 시간의 여유를 주고

의회 전원에게 "귀중한 시간을 비(鄙)의원이 효과가 별로 없이 소비해서 죄송하다"는 사과를 반드시 하고, 하단(下壇)하는 것이 상례라 비록 대립된 의견이라도 얼마든지 서로 절충해 가며, 일하기에 족하였다. 몇 차 견학하였으나 번번이 이 현상이었다.

그다음 일본 국회에서 의사 진행하는 것을 보건대, 중국만은 못하나 그래도 각당 간부진 거물급에서 등단할 때는 서로 체면을 유지하며 반대 논의자도 역시 거물급으로 상대해서 그 파쟁의 범위가 그 나라 국시에 소호도 어그러짐이 없이 나라를 위하고, 백성을 위해서 투쟁하는 것이요, 사감(私感)으로 파쟁적으로 움직임을 못 보았다. 어느 당이든지 국리민복(國利民福)에 어그러진 행정이 나온다면 거국 일치적으로 반대해서 총퇴진하는 것이 그 나라 상례인 것 같았다. 물론 일본 국회라고 파쟁이 없었다는 것은 아니나, 그 나라 헌법 아래서 움직이고 있었다는 것이다. 그러다가 소화(昭和)[259] 말년에 군벌(軍閥: 군부) 전횡(專橫)으로 그 나라도 일시적이나마 패망하였던 것이다. 그 후 얼마 되지 않아서 충분한 자립으로 또 동양의 암초(暗礁)적 출현이 되고 있다. 이것이 그 나라 국민성이 준법 정신이 있는 관계요, 숭조(崇祖)이념과 천황숭배에 일치단결심이 그 나라의 패망을 속히 부흥시킨 것이라고 본다.

그런데 우리나라에서는 제1차 국회의원 선거 당시부터 인물 본위가 아니요, 권력 본위로 선출해서 의원의 다대수가 왜정시대 잔재 인물이 선출되었고, 그 사람들이 중진으로 역할을 해서 헌법을 제정한 것이라 자기들에게 유리할 정도로 법을 이용, 해석해 가며 사리사욕에 매두몰

259) 일본 소화 천왕의 연호, 1926년 12월 25일~ 1989년 1월 7일까지.

신(埋頭沒身: 머리 박고 몸을 숨김)하는 인물들이 6~7할 이상이라 몇몇
의 현명한 인물이 있더라도 자기 실력을 발휘 못한 것도 사실이다. 그
래서 이 인물들이 신생 국가의 제헌의원으로 출세해서 아주 병든 법치
국가를 탄생시킨 관계로 이것을 기화(奇貨: 뜻밖의 재화를 얻을 수 있는
기회)로 정상모리배(政商謀利輩)와 민족반역자들이 현 행정부와 굳은
악수를 하고, 이 나라, 이 민족을 안중에 두지 않고 사리사욕(私利私慾)
을 감행해서 이 나라의 운명은 국제적 대우가 비조즉석(非朝卽夕)[260]
으로 몰락(沒落)에 제(際: 마주침)하고 있는 것은 애국자라고 하기보다
우국(憂國: 나랏일을 근심함) 동지들은 누구나 다 각오(覺悟: 깨달음)하고
있는 것이다.

　제2차 민의원 당시에 정치 파동이라는 것도 세계 역사상에서는 유례
가 없는 일이요, 제3차 민의원 선출 요동(擾動: 어지러운 움직임)에 그
부류들의 압력은 공산 치하 압력이나 소호도 다를 것이 없었다. 이렇
게 연출한 여당의 어두귀면(魚頭鬼面)[261]들이 의정(議政) 단상(壇上)
에서 무엇을 알고 자기 체면을 유지할 것인가? 몇몇의 악질 정상배들
의 수족(手足: 부하)이나 기계화가 되어 나라가 무엇인지, 민족이 무엇
인지 분별조차 못하고 망국망족(亡國亡族: 나라가 망하고 민족이 망함)의
행사(行事)를 감행하고 있다. 그래서 개헌안을 통과시키고 대통령 3선
한 후에는 민심을 알았다고 백배, 천배의 압력을 가하며 지방의원 선
출을 여당 일색으로 권력과 압력으로 할 작정으로 각 지방에서 별별
기괴망칙한 관권(官權) 남용과 여당파의 폭행이 있는가 하면 야당 일

---

260) 아침이 아니면 저녁이라는 뜻으로 시기가 매우 임박한 것을 이르는 말.
261) 물고기 대가리와 귀신 낯짝, 몹시 흉한 얼굴을 이르는 말.

부에서 이것을 묵과할 수 없다고 인권 옹호니 호헌(護憲)이니 하며 별별 방식으로 여당 행사에 대항하나 일방은 집병(執柄: 권력을 잡음)한 곳이요, 일방은 집도(執刀: 칼을 잡음)한 곳이라 무슨 성과가 있을 것인가?

최후로 서울에서 야당계 의원들이 시가에서 시위 행렬이 있었다고 한다. 행정부에서는 당연히 반성할 때라고 생각되는데 불구하고 경찰 총동원으로 이를 저지하다가 필경은 실탄 사격으로 창랑(滄浪) 장택상262) 군이 총지휘격으로 있다가 관통상을 당하고 수다(數多: 수많음)한 부상자를 내고 또 내무장관이 진두(陣頭)에서 직접 김선태 의원을 구속 명령을 발하고 구타로 중상을 입게 하는 등 국제적으로 우리 한국 정부의 위신을 타지(墮地: 땅에 떨어뜨림)시키는 불법 행위가 연출(連出: 연이어 나옴)한 모양이다. 나는 목도(目睹: 목격)를 못하였고 전언(傳言)으로만 들었다. 그런 관계로 상세사(詳細事)는 아주 부지한다. 그러나 정부에서 조처가 아주 잘못된 것이라고 생각된다.

야당계에서 시가 시위 행렬이 있다면 원원(遠遠: 멀리)이 경호하며 방치하고 이 사실을 대통령께 실고(實告: 사실을 고함)해서 여당들의 반성을 구하는 것이 행정부로서는 당연한 처사이어늘 소위 내무장관이라는 위인이 진두지휘로 민의원을 불법 소포(掃捕: 소탕하듯 체포함)하고 실탄 사격을 명했다면 이 책임은 내무장관 일인(一人)에게 있지 않고 당연히 총수(總帥: 집단의 우두머리)에게 있는 것이다. 국제연합에 이런 국가를 무엇이라고 인정할 것인가? 이런 부류들이 망국자(亡國者)

---

262) 장택상(張澤相, 1893년 10월 22일~1969년 8월 1일)은 일제강점기와 대한민국의 고위 정치인이다. 대한민국 제3대 국무총리이다. 호(號)는 창랑(滄浪). 미군정기 수도 경찰청장을 역임했고, 정부 수립 이후 3대 국무총리를 역임했다.

들이라고 아니할 수 없다. 이런 인물들을 각료로 등용시키는 자들은 공산도당들보다도 일층, 백층이나 나라를 더 좀먹는 자들이다.

일방에서는 이런 국가적 불상사가 벌어지고 있는데 불구하고 지방에서는 여당 일색으로 당선시킬 의도로 관권 간섭이라고 하기보다도 압력을 가하고 있다. 아무리 보아도 이 나라, 이 민족의 장래야말로 한심한 일이다. 끝으로 일언(一言)을 더하고자 하는 것은 야당 의원들의 시위 행렬을 한 것은 어느 의미로 보아서는 없을 수 없는 일이나, 현 불상사를 양출(釀出: 빚어냄)하고 보면 이 시위 행렬이 없었던들 우리나라 위신이 국제에서 아주 타지(墮地)하지는 않았을 것을 다른 방식으로 좀 더 강강(强剛: 억셈)한 대책을 수립하고 여당들과 투쟁하는 것이 도리어 온건책이 아니었는가 하는 문외한으로의 의심도 불무(不無: 없지 않음)하다.

이 일의 시비곡직(是非曲直)을 초월해서 내무장관이라는 직(職)에서 민의원이라는 인물들을 상대하는 법이 이 나라뿐만 아니라 다른 나라에서 하는 법을 생각이나 해본 인물이 이 직에 있는지 의문이다. 대통령으로 명령 후 처리가 역시 이 내무장관을 준법정신으로 처리하지 못하면 이는 대통령이 명령한 것이나, 일반으로 국제 여론이 있을 것이다. 명령 후의 처리를 주시하며 이 붓을 그치노라.

병신(丙申: 1956년) 양력 7월 30일

봉우서(鳳宇書)

우리 지방에서 지방의원 선거 동태

　민의원이나 지방 각급 의원이나 선출 방식은 동일한 자유분위기에서 주민 일동의 완전한 의사를 표시할 수 있어야 하는 것이다. 그런데 현상으로 보면 의원에 출마하는 인물들부터 민간에서 적격자로 인정하는 인물들은 거의 출마 의사가 없고, 2류, 3류 내지 4~5류 인물들이 각자의 배후 세력을 믿고 출마하는 현상이다. 그런데 이 출마 경위를 보건대 동일한 출마자라도 어떤 출마인은 백 가지 불비점이 있어도 그 것을 감독하는 기관에서 자진 시정하고 어떤 출마자들은 일호반점(一毫牛點: 한 가닥의 털, 반의 점)의 과오만 있어도 용서 없이 취급하는 것과 또 민간에 당선 가능성이 있는 입후보 대상인물 중에서 일호(一毫)라도 유령시종(維令是從: 오직 명령하는 대로 따름)하지 않을 인불이라넌 현행범은 물론이요, 10년 전에 거의 해결되었던 사회(死灰: 죽은 재) 중에서 문제를 재연(再燃: 다시 불을 살림)시켜서 그들의 출마를 현저하게 고의 방해하는 것이 민간인으로 명약관화(明若觀火: 불 보듯 분명함)한 것이다.

　그래서 이 애로를 불고(不顧: 돌아보지 않음)하고 나온 출마인 중에서도 선거운동이니, 무엇이니 하며 취급을 현행범 중죄수(重罪囚)같이 한다. 이런 창피를 무릅쓰고도 나오는 인물들은 우리의 생각으로 보면 의원 자격이 의심나는 인물들이 십중팔구(十中八九)나 된다. 그러나 그렇다고 우리가 무조건하고 기권할 수도 없는 것이요, 그들 출마자

중에서 비록 2, 3, 4류에 속하는 인물일지라도 가장 양심자를 택하는 외에 타도가 없다고 본다. 경과로 보아 양심자라고 선출해 보면 무능해서 악질적인 **교지**(巧智: 교활한 재주와 지혜)를 가진 인물들의 이용물밖에 되지 않는다.

어좌어우(於左於右: 좌나 우나)가 다 난처(難處)하다는 것이다. 그러나 그뿐인가? 관권에 아부하는 출마 인물들은 갖은 **중상모략**(中傷謀略)으로 일인(一人)의 출마자라도 더 취소시킬 방법을 경찰권을 이용하여 수단과 방법을 불택하고 별별 철면피적 행사를 다한다. 내 친근인을 통해서 내가 모 출마인과 평시 우의가 그리 좋지 못하니, 그 사람을 지지하느니보다 내 권내 총점수를 모 출마인에게로 보내 주는 것이 어떠한가 하는 의사를 공공연하게 관리(官吏) 자신으로 선거운동을 하는 것이었다. 그 관리라는 인물이 자기 자신이 그런 행동을 하는 것이 범법인지 알지 못하고 하는 것인가? 알면서도 여당 관계니 죄가 안 된다고 자신하고 하는 것인가? 알 수 없는 일이다. 민간인들도 아주 지방의원 선거에 큰 관심을 갖지 않고 있다. 현 우리 지방에서 도의원이나 면의원이나 출마인물들이 현상으로는 지방의원이나를 물론하고 지방자치법을 완전히 해석할 만한 인물들도 못 된다고 평하는 것이 정당하다.

이런 인물들이 도(道)나 읍면(邑面)에서 무슨 민간에 유효적절할 일을 의결할 것인가 한심해 마지않는 것이다. 인면(隣面: 이웃 면)에서 면장 출마 인물이 외관으로는 신사 같으나, **목불식정**(目不識丁) [263]하는 모리배인데 면장이 **모리직**(謀利職: 부정한 이익을 취하는 관직)인 줄 알

---

[263] 눈을 뜨고도 고무래(丁)를 알아보지 못함. 아주 무식함.

고 출마한 것 같다. 이런 종류가 **비일비재**(非一非再: 하나, 둘이 아니고 많음)다. 8월 8일과 8월 13일이 지방의원과 도의원 선출 일자인데, 당선될 인물들이 어떤 인물들이 될는지 궁금할 정도가 아니요, 관권 강압하에 물론 여당이 특우세할 것은 사실이나 선출된 의원들 자신이 양심에 비추어 악질적 행사나 없기를 바라고 이 붓을 그치노라.

병신(丙申: 1956년) 양력 8월 초2일(初二日)

봉우서(鳳宇書)

우리 면(面) 3구(區) 지방의원 선출을 보고

우리 면에서 지방의원 선출에 있어서 그리 관심하고 있지 않았다. 그러나 이것이 말단 행정에 도움이 되는 기관이라 유의하지 않을 수 없었다. 제1차 선거 당시에 우리 면에서 선출된 의원 12인 중에서 보통 상식적으로 판단해 보라면 타면 의원에게 별 손색이 없을 의원은 3~4인밖에 안 되고 또 양심분자라는 인물들은 **무위무능**(無爲無能)한 인물들이라 정평하자면 의원 자격이 부족하고, 또 소장파 기인(幾人: 몇 사람)은 비록 첨예한 발언은 하나, **미경사**(未經事: 아직 겪지 못함)한 관계로 자기의 발언을 무사통과하지 못하였다. 역시 자격 문제이고 노쇠 인물들은 다만 명예욕으로 출마하여 당선하였을 뿐 4년간에 일언반사(一言半辭) 하지 못한 **무언오십점**(無言五十點) 정도 인물들이고, 자격이 있다고 볼 몇몇 인물은 역시 파쟁 관계로 면민(面民)의 기대와는 어그러졌다. 하필 우리 면뿐만 그러하다고 보는 것은 **좌정관천**(坐井觀天: 우물에 앉아 하늘을 봄)격이나 지방의원으로 자기 책임을 수행한 의원이 전국적으로 그리 다수라고는 못하는 것이 정당하다고 본다. 우리 면의원들도 이 평균 수준에 도달을 못했었다는 것이니, 4년간 성과가 아무것도 없었다는 것이다. 그래도 그전 의원들이 거의 재출마한 것 같다.

그러나 제1구 5인 중에서 일인(一人)이 재당선되고 제2구에서는 출마자가 정원과 상등(相等: 서로 같음)하여 무투표로 당선하였는데 3인이 재당선하고 일인만 교체된 것 같고 제3구에서는 아주 난립 상태로 일인이 출마 전에 간섭을 받고 감히 출마를 못하고 일인은 출마하였다가 선거 태풍에 기권하고 여외인(餘外人: 그밖에 사람들)들도 선거풍이 심했으나, 여전히 투표일까지 인내하였다. 물론 간섭이 심한 것은 사실이다. 여당 공인자요, 면당(面黨) 대표자를 선출시키기 위해서 관에서 갖은 권력을 다 사용했으나, 전 의원들은 몰락하고, 또 여당 출마자들도 거의 당선권에서 제외되고 평당원 일인이 근근(僅僅)이 입선되었으니, 차점자와 그리 거리가 있지 않았다.

우리 3구 투표율로 보아 약 1할 기권이 되고 910여 인의 투표가 되었다. 그래서 당선자를 평해 본다면 본리(本里) 출신인 모씨도 발언잔번(發言殘繁: 발언이 많이 남음)할 인물이요, 그다음 모씨 역시 불부타인(不負他人: 남에게 짐을 지우지 않음)할 인물이나, 일인은 무재무능(無才無能: 재능이 없음)한 인물이다. 이 역시 거수기 정도리라고 본다. 이 분이 여당 공인 입후보자로 3인 중에서 최하로 신선(辛選: 간신히 당선됨)하였다. 이것이 민심의 빛이 있는 반향이라고 말하는 것 외에 타도가 무(無)하다. 우리 동리로서는 다만 단결된 것만 다행한 일이요, 앞으로 신출 의원들과 같이 합심해서 말단 행정을 도와주기를 바라고 이 붓을 그치노라.

병신(丙申: 1956년) 음력 7월 초3일(初三日)

봉우서(鳳宇書)

　면의원이라면 최말단의 자치기관이다. 그런데 이 선거에도 별별 간섭이 다 있고, 중상모략과 관권남용(官權濫用)이 **이**만저만하였다. 만사불관(萬事不關: 모든 일에 관여 안 함)하고 **고와북창**(高臥北窓: 북창에 높이 누워)264) 청풍(淸風)한 내게까지 별별 소리가 다 오고가고 하는 것을 보면 그 이상 선거의 현상을 보는 것 같다. 아무리 보아도 한심한 일이다.

(봉우추기鳳宇追記)

---

264) 태평 무사하게 한가로이 지내는 것을 의미.

김선태 동지의 석방 소식을 듣고

　　김선태 동지가 금번 국회데모사건으로 이(李) 내무부장관과 김종원 치안국장에 의해 현장에서 체포영장으로 구속되었다는 보(報)[265]를 접하고 나는 김 동지의 신변을 위험시 하였다. 준법정신이 있는 행정부라면 소호도 겁낼 바 아니나, 이 나라는 현 자유당 집권하에는 만법이 도출어자(都出於自: 모두 자기에서 나옴, 이승만 독재)하여 **무소불위**(無所不爲: 못하는 게 없음)하는 시대라 민주당 의원 중에서도 가장 독설이라고 자유당에 지적(指摘)받는 김 의원을 일단 불법 구검(拘檢)한 바에는 악행이 무소불위하여 석방되더라도 불구자가 될 것이요, 그렇지 않으면 그의 성명(性命)이 위험하다 본 결과의 **단안**(斷案: 딱 잘라 결정한 내용)을 내 사적으로 내려 본 것이다.

---

265) 1956년 7월 27일 김선태 등 야당 국회의원 72명은 지방선거등록방해에 대한 자유당의 횡포에 대하여 국민주권옹호투쟁위원회를 조직하고 선전문을 낭독한 후 시가행진을 하였다. 그러나 경찰의 제지와 방해에 시비가 과열되어 난투극으로 번졌다. 이때 데모 현장을 지휘하던 이익흥 내무부장관은 "김선태 저놈 잡아라"고 외쳤으며, 김종원 치안국장은 김 의원을 발길로 차면서 머리를 발로 누르기까지 하였다. 평소 야당의 대표적인 독설가인 김선태 의원은 이승만 대통령에 대한 이익흥의 아부 행위를 신랄하게 비난하였기에 이 기회에 보복한 것으로 알려졌다. 그는 이렇게 붙잡혀 공무집행방해죄 및 소요죄로 긴급구속되었다. 다음날 국회의 석방 결의에도 정부는 헌법을 무시하며 계속 구속 수감하고 국회 석방결의안 당시에 반대하는 자유당 의원을 김두한 의원이 단상에 올라 끌어내리는 등의 사건을 이유로 문제를 확대시키다가 결국 구속 126시간 만인 8월 1일에 석방되었다. 이 같은 우여곡절을 겪으면서 관권이 깊이 개입된 가운데 치러진 지방선거의 결과는 자유당의 압승이었다.

그런데 의외에도 국회에서 석방운동이 맹렬히 일어나서 이 의안(議案: 안건)으로 표결한 결과가 김 의원의 석방안이 통과되어 무사히 출감(出監)되었다는 보(報)를 접하고 이어서 이 사건 일체를 대통령이 직접 처리를 못하고 3장관에게 일임한다는 보를 접했다. 선자(先者: 먼저번)로 보아 김 의원의 출감만은 기진맥진(氣盡脈盡: 기운을 다 쓰니 맥도 다함)해 가는 입법기관일망정 그래도 위신을 수립한 것이라고 보는 바이나, 대통령의 처사는 가위거익심언(可謂去益甚焉: 과연 갈수록 더 심해지는구나)이라고 본다.

금번 사건이 중대성을 가진 일임에도 불구하고, 그 처리가 아주 무성의하고 또 애매(曖昧: 희미해 분명치 않음)하다. 여전히 책임을 대통령 자신이 쥐고 있다고 본다. 우리가 그 자리에 있다면 금번 처사만은 단연 이 내무장관과 치안국장을 파면하고, 2인의 불법행동을 엄벌한다고 담화를 발표하였으면 책임은 파면당한 자에게 있고, 대통령으로서는 민심 수습에 성과를 얻을 것을 기회를 실(失: 잃음)하고 갖은 불법이 다 자기 일신(一身)에게 떨어지니 물론 책재원수(責在元帥: 책임은 우두머리에게 있음)라고 하나, 최고책임자의 우매함을 백성들로도 다 알 일이요, 좌우지인(左右之人: 좌우에서 보좌하는 사람)들의 무능하다는 것도 여실히 발로(發露: 드러남)된다.

김 의원의 일시적 구속이 만천하의 인기를 십 배, 백 배 향상시킨 것이요, 장래 김 의원의 출세에는 비료가 되리라고 본다. 초백왕(楚伯王: 초패왕)은 한고제(漢高帝: 한고조 유방)의 양장(良將: 좋은 장수)이라고 자유당은 김선태 동지의 양장격이라고 우리는 역설하고 싶다. 자유당에서도 오로지 준법정신을 수호한다면 김선태 동지도 수완을 발휘할 날이 속하지 못할 것을 자유당에서 일거수일투족이 거의 다 불(不)준법정신에서 움직이는 연고로 비로소 김선태 동지의 활약할 장소를 얻게 될 것이라고 본다. 여하튼지 김 의원의 건강을 빌며, 앞으로 여전히 선투(善鬪)하기를 빌고 이만 그치노라.

병신(丙申: 1956년) 음력 7월 7일

봉우서(鳳宇書)

의제(誼弟: 의리로 맺은 아우) 석산(石山)
한상록(韓相錄) 군의 비보(悲報)를 접하고

꿈이냐, 생시이냐, 나로서는 아무리 정신을 가다듬어도 분변(分辨: 분별)하기 어렵도다. 석산(石山)이 칠석회합에 참례하기 위해서 7월 6일 상신리를 내방하여 일석(一夕: 하루저녁)을 동숙(同宿: 함께 잠)하고 그 익일(翌日: 다음날)인 칠석날 동지 회합에 종일 참석하여 소호도 병상(病狀: 병 상태)이 보이지 않고 건강하였다. 그러나 내가 보기에 별 활기가 없어 보이고 신체가 좀 약해진 것 같아 보여서 내 내심으로 불문가지(不問可知: 묻지 않아도 앎)의 빈궁생활이 이런 현상을 초래한 것이라 하고 **호언상위**(好言相慰: 좋은 말로 서로를 위로함)하고 밤늦도록 담화(談話)하였으며, 가정사에는 서로 언급하기를 않았었다.

그 익일이 도의원 선거 투표일이라 모씨를 운동하는 관계로 귀택(歸宅: 집에 돌아감)하겠다고 발언하므로, 만류도 못하고 8일 오후차로 입읍(入邑: 읍내에 들어감)하게 되어 온천리에서 작별한 것이 아주 영결(永訣: 영원히 헤어짐)이 되어 5일 만인 13일에 **부음**(訃音: 부고)을 받게 되니, 아직 경과를 듣지 못한 중이라 알 수는 없으나 그 사인이 내 생각으로 별별 **억측**(臆測: 근거 없는 짐작)이 다 생긴다. 이것은 다 공상(空想)이요, 상가(喪家)에 가기 전에는 알 수 없는 일이다. 다만 석산은 자소지로(自少至老: 젊을 때부터 노인 때까지)토록 일관한 **신의감**(信義感)으로 정의에 살고 정의에 죽는 인물이다.

내가 그를 평하기를 백무일능(百無一能: 백에 하나도 능함이 없음)이나 그의 우직(愚直)함이 타인의 백 가지 지교(智巧: 지혜와 공교함)를 능히 당할 수 있다 하였었다. 나와는 임신년(壬申年: 1932년)에 초대면이었으나, 이래 25년간을 풍풍우우(風風雨雨: 온갖 고난, 역경)에 변함없이 상교(相交: 서로 사귐)하여 임오년(壬午年: 1942년) 영어(囹圄: 감옥)생활 칠삭(七朔: 칠개월)을 같이 하고, 무자(戊子: 1948년) 건국 후 신애국자 사태에 아주 우우양량(踽踽涼涼: 혼자 가는 외로운 모양)하여 항상 강개불평(慷慨不平)을 토하던 중에 더구나 시불리혜(時不利兮: 때가 불리하네)로 우리들의 등장할 시기가 못 되어 서로 상심(相尋: 서로 찾음)하며, 의지하고 말년의 노쇠를 상위(相慰: 서로 위로함)하자고 맹세한 것이 아직도 이변(耳邊: 귓가)에서 사라지지 않아서 그의 부음을 받게 되니, 이것이 꿈이 아니고 무엇이겠는가?

내가 부음을 받고 곧 기신(起身: 몸을 일으킴)해야 당연한 일인데 출입할 의착(衣着: 의복)이 없어서 수일을 지연하는 내 심경이야 그 누가 알 것인가?

유명(幽明: 저승과 이승)이 상이(相異)하나, 석산은 변함없이 영계(靈界)에서도 부정(不正), 불직(不直: 곧지 않음)과 꾸준히 싸우라. 나도 그리 머지않아서 그곳에서 만날 기회가 오리라. 석산이여! 고독한 이 세상보다 동지들이 많은 그 영계에서 건투(健鬪)하라!

병신(丙申: 1956년) 음력 7월 13일

봉우근조(鳳宇謹弔: 봉우는 삼가 조의를 표함)

김인경(金仁卿) 동지의 사(死: 죽음)를 조(弔)함

김인경 군은 고(故) 구암(龜庵) 김연국(金演局, 1857~1944)[266] 옹의 5남이요, 김도경[267] 군의 영제(令弟: 아우의 높임말)다. 그 가정이 상제교(上帝敎) 본전(本殿)이므로 자유(自幼: 어릴 때부터)로 종교 관념에 젖을 수 있는 것임에도 불구하고 인경 군은 경성대학교 학부를 우수한

---

266) 김연국(金演局, 1857~1944)은 강원도 인제군 출신으로 자는 치구(致九), 호는 구암(龜菴)이다. 의암(義菴) 손병희, 송암(松菴) 손천민과 더불어 삼암(三菴) 중 한 사람이다. 동학, 천도교, 시천교 지도자로 활약하다가 상제교를 창건했다. 동학 지도자로서 동학운동에 참여하였다가 체포되어 종신형을 받았으나 풀려나 천도교와 시천교 최고지도자로 활약하였다. 상제교를 창건하여 계룡산 신도안에 본거지를 두고 활동하였다. 봉우 선생님의 부친이신 취음공과도 교류가 있다. 고종 황제에게 진언해 총살 위기에 처한 40만 동학교도를 살려낸 취음공이 진도 군수로 있을 때 김연국을 진도로 초청한 바 있다. 최제우-최시형-김연국으로 이어지는 동학 3대 지도자 김연국의 초청은 어쩌면 당시 관리로서는 파격적인 것이었다. 죄를 짓고 사면된 동학 거물을 초청한 것은 취음공의 또 다른 소신을 보여 주는 장면이라 할 것이다.

267) 김도경(金道卿)은 일본의 우에노미술학교를 나와 이마동(李馬銅), 길진섭(吉晉燮) 등과 같은 무렵 활동한 화가이기도 하다. 그러나 학교 졸업 후 입산수도로 평생을 보냈기에 화단(畵壇) 활동은 하지 않았다. 수도하는 짬짬이 붓을 들고 더러 그림을 그렸는데 이는 수도의 한 방편이었다. 이동훈 화백이 산중의 수도장까지 찾아가며 가끔 왕래를 했다고 하는데 그의 그림을 보고 "진여심의 그림이 교향악(交響樂)이라면 내 그림은 경음악(輕音樂)이야"라는 말을 하기도 했다.
봉우 선생님께선 그에 대해 다음과 같은 평을 남기셨다. "김도경(金道卿) 동지는 장어독명(長於獨明: 홀로 밝힘에는 능함)하고 졸어모사(拙於謀事: 일을 도모함에 서투름)하나 관후장자(寬厚長者: 관대하고 점잖은 사람)의 기풍이 있어 동지 일석(一席)에는 고참(高參) 대우를 주는 것이 당연하다. '설송(雪松)'이라 평한다. 번화상(繁華狀)은 없으니, 개결(介潔: 아주 깨끗함)은 하리라."(봉우일기4-84 (1) 다시 연정원 동지들 약평(略評)이나 해보자. 유일(遺逸)도 같이 해보자. 중에서)

성적으로 졸업하고, 그 영형(令兄)인 문경 군의 뒤를 습(襲: 계승)하여 **신언서판(身言書辦**: 용모, 언변, 글, 판단력)이 구비한 인물이었었다. 그의 가정불화가 있음에도 불구하고 그 **아형(亞兄**: 버금가는 형)을 보좌하여 상제교의 **아성(牙城**: 가장 중요한 근거지)으로 중진격으로 있었고, 내무, 외교가 거의 그 수중에서 나왔다. 세인이 종교인들을 보면 대체로 미신(迷信)의 마굴(魔窟)같이 여기나, 상제교에서는 김인경이라는 이론 체계가 확립한 외교 인물을 가진 관계로 외래인들에게 별 난관을 겪지 않고 지냈다. 또 외래인들이 김인경 군을 상대하고는 종교를 제외하고 개인 인격을 애중(愛重)해서 종교인으로가 아닌 지우(知友: 친한 벗)로 교(交: 사귐)한 분이 불소(不少: 적지 않음)하였다. 나도 그 부류의 일인이다.

　김인경 군의 종교인이라는 것은 가정 관습상 부득이한 것이요, 사회인으로 동지 자격이 충분하고 또 우리가 진행하고자 하는 목적을 이해하는 동지였다. 그래서 **세교(世交**: 대대로 맺어온 교분)가 있다는 이보다 동지격으로 하시든지 우리가 발족할 때에는 우리들의 간부급 고참 동지 대우자로 지칭받고 있던 동지였는데, 근년의 그 가정풍파가 거익심**언(去益甚焉**: 갈수록 심함)해서 여러 가지 **실지(失志**: 뜻을 잃음)가 많았던 것 같다. 그리해서 수년 전부터 폐병으로 신음하는 것을 내가 그 영형(令兄) 도경 군에게 듣고 그 병증이 그리 용이(하게) 치료가 안 되는 것이니, 주의하라고 권고하고 더욱이 이 병중에 정신을 과로하면 불리하다는 충고도 해보았다. 그러다 작년에 대구에서 잠간(暫間: 잠깐) 상봉하고 병증이 중해짐을 보고, 내가 치유 방법이 있고 약도 있으니, 사람을 보내면 약을 보내마 한 것이 그 후 일차 내가 여행 중 송인(送人: 사람을 보냄)하고 다시 말이 없어서 혹이나 경과가 양호했나 하고, 그

희소식 있기를 고대하였던 것이 의외에도 금일 상인(商人) 풍편(風便)268)으로 군의 환원(還元: 죽음)이 금년 6월이었었다는데 나는 실망하지 않을 수 없다. 또 내가 책임감을 갖게 된다.

이 사람이 이 지경에 미칠 줄 알았다면 동지를 구하는 마음으로 그 가정에서 내가 어느 정도의 의학상 지위에 있는지 모르더라도 혐의로울 것(꺼리고 미워할 바) 없이 내가 자진해서 작년에 착수하여 그 생명을 구하는 것이 동지 간에 당연한 일인데 불구하고 사소한 혐의로 오불관언(吾不關焉: 나는 상관 안 함)하고 있다가 얻기 어려운 동지를 실(失)하고 보니, 내 양심에 자책(自責)이 심하도다. 군(君)이여! 이것이 세인이 말하는 운명(運命)이라고 생각한다. 군의 가정에서 비록 나를 신용 안 하더라도 내가 자진해서 책임지고 치료했으면 비록 인지생사(人之生死)는 운(運)이라 하나, 병은 법대로 치료하므로 생명을 구할 수 있는 것도 역시 과학이 증명하는 것이 아닌가?

그 구할 수 있는 법을 내가 가지고 구하지 못한 내가 동지적 입장에 책임을 지는 것이요, 한 체면 관계로 내가 자진 치료하지 못한 것이 군의 운명이라고 본다. 우리의 할 일은 점점 박두해 가고 일꾼이 없어서 걱정하는 차제에 기성 동지도 한 사람, 두 사람씩 환원하니, 그대를 잃은 그대의 가정은 사적으로 비애(悲哀: 슬픔과 설음)를 느낄지나 우리는 일할 동지를 잃은 비애를 공적으로 통감(痛感: 마음에 사무치게 느낌)하는 바이다.

김 군의 영(靈)이여! 내가 군을 조(弔)하고자 하는 본의(本意)를 알지어다.

---

268) 어떤 소문을 누구에게랄 것 없이 간접적으로 듣게 됨을 이르는 말.

병신(丙申: 1956년) 음력 7월 16일

봉우근조(鳳宇謹弔)

폐병(肺病) 치료에 대해서 내 사견(私見)

구시대에는 별로 폐병이라는 환자를 본 일이 없었다. 혹 있다면 **노요병(勞療病)**이니, **문질(門疾**: 집안에 대대로 내려오는 병)이니, **적호병(赤毫病)**이니 해서 누구든지 병에 걸리면 생명을 잃는 것이 보통이요, 치유되는 사람이 **극희(極稀**: 극히 드묾)하다. 그러나 역시 이런 병자도 일군(一郡)에 2~3인 정도의 극소수였다. 그래도 실력 있는 의사들은 비록 장시간이 걸려도 완치를 했다고 한다. 소위 돈 있는 사람이 돈 마르고 마지막 생명을 잃는다는 **최악질(最惡疾**: 최악의 병)로 지적되었던 것이다.

이것은 우리나라가 구시대에는 경향을 막론하고 공기가 신선한 관계로 병자가 희소한 것이요, 또 부형들의 주의가 엄한 것도 그 원인의 하나가 된 것이다. 그런데 근대에 와서 보면 일군(一郡)에 몇 명이라는 정도가 아니라 어느 동리든지 조사해 보면 경중은 있을지언정, 폐병환자 없는 곳이 없을 지경이다. 이것은 부형들의 부주의가 주원인이 되고, 그다음은 우리 지역에 전쟁이 장시일을 요한 관계로 공기가 경향을 막론하고 신선하지 않아서 폐가 **수병(受病**: 병을 얻음)되기 가장 용이하게 되는 것이다.

그런데 그 요법이라는 것은 가장 위험하다. 약리학으로는 폐병을 전치(全治: 완전 치료)할 수 있는 신약이 다수하나, 실지에 있어서는 폐병환자가 병원에 아무 약으로 치유하여도 완전 치료자는 일인(一人)도 없었고, 현상 유지할 정도면 극효(極效: 최고의 효과)가 있다고 본다. 그리고 병리학으로는 폐병이 발생하면 도저히 완치할 가망이 없다고 솔직히 말한 것이다. 그래도 환자로는 권위 있는 의사나 병원에 입원해서 생명을 연장코자하는 것도 무리가 아니요, 또 요양원에서도 역시 별별 치료 방식을 다해 보나 아직까진 별효과를 거두지 못한 것이 사실이다. 그리고 보면 다른 병은 모르되, 폐병 환자에 한해서는 현대 의약으로는 생명을 유지 못할 것이 당연하다고 본다. 여기서부터 본론으로 들어간다. 내가 소년시대에 이 폐병으로 신음한 일이 있어서 별별 방식으로다 치료했으나, 소무동정(少無動靜: 조금도 반응이 없음)이었다. 그러다가 모씨의 약방(藥方: 약처방)으로 복약(服藥: 약을 복용함)을 한 것이 아주 완치되었다. 이 모씨의 약방문은 우리 가전(家傳: 집안에 대대로 전해 옴)하는 방문이었다. 그 후로 내가 이 약을 간간이 시용(試用: 시험적으로 사용함)한 일이 있었고, 번번이 성공했다. 그런 경험으로 내가 우리 가전하는 처방을 여러 각도로 시험도 해보고 연구도 해보았다.

그런 후에야 확실한 자신이 나게 되어서 이 폐병 치료에는 여러 가지로 그 원인을 조사해서 발생 원인만 구별해 놓으면 별 큰 문제없이 치료되는데, 대체로 치료법이 결손을 보충하여 신진대사에 기능을 돕는 것, 또 병원(病源: 병의 근원)을 심연(深研: 깊이 연구함)해서 원인부터 소멸해서 근본이 선제(先除: 먼저 제거함)되는 것, 또 현재 발생 증세를 포위작전하는 것, 살균력으로 장부(臟腑)에서 기생하는 모든 기생충을 맹타(猛打: 맹렬히 공격함)하고 다시 재기 못하게 구축하는 것, 또 유도 작전으로 병의 총세력을 일건씩, 일건씩 분산시키는 것으로 본 병원(病源: 병의 근원)이 아주 약해져서 최후적으로 간단히 치료하는 것으로 구분되어 있다.

이것이 내가 연구해서 치료하는 방식인데, 내가 여러 가지의 불비(不備: 갖추지 못함)가 있어서 연구한 중에 가장 효과를 내는 살균약을 전문적으로 연구를 못하는 것이 내 성의가 부족한 연고라고 자각하나, 역시 사정이 불허하는 관계로 현 치료법은 유도작전법을 그대로 사용하고 있다. 시일이 좀 걸리나, 8~9할 자신이 있다고 본다. 일후(日後: 뒷날)라도 좀 더 연구해서 완치가 시일을 불요(不要: 필요치 않음)하는 최선의 방문을 발명하려고 노력하는 중이다. 그리고 좀 더 확실성을 가진 후에 요양원 경영을 해볼까 한다. 이 정도로 폐병에 대한 치료법을 쓰노라.

병신(丙申 : 1956년) 7월 24일

봉우서(鳳宇書)

추기(追記)

치료 원론은 다음날 쓰기로 하고 머지않은 장래에 아주 공개할까 한다.

봉우추기(鳳宇追記)

수필: 불휴(不休)의 노력으로 목적지를 향해 지사
불변(至死不變: 죽을 때까지 변하지 않음)할 따름이다

우주사(宇宙史)가 있은 후 기천년(幾千年: 몇 천 년)이라는 긴 세월을 두고 양(洋)의 동서(東西)나, 시(時)의 고금(古今)이나, 인(人)의 현우(賢愚: 현명함과 어리석음)와 색의 황흑백(黃黑白)을 물론하고 각자가 각자의 수한(壽限: 수명) 내에서 자기가 할 일을 다했거니 하고, 만족을 느끼고 가는 사람은 극소수일 것 같다. 인생이 백년간이라는 최단기를 살아가 그중에서도 소청장로(少靑壯老)로 구분해서 각자가 무슨 일이든지 할 수 있다고 인정되는 시대가 청장년기요, 소노년기는 별 일을 못하는 것이다. 그리고 이 우주에서 사(私)나 공(公)을 물론하고 무슨 일을 하고자 하는 사람도 역시 극소수에 불과하다고 본다. 무항심(無恒心)한 생애로 생양병로사장(生養病老死葬)을 무의미하게 하는 것이 보통 세인들의 흔한 예라고 본다.

혹 그 극소수의 목적을 가진 사람 중에서도 그 목적하는 일의 공(公)이건 사(私)이건을 막론하고 완전 성공을 한 사람들은 이 우주사에서도 눈을 씻고 찾아보려도 찾을 길이 없고, 그저 완전 성공 도정(道程: 여정) 중에 가장 접근한 사람들을 이 세상에서 말하기를 성인이니, 현인이니, 혹은 영웅이니, 호걸이니 한다. 이것은 목적의 공과 사가 차이점은 있을지언정 노력은 소호도 다를 것이 없고, 또 성현이니, 영웅이니 한다고 아주 공사분별이 된 것도 아니다. 다만 성현이라면 인(人)으로 인(人)될 일을 주로 해서 그 어느 목적점의 근거리까지 간 사람들이요, **영걸**(英傑: 영웅호걸)이라면 비록 그 목표가 공이건 사이건을 막론하고 인(人)으로 사업에 목표를 정하고, 그 목표에 가장 근거리나 혹 목적지까지 도달한 것을 세인이 칭호하는 것이라고 본다.

그 양극(兩極)에 **미급**(未及: 미치지 못함)하는 사람도 각자가 각자의 목적도 있고, 노력도 있을 것이나, 각자가 목적하는 것의 공사를 막론하고 그 목적지까지 거리가 요원한 분들을 성공자라고 볼 수 없고 혹 그 목적한 것이 근거리에 둔 **일기일능**(一技一能)이라면 비록 그 목적에 도달하였다고 완전 성공이라고는 못 본다. 이것은 어느 목적의 일부분적인 성공밖에 안 되는 것이다. 그러나 그 목적을 한 사람으로는 가장 만족할 것이다. 이것이 이 세상이 서로서로 살아 나가는 도정이라는 말이다.

사람마다 성현이 되고, 영걸이 된다면 이 세상은 좀 다스리기 곤란할지도 알 수 없다. 그러나 그 중간을 목적한 분이 많아서 이 세상을 통치하는 인물들이 손쉽게 다스릴 수 있는 것이다. 그래서 **입지**(立志)가 고원(高遠: 높고 원대함)하지 않으면 **기학**(其學: 그 배움)이 개상인지사(皆常人之事: 모두 보통 사람의 일)라고 하시었다. 그러나 입지를 무조건하고 고원하게만 하는 것은 성공의 문이 아주 협(狹: 좁음)하다는 것을 알아야 한다. 각자가 각자의 역량과 노력을 **자량**(自量: 스스로 헤아림)해서 각자의 **자신범**(自信範: 자신 있는 틀)에서 내가 일생을 노력하면 이 정도의 길은 갈 듯하다고 자가비판을 정확히 하고, 가능한 곳까지 목적하는 것이 타당하다고 본다. 여기서 근거리를 목적하는 사람을 **지족**(知足: 분수를 지켜 만족함)한다고 하고, 여기서 원거리를 목적하는 사람을 **부지족**(不知足)한다고 한다. 그 거리의 원근(遠近)이라는 것은 각자의 역량과 노력에 비해서 거리가 원하니, 근하니 하는 것이요, 일정한 어느 거리를 운위하는 것이 아니다.

그래도 이것은 지(志)를 입(立)하고 성공하기까지 싸우는 사람에 대해서 하는 말이요, 무항심한 사람을 두고 하는 말이 아니다. 그런데 공문(孔門: 공자의 문하)에서도 그 목적하는 법을 아주 간이하게 말씀하시어 생지(生知: 生而知之: 나면서 이미 앎), 학지(學知: 學而知之: 배워서 앎), 곤지(困知: 困而知之: 힘들게 앎), 급기지지(及其知之: 그 깨달음에 있어서는), 일야(一也: 하나이니라)라고 하시고, 불문(佛門: 불교)에서 초범입성(超凡入聖: 범인을 뛰어넘어 성인이 됨)의 길을 열었고, 선문(仙門: 선가, 선교)에서도 연기성선(鍊氣成仙: 기운을 단련해 신선이 됨)의 도(道)를 가르침은 누구든지 다 같이 피안(彼岸: 열반의 세계)을 갈 수 있다는 말씀이다. 나도 이 성훈(聖訓: 성인의 교훈)을 반대하는 것은 아니나, 사실에 있어서 생지와 학지의 차가 얼마나 있고 또 학지와 곤지의 차가 얼마나 있다는 것을 잘 심사해 보고, 비로소 목적을 정해 보라는 말이다.

성문(聖門: 유교)에서도 유상지여하우(維上知與下愚: 아주 어리석은 이와 아주 지혜로운 자)는 불이(不移: 바뀌지 않음)269)라고 하시니, 하우라면 곤지할 수도 없다는 규정을 내리신 것이 아닌가 한다. 그러시면서도 조문도(朝聞道: 아침에 도를 들음)면 석사(夕死: 저녁에 죽음)라도 가의(可矣: 괜찮다)270)라 하시니, 모르고 산 것보다 알고 죽는 것이 낫다는 말씀이다. 여기서 의심이 없을 수 없다. 조문도하고 석사하기로 무슨 효과가 있는 것인가 하지 않을 수 없다. 거백옥(蘧伯玉)271)이 오

---

269) 《논어》 〈양화(陽貨)편〉 출전.

270) 《논어》 〈이인(里仁)편〉 출전.

271) 위(衛)나라 대부 거백옥은 이름이 원(瑗)이다. 백옥(伯玉)은 자(字)이다. 50세가 되어

십(五十)에 지사십구년지비(知四十九年之非: 49년간의 잘못을 깨달음)라고 한 것은 앞날이 있으니, 각비(覺非: 잘못을 깨침)하고 행시(行是: 옳게 행동함)할 수 있으나, 조문도하고 석사 하는 것이 무엇이 가한가 하고 의심하는 것이 당연하다.

그러나 내가 보건대 자로문사(子路問死: 자로가 공자에게 죽음에 관해 묻자)한대, 자왈부지생(子曰不知生: 공자께서 말씀하시길 삶을 모르는데)이어니 언지사(焉知死: 어찌 죽음을 알리요?)리요 하시었다. 이것은 공자께서 그 생을 부지하신다는 것이 아니라 자로가 그 생을 부지한다는 말씀이다. 그렇다면 그 생을 알고 그 사를 알지 못할 리가 없다. 여기서 거백옥이 사십구 년의 비(非)를 각(覺)한 것은 오십이라는 생에서요, 조문도면 석사라는 것도 이 몸을 주재하는 정신이 비록 금석(今夕: 오늘 저녁)에 이 몸을 버릴망정 금조(今朝: 오늘 아침)에 도를 문(聞: 들음)한 것은 이 몸의 육체가 아닌 정신이라 마지막 생에서 도를 문하고 그 몸은 비록 지수풍화(地水風火: 四大)272)로 도로 가나, 불변하는 정신이야 어찌 그 도를 문한 것을 잊을 줄 있으랴 하신 것이 아닌가 한다. 이것이 자로의 문사(問死)를 은은(隱隱)히 대답하신 것이라고 본다.

그러하면 우리들도 이 육신을 가지고 최대한의 목적을 두고 최대한의 노력을 다해서 성공을 보고자 할 것이요, 그러다 완성 못할 때에는

49세까지의 잘못을 고쳤다는, 군자표변(君子豹變)이라는 성어에 부합하는 인물.《논어》〈헌문(憲問)편〉에 거백옥이 보낸 심부름꾼의 겸손한 태도를 통해서 그의 주인인 거백옥이 얼마나 훌륭한 인물인지 칭송하는 장면이 나온다. 공자는 《논어》〈위령공편〉에서도 다음과 같이 사어와 거백옥을 칭찬한다. "강직하도다 사어는! 나라에 도가 있으면 화살처럼 곧고 나라에 도가 없어도 화살처럼 곧으니. 군자답도다 거백옥은! 나라에 도가 있으면 벼슬살이를 하고 나라에 도가 없으면 재주를 걷어서 가슴속에 감추어둘 수 있으니."

272) 세상 만물(萬物)을 구성하는 땅, 물, 불, 바람의 네 가지 요소.

회포이기(懷抱利器: 재능을 품음)하고 은둔(隱遁)하여 불휴의 노력으로 지사불변(至死不變: 죽을 때까지 변치 않음)할 따름이라고 본다. 내생(來生)이 있다고 미루고 노력을 게을리하라는 것은 절대로 아니다. 여기서 수필을 쓰다가 본론으로 부지중 들어갔다. 이것이 야중전등격(夜中電燈格: 밤중 전기불격)이라고 본다. 무성무취(無聲無臭: 소리도 냄새도 없음)한 인생들이야 무어라 하든지 관계할 것 없이 각자가 각자의 몸을 보중(保重)하며, 촌음시석(寸陰是惜: 짧은 시간이라도 아껴 씀)하고 이 몸이 있는 한 최대 노력을 다해서 목적지를 바라보고 갈 것이요, 소호도 휴식 말고 이 몸이 죽기까지 후인의 정평(正評)을 기다리라는 말이다.

병신(丙申: 1956년) 중추(仲秋) 음력 8월 초7일(初七日)

봉우서(鳳宇書)

근일(近日: 요사이)의 내 건강

세전(歲前: 새해 되기 전), 세후(歲後: 설을 쇤 뒤) **분주(奔走)**, 골몰(汨沒)하던 내 신체와 정신이 **지우금일(至于今日: 오늘에 이름)**토록 소호도 휴식할 여가가 없이 아무, 한 흔적도 없이 여전히 분주, 골몰하다. 그래서 내 몸이 무어라고 형언할 수 없는 피로를 느껴서 항상 건강치 못하던 중에 초추말(初秋末: 초가을 말), 중추(仲秋)에 들며 아주 표면화한 쇠약상을 정(呈: 나타냄)하고 있다. 주간(畫間: 낮)이면 그래도 가정 출입은 하나, 야간 취침 시에는 **온수(穩睡: 평온한 잠)**가 못 되고, 통성(痛聲: 아픈 소리)이 **부절어구(不絶於口: 입에 끊이지 않음)**하고, 백해(百骸: 온몸에 있는 모든 뼈)가 **구통(俱痛: 함께 아픔)**에 하처(何處: 어느 곳)가 더 심한지 도저히 알 길이 없이 **종야불궁(終夜不窮: 밤새도록 다하지 않음)**하다.

여기서 자가 진찰을 자기가 해본다면 일신의 대본영인 **비위(脾胃: 지라와 위)**가 소화능력이 감소되어 영양가치 흡취(吸取: 섭취)의 저능이 되고, 그 관계로 정신력이 감축되고, 혈(血)과 기(氣)도 공히 부족을 보이고 있어서 현저한 쇠약상으로 화해지고 있고, 이런 관계로 성(性)에 대해서도 아주 감축되어 노쇠상을 자인하게 된다. 이 현상으로는 도저히 무슨 일이든지 감내할 것 같지 않아서 몇 번이고 약으로 치료해 볼까 한 것이 여의치 못하고 근일에 와서는 아주 병 상태를 노정(露呈: 드러냄)해서 **오매불궁(寤寐不窮: 자나 깨나 통증이 다하지 않음)**, 음식부진

(飮食不進: 식욕이 없음), 소화불량, **두뇌혼몽**(頭腦混蒙: 정신이 혼미하거나 맑지 못함), **지절통**(肢節痛: 팔다리가 쑤시고 아픈 병), **해수**(咳嗽: 기침) 등의 현증(現症)과 성(性) 신경쇠약으로 음위증(陰痿症: 발기불능)도 겸했다.

이 원인(原因)이 원인(遠因: 먼 원인)으로 불근신(不謹愼: 삼가지 못함)에 있으나, 근인(近因: 가까운 원인)으로는 과로에 있고, 영양물 흡취에 부족한 관계라고 본다. 모름지기 병이 중해지기 전에 치료하는 것이 당연한데 자기 병이라 너무 소홀히 하다가 이 지경에 이른 것 같다. 지금부터라도 극주의를 해서 불건강한 몸을 건강하도록 회복하는 데 정신을 주입해 볼 생각이나, 역시 물심(物心)이 합치되기 용이하지 않을 것 같다. 건강이 만사(萬事)의 주(主)가 되는 것이니 재주의할까 한다.

병신(丙申: 1956년) 8월 13일

봉우서(鳳宇書)

보통적인 체육 연성(鍊成: 훈련 성공) 방식

체육이라는 것은 국민 건강상 중대 문제라 절대로 소홀히 해서는 안 되는 것이라고 나는 생각한다. 물론 국가에서도 각종 시책이 완비하리라고 믿는다. 그러나 현상으로 보면 국가 다사다난(多事多難)하여 아직 그 시책을 말초기관까지 시행하지 못하는 것 같다. 그래서 국민 보건상에 막대한 지장이 있지 않은가 의심한다. 고인 말씀에 부재기위(不在其位)하얀 불모기정(不謀其政)[273]이라 하시었으나, 내 비록 산촌우맹(山村愚氓: 산촌의 어리석은 백성)이나 내 의사를 표시하는 것이 무엇이 불가할까 해서 체육에 대한 몇 조항을 대강 쓰고자 한다. 국민으로 누구나 다 같이 건강한 체질을 가지면 이 나라는 반드시 강해지는 법이다. 이 이유는 무엇인가 하면 건강한 체질의 소유자면 소년이나 청년이면 학령에 소정의 과목을 완수할 것이요, 그다음 청년이니 장년으로 사회에 나오면 자기의 직업을 완수하여 각자의 기능을 마음껏 발휘할 수 있을 것이요, 노년이라면 청장년기에 저축된 경험으로 후진들을 지도해 줄 것이다.

이것이 우수한 지식은 건전한 두뇌에 있다고 국민 전체가 건강하면 그 나라, 그 민족이 흥왕하지 않는 법이 없는 것이다. 이래서 사회의 삼육(三育: 지덕체 삼육)이 병행해야 이 나라가 다 살려지는 것이요, 삼육

---

273) 그 자리에 있지 않으면 그 정사를 꾀하지 않음,《논어》〈태백(泰伯)편〉에 나오는 공자님의 말씀.

이 병행하자면 선결 문제가 국민 보건에 있고, 이 보건 사업을 완성하자면 **체육연성**을 국가적으로 완전한 시책이 있어야 하는 것이다. 성문(聖門: 유교)에서도 **육예(六藝)**라는 것이 교육의 분과로 된 것인데 예**악사어서수(禮樂射御書數**: 예의, 음악, 활쏘기, 말타기, 글과 글씨, 수학)라고 하였다. 이 육예에서도 **사어(射御)**가 체육에 속한 것이다. 고성(古聖)께서도 교육 방식이 **삼육병진(三育竝進)**을 주로 하시었다.

현대 교육도 운동과 체력 양성이 삼육에서 막상막하하는 것이 현대 각 강족(强族)의 상례일 것이다. 그럼에 불구하고 우리나라에서는 구미(歐美: 유럽과 미국)를 효칙(效則: 본받아 법으로 삼음)하면서도 보건 문제를 부주의하는 것은 하고(何故: 무슨 이유)인지 알 도리가 없다고 생각된다. 현 우리나라에서도 운동 전문가들은 물론 보건에 극주의하는 것은 사실이나 이 보건 문제가 공통적으로 보급이 되지 않는다는 말이다. 이것이 국가시책이 부족한 연고라고 본다. 그러니 민족적으로 자진해서라도 체육연성에 주력하지 않으면 안 될 것이라고 보는 관계로 횡설수설해 보는 것이다.

유년에는 유치원에서 체조나 유희로 체육을 하는 것이나, 우리 현상이 유치원이라면 도시 외에서는 볼 수 없는 것이니, 농산어촌이라도 될 수 있으면 유치원이 아니라도 음악이 보급되어 유아들의 유희가 풍속화되어야 할 것이요, 그다음 학교 생도라면 학교에서 체조와 운동 과목이 있으니 별문제 없고, 중고등학교도 역시 이에 준할 것이나 우리 현상이 상급학교 진학 못하는 율이 더 많은지라 비록 경제력으로 농산어촌에서 진학은 못하더라도, 무슨 직장을 가지고라도, 보신교수나 야간 중고등학교를 통학할 수 있고, 또 체육도 일일 24시간에서 일일 평균 2시간 이상만 운동을 쉬지 않는다면 건강에 절대 필요성을 가지고 있는 것이요, 중고등 졸업자로 학부 진학을 못하는 자도 동일하다고 본다.

그리고 청장년으로 직장을 가진 인사들도 물론 시간이 없을 것이나, 이를 불계(不計: 따지지 않음)하고 일일 2시간 이상 자기의 취미가 있는 운동을 택해서 불휴의 노력을 하면 이것이 건강상 절대 필요하다고 본다. 남녀가 공통적으로 행해야 한다. 근일 도시에서 유행되는 딴쓰홀(댄스홀) 출입 같은 것은 비록 사교상 필요를 느낀다고는 하나, 이것이 국민 보건상에는 소호도 유리함이 없이 정반대의 효과가 있을 것이라고 본다. 선자(先者: 먼젓번) 정말(丁抹: 덴마크)의 국민 보건상 필요한 체조와 같이 우리나라도 전국적으로 **소청장로년**(少靑壯老年)을 막론하고 선구자가 있어서 남녀 공동으로 병진하라는 바람이다.

남녀 공동이라는 것은 남자나 여자가 장소를 같이 하라는 것이 아니라 남녀건 여자건 다 같이 보건연성을 하라는 말이다. 현재 우리나라 농산어촌이나 도시를 막론하고 직업인이나 실직인이나를 막론하고 청장노년들의 보건 사상이 너무나 없어서 직업인들은 이 직업에 종사하는 것이 가장 운동인 줄 알고 또 실직인들은 더구나 무항심해서 체육 연성에 마음을 둘 생각도 하지 않는다. 이것이 국민 보건상 실책이라는 말이다. 물론 보건 문제라면 의료시설도 관계가 있으나, 대체로 보아서 체육을 연성하는 사람들을 큰 질병이 없이 건강하다고 본다.

이 건강인으로도 천후(天候: 기후) 관계나 유행성 질병에는 어찌할 수 없으나, 이것은 예외로 하고 국민 보건을 위해서 국민 전체가 행해야 될 **공동연성법**을 저술해서 이것으로 국민을 지도해서 완전한 효과를 봄으로 민족의 선구자가 될 수 있다고 본다. 그 방식만은 유소청장노년(幼少靑壯老年) 남녀가 일률(一律)로 동일한 것으로 하라는 것이 아니요, 가장 용이하고 누구나 다 실행할 수 있는 취미 있는 **체련법**을 몇 종을 선발해서 각계각층에 적합할 수 있도록 구성해 볼 예정이라고 아직 구체적은 못 되나, 방식의 윤곽만 말해 두는 것이다. 노쇠할수록 체련이 부족하면 그 노쇠가 빠른 것은 사실이 증명하는 것이요, 청소년 측은 체련이 충분할수록 그 체구가 강건해지는 것도 누구나 다 증명하는 것이다. 내가 정신연성을 말하기 전에 이 체육연성을 완수해 볼 예정이다.

병신(丙申: 1956년) 8월 13일

봉우서(鳳宇書)

추기(追記)

우리나라 전례(前例)로 보아도 고구려가 국민 보건이 완성함으로써 광대한 국토를 가지고 수당(隋唐)의 **내구**(來寇: 도적이 쳐들어옴)를 격퇴하였고, 중국에서 감히 경시하지 못하였고, 신라가 화랑도의 전성(全盛)으로 삼국을 통일하였고, 고려도 그 여풍(餘風: 남은 풍조)이 있어 거란을 격퇴하고 자보(自保)에 족했었다. 우리나라에 와서 문약해지고 국민 보건을 주로 하지 않은 관계로 용사역(龍蛇役: 임진왜란)[274]이 있고, 정묘(丁卯), 병자(丙子) 양차의 호란(胡亂)을 당하고, 홍경래, 이괄의 난

---

274) "용사(龍蛇)역"은 임진왜란(壬辰倭亂)을 가리키는 다른 표현으로, 1592년 임진년(壬辰年)과 이듬해인 1593년 계사년(癸巳年)을 합쳐 부르는 말. 즉, '용의 해'와 '뱀의 해'에 일어난 전쟁이라는 뜻.

을 당하였고, 말년에도 일전(一箭: 화살 하나) 교(交: 주고받음)하지 못
하고 나라가 망하였다. 그러나 우리의 전래하는 혈통 대황조(大皇祖)
의 자손이라 36년간의 망국족으로도 여전히 독립을 투쟁하였다.

이것은 국가에서 비록 이렇다는 보건 시책은 없겠으나, 그래도 민족
성이 자재한 관계였다. 8.15 광복절 정계에서는 백괴망동(百愧妄動: 온
갖 부끄러움과 망령된 행동)하고 있으나, 이것은 과도기에 할 수 없는 관
계요, 풍정낭식(風定浪息: 바람이 멈추고 물결은 잠잠해짐)하자면 또 우리
민족의 혈통성이 발동하지 않으면 안 되리라고 생각한다. 그래서 우리
민족 중에서 무언의 지도자가 나와서 실행으로 수범해 주기를 바라고,
미력이나마 이 지도운동의 한 선에 조력할 것을 자서(自誓)하며 선배
들의 대영단(大英斷) 있기를 바라고 이 추기를 그치노라.

(병신丙申 1956년 8월 13일 봉우추기鳳宇追記)

이상설(李尙卨) 옹의 내방(來訪)을 제(際)하여

우연히 산책하다가 본동(本洞: 상신리) 주점에서 이상설 옹을 적년(積年: 여러 해) 만에 상봉하였다. 내가 초청했으나 내홍리까지 급한 용무가 있다고 **급급결별(急急訣別**: 급하게 작별함)하고, 그 다음날 오후에 시문(柴門: 사립문)을 내방한 것이 이 옹이었다. 이 옹의 동행인인 임 씨라고 하는 인물이 있었는데, 그 인물이 **고독침체(孤獨沈滯**: 홀로 가라앉음)한 중에 더구나 **고괴상(古怪相**: 옛 도깨비 형상)인 것 같다. 그래서 대화를 해보니, 이 옹과 동행해서 내홍리 김규식이라는 인물을 심방했더니, 이 김 옹은 유교(儒敎)를 고집해서 변통성이 없다고 그래서 후일을 기하고 귀래(歸來: 돌아옴)하는 중이라고 하며, 나더러 부여의 이선(李仙)을 아는가 하고 묻는다. 내 대답이 "**단문기풍(但聞其風**: 다만 그 소식을 들었을 뿐)이요, **미견기인(未見其人**: 아직 그 사람은 보지 못했소)이라"고 했다.

시간이 급급해서 무슨 말을 할 듯, 할 듯하다가 후일을 기약하고 이 옹과 동귀(同歸)하였다. 그리고 진잠(鎭岑) 신훈(申塤) 동지나 이덕주 동지와는 축일상봉(逐日相逢: 날마다 만남)한다고 한다. 내 억측(臆測: 근거 없는 짐작)으로는 이 임 씨가 "백능(百能)"이라고 부르는 분이 아닌가 한다. 신훈 동지나 이덕주 동지가 이 임씨의 괴변(怪辯: 괴이한 말)에 심취해서 불구한 장래에 신도(新都: 계룡산 신도안)에 **정도령(鄭道令)**이 출현하며 천하가 태평하려니 하고 또 무수련(無修鍊)으로 일조(一朝)에

활연관통(豁然貫通)할 수 있는 줄 믿는 것이다. 내가 오측(誤測)인가는 알 수 없으나, 백모(百貌: 백 가지 얼굴)로 보아도 이 임 씨는 고괴상(古怪相)이요, 수련형이 아닌 것 같다. 그래서 이상설 옹도 이 임 씨를 추대하는 사람의 일인(一人)으로 동행한 것 같다. 임 씨의 일언을 상심(詳審: 상세히 살핌)해 보면 비록 억측이라도 할 수 있다.

내흥 김규식 옹이 유교를 고집불통하니, 현대에는 유교는 낙후했다고 본다. 그러니 유교로는 아무 일도 못할 것이라고 한다. 이것으로 나는 임 씨라는 위인의 포부를 알 수 있다고 본다. 그리고 유교라는 것이 본의(本義)가 어디 있는지 알지 못하는 것이 아니면 임 씨 자기의 선입감으로 유교를 망평(妄評: 망령되이 평함)하는 것 같다. 진정한 유교학자라면 하대(何代: 어느 시대)엔들 성공 못할 리가 없다고 본다. 그래서 임 씨의 일언(一言)으로 그의 포부는 규(窺: 엿봄)할 수 있다고 보고, 이상설 옹의 감정력도 거의 알 수 있다고 생각된다. 그리고 이런 인간들이 이 세상에 기생해서 많은 유위(有爲: 능력 있는) 인물의 장래를 오도(誤導)한다고 본다. 내 억측인지 모르나 육감적으로 수자를 기록해 본 것이다.

병신(丙申: 1956년) 8월 23일

봉우서(鳳宇書)

장면 박사의 저격의 보(報)를 듣고

오후 9시 방송을 듣다가 장 박사의 저격의 보를 들었다. 범인은 즉석에서 체포되고 장 박사는 좌수(左手: 왼손)에 관통상을 받았다고 한다. 이번에는 암살 미수가 되어서 그리 신기하지 못하겠다. 범인은 일등상사로 제대 군인이요, 김 모라고 한다. 즉석 취조한 결과가 장 박사가 부통령으로 취임해서 일을 잘할 줄 알았더니 친일 발표를 해서 원수같이 생각하고 저격했다고 진술했다고 전한다. 그럴듯하게 말한 것이다. 그러나 세인들은 이 일이 있기 전부터 부통령의 신변을 조심한 것은 사실이다. 제2의 안두희[275]가 없으라는 법이 어디 있으랴? 그래서 항상

275) 안두희(安斗熙, 1917년 3월 24일~1996년 10월 23일)는 대한민국의 군인, 기업인이다. 독립운동가 백범 김구를 암살했다. 암살의 배후로 이승만이나 미국이라는 설이 있다. 암살 이후 특무대에 연행되어 무기징역을 선고받았다가 곧바로 15년으로 감형되었고, 한국전쟁이 일어나자 육군 포병 소위로 복직하고 9월 15일 중위로 진급하였다. 이후 잔형 면제를 받고 대위로 진급, 그 뒤 1953년 2월 15일에 완전 복권되었으며 1953년 12월 15일 육군 소령으로 예편하였다. 1959년 일본에서 벌어진 니가타 일본 적십자 센터 폭파 미수 사건에도 관련되어 있는 걸 보면 서류상으로는 전역했지만, 실제로는 계속 육군 정보 요원으로 활동하고 있었음을 알 수 있다. 1996년 10월 23일 박기서가 휘두른 정의봉에 맞아 사망했다. 그는 생전에 권중희에게 암살 배후가 이승만이라고 하기도 했고, 1992년 4월 13일자 〈동아일보〉 지면을 통하여는 백범 암살의 배후가 전 육군 소장 김창룡이었다고 증언하여 큰 화제가 되었고, 4월 15일엔 김창룡뿐만 아니라 장택상 등 4인의 지시였다고 세부적 진술을 하였으나, 증언의 세부 내용이 번복되거나 내용의 진위가 의심되는 부분들이 있어 논란이 되었다. 미국이라고 증언한 부분도 있었는데, 그 뒤 주한미국대사관과 주한미군의 항의가 들어왔다. 1994년 1월 4일에 그는 국회 법사위 백범 김구 선생 시해 진상 규명 소위원회에 증인으로 출석했지만, 끝내 암살의 배후를 밝히지 않았다.

염려하던 중이라 별 의외라고는 생각하지 않으나, 다행히 장면 박사가 경상(輕傷)했다니 안심된다. 그러나 제2, 제3이 없으라는 법이 없다. 이 것이 장 박사를 위하여 걱정되는 일이다. 감노이불감언(敢怒而不敢言: 화가 나도 감히 말을 못함)이라고 무슨 말을 할 수 있으랴? 그저 유구무언(有口無言)이나, 세상 인심은 난측(難測: 헤아리기 어려움)이다. 내 생각에는 이 범인의 배후가 의심된다. 무슨 의심이 날 것이냐 할지 모르나, 이것이 소장지변(蕭牆之變) 276) 이 아닌가 한다. 가장 이런 음모에 소질이 있는 김준연277) 군과 장파(張派: 장면파?)가 대립된 관계로 혹(或)을 알 수 없다는 것이다.

그렇지 않아도 민주당에서 신구파(新舊派) 분쟁이 있는 중이라 알 수 없다고 생각이 난다. 유석(維石: 조병옥)은 아량이 있는 분이라 혹 불평 불만이 있더라도 김(김준연)과 같은 음모는 하지 않으리라고 본다. 그러나 이 김이라는 위인은 아무리 보아도 믿어지지 않는다. 선자(先者) 해공(海公) 사건만 해도 민주당 신파 세력의 좌절을 음모하다가278) 함

---

276) 내부의 분란을 뜻하는 고사성어. 소장이란 중국 춘추시대 임금의 집무실에 쳤던 병풍을 말한다. 《논어》〈계씨편(季氏篇)〉에 공자의 언급으로 나온다.

277) 김준연(1895년 3월 14일~1971년 12월 31일)은 일제강점기의 언론인이자 독립운동가였고, 대한민국의 정치가이다. 또한 조선공산당의 한 분파인 ML파의 중요 인사였다. 독일 베를린 대학을 우등으로 졸업하고 귀국 후에는 조선공산당 결성 운동에 참여했다. 1925년부터는 〈조선일보〉에 입사하여 2년간 〈조선일보〉의 기자와 주러시아 특파원 등으로 활동했다. 해방 후 우익으로 전향하여 1945년 9월 한민당 창당에 가담했으며, 1948년의 대한민국 단독 정부 수립에 지지를 보냈다. 민주국민당과 1954년 호헌동지회에 참여하였으며 민주당에 참여하였으나, 친여 인물로 분류되어 비판을 받던 중 탈당하여 자유민주당을 창당 조직하기도 했다.

278) 뉴델리 밀회사건. 1954년 10월 26일, 민주국민당의 선전부장 함상훈(咸尚勳)이 신익희(申翼熙)가 1953년 7월 26일 인도 뉴델리에서 한국전쟁 당시 납북당한 조소앙(趙素昻)을 비밀리에 만났다는 내용의 성명서를 발표한 후 이어진 일련의 사건. 민주국민당 내 강경보수파였던 김준연이 유화파였던 신익희를 제거하기 위해 함상훈을

상훈이만 그 탈을 쓰게 되고, 이 주모자인 김은 엄연히 민주당 최고위원으로 있었고, 해공 서거 후에도 탈당 문제니, 제명설까지 있던 인물이다. 유석이 만약 김을 악수하고 일을 한다면 민주당은 실패로 돌아갈 것이라고 나는 생각한다. 금번 일도 십분 의심이 있다고 나는 육감적으로 의심하는 것이다. 그다음이 범인의 배후가 세인이 의심하는 곳이 아닐까 한다. 후일 확증을 보기로 하고 이 정도로 붓을 그친다.

병신(丙申: 1956년) 8월 24일 오후 9시 반

봉우서(鳳宇書)

추기(追記)

    범인 김상붕은 당년 28세로 1.4 후퇴 시 월남한 사람으로 군에 입대하여, 일등상사로 거칠월중(去七月中: 지난 7월 중)에 제대한 군인이라고 자칭한다고 보도되었고 〈동아일보〉사 기자증을 소지한 자인데, 〈동아일보〉사에서는 범인이 소지한 기자증은 가짜(假者)라고 주장하고, 범인의 소행 원인은 장 박사가 국민들이 기대하던 선정을 하지 않고 친일 주장을 하므로, 나는 일본놈을 원수와 같이 여기므로, 장 박사도 그 일본놈과 동일하다고 살해할 생각할 의사를 가졌다고 진술한다는 치안국장의 보도였다. 그리고 범인은 유석을 절대 지지한다고 전하였

앞세워 소위 '뉴델리 밀회설'을 흘렸다는 추정이 있다. 신익희는 함상훈의 주장을 조목조목 반박했고, 불순한 책동을 노골화했다는 이유로 함상훈은 당에서 제명당하였다. 이후 이 문제는 흐지부지되고 말았다.

다. 이것은 우리가 보기에 김준연 군을 의심하던 마음은 약간 해소되는 것 같다. 이것은 어느 편에서 민주당 내분을 조장할 목적으로 일석이조(一石二鳥)격의 행사가 아닌가 의심한다.

그러나 금번 행사는 너무 노골적이라 세인이 신용할 수 없게 되었다. 그리고 범인이 범행 현장에서 타고 도주하던 지프차는 백색 지프차라고 소속은 미상이라고 한다. 제대군인으로 백색 지프차를 백주대로상에서 사용할 수 있는 것인가 우리는 알 수 없는 일이요, 또 김상붕이라는 인물이 이런 애국애족심이 있었다면 또 생명을 걸고 나왔다면 우리 민족의 큰 해물(害物: 해가 되는 물건)인 김일성을 북한에서 저격하지 못하고 어찌하여 현상으로 보아서 부통령이라면 아무 직능이 없는 장 박사를 저격하였는가? 우리 생각에 김상붕도 제2의 안두희를 예상하고 마음 놓고 행사한 것이 아닌가 하는 육감이 든다.

이것이 국가 시책이 이런 암살범을 너무 우대하는 관계로 제2, 제3의 범인이 나오는 것이 아닌가 한다. 금번 범인의 배후는 오리무중(五里霧中)이리라고 생각한다. 좌우간에 우리나라에 이 암살 사건이 불식(不息: 쉬지 않음)하는 것은 불행한 일이다. 왜정시대에는 애국자들이 실력으로 왜적을 상대할 수 없는 관계로 ○분(○忿)을 참을 수 없어서 민족의 원한의 표적을 암살코자 하는 것은 가리지 못할 일이다. 현상(국가)건설 도중에서도 여전히 이런 행사를 한다는 것은 용서하지 못할 일이라고 보며, 시정자(施政者: 위정자)가 이런 범인들을 엄단하지 않음은 이를 조장하는 것이라고 단언(斷言)하노라.

병신(1956년) 8월 16일

봉우추기(鳳宇追記)

민주당 최고위원 선출의 보(報)를 듣고

신문지상으로 수차 보도한 바에 의하면 민주당에서 신구파 간에 당권 파악 관계로 최고위원 선거에 내분이 있다는 설이 있었다. 그러던 것이 민주당대회에서 투표 결과가 대표최고위원에 유석(維石: 조병옥)이요, 그다음 장면, 곽상훈279), 박순천280) 여사, 백남훈281) 이상 5인이라고 한다. 대표위원만은 구파가 승리했으나, 구(舊) 민단계 중진이요, 총참모장격인 김준연 군이 낙선되고, 또 중진인 김도연282) 군도 낙선

---

279) 곽상훈(郭尙勳, 1896년 10월 21일~1980년 1월 19일)은 대한민국의 독립운동가이 자 1~5대 국회의원을 지낸 대한민국의 고위 정치인이다. 1949년 반민특위 위원으로 특위 검찰차장에 임명되어 활약하였으며 1955년 민주당 창당에 참여하여 민주당 신 파의 지두자로 활동한다. 5선 국회의원을 지내고 4, 5대 국회에서는 국회의장을 역임 하였다. 5.16 직후 군사 정권과 협력을 거절하고 야인으로 생활하였으나 이후 1972 년 유신 체제에 참여하여 육영재단 이사장, 통일주체국민회의 운영위원장 등을 역임 하여 동료들의 비판을 받기도 했다.

280) 박순천(朴順天, 1898년 10월 24일~1983년 1월 9일)은 일제강점기의 교육자이며 대한민국의 저술가, 여성운동가, 정치인이다. 1950년 대한부인회 소속으로 국회의원 에 당선된 것을 시작으로 부산과 서울에서 거듭 당선되면서 2, 4, 5, 6대 국회의원을 지냈다.

281) 백남훈(白南薰, 1885년 11월 3일~1967년 6월 28일)은 대한민국의 정치인이다. 일 본 와세다 대학 정경과를 졸업했다. 제5대 국회의원이다. 진주일신고보교장, 진주일 신여자고보교장, 광신상업학교장, 한국민주당 총무, 민주국민당 최고위원, 민주당 최 고위원, 민주당 임시대표최고위원 등을 역임했다.

282) 김도연(金度演, 1894년 6월 16일~1967년 7월 19일)은 대한민국의 독립운동가 겸 정치인이다. 1919년 2.8 독립선언 당시 11명의 대표 중 한 사람이다. 광복 직후 한 민당 창설에 참여하였고, 정부 수립 이후 제1대 재무부 장관을 역임하였다. 1948년 5월 제헌국회의 입법선거 때에는 서대문구에 한민당원으로 출마하여 당선되어 재경

되었다. 이것이 민주당에서도 구(舊) 민국계의 **전횡**(專橫: 권세를 휘두름)을 좋아하지 않는다는 표현이라고 본다. 민주당에서도 **송진우**[283],

김인촌(김성수)[284], 해공(신익희), **장덕수**[285]를 다 잃고, 현상으로 덕망

분과 위원장에 피선되었으며 이후 제헌(서대문, 한국민주당), 제3대(서대문갑, 민주국민당), 제4대(서대문갑, 민주당), 제5대(서대문갑, 민주당), 제6대(전국, 자유민주당), 제7대(전국, 신민당)국회의원을 지냈다. 이후 민주당 창설에 참여하여 민주당 구파의 리더로 활약하였다.

283) 송진우(1890~1945)는 독립운동가·언론인·정치가이다. 호는 고하(古下). 1921년 〈동아일보〉 사장에 취임한 이후 김성수(金性洙)와 함께 〈동아일보〉를 중심으로 한 민립 대학 설립 운동, 농촌 계몽 운동에 앞장섰다. 해방 직후에 여운형(呂運亨)의 조선 건국준비위원회에 맞서 충칭(重慶)에 있는 대한민국 임시정부를 지지한다는 기치를 내걸고 국민대회 준비위원회 위원장으로 추대되었다. 1945년 한국 신탁통치 안에 대한 찬반 양론의 첨예한 소용돌이 와중에 원서동 자택에서 한현우에게 암살당했다.

284) 김성수(金性洙, 1891년 10월 11일~1955년 2월 18일)는 대한제국의 교육인 겸 언론인·기업인·근대주의 운동가였으며, 대한민국 초기 정치인, 언론인, 교육인, 서예가였다. 경성방직을 설립 운영하였다. 물산장려운동에 참여하였고, 1920년에는 양기탁, 유근, 장덕수 등과 〈동아일보〉를 설립하였다. 1932년 오늘날 고려대학교의 전신인 보성전문학교를 인수하였다. 1930년대 김성수는 실력양성론에 따라 자치운동을 지지하였다. 8.15 광복 이후에는 한국민주당 조직과 대한민국 임시정부 봉대운동 등에 참여한 뒤 김구, 조소앙 등과 함께 신탁통치 반대운동을 주관하였다. 1947년부터 한국민주당의 당수를 지내기도 했고 1947년 3월부터 정부 수립 전까지 대한민국 임시정부의 국무위원을 지냈나. 한국전쟁 기간인 1951년 5월부터 1952년 8월까지 대한민국 제2대 부통령을 역임하였다. 그러나 이승만이 부산 정치 파동으로 헌법을 개정하여 재선을 추진하자 부통령직을 사임하였다. 1954년 이승만의 장기 집권에 반대하는 호헌동지회에 참여하여 통합 야당인 민주당의 창립 준비에 관여하였고, 1955년 2월 18일 병으로 사망하였다. 인촌에 대한 봉우 선생님의 평은 후하다. 대동청년단 단원들이 인촌을 제거하려 했을 때 봉우 선생님께서 부당함을 설파하시어 말리셨다. 이후 장덕수가 제거되었다. 그런 점에서 인촌의 불명예로 거론된 일들은 불가피한 시대적 방편이라 생각된다.

285) 장덕수(張德秀, 1894년 12월 10일~1947년 12월 2일)는 일제강점기의 정치인, 언론인, 교수, 친일반민족행위자이다. 상하이로 건너가 신한청년당과 상하이 임시정부에 가담하였다가 조선총독부에 의해 체포되어 전라남도 하의도에 유배되었지만 여운형의 도움으로 탈출하였다. 1923년 〈동아일보〉 창간에 참여하고 부사장을 역임하였다. 1936년 일장기 말소 사건에 따른 〈동아일보〉 정간 사태와 1938년 흥업구락부 사건 전후로 친일파로 변절, 시국대응전선사상보국연맹, 국민총력조선연맹, 대화숙 등

은 좀 부족하나 유석만한 이도 귀할 것이다. 전당(全黨)을 포용하고 난국을 타개하기에는 아무래도 유석도 부족할 것이나, 촉(蜀)에서 **오호대장(五虎大將)**이 다 간 후에는 **요화(廖化)**가 대장이 된 격이라고 본다. 우리는 아무 곳에도 당적이 없으나, 벽상관초전(壁上觀楚戰)격으로 수차 기록하노라.

병신(丙申: 1956년) 8월 26일

봉우서(鳳宇書)

일제 어용단체에 참여해 그 단체에서 주관하는 시국 강연에 적극 나서는가 하면 내선 일체를 찬양하는 글들을 수없이 기고하거나 발표하는 등 적극적으로 민족을 배반하였다. 1945년 광복 후에는 한국민주당 창당에 참여하였고, 한국민주당 외무부장과 정치부장 등을 역임하였다. 신탁통치 문제에 대해서는 '찬성 후 반대'라는 입장을 내서 이승만, 김구와 갈등을 빚었지만, 이승만의 남한 단독 정부 수립론은 초지일관으로 지지하였다. 1947년 12월 2일 저녁 6시 50분경 동대문구 제기동 자택에서 한국독립당 소속 박광옥, 배희범의 총에 맞고 절명하였다. 이들은 장덕수가 젊어선 공산당, 나중엔 친일파, 게다가 찬탁론자라는 이유로 암살했다고 밝혔다.

박홍근 군의 육상 경기를 보고

내가 운동선수를 육성해 볼까 하고 작년에 신옥 군과 이환혁 군을 양성해서 상당한 성적을 거두다가 의외에 이환혁 군의 부주의로 전공가석(前功可惜: 전에 세운 공이 아깝게 됨)이 되었다. 그러자 또 신옥 군의 족상(足傷: 발 부상)이 문제가 되어 일시 치료하던 중에 지지부진하는 관계로 신 군이 낙망 끝에 생각도 하지 않은 반기를 들었다. 이것으로 선수 양성에 내 성의가 부족한 관계인가 하고, 반성도 해보았다. 물론 내 성의가 2인을 완전히 감동시키지 못한 것은 사실이었다. 그러나 내 최소한의 노력을 한 것도 가리지 못할 사실이다. 역시 내 자신의 역량을 검토할지언정 타인들을 원망할 필요는 없다고 생각하는 것이다.

그러는 중에 대진 박홍근 군이 최영선 동지의 소개로 내가 그의 운동 방식과 약간의 약품을 기증한 일이 있었다. 그러나 박 씨를 상봉한 시기가 아무리 속성(速成)하더라도 금번 16회 올림픽에 참가하기에는 좀 부족한 감이 있었으나, 내 성의를 내서 후원해 보았고, 박 씨도 전력을 다해서 연습을 하는 중에 의외에도 금년 10월 5일 경기를 앞두고 약 3주일 전에 박 씨의 직장에서 2주일에 긍(亘: 걸침)한 문서 검열이 있었고, 박 군이 더구나 특별담당계장인 관계로 2주일간을 불면불휴(不眠不休)로 문서 검열을 당하고, 극도로 피로한 중에 경기 일정이 5일을 앞두고 그 신체의 건강 복구가 도저히 불가능한 것이라 완전한 경기도 못하고 자신 없는 출전을 했다. 그러나 박 군이나 나나가 다 무리한 요행을 기대했던 것이다. 대체로 불안감을 가지고 출전해서 물론 호기록이 못 나오려니 하고 대회장에 나갔던 것인데, 더욱이 박 군의 당일 조자(調子)[286]가 불순(不順)해서 반도(半道: 마라톤 코스의 절반부)에서 20번이나 되다가 한강 부근에 와서는 아주 순조(順調)로 질주하더니, 이것이 운이라고 의외에 박 군이 복통으로 기권하지 않으면 안 되게 되었다.

물론 복통이 아니라도 신기록은 못 냈으리라고 보나, 입선권 내에는 가능했으리라고 믿는다. 이것이 자기로서는 운(運)이나, 실력이 아직 완전하지 못한 것이 주원인이라고 본다. 박 군이 낙망 말고 불휴의 노력으로 명춘(明春: 내년 봄) 보스턴 대회에나 입선하기를 바라고 박 군에게 충분한 약품을 제공 못한 것도 내 자신의 경제력이 부족한 것이 원인이라 여러 가지 불평을 가지고 이 정도로 관전기(觀戰記)를 써보노라.

병신(丙申: 1956년) 9월 초2일(初二日)

봉우서(鳳宇書)

---

286) 몸 상태. 가락. 음(音)의 흐름.

자식의 서신(書信)을 보고

이운영 군 편으로 자식의 서신을 받았다. 그 내용은 주로 자식의 후방전속 문제이다. 물론 전방에서 다년간 고생하던 차요, 또는 가족을 가진 후라 전일과는 차이가 있을 것이나 그 외에 최일선에 있을 때에도 후방전속을 그다지 바라지 않던 것인데, 금번에는 수삼 차나 독촉을 하는 것 같다. 나부터 자식이 후방으로 왔으면 하는 생각이 없는 것은 아니나, 이 세상이 어찌된 세음(細音: 셈, 수를 헤아림)인지 일선 장교 일인(一人)의 후방진출 하자면 아주 정가 '금(金) 오만 원정(整)'이라고 누구나 다 아는 것이요, 이 정가매매도 아주 '빽'이 있는 직계라야 되는 것이지, 소호라도 부족한 사람은 10여만 원씩 낭비하고도 성사 못하는 일이 많은 것은 이 세상 항례(恒例: 상례常例, 늘 있는 일)라고 본다.

그런데 내가 생각하기에는 일단 군에 입대한 바에는 전방이건 후방이건 무엇이 다를 것이 있는가? **노노유유지심(老老幼幼之心**: 자신의 부모를 대하듯 남의 부모를 대하고, 자신의 아이를 대하듯 남의 아이를 대하는 마음)을 능히 추(推: 떠올림)한다면 전후방을 가릴 필요가 없는 것이다. 군인이 평시에 전방이면 어떠하고 후방이면 어떠하단 말인가? 가족들도 이왕 군인이거니 하면 사회인들과 같이 임의왕래 못할 것을 잘 아는 바이다. 그러니 전후방을 막론하고 충실히 군무에 복무하는 것이 군인 된 본의라고 본다.

가정 형편으로도 내가 이 전속되어 후방으로 오게 하는 데 오만 원

을 문제없이 낼 자신이 없는 것이요, 또 실력이 있다 하더라도 이것만
은 보류(保留)하고 싶다. 내가 국방차관의 친형과 친분이 있는 관계로
내가 그 친구에게 자식의 전직(轉職: 직무를 바꾸어 옮김)을 부탁한 일은
있다. 그러나 나로서 전직 정가금을 내고 자식의 전직을 시킬 생각은
꿈에도 없다. 내가 애전증(愛錢症: 돈을 사랑하는 증세)이 있어서 그런 것
이 아니라 노노유유지심 관계로 못하겠다는 말이다.

자식이 이런 평시에 그런 마음을 먹지 말고 그 군무에 일층 더 충실
했으면 내 소원을 성공할 것 같다. 자식 생각에는 제 친구들에게 납금
(納金: 돈을 냄)만 했으면 곧 며칠 내에 전직이 될 것이라고 자신이 있는
것 같다. 그러나 세상일은 불가예측일 것이다. 이로써 내 자식이 보낸
서신을 받고 내 감상담(感想談)으로 감상론(感想論)을 써보는 것이요,
다른 의미는 없다.

병신(丙申: 1956년) 9월 11일

봉우서(鳳宇書)

박영출 의원의 실언이라는 제목을 보고

각 신문지상에 상세히 박영출 의원의 실언[287] 내용을 기록했으니, 내가 또다시 말할 필요는 없다고 본다. 그러나 여야를 막론하고 민의원들의 질이 너무나 저열한 데서 이런 실태(失態)가 나오는 것이다. 하국(何國: 어느 나라)을 막론하고 하원의원이라면 그 나라 유식 계급의 대표 인물들로 자타가 공인하는 것인데 박영출 의원이 한국 민의원 대표로 중국 쌍십절(雙十節)[288] 축하차로 대만에 가서 평의원도 아니요, 단장격인 박 씨가 공석인지, 사석인지를 알 수 없으나, 아무래도 개인적이 아니요, 이 나라 입법기관의 대표요, 민의원에서도 외교분과위원장이라는 명목을 가진 인물이 외국에 가서 국위를 추락시키는 발언을 감행함은 박 씨 개인 문제가 아니라 한국 전체에 파급하는 타국인의 주시가 저열해진다는 것을 각오해야 한다. 이것이 민의원 전체의 책임이요, 이런 인물을 파견한 민의원 전원의 과오라고 보며, 또 이런 의원 자격을 가지고도 자기 당의 권리를 획득코자 분과위원장으로 선출한 정당이 정치의 식견이 부족하다는 것을 잘 알 것이다.

---

287) 대만 방문 중이던 박영출 의원이 '중공이 금문도와 마조도를 공격 시 한국도 같이 싸울 것이다'라고 발언한 사건. 개전 선언은 국가 안위에 중대 영향을 미치는 문제로 대통령이라도 단독으로 할 수 없고 국무회의를 거쳐 국회 동의를 얻어야만 할 수 있도록 헌법상 규정되어 있는데, 대만의 환대에 들뜬 박영출이 양국의 유대 강화 발언에 그치지 않고 제멋대로 참전 실언을 했다고 여론의 질책을 받았다.

288) 1911년 신해혁명과 1912년 정부 수립을 기념하는 대만의 국경일. 10월 10일이다.

이 인물들의 심중(心中), 안중(眼中)에는 국가도 없고, 민족도 없고, 다만 각자의 개인 행복을 탐구하는 이외에는 아무것도 아지(알지) 못하는 인간들이라고 본다. 박영출 의원이 제2차 민의원 당시도 빙공영사(憑公營私: 공적임을 빙자하여 개인적 일을 봄)로 모 단체를 팔아서 자기 개인의 이득을 수억 원이란 거금을 부정 이득한 사실도 기억이 상존한다. 말하자면 모리악질배(謀利惡質輩: 이익을 꾀하는 악질 무리)들이라고 규정하는 외에 타도가 없는 인물들이다. 자유당에서도 반성할 필요가 있다고 본다. 박영출 의원이 자기가 자기 자신이 무엇인지 알지 못한 것은 도리어 용서할 수 있다 하더라도 일국(一國)을 대표한 친선 외교사절단장으로 일국의 원수나, 일국의 특명대사로도 그 나라의 의결이 없이는 발언 못할 일을 범연(泛然: 데면데면함)히 발언하는 것이 중대한 실언이 아니고 무엇이겠는가?

박영출 의원의 귀국 후에 자유당 내에서 취할 태도를 국민은 주시한다. 자당이라 해서 일언반사도 없이 야당에서 무어라 하든지 다수당을 빙자하고 묵과한다면 이것이야말로 자유당 전체의 책임일 것이다. 그 발언이라는 것은 중공이 금문마조(金門馬祖)[289]를 침공할 때는 한국은 곧 중공과 전쟁하겠다라는 실언이라고 한다. 그 실언에 대하여 각 신문지상에서 평을 가한 연고로 나는 더 말을 안 하고자 한다. 다만 박영출 의원 귀국 후 자유당 원내의원들의 취할 태도로 자유당 137석이

---

289) 중국 대륙에 바싹 붙어 있는 대만 영토인 금문도와 마조도. 두 섬은 중국 본토와 약 2km로 매우 가까운 거리에 있는 반면 대만과는 각각 190km, 150km 이상 떨어져 있다. 중공에게는 가시와 같은 존재다. 결국 1958년 8월 23일 중공은 금문도 점령 작전을 시작했다. 금문도에 47만여 발이라는 어마어마한 양의 포탄을 발사하며 공격했지만 이미 금문도는 지하요새화되어서 중공군의 공격을 막아낼 수 있었고 10여 일의 싸움 끝에 중공군은 금문도 점령을 포기한다.

다 박영출 의원과 동일한 몰상식한 의원인가 혹은 그중에도 인간다운 인간이 있나를 확실하게 표현될 것이라고 나는 생각한다. 지난 예로 보아서는 악이나 선(善)을 불고하고 자가 엄호에 급급한 자유당이라 금번에도 혹 야당에서 발언이 있더라도 다수 의원을 자세(藉勢: 어떤 권력을 믿고 세도를 부림)하고 묵살(黙殺)시키는 것이 그 무지몰각(無知沒覺: 무지하고 각성이 없음)한 자유당으로 당연한 처사리라고 나는 예언해 두노라.

병신(丙申: 1956년) 9월 13일

봉우서(鳳宇書)

효손부(孝孫婦: 효성스런 손자며느리)
한 씨의 보(報)를 듣고

세강속말(世降俗末: 세상이 말세가 됨)하여 윤상(倫常: 지켜야 할 사람의 도리)이 아주 타지(墮地: 땅에 떨어짐)한 이때에 공주군 반포면 원당리에 거주하는 남기상의 부인인 한 씨가 그 시부모는 다 돌아가고 환거(鰥居: 홀아비로 삶)하는 조부(80여 세)가 되어 망령이 나서 무소부지(無所不至: 가지 않는 데가 없음)하는 노옹(老翁: 노인네)을 5년을 하루같이 효성을 다한 것을 동인(洞人: 동네 사람)들은 이전에는 남 씨가 동리를 격(隔: 사이를 띔)한 고적한 곳에 살아서 그 실정을 부지하던 것을 금년에 원당본리로 이거하며, 그 실정을 바로 알게 되었다.

한 씨의 남편은 군문에 입대하였다가 금년에 비로소 제대되었다고 한다. 그래서 동리 거민(居民)들의 발의로 효손부 한 씨를 표창했다고 한다. 참으로 감사한 일이다. 이 일을 한 동리의 표창에 그치지 않게 하고 전군(全郡), 전도(全道: 한 도의 전부), 전국에 선전하여 윤상을 아지(알지) 못하는 이 세상 사람들을 깊은 꿈속에서 잠이 좀 깨게 하였으면 좋을 듯하다. 그러나 이런 발의를 누가 할 것인가 의문이다. 그러고 보니 이 한 씨 효손의 행실이 곧 우리 민족 전체에 파급될 윤상 복구의 신아(新芽: 새싹)가 될 것 같다. 이런 소식을 듣고 감개무량할 뿐이다.

병신(丙申: 1956년) 9월 14일 봉우서(鳳宇書)

상신분교(上莘分校) 영선(營繕: 수리) 문제의
일단락을 보고

반포초등학교 상신분교가 신설된 지 어언 10년이다. 신축 공사 시(時) 불완전으로 말미암아 수년 전부터 교사가 경사(傾斜: 비스듬히 기울어짐)되고, 문호(門戶: 문)가 한 건도 맞는 것이 없고, 그저 옥체(屋體: 집체)만 있을 뿐이다. 6.25 사변 경과로 이 학교가 피해가 많았고, 수궐수보(隨闕隨補: 빠진 데를 따라 보수함)를 못한 관계로 적년이 되어 아주 사용에 위험한 지경에 당하였다. 그래서 이 영선(營繕: 수리) 관계로 수년을 두고 경영해 오다가 금년에 와서야 교육구에서 영선안이 통과되고, 지방부담금의 일부를 납입한 것인데, 공주교육감 채수강(蔡洙崗)290) 씨가 현장을 답사하고, 호의로 교육구에서 그 부족액을 부담하고 약간의 자재를 지방 부담으로 곧 개공(開工: 시공)할 확약(確約)을 주고 갔다.

감사한 일이요 또 상하신(上下莘: 상신리와 하신리)이 합심하면 이 영선쯤은 문제가 없는 것인데 하신의 무성의(無誠意)함으로 번번이 지장을 낸 것이다. 물론 하신으로도 이유는 있을 듯하나, 정당한 이론이 되지 못하는 것이다.

내가 바라는 바는 금후 상하신이 합심하여 이 분교 유지에 노력하고,

---

290) 봉우사상을 찾아서(544) – 공주교육감 3선(選) 문제 〈봉우일기4-370〉
　　http://www.bongwoo.org/xe/14259

일보를 전진하여 아주 분교 승격 문제를 실현화하였으면 한다. 이것을 미지수에 부칠 것이 아니라 불구(不久: 오래지 않은) 장래에 실현하기를 자맹(自盟: 스스로 맹세함)하고 이 붓을 그치노라.

병신(丙申: 1956년) 9월 14일

봉우서(鳳宇書)

우리 오륜(五輪: 올림픽) 선수 선발의 보(報)를 듣고

우리나라는 육상선수의 권위자인 선배가 많이 나온 곳인데, 의외에도 근년(近年: 지난 몇 해 사이)에는 아주 기록이 세계 수준 이하로 저회(低廻: 아래로 돌고 있음)하고 있어서, 오륜 파견 선수 선발 예선이나 또 전국체육대회에서 각종 경기 기록이 다 보잘 것 없었다. 이 원인은 우리나라 코치진과 사회의 응원진의 미약과 또 선수 자신들의 타국에 비해서 열성이 부족한 것이 주원인이겠다. 게다가 금번 오륜 파견 선수 선발이라는 것이 체육 간부들의 성의가 부족해서 성적이 불량한 것이 실지적일 것 같다. 또한 선수 일인(一人)에 임원이 거의 일인씩이나 부대(附帶: 덧붙임)하게 되었으니, 이 막대한 교제비를 어찌 지출할 것인가?

오륜 선수 파견을 감독하는 것이 주목적이 아니라 선례로 보아서 임원들이 다수 가는 것은 자기들의 주목표가 외국에 가서 물자를 구입해서 사복(私腹: 개인의 이득)이나 채워 보겠다는 것이 다대수를 점하고 있는 것이다. 막대한 여비를 공비로 가게 되고, 여행증명의 수속으로 개인으로는 도저히 불가능한 관계로 이런 기회를 이용해서 빙공영사(憑公營私: 공적임을 빙자하여 개인의 이득을 취함)하는 무리들이 소질이 불량하다고 본다. 올림픽위원회나 육상연맹이나 대한체육회 등 간부들이 무슨 방식으로든지 최선을 다하여 선수를 양성해서 세계 수준에 도달함에 노력을 하지 않고 이런 기회에 각자의 이득이나 취할 심산을 가지고 있는 것은 한심을 불금(不禁)하는 것이다. 일일이라도 속히 반성해서 진정한 운동정신이 발휘되기를 심축하고 이 붓을 그치노라.

병신(丙申: 1956년) 9월 16일

봉우서(鳳宇書)

추역춘(秋亦春)

춘시종이추수확(春蒔種而秋收穫: 봄에는 씨앗을 심고, 가을엔 거두고 얻음)하는 것이 농가의 불변하는 원리다. 여기서 인생이란 고(苦)는 **낙지종**(樂之種: 즐거움의 씨앗)이라고 **춘경시종**(春耕蒔種: 봄에 땅 갈고 씨앗을 심음)으로 **운자사비**(耘籽施肥: 김매고 북돋고, 거름줌)와 수한풍상(水旱風霜: 수해와 가뭄, 태풍, 서리)과 **충재**(蟲災: 벌레의 재앙) 등의 **비상간고**(備嘗艱苦: 온갖 고생을 두루 겪음)를 다 지내고 비로소 **추기수확**(秋期收穫: 가을걷이)을 보는 것이 농가의 원리요, 농가뿐만 아니라 인간사회의 어느 곳이나 다 같은 원리다. 그런 고로 일생의 춘하기(春夏期: 봄여름)인 소청장년시대에 적축(積蓄)된 근고(勤苦: 열심히 애씀)가 쇠로기에 와서 비로소 수확을 보는 것이다. 농가에서도 **무춘**(無春: 봄이 없음)이면 **무추**(無秋: 가을도 없음)라 하였다.

환언하면 춘하(春夏)에 고로(苦勞: 힘든 노력)가 없이 추동(秋冬)의 수확이 있을 리가 없다는 천지불역(天地不易: 천지가 안 바뀜)의 정리(正理: 올바른 도리)를 간단하게 말한 것이라고 본다. 여기서 인간사회의 만상(萬象)이 다 벗어나는 일이 그리 없다고 본다. 소년, 청년, 장년에 수양과 사업이 없이 노쇠기에 별 수확이 있을 리 없는 것은 역시 농가나 조금도 다를 것이 없다고 본다. 여기서 우리가 이 "추역춘(秋亦春: 가을도 봄)"[291)이라는 제목을 쓰게 된 것이 내 경과를 말한 것이다. 내 연령이 노쇠기가 되고 또 절서(節序: 절기의 차례)가 마침 **추구월**(秋九

月) 하순이다. 내가 불농가(不農家: 농사 안 짓는 집)인 관계로 춘시종(春
蒔種: 봄 파종)을 못했으니, 추기 수확이 있을 리 없고 이와 동일하게 내
가 소청장년 시대에 수양과 사업의 업적이 없으니, 노쇠기인 현재가
무슨 이렇다는 수확이 있을 리 없다는 것이다.

이것으로 인생 백년이 너무 허무하다는 것이다. 세공(歲功: 해마다 농
사로 얻는 수확)의 절서(節序)도 추동(秋冬)이 순환하고 내 일신의 절서
도 백발이 된 노쇠기를 고(告)한 것이다. 실질적인 생활면으로도 불농
가인 관계로 추역춘의 무수확이요, 내 일신상 경과도 소청장년 시대에
이렇다는 수양과 사업의 자취가 없어서 백발이 성성한 금일에 역시 추
역춘의 무수확이라는 말이다. 추역춘이라는 것을 오해하면 숙살지기
(肅殺之氣: 가을의 쌀쌀한 기운)인 추절(秋節: 가을)에 장양지풍(長養之
風: 만물을 잘 기르는 바람)인 춘절(春節: 봄)과 같이 소호의 조락(凋落:
시들어 떨어짐)함이 없다는 의미의 추역춘이 아니라는 말이다. 그러나
일편단심 변하지 않는 것은 소년시대나 백발이 성성한 금일이나 애족
애국의 숭조이념만은 환경 여하를 불구하고 변함없는 것도 내 일생 중

---

291) 强鐵去處 秋亦春(강철거처 추역춘: 강철이 간 데는 가을도 봄). 가을 결실의 철이라도
강철이가 지나가면 춘궁기(春窮期) 같이 된다는 뜻으로, 운이 나쁘면 어떤 일에도 방
해꾼이 생겨 일을 그르치는 경우를 이르는 말. 강철이(强鐵. 깡철, 꽝철)는 한국에서
전승된 요괴인데 농사를 망치는 자연재해 전반을 강철의 소행으로 돌렸다.
1957년 8월11일 〈동아일보〉 기사에도 강철 목격담이 있는 것으로 보아 최근까지도
이 전설이 지속되었음을 알 수 있다. 아래는 기사 일부로 제목은 '해괴한 풍설, 실신
소동 등'
"소위 용 못된 깡철이란 괴동물이 나타나 주변의 홍수를 자유자재 증감시켰다는 풍설
이 떠도는가 하면 양산군 금산부락 앞 들판에는 홍수가 휘몰아치던 지난 3일 깡철이
란 동물 두 마리가 나타나 가산과 가족을 잃은 이재민들은 이 깡철 구경에 한창 법석
댔는데 깡철의 움직임에 따라 그 지대 수면이 약 5미터 가량 높았다 얕았다 동요하더
라는"

을 통하여 추역춘의 일점(一點)이라고 자신한다. 엄상(嚴霜: 된서리)에 불변한 송백(松柏: 소나무와 잣나무)이 백설(白雪)이 만건곤(滿乾坤: 천지에 가득 참)한다고 변할 것인가. 추역춘인 내 신상(身上)에 다각적으로 공통된다는 말이다.

고인들은 이 가을 추자(秋字)를 만나서 약해진 기세를 다시 도우며 갱기할 태세를 보이는 일이 많이 보인다. 그런데 우리는 춘무시종(春無蒔種: 봄에 파종이 없음)인 관계로 헛되이 마음만 상설조(霜雪操: 눈서리에도 시들지 않는 지조)를 자랑코자 하나, 뿌리가 강하지 못해서 망추선녕(望秋先零: 가을이 되기도 전에 시들다)292)하는 포류지자(蒲柳之資: 연약한 갯버들의 자질)와 동일하니, 어찌 한심하지 않으리요. 이글의 제(題)를 수필로 쓰며 감개무량함을 금치 못하겠도다.

병신(丙申: 1956년) 9월 19일

봉우서(鳳宇書)

---

292) '가을이 멀리에서 오는 것을 보고, 잎이 미리 떨어지다'라는 의미로서, 미리 겁을 먹고 나약해지는 사람을 비유하기도 한다.

노자(老子)《도덕경(道德經)》을 보다가

《도덕경(道德經)》은 노자(老子)[293]를 대표하는 문헌(文獻)이라 그 현현묘묘(玄玄妙妙: 아주 신비하고 오묘함)함을 어찌 용이하게 해석할 수 있을 것인가? 문자 이외에 의미가 항상 있는 것이라 어찌 항다반(恒茶飯: 일상) 문장과 같이 열람할 정도의 문의(文意)리요? 내가 어렸을 때부터 《도덕경》을 본 일이 있으나, 내 본디 병적인 독서에 불구심해(不求深解: 깊이 해석을 구하지 않음)하는 습관이 있어서, 하시든지 시간이 있으면 이 책, 저 책 손에 잡히는 대로 보다가 염증이 나면 책을 덮는 버릇이 있어서 한 책자를 백번 보아도 볼 때뿐이지 별 기억이 머리에 그리 많지 않고, 그저 몽리경과(夢裏經過: 꿈속의 지난 일)나 주마간산격(走馬看山格)이다. 금일도 또 《도덕경》을 보다가 우연히

지부지(知不知: 알면서도 모르는 것처럼 행동함은),

상의(尙矣: 가상한 일이나).

부지지(不知知: 잘 알지 못하며 아는 체 한다면),

병의(病矣: 잘못된 일이다).

---

293) 중국 춘추시대의 사상가. 성은 이(李). 이름은 이(耳). 자는 담(聃)·백양(伯陽). 도가(道家)의 시조로서, 상식적인 인의와 도덕에 구애되지 않고 만물의 근원인 도를 좇아서 살 것을 역설하고, 무위자연을 존중하였다. 당나라 현종에 의해 대성조(大聖祖)로 추존되었으며, 송 진종에 의해 태상노군혼원상덕황제(太上老君混元上德皇帝)로 추존되었다.

부유병병(夫唯病病: 잘못이 잘못임을 직시할 줄 알면)

시이불병(是以不病: 잘못을 저지르지 않는다).

성인지불병야(聖人之不病也: 성인이 잘못을 범하지 않음은),

이기병병야(以其病病也: 그가 잘못이 잘못임을 직시할 줄 알기 때문이다).

시이불병(是以不病: 그래서 잘못을 범하지 않는 것이다).

라는 구(句: 글귀)[294]를 보다가 성인들의 횡설수설(橫說竪說)[295]이 능성문장(能成文章: 능히 문장을 만듦)이라고 생각하였다. 이 구(句)를 내가 개머루 먹는 격으로 무슨 의미인 줄 알아야만은 그저 심해(深解: 깊은 이해)할 것 없이 이 세상에서 통속적으로 해설해 본다면 무엇이든지 아는 사람은 겸손하여 아지(알지) 못하는 것 같이 하니, 이런 사람이 상등(上等) 인물이요, 충분히 아지 못하는 것도 내가 압네 하는 것이 병(病)통이라. 무릇 이런 병통을 병으로 여기므로, 이로써 그 병통이 없나니, 성인이 그런 병통이 없음은 그 병통을 병으로 여기므로, 이로써 병이 없다고 본다는 해석인 것 같다.

세상에서 지(知)라는 것은 한계가 있다. 그런데 실상을 보면 그 지(知)라는 것은 절대적인 무한계인 고로, 어느 한계까지 알더라도 더욱

---

294) 왕필본, 하상공본, 부혁본, 한간본, 엄준본 등의 《도덕경》 주석본에 나온다. 본장은 왕필본 71장에 해당한다. 백서본에는 보이지 않음.

295) 횡설수설의 원래 뜻은 '말을 조리 있게 하다'인데 근대를 거치면서 뜻이 반전되어 지금은 말을 조리 있게 하지 못하고 이러쿵저러쿵 지껄이는 모습을 가리킨다. 《장자》〈서무귀편〉에 나오는 '횡설(橫說)' '종설(從說)'에서 드러나듯 해박한 지식을 가지고 종으로 횡으로 가로질러 가며 다른 사람을 깨우친다는 뜻이다. 고려 말 목은 이색이 주자의 《사서집주》를 논하는 정몽주에 대해 "정몽주의 논리는 횡설수설하여 이치에 안 맞는 것이 없다(夢周論理 橫說竪說 無非當理)"고 평하기도 하였다. 그러므로 옛글이나 옛사람이 쓴 글에 나오는 횡설수설을 지금의 변형된 뜻으로 이해하면 곤란하며 반드시 문맥을 보아 판단해야 한다.

더욱 연구할 일이요, 내가 이것을 안다고 자랑하지 말 일이다. 더욱더욱 연구할수록 그 앎이 **광대심오(廣大深奧)**해져서 그 앎을 타인에게 알리고자 하지 않아도 자연한 **혜광(慧光:** 지혜의 빛)이 **조인(照人:** 남을 비추임)할 수 있는 것이라는 말씀 같다. 전구어(全句語)가 **지부지(知不知)** 삼자(三字)에 그치어도 족하지 않은가 한다. 그다음은 지부지 삼자의 해설이 아닌가 생각된다. 그러나 이 세상에서는 **부지지(不知知:** 모르면서도 아는 체함) 아닌 학자가 귀하다고 본다. 어느 한계까지는 지(知)하나, 그 이상엘 가면 비록 전문 과목이라도 부지(不知)로 돌아가고 마는 것이다.

그런고로 아무리 상지(上知)라도 그 이상 한계가 또 있으니, **불휴(不休:** 쉬지 않는) 노력으로 더 연구하라는 금언(金言)이요, 세인(世人)들이 **암야(暗夜:** 어둔 밤)의 형광(螢光: 반딧불)만한 지(知)를 가지고도 **망자존대(妄自尊大:** 자신을 망령되게 크게 높임) 말고 성인(聖人)들은 비록 백주(白晝: 대낮)에 태양 같은 광명하의 앎(知)을 가지고도 그래도 **자겸(自謙:** 겸손하여 자신을 낮춤)해서 내가 아는 이상(以上)에 또 있거니 하고 지(知)하면서도 충분한 지(知)가 못 된다고 알지 못한다 하시느니라 하여 후인들의 **심연(深研:** 깊은 연구)의 훈(訓: 가르침)을 주시는 것이라고 해석하며, 그 구절은 지부지(知不知) 삼자면 족하지 않은가 한다.

연연연이각(研研研裏覺: 연구하고 연구하고 연구하는 속에 깨닫고)
독독독중지(讀讀讀中知: 읽고 읽고 읽는 중에 알게 된다)

라고 하나, 그 지(知)는 언제든지 한계가 있는 것이라고 부언해 두노라.

병신(丙申: 1956년) 9월 24일

봉우지죄근서(鳳宇知罪謹書: 봉우는 죄인 줄 알며 삼가 씀)

괴고인(愧古人: 옛사람에 부끄러움)

서계이전불가고(書契以前不可考: 문자 이전 일은 상고할 수 없음)라고 하나, 사(史)가 있은 후 일은 가히 고(考)할 수 있는가 하면 역시 그 일, 그 일의 윤곽 정도를 기록한 것이 역사가 된 연고로 등장인물들의 그 사람, 그 사람의 업적을 세인이 다 아는 일이라, 알기 용이하게 기록되었으나 그 사람, 그 사람들의 그 업적을 성취하도록 된 원인이 어디 있으며, 어떠한 노력으로 되었다는 것을 주로 기록해서 전해지는 것이 별로 없는 관계로 후세 사람들이 고인들의 업적을 사모하고 자기의 지(志)를 입(立)하는 예가 적지 않다고 본다. 여기서 그 사람, 그 사람들의 역량과 각자의 희망하는 목표가 거리 관계가 있어서 혹은 용이하게 성공하는 사람도 있고, 혹은 일생을 노력하나 희망하는 목표의 만일(萬一: 만에 하나)도 도달 못하는 일이 비비유지(比比有之: 어떤 일이나 현상이 흔히 있음)하다. 여기서 지난 경험담을 하고자 하고, 또 역사를 쓰는 사람들의 두뇌가 주밀(周密: 주도면밀周到綿密)치 못한 것을 원망하고자 한다.

보라! 우리나라에서도 이조 500년간만 하더라도 조정에 충신열사(忠臣烈士)가 하대무지(何代無之: 어느 대에 없었음)며, 현인군자(賢人君子), 영웅호걸이 대불핍절(代不乏絶: 대대로 모자라 끊어지지 않음)하였다. 그러나 그 인물들의 업적이 기재됐을 뿐이요, 그 사람들이 이 일을 성공하는 데 어떤 노력을 했다는 것이 상세하지 못하다. 이것이 역사가들의 과오로 후인들이 하면 되거니 하는 마음만 있지 그 성공하는 방식과 원인을 연구할 도리가 없게 된 것이 후인들의 실패의 원인이라는 것이다.

고인들이라고 무슨 일이든지 목표하고 나가면 노력 없이 되었을 리가 없고, 별별 경험이 다 있은 후에 백절불굴(百折不屈: 백번 꺾여도 굴하지 않음)의 의지를 가지고서야 비로소 성공의 길을 밟을 것임은 예상된다. 그러나 고인들은 수많은 성공자가 역사를 장식하고 있는데 현상 우리들이 살고 있는 우리나라는 국가로 보나, 민족으로 보나 이렇다는 성공자가 없는 것은 현대인들의 노력 부족이 주원인이요, 또 역사가들이 피상적 역사만 기록하고 성공하던 주원인을 망각한 기록을 남긴 관계로 우리 현대인들이 나침반 없는 일엽편주(一葉片舟: 한 잎 쪽배)로 대해(大海)의 항도(航途: 뱃길)에 오른 감이 없지 않다.

이모저모로 보아서 성공한 고인들에게 부끄러움이 많다고 본다. 사람은 다 같은 사람인데 고인들도 각자의 노력으로 성공의 길을 찾았거늘 현대인들은 어찌해서 자력으로 성공의 길을 찾지 못하고 방황하는가? 이것이 다괴고인(多愧古人: 많이 옛사람에 부끄러움)이라는 말이다.

병신(丙申: 1956년) 10월 초2일(初二日)

봉우서(鳳宇書)

개천절(開天節)을 맞이하여 〈고참(考參)〉

　　우리 한배 자손으로 언제나 잊을 수 없는 대황조(大皇祖) 님의 개천절을 병신년(丙申年: 1956년) 10월 3일 또 맞이하게 되어 계룡산 한 구석에서 병석에 누워 있음을 불구하고, 두어 자 기록코자 한다. 현세에서 단기(檀紀)를 4289년으로 통용한다. 그러나 우리가 생각하기에는 이 기원(紀元)에다 304년을 첨가하여 4593년 전인 갑자년(甲子年), 갑자월(甲子月), 갑자일(甲子日), 갑자시(甲子時)가 대황조의 기원이라고 추정해진다. 이것은 여러 가지 이유와 증거가 있으나, 그것은 후일로 미루고 우리 대황조의 이념인 홍익인간(弘益人間)이라는 커다란 목표를 가지시고 나오신 것이 어언 5,000년에 가까운 세월을 경과하도록 후손들인 우리들이 달성을 못한 채, 또 개천절을 맞이하게 되오니, 그 못한 책임이 그 누구에게 있는가 회상하고 싶다.

　　세인들이 말하자면 물론 현세 정치 수뇌부들의 역량이 부족해서 우리 백산(白山)의 오족(五族)통일은 말할 것도 없고, 우리 조선족만도 남북이 분열된 채 서로 적국이 되어 있고, 또 우리가 거주하고 있는 대한민국 영역 안도 민심이 단합되지 못하여 백분(百分: 백으로 나눔), 천분(千分)하고 있다. 더구나 5,000년 선개족(先開族: 앞서 문명이 열린 민족)으로 타족(他族)들에게 손색(損色: 손해)이 많은 현상을 가지고, 이 개천절을 맞이하게 되니 전(全) 우리 족속이 금일 대황조를 뵈일 면목이 없다고 생각된다. 그러니 이 책임에 대하여 누가 진다고 단언할 필요가 없고, 전 우리 족속이 다 같이 지게 되는 것이 당연하다고 본다. 그 책임을 우리 전 족속들이 누구 한 사람도 빠질 수 없이 다 같이 지게 되는 것이니, 누구에게 그 책임을 미룰 수 있을 것인가? 정부 책임자건, 재야 한 사람이건을 막론하고 누구든지 대황조 이념을 그대로 실현시킬 자격도 있고, 책임도 있고, 의무도 있는 것이며, 또 누구에게 미루지 말고, 각자가 다 각자의 책임을 완수함으로 대황조의 홍익인간 이념이 성취될 수 있다고 생각된다.

그러니 내가 이 이념을 실현하여도 누가 반대할 사람이 없고, 또 다른 사람이 그 이념을 성취하여도 누가 반대할 수 없는 것이 아닌가? 그런고로 누구나 다 동일한 권리와 의무와 책임이 있는 것인데 서로 미루다가 4593년 개천절을 또 맞이하게 되니, 이 우주에 계신 대황조께서는 우리들에게 이런 말씀을 하신다.

"너희들은 무슨 까닭으로 너희들의 권리를 포기하고 사용 못하느냐? 너희들의 의무를 이행 못하는 연고로 그 책임을 너희들이 지는 것이 아닌가?"

누가 하든지 속히 완수하라고 독촉하시는 것이다. 그래도 우리 조상으로부터 지금 우리 자신들까지도 서로서로 미루고 **촌보**(寸步: 아주 짧은 거리)의 전진을 못 보고 있으니, 어찌 애석하지 않으리요? 점점 시기는 다가오고 백산운화(白山運化)의 영감(靈感)도 받은 지 오래다. 이 개천절을 다시 여러 번 맞이하기 전에 또 백산오족(白山五族) 중 다른 족속들이 먼저 성취하기 전에 동일 권리와 의무와 책임이 있는 우리들이 **최선진출**(最先進出)로 우리 대황조의 이념을 성취하여 우리의 권리를 버리지 말고 의무를 잘 이행하여 우리들의 책임을 완수함으로써 우리들 자신들도 대황조 님의 옳은 자손 노릇을 하는 것이라고 나는 확언하고 싶다. 일일(一日)이라도 속하게 누구에게 지지 않고 우리의 역량을 발휘할 때가 왔다고 용약전진(勇躍前進: 용감히 앞으로 나아감)하라는 것이다. 해마다 이 날을 당해서 이때마다 대황조 님께 뵈일 낯이 없어서 이 붓을 드는 것이다.

병신(丙申: 1956년) 10월 3일 개천절

경신일민(耕莘逸民: 시골의 숨은 선비) 봉우서(鳳宇書)

한인구 군의 내방(來訪)을 제(際: 만남)하여

선번(先番: 먼저 번)에 한인구 군이 우연히 내방하여 **언왕어래간(言往語來間: 말이 오가는 사이)**에 가아(家兒: 아들) 전직(轉職: 보직을 바꿈) 문제를 언급한 바 있었다. 그래서 모씨에게 부탁해 보겠다고 한 군이 확답하고 귀가 후 서신으로 모씨에게 부탁하였다고 통지가 와서 이 사유를 자식에게 통지했더니, 자식의 서신에는 어느 곳으로 부탁하든지 일반이라고 **무전천지소영웅(無錢天地少英雄: 돈 없는 천지에는 영웅이 적음)**[296]이라고 공수(空手: 빈손)로는 불성(不成: 이루지 못함)할 것이니, 이왕이면 경제력만 있거든 자식이 직접 육본으로 부탁하겠다고 한 것을 경제가 불허하여 응답을 못했다. 그러니 모씨에게서도 소식이 없어서 좀 고대하던 중인데 오랜만에 한인구 군의 내방을 받았다.

그래 경과를 물은 즉, 의외에도 모씨가 상경 시에 자식의 군번 소속을 기입한 서류를 분실해서 공행(空行: 빈 걸음)했었다고 한다. 가위 실망이었었다. 그런 연고로 한 군도 이런 신신(新新)치 못한 통지를 할 수 없어서 못했다고 하며, 금번은 직접 한 군이 모씨에게 상봉하고 가부를 정하겠다고 해서 역시 **불가준신(不可準信: 기준에 비춰 보아 믿을 만하지 않음)**이나, **기허간(幾許間: 얼마간)** 경제 준비를 해서 한 군들이 상경해 보라고 했다. 그러나 어찌 성부(成否: 성불성, 일이 되고 안 됨)를 예

---

296) 無錢天地少英雄(무전천지소영웅)이요, 有酒江山多豪傑(유주강산다호걸)이라: 돈이 없는 천지에는 영웅이 적고, 술이 있는 강산에는 호걸이 많도다.

도(預度: 미리 헤아림)하리요? 다만 자식의 일이라 수인사대천명(修人事
待天命)하는 것이다.

자식이 아주 단념한다면 이럴 필요가 없으나, 자식이 무슨 이유인지
열중하는 관계로 나 역시 너무 냉정할 수 없어서 이런 행동을 해본 것
이다. 그러나 일의 성불성을 어찌 알 수 있으리요? 하회(下回: 다음 차
례)를 보기로 하고 이 정도 붓을 그치노라.

병신(丙申: 1956년) 10월 초4일(初四日)

봉우서(鳳宇書)

추기(追記)

한인구 군 언내(言內: 말 가운데) **구영직(具永直)** 군이 국내 석탄의
화력을 증진하여 기차에 사용할 수 있도록 전매특허[297]를 얻고 이것
을 추진해서 교통부와 계약을 체결하고 이것으로 회사를 조직할 예

---

[297] 기존 석탄에 여러 첨가물을 배합하여 연소력을 획기적으로 끌어올린 발명이었다. 이
것이 상용화됐다면 석탄 사업의 부흥기와 함께 에너지 사업의 패권을 쥘 수도 있는
기회였으나 불행하게도 연정원의 이른 등장을 하늘이 허락지 않았는지 그가 급사하
며 그대로 묻혀 버렸다.
《백두산족에게 고함》 – '구영직 군을 추억하며'에서 일부 발췌:
"…구 군은 공학연구에 힘을 기울여가며, 정신수련에 전력투구한 결과 획기적인 발명
세 가지에 성공하였다. 그중 한 가지를 특허 내어 당시 자유당 정권의 이기붕 씨에게
후원(공장 설립자금 등)을 받았다. 그러나 허무하게도 회사설립 축하 술자리에서 술
을 들다 앉은 자리에서 술잔을 쥔 채 세상을 뜨고 말았다. 그 발명 내용은 우리나라의
질 나쁜 무연탄을 가지고 원자력 이상의 에너지를 얻어내는 방법이었다고 하며, 나머
지 두 개의 발명 내용은 무엇인지 전하지 않는다…."

정이라는 말을 들었다. 성공하기를 바란다.

봉우추기(鳳宇追記)

하동인 군의 내방을 제(際)하여

금춘(今春: 올봄) 3월에 다녀간 후로 아주 소식이 격조해서 좀 궁금하던 중에 의외에 하동인 군이 방문해서 반가이 맞이했다. 하 군의 부인이 금월(今月: 이달)이 **임산(臨産: 출산이 다가옴)**해서 그 친가에 **근친(觀親: 친정에 와서 친정 어버이를 뵘)**시키고 오는 길이라는 말을 들었다. 작년에 하군 결혼식에 참석한 것이 13개월이 되었다. 하 군이 **고례(古禮: 옛 예절)**를 본받아서 그런 것은 아니나, **삼십이유실(三十而有室: 30세에 부인을 둠)**[298]하였다. 그러나 곧 후진(後進: 자식)이 생긴다면 늦을 것이 없다고 생각한다. 하 군은 내가 보기에 무엇으로나 **자질(子姪: 아들과 조카)**과 같게 생각하고, 하 군도 나를 **부형(父兄: 아버지와 형)**과 같이 생각한다. 그래서 하 군이 방문하더라도 주객이 되어서 수인이 색을 내하는 기분이라기보다 어디 여행 갔던 자질이 귀가한 것 같은 기분으로 가족들도 다 동일 가족 대우를 한다. 그래서 가아(家兒)에게는 하 군이 형으로 자처하여 형으로 제(弟: 아우)에게 할 수 있는 일은 하 군도 서슴지 않고 가아에게 하고 가아도 제가 형에게 하는 정도를 무엇이든지 한다. 그런 관계로 하 군이 나에게도 자기 생각에 의심이 있는 일이라

---

298) 《소학》〈입교편〉에 나온다. "…三十而有室(삼십이유실: 서른 살이 되거든 아내를 맞이하여) 始理男事(시리남사: 비로소 한 남자로서의 일을 처리하며) 博學無方(박학무방: 널리 배우되 구속됨이 없으며) 孫友視志(손우시지: 화순하게 벗과 사귀되 그 뜻을 보아야 한다)…"

면 부자나 숙질 간 정도로 가림 없는 발언을 하는 것이다.

금번에 하 군이 올 때에 《무예도보통지(武藝圖譜通志)》 중 4권이라
는 책을 사진판으로 된 것을 내게 주고, 또 육군 대령 최석남 군이 저술
한 《권법교본(拳法敎本)》299) 이라는 인간물(印刊物)도 갖다 준다. 이것
은 내가 체술(體術)에 취미를 가진 것을 하 군이 잘 아는 연고다. 《무예
도보통지》라는 것은 이조 선조대왕 당시에 명장으로 나왔던 척계광 장
군이 우리나라 훈련원에서 우리 장병들을 훈련시킬 때에 제공한 《기효
신서(紀效新書)》라는 무예 교본 중에 부속되었던 것이요, 300여 년간
을 우리나라 훈련원에서 소수의 기술자가 십팔반무예(十八般武藝)를
학습하고 있었고, 우리나라 전국 장병들에게 통용되었던 것이 아니다.
그래서 실상 우리나라 무장대가(武將大家)들의 청년들은 이 무예를 알
지 못하고 무장(武將)에 등용되었고, 다만 훈련도감 병졸들 중에 극소
수와 어전(御前: 임금 앞)에 있는 대전별감(大殿別監)300) 무예청들 외

---

299) 태권도가 탄생하기 전 대중화된 무술이라는 것은 대부분 당수도, 공수도 등의 명칭을
사용하고 있었는데, 이 책의 표지에도 '拳法敎本(권법교본)'이라는 큰 제목 밑에 작게
'空手道(공수도)'라고 표기하고 있다. 아래는 '2006 태권도 역사와 정신에 관한 연구'
중에 나오는 이 책에 대한 설명이다
"…1955년에는 육군 대령 출신의 최석남(崔碩男)에 의해서 《권법교본(拳法敎本)-
화랑도(花郎道)와 권법(拳法)》이 나오게 된다. 정일권 참모총장이 서문을 쓴 이 책은
6.25 직후에 저자가 중부전선에서 사계의 귀재인 엄운규와 같이 각 전선에 복무하면
서 권법 보급을 위해서 권법교본을 엮을 것을 그에게 약속하면서 이루어진 것이라고
밝히고 있다. 체계적인 권법이 보급된 것은 이미 삼국시대부터라고 말하고 있다. 그
증거로서 고구려의 각저총의 벽화와 경주박물관에 소장된 반부조금강역사탑을 예로
들고 있고, 사진으로 이들의 모습을 담고 있다. 서북지방의 박치기, 날치기와 서울 이
남의 택견 등도 또한 권법의 다른 이름(異名)이라고 보고 있다. 또 《무예도보통지》의
권법과 현재의 권법을 같은 무예로 인식하고 있다…"

300) 대전(大殿: 왕의 거처)에서 임금의 심부름과 경호를 맡아보던 벼슬. 별감(別監)은 궁
중에서 잡직(雜職)을 맡아 하는 기관인 액정서(掖庭署) 소속으로 왕의 경호를 담당하
였다. 직책과 소속에 따라 대전별감, 중궁전별감, 세자궁별감, 세손궁별감, 처소별감

에 별로 이 무예를 습득한 사람이 없었고, 이 사람들 외에는 **한량(閑良)**들 중에 무예를 좋아하는 사람이 간혹 이 무예를 습득한 분이 있을 정도로 **무장가(武將家)**에서도 《**무경칠서(武經七書)**》나 습득할 정도이지, 무예에는 다만 **궁술(弓術)**을 연습할 외에는 타 무예라고는 학습한 일이 없었다. 간혹 있다 하면 괴변(怪變)으로 알 정도요, 문신(文臣)집 청년들은 아주 무예라면 무슨 전염병이나 걸릴까봐 **외피(畏避: 두려워 피함)**하는 것이 우리나라 근대(近代) 풍기(風紀: 풍속에 대한 기율, 절도)였다.

공부자(孔夫子: 공자) 삼천문도(三千門徒: 삼천 제자)에서도 **신통육예자칠십이인(身通六藝者七十二人: 육예를 몸에 통달한 사람은 72인밖에 안 됨)**이라고 하였다. 이 72인들이 공자 제자 중에서는 **승당입실(升堂入室)**한 고제(高弟: 高足弟子: 학문이 뛰어난 제자)들인데, 그 육예라는 것이 무엇인가 하면 **예악사어서수(禮樂射御書數)**라고 한다. 그렇다면 지덕체(智德體) 삼육(三育)의 병진(竝進: 함께 나아감)을 의미한 것이 확실함에 불구하고 우리나라 학자님들이나 국가 시책에 있어서는 체육을 예외로 한 것이 사실이다. 이 육예 중에서 우리나라에서 예설(禮說)만 가지고 500년을 상쟁(相爭)하였지 신통육예(身通六藝)한 학자님을 찾아보려야 몇 분이 못 되고 우리나라에서는 만약 신통육예한 학자님이 있다면 그 대우가 예설만 주장하는 학자님보다 못한 것은 가리지 못할 현실이었다. 이것이 민족을 쇠퇴일로로 몰아가는 것이었다. 그렇다고 이조 500년간에 누구나 다 예설만 주장했다는 것은 아니요, 또 신통육

등이 있다. 별감은 특히 왕이나 세자가 행차할 때에 왕의 가마 옆을 시위하였다. 품계가 주어지는 관직이 아닌 잡직이었으나 궁중의 크고 작은 행사에 관여하여 실질적인 권세를 누렸기에 복식도 화려하였고, 왕과도 가까워 모습과 기개가 당당하였다.

예한 분이 없다는 것도 아니니, 이런 분이 극소수요 전국적으로 보급이 못 되었다는 것이다.

현금(現今: 현재)도 500년 여파가 어디인지 은연중 있어서 삼육병진에 지장이 있는 것 같다. 그래서 내가 소년시대부터 이 일의 부당성을 말해 오던 사람의 일인(一人)이었고, 현금도 백발이 성성함에 불구하고도 자신부터 삼육병진을 주장하고 있다. 그래서 하 군도 이런 것을 잘 아는 관계로 이런 책자를 구해서 갖다 주는 것이라고 생각한다. 이 책자에서 일람(一覽: 한번 읽어봄)한 바 《무예도보통지》는 어떤 전질(全帙) 중의 일부인 관계로 무어라 말할 수 없고,《권법교본》이라는 책자는 저자가 교본으로 된 것이다. 우리가 보기에는 최석남의 고심혈성(苦心血誠)을 다한 감이 있으나, 이 책자도 유현호무(猶賢乎無: 없는 것보다 나음)라고 하겠고, 아주 정오(精奧: 정밀하고 깊이가 있음)하다고는 못하겠다.

고인들도 서불진언(書不盡言: 글은 말을 다 표현할 수 없음)301)이라 하니 이런 정도로 초학자들에게 교본으로 주는 것도 보급만 되면 그 이상으로 승진할 수 있는 길을 기초로 습득해 두는 것이 좋을 듯하다고 생각된다. 최석남 군의 이《권법교본》이 천리마 사골(死骨)302) 정도는

---

301) '서불진언(書不盡言) 언불진의(言不盡意)'는 '글은 말을 다 표현할 수 없고, 말은 뜻을 다 표현할 수 없다'는 뜻으로《주역》〈계사전(上篇)〉에 나온다.

302) 죽은 말 뼈를 돈 주고 산다는 천금매골(千金買骨) 또는 매사마골(買死馬骨) 고사성어는 중국 전국시대 연나라 소왕과 곽외의 고사에서 유래했다. 인재를 찾던 소왕이 곽외에게 묻자 "옛날 한 왕이 천금을 들여 천리마를 구하려 했으나 사람들이 믿지 않아 3년이 되도록 구하지 못했습니다. 그때 시종 하나가 천리마를 구해오겠다고 하여 보냈더니 석 달 만에 말을 찾았으나 이미 죽어 있었습니다. 이에 그 뼈를 500금에 사서 돌아왔습니다. 왕은 노하여 '어찌 죽은 말뼈를 500금이나 주고 샀느냐'고 묻자 시종이 대답했습니다. '죽은 말뼈도 500금으로 샀다면 살아 있는 말이라면 어떠하겠습니까? 천하 사람들이 왕께서는 반드시 말을 능히 사실 분이라 여길 것이니 이제 말이

될 것이라고 **쾌언**(快言: 시원하게 얘기함)해 두노라. 머지않아서 생(生) 천리마가 나올 **장본**(張本: 일의 발단이 되는 근원)이라고 나는 생각한다. 그리고 하 군이 두 가지 책자를 보내 준 것을 여러 가지 의미로 감사히 생각하는 바이다. 내가 체술에 대한 저술이나 강론을 할 때에 한 참고 서는 될 것 같다. 그리고 금번 하 군의 진언 중 수조(數條: 몇 조목)를 무 **순무서**(無順無序: 순서 없음)하게 실지 대화한 대로 기록해 보자.

하 군 자신이 군인으로서 어느 주류파의 대동체(大同體)가 되지 못하 고 방계(傍系)에 속해서 주류파들의 이용 가치가 있을 때 이용물이 되 고 항상 방계 대우가 지속하는 것이 아니라 이용 가치가 약해질 때에 는 자연 퇴장당할 입장에 서 있는 줄을 아나 사회에 나와서 어떤 주류 파에 합류할 자신이 없는 연고로 자연 퇴장을 당할 때까지 기다리든지 혹은 중간에서라도 혹 자신(自信)이 날 직장이 있으면 선택해 보겠다 는 말이 있었다.

이다음 우리나라도 미국식의 고사법(考思法)으로 내가 하는 일에 타 인의 백각(百角) 중 일각(一角: 한 부분)이 필요하다면 그의 일삭만 취 하고, 99각은 **불관**(不關: 상관 안 함)해도 나는 내 일을 성공한 것만 다 행으로 생각하는 것이 현세의 통례요, 일각을 사용함으로써 일각의 보 수(報酬: 대가)면 족하고 다시 여념(餘念)인 그 각(角)의 소유자를 기억 할 필요조차 없는 것이 현세 통정(通情: 인정이나 사정)인데 일각을 제공 한 사람은 저 일이 성취된 것이 내 일각의 힘이 있다는 것을 곧 잊어버

모여들 것입니다.' 그러고 나서 그 해가 지나지 않아 천리마를 세 필이나 구할 수 있 었다고 합니다. 그러니 저 곽외를 먼저 중히 쓰십시오. 그러면 사람들은 저 곽외 같은 별 볼일 없는 자도 중히 쓰는데 나 정도면 대접을 받겠구나 하면서 인재가 몰려들 것 입니다"라고 대답했다. 소왕이 곽외 말대로 하자 인재가 몰려들어 나라가 부강하게 되었다.

려야 하겠지만, 저 성공자가 내 일각의 힘이 그 성공 중에 있다는 것을 기억하려니 하고, 그 성공자에게 무엇을 추구하다가 실패하는 일이 100번, 200번 있는 예를 보면 구일(舊日: 옛날) 도의감(道義感)이라는 것이 아주 소멸된 현세라 사조가 이런 때는 이 조류에 합류하는 자가 성공하고, 합류 않는 자가 실패하는 것 같다고 한다.

현 하 군만 해도 30 이상 대의 청년이요, 그래도 구식 이념이 어디인지 남아 있어서 도의적으로 허락하지 않는 일에 주저하지 않을 수 없는데, 현 20대 신출 청년들은 아주 '미국식으로 일각(一角)을 취해 사용하고 나의 백각(百角)을 이루는 즉시 내가 소유하고 곧 남의 일각의 힘을 잊는다. 고로 타인의 일각을 취하되, 일각을 모아서 나의 백각을 이루고 성공자는 모두 백사람의 공을 잊어버리고 자기의 소유로 만든다.(米式一角取用成我百角卽時我有卽忘他一角之力 故로取他人一角一角集成我百角而成功者皆忘百人之功而作己有)' 하는 것이 현세 가장 영리한 출세 인물들인데, 백인(百人)의 원망을 생각할 필요가 없이 자기 성공만 자축(自祝)하는 것이라고 (하 군은) 비분감(悲憤感)을 토하며 그러나 이렇게 하는 자라야 출셋길이 속하고 그렇게 못하는 사람은 합류가 못 된다고 말을 한다.

그다음 내게 대하여 이런 말을 한다. "아주 은거하시려면 모르되, 내두를 기대하시는 데는 이 교통이 불편하고 주위 환경이 불리한 곳을 버리고 도시를 택하시는 것이 당연하지 않은가? 그리고 도시에 가서 무엇이든지 성공해서 일건(一件), 이건(二件)씩 확립함으로써 주목표도 달성할 수 있을 것 아닙니까? 그래서 후진 양성도 도시편이 나을 것 같습니다. 제일로 이 신야(莘野: 상신리)에서 구거(久居: 오래 거주)하시어 소득이 무엇인가를 타산해 보시어 주목적에 같지 않은 답안이 나온다면 주목적 성취하시기에 가장 유리한 곳을 택하시는 것이 당연하실 것이요, 또 백 가지 불리한 지점이라도 선생님의 목적하시는 일이 이곳에서 성공하실 수 있다면 이곳에 계신 것도 무방하다고 봅니다"라고 권고를 받았다. 이 말은 당연한 말이다.

그런데 맹자 말씀과 같이 왕척직심(枉尺直尋)303)한 일을 택해 보아야겠는데, 내 마음으로 이 일이면 왕척직심이 되려니 하고 시험적으로 들어가 보면 의외에 저곳에서 선수를 걸어서 왕심직척(枉尋直尺: 여덟 자를 굽혀서 한 자를 폄)도 못 되는 일이 얼마든지 있다. 이것이 비록 일시적으로 불합(不合: 맞지 않음)한 일이 있어도 심사숙려를 해야 할 것이다. 비록 만전하거니 하고 행동을 개시해 보면 중간에서 의외 지장으로 좌절(挫折: 꺾임)당하는 예가 얼마든지 있는 관계로 일오불가재오(一誤不可再誤: 한 번 잘못이지 두 번의 잘못은 안 됨)라고 왕사(往事: 지난 일)에 실패했다고 장래에 경분(輕忿: 가벼이 성냄?)은 또 실패할 주원인이 되는 고로 숙고(熟考)를 요하는 것인데, 하 군도 내 이 의사를 아나, 너무 숙고한다는 충고인 듯하다. 그러나 나로서는 짐착성을 너 양성해 가지고 하 군의 충고를 비평해 볼까 한다. 여러 가지 유익한 담화가 많았다. 금번 하 군의 내방은 가치가 있다고 생각한다.

병신(丙申: 1956년) 10월 초5일(初五日)

봉우서(鳳宇書)

---

303) 《맹자》〈등문공〉 하편에 나오는 말, 한 자를 굽혀 한 길(여덟 자)를 편다는 것으로, 작은 욕심에 얽매지 않고 큰일을 이룬다는 뜻.

미국 대통령 아이젠하워 씨의
재선의 보(報)를 듣고

금일 방송으로 아이젠하워 씨가 미국 대통령으로 재선되었다는 보(報: 소식)를 듣고 미국에서 공화당 정책이 우세하다는 확증이 보이게 되었다. 아이젠하워 씨 자신으로는 당연히 축하할 일이며, 공화당으로서도 민주당을 승리한 자축(自祝)이 있을 것이나, 우리 한국으로서 아 원수 재선을 무어라고 평하는 것이 옳을까? 나는 말 못하겠다. 공화당 정책은 우리가 4년간이라는 세월을 두고 가지가지 간접적으로 맛보았으니 지난 일을 미루어서 내두(來頭: 장래) 4년간 미국에서 한국에 대한 정책이 과거 4년간이나 변할 리가 없다고 본다. 미국에서는 민주당이 승리하거나, 공화당이 승리하거나 우리 한국에 대한 정책은 거의 동일하리라고 추측된다. 무슨 까닭인가 하면 루스벨트 대통령이나 트루먼 대통령이나 아이젠하워 대통령이나의 대한(對韓) 정책은 거의 동일한 미온책(微溫策)이었고, 미국 내 정책에만 차이점이 있을 뿐이었다.

6.25 사변 직전에 민주당 출신 대통령인 트루먼의 정책 중 대한(對韓) 정책이란 태평양 방위선에서 조선을 제외한다는 선언으로 말미암아서 북한에서 남침의 기회를 준 것이요, 6.25 사변 1개월 전에 미국 민간인들의 이한(離韓)한 것은 사실이 증명하는 것이니, 이것은 미국에서 북한의 남침할 기회를 부여하고 동족상쟁을 시킨 데 불과하다. 그뿐이랴? 미군 정보로 북한의 강력 무장을 잘 알면서도 남한에는 유희

품(遊戱品: 장난감)에 불과한 포(砲: 대포), 소총 등의 무기가 있을 뿐 잠시도 강력한 남침군을 방비할 실력이 없는 무장을 시켜 놓고 미군이 6.25 사변 당시 대구까지 후퇴한 것은 남한 전부를 병화(兵火)의 세례를 받게 한 데 불과한 행위라고 본다. 그 후에 9.28 수복 후 북진 시에 맥아더 원수의 만주 폭격안을 반대하고 1.4 후퇴 시에 중공군의 개입을 허락한 데 불과하다.

그 후 유엔군 진격이 우리가 보기에 진력(盡力: 있는 힘을 다함)했다고 못 보겠다. 유엔군이 담당한 서부전선은 한강 하구까지 후퇴하여, 서울에서 불과 100리 거리에 적군을 두게 해놓고 휴전을 시켰으니 제2차 전쟁이 된다면 수도 서울은 방어 가능성이 없는 곳이 되고 말았다. 그리고 유엔 원조라는 것이 불쌍한 걸인(乞人: 거지)을 아사(餓死: 굶어 죽음)나 면하게 하는 것이지, 실질적인 원조라고는 볼 수 없다고 본다. 무슨 이유인가 하면 해방 후가 12년이요, 사변이 7년이다. 그동안 국내 생산 공장을 움직이지 못하였고, 또 전력 신시설이 없었고, 그저 소모, 소비품 정도로 원조를 한 데 지나지 않는다. 국내에서 생산하는 광물(鑛物)로 국내에서 무기 한 건도 생산 못하며 미국에서 대한(對韓) 원조가 중지되는 날 한국의 각 생산 공장이라는 곳은 즉일(卽日: 당일) 동맥이 절단되고 말 것이요, 국군 수만 명이 가지고 있는 무기는 다 폐물이 되고 말 것이니, 이것이 한국을 언제까지나 **미국의 시장화(市場化)**하고 마는 것이라고 말하고 싶다.

이것이 미국에서 민주당이건 공화당이건 대한(對韓) 정책만은 동일하다는 것이다. 우리들의 실력을 양성시켜서 미국이 손을 떼더라도 완전 자립할 수 있게 하는 것이 아니라, **전신불수(全身不隨: 온몸이 마비되어 따르지 않음)**된 몸을 병은 고치지 않고 좌우에서 부축해서 왕래하는 격이다. 만약 부축하는 사람만 손을 떼면 하시든지 불변하는 전신불수라는 말이다. 현상 정도라도 원조하는 것은 감사하나, 절대로 자립을 불허하는 원조라 근본적 해결을 못하게 하는 관계로 자립이 요원하게 되니, 이것만은 미국 대한(對韓) 정책이 미국 내에서는 최선책일지 모르나, 우리 한국 사람으로 생각해 보면 이것은 걸인 대우 이상이라고는 못 보겠다. 그러니 우리가 아이젠하워 대통령이 재선하였다고 무엇이 축하할 바 있으리요? 혹이나 민주당에서 승리하였다면 대한(對韓) 정책이 좀 나았을까 하는 정도였지만 과거 민주당의 대한(對韓) 정책을 미루어 보건대 역시 동일한 정책으로 한국을 대하는 것이다. 그래서 우리는 무슨 방식으로든지 자립의 길을 찾을 것이요, 미국에서 민주당이 대통령이 되건, 공화당이 대통령이 되건 축하할 수 없고 우리들이 자립할 묘안이나 발견하는 것이 당연한 것이라고 생각하고 아이젠하워 대통령 재선을 맞이해서 별 신기한 바람이 없다고 확언하고 싶다.

병신(丙申: 1956년) 10월 초7일(初七日)

봉우서(鳳宇書)

수필: 1956년 10월 7일 ~
12월 16일의 세상사 요약

내가 10월 7일 이후로 12월 16일까지 70여 일간을 한 번도 이 책자와 대면한 적이 없었다. 이것은 도시(都是) 내가 무심한 연고라고 할 밖에 타도가 무하다. 그러나 북망산(北대阳山: 무덤)에 간 사람들도 제각기 이유가 다 있다고 나도 70여 일간을 한 번도 붓을 들지 못한 연고가 없지는 않으리라고 믿는다. 이유를 들자면 수조(數條: 몇 가지)가 있다.

제1조는 내 본인이 우연한 신병으로 항시 불건강한 중에 두현(頭眩: 머리 현기증)이 심하여 정신을 **한양**(閑養: 한가로이 휴양함)하는 관계가 제1요건이요,

제2조는 경제적으로 하시(何時)든지 풍유(豐裕: 풍요)치 못하나, 그 70여 일간이란 기간은 **파란중첩**(波瀾重疊: 일에 곤란이나 시련이 많음)해서 일시도 정신적 휴양을 불허하는 관계가 제2조건일 것이요,

제3조는 **산정수습**(散精收拾: 흩어진 정신을 거둬 주움)차로 간간이 독서(讀書)도 하며, 정좌(靜坐)도 하는 관계로 붓을 들 여가가 없었고,

제4조는 가아(家兒) 전직(轉職)건으로 물심 공히 복잡해서 붓을 들 생각을 안 한 것이다.

그 외에는 도시 내가 게으른 연고요, 다른 것은 아니다. 그동안에 하동인 군이 방문하였고, 한인구 군도 방문하였고, 이송하 동지의 방문에 내가 **회사**(回謝: 사례하는 뜻을 표함)한 일이 있고, 유치홍 씨의 내방이

있고, 가아의 귀근(歸觀: 부모를 뵈러 타향에서 고향으로 돌아옴)이 있었고, 김학수 동지의 내방도 있었다.

그리고 동지 간 변동은 **구영직 군의 급서(急逝)**와 이윤직 군의 중풍 발작이요, 근지(近地: 근처) 상태는 상신분교의 수선(修繕) 착공이 있었고, 산(山) 외 일로는 최훈의 자백으로 **파문(波紋)**이 **중첩(重疊: 거듭 포개어짐)**하고, 허태영 대령 건으로 강문봉 중장의 개입 건이 있고, 영동 민의원 보선에 자유당 손준현 군의 당선과 대전 시장도 자유당 김 씨가 당선된 것이 있었다. 이상 제건(諸件: 모든 건)에다 일필(一筆)이 있음직한 건이다.

그러나 백사(百事: 모든 일)가 다 **유아이복사(有我以復事: 내가 있고서 일이 있음)**이다. 내가 정신이 산란하면 남의 일을 생각할 여지조차 없다.

그러하고 **천상(天象: 천문)**은 동지일(冬至日) 백홍관일(白虹貫日: 흰 무지개 해를 꿰뚫다)과 그 전후하여 살기(殺氣)가 시시충상우자미원(時時衝上于紫微垣: 때때로 자미원 위쪽을 찌름)하는 것이 별로 길조(吉兆)는 아닌 듯하다. 천후(天候: 기후)가 30여 년 만에 제일가는 한기(寒氣)로 맥작(麥作: 보리농사)이 염려가 된다.

민생 문제로는 관영 요금을 일체 인상하는 관계로 부수(附隨: 따라 붙임)하여, 물가가 대폭 등고(騰高: 높이 오름)하고 있어 민생 문제에 일대 파란(一大波瀾: 큰 물결)일 것이요,

국제 문제는 **미묘난측(微妙難測)**해 가고 일본의 유엔 가입과 한국의 유엔 가입 보류 등이다. 우리 정부의 실력을 말하는 것이다.

그리고 올림픽에서 우리 선수들이 역전했으나, 큰 성과를 거두지 못하고 마라손(마라톤)에 4위, 권투에 2위, 역도에 3위, 레슬링에 4위 등

으로 역도가 제급(諸級: 모든 체급)에서 다 참례할 정도로 되었고 마라손(마라톤)에서 이창신 선수의 역전으로 자토벡과 일본의 하본(何本) 선수를 물리침은 감사한 일이었다.

그리고 내 가간사(家間事: 집안일)로는 금년 음력 연말이 박두했음에도 부채건이 아직도 14만 원이나 청산을 보지 못하고 있어 좀 곤란한 중이요, 가아 전직 건도 아직 소식이 없어서 염려가 없지 않다. 이것이 내 근일 이 책자와 친근치 못한 원인이 된다.

병신(丙申: 1956년) 12월 16일

봉우서(鳳宇書)

병신(丙申: 1956년) 제석(除夕: 섣달 그믐날 밤)을 맞으며

구추하일불중양(九秋何日不重陽: 가을 어느 하루도 중양절 아닌 날 없으리)이라는 말을 고인(古人)[304]이 한 일이 있다. 그와 대동소이(大同小異)한 이 제석을 내가 해마다, 해마다 맞은 것이 올 제석까지 56회를 세이게 되었다. 이것이 천도불언이세공성(天道不言而歲功成: 하늘의 도는 말없는 가운데 그 해의 공을 이룸)이라는 것이요, 춘하추동이 순환무단(循環無端: 끝없이 순환함)하여 개벽(開闢) 이후로 지금까지와 지금부터 오는 개벽 때까지 이 우리가 거주하고 있는 지구성(地球星)의 자전과 공전이 수유(須臾: 잠시 동안)도 리(離: 떼놓음)치 못하고 있는 중에 이 제석이라는 명칭을 가진 날짜도 그 전전불식(輾轉不息: 계속 구르며 쉬지 않음)하는 노정기(路程記) 중의 한 관문임에는 틀림없는 것이나, 이 날이라고 소호도 다른 날과 다를 것은 없는 것이다.

이 지구에서 거주하는 인종 중에서 역법을 오행(五行)을 주로 음양을 분별하여 자고로 자월(子月: 음력 동짓달)을 세수(歲首: 새해의 처음)로 한 때도 있고, 축월(丑月: 음력 섣달)을 세수로 한 때도 있고, 인월(寅月: 음력 정월)을 세수로 한 때도 있다. 현금(現今) 양력은 동지 후 10일

---

304) 조선의 시인 고옥(古玉) 정작(鄭碏, 1533~1603)의 〈중양(重陽)〉이란 시의 마지막 구절. "세상 사람들 중양절(음력 9월9일)을 가장 아끼지만(世人最愛重陽節), 중양절만 꼭 흥을 돋우는 것은 아니라네(未必重陽引興長). 노란 국화 마주하고 막걸리 기울인다면(若對黃花傾白酒), 가을날 어느 하루도 중양절 아닌 날 없으리(九秋何日不重陽)."

을 세수로 하니, 축월(丑月)일 것이다. 그러나 우리들은 구시대에 사용하던 음력 세수인 인월을 주로 하는 관계로 금일이 축월 말일이라 세제일(歲除日: 제석)이 되는 것이다. 양력은 지구의 대공전 일주년 365일을 태양력으로 정하고 음력은 월지영허(月之盈虛: 달의 차고 빔)로 일주년 364일로 태음력을 정하여 양력은 윤년(閏年)이 있고, 음력은 윤월(閏月)이 있어서 이 대공전을 마치게 하는 것이라.

실상인즉 이 제석이 별다를 리가 없는 날이나, 우리들이 일생 백년을 가는 중간에 1년, 1년씩 갔다는 표를 이 제석으로 하는 관계로 우리들의 생로병사에 이 제석이 **수요장단(壽夭長短)**을 말하는 것이라. 우리들의 과거 1년간을 추억하기에 이 제석의 희로애락이 각자 상이(相異)하나, 1년, 1년에 다각도로 결산기라 마음이 우리 같은 노쇠 인물이요, 겸해서 그 **일사무성(一事未成**: 한 일도 성공 못함)한 경과로 보아 점점 서산낙일(西山落日: 죽음)이 접근해 오니, 감개무량할 뿐이다.

우리도 소년시대와 청장년시대까지는 나도 만복웅심(滿腹雄心: 뱃속 가득 웅대한 마음)이야 아주 없지도 않았다. 그러나 백발이 성성한 금일에 와서는 아무 생각도 다 홍로점설(紅爐點雪: 붉은 화로의 한 점 하얀 눈)격이 되어 **추현양능(推賢讓能**: 어진 이를 추대하고 능력자에게 양보함)하고 **한중수양(閑中修養**: 한적한 속에서 마음을 닦음)이나 하고 싶은 생각뿐이요, 후진이나 내 역량껏 양성했으면 하는 미미한 소원이 남아 있을 뿐이다.

병신년 원단(元旦: 설날 아침)에 바라는 바는 여러 가지 있었으나, 금년 1년간 경과가 내 사적으로는 정월에 가아 성취(成娶: 장가)를 하였고, 한식절(寒食節)에 선비(先妣: 어머니) 산소 사초(莎草: 잔디)를 하였고, 자부(子婦: 며느리)가 태중(胎中)이라 남녀야 알 수 없으나 태양(胎

養: 태가 잘 키워짐)이나 잘 되기 바랄 뿐이요, 대인적(對人的)으로는 신옥의 반역이 있었고, 박홍근의 운동 부족으로 실패를 보았고, 이상준 외 4~5인의 결핵성 폐병을 완치하였고, 친우인 이윤직 군의 중풍병을 듣고 내가 곧 가지 못하고 서신으로만 청한 것이 항상 미안하였고, 또 구영직이 근 10년 소식이 없다가 의외의 서신을 받고 반갑던 차에 또 의외에 조서(早逝: 요절)의 보(報)를 들었으니, 이것은 사적이나 공적이나 큰 손실이었다.

그리고 공적으로는 금년 해공(海公: 신익희)의 환원(還元: 죽음)이 해공 자신으로나, 민족으로나 큰 손실이라고 할 외에 타도가 없고, 그 외에 행정부나 입법기관에서 충생첩출(層生疊出: 층마다, 겹으로 나옴)하는 기기괴괴(奇奇怪怪)한 현상이야 필지어서(筆之於書: 책에 글로 적어 둠)할 필요가 없고 그저 생어부진(生於不振: 세력이나 기운이 활발하지 못함에서 나옴)이라는 것이 당연하다고 본다.

공사(公私) 공(共)히 시원치 못한 금년 제석이다. 현금도 혹이나 하고 기대하는 것은 가아(家兒)나 근친(覲親: 친정 어버이를 뵘)하였으면 하는 사망(私望: 사적 희망)이 있을 뿐이요, 상신분교는 영선(수선)을 완료했으니, 10년간은 별문제 없을 것이다. 안심된다. 이런 정도로 병신년 제석을 보내노라.

병신(丙申: 1956년) 12월 30일

봉우서(鳳宇書)

추기(追記)

금년 1년 중에 내가 3월 3일 또 **기춘일**(饑春日: 굶주리는 봄날)인 3월 30일, 또 7월 칠석(七夕)날에 사회(死灰: 불 꺼진 재)로 화한 동지회를 재연(再燃)시켜 볼까 하고, 3차에 걸친 회합이 있었으나 별 이렇다는 수확은 없었다. 그러나 이것도 유현호무(猶賢乎無)라고 없었던 것보다는 낫다고 생각된다. 그러나 이 회합에 앞으로도 당연히 참가할 동지 중에서 가장 중견부인 석산(石山: 한상록) 동지가 칠석 회합 직후인 7월 13일 밤에 급서(急逝)한 것은 큰 유감으로 생각된다. 작년에 최일중(崔一中) 동지를 실(失: 잃음)하고, 금년에 석산 동지와 담설(擔雪: 구영직) 동지를 실(失)한 것은 우리들 집합에 큰 손실이라고 본다.

(동일同日, 봉우추기鳳宇追記)

1957년 정유(丁酉)

정유년(丁酉年: 1957년) 원단(元旦)을 맞으며

병신년(1956년) 1년이 정치적으로 우리나라에서는 다른 때 한 세기 만한 감이 있다. 대통령 재선 문제와 김창룡 암살 사건과, 국회 데모 사건과 백범 산소 삭평(削平) 설계와 이 내무(장관) 기용이 민심 수습책에서 나오고, 김종원 등용이 경찰 강력에 있었고, 황학수, 박영출 사건 등과 각 지방의원 선출에 강력 압박과 환표 사건과 별별 기괴망측한 일이 많았고, 해공의 급서(急逝)와 장면 부통령 피격과 동(同)사건의 배후에 모모 경찰고급 간부가 개재한 것 등과 이 내무 불신임안이나 이 내무 사표를 불수리한 이 대통령의 담화나 이 대통령에게 대한 경고 문안이나 다 어수선한 이 나라의 정세요, 애급(埃及: 이집트) 사건[305]이나 홍아리(洪牙利: 헝가리) 사건[306] 등이 국제적으로 파문이 있었고, 일본의 유엔 가입은 만장일치로 되고, 우리나라는 아직 가입이 묘연한 것

---

305) 이집트의 수에즈 운하 국유화 선언과 이로서 발생한 제2차 중동전쟁. 영국·프랑스·이스라엘이 동맹을 맺고 이집트를 공격하였다. 그러나 영프군은 소련과 미국의 압력으로 수에즈 운하의 소유권을 완전히 상실한 채 굴욕적인 철군을 함으로써 패권은 미국과 소련으로 넘어갔음을 상징적으로 보여 줬다. 이 전쟁으로 이스라엘은 티란 해협으로의 육상로를 획득하고 홍해에 접근할 수 있게 되었다. 이집트는 군사적으로는 패배하였으나 영국·프랑스와 대결함으로써 나세르의 정치적 입지가 강화되었고 아랍에서 이집트의 위상을 제고하는 효과를 불러왔다.

306) 1956년 헝가리 혁명. 1956년 10월 23일부터 11월 10일까지 헝가리 노동자당 정권에 저항하여 일어난 민주화 운동. 소련군의 무자비한 진압으로 실패했다. 냉전 시기 동구권에서 벌어진 민주화 운동 중에서 가장 많은 희생자를 낸 사건이다. 소련은 체포된 시민군 229명을 교수형에 처했으며 약 20만 명이 해외로 망명했다.

이 그 원인이 어디 있는가 생각할 문제들이다.

이것은 병신년을 보내며 일건 문안(文案)과 같이 보내 버리고, 금년 원단은 신신한 정신으로 국가적이나 사적으로나 다 같이 개과천선(改過遷善)하고 이 땅 위에다 태평건곤(太平乾坤)의 기초를 수립해 보았으면 하는 바람을 가지고 전비(前非: 과거의 허물)를 개(改)하여 재범치 말고 일심단결로 이 나라, 이 민족이 다시 흥기(興起)하기를 맹서하며 내 자신도 금일 원단을 계기로 내가 목적하고 있는 것을 달성할 일이라면 제백사(除百事: 한 가지 일에만 전력하기 위하여 다른 일은 다 제쳐 놓음)하고 전 역량을 경주하여 추진해야, 성공이 멀지 않은 곳에 있다고 믿는다. 그리고 내 가정 간 문제도 좀 개오(改悟: 잘못을 깨닫고 뉘우침)해야 할 것이 많은 것을 유예미결(猶豫未決: 미루어 결정치 못함)하지 말고 심행일치(心行一致: 마음과 행동이 하나 됨)해야 할 것이다. 환언하면 내 이념이 소호라도 다른 단체의 이념보다 못하지는 않으나, 다만 실행력이 너무 미미한 관계로 별 수확이 지금까지 없는 것이 사실로 발명(發明: 밝게 드러남)하는 것이니, 정신을 백배로 차려서 언행, 심행을 일치할 열(熱)을 내라는 것이 원단을 맞는 내 소회(所懷)이다.

정유(丁酉: 1957년) 원단(元旦: 설날아침)

봉우서(鳳宇書)

수필: 정신적, 육체적으로
불구자가 된 정유년 300일

금년도 절서(節序)의 순환은 조금도 다름없이 춘하추동이 차례대로 돌아와서 역(曆)의 음양(陰陽)은 있으나, 동절(冬節: 겨울철)이 분명하고, 정전(庭前: 뜰 앞)에는 낙엽이 분분(紛紛: 어지러움)하고, 계변(溪邊: 시냇가)에는 박빙(薄氷: 살얼음)이 한풍(寒風: 찬바람)을 취송(吹送: 불어 보냄)한다. 이것이 조물주(造物主)의 대자연임에 틀림없다. 일호반점(一毫半點)인들 어찌 인력으로 어길 수 있을 것인가? 이것이 우주만상(宇宙萬象)이다.

본받아야 할 일이요, 이것을 본받지 않고 인위적 사욕(私慾)으로 자연 궤도를 벗어난다면 그 돌아옴도 역시 탈선된 보응(報應)을 받는 것이 당연하다. 사람도 생양수장(生養收藏)이 천지 대자연대로 면할 수 없는 것이어늘, 사람들은 이 궤도에서 달리지 않고 각자가 각자의 의사대로 무소불위(無所不爲: 못하는 게 없음)하는 것이 보통이나, 이 붓을 드는 것은 세상의 다른 사람들의 소행을 말하고자 해서가 아니라 자서전을 쓰고자 하는 것이다.

생양수장이 각유기시(各有其時: 각기 그때가 있음)하고 우유기법(又有其法: 또한 그 법이 있음)인데, 위기시(違其時: 그때를 어김)하고 불준기법(不準其法: 그 법을 따르지 않음)하니, 백병이 구생(俱生: 함께 발생함)하는 것이 역시 대자연의 법칙일 줄로 믿는다. 내 과거는 물론하고 내 근년 경과로 보더라도 60이 가까운 노경기(老境期)에 마땅히 한양(閑養: 한가로이 휴양함)해야 당연한 일임에도 불구하고 연부년(年復年: 해마다) 월부월(月復月: 달마다) 휴식할 줄 알지 못하고 정신적이나 육체적이나 공히 노곤(勞困)을 느끼며, 한양(閑養)으로 보충을 못한 것이 사실이다.

그래서 금년이야말로 점적(漸積: 점차 쌓임)한 피로와 무리(無理)가 발로(發露)되어 조춘(早春)부터 병석에 위와(委臥: 누워 버림)한 것이 거의 1년이 다 경과하도록 소소(小小)의 차는 있으나, 완전 무병(無病)의 인간이 되지 못하고 정신상, 육체상 공히 아직 불구자가 되어서 내가 가장 사랑하는 이 책자도 "정유(丁酉: 1957년) 원조(元朝: 원단)를 맞으며"에 제목을 쓴 이후로는 아주 정지 상태에 빠져서 300일이 지나도록 한 자도 가록을 못한 것으로 가히 내가 정신적, 육체적 공히 얼마나 피로하였던가를 추측할 수 있다.

공적으로 있던 일은 정신이 산란하여 기억조차 못하겠고, 내 일신상으로 보면 내 생전 처음으로 외과병원에서 수술까지 했었고, 또 장기간인 병으로 현상도 병중으로 있고, 일일일야(一日一夜) 건강미를 맛보지 못하는 중이며, 경제적으로 보면 과거 30년래에 제일 가는 핍박(逼迫)을 당하고, 식량 이외 각종에 지금까지 30여만 원의 부채를 지고 아직 청산할 도리가 망연(茫然: 아득함)하고, 중병 중에도 동분서주(東奔西走)해가며 호구(糊口: 입에 풀칠)에 정신이 없을 입장에 있었고 백사(百事)가 불성(不成)하여, 사면초가(四面楚歌)였다.

이것이 금년에 내가 이 책자를 대하지 못한 대원인일 것이다. 그러나 내 과거 일생을 통하여 가장 반가운 일은 금년 4월 초9일야(初九日夜) 자시(子時: 밤11시~오전1시)에 손아(孫兒: 손자아이)를 탄생하여 이것이

내 백우중일희(百憂中一喜: 여러 걱정 중 한 기쁨)요, 이 희경(喜慶: 매우 기쁜 경사)이 일당백(一當百)이 되어서 자위를 하고 지내는 중에 우연히 신생 손아가 병으로 중태에 빠져 생사기로(生死岐路: 삶과 죽음의 갈림 길)에서 방황하게 되니 내 정신상 고통이 얼마나 되는지 알 수 없다. 수무분전(手無分錢: 손에 푼돈도 없음)하고 약도 마음대로 쓰지 못하고 있는 내 현상을 누가 시인하리요?

그래도 권모라 하면 비록 적축(積蓄: 쌓아 놓은 것)은 없으나, 소소한 금전에 이 정도일 줄은 누구나 부인하게 되었다. 이것도 내가 소년이나 청년시대에 자식의 병을 볼 때와는 어쩐지 180도의 차가 있는 것 같다. 며칠간을 불면불휴(不眠不休: 자지 않고 쉬지 않고)로 구호해 본 결과가 최중태(崔重態: 가장 심한 병세)에서는 구출된 것 같다고 생각되어 만사분이정(萬事分已定: 만사가 나뉘어 이미 정해짐)이니 부생(浮生: 덧없는 인생)이 공자망(空自忙: 공연히 절로 바쁨)이어라고 하니 어찌 대경기상(對景起想: 상황에 따라 일어나는 생각)을 안 할 수 있겠는가?

현상도 손아의 병을 간호하며 우연히 이 책자를 보다가 망중한(忙中閑: 바쁜 가운데 잠깐의 틈), 한중망(閑中忙: 한가한 가운데 바쁨)을 생각하고 너무 무의미하게 지낸 금년을 섭섭히 생각하여 다시 이 붓을 들고 백수풍진(白首風塵: 흰머리가 되도록 겪은 힘든 일)에 고독한 내 몸으로 경천동지(驚天動地)의 장지(壯志: 장대한 뜻)는 어느 지역에서 암중은장(暗中隱藏: 어둠 속에 숨어 있음)을 하고 일심기원(一心祈願)이 손아(孫兒)의 건강이 복구되기를 빌고, 또 머지않아 손아도 자식의 임지로 수행(隨行: 따라 감)될 것 같고 노쇠한 내 부부 3인의 또 우스운 생활을 연상하며 그래도 잠재한 웅지(雄志)를 어느 때에 성취할까 묘연한 희망을 가지고 이 붓을 그친다.

정유(丁酉: 1957년) 10월 20일

봉우서(鳳宇書)

수필: 정유년 마지막 날의 소회(所懷)

금년 1년간을 도시 병상에서 신음(呻吟)하고 신병이 좀 덜한 때는 또 백마(百魔)가 전신(纏身: 몸을 얽어맴)하여 이목(耳目)이 다 시이불견(視而不見: 보아도 보이지 않음)하고, 청이불문(聽而不聞: 들어도 들리지 않음)하는 것 같다. 이런 관계로 심서(心緖: 마음속 생각)를 안정(安靜: 편안하고 고요함)해서 집필할 여가가 없었다. 그리고 또 이 책자를 대면한 지 하도 장구한 시일이라 혹 여가가 있어도 다른 책자나 보고 다른 소견법이나 구한 것이 아주 예가 되어 붓을 들어 본 적이 아주 생각이 묘연하다. 그런 것이 금일이 정유(丁酉: 1957년) 세제일(歲除日: 제석)을 당하니, 내가 이 책자 보기가 사실 미안하다. 이 붓을 드는 것은 내 심서의 만일(萬一: 만에 하나)이라도 기록해 볼까 하는 것이다.

무항산(無恒産)이면 무항심(無恒心)이라고 이것이 보통사람인 경우에는 당연한 일이요, 오직 사군자(士君子: 덕행이 높고 학문이 깊은 사람)인 연후에야 무항산이유항심(無恒産而有恒心: 든든한 재산이 없어도 변치 않는 마음을 지님)이라한 말씀을 청장년시대에는 별로 신기하게 여기지 않았었다. 철없는 생각에 내 비록 사군자(士君子)는 못 될지언정 경제적으로 항산이 없다고 어찌 항심까지 없을 것인가 하고 일소(一笑)에 부쳤던 것이요, 사실적으로도 자신 있게 무항산이유항심(無恒産而有恒心)할 각오로 이 세상을 지냈던 것이다.

그러던 것이 점점 노쇠함을 따라 마음이 정반대로 주위 환경에 따라서 자립을 못하고 가족들이 이 **궁곤상**(窮困狀: 궁핍하고 괴로운 상황)을 인내하기에 합치점이 부족한 연고인가 또는 내가 가장으로서의 지도가 잘못되는 연고인가 각자의 책임이 있을 것이나, 극도의 경제적 파탄으로 말미암아서 정신적, 육체적 공히 파탄을 보고 있다. 금년 1년을 통해서 내가 몸이 건강을 유지한 날이 전일자(全日字)의 1할이 못 된다. 이만큼 신병으로, 경제적으로 양면 공세를 받으며 또 가족적으로 통일이 못 되는 점을 발견하고 여기서 고인의 **궁차익견**(窮且益堅: 궁핍하며 또한 더욱 견고해짐)이라는 말이 그리 용이한 말이 아니요, 실행하자면 난관이 중첩한 것을 비로소 알았도다.

내 심서가 이러하여 무항산무항심 대(對) 무항산유항심의 양자 간에서 배회하며, 주위 사정이 나를 유무(有無) 양자 간으로 왕래를 하게 한다. 그러나 일점 양심이 사회(死灰: 죽은 재)와 같은 중에서 **복맹**(復萌: 다시 싹이 남)하는 것은 가리지 못할 일이었다. 여기서 내 몸이 점점 사선(死線)을 넘어서 다시 **구사일생**(九死一生)으로 소생의 길을 얻고 마음을 안정시키기 시작하였다. 그러나 이 책자를 대하기에는 너무 미안하다. 1년간을 유무(有無) 두 자(字) 중에 일보(一步)도 나가지 못한 내 자신이 **자괴**(自愧: 스스로 부끄러움)함을 자각하였다.

이것이 고인 말씀에 **의식족이지예절**(衣食足而知禮節: 입고 먹음에 넉넉해야 예절을 안다)이라는 말씀이 이런 이유가 있는 것 같다. 족의족식(足衣足食: 입고 먹는 데 풍족함)한 사람으로는 이런 극도의 충격을 받아 보지 못할 것이요, 혹 졸지에 그런 일을 당하면 10배, 100배의 정신 산란을 당할 것이 아닌가 한다. 돌이켜 생각건대 신(神)이 나를 시련하심이 좀 심하신 것 같다. 60이 다 되도록 시련에 또 시련으로 일사(一事: 하나의 일)도 완성을 못 보게 하시는 것은 내 인내력과 추진력을 시험하시는 것인가 하나, 내 자신이 미온적이라 열이 부족한 관계로 시일이 지연되는 것 같다.

열이 비등점(沸騰點: 끓는점)까지 못 가면 백년이라도 성공 못할 것이 사실이 증명하는 것이다. 그러하니 내가 평생을 두고 경계할 것은 매사에 열이 부족하다는 일건(一件)을 잊어서는 안 된다고 자각(自覺: 스스로 깨우침), 자경(自警: 스스로 경계함)해야 된다. 그리고 신의 시련에 충동을 받지 말고, 내 입심(立心)대로 매진하라는 것이다. 그리고 이런 경험으로 경제적 재공격을 받지 않을 정도를 주의하라는 것이다.

이것이 내 심서(心緒)에 만일(萬一)을 표시해 보는 것이요, 그렇다고 내가 60년을 두고 하고자 하는 희망이 약해질 리는 만무(萬無)요, 이 몸이 죽기 전까지 불휴의 노력으로 실현시킬 따름이다.

금년 1년이 내 일생을 통하여 다른 때 10년에 지지 않는 시련을 받은 해다. 갑오(甲午: 1954년), 을미(乙未: 1955년), 병신(丙申: 1956년), 정유(丁酉: 1957년) 4년이 점점 궁곤상(窮困狀: 궁핍한 상황)으로 도입하여 정유년이 최고봉을 뛰어넘는 것 같다. 신년인 무술년(戊戌年: 1958년)부터는 갱생의 길을 걷고자 하고, 부족한 열을 최고발휘(할) 준비를 완료할까 한다. 이것으로 이 수필의 붓을 그치노라.

정유(丁酉: 1957년) 대회일(大晦日: 음력 12월 30일)

봉우서(鳳宇書)

정유년(丁酉年: 1957년)을 보내며

병신(丙申: 1956년) 11월 19일부터 이 몸이 우연한 신병으로 4월에 이르러는 할 수 없이 외과수술을 하고, 그래도 좌견불수증(左肩不隨症: 왼쪽 어깨가 따르지 않는 병증)으로 전신신경통으로 지금까지 하루도 이 몸의 건강을 불허하는 중에 또 채귀(債鬼: 빚쟁이)의 독기(毒氣)가 병중임을 엿보고, 급습하여 이 몸의 정신과 육체의 몰락을 보고자 총공격을 하는 것임에도 불구하고 이 몸은 무저항주의로 진세(陣勢)를 포(布: 펼치고)하고, 1년간을 작전한 것이 12월말 경에 와서 채귀(債鬼)도 거의 퇴진(退陣)하고, 병귀(病鬼)도 거의 퇴진하고 다만 소소한 여○(餘○)만 있을 뿐이요, 거의 6할의 복구는 된 것 같다. 점점 소생 중이다.

그리고 내 가정에 수십 년 만에 손아(孫兒: 손자아이)를 생산하여, 제3세를 보게 된 금년이라 백 가지 괴로움이 있어도 다 인내해야 할 것이다. 금년만은 이런 이유로 이 책자와 총대면한 번수(番數: 횟수)가 수삼회(數三回)에 불과하다. 이것도 성쇠(盛衰)의 운(運)이 있는 관계가 아닌가 한다. 내 몸, 내 정신이 산란하니 세사도불관(世事都不關: 세상사 모두 관여치 않음)이라는 격이었다. 그러나 금년 중에 내 몸이 갱생할 조짐이 보이게 된 것은 육체적으로나, 정신적으로나 최악의 경계를 넘은 것 같고 또 내 자신이 근신(謹愼: 삼가고 조심함)을 하게 됨이 병후완소(病後完蘇: 병후완치)만 되면 도리어 육체적으로, 정신적으로 갱생할 수 있다고 본다.

이것이 인생은 60으로부터라는 말을 회상케 된다. 다른 제석(除夕)날이면 1년 경과를 대강 말해 보았으나, 금년만은 사회 백태(百態)를 다 불관(不關)에 부(付: 부침)하고 다만 내 일신의 정신과 육체에 대한 소생의 징조를 반가이 생각하고, 함양(涵養)할 방식을 연구할 뿐이요, **신외무물(身外無物**: 몸 외에 다른 것이 없다. 다른 어떤 것보다도 몸이 가장 귀하다)이라고 당분간은 다른 기사(記事)는 중지할 생각이다. **시시비비론(是是非非論)**도 역시 중지하고, 다만 내 함양과 인재 양성에 주력할 뿐이다. 이런 관계로 금년 소경사(所經事: 겪은 바 일)도 내 일반사는 전부 피하고, 간단히 이 해를 보내는 내 심정만 기록하고 다시 내 몸에 이런 시련이 아니 오기를 바랄 뿐이요 평생을 두고 잊지 못한 **정유년(丁酉年**: 1957년)이라는 것을 특기해 둘 뿐이다.

가정적으로 손아가 탄생하고 내 일신에 외과수술을 하였고 경제적으로 아주 파탄이 되었었고, 내외간에도 일시적이나마 수개월간이나 불화하여 **언어불교(言語不交**: 말을 나누지 않음)를 하였고, 1년간이나 서울 출입을 못하였고, 금년에 병자 중에 4인의 **물고(物故**: 죽음)를 보고, 또 3인의 **환원(還元**: 죽음)도 보았다. 이것이 다 경험상 중대점이다. 그리고 **계동(鷄銅**: 구리 닭)의 실험과 수종(數種) **신약(新藥)**의 발견이 다 금년 내 몸에 관한 일이다. 내 친근인(親近人)의 배반과 **이간(離間**: 이간질)도 있었던 것이나 이것은 말세(末世)의 상례(常例)이다. 괴이(怪異)할 바 아니요, 신옹(申翁)의 무신(無信: 신의가 없음)도 있었으나 이것도 신 옹의 환경이 좌우한 것이요, 그 양심이 이러함이 아니라고 본다. 그리고 내가 금년 중에 일차라도 정신수련을 할 예정이 있었는데 이를 실현 못한 것이 내 약점이며, 이것이 경제력 부족에 있었다. 이런 것이다 내두(來頭: 장래)에 **보경**(寶鏡: 보배 거울)으로 삼아야 한다. 금년의 공사(公私) 공히 다사(多事)한 해였으나, 공적(인 것)은 **일언불급**(一言不及: 한마디도 언급하지 않음)할 생각으로 이만 붓을 그치노라.

정유년(丁酉年: 1957년) 대회일(大晦日: 음력 12월 30일)

봉우서(鳳宇書)

1958년 무술(戊戌)

무술(戊戌: 1958년) 원단(元旦: 설날아침)을 맞으며

이 우주사(宇宙史)가 있은 후 지금까지 동서양을 통하여 연대가 약 5,000년이나 된다고 추정한다. 1년 360일이면 일자로 환산한다면 180만 일이 된다. 이 길고 긴 날 나날이 다 같은 날이지 무엇이 다를 것이 있는가? 과거사도 이러하니 이를 미루어 보면 미래사인들 무엇이 다를 것이 있으리요? 그러니 대회일이니, 원단이니 하는 것이 다 인간들이 조작한 것이지 이 날, 저 날이 다 이 우주의 대공전(大公轉)의 일부분임에 불과하다. 그렇다고 아무 분별없이 되어 가는 대로 대자연에 맡기면 인간의 수명이 장기(長期)를 백년이라 하고, 보통이 그 이내에서 생로병사하는 것이라 그래서 이 자연적으로 불휴의 공전하는 것을 한 마디, 한 마디를 일일(一日: 하루)이라고 정하고, 또 이것을 합하여 일월(一月: 한 달)이 되고, 또 이것을 합하여 일서(一序)가 되고, 또 이것을 합하여 일년(一年)이 되어 원회운세(元會運世)가 다 사람이 정한 것이다.

환언하면 일일(一日), 이일(二日)을 태양의 광선이 이 지구에 완전히 일주(一周)되는 것을 말함이요, 일월(一月), 이월(二月)은 태음(太陰), 즉 월광(月光)이 일주영허(一周盈虛: 한 번 돌아 차고 빔)함을 말함이요, 일서(一序)라는 것은 일년을 사분(四分)하여 춘하추동으로 구별한 것이다. 역시 인간들이 정한 것이다. 그러니 천지간에 순환무단(循環無端: 끝없이 돌고 돎)한 이 대공전을 우리 인간들의 의사로 구분한 날이지만 그래도 우리가 정했어도 우리가 그날을 소중하게 보내야 하는 것이다. 말하고자 하는 본론에 온 것이다. 나도 "무술년 원단을 맞으며"라는 제목을 걸고 붓을 든 것은 이날이라고 별다를 것은 없으나, 우리가 정한 일일(一日), 일일이 합해서 일월, 이월이 되고 이달, 저달이 합하여 춘하추동이 되어 일년이라는 시간이 다 경과하고 다시 이날을 맞으며, 이날이 바로 우리가 정한 무술년 원단이라는 날이다.

별 날은 아니나 우리가 금년 360일간에 기대하는 일과 우리 자신이 실행해야 할 일을 마음대로 기록코자 하는 것이다. 금년 행사 중 공적으로는 제일 중요하다고 보는 것은 우리 대한민국 사람으로서는 국태민안(國泰民安)하기를 바라고, 사적으로 소원성취하기를 바랄 뿐이다. 국태민안하자면 풍년이 들어야 하겠고, 백성들의 경제 문제가 해결되고 보건 문제가 확립되며, 대외, 대내 문제가 다 선해결(善解決)되어야 비로소 국태민안 할 일이라고 생각한다. 그런데 대외, 대내책 중에는 남북통일 문제가 개재하고, 대외경제 안정책이 포함되어 있다고 생각된다.

물론 위정자들의 선치(善治)가 주역할일 것이나 이 문제는 정부 책임들이 어련할 리 없으니, 언급할 필요는 없고 주로 금년에 다시 뽑는 민의원들의 역량 여하가 비록 삼권분립이라 하나 대할역을 하고 있는 것은 가리지 못할 일이다. 백성으로서 선출의 권리가 있는 것인데, 아직 우리 백성들이 선출을 신성화(神聖化)하지 못하고, (부화)뇌동(雷同)하는 폐가 없지 않다고 생각된다. 다만 바라는 바는 유권자 일동이 일표, 일표를 허무하게 사용 말고 글자 그대로 선량(選良)을 하였으면 국가에서 삼권(三權) 중의 일권(一權)이라도 우수할 수 있을 것이다. 금년에 바라는 최중(最重)의 요망(要望)이다.

그다음 우리 각자가 각자의 실력대로 발휘하여 자립할 수 있도록 추진하였으면 **가급인족**(家給人足: 집집마다 생활이 풍족함)으로 국태민안의 초석이 될 것이라고 생각되는 것이다. 이것은 공적으로 바라는 것이요, 사적으로 바라는 바는 내 일신에 대하여 금년에 건강이나 확보하고 정신수련할 시간이나 경제나 준비되고 따라서 **연정원**(研精院) 갱생(更生)의 방책이나 수립되었으면 이 이상 더 바랄 수 없는 일이요, 가족적이라면 일가의 큰 액(厄)이나 없고 건강들이나 하고, 자식은 군무에 충실히 복무하고 손아(孫兒)나 **줄장**(茁長: 풀이 눈터서 자람)하였으면 하는 바람이 있을 뿐이다. 이것으로 원단을 맞으며 내 소원을 기록해 보는 것이다.

무술년(戊戌年: 1958년) 원단(元旦)

봉우서(鳳宇書)

서울 왕복에서 들은 편편(片片: 조각조각) 소식

무술년 원단을 맞이하고 가내별고(家內別故)는 없었으나, 가족들이 단합하지 못하고 본가에서는 서모와 나, 내외 3인을 합하여 4인이 과세(過歲: 설을 쇰)하고 서울에서는 가아내외와 손아 ○○이가 과세하였다. 그래서 정월 초7일(初七日)에 ○○을 대동하고 서울행을 출발하였다. 여행 중에 들은 편편 전설을 소견차(消遣次) 기록하는 것이다. 무순무서(無順無序)하고 다만 내가 생각나는 대로 일건(一件)씩, 일건씩 소견법으로 알고 회상해 본다.

제1건 자유당 공인 후보자(공천을 받은 후보자) 발표에 전해오는 잡음.

발표를 앞두고 서로서로 내가 자유당 공인이 확실성이 있다고 믿고 있던 것인데, 발표일의 확정을 보면 정반대인 인상이 많은 것 같다. 현장 조사에서 아주 악평이 자자한 인사도 상대방에 호평인 인사를 물리치고 공인을 받은 예가 십상팔구(十常八九: 십중팔구)는 되는 것 같다. 낙선자들의 말을 들으면 모(某) 지구 공인자는 3,000만 원 수표를 지불하고 공인을 받았느니, 4,000만 원을 주고받았느니 하는 설이 경성드뭇(많은 수가 듬성듬성 흩어져 있음)하고 또 모씨는 서대문 경무대 내상(內相: 내무장관) 직계라 문제없이 제난관을 물리치고 공인되었다고 전하고 원외파에서 유능하다고 인정되는 인물들은 총 제외되고 만 것이 사실이라고 한다. 원외 유능 인사라면 타일(他日) 거수기 당시에 혹 이론이 있을까 해서 제외한 것이요, 또 원내파에서도 비주류파는 대체적으로 제외된 모양이다.

그리고 소위 만송파(이기붕파)나 또 박마리아파래야(박마리아파가) 단연 우세한 것은 사실이다. 원내파로도 4년간 어떤 죄과를 범하였던지 상납 잘하고 거수에 맹목 복종한 자에 한해서 제1회 공인이 된 것은 가리지 못할 사실이라고 하며, 낙선자들 말은 이러하다. 지방에 앉아서 생각하기는 자유당이 말단이 부패하였으리라고 생각하고 중앙에서는 그래도 양심적으로 지방 인물을 택하는 줄로 믿고 자유당 공인을 청한 것이지 현장에 와서 보니 중앙당부라는 곳이 더 이상 부패 여지가 없이 부패되었다고 곧 하향(下鄕: 시골로 내려감)하며 탈당 수속을 하느니, 탈당 성명을 하느니 하는 인사가 다대수를 점하고 있다. 가위(可謂: 가히 이르자면) **수지조자웅**(誰知鳥雌雄: 누가 새의 암수를 알랴)이라는 말이다. 공인에 낙선되었으니 그렇지 그 인사들도 당참(當參: 당연히 참석)해서 민의원이 되면 역시 전일 자유당 의원들과 같을지 알 수 없는 일이다.

민주당이나 통일당에서도 각자가 다 반수석(半數席) 이상을 목표로 매진하는 것 같다. 우리 생각에는 **이포역포(以暴易暴)** 아닌가 한다. 자유당이건 민주당이건 더구나 통일당 정도는 그 인물들이 다 그만그만하다고 본다. 그리고 민간에서 역시 신경이 아주 둔해진 것 같다. 아무가 민의원으로 나오면 무엇하는가 다 동일하다고 본다. 진보당은 아주 공보원에서 취소되었으니 예외로 하고 금번에는 순무 소속은 일할 내외가 아닌가 한다. 나 역시 민의원 선거에 그리 관심을 두지 않는다. 이것이 출마평을 내리는 인사들의 가고오고 하는 말들인 것 같다.

그다음 신옥 군은 이때에 이 사람의 결핵환자를 치료해 준 관계로 삼산제약소 허가를 얻어서 전(前)장소 근지(近地)에다 매가(買家: 집을 사다)하고 신문지상에 자주 광고를 내더라고 전한다. 일인(一人)씩이라도 성공하기를 비는 바이다. 그다음 성득환 군의 영윤(令胤: 남의 아들을 높여 이르는 말) 백순 군이 도미(渡美) 유학해서 성적이 양호하다고 한다. 송무백열(松茂栢悅: 솔이 무성하니 잣나무도 기쁘다)하는 것이다. 일인(一人)씩이라도 우리 민족으로 우수한 학자가 많이 나오기를 바란다. 학비로는 1개월 미화 140불 정도면 되고, 책값은 예외라고 한다. 반가운 일이다. 성태경 군도 금년에 연기에서 민의원 출마를 한다니 당선되기를 바라는 바이다. 그다음 황의환 군을 만났다 여전하다. 의식(衣食)에는 별 지장 없는 것 같으나 무슨 취미를 가지고 있는지 알 수 없는 일이다.

그다음 송원을 잠시 상봉하였는데 대단히 분요(紛擾: 어지러움)하다. 공주 인사들이 인산인해(人山人海)하다. 아마 거의 다 선거풍인 것 같다. 송원도 자유당 공인을 신청 말고 무소속으로 출마하는 것이 더 유리하리라고 본다. 중립 인사들은 무조건하고 자유당에 투표하지 않고자 하는 병이 있다고 본다. 생각할 여지가 있는 것이다. 그다음 이종(姨從: 이종사촌) ○○군을 서울 시외인 답십리로 방문하였는데, 잡화상을 신개점하고 매일 평균 1만 원 이상의 매상이 있다고 한다. 경기 좋은 날은 5~6만 원 매상이 된다고 하니, 농촌생활보다는 나을 것 같다. 사실에 있어서는 서울 번화지에서 상점을 가진 사람들은 외관 문제로 비용이 막대하게 소비되어서 실리가 부족한 데 비해서 시외지대가 나을 것 같다고 본다. 종제(從弟: 사촌아우) ○○이도 ○○상회라고 점포를 보고 있는데, 내 이종보다 자금은 몇 배 이상이나 실수입은 이종만 못한 것 같다. 이것이 서울생활상이다.

　종제 ○○이는 허영심에 가구 일체가 다 실질이 없는 부화물(浮華物)뿐이요, 가정생활에 실리적을(실리적으로) 힘쓰지 않는 것 같다. 아직 청년인 관계일 것이다. 그다음 김덕규를 방문하니 여전히 신기루 생활을 하고 있다. 서울이라는 곳이 이상한 곳이라고 생각한다. 그다음 가아(家兒) ○○의 생활을 보니, 아주 말할 수 없는 곤란을 보는 것이다. 이것이 신살림의 신산성(辛酸性: 고초, 힘듦)을 아는 것이라 좀 경험 얻기를 바란다. 이상으로 서울 여행 중 편편을 기록해 보는 것이다.

무술(戊戌: 1958년) 정월 26일

봉우서(鳳宇書)

수필: 성불성(成不成: 성공과 실패)은 조물주에게
맡기고 죽을 때까지 나아가자

작년 1년을 병중에서 보내고 정신이 혼미(昏迷)하여 이 책자와 상대를 못한 것이 금기월일(今幾月日: 이제 몇 달, 며칠)인지 생각조차 나지 않는다. 금년도 여전하게 정신혼미 상태를 계속하는 것이다. 그러나 내 마음만은 소호도 변함없이 초지를 관철코자 하는 것이다. 다만 내 몸의 주위 사정이 허락지 않아서 마음대로 진행을 못할망정 마음에 태성(怠性: 게으름)을 일으킨 것은 아니다. 금년도 작년의 부채를 청산 못한 관계로 경제적으로 핍박을 근년에 처음 보게 당하고 있고, 신체의 건강상도 아주 말 못 되게 쇠약되어 매일 병석에 있다시피 되니, 무슨 일을 경영할 수 있겠는가?

여기서 비로소 운명론을 부르짖게 되는 것이다. 내가 항상 말하는 유지자사경성(有志者事竟成: 뜻을 가진 자는 마침내 일을 성공함)이라고 자경(自警)하는 것이나, 주위의 백반 사정이 경제적이나 시간적이나의 일건(一件)도 여의(如意)한 것이 없이 다만 사면초가(四面楚歌: 고립무원의 곤란한 상황)를 부르고 있게 되어 타인의 장족진보(長足進步)를 보고 당연히 축하해야 옳은 일인데 불구하고 마음 한 구석에서는 시기지심(猜忌之心)이 맹아(萌芽: 새로 트는 싹)되는 것 같다.

타인의 호운(好運)을 부러워할 것이 없으나, 내 몸의 불운 관계로 마음이 좀 약해지는 것 같다고 생각된다. 사실에 있어서는 신외무물(身

外無物: 몸 외에 다른 것이 없음)이다. 타인이야 무어라 하든지 백사(百事: 모든 일)를 제폐(除廢: 제거하고 없앰)하고 내가 할 일만 전력을 하면 비록 노쇠하였을지언정 일보라도 전진할 수 있을 것은 불문가지(不問可知: 안 물어봐도 앎)의 일이다. 그러나 내 주위 환경이 불리해서 순풍괘범(順風掛帆: 순한 바람에 돛 달음)을 못하고 **구절양장**(九折羊腸: 아홉 번 구부러진 양의 창자라는 뜻으로 꼬불꼬불하며 험한 산길을 이르는 말)에 **건려**(蹇驢: 절뚝이는 나귀)의 **복중**(伏重: 무거운 짐을 실음)한 것을 **책지구지**(策之驅之: 채찍질하고 말 몰고)하는 것이 이것이 불운(不運)이라는 것인 것 같다.

비록 불운이라고 내 마음을 중도개로(中途改路: 중간에서 길을 바꿈)할 수는 없는 것이요, 최대한 노력을 경주하고, 성불성(成不成)은 화옹(化翁: 造化翁, 조물주造物主)에게 맡기고 **지사**(至死: 죽을 때까지)토록 지지(遲遲: 몹시 더딤)하나마 나가는 것이 내 일생에 부하(負荷: 짐을 짐)된 책임이요, 의무라고 자신하는 관계로 **원천우인**(怨天尤人: 하늘을 원망하고 남 탓을 함)하고 싶지는 않다. 다 내 자신을 수양함으로써 내가 하고자 하는 일의 **지속**(遲速: 더딤과 빠름)을 판정할 수 있다고 보는 것이 가장 타당하다고 생각된다. 금일부터 내 몸의 건강, 불건강과 주위 사정의 **허부**(許否: 허락 여부)를 **불관**(不關: 상관 안 함)하고 또 이 책자와 **상친**(相親: 서로 친함)할 것을 맹세하고 또 내 목표 달성을 위해서 최대한의 노력을 다할 것을 **겸서**(兼誓: 겸하여 맹세함)하고 이 붓을 그치노라.

무술(戊戌: 1958년) 4월 16일

봉우서(鳳宇書)

이윤직 동지의 내방(來訪)

병신년(丙申年: 1956년) 하간(夏間: 여름 동안)에 **상별(相別: 서로 이별)**
한 후에 내 몸은 신경통으로 지우금(至于今: 오늘까지)까지 불건강을 지
속하고 있고, 이 동지는 중풍증으로 반신불수(半身不遂)가 되어 1년을
경과하였다. 소차(小差: 작은 차도)가 있어서 겨우 행보는 하는 중이라
고 서신을 보았다. 그러다가 의외에 2월 20일경에 이 동지가 신야(莘
野)로 고인을 방문한 것이다. 이 동지나 내 몸이나 서로 **상친(相親)**한
것이 경술년(庚戌年: 1910년)이었다. 49년간 하루같이 변함없는 **친붕
(親朋: 친한 친구)**이었다. 중년에는 사상관계로 서로 배치되어 우정만은
불변하였으나, 그래도 동심(同心) 협력은 못한 것이 사실이었다. 그러
던 것이 왜정 말기부터 이 동지의 사상적 견해가 점점 전환되어 민주
주의에 접근하여진 것은 가리지 못할 사실이었다. 그러다가 을유 광복
후로 건준(建準: 건국준비위원회) 당시의 옛날 사상 동지들의 처사가 이
동지의 기대와 180도 차이가 발생한 데에서 아주 그 권(圈)에서 탈출
한 인물이 되어 6.25 당시에도 노동당의 특별 심사를 받은 것도 들어
서 아는 일이다.

그러나 이 동지의 본성이 **청렴개결(淸廉介潔: 깨끗함)**한 인격자라 현
시대사조에 합류되지 못하여 항상 **우우량량(踽踽凉凉: 고독하고 쓸쓸함)**
하고, 불평을 토하며, 환경이 역시 각 각도로 현 시대에 불합되는 관계
로 경제적은 물론이요,

기타 사정이 이 동지의 일거수일투족을 평심서기(平心舒氣: 마음을 평온하게 하고 기운을 풀어줌)하게 행동을 못하게 되어 항상 **궁불능자존**(窮不能自存: 가난하여 스스로 생존이 불가능함)하는 현상이었다.

더구나 가정생활이 **노이무배**(老而無配: 늙고 아내가 없음)하고,

귀이무가(歸而無家: 돌아가도 집이 없음)하여,

왕래분주(往來奔走: 분주히 오고감)에 **소무향락지취**(小無享樂之趣: 조금도 즐거움을 누릴 것이 없음)하니, **가련신세**(可憐身世: 가히 불쌍한 신세)로다.

수유현윤(雖有賢允: 비록 어진 자제가 있으나)이나,

각자도생(各自圖生: 제각기 살 길을 도모함)에 **사육**(事育: 아버지를 모시고 자식을 키움)이 **구결**(俱缺: 모두 결여됨)하니, **애차인생**(哀此人生: 이 인생을 슬퍼함)이로다.

연이리우(然而李友: 그러나 리씨 친구)는 **소회우국애족지상**(素懷憂國愛族之想: 평소에 우국애족의 상념을 마음속 품음)하여,

어빈궁(於貧窮: 가난함)에 **소무원우**(小無怨尤: 조금도 원망하거나 잘못을 따지는 일이 없음)하고,

상욕이도덕(常欲以道德)으로 **재차금수세계**(濟此禽獸世界)하여 – 늘상 도덕으로 이 금수세계를 다스리고자 함 –

욕확립장춘세계지초석(欲確立長春世界之礎石: 늘봄 세상의 초석을 확립하고자 함)하여,

오륙지기(五六知己: 오륙 명의 막역한 벗)로 **불고가인생산작업**(不顧家人生産作業: 집안 식구들을 먹여 살리는 생업을 돌아보지 않음)하고,

이발기자수년이여역찬기도덕평화운동이구차난세지발익금수지역(已發起者數年而余亦贊其道德平和運動而救此亂世之拔溺禽獸之域: 이미

발기한 것이 몇 해가 되었고, 나 또한 도덕평화운동에 찬동하여 금수의 영역으로 빠진 이 어지러운 세상을 구하려 함)이나,

기어실천궁행(其於實踐躬行: 그 몸소 행함)하여는 미지하방법(未知何方法: 무슨 방법을 써야 하는지 모름)이라.

상이차세계인류지공환자(常以此世界人類之共患者: 늘 세계 인류로서 같이 근심함)는 멸륜패상(滅倫敗常: 윤상이 없어짐)이나,

도차인류(導此人類: 이 인류를 인도함)하여 인인개욕입어도덕지권자하인야(人人皆欲入於道德之圈者何人耶: 사람마다 모두 도덕의 권역 안에 들여보내려는 사람은 어떤 사람인가?)아.

언수이이행실난(言雖易而行實難: 말은 비록 쉬우나 실제 행함은 어려움)하니,

리우지제창즉시의(李友之提唱則是矣: 리씨 친구의 도덕평화론 제창이 곧 이런 것임)나, 실행즉이하방법호(實行則以何方法乎: 실제 행한즉 어떤 방법으로 할 것인가?)아.

여지사료즉리우지사상(余之思料則李友之思想: 내가 깊이 생각해 보니 이윤직의 사상)이

유현호현세멸륜패상지도(猶賢乎現世滅倫敗常之徒: 현세의 윤상을 없애는 무리보다 외려 나음)나

난거유종지미즉불여독선기신(難擧有終之美則不如獨善其身: 유종의 미를 세우기 어려우니 자기 홀로만 잘함)하여 수범우후생(垂範于後生: 뒷사람들에게 모범을 보임과 같지 않음)일까 한다.

수차권고리우(數次勸告李友: 몇 차례 이윤직에게 권고함)나

리우종불청권(李友終不廳勸: 이씨는 끝내 권고를 듣지 않았고)하고, 결연이기(決然而起: 결연히 일어나)하여, 선명기치(鮮明旗幟: 깃발을 또렷이

함)하고,

이사후이(以死後已: 죽은 뒤에야 그침)로 자경(自警: 스스로 경계함)하니, 여역난재권고(余亦難再勸告: 나 또한 다시 권고하기 어려움)로다.

사지성부(事之成否: 일의 성패)는 불필논지(不必論之: 반드시 논할 것이 아니요)여, 유기의사즉장의(維其意思則壯矣: 오직 그 의사만이 큰 것임)로다.

여여이동지(余與李同志: 나와 이 동지)로 자십여세(自十餘歲: 십여 세에)로 유우국우민(猶憂國憂民: 지금도 역시 나라와 민족을 근심함)하여,

년지육십이불변(年至六十而不變: 나이가 육십이 되도록 변하지 않음)이나, 실즉소무보익어국여족(實則小無補益於國與族: 실제는 나라와 민족에게 조금의 보충과 이익도 없었음)하고,

도이삼천장발(徒以三千丈髮: 도리어 삼천 장 머리털)이 창창자변위백(蒼蒼者變爲白: 창창했던 것이 하얗게 변했음)하고,

건장자변위노쇠(健壯者變爲老衰: 튼튼한 사람이 변하여 노쇠해질 때까지)토록 일무소성(一無所成: 하나도 성공 못함)하였다.

어사어공(於私於公: 사적으로나, 공적으로나)에 무성무후(無聲無嗅: 소리도, 냄새도 없으니)하니,

가위여리우자(可謂如李友者: 가히 말하되, 이윤직 같은 사람은)는 동병상련(同病相憐: 같은 병에 걸려 서로 불쌍히 여긴다. 어려운 처지의 사람끼리 서로 돕고 살자는 뜻)이로다.

천류불식즉가이지강해(川流不息則可以至江海: 시냇물이 쉬지 않고 흘러 강과 바다에 도달함)니,

유축리우(維祝李友: 오로지 비노니 벗 이윤직은)로 불휴노력(不休努力: 쉼 없이 힘쓰고)하고, 자련차신지여초목동부(自憐此身之與草木同

腐: 이 몸이 초목과 함께 썩어 감을 스스로 불쌍히 여기라) 하노라.

무술(戊戌: 1958년) 4월 16일

추기(追記)하노라. 봉우서(鳳宇書)

안상호 동지의 내방을 제(際: 만남)하여

안상호 동지는 45년 전 갑인세(甲寅歲: 1914년)에 **계산**(稽山)**307)**에서 초대면하고, 수년간을 **원원상종**(源源相從: 자주 만남)하던 친우였었고, 그 후 내 선친께 같이 수학(受學: 배움을 받음)한 일도 있었다. 병진년(丙辰年: 1916년)에 상별(相別: 서로 헤어짐)한 후로 43년간을 비록 소식은 들은 일이 있으나, 상봉한 일은 일차도 없었다. 그리고 그 당시에도 안우(安友: 안상호 친구)가 정역파(正易派)**308)**인 하심부(河心夫)**309)** 선생에게 종학(從學: 좇아서 배움)하여 **영가무도**(詠歌舞蹈: 노래 부르고 춤을 춤)**310)**를 하는 것은 영동에서 상봉시(相逢時)에 알았었다.

그러나 그 당시에는 정역파의 주장이 무엇인지 알지를 못하였고, 다

---

307) 충청북도 영동군의 고려 때 이름.

308) 정역은 조선 말기 종교사상가 김항(金恒. 호는 一夫)이 1885년 완성한 민족 고유의 역학(易學)이다. 역수 사상(逆數思想)을 바탕으로 인간과 우주의 개벽(開闢)에 대한 역사 철학의 원리를 해명했다.

309) 봉우 선생님께서 다른 곳에서 언급하신 '하신부(河信夫)'의 이명(異名)으로 보인다. 선생님의 증언을 보면 하신부는 공부가 높아서 한강 물속에 들어가 사흘이나 있다가 나온 적도 있고 '솜틀 기계처럼 생긴 양수기'를 만들어 가뭄을 구제한 일화도 있다. 동작 원리를 알 수 없는 이 기계는 가뭄을 해결한 후 부숴 없애 버렸다.《선도공부》795쪽 '정역파 하신부의 신통과 시해법')

310) 김일부(金一夫)가 정역사상을 수립하는 과정에서 잃어버린 우리 고유의 수행법을 재발견하여 '음吟·아呀·어唹·이咿·우吁'라고 노래 부르고 춤추면서 몸과 마음을 닦은 심신단련법.

만 김일부(金一夫)[311] 선생이 하 선생과 다른 선생들에게 전도(傳道)하였다는 것은 김태부(金太夫)에게 신해년(辛亥年: 1911년)에 들었고, 우리 족인(族人: 동성동본 겨레붙이) 일청(一淸)이나, 월부(越夫)도 역시 정역파라는 정도의 상식이 있었을 뿐이요, 하등 이상의 논리는 본 일도 없었고 또 대면한 일도 없었다. 안우(安友)를 상별한 후로 나도 풍풍우우(風風雨雨: 온갖 변화)에 별별 노선을 다 걸어 보던 관계로 정역관계 학자들도 만난 일이 있고, 서로 토론한 일도 있었다.

역시 나도 역학(易學)을 연구하던 시절이 있어서 계룡산상(山上)에 삼칸 초당(草堂)을 건축하고 연역재(演易齋)라고 제편(題編: 편액을 달음)한 일도 있었다. 이것이 신미년(辛未年: 1931년)일이었다. 그 후 주위 환경이 나의 연구를 중단시켰으나, 그래도 (내가) 역학에는 아주 소인(素人: 초심자, 풋내기)은 아니다. 초학자로는 자타가 공인할 정도였다. 그 후에 안우의 소식을 옥천인들에게 물으면 안우가 하관부(河貫夫) 선생의 적전(嫡傳: 적통 제자)인 김현부(金玄夫)의 정통을 얻어서 소술(紹述: 이어받아 행함)을 하고, 전인미발지묘(前人未發之妙: 앞사람이 밝히지 못한 묘법)를 얻어서 수백 인의 제자를 교도(敎導: 가르쳐 지도함)한다는 말을 수인(數人)에게 득문(得聞: 얻어 들음)하였다.

그러나 이 말을 들은 지도 5~6년이 지났어도 내가 가서 심방(尋訪)도 못하였고, 안우도 역시 내방을 못하였었다. 그러나 서로 잊을 지경은 아니었다. 그러던 중에 의외로 금년 2월에 김홍철 옹(翁)이 내방하여 안우의 소식을 상전(詳傳: 상세히 전함)하고, 김 옹의 포부(抱負)를 피

---

311) 김항(金恒, 1826년~1898년, 호는 一夫)은 조선 후기에, 《주역》을 풀이하여 한국식으로 체계화한 역학의 대가. 《정역》을 주창했다. 평생을 초야에서 주역과 서경을 중심으로 학문을 연구한 역학자(易學者)이자 유학자(儒學者)이다. 충청남도 논산 출신.

력하고, 안우의 정역의 지위를 전하고, 수일을 연이어 머문 뒤, 서로 이별하였던 것이다. 이후 불과 일순(一旬: 열흘)이 못 되어 의외에도 안우가 내방하여 구조지회(久阻之懷: 오래 막혀 있던 내면의 소회)를 상서(相舒: 서로 펼침)하고, 안우가 저술한 정역 해설을 제시함으로써 그간 안우의 노심(勞心), 노력을 상지(想知)하였다.

40여 년 전 친우(親友)로만도 상봉함이 반가운 일인데, 서로 이 우주에 유수(有數)한 사업을 해보겠다는 목적으로 다시 동지를 구하는 것이 40여 년 전 친우라는 데는 기적이 아닐 수 없고, 또 당시 친우인 이윤직 군도 역시 동일한 의사로 우주를 목표로 진출할 도덕론을 가지고 나오게 된다는 것이 얼마나 기적적인가? 십세재과(十歲纔過: 열 살 때 잠깐 지나침)한 소년들로 상친(相親)한 붕우(朋友)가 60대(六十代)에 와서 동일한 우주선(宇宙線: 우주로의 노선, 우주적 지향점, 이상)을 목표로 진출하고자 하는 의지만이라도 그리 용이한 일은 아니요, 일의 성불성은 예외로 하고 우리들의 일생을 기념할 만한 일이라고 생각된다.

말하자면 리우(李友: 이윤직)는 현실을 주로 한 인생의 일용사물상(日用事物上)에서 도덕론을 제창함이요, 안우(安友: 안상호)는 공(空)에서 무극(無極)이 생(生)하고, 무극이 태극(太極)이 되어, 황극(皇極)으로 변하여, 일생양(一生兩: 하나가 둘을 나음)하고, 양생사(兩生四)하여 천하만유(天下萬有)가 이 리(理)에서 불출(不出)한 것은 없다는 변증법론이요, 일부(一夫) 선생의 건론(建論)을 증연(增衍: 더하여 불림)한 것이다. 양인(兩人)이 다 수십 년 간 적공(積功)으로 이런 학설을 제창하는 것, 무엇이라 형언할 수 없는 희열이다. 이 현세를 누구나 금수(禽獸: 짐승들) 세계라 하는 데에서 양인은 가장 지상지대(至上至大: 가장 높고, 가장 큰)의 도덕철학론으로 이 우주를 정복코자 하니, 어찌 반갑지 않으리요?

　내가 안우를 방문하고 김홍철 옹과 합좌(合坐)하여 수일을 토론한 바 있으나, 나는 내대로 역시 주장이 있다. 다 동일한 목표인 것 같다. 다만 방식론이 다르다는 생각이 있을 뿐이다. 내 주장이라는 것은 후일로 미루고 붓을 여기서 그치노라.

무술(戊戌: 1958년) 음력 4월 16일

봉우서(鳳宇書)

금년 선거 결과를 보고 추기(追記)

5.2 선거[312]를 앞두고 여야를 막론하고 자당(自黨)에 유리한 선거전을 하기 위하여 최대한 노력을 경주할 것은 불필갱론(不必更論: 다시 논의할 필요 없음)이요, 가히 수단방법을 가리지 않음을 운위하고 선거전에 임한 것은 물론일 것이다. 여당에서는 경제적으로나 관권으로나 백반(百般: 온갖 것)으로 유리한 조건이 구비되어 있고, 그 반면에 야당으로는 제반 불비(不備: 갖춰지지 않은)를 무릅쓰고 다만 투지만으로 배수진을 치고 선거에 임한 것이라 별 큰 기대를 못한 것도 사실이었다. 그리고 김준연 씨의 모반(謀反)으로 말미암아 치명적 타격이 올 것을 예기(豫期: 예상)하였던 것이요, 이와 수반하여 김준연파도 자파의 어부지리(漁父之利)가 돌아오기를 은연중 기대하고, 통일당을 조직하고, 또 지방에서 이에 응하였던 것이다.

개표 후 경과를 보니 의외에도 민주당이 3대의원에서 40석에 불과하던 것이 79석이라는 재적의원 삼분지일 이상을 점령하였고, 무소속이 28석이요, 자유당이 126석이 되었다. 그리고 통일당은 단일인인 김준연 자신 외에는 몰락이 되었고, 노농당(勞農黨: 이승만 자유당에 반대하는 전진한 등이 사회민주주의를 표방하며 설립한 정당)도 당선자가 없고, 기회를 노리는 중립파도 당선율이 아주 저회(低廻: 낮게 떠서 돎)되었다.

---

312) 1958년 5월 2일에 실시된 대한민국 제4대 민의원(국회의원) 선거.

그리고 서울이나 부산 외 도시에서는 여당이 거의 실패되고 지방에서 여당이 승리를 획득한 것이다.

이것이 금번 선거가 5.30 선거 당시보다 도시민지(都市民智)의 변동이라고 생각되며, 지방에서는 아직 불변태세라고 보는 것이 타당하다. 그리고 각처에 봉기(蜂起: 벌떼처럼 일어남)된 선거 사범의 처리 여하는 문제 외로 하고, 육감적으로 판정을 내리자면 야당에서 사범을 당할 만한 용기가 없으리라고 인정된다. 그리고 만송(이기붕)이 서울에서 출마를 못하고, 괴산으로, 이천으로 분주한 것만은 여당으로서 가리지 못할 수치라고 생각되며, 김산이니, 김두한이니에 기소라는 것도 선거 수반 문제가 아닌가 의심된다.

우리가 거주하고 있는 공주에서는 갑구(甲區)는 자유당에서 2인이 경쟁하여 무공천지구(無公天地區: 무법천지구)로 되었고, 야당에서는 출마조차 못하였고, 을구(乙區)에서는 김달수 군이 자유당 공천으로 십분 자신만만하던 인사인데, 의외에 김학준 민주당 출신에게 패배를 당한 것은 역시 민의의 반영이 아닌가 한다. 여당이 단연 다수당으로 의회에 군림함으로 금후 4년간에 입법부로서의 체면을 유지하여 정부의 과오가 없게 편달함으로 금후 민심 수습의 요강(要綱)이라고 생각된다.

3대 의회 당시와 동일한 불준법(不準法: 법을 따르지 않음) 행사가 다수당이라는 명목으로 선출된다면 이는 민족과 국가의 용서를 받지 못할 죄인이 되고 마는 것이다. 그리고 야당도 비록 소수일망정 입법 정신에 어김이 없이 4년 동안 건투함으로써 차기 민심의 귀추를 미리 증명할 수 있는 것이다. 여야가 공히 권리를 주로 하는 투쟁을 일삼고, 민족과 국가를 염두에 두지 않는다면 여야 공히 민족과 국가의 죄인이 될 것이요, 각자의 생전사후(生前死後)를 통해서 다시 씻지 못할 오점

(汚點)이 될 것이니, 제군의 일거수일투족이 우리의 민족과 국가의 생사존몰(生死存沒)이 된다는 것을 잊지 말지어다.

나는 비록 **산야초부**(山野樵夫: 산야의 나무꾼)이나 역시 이 나라, 이 민족의 일분자(一分子)라 어찌 제군에게 바람이 타인과 다를 리 있으리요? 3대 민의원으로 사사오입(四捨五入)이라는 세계에서 볼 수 없고 다만 우리 민의원에서나 볼 수 있는 오점을 남기고도 **철면무치**(鐵面無恥)한 제군들이 또 무슨 오점이나 범하지 않을까 염려되어 비록 내 한 사람의 수필이나마 이 붓을 드는 것이다.

무술(戊戌: 1958년) 음력 4월 16일

봉우서(鳳宇書)

모(某) 친우(親友)의 질문을 답함 〈참고(參考)〉

모 친우의 초대를 받고 방문한 바, 예의 한훤(寒喧: 날씨의 춥고 더움을 말하는 인사)은 말할 필요 없고, 언왕어래(言往語來: 말이 오고감)하는 중에 가장 중대한 질문이 있었다. 그 친우도 역시 이 우주를 성화(聖化)코자 하는 의도를 가지고 있는 인물이다. 그러나 자기의 복안만으로는 도저히 성공할 희망이 박약하고 치지공간중(置之空間中: 공간 속에 남겨져)하여, 이대후일(以待後日: 뒷날을 기다림)하는 외에 타도(他道)가 무(無)하다고 자인하는 중에 모우(某友)의 편으로 내 포부의 일단을 들은 것 같다. 그래서 자기의 활기를 얻은 것은 고장(孤掌: 한 손바닥)이 난명(難鳴: 소리 나기 어려움)이나, 양인(兩人)이 동심(同心)에 기리단금(其利斷金: 그 예리함으로 쇠를 자름)이라고 같이 협력 진출하므로 성공의 대소구분은 있을지언정 성공의 길은 이 방식이 가장 속(速)하다는 생각이나 내 포부가 사실 가능한가 불가능 망상인가 검토할 필요가 있다고 생각하고, 나를 초대하여 언왕어래에 격동하는 질문전이 시작되었다.

그러나 그 의사만은 좋은 일이다. 불휴의 노력으로 진출코자 하는 것 그 누가 찬성하지 않으랴? 나도 모우(某友)의 열성만은 감사히 여기는 바이다. 그리고 그 성공이 하루라도 속하기를 비는 바이나, 그렇다고 언왕어래(言往語來) 중 격동하는 데 타고 오를 내가 아니요, 단 그렇다고 모우의 희망하는 바를 낙망시킬 정도의 애매(曖昧: 희미하여 분명치 않음)한 답변을 해서도 내 위신상 불가하다. 그래서 "일락(一諾: 한번 대답함)이 **중천금**(重千金: 무게가 천금 같다)"이라고 비록 시기의 조만(무晚: 이름과 늦음)은 있을지 모르나, 실제 가능성이 확실하다는 답안을 내리고, 그 내용의 상세는 회피하고 싶었다. 모우도 내가 자신 있는 답안으로 기분(幾分: 어느 정도)은 신용하였을 것이요, 또 기분(幾分)의 의문도 있을 것이다. 당연한 일이다. 내가 실제적인 답안을 그대가 시원히 알고 보게 하자면 앞으로 10년 이내에 계단적으로 세인에서 발표될 때에 자연히 알 것이다.

내가 항상 말하는 것은 약자의 평화를 구함은 일종의 애원에 불과하는 것이요, 내가 강하면서도 평화를 구하는 것이 진정한 평화라는 주장을 해온 것이다. 혹 오해하면 강한 동물인 사자나 호표(虎豹: 범과 표범)가 아무리 평화하고자 하나, 약자인 타동물이 불신하되 양 같은 극약한 동물은 가장 평화하다는 이론을 말할 수도 있으나, 내가 말하는 강자라는 것은 하필 무력에 한(限)한 것이 아니요, 정신력이나 물질력에 병진한 상대성이 없는 강력을 말한 것이라, 현 세계에서의 물질력으로만 군림하는 것을 물질 대 물질로 승(勝)할 수 있고, 정신 대 정신으로도 쾌승할 수 있는 역량을 완성함으로써 비로소 세계는 **장춘**(長春)세계가 될 수 있다는 이론과 주장을 하는 것이요, 실질적으로도 자신 있는 설계가 있다는 것을 거듭 말해 두는 것이다.

끝으로, 참고로 말해 둘 것은 시간문제인데, 만(滿) 5~6년 내에 완성된 설계가 세인의 이목을 **경동**(警動: 깨우쳐 격려함)시킬 것이요, 만 10년 내에 완전한 시용(試用: 시험 사용)이 될 것이라는 것을 부언해 두고, 또 정신적 진출도 10년 만이면 **우주선**(宇宙線: 우주적 노선, 목표, 지향점)을 돌파할 것이라는 것도 아주 쾌언(快言)해 두노라.

또 이런 반향이 있을지 모른다. 현상은 일건(一件)도 완성품이 아니지 않는가 할지 모른다. 그런 것이 아니라 설계 완성은 **시이구의**(時已久矣: 때는 이미 오래됨)요, 다만 발표의 시기가 상조(尙早: 너무 이름)하다는 것뿐이다. 또 하시든지 발표할 수 있지 않은가 할지 모르나, 그 시기가 아니면 사용도 못하고 실패될 가능성이 있는 관계로 부득불 시기론을 안 할 수 없는 것이다. 물질적은 5종목이요, 정신적은 종목으로 구분할 수 없는 것이다. 상세 설명은 발표일로 미루고 이만 그친다. 혹 시기의 지속(遲速: 느림과 빠름)은 있을지 모르나, 설계 완성된 것임을 **재언**(再言: 다시 말함)한다.

무술(戊戌: 1958년) 4월 16일

봉우지죄근서(鳳宇知罪謹書: 봉우는 죄인 줄 알며 삼가 씀)

손아(孫兒: 손자)의 초도(初度: 첫 생일)를 지내고

내 선친(先親)이 45세에 나를 만득(晩得: 늦게 얻음)하시고, 내가 19세에 남아를 생산하였으나, 이후 조실(早失: 일찍 잃음)하고, 계속적으로 3남 3녀를 실(失)하고 가아(家兒: 자식)를 내 31세에 만득한 것이 내가 가정경제 관계로 취학(就學)을 못시키고 19세에 국방군(국군)에 편입되어 10여 년을 일선 혹 후방으로 전전하여, 6.25 사변은 물론 제주도 토벌작전과 옹진방위에 참전하여 관통상을 입고, 그 후 강화도 일선에서 또 파편상을 입어서 상이용사의 몸으로 일일(一日)도 **안한(安閒: 편안한 틈)**할 날이 없었다. 그래서 27세에 겨우 성혼(成婚)하여, 가아 28세인 정유(丁酉: 1957년) 4월 초9일(初九日) 밤 자시(子時)에 손아를 상신 본제(本第: 고향에 있는 본집)에서 **탄생하니 오가(吾家: 우리 집) 수십 넌래 초도(初度: 맨 처음 닥치는 생일)의 경사(慶事)**로다. 반가운 마음 무엇이라 형용할 수 없었다. 가아가 육군본부 예군감실 기획과에 근무하게 되어 가아의 의사나 자부(子婦: 며느리)의 의사가 서울에서 가정생활을 하였으면 하는 것 같다. 그래서 자부를 서울로 보내게 되었다. 이것은 근대 사조(思潮)로는 당연지사인 것 같다. 그러나 나로서는 자식이나 자부의 각거(各居: 따로 떨어져 삶)는 별 문제시 하지 않으나, 귀여운 손아를 매일 보지 못하는 것이 얼마나 섭섭한지 알 수 없다.

금년 정초에 내가 잠깐 가서 보고 왔는데, 몇 달을 격(隔: 떨어짐)했으나 손아의 내게 따르는 것은 누구보다도 더하다. 이것이 혈통관계로 자연적인 것 같다. 며칠 후에 귀가하고 그 후에 또 자부가 근친(覲親)시에 손아를 대동하고 왔었다. 역시 내게 **촌시불리**(寸時不離: 잠시라도 떨어지지 않음)하는 것이었다. 그 후 상경 후 내가 신병으로 며칠을 불건강해서 일차도 서울을 가보지 못하고, 실인(室人: 아내)만 보내 보았다. 내 생각에는 손아 초하시(初夏時: 초여름 때)에는 상신리로 와서 만나 보려니 하였었다. 그러던 것이 자식의 친구들 접대관계로 서울에서 **초도식**(初度式: 돌잔치)을 지낸다고 한다. 저희들이 하는 것을 내가 반대하기는 불편하여 소실만 서울로 보내고, 실인은 손아건강 기도차로 초8일(初八日: 초파일, 석가탄신일) 동학사에 가서 사실상 손아 초도시(初度時)에는 이 집을 공수(空守: 홀로 지킴)하고 말벗조차 없었다. 이것이 내가 자손복이 부족한 관계인 것 같다.

다만 심축하기는 비록 내가 불초하나마 손아나 잘 장성(長成)하여 **내조지풍**(乃祖之風: 할아버지, 조상을 생각하는 기풍)이 있어서 장래에 성공하기를 바랄 뿐이요, 자식이나 자부는 아무리 호평(好評)을 한 대야 평범에서 지나지 못할 것 같다.

이것이 내가 자식을 교육으로 양성시키지 못한 연고요, 또 자식이 출중한 두뇌의 소유자가 못 된 연고다. 그러나 손아는 장성만 잘되면 보통 두뇌는 결코 아니요, 잘 교육하면 일인당(一人當)은 물론이요, **초군**(超群: 여럿 속에서 뛰어남)할 자질이 은연중 뵈인다(보인다). 바라건대 내두에 **두각**(頭角)이 서기를 바라고, 또 **내조내부**(乃祖乃父: 할아버지, 아버지)의 고독함이 없이 다(多)형제로 우리 문중(門中)을 다시 빛내게 해주기 바라고 이 붓을 그치노라.

무술(戊戌: 1958년) 4월 18일 봉우추기(鳳宇追記)

박홍근의 내방

　박홍근 군이 육상에서 맹훈련을 하다가 서울체육대회에서 실패한 후로 만 2개년을 막왕막래(莫往莫來: 왕래가 없음)하다가, 아주 소식이 없던 중에 구력(舊曆) 연말에 선물을 보낸 후에 내가 일차 가서 만나보았다. 그 후 일차 상신에 오겠다는 약속이 있었으나, 어언 한 달이 경과하여, 아주 망중(忙中: 바쁜 가운데)이라 여의치 못한가 하였더니, 의외에 가아(家兒)가 근친(覲親: 부모님을 뵈러옴)와서 있을 때에 내방하여 금영서 군과 동좌(同坐)하여 다시 육상 (경기를) 출발할 것을 확약하고 그 준비에 만반불비(萬般不備: 모든 것이 갖춰지지 않음)가 없이 하기 위해서 상호 타협해 보고, 가아도 역시 찬의를 표하였다.

　박 군이 30대를 넘어서 선수로서 애로가 많을 것이나, 그 정도는 각오하고 나가야 할 것이라고 군은 결심을 하였다. 이로써 박 군과 금 군과 또 내두에 박태중 군도 합류할 것 같다. 이리저리 합류하면 5~6명은 양성에 착수할 것 같다. 여기서 박 군의 내방이 우리들의 도움이 되는 것이다. 나도 최선을 다하여 속보나 장근제(壯筋劑: 근육강화제) 약품이나를 택해서 이 사람들의 성공에 도움이 될까 하는 것이요, 또 이 사람들도 전력을 다하여 성공의 길을 밟는 것이다.

　우리 민족, 우리 국가의 일이요, 또 자기 각자의 일도 되는 것이라고 생각되는 관계로 나도 이 일을 전심전력을 다하여, 노력코자 하는 것이다. 그러나 다만 여러분들이 비상력을 낼 것인가 아닌가가 의심이 된다는 것이다. 역시 이것도 운명의 소사(所使: 하는 바)라 **수인사대천명(修人事待天命)**할 외에 타도가 무하다고 생각된다. 박 군이 전번에도 운명의 작희(作戲: 훼방을 놓음)가 아니었으면 입선(入選)될 것을 의외의 과로로 실패한 것이 이것이 운명이라는 것이다. 유지자사경성(有志者事竟成: 뜻을 가진 이는 결국 성공함)이라고 작지불이(作之不已: 계속 끊이지 않고 노력함)하면 성공의 서광이 올 것이라고 생각된다. 일로 박 군과 제동지의 성공을 **암축**(暗祝: 속으로 빎)하며 그친다.

무술(戊戌: 1958년) 음력 4월 21일

봉우서(鳳宇書)

《용호결(龍虎訣)》을 재초(再抄: 다시 베낌)하며

수련지서(修鍊之書)가 고금을 막론하고 별별 명칭으로 세상에 출현한 것이 그 수를 헤아릴 수 없을 만큼 종류가 많아서, 초학자들이 어느 것이 진(眞: 참)인지, 가(假: 가짜)인지 알 도리가 전무(全無: 전혀 없음)였다. 그런 고로 비록 진정(眞正)한 책자를 구하고서도 혹 타책(他冊)이 이보다 더 진체(眞切: 온통 참됨)한가 하고 구하는 것이 상례(常例: 보통 있는 일)가 되어 세상에서 흔히 말하기를 진인(眞人)을 만나서 전수심법(傳受心法: 심법을 전해 받음)이 아니면 책자로만은 도저히 (수련이) 불가능하다고 하였다.

초학자로 누가 진인인 줄 알 도리가 없어서 혹 수단(修丹)에 유의하는 인사들도 허송세월(虛送歲月)하는 것이 보통이요, 백무일성(百無一成: 백에 하나도 성공자가 없음), 천무일성(千無一成: 천 명에 한 명도 성공자가 없음)하여 세인이 말하기를 고래(古來: 옛 부터 전해오는) 전설같이 여기고 사실 불가능한 일로 아주 판정을 내리게 된 것이다.

그런데 나는 어찌하여 이 단학(丹學)에 대하여 중의(衆疑: 많은 의심들)를 배격하고 독자적으로 수단설(修丹說)을 제창하는가 하면 내가 아주 유년(幼年: 어린 나이)시대에 내 선비(先妣: 세상을 떠난 어머니)께서 호흡법을 가르쳐 주신 후 나는 무의무식중(無意無識中)에 습관이 제2의 천성(天性)이 되어서 소년시절부터 호흡을 전공한 것인데, 내가 전공한 의사는 변화비승지술(變化飛昇之術: 신통력이 생기는 도술)이거니

해서가 아니라, 선비(先妣: 어머니) 말씀이 이 호흡법을 전공함으로써 총명(聰明)이 배타인(倍他人: 남보다 배는 됨)된다는 말씀에 내가 욕구하는 학문에 총명이 부족한 연고로 제1목적을 성공하기 위해서 시간만 있으면 정좌호흡(靜坐呼吸)을 한 것이다.

그래서 소년시대에 기억력만은 자신이 있었다. 그러는 중에 그 외에 호흡에 수반되는 현상이 자주 있어서 수불가대인언(雖不可對人言: 비록 사람 앞에서 말은 못해도)이언정 지가자이열(只可自怡悅: 다만 스스로 기뻐함)이었다.

그러다가 소년시대라 이것을 악용해서 일시는 생명의 위기를 경과하고 출사입생(出死入生: 죽음의 문턱에서 나와 삶을 찾음)이 겨우 되자, 선비께서 하세(下世: 돌아가심)하시고 내 선친께서는 과화존신론(過化存神論)313)을 주장하시고, 수단(修丹)에를 별취미를 갖지 못하신지라 내게 수단의 시간을 주지 않으시고 또 서모(庶母)가 들어오신 후로 가정이 10여 년을 평화한 날이 없었다. 이것이 내가 재수련을 못한 원인이 되었다.

그러던 중 내 친붕(親朋: 친구) 중에 산주장(汕住丈: 박양래)이 단학을 많이 말하고 사문(師門: 스승의 문하)인 김일송(金一松) 선생이 단학(丹學)의 대요(大要)만을 전수(傳授: 전해 주심)하셨다. 그렇다고 내가 실천에 옮기지 못하고 있다가 그 후에 시간만 있으면 1개월, 혹 2개월 혹 입정(入靜: 고요함에 듦)해 보았고, 왜정 말기에 영어(囹圄: 감옥) 생활

---

313) '과화존신(過化存神) – 所過者化 所存者神'은 《맹자》의 〈진심장구(盡心章句)〉에 나오는 구절로, '군자가 지나가는 곳에는 교화가 이루어지고, 군자가 마음을 두는 곳에는 신묘함이 나타난다'는 뜻. 과화존신(過化存神)은 맹자의 철학, 특히 유교에서 군자의 도덕적 품성에 대한 중요한 가르침으로 여겨진다.

칠삭(七朔: 일곱 달) 중에 만난(萬難)을 배제하고 정좌운신(靜坐運神: 고요히 앉아 정신을 운용함)해 보았다.

그 후 입산도 수차 해보아서 비록 수단지도(修丹之道)의 진수(眞髓)는 알 수 없으나, 내가 경험한 바로 이 정도만이라도 우리 민생에 유리한 길이라고 자신이 나고, 또 경험이 고인의 말씀과 조금도 틀림이 없는 것으로 그 이상의 하신 말씀도 전공함으로써 실현상(實現上)이 확실하다고 나는 자신하는 것이다. 내가 경험한 대로 후진을 양성해 보니, 역시 동일한 노정에 걷고 있는 것을 잘 알게 되었고, 고인들이 간간 기적을 뵈인 것이 별 이상할 것이 없이 누구나 수련으로 가능하다는 자신(自信)도 나게 되었다. 공명(孔明: 제갈량)이 요사여신(料事如神: 일을 다룸에 귀신 같음)이라고 했는데 정좌관심(靜坐觀心)하면 누구나 공명의 요사는 할 것 아닌가 하는 망상도 없지 않다.

대소(大小)는 다를지언정 내가 중국에 있을 때 언어가 불통하는 그 사람들과 필담(筆談)으로 관심술(觀心術)의 일부를 사용하면 그 사람들은 내가 기지여신(其知如神: 그 앎이 귀신같음)이라고 칭탄(稱歎: 칭찬하고 감탄함)하는 것이 비일비재(非一非再)였었고, 자기들의 은비사(隱祕事)를 일부 노출해 보고 군사나 정치에 대한 예언도 해보았다. 정신수련이 된 때에는 별문제 없이 통과되는 것이다. 내가 경험해 본 것으로 누구든지 전공함으로써 가능하고 정련(精鍊: 정신수련)함으로써 가장 명명(明明)해질 것이라고 나는 확언한다.

호흡계단의 고하(高下: 높고 낮음)가 있고, 선천적인 청탁(淸濁)은 있으나, 해서 되지 않을 리는 없고 되어서 신기(神奇)하지 않을 리도 없다고 나는 생각한다. 정신수련으로 사계(斯界: 이 사회, 그 분야)의 권위가 될 만하면 양(洋)의 동서나 시대의 고금(古今)이 아무 관계없고 다만 자기의 성의(誠意) 여하로 우열이 정해질 뿐이라고 나는 확언하는 것이다. 내가 왜정 때부터 대한민국이 수립된 후에도 **명궁마갈(命宮磨蝎)**314)을 면치 못하여 영어생활을 번수(番數: 몇 번)를 부지할 정도로 극형을 많이 당한 관계로 60 노쇠옹(老衰翁)이 되니, 재수련할 자신이 나지 않으나 내 경험으로 후진양성이야 못할 것이 아니다. 그래서 내가 **독현건(獨賢件)**315)으로 정북창 선생의 《용호결》을 동지 김학수에게 정초(精抄)해 달라고 한 것인데, 될 수 있으면 일인(一人)이라도 더 수련 동지를 얻기 위해서 《용호결》을 재초하고 내가 이 책자를 재초하는 마음을 표명하는 것이다.

무술(戊戌: 1958년) 음력 4월 22일

봉우서(鳳宇書)

추기(追記)

정신수련법이라면 동서고금을 통해서 하시대(何時代: 어떤 시대), 하지역(何地域: 어떤 지역)을 물론하고, 비록 방식의 소소한 차는 있으나, 다 있는 것이다. 하필 우리나라에 한하여 독점된 것이 아니나, 다만 우

---

314) 마갈(磨蝎)은 마갈궁, 12궁(宮)의 열 번째로 사람의 명궁(命宮)이 이 궁에 위치하면 험담, 뒷말, 타인의 비난에 시달리는 삶이라는 의미다. 고로 명궁마갈(命宮磨蝎)은 인생 중 험난한 인간관계나 모략, 평가절하의 시기를 나타내는 것으로 보인다.

315) 독현(獨賢)은 '나 홀로 수고롭다'는 뜻으로 훌륭한 재주를 지닌 자가 홀로 어려운 일을 담당하여 고생하는 것을 이른다. 《시경(詩經)》〈소아(小雅)〉 '곡풍지심' 중의 '북산편'과 이를 인용한 《맹자(孟子)》〈만장(萬章)〉 上에 나온다.

리가 살고 있는 지역이 타 지역보다 자고로 정신수련을 하여 성공한 인사가 많았다는 것이 우리들의 자랑거리가 되는 것이요, 또 이 연기사(鍊氣士)들의 경험이 전래하는 것이 많아서 새로 연기(鍊氣)하는 인사들의 편의가 많은 관계로 후진들의 성공률이 타 지역보다 자연 많은 것이 사실이다. 내가 재초(再抄)하는 《용호결》도 역시 여기에 속한 일부라고 본다.

정북창(鄭北窓) 선생이 정신수련에 성공을 하고 자기 경험으로 후학의 노정기(路程記)를 던져 준 것이 이 《용호결》이요, 내가 호흡법을 수련해 보고 내 경험이 다른 선생들의 저서보다 이 《용호결》이 후학의 확실한 노정기가 되더라고 이 책자를 초(抄)해 보았고, 다음 후진들을 그 방식으로 수련시켜 보니 역시 이 방식이 가장 필요하다고 인정되어서 이 책자를 재초(再抄)하여 후학들의 노정기를 가지고 여행하도록 해보는 것이다. 이것이 순전한 계왕개래(繼往開來: 계왕성개래학繼往聖開來學: 지나간 성인의 학문을 잇고 미래의 후학을 열어 줌)의 본심(本心)이요, 소호도 잡념이 개입되지 않은 것이라고 나는 자경(自警)한다.

이 《용호결》을 수련 습득함으로써 천지만물의 원리를 해득할 수 있고, 이 원리를 해득함으로써 형이상(形以上), 형이하(形以下)를 막론하고 우리 민족들의 장족진보(長足進步: 매우 빠르게 나아감)를 도모할 수 있는 것이라고 생각되는 연고로 내 개인의 영고(榮枯: 번영과 쇠락)를 막문(莫問: 묻지 않음)하고 이 책자가 한 권이라도 속히 우리 청장년들에게 배본(配本: 책을 나눠 줌)되기를 바라고 이 붓을 그치노라.

무술(戊戌: 1958년) 음력 4월 22일

봉우서우추기(鳳宇書于追記: 봉우는 추기에 쓰다)

지정현 군의 정신수련 시공(始工: 공부 시작)을 보고

　무술(戊戌: 1958년) 3월 염간(念間: 20일, 20일 전후)인 듯하다. 내가 잠깐 볼 일이 있어서 대전을 가는 도중인데, 노상에서 소년 1인을 만나게 되어서 내 길이 총총(悤悤: 급하고 바쁜 모양)한 관계로 바로 교착(交錯: 엇갈림)이 되어 온천리에서 자동차를 기다리는 중에 시간이 걸리었다. 그러는 중에 아자(俄者: 아까, 조금 전) 노상(路上)에서 만난 소년이 총총히 와서 인사를 한다. 초면이라 누구인가 하고 문(問: 물음)하니, 아산(牙山) 사는 지소년(池少年)이라고 한다. 나를 찾는 이유를 문(問)하니 정신수련을 하고자 사방으로 선생을 구하다가 계룡산에 와서 내 소식을 듣고, 찾아왔다는 것이다. 이 정도의 의사를 듣고 자동차 시간관계로 나는 대전으로 가고 지 군은 상신으로 가서 기다리라고 하였다. 수일 후 귀가하여 보니, 지 군이 고대하고 있었다. 그래서 상세사를 물으니 확실한 답변은 없고 그저 공부를 해볼까 하고 왔다는 간단한 이유뿐이었다. 원대한 목표는 무엇인가 하고 물어보았으나, 일체를 어물어물하는 관계로 상세 사정은 알 수 없는 일이다. 다만 소년으로 공부해 보겠다는 마음만 감사할 뿐이다. 그러나 내가 경제적 여유가 없는 사람이라 쾌락(快諾: 흔쾌히 허락)을 못하고 내 사정을 말하였더니, 지 군이 본가에 다녀와서 입산해 보겠다는 것이다. 임기자위(任其自爲: 그가 스스로 함에 맡김)했을 뿐이었다.

　4월 초순에 지 군이 몇 달 식량을 준비해 가지고 시공(始工: 공부를 시작함)코자 왔었다. 그래서 본격적인 의사를 검토해 보았으나 여전히 본의는 애매하고 다만 호기심으로 정신수련을 해보겠다는 것이요, 또 정신을 수련하느니보다 **차력(借力)**을 해보았으면 하는 요청이 있다. 그래서 여러 가지로 생각한 끝에 백일수련(百日修鍊)인 수차(水借)를 1회 내지(乃至) 2회의 실패를 각오하고 시공해 보라고 연습적인 수련을 시키는 중인데, 18세 소년으로는 제법 용감성 있게 야간수련을 한다. 1월 내지 2월의 경과를 보아서 본격적인 수련을 지도할까 한다. 현상은 시간이나 방식을 전부 연습 정도로 편의를 보아 주는 중이다. 제1차는 실패하려니 하고, 2차에서 **맹진성공(猛進成功**: 맹렬히 돌진하여 성공함)하였으면 하는 것이다. 내가 아직 현장지도를 한 일이 없고, 또 지군도 장시간을 지속해 보지 않았다. 이것이 연습적이라는 말이다. 유지자사경성(有志者事竟成: 뜻있는 자는 결국 성공함)이라고 지 군도 앞날의 성공 있기를 바라고 또 확실한 입지를 하기 바라는 바이다. 현상과 같이 주의, 주장이 확립치 못하면 지도할 취미가 **별무(別無**: 별로 없음)한 것이다. 그러나 소년으로 공부에 유의(有意)한다는 것만으로 **유현호무(猶賢乎無**: 없는 것보다 나음)라고 생각하고 비록 준비연습일망정 시공시킨 것이다. 후일의 경과를 보기 위해서 기록해 보는 것이다.

무술(戊戌: 1958년) 음력 4월 23일

봉우서(鳳宇書)

수필 : 우리 민족의 의식주 수준을 향상시킬 지도 인물이 곧 나올 것임을 예언함

우리가 일상생활하는 데 필요한 것이 의식주(衣食住) 3건이라고 하나 제1 선결 문제가 식(食)생활일 것이요, 그다음이 의복이요, 또 그다음이 거주(居住)일 것이요, 장구적으로 보면 거주가 중요하고 외관적으로 의복이 그다음이요, 실질적으로는 음식물이 그다음이 되니, 숙선숙후(孰先孰後: 누가 먼저고 누가 뒤인가)를 물론하고 도저불가분(到底不可分: 도저히 나눌 수 없음)의 생활 조건이다. 고인이 말하기를 의복은 나체를 면함으로써 족하고, 음식은 충기(充飢: 주림을 채움)함으로써 족하고, 거주는 풍우(風雨)를 가림으로써 족하다 하였다. 사실은 이 정도면 족한 것이나 실제로 인간사회의 생활 정도를 보면 천차만별(千差萬別)이 있고 욕구도 사람마다 다르다. 원리의 귀추(歸趨)를 보면 천태만상(千態萬象)이 다 의식주 문제 해결에 그치고, 좀 초월한 인간이라야 비로소 이 문제를 도외시하고 정신의 배양으로 윤리도덕을 제창(提唱)해서 영생(永生)을 도모(圖謀)하는 것이다.

이 부류는 전 우주(全宇宙)에서 극소수에 불과하고, 대다수의 인간사회는 될 수 있는 한 호화로운 의식주와 그에 부수되는 일체의 향락생활을 도모하기 위하여 인여인(人與人: 사람과 사람), 족여족(族與族: 민족과 민족), 국여국간(國與國間: 국가와 국가 사이)에 벌어질 일, 이 관계에 지나지 않는다. 거세개연(擧世皆然: 온 세상이 모두 그러함)하다는 것은 아니나, 여기서 벗어나는 사람은 참으로 극소수라는 것이다. 그러나 이 영생(永生)을 도모코자 하는 사람도 의식주를 비록 중요시는 하지 않으나, 그렇다고 아주 도외시하지도 않는 것이 인간으로 면치 못할 사정이다. 다만 이 부류와 저 부류의 치중점이 다르다는 것뿐이다. 그런데 현 세계 인류 중에서 의식주가 가장 빈약한 곳은 아주 야만인들을 제외하고는 우리 한국보다 못한 곳은 별로 없으리라고 나는 생각된다. 이에 수반되는 제문제가 다 그러하다.

이것은 그 원인이 한말(韓末: 대한제국 말기) 정치 혼란을 경과하고 왜정하 36년 압박하에서 우리 민족이 **구사일생(九死一生)**의 정신으로 겨우 지내왔고, 그 후 을유광복 후에 38선의 장벽하에 군정 3년을 경과하고 겨우 수립된 남한 정부가 아직 민생 문제에 **안비막개(眼鼻莫開**: 눈코 뜰 새가 없음)인 중, 더구나 우주사상(宇宙史上)에 드물게 보는 6.25 참변으로 **동민참살극(同民慘殺劇**: 같은 민족을 참혹히 살육하는 연극)을 연출하여 남북한을 물론하고 건설을 파괴로, 안녕질서는 문란(紊亂: 어지러움)으로, 사상(思想)은 폭동(暴動)으로 변하여, 이래(伊來) 4개 년 간 전쟁이 **인민(人民)**의 활지옥(活地獄: 생지옥)을 양성(釀成: 빚어 만듦)해서 **부중지어(釜中之魚**: 솥 안의 물고기)격이 된 우리 민족이다.

다만 일루(一縷: 한 가닥) 희망은 생명을 보존하는 데 그치었으니 무슨 의식주 해결 문제까지 가지고 나올 정신이 없었고, 그 후 휴전이 된 지 6년이라는 긴 세월이 되었으나, 위정자들이 아직 민생 문제를 조상(俎上: 도마 위)에 두고 **시정(施政**: 정치를 시행함)하는 것이 아니라 서로 서로의 **정권쟁탈전과 사리사욕(私利私慾)**의 발표장으로 화한 현 위정 자들이 무슨 정신으로 민족이나 국가의 안녕질서를 유지하고 민족의 일상생활을 향상시킬 수 있을 것인가? 그래서 민간인들도 거의 다 오일경조(五日京兆)316) 격으로 장구책(長久策)은 없고 하루살이 생활로 지내는 것 같다. 그러하니 하가(何暇: 어느 겨를)에 의식주가 향상될 것인가?

타국, 타민족들은 물질문명이 가속도로 발전하여 작년이 태고(太古: 아주 오랜 옛날) 같고, 작일(昨日: 어제)이 백년 전 같은 감을 가지고, 서로서로 경쟁적 진출을 하고 있는데 우리 국가는 여전히 사농공상이 소호도 발전성을 가지지 못하고 학자는 퇴보일로를 걷고 있고, 농업은 천년 전이나 현상이나 소호도 변함이 없이 농지개량이니, 종자선택이니, 비료안시(肥料安施: 비료를 안전하게 뿌림)니, 임업증산이니, 축산장려니 하나 도무지 원숭이 흉내에 불과하고, 빙공영사(憑公營私: 공적임을 빙자하여 개인의 이익을 꾀함)로 특권층의 **고복책(鼓腹策**: 배 두드리는 정책)에 불과하고, 산림은 명목 여하를 불구하고 도처가 다 **적나라(赤裸裸**: 발가벗음)하게 되었고, 소호의 진전도 못 보겠으며, 공업은 한심하기 짝이 없다. 일정시대에 경영하던 방적공장깨나 운영할 줄 (아는) 정도지, 공업의 원동력이 되는 전력이 우리 한국에서는 얼마든지 될 수 있는 수력발전을 국가에서 전력(專力)으로 증설하지 않고 기성처(旣成處: 이미 만들어져 있는 곳)만 겨우 운영하는 것은 국가 공업 정책의 한심함을 금치 못하는 바이다.

상업이라는 것은 내 국가에서 공업품을 외국으로 보내고 우리나라에서 생산치 못하는 것을 보충하는 것이 국가 상업의 본의일 것인데, 현 우리니라 상업이라는 것은 **국여국(國與國**: 나라와 나라)의 수지(收支)를 불관하고 모리배들이 순전한 소모품으로 국내생산에 박해를 가

---

316) 오래 계속되지 못하는 일을 비유적으로 이르는 말. 중국 한나라 장창(張敞)이 경조윤(京兆尹)에 임명되었다가 며칠 후에 면직된 데서 유래한다.

하고 있어서, 국내 화폐가치가 날로 저락(低落: 낮게 떨어짐)되게 하는 무역 정책을 위정자들이 사복(私腹)을 채우기 위해 묵인하는 망국 상업을 하는 것이 현상이다. 이대로 나가면 자멸하는 외에 타도가 없을 것이니 의식주가 향상할 도리가 없다고 본다. 하시(何時)든지 **지도인물(指導人物)**이 나와서 근본 정책을 고치지 않으면 우리는 모리배들이나 악질 정치인을 제하고는 다 자멸할 것이 아닌가?

그러하면 모리배들이나 악질 **정객(政客**: 정치인)들은 장차 어디로 갈 것인가? 민족들이 자성해야 할 일이라고 나는 생각한다. 의식주 문제가 국가적으로, 정책적으로 해결되어야 비로소 민족적으로 해결되며, 개인과 개인 간에도 자연 향상될 것이다. 이것이 **가급인족(家給人足**: 집집마다 생활이 풍족함), **국태민안(國泰民安)**이 될 것이라고 나는 생각된다. 그러니 국가에서 확립된 정책이 없을지라도 우리 민족이 자성(自省: 스스로 반성)하여 각자가 각자의 생산력을 증산하고, 타국의 수준을 돌파할 매진력을 가지면 위정자들도 반성을 할 것이 아닌가 한다.

우리 민족이 개인 대 개인으로는 어느 민족에게도 손색이 없는 것은 자타가 공인하는 바이나, 우리 민족성이 단체에서는 통솔이 되지 않아서 타국, 타민족에게 열등인 것도 역시 자타가 공인하는 것이다.

이 사회 관념이 박약(薄弱: 엷고 약함)한 것을 하루라도 속히 개량해서 단결력으로 나가면 우리 민족도 오래지 않아서 세계 타민족의 수준을 돌파할 것이라고 나는 확언하며, 우리 민족으로는 일일이라도 속히 **실천궁행(實踐躬行)**하는 지도자를 바라는 것이다. 아직 그 의뢰심(依賴心: 남을 의지하는 마음)이 강한 몽중(夢中)에 배회(徘徊)하는 관계로 자립할 생각을 못하고 있으나, 이 악몽(惡夢)만 각성(覺醒: 깨달음)하면 자력자립(自力自立)할 역량이 충분하다는 것은 누가 의심할 것인가?

　우리가 바라는 지도인물은 현 위정자도 아니요, 또 현 모리배 중에서도 아니요, 또는 현재 의뢰몽중에 배회하는 인물 중에서도 아니요, 다만 윤리도덕으로 영생을 도모하는 사람 중에서 특출한 **지도인물**이 나올 것이라는 것도 확언해 두는 것이다. 때는 거의, 거의 되어 온 것 같고 **지도인물**도 행장(行裝)을 갖추는 중인 것 같다. 오래지 않은 장래에 우리 민족에 서광이 빛나리라.

무술(戊戌: 1958년) 음력 4월 24일

봉우서(鳳宇書)

우리 수명(壽命)은

우주사(宇宙史)가 있은 후로 인류의 수명은 **수요**(壽夭: 장수와 요절)가 불제(不齊: 같지 않음)하여 정한(定限: 한정)을 알 수 없으나, 생(生)에서 사(死)까지 100년을 일기(一期: 한평생)로 하는 것이 예가 되어 있다. **조요**(早夭: 요절)하는 사람은 말할 것 없고, 보통 61세의 **주갑**(周甲)만 되어도 하수(下壽)는 한 셈이요, 70이면 **인간칠십고래희**(人間七十古來稀: 인간 70세면 예부터 드묾)라고 "고희지년(古稀之年)"이라 하여 바로 **중수**(中壽: 중간 장수)는 된 것 같고, 80이라면 **중상수**(中上壽)로 국중(國中: 국내) 아무 곳을 가든지 노인 대접을 하게 되고, 90 노인이라면 아주 **극귀**(極貴)한 노인으로 취급된다. 그래서 100세 노인은 보통 인간 1만 명에 1명 정도가 못 되고 우리나라 통계로 보아도 일군(一郡) 일명(一名)이 못 되는 것이라 극상수(極上壽)로 대우하는 외에는 타도가 무하다. 그러나 100세 이상을 훨씬 넘긴 지상선인(地上仙人)들도 많으나, 이것은 예외로 하는 것이 당연하다. 국가 통계로 보아서 반세기 이전보다 수명의 통계율이 좀 오른 것은 사실이다. 그래도 사(死)는 통계로 보아 평균 **연치**(年齒: 연령)가 40세 이상 50세 정도로 되어 있어서 타국보다는 수명이 긴 나라의 민족이라고 보겠다.

그런데 역사에 **방명**(芳名: 향기로운 이름)을 날리는 인물들의 **입공**(立功: 공을 세움), **입사**(立事: 일을 세움), **입언**(立言: 의견을 세상에 발표함)이 수명으로 보아 몇 십 대가 가장 많은가 하면, 30에서 40대가 제1위를 차지하고 40에서 50대가 제2위요, 50에서 60대는 소수에 불과하고 60에서 70대는 점점 극소수요, 70이상 80대는 아주 극귀하고 80이상 90대나 90이상 100대는 역사인물로 우주를 통하여 몇 명에 불과하다. 그리고 보면 내 현재 연령이 59세라 명년(明年: 내년)이 60이니, 고인의 통계로 보아 입언, 입공, 입사의 **삼립(三立)**에 대해서 소수에 불과 하는 자리에 벌써 갔고, 아무 준비도 없이 있는 중이다.

지난 일이 이러하니, 10년이나 20년 정도도 순식간(瞬息間: 눈 깜박일 사이)일 것이다. 그리고 신체의 건강이 고인의 상수(上壽)하는 이에 비하여 아주 부족한 점이 많으니, 80~90은 **이무가론(已無可論:** 이미 논할 바 없음)이요 70대도 묘연하다. 70을 산다 하여도 10년에 불과 하는 것이니, 60년이나 살아오며 일건(一件)도 이렇다는 것을 못하였으니, 여생에 반드시 무엇을 성공하리라고 어찌 믿겠는가? 이것이 '우리의 수명은' 하고 생각해 보는 것이요, 또 **만사분이정(萬事分已定:** 모든 일이 이미 나뉘어 있음)이라 하나, 될 수 있으면 80~90을 살아서라도 무성무취(**無聲無臭**: 소리도 냄새도 없음)를 면해 볼까 하는 망념이 없는 것도 아니다.

사실상으로 보면 청장년시대보다는 비록 노쇠기라 하나, 그래도 고사력(考思力)이나 배치나 주밀성은 나은 것 같다. 내가 노쇠기에 있는 사람이라 아전인수로 하는 말인 것이나, 사실도 역시 부인을 못하는 것이다. 내 정력이나 신체로 보아서 현상으로는 10년을 경과하기에 부족하나, 다시금 정신력을 배양하며 육체도 건강을 보전하여 수련과 약력(藥力)을 병행함으로써 **수한(壽限:** 목숨의 한도)을 연장해 보겠다는 자신을 가지고 있어서 비록 욕심이나, 하원갑(下元甲) 정묘(丁卯: 1987년)를 목도하고 우리의 사업이 아주 성공의 자취를 보고 눈을 감고 싶다. 이것이 내 수명은 최소한 88은 경과해야 내 희망의 일부가 비로소 성취되는 것이다. 이것이 사불가역도(事不可逆睹: 일은 거슬러 볼 수 없음)라는 고인의 말씀을 생각지 않고 유지자사경성(有志者事竟成: 뜻을 가진 이는 마침내 성공함)이라고 내가 내 몸을 수양하여 내 수명을 연장해 보겠다는 희망을 가지고 이 붓을 든 것이다. 그 이상의 욕구는 않고 하원갑 기사년(己巳年: 1989년)쯤 환원했으면 하는 것이다.[317]

우리가 득성(得姓) 이후로 태사공(太史公)[318] 이후에 80 이상의 수명을 하신 조상이 그리 여러 위(位)가 못 된다. 그러나 평균수명에는 기위(幾位: 몇 자리)를 제하고는 다 초과하시었다. 내 조부님도 70 이상의 수를 하시고, 백부님은 65세에 일찍 하세하시고, 중부주께서 81세에 하세하시고, 선친께서 81세에 하세하시고, 숙부주께서 75세에 하세하시고, 계부주께서 70세에 하세하시었다. 말하자면 수문(壽門: 장수하는 집안)이라고 아니할 수 없다. 그러나 내 몸을 선친 형제분의 건강에

---

317) 선생님의 계획대로 당신 85세 되시던 1984년《소설 단(丹)》으로 대중에게 모습을 드러내시고 활발한 활동을 하시었고, 87세 1986년에는 민족정신수련단체 한국단학회 연정원을 설립하셨다. 이후로《백두산족(白頭山族)에게 고함》,《천부경(天符經)의 비밀과 백두산족 문화》,《민족비전 정신수련법》등의 책을 구술하시는 등 민족 사상 부활에 힘쓰시다 95세 1994년에 선화(僊化)하셨다. 선생님의 등장과 활동으로 명맥이 끊어졌던 민족 고유의 선도(仙道)가 부활하였고, 정신사(精神史), 민족 상고사(上古史), 단군 역사 및 기원(起源) 문제, 각종 민족 정신수련법들에 대한 주의(注意)와 세간의 관심이 폭발적으로 증대되었다. 원래 도인은 깨끗하게 가는 것이 상례라고 하지만, 선생님께선 마지막에 무엇을 더 확인하고 싶으셨는지 당신 몸을 상하게 하는 대가를 치르면서까지 원래 희망하셨던 연도(年度)를 지나 몇 년을 더 남아계시다 1994년에 선화하셨다.

318) 안동권씨(安東權氏)의 시조인 태사(太師) 권행(權幸). 고려 태조를 도와 고려를 창업한 공으로 태사(太師)의 직위를 받았으며, 신라 왕실의 후예로 본성은 김씨였으나 권씨(權氏) 성을 하사 받고 안동을 식읍(食邑)으로 받았다. 이에 후손들이 안동을 본관으로 삼았다.

비하면 부족한 점이 많다는 것이요, 또 내 몸이 영어(囹圄: 감옥) 중에 과히 상한 관계도 있다고 본다. 그 반면에 내 수양력이 좀 있고 경제만 허락한다면 복약(服藥)으로도 건강은 회복될 것 같다. 이것이 망상이나 90세의 수명을 욕구하는 것이다.

생사(生死)는 수서운권(水逝雲捲: 물은 흐르고 구름은 걷힘, 자연스러움)하는 것인데 무엇을 실재(實在)로 알고 장수를 욕구하는가 하고, 내 자신도 생각한 바가 있으나, 내가 내 목표달성에는 다른 사람의 수요(壽夭: 장수와 요절)가 관계없고, 내 자신의 수(壽)가 필요한 관계로 내 수명을 연장코자 하는 데에는 수단과 방법을 불택(不擇: 가리지 않음)하겠다고 자사(自思)하고 또 수명에 해로운 일이라면 백까지 유리하더라도 중지할 생각이다.

이것이 욕구인 줄 모르는 것은 아니나, 할 수 없이 결정하고 진행하는 것이다. 가족들이나 동지들은 내 이 심정을 알지 못하고 노래(老來)에 무슨 수련이니, 복약이니 하느냐고 웃는 사람들도 많으나, 다 각기 자기 일, 자기가 하는 것이라 상관할 필요가 없다고 본다. 건강에 유리한 조건이라면 무리를 해서라도 실행할까 하여 이 붓을 드는 것이다.

무술(戊戌: 1958년) 음력 4월 24일

봉우서(鳳宇書)

건강하자면

고인이 말하기를 절식복약(節食服藥: 먹는 것을 잘 조절하고 약을 먹음)하면 **차가연수**(差可延壽: 수명 연장이 가능함)라 하였는데, 내가 경험한 바로 보아서는 물론 절식도 건강에 중요한 자리를 차지하고 있으나, 복약을 적당하게 하면 변화기질을 할 수 있는 것인데 그 반면에 청장년이나 노쇠인이나를 막론하고 절식이나 복약으로 변화기질이 되어 건강체를 가진다 하더라도 몸조심을 하지 않으면 그 건강체를 유지할 수 없는 것은 자타가 공인하는 바이다. 그러나 여간 수양이 있는 인사가 아니면 이 **조양법**(調養法)을 실행하기가 대단히 곤란하다고 나는 생각된다. 나는 비록 노쇠인이나 평시 정력이 장년들에게 못지않다는 자부를 가지고 왕왕 무리한 범과(犯過)를 하는 일이 있다.

그리고 노쇠인으로 하지 않을 행동이 자주 있게 되는 것이 도리어 건강치 못한 노쇠보다 조양을 못하는 관계로 정력이나 기력이 공히 급한 소모를 보는 듯하다. 주로 성생활도 당연히 중지 혹은 아주 중지에 가까운 방식을 취하는 것이 당연한 연령이다. 그러나 내 실제가 30대 청년층에게 지지 않을 정력을 자부하고 근년에 무리한 소비를 한 것 같다. 그래서 급속도로 정력이 퇴축하는 것 같고 또 내가 위기(圍碁: 바둑)를 좋아하는 관계로 계속적으로 3~4일 내지 4~5일 이상의 밤을 새는 일이 간간 있다. 이것이 60옹(翁)의 할 일은 아니요, 이런 무리를 건강을 자부하고 하는 일이나, 신체의 소모가 급속도로 되는 것은 사실이다. 그 외에도 이런 예가 간간 있다.

예를 들면 연전(年前)에 서울에서 철물을 가지고 공주를 오는 도중 전막(全幕)에서 하차해서 그 철물을 역부(役夫: 일꾼)에게 **부하(負荷: 짐을 부림)**코자 하니, 역부가 내가 노인임을 기화(奇貨)로 공주읍까지 600원을 청구한다. 나로서는 다소를 불계(不計)하고 역부를 사용하는 것이 당연한 일임에도 불구하고 역부의 무리한 청구가 비위에 맞지 않아서 내가 자부(自負: 스스로 짐)하고 공주읍 차부(車部: 버스터미널)까지 와서 중량을 칭(秤: 저울에 달음)해 보니 260여 근(餘斤: 156kg)이라 이 **중하(重荷: 무거운 짐)**를 인내하고 노옹이 오느라고 600원으로 계산도 못할 손실을 당한 것은 사실이었다.

또 영동역에서 승차하려다 발차되므로 (기차 안이) 대만원이라 입추의 여지가 없어서, 최하 계단에서 세천(細川)까지 완력(腕力: 팔의 힘)으로 난간을 붙들고 와서 위험천만했으니, 이런 일이 다 건강을 자부하고 범하는 '건강소모행동'이라고 생각된다. 그러니 건강하자면 물론 절식복약(節食服藥)도 하고, 조양(調養: 조리)도 하고, 망동(妄動)이나 망상(妄想)도 하지 말아야 될 것이라고 생각되어 이 붓을 드는 것이다.

무술(戊戌: 1958년) 4월 24일

봉우서(鳳宇書)

배우는 사람들에게

과학의 어느 것을 물을 것 없이 배우는 사람은 그 계단적으로 가르침을 받아서 실행으로 옮기는 것이 배우는 사람으로 당연히 해야 할 일이다. 그런데 내가 본 바에 (의하면) 가르치는 사람도 그 법도가 일정하지 못하고 배우는 사람도 그 열성이 미온적(微溫的)이라고 본다. 우리나라에서 배우는 사람들이, 성공하는 사람이 그 수가 최소수이므로, 내가 그들의 열성이 미온적이라 비등점까지 못 가서 성공을 못한다고 단언을 한다. 여하한 웅변이라도 실지로 증거를 보이는 이만 같지 못한 것이다.

더구나 정신수련이라는 것은 다른 과학의 도정(道程: 경로)을 같이 하는 것이 아니라, 특별한 열성을 내서 단시일에 과학적으로는 장시일을 요할 것을 **수득**(修得: 배워 체득함)할 수 있게 하는 특유한 방식일 것이다. 그래서 이 방식이라는 것은 수양법은 종류의 다름을 택할 것 없이 다 같은 비상력을 낸 사람이 아니면 절대로 성공을 불허하는 것이 아주 철칙으로 되어 있어서 수모(誰某: 아무개)를 막론하고 이 노정대로 나가지 않으면 **허송세월**(虛送歲月: 세월만 헛되이 보냄)하는 것이 사실이다.

그러나 배우는 사람들은 점진적으로 나가는 과학문명을 습득코자 함에도 오히려 비등점이 있거든 하물며 정신학(精神學)을 실지로 배우고자 함에 있어서, 비상력을 내지 않고 어찌 욕구하는 근방에나 나갈 수 있을 것인가? 그럼에도 불구하고 배우는 사람들의 열성이 과학을 배우는 것이나 조금도 다를 것 없이 열성을 내지 않고 별다른 방식이 있는 것으로 비록 미온적이라도 성공할 수 있거니 하는 것은 배우는 사람의 대금단(大禁斷)의 망상(妄想: 어그러진 생각)이라고 나는 단언하노라.

시간에 리(利)하면 역(力)에 해(害: 해침)하다는 공칙(公則)이 어디서든지 응용해지는 것이다. 과학적으로 일과(一科)의 전공 시일이 소학 6년, 중학 3년, 고등 3년, 대학 4년, 대학원 2년간을 합해서 저급학교에서 상급학교에 진학을 문제없이 된다고 하더라도 18년간이라는 긴 세월을 경과하고 막대한 학비를 요하고, 비로소 그 전공과에 석사(碩士)의 학위를 얻는 것이요, 또 박사가 되자면 사람마다 다 되는 것도 아니요, 또 얼마의 시일을 요해서 연구해야 비로소 학위가 자기 몸에 올 수 있는 것이다. 그래서 모과(某科) 박사의 학위를 얻어야 겨우 그 과의 행세를 할 정도요, 또 사계(斯界: 이 업계)의 권위라고 되자면 상당한 노련인(老鍊人: 노숙한 사람)이 아니고는 도저히 불가능한 것이 현 세계 어느 나라를 물론하고 통하는 법칙이라고 본다.

그런데 현재 정신학을 연구하고 배우는 사람들은 길게 생각하고 출발하는 사람이 1년이나, 2년 정도요, 보통은 몇 개월로 자기가 목표하는 과목을 성공코자 하는 것이 아주 상례(常例: 보통 있는 일)이다. 이러한 조략(粗略: 간략하여 보잘 것 없음)한 방식으로 성공될 리가 절대로 없는 것은 사실이 증명하는 것이다. 그리고 각자가 희망하는 욕구는 최단시일에 과학에서 박사학위 이상의 실력을 구하는 것은 누구나 다 아는 일이다. 그러니 내가 말하고자 하는 것은 배우는 사람들이 최단시일에 거대한 성공을 바라고자 할진대 박사학위를 얻은 사람들의 연구나, 고심, 혈성(血誠: 진심에서 나오는 정성)을 경주하던 총역량을 재검토하고, 그 이상의 비상력을 내어서 불휴(不休)의 노력을 하면 혹 가능할 수 있다고 나는 확언(確言)해 두는 것이요, 그 이내의 성의를 가지고는 백이면 백 모두 실패되기 가장 용이한 일이라고 역시 확언해 두고 싶다.

현 세계 수십억 인류에서 세인이 다 아는 예를 들어 보자. 체육으로 말하면 운동에서 마라톤이 제일 중요한 것인데, 현 세계 최고기록이 42킬로미터에 2시간 23분이라는 자토백(헝가리)의 기록 이외에는 더 이상 기록이 공인된 일이 없다. 이것이 수십 억인의 총역량의 표현일 것이다. 그런데 우리 청년들이 정신수련으로 이 기록을 돌파하자는 것은 좋으나, 배우는 사람들이 그 열성이 얼마만 해야 되는 것인지 생각을 해보지 않고, 보통으로 하면 되거니 하는 것이 망상이라고 안 할 수 없다. 이것은 체육 일 부문을 예로 든 것이나, 이화학(理化學) 부문에 있어서도 수백 년의 적공(積功: 공을 쌓음)을 쌓은 금자탑이 현 세계에서 원자탄, 수소탄, 인공위성일 것이다.

그러나 우리가 바라는 바는 이 정도에 그치지 않고 앞으로 천년을 지내도 내가 수립한 이화학 부문의 신기록은 보유하게 될 최중대한 발명을 요망하는 것이니, 그 성공의 노력도 또한 수십억 인류가 천년을 연구해도 못할 만한 총역량과 비등한 열성이 있어야 비로소 조물(造物: 조물주)이 그에게 그만한 것을 허락하는 것이 상례이리라고 나는 말하고 싶다.

여기서 배우는 사람들이 좀 더 반성을 하고 자기 역량에 맞가진 욕구를 하면 가장 용이하게 성공을 할 것이요, 또 그 이상의 욕구를 하려거든 최대한의 비상력을 내어서 비등점까지 나가라고 권하는 바이다.

그러나 고인도 경천동지(驚天動地: 하늘을 놀래 키고 땅을 움직임)의 발명이나 사업을 한 사람이 하나, 둘이 아니니, 그런 희망을 가졌거든 그만한 노력을 하면 될 것이라고 말해 주는 것이다.

무술(戊戌: 1958년) 4월 26일

봉우서(鳳宇書)

내 선친의 행적약기

(行蹟略記: 행하신 자취를 간략히 적음)

우리는 세덕(世德: 대대로 쌓아 내려오는 미덕)으로 보아서 혁혁한 가문이나 임진왜란 이후로는 우리 직계로는 미미한 사환가(仕宦家: 벼슬살이 집안)요, 현조(顯祖: 이름이 높이 드러난 조상)를 누구라고 내세울만하지 못하여 우리 제파(諸派: 모든 파)들이 충장공(忠莊公: 권율 장군) 자손이라는 외에는 다른 조상을 내세울 수 없었다. 비록 10대조 충의공(忠毅公)[319]은 계시니 순절(殉節: 충절을 지키기 위해 죽음)로 나라에서 표충(表忠)하신 것이요, 본직(本職)은 무관(武官)에 불과하였고, 또 음사(蔭仕: 음관蔭官, 과거를 거치지 않고 집안의 덕으로 얻은 벼슬)시었다. 그 다음 8대조 판관공(判官公)이 계시나 역시 미관(微官: 미미한 관직)이었고 별 세인이목(世人耳目)에 알려질 만한 사업이 없으시고 다만 문중

---

[319] 권익경(權益慶). "…권익경은 바로 고 영의정(領議政)인 강정공(康定公) 신 권철(權轍)의 손자이며 도원수(都元帥)인 충장공(忠莊公) 신 권율(權慄)의 아들입니다. 인조(仁祖) 병자년(1636) 12월에 감찰로서 세자(世子)를 모시고 심도(心都)에 들어갔다가 분사(分司)에 병들어 누워 있었는데, 정축년(1637) 정월 22일에 성(城)이 함락되고 오랑캐들이 와서 약탈하려고 하자 권익경은 몽둥이나 칼 같은 것도 없이 벼룻돌로 몇 놈의 적을 쳐 죽인 다음 큰 소리로 꾸짖으며 굴하지 않다가 죽음을 당하였습니다. 생각건대 권익경은 이름난 가문의 훌륭한 자손으로서 대대로 충성과 절개를 굳건히 지키다가 갑자기 변을 만나 죽음도 대수롭지 않게 여겼으니, 그가 한 몸 바쳐 인(仁)을 이룬 사적은 해와 달처럼 빛나, 귀신에게 물어보아도 의심할 것이 없으며 백 대가 지난 후에도 의혹되지 않을 것입니다…." / 《조선왕조실록》〈고종실록〉 41권(김병익 등이 권익경에게 시호를 추서할 것을 건의하다) 중에서

(門中)으로 보아서 10여 형제의 자손을 두시고, 충장공파 전체가 거의 판관공 혈통 아닌 사람이 없다. 이것이 8대조께서 다른 조상보다 나으신 점이다.

그다음 7대조부터 아주 은퇴생활을 하여 **청운**(靑雲: 높은 지위나 벼슬을 비유함)에 유위(有意)를 하지 않으신 관계로 문학에 종사하시며, 윤산(潤産: 윤택한 산업)에 유의하시어 누대(累代: 여러 대)를 부호생활을 하시게 된 것이 7대조 은둔생활에서 배태가 되었던 것이나 **사로**(仕路: 벼슬길)에 절적(絶迹: 자취를 끊음)한 관계로 아주 가문이 **냉락**(冷落: 적막하고 쓸쓸함)하여졌다. 6대조께서도 7대조 계승에 불과하시었고, 5대조께서는 문필(文筆: 문장)이 유여(有餘: 넉넉함)하시나, 역시 윤산수전**옹**(潤産守錢翁: 재산을 늘리고 돈을 지키는 노인)이시었고, 고조(高祖)께서는 진사로 **재문**(宰門: 재상문하)에 출입하시며 사리(事理: 일의 이치)에 **능간**(能幹: 일을 감당해 내는 재간)이 있다는 **칭도**(稱道: 늘 칭찬해 말함)를 받고 지방으로, 각도(各道)로 많이 낭객(浪客: 방랑객) 생활을 하시며 역시 윤산(潤産: 재산을 늘림)에 유의하실 뿐 사도(仕道: 벼슬길)에 불등(不登: 오르지 않음)하시었다. 그리고 필법(筆法)은 당시에 이름이 있었으나 현혁(顯赫: 혁혁히 드러남)치 못한 관계로 은명(隱名: 이름을 숨김)되었었다.

증조부님은 성균관 생원과(生員科)에 오르셨으나, 필법이 아주 부족하시었고, 대인접물(待人接物)에 아주 학자풍(學者風)이어서 세사에 소홀하신 관계로 누대(累代) 내려오던 가산(家産)을 **탕진**(蕩盡: 다 써서 없앰)하시었으나, 만년에 다시 **기가**(起家: 집안을 일으킴)하시어 세업(世業)을 완전 복구하시었고, 조부님은 3형제분이시었는데 백종조부(伯從祖父)님께서는 진사과에 오르시었고, 조부님은 무과(武科)를 하시어 가문에 손색(遜色: 서로 비교해 못한 점)이 있으신 양(樣: 모양)이었고, 양조부(養祖父: 양자로 들어간 집의 조부)님은 소년시절부터 과장(科場: 과거를 보던 곳)에서 명성이 계시었으니, 불행히 20여 세에 하세하시고, 선친께서 출계(出繼: 양자로 이어 나감)하신 것이다.

선친께서는 5형제분이신데 백부님은 백종조(伯從祖) 진사공께 출계하시어 중년에 6대를 상전(相傳: 대대로 이어 전함)한 가산을 탕진하시고, 남행(南行)으로 능참봉, 능령(陵令), 중추원 의관(議官)을 역임하시고 65세인 임자년에 하세(下世: 세상을 하직함)하시고, 백종형(伯從兄: 맏 사촌형)은 조요(早夭: 일찍 돌아가심)하고 중종형(仲從兄: 가운데 사촌형)은 중부주(仲父主: 둘째아버님)께 출계(出繼: 양자로 감)하고 계종형(季從兄: 막내 사촌형)이 봉사손(奉祀孫: 제사 받드는 자손)이 되었다.

중부주는 청년시절부터 유능하다는 칭도(稱道: 칭찬)을 받아와서 남행출사(南行出仕: 남쪽으로 관직에 나감)로 동래아문주사(東萊衙門主事)로 시사(始仕: 관직을 시작함)하여, 일본공사관 서기생(書記生)으로 서리공사(署理公使)로, 전권공사(全權公使)를 역임하시어 외교진의 명성이 있었다. 귀국하시어 고종(高宗)임금께 《암전신편(暗電新編)》[320]을 상정(上呈: 올려 드림)하신 관계로 천총(天寵: 임금의 총애)을 얻어 일월육천(一月六薦: 한 달에 여섯 번을 천거받음)으로 낭관(郎官: 정6품)에서 우승지(右承旨: 정3품)까지 역임하시고 한성서윤(漢城庶尹)[321]의 특명을

---

320) 개항기 통신원에서 관용 전보에 사용할 목적으로 제정한 관찬서. 영문약호책. 1890년(고종 27) 왕명에 의하여 권중현(權重顯)이 편찬하였고, 내용은 당시에 쓰이던 한자 용어를 한글의 가나다순으로 배열하고, 이에 대하여 알파벳순으로 영어 단어를 약호로 안배(按配)하여 주로 정부와 해외에 있는 공관(公館) 및 관원(官員) 사이의 전보 왕복에 이용하였다. 나중에 《통전첩법(通電捷法)》으로 개정한다.

321) 조선시대 한성부(漢城府)·평양부(平壤府)의 종4품 관직. 판윤(判尹 : 正二品), 좌윤

받으셨다. 을미경장(乙未更張)322)에 김홍집 내각 조각(組閣)의 총참모가 되어 초대내각 총서(總書: 총서기)로 군부협판(軍部協辦)으로, 한성판윤(漢城判尹: 서울시장)으로, 군대(軍大: 국방대신), 농대(農大: 농림부장관), 법대(法大: 법무장관)를 몇 차인지 역임하시었으니, 출세의 길은 유예유회(有譽有悔: 명예가 있으나, 후회도 있음)라. 말년에 을사오조약(乙巳五條約)의 조약대신이라는 낙인을 찍고 말아서 왜정시대에는 자작(子爵)으로 중추원 고문직으로 81세에 하세하시었다.

숙부주(叔父主)님은 청년시절부터 학문에 출입하시었으나, 학문에 완전한 성공을 못하시었고 법부주사로 10여 년을 하루같이 수석주사로 계시어서 법부 살림꾼이라는 칭도를 받으셨으나, 한일합방 당시 기관(棄官: 관직을 버림)하시고 공주 탄천(灘川)에 와 계시다가 종제(從弟: 사촌아우)의 임지(任地)인 정읍에서 75세를 일기(一紀)로 하세하시고, 종형(從兄)은 조요(早夭)하고 태원(泰元)은 법원 지원장을 경(經: 경유經由: 거쳐 지남)하여 현재 변호사업을 하고 있다. 종제 태윤은 농업은행 지점장으로 있고, 종제 태홍은 무직이요, 계부주(季父主: 아버지의 막내아우)는 대한제국 무관학교 졸업으로 광무황제 시기에 참위(參尉: 고급장교)로 계셨으나, 정미년(丁未年: 1907년) 군대해산 시대에 기관(棄官: 관직을 버림)하시고, 낙향하시었다가 70세에 하세하시고, 종제 태○은 무직이요, 태○은 현 세무과 주임이요, 태현도 무직이다. 이 정도가 우리 가문 현상이요, 내 선친께서는 철종 병진(丙辰: 1856년) 11월 15일에

(左尹 : 從二品)·우윤(右尹 : 從二品) 다음의 벼슬이었다. 서윤은 부(府)의 집행기구인 육방(房) 중 수석(首席)인 이방(吏房)을 맡아 포폄(褒貶) 업무를 관장하였는데, 포폄이란 관리들의 성적이 좋고 나쁨을 평정(評定)하여 상벌을 내리는 것이었다. 서윤은 그 직위나 업무로 보아 오늘날 서울특별시의 내무국장에 해당된다.

322) 1895년 10월 8일부터 1896년 2월 11일까지 추진된 조선의 제도개혁을 말함.

탄생하시어 12세에 찬정공(贊政公) 슬하(膝下)를 배별(拜別: 절하고 작별함)하시고 제학공(提學公) 양자(養子)로 백종조(伯從祖) 진사님 댁에서 공부하시게 되었고, 그 전은 중부주와 남○위궁(南○尉宮) 윤판서와 동창으로 찬정공께 수학(受學: 가르침을 받음)하시었다.

20세가 넘으시어 성관(成冠: 관례를 행함)하시고, 여러 차례 과운(科運: 과거운)에 불리하신 후에 방랑생활을 하시다가 달성 서씨를 재혼하시고, 가평 산중에서 여러 해를 은둔생활을 하시다가 병술년(丙戌年: 1886년)에 **남부여대(男負女戴**: 남자는 지고 여자는 인다는 뜻으로, 세간을 이고 지고 떠돌아다님을 이르는 말)로 백부님 댁에 와서 서씨와 자녀가 당시 괴질(怪疾: 원인을 알 수 없는 병)로 서거하시고, 내 선친께서 또 방랑생활을 하시다 그 다음해에 선비(先妣: 봉우 선생님의 어머니)를 (만나) 삼혼(三婚: 세 번째 결혼)하시었으나, 생활고가 말할 수 없으시었다. 그러시다가 **최해월(崔海月)** 323) 선사(先師: 돌아가신 스승)의 동학당(東學黨)에 일시 가담하시어서 **손의암(孫義庵**: 손병희)324)과 같이 장실인(丈

---

323) 최시형(崔時亨): 1827~1898, 자는 경오(敬悟), 호는 해월(海月). 경주 출신. 동학의 제2대 교주. 철종 2년에 동학에 입문하여 최제우에 이어 제 2세 교주가 되었다. 조정에 교조의 신원, 포덕의 자유, 탐관오리 숙청을 요구했다. 1894년 전봉준이 주도한 동학농민운동에 호응하여 10만 여 병력을 일으켰으나 잇따른 패배로 1898년 원주에서 체포되어 처형당했다. 초기에는 전봉준의 남접농민군의 무장봉기에 반대하고 적극적으로 막았다. 아직 운이 열리지 않았고 때가 오지 않았다는 이유였다. 그는 동학 조직이 더 견고하게 기반을 잡으면 폭력을 사용하지 않고도 대세를 장악하여 동학의 이상사회를 만들 수 있다고 보았다. 전라도 일대를 제외한 대부분의 동학 조직은 최시형의 이러한 가르침에 순응하였다. 그러나 점점 일본의 침략 야욕이 구체화되고 동학 조직에서도 변화가 생기는 등 격동의 시기를 맞아 거병을 하였던 것이다.

324) 손병희(孫秉熙, 1861년 4월 8일~1922년 5월 19일)는 천도교(동학) 지도자이자 독립운동가이다. 동학농민운동 때 이를 탄압하는 관군과 일본군에 맞서 싸웠으며 최시형의 뒤를 이어 제3대 교주가 되었다. 동학에 대한 탄압이 거세지자 중국으로 망명하였으나 손병희를 받아들이지 말라는 조선정부의 압력으로 다시 일본으로 망명하였

室人)325) 도인(道人)으로 계셨던 것이요, 손씨기의(孫氏起義: 손병희 씨가 의병을 일으킴) 때에도 가담하신 것은 사실이다.

그 후 을미년(乙未年: 1895년)에 법부(法部: 법무부)에 시사(始仕: 관직을 시작함)하시어 불구(不久: 오래지 않음)하시어 참서관(參書官)으로, 비서관으로, 판사로, 시종(侍從: 대한제국 때 시종원의 직원)으로 경과하시고, 신축년(辛丑年: 1901년)에 황해도 평산(平山)으로 외직(外職)에 보(補)하시었다. 당시 해서(海西: 황해도)가 흉년이 들어서 도백(道伯: 관찰사)인 윤덕영326)이 해서혜민사(海西惠民社)라는 것을 조직하여 각군(各郡)에서 늑봉(勒捧: 돈이나 물건을 억지로 받아냄)을 하는 시대라 내 선친께서 반대하시었다.

그 공문 일구(一句)에 혜민(惠民: 백성에게 혜택을 줌)이 요민(擾民: 백성을 성가시게 함)이요, 권분(勸分)327)이 늑분(勒分: 억지로 구제하게 함)이라고 절대 반대하시고, 기관(棄官: 관직을 버리심)하시고, 서울로 오시어서 한직(閑職)인 중추원 칙임의관으로 3년이라는 세월을 보내시다

다. 천도교를 극심히 틴압하던 대한제국이 외세에 의해 기울어져 탄압을 멈추자 귀국하여 인재양성을 위해 교육사업과 출판사업을 하였다. 1919년 민족대표 33인 중 한 명으로 3.1 운동을 주도했다. 기미독립선언서 낭독 후 일제에 체포되었다. 병보석으로 출옥 후 별세하였다. '봉우사상을 찾아서(305) - 선고기신(先考忌辰: 선친기일)을 경과하고 내 소감 〈봉우일기4-131〉'편에 봉우 선생님의 부친이신 취음공께서 우연히 눈 속에서 얼어죽어 가던 손병희를 구한 인연이 나온다.

325) 천도교의 최고 기관 곧, 대도주실(大道主室)을 맡은 사람.

326) 윤덕영(尹德榮, 1873년 12월 27일~1940년 10월 18일)은 대한제국의 관료이다. 본관은 해평. 호는 벽수(碧樹)이다. 순종의 계후 순정효황후의 백부이다. 경술국적 8인 중 한 명으로 그가 한일합방을 강제로 체결하려 하자 순정효황후가 자신의 치마 속에 옥새를 숨겨 두었으나 조카딸을 협박하여 옥새를 탈취하였다. 이 공로로 훈1등 조선 귀족 자작위를 수여받았다. 악질 친일 모리배이면서도 주역 연구를 깊이 하여 그 방면에 상당한 지식이 있었다.

327) 조선시대 고을 수령이 관내 부자들에게 권하여 굶주리는 사람을 구제하게 하는 일.

가 또 **진도(珍島)**군수로 발령이 되시어 (재직) 3년간에 치적(治積)이 많으시었고, 그다음 **능주(綾州**: 전남 화순)군수로 **이배(移拜**: 다른 발령지로 옮김)하시어서 고종황제 선위(禪位: 순종에게 물려줌)를 보시고, **왕욕신사(王辱臣死**: 왕이 욕을 보면 신하는 죽음으로 보답함)가 당연하나, 기관(棄官)하고 은둔하시겠다 결의(決意: 뜻을 정함)하시고 **폐리(弊履**: 낡은 신짝)와 같이 관직을 버리시고, 서울로 오시었다.

또 **경술국치(庚戌國恥)**를 당하시고, 충북 영동으로 **하향(下鄕**: 시골로 내려감)하신 것이 중부주(仲父主: 둘째아버님)와 불화(不和)하시어서 공주로 신야(莘野)의 **유수(幽邃**: 깊숙하고 그윽함)한 곳을 택하시어 20년간을 계시며 **강개불평(慷慨不平**: 시국에 대해 억울함을 불평하고 슬퍼함)을 **시부(詩賦**: 시와 문장)에 붙이시어, 40~50권의 유고(遺稿)를 남기시고, 81년 되시는 12월 14일에 **선서(仙逝**: 죽음을 높여 이르는 말)하시었다. 불초(不肖)[328]도 왜정하에서 조금도 굴함이 없이 지하운동을 하다가 영어(囹圄: 감옥)생활을 수없이 하였으나, 을유 광복절을 맞이한 후 선배 제현들이나 후진 청장년들에게 사업은 맡기고 내 선친의 유지를 받들어 이곳에서 은둔하고 있는 것이 불초도 59년의 **백수옹(白首翁)**이 되었다. 그러나 내 선친의 유고를 한 권도 **정서(精書**: 정신을 가다듬고 씀)도 못했고, 행적을 누구에게 저술을 청해 보지도 못했으나, 내 처음으로 약초(略抄: 대략 초함)해 보는 것이다.

무술(戊戌: 1958년) 4월 26일

불초자(不肖子) 태훈(泰勳) 읍혈근서

---

328) '아버지를 닮지 않았다'는 뜻으로, 아들이 부모에게 자기를 낮추어 이르는 말.

(泣血謹書: 피를 토하듯 슬프게 울며 삼가 씀)

추기(追記)

선친께서 말년의 은퇴하심을 도연명(陶淵明)[329]에 자비(自比: 자신을 비유함)하시고, 시부(詩賦)로 항상 강개흥사망(慷慨興死亡: 역사의 흥망을 슬퍼함)하시어 말년의 저술만 40여 권이 되시고, 또 선친 생존 시 대략 40년을 하루같이 관제(關帝: 관우) 문창제군(文昌帝君)[330] 영진(影眞: 진영, 초상화)을 모시고 "중선봉행(衆善奉行: 모든 선한 일은 받들어 모심), 제악막작(諸惡莫作: 모든 악은 짓지 않음)"이라는 금언(金言) 그대로 실행하시어 여러 가지 기적이 많았었다. 불초는 계승을 못하고 자의(自意)대로 《용호결(龍虎訣)》을 주장하는 것은 죄송한 일이다. 본성이 열화 같으시나, 양성(養性)공부를 인내하시어 대인접물(待人接物: 사람을 대하고 사물을 접함)에 겸양지덕(謙讓之德: 겸손히 사양하는 덕성)을 주로 하시어 춘풍화기(春風和氣: 봄바람 같은 훈훈한 기운)가 애애(靄靄: 기운이 어린 모양)하시었다.

하세하시던 병자년(丙子年: 1936년) 9월 9일에도 용산(龍山) 등림(登

---

329) 도연명(陶淵明 365년~427년)은 중국 동진 후기에서 남조 송대 초기까지 살았던 전원시인(田園詩人)이다. 이름은 잠(潛). 호는 오류선생(五柳先生). 연명은 자(字). 405년에 팽택현(彭澤縣)의 현령이 되었으나, 80여 일 뒤에 〈귀거래사〉를 남기고 관직에서 물러나 귀향하였다. 자연을 노래한 시가 많으며, 당나라 이후 육조(六朝) 최고의 시인이라 불린다.

330) 관우는 무신(武神)인 관성제군(關聖帝君)으로, 문창제군은 학문과 문예의 신으로 숭배되는 존재이다. 도교 사원에서는 무신인 관우와 문신인 문창제군을 함께 모시는 경우가 많다. 이러한 사당을 '문무묘'라고 부른다.

臨: 등산)을 소호도 피로함이 없이 하시었고, 우연 득병(得病: 병에 걸림)
하시어 3~4일 만에 하세하시었으나 정신이 조금도 변함이 없으시고
하세 이틀 전에 제자들과 입시(入侍: 들어가 모심)한 중에 병석에서 기
동(起動: 일어나 움직임)하시어 무엇을 찾으시더니, 하교(下敎: 가르침을
내림)하시기를 선친께서 무슨 발령직첩(發令職帖: 새로 임명된 관직을 기
록한 증명서)을 받으시었는데, 천상(天上)에서 명초(命招: 임금의 명령으
로 신하를 부르는 일)하신 것이라, 여배(汝輩: 너희들)에게 구경시키려고
하였는(하였던) 그 직첩이 어디로 갔다고 하교하시고, 다른 말씀은 제
자들 교수(敎授: 가르침을 줌)까지 친히 하시었다.

하세하시던 전날 오후부터 좀 신음(呻吟)하시다가 자정(子正)에 정의
(整衣: 옷을 가지런하게 입음)하시고, 와석(臥席: 자리에 누움)하시어 곧 하
세하시는 고로 너무 망극(罔極)하여 불초가 열지(裂指: 손가락을 찢음)
하여 점혈(點血: 핏방울)을 적구(滴口: 입에 방울로 떨어뜨림)하니, 10여
차 열지 후 다시 회광(回光: 정신이 돌아옴)하시어 급난(急難)이 두 번
있는 것을 면하지 못할 조짐이 보인다고 하교하시고, "유언은 하실 것
이 없으십니까?" 하고 고하니, 불초에게 믿으신다고 별 할 말이 없다고
하실 뿐이다. 묘초(卯初: 묘시卯時의 첫 시각, 오전 5시)에 다시 하세하시
었다. 취침하시는 것과 조금도 불이(不異: 다르지 않음)하시었다. 그 후
장례나 제례(祭禮)에 불비(不備: 갖추지 못함)함이 많아서 불초죄막대언
(不肖罪莫大焉: 불초의 죄가 막대함)이다.

무술(戊戌: 1958년) 4월 27일

불초(不肖) 태훈추기(泰勳追記)

1956년도 구(舊) 신문지에서 운동란을 보다가

내가 우연히 보던 것은 무슨 신문지로 무슨 책자를 둘러싼 것이다. 신문지상에 무슨 사진이 있어서 유의하고 보니, 올림픽에서 우리 선수들의 분투상과 입선 선수들 사진이 있고, 또 한국기록과 오륜기록과 세계기록의 대조가 기록되어 있다. 이 기사가 계속적으로 기재되는 것인가 본대, 내가 본 것은 그중 번호 1이라는 부분이었다. 그래서 전체적으로는 알 수 없으나 수십 종만으로도 우리 선수들의 일부 기록만은 잘 알게 되었다. 대체로 보아서 우리 선수로는 오륜기록이나 세계기록을 가진 선수가 없었다는 것은 가리지 못할 일이요, 또 오륜기록이나 세계기록과 우리 선수들의 차도 상당히 있다는 것도 알 수 있게 되었다. 그러하니 우리 선수들도 보통 세계기록으로 보더라도 아직 그 수준의 평균 도달이 못 되었다는 것으로 좀 더 노력하면 이 기록만큼은 돌파 가능하지 않은가 한다. 종목에 의해서 다르다고 보나, 몇 종목을 제한 외에는 아주 차가 많아서 더 노력을 요하지 않으면 그 입선권에도 희망이 아주 없다고 본다.

그러하니 문교부 체육과에서도 일층 주의해야할 일이요, 이 체육을 주로 한 집회인 대한체육협회에서는 가일층 전 역량을 경주해서 선수 양성에 별단(別段: 특별한 수단) 방식이라도 연구해야 할 일인데, 우리가 보기에는 체육회 간부 진영들은 아무 방식을 연구하는 것이 아니라 선수들 자신이 내는 기록으로 대회에 나갈 정도가 되나, 못 되나를 감정해서 인솔하고 다니는 책임 외에는 아무것도 없다고 본다. 그래서 우리 대한 선수들의 기록을 보면 각 개인으로 연습해서 되는 것은 그래도 성적이 양호한 편이나, 집단으로 하는 단체운동이나 또는 코치가 없이는 힘 드는 운동의 종목은 다 성적이 불량한 것은 체육협회의 책임이행이 아주 못 되는 연고요, 또 각 대학교에서도 운동에 치중을 하지 않는 관계라고 나는 생각된다. 물론 각 학교에서도 **삼육병진(三育竝進:** 지덕체 삼육이 함께 나아감)이 되어야 할 일이나, 운동은 지덕(智德) 양육(兩育)에 비해서 세계 진출이 비교적 용이한 편이라 내 개인의 생각으로는 교육 방식에 학교 당국자나 문교부나, 학부형 측에서나, 또 사회적으로서나 일치가 되어 선수양성에 전력한다면 현 오륜기록이나 세계기록 정도는 별 문제없이 돌파할 수 있을 것이라는 자신이 만만하다고 확언해 보는 것이다.

그 방식으로는 우리나라 재래식 무술을 연구하고 **발양(發揚:** 기세를 떨쳐 일으킴)함으로써 충분하고 현대식도 참고하는 것이 당연한 일이라고 본다. 현대에 아주 우리나라 재래식은 자취를 감춘 감이 있어서 운동계에서는 찾아볼 수가 없다고 본다. 재래식의 일부를 소개하면 구시대에서는 아주 **천인(賤人:** 신분이 아주 낮은 사람)으로 대우한 **재인(才人:** 재주를 부리는 천인계급의 사람)들의 **땅재주331)** 하는 것이 구시대 화랑도(花浪道)가 하던 일부 운동 장면이요, 구시대에 **지자군(持字軍)332)**들의 보법(步法)이 역시 그 일부요, 현대에서 **차력군(借力軍)**이니, 무엇이니 하는 사람들도 역시 구시대의 무술을 습득한 사람임에

---

331) 주로 광대가 땅에서 뛰어 넘으며 펼치는 묘기나 재주를 의미함.
332) 지방 관아 사이에서 공문서나 물건을 나르던 사람, 전통 속보(速步)의 달인들이었다.

지나지 않는다. 그 사람들의 기록이라면 현 세계기록은 문제가 없다고 나는 확언해 두는 것이다. 이것을 집대성하라는 것이다. 각계에 은재(隱在: 숨어 있음)한 부류를 문교부나 체육회에서 구체화하여 집대성으로 확실한 체계를 수립하여, 선수양성 방식으로도 사용할 일이요, 국민 보건상으로도 보급시키는 것이 가장 현명한 방법이라고 본다. 운동은 운동대로요, 국민보건으로 보급시킴으로써 국민 전체의 체력 향상이 머지않아 될 것이요, 국민 전체의 체력이 향상하므로 국민 전체의 지덕(智德) 양육(兩育: 두 교육) 병진에도 막대한 할역(割役: 역할)이 된다는 것도 잘 알 일이요, 전국의 부력(富力)도 자연 증강될 것이라는 것도 자연적인 사실이라고 본다.

현대에도 이 체육이 강한 나라는 현 세계를 좌우한다고 자임하는 미국과 소련 외에 영국, 불란서, 독일 등 강국이었고, 그 외 약소국에서는 운동도 역시 세계 수준에 도달 못하는 것이 사실임에 어찌하리요? 그러하니 가장 속한 발전성을 가진 것은 우리 민족, 우리 국가로는 체육일 것이다. 그래서 내가 누누이 이 방면에 대해서 횡설수설하여 언지장야(言之長也: 말이 길어짐)를 불각(不覺: 깨닫지 못함)하는 것이다. 내가 60이니 내 자신이 출장하고자 함도 아니요, 내 자식도 30이니 자식을 출장시키고자 함도 아니다. 다만 제2세 국민보건을 향상시킴으로써 이 나라 국력이 자연 부강(富强: 부유하고 강력해짐)해지리라고 믿는 관계로 중언부언(重言復言: 거듭 반복해 말함)하는 것이다. 다만 속한 기일 안에 사회에서나, 정부에서나, 학교 측에서나 용감한 반성과 결의가 있기를 바라고 이 붓을 그치노라.

무술(戊戌: 1958년) 4월 29일 봉우서(鳳宇書)

체육의 보급이라는 것은 하필 국제 경기에서 우승을 목표로 하라는 것이 아니요, 국민 전체의 체력 향상을 주로 하여 별다른 방식으로 선수를 양성하지 않더라도 아무 곳에서나 선발하여도 국제 선수가 될 만큼 보급시키면 국민 전체에 건전한 신체의 소유자가 될 수 있다. 이로 미루어 행복은 건강한 몸에 온다고 고인들이 하였다. 그러면 국가로도 행복이 건강한 국민들을 가진 나라에 먼저 올 것도 당연한 일이다. 여기서 이루어지는 것이 **가급인족**(家給人足: 집집마다 생활이 풍족함)하여 **국태민안**(國泰民安: 국가가 태평하고 국민이 평안함)하다는 것이다. 내가 바라는 바는 선수 몇 개인을 양성하여 올림픽에서 우승하기에 족한 것이 아니라, 이를 미루어서 국민보건에 한 도움이 될까 하고, 겸하여 국태민안의 **배태**(胚胎: 새끼를 밴)가 되었으면 하는 미미한 희망이다.

그래서 내가 이 운동 경기만 있으면 청년들을 권장하는 것이요, 미력이나마 물적으로, 심적으로 선수양성을 하는 데 주력하는 것이라 금번에도 잡동산이(雜同散異) 속에서 묵은 신문 쪽을 보다가 감동이 있어서 이 붓을 드는 것이요, 쓰다가 보니 내가 하고자 하는 마음을 다 표현하지 못한 관계로 추기(追記)를 하게 되는 것이다. 고인들은 "**의식족이지예절**(衣食足而知禮節: 의식이 족해야 예절을 앎)"이라고 하시었다. 먼저 민생문제를 해결하고 비로소 윤리도덕론을 선포하라는 것이다. 이러해야 그 **풍화**(風化: 풍습을 잘 교화시킴)가 속하고 잘된다고 한 것이다. 그러하니 내가 이 체육론을 주장하는 것도 곧 그 의사에 그친다. 의식이 족해지자면 건강한 몸의 소유자라야 한다는 것이다. 그래서 국민보건설을 내가 여러 번 하게 되는 것이다.

무술(戊戌: 1958년) 5월 초1일(初一日)

봉우서(鳳宇書)

7-171 1956년도 구(舊) 신문지에서 운동란을 보다가 675

구식 체술(體術) 중 용권(龍拳) 일부를 설명함

신문명이 도입되며 사회의 상하를 막론하고 **기구종신**(棄舊從新: 옛것을 버리고 새로운 것을 따름)하여 **풍미**(風靡: 사회에 널리 퍼짐)하는 현상이었다. 그래서 일상생활에도 그 영향이 많다. 우리가 보기에는 **신구**(新舊: 새것과 오래된 것)를 절충해서 **기단취장**(棄短取長: 짧은 걸 버리고 긴 것을 취함)하는 것이 당연한 행동임에 불구하고, 종신파(從新派: 새것을 따르는 파)의 행동은 일(一)에서 백(百)까지 완전히 기구종신(棄舊從新)하는 예가 100%를 점령한다. 그 일례를 들면 나는 무예(武藝)에는 문외한(門外漢)이라 **어로**(魚魯: 물고기 어 글자와 어리석을 노 글자)를 불변(不辨: 분별하지 못함)하는 사람이나, 현대의 무예는 무슨 것이든지 옛날보다 정예(精銳: 매우 뛰어남)를 극(極)하게 조작(造作: 꾸며 만듦)하였으나, 무술(武術)에 한해서는 신식이 구식보다 아주 열등하다는 것을 **이문목격**(耳聞目格: 귀로 듣고 눈으로 봄)하는 것으로 확인된다. 신식에서 서양의 레스링이나, 권투나, 일본 무술이나, 공수도(空手道)나, 서양의 검술이나, 일본의 검술이나를 우리 청소년들이 많이 학습하는 것은 사실이다.

검도에 대해서는 서양 검술이나 일본 검술이나에 대한 내 상식이 부족해서 각계의 명인이라면 어느 정도 **신화**(神化: 신기한 변화)되었나 알 수 없으나, 우리가 목격한 바에는 우리의 재래 검객(劍客)들의 신화(神化)야말로 현 서양인 검객이나, 일본 검객들의 류(流)가 아주 아니라는 것은 용이하게 판정할 수 있는 일이요, 재언할 필요조차 없다고 생각된다.

그다음 유도, 권투, 레스링, 공수도와 구식 (무술인) 용권(龍拳)과 비견해서 대조와 또 서관인(西關人: 西道人, 평안도 사람)들이 상용하는 박치기 등과 비교해 보면 어느 부문만은 공통된 점이 많으나, 그 정수기예(精粹技藝: 아주 핵심 기술)에 가서는 신식이 무엇으로든지 상대가 되지 않는 것이 사실이다. 그러나 우리나라의 재래법이라 해서 배우기 용이하고 시일을 연장하지 않는 우리 체술을 연구조차 해보지도 않는다.

우리 체술은 "용권(龍拳)"이라고도 한다. 공수겸용(攻守兼用: 공격과 수비를 겸해 씀)되고, 이과적중(以寡敵衆: 소수로 많은 무리를 대적함)하는 데, 가장 필요하며 상대방이 무기(근일의 총, 폭탄을 제외하고)를 가지고 공격하는 때나 또는 체술 대 유도나, 체술 대 공수나, 체술 대 권투나, 체술 대 레스링이나, 하종(何種: 무슨 종류)이든지 자신 있게 상대할 수 있으며, 이 체술에서는 신체 부분훈련과 전체훈련과, 또 점혈법(點穴法)과 지속법(遲速法: 더딤과 빠름의 법)과, 확대법과 체술의 종류로 나누어 있는 것인데, 물론 체술의 기본훈련되는 것이나 이 기본훈련이 국민건강에 가장 필요한 것이라는 관계로 체술훈련에 그치지 않고 국민 전체에 보급할 수도 있는 것이다.

예를 들면 점혈(點穴)에 익은 무사(武士)가 일지(一指: 한 손가락)로 거호(巨虎)를 타도할 수 있고, 일족(一足)으로 보통 수목(樹木: 살아 있는 나무)을 축도(蹴倒: 발로 차서 넘어뜨림)할 수 있고, 권(拳: 주먹)으로 장원(牆垣: 담)을 파궤할 수 있고, 신체를 강유자재(剛柔自在: 굳셈과 부드러움을 마음대로 함)할 수 있어서 안전(眼前: 눈앞)에 천만인이 있어도 조

금도 겁냄이 없이 상대하는 것이 이것이 구식 용권의 특장(特長)이라
고 본다.

체술에는 무기를 사용하는 것도 상당히 많으므로, 이것은 중지하고
다만 용권에 한해서 말하는 것이다. 임진난에 내 11대조 충장공(忠莊
公: 권율 장군)께서 금산 이치(梨峙)에서 500여 명의 **고군약졸(孤軍弱
卒**: 고립되고 약한 군졸들)로 왜적 수만 명을 상대로 대승(大勝)하신 것
이라든지, 정기룡(鄭起龍)[333] 장군이 상주(尙州)전쟁이나 추풍령 전역
에서 **단전(單戰**: 단독 전투) 수만, 수천씩 하는 것이 다 이 체술을 습득
해서 **담력(膽力**: 겁 없고 용감한 기운) 양성이 된 연고라고 나는 생각된
다.

이 체술 중 용권이라는 부문은 내 청년시대에 약간 습득해 보았고,
몇 사람을 교수(敎授: 가르쳐 줌)도 해보았었다. 성적이 양호하므로 그
리 **고원난행지사(高遠難行之事**: 높고 멀어서 행하기 어려운 일)는 아니라
고 나는 확언해 두는 것이다. 이 법식에 있어서는 지면(紙面)으로 상세
히 할 수 없으나, 시기를 보아서 공개코자 하는 바이다. 그러나 우리는
이 방면의 초학이라 전체적 지식이 없으므로, 후일 타방면에서 완전무

---

333) 정기룡(鄭起龍). 1562~1622. 임진왜란 시 60전60승 불패신화를 쓴 장군이다. 곤양
정씨(昆陽鄭氏)의 시조. 자는 경운(景雲), 호는 매헌(梅軒), 시호는 충의(忠毅), 1592
년 임진왜란이 일어나자 별장으로 승진하여 거창싸움에서 왜군 500여 명을 격파하고
김산 전투에서 포로가 된 경상우도방어사 조경을 단신으로 적진에 뛰어들어 구출하
였다. 이어 상주목사 김해(金澥)의 요청으로 상주판관이 되어 상주성을 탈환하였다.
정유재란이 발발하자 정기룡은 경상도 28개 지역의 군대를 모두 통솔해 왜군을 저지
하라는 명을 받아 고령에서 1만 2,000의 왜군을 격파하고, 왜장을 생포하는 대승을
거뒀다. 이어 성주·합천·초계·의령 등 여러 성을 탈환하고 경주·울산을 수복하는 데
공을 세웠다. 1598년에는 명나라 군대의 총병(摠兵)직을 대행하여 경상도 방면에 있
는 왜군의 잔적을 소탕하였으며, 왜란이 끝난 후에도 왜군의 재침을 우려하여 해안
방어에 힘쓰다 진중에서 생을 마쳤다.

결한 체술법이 전해지기를 바라고 내가 공개할까 하는 것은 다만 내가 습득하던 부문과 비록 습득은 못했어도 충분히 목격해서 본 정도다.

또 내게 수련 방식을 전해 주신 무술 선배들의 말씀을 **정초(精抄**: 정밀하게 베낌)해서 도식과 해설을 공개하고자 하는 것이나, 항상 다른 선배가 공개하시기를 고대하고 **불감(不敢**: 감히 하지 못함)해서 공개 못하는 것인데, 아직도 소식이 묘연하고 내 연령이 60이라 부득이 **노졸(露拙**: 못나고 옹졸함을 드러냄)하고자 하는 바이다. 전하기를 정밀하지 못하게 하면 도리어 선배들에게 욕되는 일이라 그래서 항상 주의(注意)에 주의를 가하는 것이다. 내가 이 붓을 드는 심정도 역시 이곳에 있다고 본다. 이것으로 그치노라.

무술(戊戌: 1958년) 5월 초1일(初一日) 을축(乙丑)

봉우서(鳳宇書)

병자를 치료하며 내 심정

　내가 우연한 기회로 을축년(乙丑年: 1925년)에 (전라도) 광주로 가 있다가 그 익년(翌年: 이듬해) 양력 8월 11일에 **약종상(藥種商)334)** 면허를 얻어서 **약업(藥業)**을 한 것이 경험이 되어 무진년(戊辰年: 1928년)에 서울에서 반년 간을 부인병 전문치료를 해보았고, 그 후도 종종 병자들에게 약방문 정도를 해준 일이 있었다. 그래서 일본을 왕래하며 **약상(藥商)**을 한 일도 있었고, 가정에서 오는 병자를 본 일도 있었으나, 내가 전문적으로 한 일이 없었고, 부업적으로 또 소견법으로 할 정도였었는데, 을유(乙酉: 1945년) 광복 후로 내가 생활고가 심하게 되자, 부득이 서울에서 약업을 좀 해보았고, 그다음 내가 서울로 임시 거주하며 할 일이 없어서 약업을 해서 재미를 좀 보았다.

　그러다 6.25 사변으로 **공수귀가(空手歸家: 빈손으로 집에 돌아옴)**하였고, 귀가 후는 **적당(赤黨: 공산당)**에 반동 취급을 받아서 전 가산 몰수를 당하고 그래도 부족해서 영어생활 2개월여에 **구사일생(九死一生)**으로 생로(生路: 살길)를 얻은 후에 생활상 곤란을 타개할 도리가 없어서 서울에 가서 의료행위를 해본 것이 약간의 수입이 있으나, 여러 가지의 불편도 있고, 내 심정에 불합(不合)해서 중지하고 귀가한 후에 역시 우연한 기회로 병자들이 와서 치료를 시작한 것이 벌써 3년간이라

---

334) 약재를 파는 장사.

는 긴 세월이 되었다.

치병자(治病者: 병을 치료한 사람)들 중에 성적이 양호한 사람도 있고, 혹은 불량한 사람도 있으나, 몇 종류의 병자만은 내가 자신이 7분 있는 것이요, 이외 병자는 내 심정으로 판단한다면 확실한 성공할 자신이 없는 것이다. 내가 치병을 전문적으로 한다면 병리학이나 약리학을 더 전문적으로 연구하는 것이 당연한 일이나, 내 본의가 의료행위에 있지 않은 관계로 **불구심해**(不求深解: 깊이 이해하려 하지 않음)하고 경험적으로 적당히 하는 예가 간간이 있다. 이것은 내 책임을 더 이행 못하는 것이라고 자각했으나 항상 그 정도에서 그치고 더 나가지를 못한다. 이것이 불가하다는 말이다.

의료행위를 계속하려면 병리나 약리를 좀 더 연구해서 일득지견(一得之見)이 있음으로써 비로소 일가를 이루는 것이다. 내 성질에 의료행위가 그리 적합한 것이 아니요, 부득이에서 나온 것인데, 이 부득이에서 나왔다 하더라도 실수를 하지 않아야 **책임이행**이 되는 것이다. 이 책임을 이행 못함으로써 **죄과**(罪過)를 범하는 것이라 확언하는 것이다. 의료행위에서 실수 없음으로써 비로소 업으로라도 할 수 있는 일이라고 나는 확언하고 이 붓을 그치노라.

무술(戊戌: 1958년) 5월 초2일(初二日)

봉우서(鳳宇書)

　한의사(漢醫師)를 대체로 보아서 의학을 전공하고 겸해서 약학(藥學)까지 연구하고 개업한 분이 별무(別無)하고, 혹 있다 하여도 극소수일 것이다. 거개(擧皆: 거의 모두) 수종(數種)에 나눠 있으나, 약국이나 한의사 수하(手下)에서 몇 년간 있다가 얻은 경험으로 약종상 시험을 통과하고 영업을 목적으로 개업하고 있다가 의서권(醫書卷: 의학책)이나 보고 또 강습이나 몇 차례 한 경험으로, 교재로 한의사 면허를 얻은 분도 있다.

　또 한문의 소양이 있는 분으로 가정문견(家庭聞見)으로 의학상식을 가지고 자가 치료를 목표로 의서를 많이 열람한 분이 경험을 얻어서 한의사가 된 분도 있고, 근일(近日)에 와서는 동양의학연구소나, 동양의학전공과를 수업하고 한의사 면허를 얻어 가지고 개업한 분도 있고, 혹은 한의사 중 의약(醫藥)의 권위자로 지칭을 받는 대가(大家)에게 장시일을 학습하고 확실한 자신을 얻어서 개업하신 분도 있다.

　그러나 대체가 현 한의사들 중에서는 사계의 권위라고 지칭을 받을 만한 분이 별로 없다고 해도 과언이 아닐까 한다. 될 수 있으면 충분한 소양을 가진 후에 비로소 임상치료를 시작하는 것이 당연한 일이라고 나는 오래전부터 주장하는 것이다.

무술(戊戌: 1958년) 5월 초2일(初二日)

봉우추기(鳳宇追記)

청년시대를 상기(想起)한다

내가 18세 때에 **선비상**(*先妣喪*: 어머니 돌아가심)을 당하고 20세부터 가정불화로 방랑생활을 계속하였다. 기미춘(己未春: 1919년 봄)부터 보행(步行)으로 공주에서 청주를 경유해서 충주, 청안, 괴산, 연풍과 제천, 단양을 **주람**(周覽: 두루 봄)하고, 강원도 평창, 영월, 평해, 삼척, 강릉, 고성, 간성, 통천을 경유하여 관동팔경을 구경하고 원산에 와서 청진, 함흥을 유람하고 석왕사(釋王寺) **탐승**(探勝: 명승지를 찾아다님)도 이 길에서 하였다.

사실은 **존발시**(*存髮時*: 머리를 기르고 있을 때)라 왜경의 이목을 피하며, 산간벽지에다 독립선언문과 독립신문 등사(謄寫)한 것을 암암리(暗暗裏)에 산포(散布)하였다. 원산(元山) 올 때는 수중이 아주 아무것도 없고, **강포**(江布: 강원도의 베), **백밀**(白蜜: 흰꿀), 인삼 등을 무역(貿易)해 가지고 고향으로 돌아왔다. 그러니 이상 물품에서는 소소(小小) 유리하였으나, 해삼, 청어를 다량 **무래**(貿來: 교역해 옴)한 것이 만춘(晚春: 늦봄)이라 손해가 적지 않았다.

여기서부터 부채(負債)가 시작해서 **대구령**(大邱令)[335]에서 소소 복구했으나, 역시 발근(拔根: 뿌리를 뽑음)이 되지 못하고 다시 인천으로 가서 상당한 이익을 보았으나, 동사인(同事人)의 실수로 **오유**(烏有: 수

---

335) 대구 약령시 (大邱 藥令市). 대구에 있었던 약재 시장으로 350년이 넘는 역사를 가졌으며 현재도 한방문화축제가 열리는 등 그 명맥을 이어가고 있다.

익 제로)336)가 되어 다시 배수진을 치고, 일전(一戰)을 시도한 것이 당시 수십만의 대금(大金: 거금)을 획득했다.337) 그러던 중 잠시 귀가 시 득병(得病: 병이 생김)하여 몇 달을 못 일어나니, 내 대리인이 또 실수해서 또 오유(烏有)로 화하고 병은 점점 침중(沈重: 무거워짐)해서 구사일생격(九死一生格)으로 넉 달 만에 겨우 기신(起身: 몸을 일으킴)해서 또 인천으로 가서 보니, 대리인이 그 거금을 도박으로 전실(全失: 전부 잃음)한 사실을 알게 되었다.

불평한 심경을 인내하고 또 투기에 착수한 것이 80만 원 정도를 수입했으나, 이것을 길게 유지 못하고 또 공수가 되었다. 병후 불건강해서 정신집중이 잘되지 않는 연고인 듯하다. 그래서 가산은 탕진되고 가족은 궁곤(窮困: 곤궁)하게 되었다.

연말을 일순(一旬: 열흘)을 격(隔: 틈을 둠)하고 최후 배성(背城: 성을 등짐) 일전(一戰: 한바탕 싸움)을 한 것이 50만여 원을 수입해서 50만 원의 통장을 인천에 두고, 수만 원을 가지고 귀가한 것이 본의는 실토(失土: 잃은 땅)를 복구하고 가정을 갱신할까 하던 것인데 의외에도 가정불화가 심해서 신유(辛酉: 1921년) 정월 초3일(初三日)에 또 인천으로 와서 불평한 심사(心事)를 풀려고 한 것이 사면초가가 된 격이다.

50만 원 통장은 나 없는 틈에 대리가 내 눈을 속여서 반실(半失: 반은

---

336) '어찌 있겠느냐'는 뜻으로, 있던 사물(事物)이 없게 되는 것을 이르는 말.

337) '봉우사상을 찾아서(527) – 나의 지나간 기회(機會)를 추억하며'에서 신유년(1921년)에 인천 미두장에서 수십만 원을 벌었으나 이것을 더 불리려다가 실패하셨다는 내용이 나옴. 당시 미두왕으로 불리던 반복창이 500원(당시 30평 집 한 채가 900원)으로 1년 만에 40만 원(환산 기준에 따라 다르지만 현재 시세로 대략 400억 원)을 벌어 거부가 되었다고 전국이 떠들썩하던 시절이었다. 일기에 구체적으로 나오진 않지만 독립군자금으로 일부 쓰시고 다시 수백만 수천만 원을 꿈꾸며 더 불리려다 실패하시는 바람에 고생하셨다고 한다.

잃음)하고, 그 여액(餘額: 남은 돈)은 내가 또 실수해서 소소 금액을 가지고 만주 **안동현**(安東縣: 지금의 단동)으로 가며 **은취인**(銀取引: 은 선물거래)338)을 해서 수십여 만 원씩 득실이 5~6차를 했다. 그러다가 아주 실패한 혁명운동을 해보겠다는 것이 주목적이었으나, 만주로 가서 보니, 현상이 너무도 차가 있어서, 우리 독립군 실력으로는 국내 탈환은 불가능하다는 단안(斷案)이 스스로 내려서 무슨 신비가 있지 않으면 안 되겠다는 미미한 희망으로 정신수련을 시작해 보았다.

의외에도 우리 민족이 당시는 피압박 민족이었으나, 장래에는 우주사(宇宙史)를 개장(改裝: 다시 장식함)할 **대동정책**(大同政策)의 발상지가 우리 백산(白山)지역이요, 또 이를 주창(主唱)하고 실행을 시작할 민족이 우리 배달족(倍達族)이라는 데에서 내 기운을 얻고, 그 후부터는 지구전으로 **동지규합**이나 하고, 간간이 **인재양성**에도 힘쓰기도 하였고, 이 일, 저 일을 해보는데 항상 경제적 환경이 불허(不許)함을 느끼고 혹시는 경제 해결을 목표로도 나가 본 일이 있었으나, 내가 본디 경제 두뇌가 부족한 관계로 일차도 완전한 성공을 해본 적이 없었다. 회상하면 경제 주선에 노력하던 시일과 정신으로 도리어 정신수련이나 인재양성에 노력하였다면 유리하지 않았을까 생각된다.

이것은 "오십이지사십구년지비(五十而知四十九年之非: 50이 되어서야 49세까지의 잘못을 앎)"라는 격으로 60이 다 된 오늘의 생각이요, 청장년시대에는 경제 방면에도 불가능이 없으리라고 **오신**(誤信: 그릇 믿

---

338) 인천 미두취인소가 미두를 대상으로 선물 거래를 했다면 만주 은취인소는 은을 대상으로 선물 거래를 하였다. 1920년대 만주에는 일본이 발행한 조선은행권(금본위제), 요코하마정금은행권(은본위제)을 비롯해 중국 위안화(은본위제) 등 여러 종류의 화폐가 혼용되었다. 이로 인해 화폐 가치가 끊임없이 변동했으며, 이는 투기 심리를 자극해 은 선물 거래가 활발하게 이루어졌다.

음)한 연고로 투기사업에서 수십 차에 몇 십만 원이라는 수입이 있을 때마다 내 개인이라면 그 금액을 환산하면 몇 천 석, 몇 만 석 추수를 할 수 있는 토지대가(代價)였으나, 내 희망이 여기 그치는 것이 아니라 민족을 상대로 하자면 몇 억 대가 아니면 완전치 못하다 생각하고 공수(空手: 빈손)로 몇 십만, 몇 백만의 수입이 되는 것을 미루어 몇 억대도 운만 좋으면 그리 큰 문제없다고 그릇 믿고 인천에서 몇 백만 원이라면 범위가 그 이상을 허락하지 않는 것을 깨닫지 못하였던 것이다.

그래서 금광(金鑛)도 일정시대에 수백 건을 출원해 보고, 수면매립 신청도 수십 처를 해보고, 생약(生藥)도 일본과 상통해서 수십만 근씩 해보고, 중국 가서도 별별 무역을 다해 보았다. 그러나 일차도 천만 원대에 접근조차 못하고 번번이 실패를 했다. 무엇을 하든 몇 십, 몇 백만 원대까지는 잘되나, 그 이상을 초월하면 곧 실패했다. 혹 될까 하는 미미한 희망이 내 귀중한 청년시대를 허송하게 한 것이다. 패배를 당하고 실망이 될 때는 반드시 입산해서 정신수련을 한 것이 내 **자위책(自慰策)**이요, **퇴수(退守: 물러나 지킴)**하는 본의였다. 여기서 비록 일사불성(一事不成: 한 일도 이루지 못함)하였으나, 후생에게 내 지난 경과 사실을 발표함으로써 성공하는 도움이 될지 알 수 없는 일이다.

무슨 일을 하다가 어떤 동지하고 인재양성에 초보 경제가 부족해서 못한다 하니, 그 동지가 자기가 최소한을 부담하겠다 해서 내가 정력을 다 경주해서 그 목표량이었던 몇 만 원대까지 성공하였는데, 그 동지가 말하기를 **동가홍상(同價紅裳)**이면 순조로 되는 일이니 몇 백만 원대까지 성공해서 인재를 몇 백 명을 일시에 양성하는 것이 상책이 아닌가 하고 전자 약속하던 몇 만 원을 희사하지 않는다. 여기서 불평이 생겨서 그 동지도 실패하고 말았다.

이런 기회는 종종 있었는데, 범위 확충에서 번번 실패되었다. 지금 와서 생각하면 몇 만원, 몇 십만 원대 씩이라도 가지고 인재양성을 시작했다면 비록 소소한 성공이라도 일부는 성공했을 것이라고 생각된다. 그리고 사생활도 확보되었을 것은 사실이다. 내 선친께서 하교하시기를 "불양력(不量力: 힘을 헤아리지 않음), 불탁덕(不度德: 덕성을 헤아리지 않음)하고, 심호사사난성(心浩事事難成: 마음만 광대하니 일마다 성공하기 어려움)이라"고 하시었으나, 당시의 내 희망은 몇 십만 원대, 몇 백만 원대로 충량(充量: 양을 채움)은 커녕 백분의 일, 천분의 일도 다 못 되는 것이라 마음이 비록 한때의 실패는 되었어도 또 재기할 수 있다고 매양 안심하였던 것이다.

백수(白首)가 삼천장(三千丈)이 되니 웅심(雄心: 웅대한 마음)은 어느 곳으로 사라지고, 조심만 되고, 망동(妄動)할까 봐 임사삼사(臨事三思: 일에 임해서 세 번 생각함)만 해도 좋을 것을 십사(十思: 열 번 생각)도 더 하다가 착수를 못하고 청장년들에게 밀리는 일이 종종 생긴다. 이것이 노쇠상인 것 같다. 그러나 어느 곳인지 알 수 없이 재연(再燃: 다시 불타오름)되는 웅심(雄心)이야말로 누구에게도 지지 않을 포부를 가지고 이것을 내가 안광(眼光: 눈빛)이 낙지(落地: 땅에 떨어짐, 죽음)하기 전에 발족하겠다는 결의를 보이나, 이것을 추진할 만한 정력이 있는가, 없는가는 후일로 미루고 이 붓을 그치는 것이다.

무술(戊戌: 1958년) 5월 초3일(初三日)

봉우서(鳳宇書)

지정현 군의 야간수련상(夜間修鍊狀)을 보고

　지정현 군이 신야(莘野: 상신리)에 들어온 지 벌써 30일이 된 것 같다. 밤마다 **주송차(呪誦次: 주문을 암송하기 위해)**로 (상신) 오곡(五曲)까지 다닌다. 그러나 내가 일차도 현장을 야간에는 가본 일이 없다. 그래서 내가 신체가 **곤뇌(困惱: 괴로움)**함에 불구하고 **야심(夜深: 밤이 깊음)**해서 오곡까지 가서 수련 현상을 보았다.

　주송(呪誦: 주문을 욈)이라는 것은 별 것이 아니요, 잡념을 제거하고 **정신(精神)**을 **일치(一致)**하게 하며, **성음화창(聲音和暢: 목소리가 화창함)**으로 **심폐(心肺: 심장과 폐)**를 **포(泡: 가득 참)**하게 하고, **비위(脾胃: 비장과 위장)**의 소화를 촉진시키는 작용을 가진 것이다. 그러하니 주송(呪誦)에 일왈(一曰) 정신일치(精神一致)요, 이왈(二曰) 기혈화상(氣血和暢)이요, 삼왈(三曰) 장근골(壯筋骨: 근육과 뼈를 튼튼히 함)이다. 정신일치라 함은 정성을 다하여 목적을 달성하자는 일념으로 **타념타상(他念他想: 다른 생각)**이 범하지 못한다는 것이요, 기혈화창이라는 것은 주송(呪誦)을 **고성대독(高聲大讀: 큰소리로 크게 읽음)**함으로써 혈액의 순환이 잘되어, **폐기(肺氣: 폐의 기운)**가 **완실(完實: 완전히 차오름)**하게 되어 기혈(氣血)이 자연적인 화창(和暢: 화락함)을 보게 되는 것이요, 장근골이라 함은 **송주(誦呪: 주송呪誦, 주문을 외움)**가 어느 정도에 가면 자연 응기(凝氣: 기운이 엉김)가 되어서 **수무족도(手舞足蹈: 손과 발이 춤추고 뜀, 몹시 좋아서 날뜀)**에 **무소부지(無所不至: 이르지 않는 곳이 없음)**

하여 근골의 강력한 운동을 보게 되는 고로 역시 자연적인 장근골이 되는 것이 이 송주의 원칙이다.

무슨 무의(無意: 의미 없음)한 송주만으로 일자만 경과하면 누구를 물론하고 자연 성공되는 것이 아니라 성경신(誠敬信: 정성과 공경과 믿음)의 삼조(三條)가 구비한 연후에 비로소 송주 삼원칙이 현실화되는 것이다. 이것이 학자(學者: 배우는 사람) 천인(千人)에서 성공자가 몇 명씩의 예로 되어 있다는 현실이므로 누구든지 전심전력(全心全力: 온 마음과 힘)을 경주(傾注)함으로써 성공의 길을 밟을 것이라고 나는 확언(確言)하는 것이다.

지정현 군의 송주 현상을 보니 노력이 부족하고 정신일치가 덜 되는 것 같다. 비록 송주 시에 몸은 전신(戰身: 몸이 떨림)이 되나, 이것으로 별 진도를 못 보는 것이라 내가 여러 가지로 권유해 보았으나, 사실이 별 효과가 없다고 본다. 지 군이 하루라도 속히 그 발족을 노력해야 할 것이다. 주성(呪聲: 주문 외는 소리)이 자연이 아니요, 겨우 유아(乳兒)의 소리만 하고, 창법(唱法)도 고저장단이 아주 활기가 없어서 이 정도로 해서는 성공될 희망이 적은 것 같다. 그래서 특별 주의를 시킨 것이나, 후일을 두고 보자고 미루고 이 붓을 그치는 것이다.

다만 지 군이 송주 시에 간간이 전신(戰身: 몸이 떨림)은 되는 것 같으나, 백 가지 조건 중에 1~2건에 불과해 가지고는 성공의 길을 밟을 수는 없는 것이다. 그래서 현상(현재) 하는 것을 준비적으로, 연습적으로 하라고 말하고 본격적이 아니라고 평은 했으나, 하시(何時: 언제)쯤 본격적이 될는지 묘연하다. 단지 연소한 사람으로 그런 마음이라도 있는 것은 고마운 일이라고 생각할 뿐이다.

무술(戊戌: 1958년) 오월(五月) 단양일(端陽日 : 단오절, 初五日)

봉우서(鳳宇書)

모옹(某翁: 아무개 노인)을 만나서

모옹은 청장년시대부터 **자승지벽**(自勝之癖: 자신이 남보다 우월하다는 습관)이 보통에 지나는 사람이요, 더구나 한문에도 소양이 좀 있고 시학(詩學)에도 아주 맹안(盲眼: 소경눈)은 면한 데다 필재(筆才: 글재주)도 있어서 자부하기를 **한묵중문아사**(翰墨中文雅士: 글 짓는 것과 글씨 쓰는 것이 아주 뛰어난 선비)여니 하고, **구변**(口辯: 말솜씨)도 있고, 사물 판단에 누구에게도 양보 안 한다고 **호언**(豪言: 호기롭게 하는 말)하는 것을 수십 년을 두고 몇 십 차를 경과한지 알 수 없을 만큼 된 인물이었다.

우리보다 10여 세 이상이나 항상 **피위피아위아**(彼爲彼我爲我: 저이는 저이고, 나는 나)격(格)으로 중간이 원만치는 못한 처지였다. 수십 년을 하루같이 오다가 을유 광복절 당시에 나와 소소한 주장관계로 분열이 생겨서 아주 거리가 멀어졌었다. 외양으로는 비록 무사평온(無事平穩)한 듯하나, **암중사전**(暗中射箭: 어둠 속에 화살을 날림)을 간간이 받았던 것은 사실이었다. 그러다가 내가 상신리에다 아동 취학 관계로 초등학교를 신설코자 할 때에 모옹(某翁) 일문(一門: 문중)의 방해 공작이 극렬적이었으니, 나도 지지 않게 맹운동을 해서 필경은 신축을 보고[339], 지금껏 경영하고 나오는 중이요, 모옹도 6.25 사변을 계기로 아주 심경의 변환이 생한 것 같다.

---

339) 연구소 홈페이지 '봉우 선생님 송덕비 유래' 참조(http: //www.bongwoo.org/xe/922)

간간이 만나면 **선천사**(先天事: 앞서 있었던 일)를 뉘우치는 감이 있어서 내 생각에 "**인지장사**(人之將死: 사람이 장차 죽으려면)에 **기언**(其言: 그 말)이 선(善: 착함)이라"는 고인의 말씀을 회상한 일이 한 번, 두 번이 아니었다. 모옹의 천성으로 어디서 그런 심정이 나오는가 하고 **조문도**(朝聞道: 아침에 도를 들음)면 **석사**(夕死: 저녁에 죽음)라도 **가야**(可也: 좋음)라 하니, 모옹이 비록 노쇠기라도 이런 심정을 가진 것만으로도 감사한 일이라고 **자사**(自思: 스스로 생각함)한 때가 많았다.

모옹의 주위 환경을 살펴볼 때에 청장년 시절은 그의 선인(先人: 선친)이 **적수성가**(赤手成家: 맨손으로 집안을 이룸)해서 부호로 **일향**(一鄕: 한마을)에 군림하였었고, 자기도 상식이나, 학식이 보통은 되는 고로, 가위 **안하무인격**(眼下無人格)이었으나 왜정 말기부터 지주층의 전성기는 경과한 때라 비록 재산은 여전하나, 지주로서의 **일호백락**(一號百諾: 한번 호령에 모두 허락함)이 전일(前日)만 못하고, **관변**(官邊: 정부나 관청 쪽)에서 부호에 대한 대우가 전만 못하고, 소작인들도 지주 알기를 주객적(主客的) 대등성을 가지고 있어서 전일만 못하고, 가정실정도 자기 선인 수하에서 세사를 모르고 지낼 시대와는 **백반**(百般: 온갖 것)이 전일만 못하다.

더구나 그 선인이 재정에 대한 실권을 모옹의 장자에게로 직접 상속시킨 관계로 모옹은 가위 **후방옹**(後房翁: 뒷방 늙은이)이 된 셈이라 아무 실권이 없게 되었다. 여러 가지로 **세미**(世味: 세상맛)를 상(嘗: 맛봄)하고 비로소 **작죄**(昨罪: 과거의 잘못)를 각(覺: 깨달음)하는 것 같다. 이것이 모옹의 구각(口角)에 가장 고인들의 점잖은 **각세담**(覺世談: 세상을 깨친 이야기)이 나오게 된 중대 원인이다.

그 후 더구나 6.25 사변으로 아주 심정이 변하였고, 또 근년에 와서
는 노쇠기 섭양(攝養: 양생)이 부호옹으로는 불감(不堪: 견디지 못함)할
만큼 부족하다는 것을 잘 알게 되었다. 이것이 옹의 후진들이 좀 불초
하다는 것이다. 이래서 모옹이 기걸(奇傑: 기이한 호걸)한 천품(天稟: 타
고난 기품)에 불평불만이 적축(積蓄)해서 수년 전에 중풍증으로 수족불
수(手足不遂)가 되니, 가위 생불여사(生不如死: 삶이 죽음만 같지 않음)
인 현상이다. 당년 70여 세에 의지식지용지(衣之食之用之)를 도유어자
손지수(都由於子孫之手: 모두 자손의 손에 맡김)하고, 양로무인(養老無
人: 노인을 돌보는 이 없음)하여, 촌중궁로(村中窮老: 시골의 가난한 노인)
에게 나은 것이 없다.

작일(昨日: 어제)이 단양가절(端陽佳節: 단오명절)이라 촌중극오륙인
(村中極五六人: 마을의 노인 대여섯 명)이 휴뉴상권(携紐相勸: 벗을 끌고
서로 권함)하며,

환노래지상회(歡老來之相會: 늙어서 서로 모임을 기뻐함)하고, 미지명
년(未知明年: 내년을 알 수 없음)에 우유차회(又有此會: 다시 이런 모임이
있음)하고,

비희교집(悲喜交集: 희비가 교차하여 모임)이 여우과차석(余偶過此席:
내가 뜻하지 않게 이 자리를 지나감)이라가 휴일호오(携一壺五: 술 한 병과
오현금을 지니고 감)340)하고, 순권제노옹의(巡勸諸老翁矣: 돌아가며 여러
노인들에게 권함)러니,

모옹(某翁)이 고집여수이탄왈(固執余手而歎曰: 진실로 내 손을 잡으며

---

340) 당나라 시인 백거이(白居易)의 시에 나오는 구절. 左手攜一壺(좌수휴일호: 왼손에는
　　술 한 병을 들고) 右手挈五弦(우수결오현: 오른손으로는 오현금을 잡으니) 傲然意自
　　足(오연의자족: 스스로 만족하고 의기양양하다)

탄식하며 말하길) 아지소환자(我之所歎者: 내가 탄식하는 바)는 비타(非他: 다른 게 아님)라.

봉우근년인하백발지상최(鳳宇近年因何白髮之相催: 봉우가 지난 몇 해 사이 무슨 까닭으로 백발이 늘어남)로 거연일노옹즉아배기득불탄호(遽然一老翁則我輩豈得不歎乎: 갑자기 한 노인이 되었으니 우리들이 어찌 탄식하지 않겠는가?)아.

봉우지건신구(鳳宇之健身區: 봉우의 건강한 몸)는 일향지공지이봉우여시즉여외노쇠자(一鄕之共知而鳳宇如是則餘外老衰者: 한 고을에서 다 아는 바인데 봉우가 이렇듯 되었으니, 그 밖의 노쇠한 이들)는 불필갱론(不必更論: 다시 얘기할 필요도 없음)이니,

인봉우이도증자가지비탄운이(因鳳宇而徒增自家之悲歎云耳: 봉우로 인하여 여러 사람들이 스스로 비탄에 빠짐이 늘어나고 있음)라고 장탄(長歎: 긴 탄식)을 한다.

여소이답왈인생여부운지취산(余笑而答曰人生如浮雲之聚散: 내가 웃으며 대답하길 인생이 뜬구름이 모이고 흩어짐에 불과함)이니, 하필우산경공지탄호(何必牛山景公之歎乎: 하필 우산 경공의 탄식이랴)아.341)

일일청한일일시선(一日淸閒一日是仙: 하루 맑고 한가하게 지내면 하루 신선이 됨)이니, 여년불필우수사려(餘年不必憂愁思慮: 남은 인생에 걱정과 시름은 불필요함)하고, 안한도료여생(安閒度了餘生: 편안하고 한가하게 여생을 마침)이 제일인가 하고,

개래학계왕성(開來學繼往聖: 미래의 후학을 열어 주고, 앞서간 성현을 이음)은 대인(大人)들에게 맡기고 우리들의 안광낙지전(眼光落地前:

---

341)《안자춘추(晏子春秋)》에 제(齊)나라 경공이 우산에 노닐다가 낙조(落照)를 보고 눈물을 흘렸다는 고사(故事).

죽기 전)까지 **명로**(冥路: 저승길)로 갈 준비나 완전히 하는 것이 당연하다고 생각된다고 답하니,

모옹이 **추연왈**(惆然曰: 슬퍼하며 가로되), 내가 갈 날은 **비조즉석**(非朝卽夕: 아침 아니면 곧 저녁)인데 **왕사**(往事: 지난 일)를 생각하니

봉우선장(先丈: 선고장先考丈, 봉우 선생님의 부친)께서는 국내에 유수하신 문학과 **덕망가**(德望家)시라 내가 장년시대에 문하에서 모시고, 5~6년만 **수학**(修學)하였던들 **노래**(老來)에 남을 것이나 있을 것을

생각이 당시에 금전만능이라는 오해로 **지이불행**(知而不行: 알고도 행하지 못함)하고, 금일을 당하니 **회지막급**(悔之莫及: 후회막급)이로다.

다만 선장께서 종종 **하교**(下敎: 가르침을 줌)하시던 **일언일구**(一言一句)를 생각하며, 비록 **유명**(幽明: 저승과 이승)이 다르나, **불기년**(不幾年: 몇 년이 안 됨)에 가서 선장께 뵈올까 하고 있으니,

내가 간 후에 내 후진들의 **금수지역**(禽獸之域: 짐승의 영역)으로 가는 것을 내 자손이거니 하고, 봉우가 구해 주기를 바랄 뿐이요 하고 **감루**(感淚: 감동의 눈물)를 **불금**(不禁: 금치 못함)한다.

모옹도 **여년**(餘年: 남은 인생)이 머지않음을 자각하고 후진을 부탁하는 의사만은 좋으나, 내가 무슨 덕량이 있어서 이 부탁을 받을 것인가? 역시 **서산낙조**(西山落照)를 보고 서로 탄식하는 **여운**(餘韻)임에 **불외**(不外: 지나지 않음)하도다. 내가 이런 말을 듣고 **치지도외**(置之度外: 내버려두고 문제 삼지 않음)해서는 모옹의 본의가 아니라 내 모옹이 환원한 후, 그 자손들에게 기념하기 위해서 두어 자 사실대로 적는다.

무술(戊戌: 1958년) 5월 6일

봉우서(鳳宇書)

육갑별(六甲別)로 본 내 60년 경과

　내가 이 세상에 처음으로 나온 때가 내 선친께서 내부(內部: 내무부) 판적국장(版籍局長)으로 재임하셨고, 내 선친께서 45세시오, 내 선비(先妣: 어머니)께서 30세 되시던 때다. 경자년(庚子年: 1900년) 정월(正月) 20일 오후 1시 15분경인 듯하다.[342] 내 일생을 통해서 파란(波瀾: 물결, 시련)이 중첩(重疊: 거듭 포개짐)하고 항상 상대방이 있어서 성패(成敗)가 다단(多端: 갈래가 많음)하여 예훼(譽毀: 명예와 훼손)가 병행하는 것이 아무리 호평을 하더라도 행운은 못 됨이 분명하고, 또 아주 하우불이(下愚不移: 아주 어리석은 이)라고 악평을 들을 지경도 아니요, 자타가 공인하기를 중류중(中流中) 중(中)인가 하(下) 정도로 대우를 받고 경제적으로는 최하류 생활을 계속하지 못하는 현상이다.

　학교에서 배운 학식으로는 하류에서 중(中) 이하에 속하고 상식과 자습한 지식 정도로는 중류의 중(中)은 되리라고 과대평을 해보는 것

---

342) 1876년 개항과 1894년 갑오경장(갑오개혁) 이후 '하루는 24시(時), 한 시간은 60분(分), 1분은 60초(秒)'라는 근대적 시간 개념이 자리 잡기 시작했다. 예를 들어, 배재학당은 1890년 무렵 '등교 시간은 오전 8시 15분이며 점심은 11시 45분, 저녁 식사는 6시에 마친다'라고 정하여 '시'와 '분'이 생활에 도입됐다. 1905년 2월 경인선 열차 시간표는 '서울 출발 오전 06 : 35·08 : 50, 인천 도착 08 : 22·11 : 03' 등으로 표시했다. 이로써 분 단위로 시간을 맞춰 생활하는 패턴이 정착했고, 이런 상황에서 시계는 점차 필수품으로 자리 잡았다. 1910년 경성에선 10개월 할부 판매도 성행했고, 1910년대까진 신문 광고엔 주로 벽시계와 회중시계가 실렸는데, 1920년대가 되면 손목시계도 나타나기 시작했다.

인데, 대가 지낸 60년을 육갑별(六甲別)로 통계해 보자는 내 심산이 있
다. 이것도 역시 **소견법(消遣法)**의 부문이다. 이다음부터 경과한 연도
를 기록하기로 하자.

경자년(庚子年: 1900년)

가정이 부유하고 평화로운 중이다.

신축년(辛丑年: 1901년)

선친께서 평산(平山)군수로 **외제(外除)** 343)를 하시고 일가성창(一家
盛昌: 온 집안이 번성함)하였다.

임인년(壬寅年: 1902년)

선친께서 한직(閑職)인 **의관직(議官職)**으로 계시고 경제적으로는 좀
부족하다.

계묘년(癸卯年: 1903년)

전년(前年: 지난해)과 일반이다.

갑진년(甲辰年: 1904년)

역시 전년과 일반이다. 오궁동(五宮洞) 344)에서 **경교(京橋)** 345)로 온
해다.

---

343) 내직에 있던 자를 외방의 수령으로 내보냄.
344) 정동 새문안길 일대.
345) 서대문 근처.

을사년(乙巳年: 1905년)

일아전쟁(日俄戰爭: 일본과 러시아 전쟁)의 종식년이요, 선친께서 진도(珍島)군수로 외제하시어 경제적으로는 아주 풍유(豊裕: 풍요)하였다.

병오년(丙午年: 1906년)

전년과 동일하다.

정미년(丁未年: 1907년)

능주(綾州: 전남 화순)군수로 **이배**(移拜: 벼슬을 옮김)하시고, 고종황제 선위(禪位: 퇴위)하시어 선친께서도 **기관**(棄官: 관직을 버림)하시고 귀경(歸京)하시었다. 경제적으로는 **쇠운**(衰運: 기우는 운수)이 시작하였다.

무신년(戊申年: 1908년)

정병조조(鄭丙朝條: 정병조사건)[346]로 인하여 선친께서 대곤란을 당

346) 정병조는 1863년 서울에서 출생으로 유학자 정만조(鄭萬朝)의 동생이다. 1882년 진사시에 합격했고, 1894년 동궁시종관이 되었다. 1896년 명성황후 살해사건에 연루(알고도 고변하지 않았다는 죄)되어 종신형을 받고 제주도 등에 1907년까지 총11년 동안 유배 생활을 했다. 정만조도 같은 이유로 유배 생활을 했다. 일본의 세력이 강해지면서 1907년 특사로 풀려나 다시 관직 생활을 시작하고, 그 후 친일파로 승승장구했다. 1908년은 정병조가 전라도 관찰사로 부임해 일제의 정책(토지 조사, 세금 강화, 의병 진압)을 집행하던 시기다. 화순은 전라남도의 유서 깊은 유학 중심지로 1907~1908년 의병(최익현 계열) 활동이 활발했던 곳이고, 선친께선 이미 동학에도 가담하셨었고, 1907년엔 군수로서 이들과 교류하시며 여러 편의를 봐주셨을 것으로 보이기에 이것이 문제가 되었을 가능성이 커 보인다. 鄭丙朝條의 條는 정병조가 집행한 행정 조치나 명령(토지·세금 관련 정책, 반일 세력 탄압)을 가리키며, 이것이 선친

하시고 가산의 일부를 매각하시었다.

기유년(己酉年: 1909년)

김봉두가 거액을 횡령하고 가산은 거의 탕진할 정도였으나, 선비(先妣: 어머니)의 **규모(規模: 씀씀이의 계획성)**로 **근근(僅僅: 겨우겨우)** 생계를 보존하다. 내 초실(初室: 첫 부인)과 성혼(成婚: 혼인이 이루어짐)하다.

경술년(庚戌年: 1910년)

(한일) 병합되고 우리는 **가산여조(家産餘條: 재산 남은 것)**를 진매(盡賣: 다 팔음)해 가지고 충북 영동으로 낙향하다.

신해년(辛亥年: 1911년)

퇴보(退步)인 안정책(安定策)을 수립하다.

임자년(壬子年: 1912년)

선백부(先伯父: 큰아버지) 의관공(議官公)이 하세(下世: 돌아가심)하시고, **초실(初室: 첫 부인)** 이씨 조요(早夭: 일찍 죽음)하다. **재실(再室: 재취한 아내)** 황씨(黃氏)와 성혼하다. 경제적으로 일대 변경이 생하여 아주 반부(半部: 반쪽) 정도로 감축되다.

계축년(癸丑年: 1913년)

다시 선후책(善後策)을 수립하여 소소(小小) 안정되다.

의 '대곤란'과 가산 매각의 직접적 원인이 되었을 것으로 보인다.

갑인년(甲寅年: 1914년)

중부주(仲父主: 둘째 작은 아버지) 화갑(花甲: 환갑). 물가 폭락으로 생계는 안정되다. 제1차 세계대전 시작.

을묘년(乙卯年: 1915년)

토지 **이매**(移買: 가진 땅을 팔고 다른 땅을 사다)관계로 손부불소(損富不少: 손해 본 재산이 적지 않음).

병진년(丙辰年: 1916년)

선친 화갑(花甲). 공주로 **반이**(搬移: 이사)하느라고 중간 손재(損財: 재산 손실)가 적지 않다.

정사년(丁巳年: 1917년)

선비(先妣: 어머니)께서 하세하시다. 가산은 **난마**(亂麻: 얽힌 실)와 유사하다. 서모(庶母) 정씨 들어오시다.

무오년(戊午年: 1918년)

유행성 감모(感冒: 감기)로 사망자가 다수하다.[347] 고종황제 붕거(崩去: 죽음)하시다. 내가 부채(負債: 남에게 빚을 짐)하기 시작하다.

---

347) 전 세계를 휩쓴 1918년 스페인 독감은 1918년 조선의 인구 약 1,678만 명 중 742만 명 이상이 감염되고, 약 14만 명이 사망하는 등 심각한 피해를 주었다. 조선총독부는 방역에 실패한 책임을 한국인의 위생 관념 부족으로 돌렸고, 김구 선생도 이 독감에 걸렸었다는 기록이 있다.

기미년(己未年: 1919년)

3월 1일 고종황제 인산(因山: 장례) 시(時) **손의암**(**孫義庵**: 손병희 선생) 외 33인이 독립선언으로 나라는 비등(沸騰: 끓어오름)하다. 내가 초행(初行)인 상업으로 강원도, 원산 등지로 왕래하고 무경험관계로 손해를 보다. 산주(汕住: 박양래)를 **초오**(**初俉**: 처음 맞이함)하다.

경신년(庚申年: 1920년)

내가 중병(重病)으로 구사일생(九死一生)되었으나, 경제적으로 아주 전패(全敗: 모두 망함)하다.

신유년(辛酉年: 1921년)

1년간을 무사도료(無事度了: 아무 사고 없이 잘 보냄)하고 경제적으로 **파란곡절**(**波瀾曲折**: 온갖 시련과 어려움)이 많았다. 제주행(濟州行)으로 승지(勝地)를 유람하다. 숙모(叔母)도 하세(下世).

임술년(壬戌年: 1922년)

최종적 소유를 진매(盡賣: 모두 팔음)하다. 내가 **토혈**(**吐血**)이 심했으나, 우연한 처분으로 완치되다.

계해년(癸亥年: 1923년)

내 일생 중 가장 곤란을 당한 연도다.

갑자년(甲子年: 1924년)

내가 영암(靈巖)으로 가서 김봉두348)를 방문했으나, 소득은 무(無)하고, 1년을 근근이 경과하였다. 선숙부주(先叔父主: 숙부님) 화갑(花甲).

을축년(乙丑年: 1925년)

광주행(光州行)으로 방랑생활을 시작하였고, 그해 하간(夏間: 여름 동안)에 정신수련을 시작하여 소소(小小) 일득지견(一得之見)이 있었다.

병인년(丙寅年: 1926년)

광주로 가서 최홍매(崔紅梅)에게 신세를 지고 약종상(藥種商) 허가(許可)를 득(得)하다.

정묘년(丁卯年: 1927년)

공주로 와서 상신상애단(上莘相愛團)을 조직하여 청년운동을 시작하고, 일방으로 동산(洞山: 동네 산)관계로 서울 왕래를 하다.

무진년(戊辰年: 1928년)

금강산 탐승을 하고 1년 내 객지로 왕래했으나, 별 수입은 없었고, 동지 규합에 노력했으며, 가산은 가장 곤란을 보게 되었다.

기사년(己巳年: 1929년)

선비(先妣: 어머니) 산소 면례(緬禮). 경제적으로 소소 수입이 있었으나 임시 구급(救急)에 불과하다.

---

348) '봉우사상을 찾아서(168) — 수필: 두 가지 불가사의(不可思議)하고 기상천외(奇想天外)한 체험' 참조.

경오년(庚午年: 1930년)

벽수태저(碧樹台邸: 윤덕영 집)에 왕래하며 중국 출입도 했고, 또 경제적으로도 소소 수입이 있었다. 갑사 간성장(艮成莊)에서 정신수련을 하다.

신미년(辛未年: 1931년)

만주국 수립. 경제적으로 소소 수입이 있었다. **차종환(車宗煥)** 상봉(相逢).

임신년(壬申年: 1932년)

1년간을 재가(在家)하며, 간간 정신수련을 했다. 선비 산소를 정봉(頂峯)으로 면례.

계유년(癸酉年: 1933년)

서울로 가서 삼춘삼하(三春三夏: 봄 석달, 여름 석달)를 공송(空送: 헛되이 보냄)하고, 인천에서 정신수련을 했다. **한상록(韓相錄)** 초대(初對: 처음 만남).

갑술년(甲戌年: 1934년)

선중주부(先仲主父: 둘째 작은 아버지) 하세(下世)하시고, 내 가간(家間: 집안) 경제가 곤란을 보다.

을해년(乙亥年: 1935년)

내가 벌채(伐採: 벌목)를 시작했으나, 가격이 태고(太高: 매우 높음)해서 손해를 불면(不免: 면치 못함)하게 되었다.

병자년(丙子年: 1936년)

선친께서 하세(下世). 소성(小星: 첩)을 택하다. 송구한(宋具韓) 시○(始○)?

정축년(丁丑年: 1937년)

집상중(執喪中: 어버이 상사에 예절을 지키는 중)이다.

무인년(戊寅年: 1938년)

집상중이다. 12월에 탈상(脫喪: 상중에서 벗어남)하여 제학공(提學公) 산소 직전(直田: 기름하고 네모반듯한 밭)을 방매(放賣: 물건을 내놓고 팜)하다. 그래서 횡령당하다. 숙부주(叔父主) 하세(下世).

기묘년(己卯年: 1939년)

대한년(大旱년: 큰 가뭄이 든 해). 일본 왕래하며 상업을 한 것이 소소 유득(有得: 소득이 있음)하다. 권오훈(權五勳) 초대면(初對面).

경진년(庚辰年: 1940년)

사계(四季)가 다 소소 수입이 있어 토지를 다시 점유하게 되었다.

임오년(壬午年: 1942년)

혈맹의열단장(血盟義烈團長)이라는 명의로 영어생활(囹圄生活: 감옥생활)을 하다가 12월 초8일(初八日) 석방되다.

계미년(癸未年: 1943년)

　계부주(季父主: 막내 작은 아버님) 화갑(花甲). 상업으로 소소 수입을 보다.

갑신년(甲申年: 1944년)

　왜정(倭政) 말기 **난정**(亂政: 어지러운 정치)이 심하다. 경제는 소유(小裕: 조금 여유 있음)하다.

을유년(乙酉年: 1945년)

　8.15 광복. 규합동지(糾合同志: 동지를 모음)해서 **회합**(會合: 여럿이 만남)을 하다. 한의석(韓義錫) 초대면.

병술년(丙戌年: 1946년)

　한독당(韓獨黨) 특별당부를 창립하다. 최승천(崔乘天) 초대면. 상신분교(초등학교) 기성(起成: 설립)을 하다.

정해년(丁亥年: 1947년)

　가산(家産)을 진매(盡賣)하다.

무자년(戊子年: 1948년)

　남한정부 수립하다. 가아(家兒: 아들) 입대하다.

기축년(己丑年: 1949년)

　백범(白凡) 붕거(崩去: 돌아가심)하다. 강경(江景)사건으로 영어중(囹

圖中)에 고생하고 또 치안국에서 2주일간 영어생활을 하다 서울로 임시주소를 정하다.

경인년(庚寅年: 1950년)

6.25 사변으로 **신루몽(蜃樓夢**: 신기루 같은 꿈)을 성(醒: 깸)하고, **구사일생(九死一生)**의 신세로, 자치회장으로 반년 간 분주하다.

신묘년(辛卯年: 1951년)

별로 신규사(新規事: 새로 하는 일)는 없고 경제적으로 소소 유족(裕足: 넉넉함)하다. 계부주(季父主: 막내 작은 아버지) 하세(下世).

임진년(壬辰年: 1952년)

충청남도 교육위원회 교육위원이 되다.

계사년(癸巳年: 1953년)

6.25 휴전조약 성립. 왕래 분주하되, 성과가 없다.

갑오년(甲午年: 1954년)

경향(京鄕)으로 분주하고 경제적으로 소소 수입이 있었다.

을미년(乙未年: 1955년)

제반 공직을 전부 사임하고, 신소(莘沼: 상신리) **본제(本第**: 고향에 있는 본집)로 **귀와(歸臥**: 돌아가 누움, 편하게 지냄)하다.

병신년(丙申年: 1956년)

가아(家兒) 성혼(成婚). **한양중**(閒養中: 한가로이 정양중) 노쇠가 회복이 잘 되지 않는다. 동지규합을 여생사업으로 할까 한다.

정유년(丁酉年: 1957년)

손아(孫兒: 손자)를 보다. 1년간 신병(身病)으로 출입을 폐하다. 초실(初室: 첫 아내) 환갑년(還甲年)이다.

무술년(戊戌年: 1958년)

신병이 작년보다는 나으나, 그래도 여전히 불평(不平: 편치 않음) 중이라. 한양중(閒養中)이다. 실인(室人: 현재 아내) 61돌 **쉬진**(晬辰: 생일)이다.

이것이 내 59년간 육갑(六甲)으로 분별한 약력인데, 내가 24세 몰락(沒落)이 된 후에 29세부터 소소 기두(起頭: 머리를 일으킴)하기 시작해서 을해년(乙亥年: 1935년) 실패로 좀 곤란하다가, 기묘년(己卯年: 1939년)부터 다시 재기하여 생활 안정이 되다가, 을유해방 후에 정당운동으로 다시 전패(全敗: 모두 망함)되고, 그 후로는 가족 전부 노동으로 근근 유지할 정도다. 그러나 이렇다는 정기 수입이 없이 지내는 하루살이 생활을 하고 있고, 조금도 저축이 없다. 그래서 내가 입지(立志)를 하고 있는 사업도 마음대로 추진이 되지 않는다. 이것이 현상 내 경과의 일부다.

무술(戊戌: 1958년) 5월 초7일(初七日) 봉우서(鳳宇書)

추기(追記)

내 일생을 통해서 소년시대에 진학을 못한 관계로 장년이나 노년시대에 후퇴할 밖에 타도가 없고, 또 무슨 일을 하든지 상식으로는 하나, 학식으로는 부족점이 나온다. 이것은 당연한 일이다. 그러나 내가 **처세**(處世: 세상을 살아감)해 보니 유명한 사업가, 정치가, 종교가, 문학가들과 상대해 보면 그다지 **현수**(懸殊: 현격)한 차(差)를 발견하지 못하였다. 일본, 중국, 만주로 또 본국에서도 수십 명을 상대하였는데 이만하면 무엇으로든지 **심열성복**(心悅誠服)[349]하겠다고 생각되는 인물을 별로 못 보았고, 좀 근사한 인물은 간혹 상대한 일이 있을 뿐이다. 과연 인물은 극귀(極貴)한 것이다. 그리고 각계각층의 인물에서 가취(可取: 가히 취함)할 만한 인물이라도 **백사개비**(百事皆備: 모든 일이 다 준비됨)는 못 되는 고로 백 가지 흠점(欠點)을 발견했더라도 내가 취하는 그 인물에게서 욕구하는 점 한 가지만 완비되므로 다른 백 가지 흠점은 관계할 필요가 없다는 말이다. 예를 들면 올림픽에 선수를 보내고자 할진대, 그 선수의 특기인 종목에 대해서 합격이냐, 불합격이냐를 논할 것이지, 그 외에 다른 점으로 특기 있는 선수를 택하지 않는다면 이것은 취인(取人)하는 도리가 아니라는 말이다.

상중고(上中古)시대에 **창업지주**(創業之主: 나라를 세운 임금)들이 **모신**(謀臣: 모사하는 신하)을 규합할 때에 자기의 소망에만 맞으면 그 인물의 다른 건은 조금도 관여하지 않은 것이 창업주가 된 원인이라고 생각된다. 그러나 세상에서는 그렇지 않다. 자기의 욕구하는 점은 갑

---

349) 즐거운 마음으로 성심을 다해서 순종함, 출전 《맹자》.

(甲)이었으나, 그 인물이 갑에는 만점인데 다른 건이 부족하다 해서 기인(棄人: 그 인물을 버림)하는 예가 얼마든지 있다. 이것이 규합동지 하는 제일의(第一義)라고 생각된다. 전술한 바와 같이 백 가지 일에 무슨 일이든지 다 심열성복(心悅誠服)할 인물이 이 세상에서는 극귀하니, 규합된 동지 중에서 각자의 어느 점이 가장 장기인가를 심사해서 그 합격된 점만 그 인물에게 책임 지우는 것이 일을 성공시키는 가장 요결이라고 나는 생각된다.

60 평생에 수천, 수만 인을 보았으나 일인(一人)으로 백인역(百人役)할 인물은 아직 본 일이 없고, 일인으로 몇 건씩 능한 분은 간혹 본 일이 있다. 이런 인물들을 통솔할 만한 인물이 극귀하다고 본다. 그러니 지도자나 통솔자를 기다릴 것 없이 각자가 각자의 최장기(最長技)를 100% 발휘함으로써 그 나라, 그 민족의 행복이 일일(一日)이라도 속히 올 것이라고 확언해 두는 것이요, 이에 반해서 **천리마(千里馬)**에게 염**차(鹽車: 소금수레)**를 **태항산(太行山)**[350]으로 끌어올리라면 이것은 도저히 불가능한 일이다.

현 사회의 현상을 보건대, 천리마, 만리마가 염차 끄는 예가 얼마든지 있고, **어목(魚目: 물고기 눈)**이 **명주(明珠: 아름다운 구슬)**에 **혼입(混入: 섞여 들어감)**된 일이 역시 얼마든지 있다. **외화(外華: 화려한 차림새)**로는 명주로 가장한 어목이 더 광채가 날지 알 수 없다. 내 길이 이를 스러워해서(슬어해서: 슬퍼해서) 내 60년 경과를 기록해 보고 그다음에 내

---

350) 기복염차(驥服鹽車): 천리마가 소금 수레를 끈다는 뜻으로, 훌륭한 재능을 가진 인재가 제대로 쓰이지 못하고 하찮은 일에 낭비되는 상황을 안타까워하는 의미로 사용된다. 옛날 중국의 태항산(太行山) 고갯길에서 소금을 가득 실은 수레를 힘겹게 끌고 가는 말이 있었는데 말을 잘 알아보는 사람으로 유명한 백락(伯樂)이 우연히 그곳을 지나다가 지쳐 쓰러진 말이 천리마임을 알아보고 눈물을 흘렸다는 고사에서 나왔다.

평생 경력을 약술(略述)해서 비록 노쇠한 분이라도 자포자기함이 없이 자기의 역량껏 국가와 민족을 위해서 노력함으로써 죄인이 안 될 것이라고 믿고 총총(恩恩) 이 붓을 그치노라.

무술(戊戌: 1958년) 5월 23일

봉우추기(鳳宇追記)**351)**

---

351) 5월 7일에 쓰신 글의 추기인데 날짜가 23일로 되어 있다. 참고로 이 글과 1953년도에 쓰신 '봉우사상을 찾아서(312) - 계사년(癸巳年: 1953년) 원조(元旦)를 맞이하며'와 1954년도에 쓰신 '봉우사상을 찾아서(527) - 나의 지나간 기회(機會)를 추억하며'를 같이 보면 더욱 상세하다.

이섭(李燮) 노인의 재차(再次) 방문을
제(際: 마주함)하여

무술(戊戌: 1958년) 중춘(仲春: 봄이 한창인 때, 음력 이월)에 무사한거(無事閒居: 일 없이 한가롭게 지냄)할 때에 내방한 노인이 있어서 당년(當年: 바로 그해) 71세의 신구(身軀: 몸)는 비록 노쇠하였으나, 언론(言論: 자기 의사 발표)이 강개불평(慷慨不平: 의기에 북받치어 편하지 않음)하고, 섬부(贍富: 넉넉하고 풍부함)한 포부(抱負)로 인증비거(引證比據: 증거를 대고 비교, 의거함)를 필히 고인(古人)의 확증(確證)을 가지고 하고, 목비만건곤(目比滿乾坤: 눈은 온 세상에 견줌)에 불공부정(不公不正: 공정하지 않음)한 무리들을 보기를 금수(禽獸: 짐승)같이 평하고, 또 한학(漢學)은 주로 주자학설(朱子學說)을 중심하며, 아동방유현(我東邦儒賢: 우리나라 유교 현인)에서는 정암(靜庵) 352) 선생이 가장 근사(近似: 가깝게 같음)하시나, 좀 미급(未及: 미치지 못함)하신 것 같고 율곡(栗谷) 선생은 당추제일(當推第一: 마땅히 제일로 추대함)이라는 논법이었다.

정암 선생은 불능격군심지비(不能格君心之非: 군주의 마음이 잘못된 것을 바로잡지 못함)어늘 율곡 선생은 능격군심지비(能格君心之非: 능히

---

352) 조광조(趙光祖, 1482~1519). 조선 중종 때의 문신·성리학자. 자는 효직(孝直). 호는 정암(靜菴). 시호는 문정(文正). 부제학, 대사헌을 지냈다. 김종직의 학통을 이은 사림파의 영수로서, 급진적인 개혁을 추진하다가 훈구파 남곤 일파가 일으킨 기묘사화 때에 죽임을 당하였다. 저서에《정암집》이 있다.

군심이 잘못됨을 바로잡음)하시었고, 그 외 제현(諸賢) 중 퇴계 선생은 **수왈순수**(雖曰純粹: 비록 순수하다 함)나, **동고**(東皐: 이준경)353) 상공(相公: 재상의 높임말) 소평(所評: 특정 대상에 대해 평가한 내용)과 같이 **산금야수불가인훈**(山禽野獸不可人訓: 산새나 들짐승은 사람처럼 가르칠 수 없음)이라고, **자수**(自修: 스스로 수양함)에는 비록 장(長: 잘함)할지 모르나, 민족, 국가에는 율곡 선생의 행사만 불여(不如: ~만 못함)한 것 같다고 주장한다.

나는 성리지학(性理之學)에는 문외한(門外漢)이라 숙시숙비(孰是孰非: 누가 옳고 누가 그름)를 알 수 없고, 다만 이노인(李老人)의 현하지변(懸河之辯: 쏟아지는 물처럼 유창한 말)만 잠청(潛聽: 가만히 들음)할 뿐이었다. 현 정계에 대해서도 이 노인의 조선(祖先: 조상) **광해반정공신**(光海反正功臣)354)인 이귀(李貴)355) 상공(相公)의 업적을 말하며, 당시는

---

353) 이준경(李浚慶, 1499년~1572년)은 조선시대 중기의 문신, 서예가, 학자이다. 자(字)는 원길(原吉), 호는 동고(東皐)·남당(南堂)·홍련거사(紅蓮居士)·연방노인(蓮坊老人), 본관은 광주(廣州)이다. 영의정을 지냈으며, 선조 묘정에 종사되었다. 기묘사화 때 갇힌 죄 없는 사람들을 석방할 것을 주장하다가 김안로의 미움을 받고 쫓겨났다. 명종의 고명대신으로 그의 유명을 받들어 하성군(훗날의 선조)을 옹립했다. 영의정의 자리에 있으면서도 늘 겸손하고 신중한 자세로 정사에 임하여 명재상으로 칭송받았다. 사림파의 급진적 개혁에 반대하였고, 신진 사림(훗날의 서인)과 기성 사림(훗날의 동인)의 분쟁을 조정하다가 신진사림의 정적(政敵)으로 지목되어 이이, 기대승 등의 공격을 받았다. 이이와 심하게 갈등하던 그는 이이의 인격을 의심하는 발언을 하여 그와 척을 지게 된다. 죽기 직전 붕당의 폐단이 나라의 혼란이 되리라는 유언을 올렸다가 이이의 공격을 받았으나, 유성룡 등이 그를 변호하여 처벌을 면했다.

354) 인조반정을 통해 광해군을 몰아내고 인조를 왕으로 세운 공로를 인정받은 신하들을 말한다. 대표적으로 이귀, 김류, 신경진, 김자점 등이 있다.

355) 이귀(李貴, 1557년~1633년)는 조선의 문신이다. 자는 옥여, 호는 묵재, 이이·성혼의 제자이며, 임진왜란 때에 삼도 소모관·삼도 선유관으로 소·말·식량·군졸 등을 징발하여 도체찰사 유성룡에게 수송했다. 1603년 선조 때 문과에 급제하여 형조좌랑·안산 군수·배천 군수 등을 지냈다. 1614년(광해군 6년) 8월 27일 위성원종공신(衛

만약 성공을 못하면 삼족(三族: 부계, 모계, 처계의 세 족속)을 멸할 때라도 이를 불계하고 능히 거사하여 국가와 민족을 구하였거든 금일이야 거의(舉義: 의병을 일으킴)하다가 실패해도 자기 일인(一人)에 화가 그치는 것을 현대 인물들은 **감노이불감언**(敢怒而不敢言: 화가 나도 감히 말을 못함)하니 어찌 감히 반정할 의사를 몽중에나 생각하겠는가? 청장년 기백이 아주 다 꺼졌도다 하고 내가 비록 72세나 내가 당할 기회만 있다면 일사(一死: 한번 죽음)로 **보국보족**(報國報族: 국가와 민족에 보답함)하겠다고 **비분개탄**(悲憤慨歎: 슬프고 분함을 탄식함)을 마지않는다. 언**언개시**(言言皆是: 말마다 옳음)라고 본다.

그러나 국가나 민족의 운명이라는 것이 성쇠지리(盛衰之理: 성쇠의 이치)를 면치 못하는 것은 사실이다. 우리나라도 초창기라 백반진통(百般鎭痛: 모든 고통을 진압함)을 다 지내고 바야흐로 안정이 될 것인데, 아직은 과도기라 (어찌) 할 수 없는 일이요, 하늘이 진류사민(盡劉斯民: 이 백성을 다 죽임)하실 리가 없는 연고로 극즉필변(極則必變)이라는 원리가 이 우주사(宇宙史)에 거울같이 비치어 있는 것을 누가 가리거나 고칠 사람이 있으리요?

현국(現局: 현재의 판국)은 우리가 보기에는 비록 극권(極圈)에는 가까우나, 아주 극에까지 도달을 못한 것 같다고 본다. 무엇인가 하면 우리 과거 반세기의 경과로 보아서 갑오(甲午: 1894년) 일청(日淸)전쟁이 그

聖原從功臣) 1등에 책록되었다. 1616년 이귀는 역모 사건에 연루되어 이천에 유배되었다가 1619년 유배에서 풀려났다. 이런 상황에서 능양군(후의 인조)과 인척 관계에 있었던 신경진과 구굉 등이 이서와 반정을 먼저 계획하였고, 이귀는 이 계획에 뜻을 같이 하게 되었다. 1623년 3월 13일 밤 이귀는 김류, 최명길 등과 함께 광해군을 폐위시키고 능양군(후의 인조)을 추대하는 반정을 일으켰다. 인조반정이 성공한 후 총 53명이 정사공신(靖社功臣)에 책봉되었는데, 이귀는 일등공신으로 이름을 올렸다.

목적이 우리나라를 조상(俎上: 도마 위)에 놓고 **양견쟁일골격(兩犬爭一骨格**: 두 마리 개가 하나의 뼈를 다투는 격)으로 서로 싸우다가 일본군의 승리로 돌아가니, 일본이 우리나라에 등장할 것은 당연한 일이요, 우리나라에서는 일본이 등장하든지 말든지를 물론하고 당연히 내정(內政: 국내정치)을 닦고, 자강(自强)을 도모할 일인데 **불차지위(不此之謂**: 이를 생각하지 않음)하고 국내에서는 **의일의아(依日依俄**: 일본이나 러시아에 의존함)의 양파(兩派)로 정권을 서로 각축할 뿐이요, **내정자수(內政自修**: 국내정치를 스스로 다스림)에는 소호도 여념이 없었다.

그러하다가 필경은 러일전쟁을 발단시킨 것이다. 그러나 국민으로 이 전쟁이 일본, 러시아가 우리나라를 **호시탐탐(虎視眈眈**: 범이 눈을 부릅뜨고 먹이를 노려봄)하는 줄은 아주 생각도 못하고 아무 관계없는 인국(隣國: 이웃나라)의 전쟁으로 알 정도요, 또 위정자도 역시 이에 그치어 양국의 승전자에게 의뢰하면 무사하려니 하는 **옹산(甕算**: 독장수 셈)356)이 있을 뿐이라. 그래서 러일전쟁 당시에 우리나라에서는 은연중 친일파의 등장세력이 중외(中外: 국내와 국외)를 압도해서 거국적으로 일본을 후원한 것이 사실이다. 이것이 자멸(自滅)을 일일(一日)이라도 속(速)하게 한 원인이 된다. 전쟁이 종식된 을사년(乙巳年: 1905년)에 와서 일본이 한국에 5조약 체결을 강요한 것이 이 나라의 국권을 일본에게 일부씩을 병합해 주는 시작이 되었다.

그래도 국민들은 **부중지어격(釜中之魚格**: 가마솥 속의 물고기격)이요, 대책이 없었다. 이같이 무능함을 보고 정미년(丁未年: 1907년)에 와서

---

356) 가능성 없는 허황된 계산을 하거나 헛수고만 함을 이르는 말. 옛날에 옹기장수가 길에서 독을 쓰고 자다가 꿈에 부자가 되어 좋아서 뛰는 바람에 깨어나 보니 독이 깨졌더라는 이야기에서 유래한다.

일본군이 한국군 무장해제를 시키었다. 국가로 외교를 자주(自主)로 못하고, 국방을 완전히 타인의 손에 의지하면 이것은 벌써 망한 지 오래였다. 그래도 고종황제의 밀사가 해아(海牙: 헤이그)에 가서 비록 성공은 못했으나 세계 여론이 있는 관계로 일본이 고종황제께 선위(禪位: 왕위를 다른 사람에게 물려줌, 선양禪讓)를 강요한 것이다. 이것은 옛날 천자국(天子國: 황제국)에서 속국을 대한 시절에도 이런 무법(無法)한 일은 하지 않았었다. 이 정도라면 망이구의(亡已久矣: 망해도 이미 오래전에 망함)라고 볼 것이다. 여기서 비로소 이 나라 의분지사(義忿之士: 의분에 찬 선비)들은 각처에서 의거를 했으나, 강약이 부동(不同: 같지 않음)으로 다 실패된 것은 할 수 없는 일이었다.

그 후 경술년(1910년)에 정합병(政合倂: 정치합병)이라는 구실로 7조약으로 병합을 조인했으나, 내용은 정반대로 아주 국토합병으로 변해진 것이다. 이것이 속담에 소아수중(小兒手中: 어린애 손 안)에 호병(胡餅: 호떡)을 가진 것을 대인이 소아를 기만하여 월병(月餅: 달떡)을 만들어 주마 하고 이모저모를 다 먹다 종막(終幕)에는 진식(盡食: 다 먹음)을 하고, 월병이 변해서 밀병(蜜餅: 꿀떡)이 되는 것과 상사(相似: 서로 비슷함)한 일이다. 병합 10년 만에 민족들은 비로소 망국민의 비애를 맛보고, 손의암(孫義庵: 손병희) 선생 외 33인의 의사(義士)들이 독립선언서를 발포(發布: 널리 펴서 알림)하고, 천하에 우리 민족이 아주 일본과 동화하는 민족이 아니라는 것을 인식시킨 것이다.

그 후 수십 년 간을 만주에서 군정파(軍政派)요, 상해로 중경으로에서는 임정파(臨政派)로 양분(兩分)해서 군사, 정치, 외교로 불휴의 노력을 해온 것이 을유광복(乙酉光復: 1945년 8.15 해방)의 영(榮: 꽃)을 얻은 원인이요, 국내에서도 민족 어느 부분을 제(除)한 외에는 조선민족혼(朝鮮民族魂)이 아주 죽지 않았던 것이 사실이었다. 그래서 우리가 을유년을 당해서 희망이 적지 않았으나, 의외에도 미소양흉(美蘇兩凶)의 음모가 동양을 화약 폭발지로 만들어서 민족자멸(自滅)로 다시 갱기(更起) 못하게 하는 38선이라는 악독한 양흉의 극악무도(極惡無道: 더없이 악하고 도리가 없음)한 심장을 여실히 현로(現露: 노출됨)한 것이다.

그래도 우리 민족들은 북에서, 남에서 미국이나 소련을 우리의 구세주로 믿는다. 이것이 다 우리가 자립 못한 원인이요, 수원수우(誰怨誰尤: 누구를 원망하고, 누구를 탓함)하리요? 그러나 이것이 6.25 사변을 성(成: 이룸)해서 우리나라 유사 이래(有史以來) 처음 보는 참화(慘禍: 참혹한 재난)를 우리 남북 민족이 다 당하고 유엔의 미명하(美名下)에 구원병을 보내어 그 실상에 있어서 완전한 해결책을 가진 것이 아니라, 민족상잔(相殘: 서로 싸우고 해침)으로 다 같이 치상명(致喪命: 목숨을 잃음)을 당하도록 어느 방책하(方策下)에 구원해 주는, 가장 악독한 수법을 쓴다. 그래도 위정자들이 소호도 각성함이 없이 유엔에서 오는 구호물자 분식(分食: 나눠 먹음)에 안비막개(眼鼻莫開: 눈 코 뜰 새 없음)하고, 국가나 민족은 염두에 두지도 않는 무리들이다. 위정자들이 다 현 정계 인물들도 적수공권으로 출각(出脚: 벼슬자리에서 물러났다가 다시 벼슬자리에 돌아옴)한 자들이 몇 십, 몇 백억이라는 자산을 다 가지고 있으니, 무엇보다도 확실한 증거가 아니고 무엇인가?

정치는 가위 그 극(極)에 달한 것 같으나, 다만 민생 문제가 아직 혁명을 요할 만한 궁곤상(窮困狀: 궁핍한 상태)을 당하지 않는다는 말이다. 타국 국가나 민족의 평균 경제력에 비해서는 말할 수도 없는 천문학적 숫자의 차이가 있으나, 우리나라 민족 자체로 보아서 이조 말엽의 혼정(昏政: 어두운 정치)시대를 경과하고, 일정 36년간 압박생활을 경과해서 여력을 허락하지 않던 구일(舊日: 옛날)보다는 을유(乙酉: 1945년) 이후로는 우리나라의 8할 이상을 점령했던 일본인의 소유가 귀속재산으로 돌아오고, 또 우리나라 부호들의 소유가 거의 1할 이상을 점유했던 것이 농지법으로 자작농(自作農)으로 되어서 비록 노력은 심하나, 농촌경제가 일정시대보다는 수준이 향상된 것은 사실이다.

이 향상되었다는 것이 잠정적이요, 현 농촌생활이 전도(前途: 장래)가 암흑하다는 것은 누구나 다 아는 것이다. 그러나 우리나라의 다대수인 농민층에서 아직 치상명(致喪命)의 상처가 없는 관계로 국가적으로야 망하든지 성하든지를 불관계하고, 임시로 각자의 생활이 유족하므로, 타념이 생할 리가 없고, 청장년이 주로 농촌 출신이라 역시 이문목격(耳聞目擊: 듣고 봄)이 그러하다. 비록 위정자에게 불만은 가졌으나, 각자가 각자의 안정을 도모하는 고로, 아직은 민생고(民生苦)가 그 극에 못 갔다고 나는 예언하는 것이다. 이것이 극즉필변(極則必變)의 원리라 이 노인의 강개불평도 무리는 아니나, 우리나라 농민층에서는 각자가 좀 더 각자의 일상생활을 향상시킬 정책이 자기 아닌 타인에게서 나오기를 기다릴지언정 각자가 각자의 수준을 각자의 재량으로 타개해 보겠다는 생각은 소호도 보이지 않는다.

더구나 각자의 여력이 그 운동에 합해서 할 일이라면 각자의 손해가 될까 해서 불참할 것은 사실이다. 선거 결과로도 농촌 현상을 여실히 증명하는 것이다. 이 노인의 만복불평(滿腹不平: 뱃속 가득한 불평)은 우리나라 중류 이상의 공통된 점이요, 이를 타개 못하는 것은 우리나라 농촌이 있기 때문이라는 것도 잘 알아야 할 일이다. 내가 이 노인의 불평불만을 보고, 내 심중에 있는 것을 가리지 않고 말해 보는 것이다.

이 노인이 다녀간 지 벌써 몇 달 되어도 간간이 다른 사람들의 불평불만한 소리를 들으면 이 노인 생각이 나는 일이 여러 차례다.

그런데 금번 한기(旱氣: 가뭄)가 태심(太甚: 매우 심함)해서 고열(苦熱: 매우 심한 더위)이 여행을 불허(不許: 하락하지 않음)하는 때인데 의외에 이 노인이 재심방(再尋訪: 다시 찾아옴)을 하시고 현하(懸河: 세차게 흐르는 하천)의 웅변을 전날과 불변(不變)하게 하시며, 천염예덕(天厭穢德: 하늘이 더러운 덕을 싫어함)357)하사, 한기(旱氣: 가뭄)로 계인(戒人: 사람들을 경계함)하신다 하며, 72세 노옹(老翁)임에도 불구하고 여전히 청장년배가 못할 장지(壯志: 마음속 장하고 큰 뜻)를 품고 있고, 나의 허기(許己: 자기를 허락함)를 청한다. 염도차변(念到此邊: 생각이 이 근처에 이름)하니, 나는 가위(可謂: 과연) 미온(微溫: 미지근함)에 불과하도다.

이 옹은 지기(知己: 자기를 알아주는 벗)를 위해서 고열(苦熱: 무더위)을 불관(不關: 관계 안 함)하고 수백 리 노정(路程: 길)을 왕래구치(往來驅馳: 말을 빨리 몰며 왕래함)하는데 나는 규합동지코자 하며, 재가일다(在家日多)한 것이 근일 내 현상이니, 비록 병중(病中)이라 하나, 이 노인에 비해서는 그래도 역강(力强: 체력이 나음)한 편이 아닌가. 이 노인의 심방을 맞으며 내 심지(心志)의 약점을 자경(自警: 스스로 경계함)하는 것이다. 후일 내가 이 노인을 충북 영동으로 회사(回謝: 돌아가 감사를 표함)할 것을 확약하고, 또 바로 다른 동지들과 소개할 것도 후일을 기약하고 이 붓을 그친다.

---

357) 천염예덕(天厭穢德)은 이는 하늘이 부도덕하고 추악한 행실을 미워한다는 의미로, 불의한 통치나 행위를 경계하는 말로 사용된다.

무술(戊戌: 1958년) 5월 초10일(初十日)

봉우서(鳳宇書)

재기(再記)

　　이 옹이 일절일률(一絶一律: 하나의 절구와 하나의 율시)을 제시하는데 비록 내게는 불감(不敢)하나, 옹의 의사를 존중히 생각해서 하기(下記)해 두노라. 화답(和答)코자 하다가, 이 글을 화답함으로써 옹의 시의(詩意: 시의 뜻)를 자인(自認)하는 감(感)이 있어서 화답을 궐(闕: 빠짐)했다.

〈절구(絕句)〉

계역모황용자룡(鷄亦慕凰龍自龍)

닭은 또한 봉황새를 그리워하고, 용은 절로 용이니,

산겸인우내거종(山兼鱗羽乃居宗)

계룡산은 용의 비늘과 봉황의 깃을 지녀, 곧 마루(근본)에 거함일세.

천장별계신소재(天藏別界莘沼在)

하늘이 숨긴 별세계가 신소(상신 계곡)에 있으니,

응유기인택왕종(應有其人擇往從)

응당 그 사람 있어, 따라가야 하겠네.

〈율(律: 율시律詩)〉

효진하처접오려(囂塵何處接吾廬)

번잡한 세속 어데서(어디서) 내 오두막집을 접하랴?

요득신소방전거(要得莘沼方奠居)

요는 신소를 얻음이 바로 머물러 살 만한 곳을 정함이네.

신야춘추능포도(莘野春秋能抱道)

신야의 봄 가을은 능히 도를 품을 만하고,

도원일월불구예(桃源日月不求譽)

무릉도원(武陵桃源)의 세월은 명예를 구하지 않네.

엄문적막위금세(掩門寂寞違今世)

문 닫고 적막함으로 요즘 세상을 멀리하고,

만복경륜독고서(滿腹經綸讀古書)

뱃속 가득 찬 경륜으로 옛 책을 읽도다.

온옥도회지시대(蘊玉韜晦知時待)

옥을 품고 빛을 감추며 때를 알고 기다리니,

기선제우응무허(其宣際遇應無虛)

그 베푼 만남은 응당 헛되지 않으리.

이상 원운(原韻: 원래의 음운).

무술(戊戌: 1958년) 5월 초10일(初十日)

봉우재기(鳳宇再記)

무제(無題): 내 청년시대를 회상함[358]

　…후(後)에 봉천(奉天: 심양), 장춘(長春), 길림(吉林) 등지로 왕래하며, 낭인(浪人)생활을 하다가 하르빈(하얼빈)에 가서 역시 낭인생활을 하고 있다가 단포(短砲: 권총) 사격술을 전공하던 중에 보표(保票)[359] 생활을 해오다가 의외에도 독립군 수중에 걸리어서[360] 수년간을 두고 국내, 국외로 왕래하며 신출귀몰(神出鬼沒)한 동작을 했으나, 왜경(倭警: 일본 경찰) 손에 발각되지 않았다. 그러다가 내가 토혈증(吐血症)이 생

---

358) 1958년 5월 3일에 쓰신 글로 되어 있으나 내용이 2페이지만 남아 있어 일단 실은 뒤 나중에 전체 글이 나오기를 기대합니다. 봉우 선생님 연보 작성에 중요한 새로운 사실들이 기록되어 있습니다. (엮은이 주)

359) 호송 및 경호 전문가. 고객의 귀중품, 거액의 현금, 또는 중요한 문서 등을 위험 지역까지 안전하게 운반하는 역할을 했다. 도적이나 산적들의 위협으로부터 물건을 지키기 위해 무예와 총칼의 사용에 능해야 했다. 운송 과정에서 물건에 문제가 생길 경우, 보표가 모든 책임을 져야 했기 때문에 매우 책임감이 요구되는 직업이었다. 보표는 프리랜서로도 활동했지만 상당수는 표국(鏢局)이라 불리는 전문경호회사에 소속되어 일했다. 표국은 고객의 물건을 안전하게 운송해 주는 대가로 수수료를 받았다. 봉우 선생님께서 30연발 싸창(마우저 권총) 두 자루로 무장하고 보표 일을 하던 중 마적들과 조우하여 전투를 벌이다가 동료가 총상을 입어 민간요법으로 치료한 일화가 있다.

360) 당시 선생님께서는 보표 생활을 하며 만주에서 총잡이로 유명했는데 이를 안 독립군이 선생님을 포섭하기 위해 말 타고 가는 선생님 뒤를 몰래 좇아 허리에 총을 대고 달리던 마차에 그대로 태워 독립군 군영으로 납치한 사건. 독립군 막사에서 상승장군이던 김규식 장군을 만났는데 원래 두 분은 집안에서부터 아는 사이라 매우 반가우셨다고 한다. 이후 선생님은 독립군 별동대로 활약하셨고, 신팔균 장군 등과 함께 싸웠다. 동천 신팔균 선생은 봉우 선생님과 절친한 사이로 동천 선생이 순국하신 그 전투에도 같이 참가하셨다고 생전에 여러 번 증언 하셨다. 동천 선생을 살리기 위해 애를 쓰셨으나 출혈이 너무 많아 돌아가셨다고 한다.

겨서 아주 폐인이 될 지경이라 다시 귀국, 치병(治病)한 것이 **계해(癸亥: 1923년)** 1년 간을 내 생전 제일 곤란을 받은 것이다. 당년 말에 가서 비로소 병이 완치되고 갑자년(甲子年: 1924년)부터 다시 객지생활을 하기도 했다.

전라도 영암, 나주, 무안, 함평 등지로 다니면서 **등산임수(登山臨水: 산을 오르고 물을 임함)**의 **탐승(探勝: 명승지를 찾아다님)**을 하고, 광주, 능주, 담양, 화순, 보성, 곡성, 장흥, 구례, 순천, 고흥 등지로 다니며, 생명보험사원 노릇도 하고, 책 외판원 노릇도 하며, 강산(江山) 경치 구경을 목적으로 했다. 그다음 장성, 흥덕, 영광, 강진, 해남과 **제도서(諸島嶼: 모든 섬들)**를 순회하며 아주 낭인생활을 해오다가361) 11월에 귀가해서 익년(翌年: 이듬해)인 을축(乙丑: 1925년) 정월에 광주로 가서 4개월 만에 인천으로 와서 있다가 원상수련(原象修練)을 해보고, 또다시 광주로 가서 **과동(過冬: 겨우살이)**하고, 귀가해서 **병인년(丙寅年: 1926년)** 1년 중 11달을 광주에서 경과하고, 약종상(藥種商) 허가를 득(得)하였다.
– 1926년 양력 8월 11일자 –

그해에 최홍매(崔紅梅), 이채구(李采九) 내외(內外: 부부)에게 신세를 많이 지었다. 정묘년(丁卯年: 1927년)에는 내 고향에서 청년운동을 하기 위해서 **상신청년상애단(上莘靑年相愛團)**이라는 것을 조직해서 일동(一洞: 온 동리) 단결을 해왔고, 무진년(戊辰年: 1928년)부터 또 서울로 가서 금강산 탐승과 묘향산 탐승을 마치고, 또 낭인생활로 서울서

---

361) 낭인생활이라 표현하셨지만 만주생활 이후 한국에서 지하독립활동 하실 때이다. 여러 직업을 바꿔 가며 수많은 가명을 사용하시어 일제에 검거망에 거의 걸리지 않으셨다. 인천 미두장 출입도 독립군 자금과 청년운동 자금 확보가 제1 목적이셨다. 실제로 거액을 군자금으로 여러 차례 보내셨다.

의료행위를 해서 일시는 번화(繁華: 번성)하였다. 그해에 만주, 북경 등지로 왕래하며 밀수행각도 해보았다. 추동(秋冬: 가을 겨울)은 목포에서 객고(客苦: 객지 고생)를 많이 지내고, 김익표 씨의 신세를 많이 지었다. 연말에서야 귀가해서 기사년(己巳年: 1929년) 춘간(春間)은 재가하여 정신수련을 해보다가 다시 서울로, 대전으로 왕래하며, 투기생활로 수만 원을 수입해서 용전여수(用錢如水: 돈쓰기를 물같이 함)하였었다. 경오년(庚午年: 1930년)에는 대구로, 인천으로, 서울로 왕래하며 윤박(尹朴) 양씨 집에 출입했었다. 삼동(三冬: 겨울 석달)은 (갑사) 간성장(艮成莊)에서 수삼지기(數三知己: 몇 명의 벗들)로 동반(정신)수련을 하였다. 그 이듬해 신미(辛未: 1931년)도 1년을 별일 없었고, 임인년(壬寅年: 1932년)도 별일 없어서 생각대로 지냈을 뿐이다.

계유(癸酉: 1933년)에는 서울로, 인천으로 세월을 보내고, 겨울 석 달을 정신수련을 해보았다. 갑술년(甲戌年: 1934년) 봄에 중부주상(仲父主喪)을 당하여 서울서 춘하(春夏)를 지내고 추동(秋冬)에는 벌채(伐採: 벌목)건으로 세월을 보냈다. 을해년(乙亥年: 1935년) 봄여름을 경과하고, 추동부터 벌채를 시작해서 의외에 손해를 보았으나, 구영직(具永植), 한강현(韓康鉉)을 만난 것만으로 행(幸: 다행)이었다. 병자(丙子: 1936년) 춘하(春夏)까지 벌채 선후책이 없이 부채가 남았을 뿐이다. 병자춘(丙子春)에 소성을 택했었고, 가을에 다시 상신으로 합산(合産)하고 있는 중 의외에 선친께서 12월에 환원(還元: 돌아가심)하시고, 그 후 집상(執喪: 어버이 상사에 예절을 지킴)도 하지 못하나, 3년을 별 출입도 않고 지낸 것이 내 40평생 경과다.

그 중간에 층절(層節: 일의 많은 곡절, 변화)이 별별 일이 다 있었으나, 이 정도로 기록해 보고 지난 일을 회억(回憶)할 뿐이다. 인천 왕래에 선배 박산주장(朴汕住丈: 박양래)을 만난 것이 내 일생을 통해서 잊지 못할 일이요, 또 인천 김오운(金烏雲: 김경두), 주회인(朱懷仁), 이석천(李石川), 박학래(朴鶴來), 조일운(趙一雲), 정수당(丁隨堂), 김일창(金一滄), 김용초(金龍草), 차종환(車宗煥), 조철희(趙哲熙), 한상록(韓相錄), 정희준(鄭熙準), 조정하(趙廷夏), 조공하(趙供夏)씨 등 제제다사(濟濟多士)[362]를 만났었고, 김창숙(金昌淑)[363], 김재○ 씨도 만났었고, 손광순과는 동경(同庚: 동갑)이라 친하였었고, 윤보병(尹普炳) 씨는 일창 관계로 종종 접근한 일이 있는 분이었다.

인천에서 득실(得失)은 새옹지마(塞翁之馬: 인생의 변화는 예측불허란 뜻)로 붙이고, 남은 것은 여러분과 교제하던 여흔(餘痕: 남은 흔적)이 있을 뿐이다. 서울에서는 조훈(曺勳), 홍관희(洪觀熹), 남주희(南冑熙), 최남선[364], 이병희(李秉熙), 홍명희(洪命熹)[365], 권덕규(權德奎)[366], 김진

---

362) 뛰어난 선비가 셀 수 없이 많음. 《시경(詩經)》에 나옴.

363) 김창숙(金昌淑, 1879년 7월 10일~1962년 5월 10일)은 일제강점기의 독립운동가이자 대한민국의 정치인, 시인 겸 교육자이다. 20세기 가장 중요한 공인 중 한 명으로 경상북도 성주(星州) 출신으로 본관은 의성(義城)이다. 자(字)는 문좌(文佐)이며 호(號)는 직강(直岡), 심산(心山), 벽옹(躄翁)이다. 일제강점기의 유림(지방 귀족) 대표로 독립운동을 주관하였고, 대한민국 임시정부 부의장으로 활동하였으며, 1945년 광복 이후에는 남조선대한국민대표민주의원 의원을 역임, 유도회(儒道會)를 조직하고 유도회 회장 겸 성균관(成均館) 관장을 역임하였고, 성균관대학교를 창립하여, 초대 학장에 취임하였다.

364) 최남선(崔南善, 1890년 4월 26일~1957년 10월 10일)은 대한민국의 문화운동가이며 근대 문학 발전에 기여한 공로가 있는 반면, 이광수와 함께 거론되는 변절한 친일파이다. 일제강점기 시대 동안에 이광수, 홍명희와 더불어 조선의 3대 천재로 대표되었던 인물이다.

365) 홍명희(洪命憙, 1888년 5월 23일~1968년 3월 5일)는 독립운동가이자 해방 후 1948년 월북하여서 조선민주주의인민공화국의 정치인으로도 활동했다. 일제강점기 당시에 이광수, 최남선과 더불어 조선의 3대 천재로 대표되었던 인물이었으며, 소설 《임꺽정》의 작가로 유명하다. 호는 벽초(碧初), 일생 동안 소설 창작, 언론 활동, 정치

우(金振宇), 김계호(金啟鎬), 이인상(李寅相) 씨 등을 교제하였고,

호남에서 김효백, 백락도(白樂濤), 이방초(李芳草), 이화당(李華堂), 김익표(金益杓), 김은균, 김장렬, 문수암(文殊庵), 백학명(白鶴鳴) 선사(禪師)[367], 진진응(陳震應) 스님[368], 김경운(金擎雲) 대사[369], 박호은(朴湖隱), 송염재(宋念齋), 정성면(鄭性勉), 김공범, 현준호, 김규익, 노형규 씨를 교제하고 지냈고,

영남에 와서 이송운(李松雲), 서○(西○) 이참판, 장직상, 김익수(金益洙, 1880~1920), 김백련(金百鍊), 신대진, 이중극, 곽면우(郭勉宇)[370] 선

활동, 독립운동 등의 다양한 활동을 하였다.

366) 권덕규(權悳奎, 1890~1950). 국어학자. 호는 애류(崖溜). 경기도 김포 출신. 저서로는 《조선어문경위 朝鮮語文經緯》(1923), 《조선유기(朝鮮留記)》(1945) 및 《을지문덕(乙支文德)》(1948) 등이 있다.

367) 백학명(白鶴鳴, 1867~1929). 조선 후기와 일제강점기의 고승. 내소사·월명암 주지를 거쳐 내장사 주지를 지냈다. 제자와 불자들에게 참선과 노동(농사)을 병행할 것을 권하는 반선반농(半禪半農) 사상을 가르치고 스스로 호(號)를 백농(白農)이라 지었다.

368) 진응 혜찬(震應 慧燦), 1873년 12월 24일생. 세속 이름은 진동해(陳東海). 15세(1887년 9월 22일)에 구례 화엄사 봉천암(鳳泉庵)에서 오응암(吳應庵)을 은사로 출가했다. 1888년 10월 봉천암에서 안거 수행한 이후 화두를 참구했다. 화엄사에서 대교사(大敎師) 법계(1897년 2월), 묘향산 보현사에서 대선사(大禪師) 법계(1926년 10월)를 품수했다. 당대 제일의 대강백으로 존경받으며 후학을 양성했다.

369) 경운 원기(1858~1936). 일제시대 만해 등과 더불어 임제종을 설립해 한국불교의 정통성을 지켜냈을 뿐 아니라 당대 최고의 강백이자 근대 한국 불교의 화엄 종주로 추앙받았다.

370) 곽종석(郭鍾錫, 1846~1919)은 조선 말의 유학자·독립투사이다. 이황·이진상의 학문을 계승하였다. 1895년 을미사변 때 영국 영사관에 일본 침략 규탄을 호소하였고, 1905년 을사조약 체결 시에 열국공법(列國公法)에 호소할 것을 상소하였다. 1919년 2월에 유생들의 연서(連書)로 파리강화회의에 독립호소문을 발송시켜 투옥되어 2년형을 언도받고 병사하였다. 제자들의 의문을 다 꿰뚫어보고 묻기도 전에 미리 대답을 다 해준 일화는 유명하다. 봉우 선생님 20세 즈음 중병으로 목숨이 경각에 달렸을 때도 당신 돌아가시기 1년 전에 미리 사람을 보내도록 조치하여 봉우 선생님을 살리신

생, 권오훈, 이호상 씨 등과 교우(交遇: 교제하며 만남)하였었고, 강경도
(姜景道), 이화암(李華庵), 김선규, 최병두 제씨(諸氏: 여러분)도 교우하
였다.

도별(道別)이 없이 김소소(金笑笑), 한석봉(韓石峰), 이옥강(李玉岡),
이운구, 서계원, 정병국, 조리호, 최일중(崔一中), 장이석, 김선태, 김영
선, 유석(維石: 조병옥)371), 죽산(竹山: 조봉암)372), 성원경, 성태경, 한의
석(韓義錫), 임종권 씨 등도 **무간(無間: 사이가 없음, 허물없이 친함)**하게
교제하던 것이다. 그 외에도 장년기에 상봉한 친붕(親朋: 친구)도 상당
수는 과(過: 넘음)하고 있으나, 다 제외하기로 하고 **내 청년시대를 회상**

일화도 있다. 《봉우일기1》 93쪽. 봉우 내력 참조).

371) 조병옥(趙炳玉, 1894년 5월 21일 충청남도 천안~1960년 2월 15일 미국)은 대한민
국의 독립운동가, 교육자, 경찰관, 정치가이다. 일제강점기 초반 도미 유학과 독립운
동에 종사하였고, 안창호에게 감화되어 그의 흥사단과 수양동지회, 국민회 일에 적극
참여하였다. 그 뒤 태평양 전쟁 무렵 수양동우회 사건 등으로 두 차례나 옥고를 치렀
다. 해방 정국에서는 한민당 창당에 참여한 뒤 미군정의 경찰총수를 지냈으며, 1948
년 정부 수립 후에는 UN대표난, 내무부 장관 등을 거친 뒤 이승민과 결별했다. 해방
직후 미군정 치하 제2대 경찰 통수권자였고 장택상과 더불어 친일경찰들을 재등용한
사람 중 한 명이다. 한국민주당과 민주국민당에서 활동하였으며, 1954년 호헌동지회
에 참여하였으며, 민주당에 입당, 신익희·윤보선·유진산 등과 함께 민주당 구파의 리
더로 활동하였다. 1950년 대한민국의 제2대 정·부통령 선거에 부통령 후보자로 출
마하였으나 낙선하였고, 1960년 대한민국 제4대 대통령 후보자로 출마하였으나 선
거 유세 중 병으로 미국 워싱턴 D.C. 월터리드 육군병원에 입원했다가 급서하였다.
본관은 한양, 충청남도 천안시에서 태어났으며, 호는 유석(維石)이다.

372) 조봉암(曺奉岩, 1898~1959), 정치가, 독립운동가. 호는 죽산(竹山). 노농총연맹조선
총동맹을 조직해 문화부책으로 활약하다가 상하이에 가서 코민테른 원동부(遠東部)
조선 대표에 임명되고, ML당을 조직해 활동했다. 제헌의원·초대 농림부장관이 되고
대통령에 출마하기도 했다. 1952년 제2대 대통령에 출마하여 차점으로 낙선, 1956
년 다시 제3대 대통령에 출마하였으나 낙선되었다. 그해 진보당(進步黨)을 창당, 위
원장이 되어 정당활동을 하다가 1958년 1월 국가보안법 위반으로 체포되어 대법원
에서 사형선고를 받고 1959년에 처형되었다. 2011년 1월 20일 대법원에서 간첩죄
와 국가보안법 위반 등 주요 혐의에 대해 무죄 선고를 받았다.

하는 정도로 붓을 그친다.

무술(戊戌: 1958년) 5월 초3일(初三日)

봉우서(鳳宇書)

추기(追記)

내가 청년시대에 사상이 무엇이었던가? 일정하(日政下)에서 도저히 평상적인 수단과 방법으로는 굴레를 벗을 수 없으니, 암암리(暗暗裏: 어두움 속)에 국사(國士: 나라의 선비)를 양성해서…

이하 원고 유실됨.(엮은이 주)

급시우(及時雨: 때 맞춰 오는 비)[373]

40여 일간을 두고 겨우 **경진**(輕塵: 가벼운 먼지)을 절(絶: 막음)할 정도의 **세우비비**(細雨霏霏: 가랑비가 부슬부슬 오는 모양)하였을 뿐이요, 일차도 흡족(洽足)한 우량(雨量: 비 내린 양)이 없어서 **춘간전작**(春間田作: 봄철 밭농사)에는 벌써 한해(旱害: 가뭄 피해)가 적지 않다. 근일에 와서는 아주 처처(處處)에 기우제를 행한다는 소식이 매일같이 들리는 중이었다. 농촌뿐만 아니라 일반 민생들이 아주 **황황**(遑遑: 몹시 허둥거림)하게 그날그날을 지내던 중이며, 우리 동네에서도 기우 행사로 전 동민이 일심단결해서 **부소**(釜沼: 가마솥처럼 움푹 파인 못)를 품었다. 그 날 밤부터 우의(雨意: 비 기운)가 있어 그 다음날 계명시(鷄鳴時: 닭 울 때)부터 강우(降雨: 비 내림)하기 시작해서 비록 아직 협흡(浹洽: 두루 넘치게 적심)하지는 못하나, 아직 천후(天候: 기후)가 쾌청(快晴)이 아니요, 강우를 계속할 듯하니 대한(大旱: 큰 가뭄)에 쪼달리던(쪼들리던) 농민이나 일반 대중들은 다 화기(和氣: 온화한 기운)를 띠고 왕래한다. 이것이 **급시호우**(及時好雨: 때 맞춰 내리는 좋은 비)다.

천기(天氣)는 항상 **생민**(生民: 살아 있는 백성)의 원하는 바를 저버리지 않는다. 이런 대한(大旱)시절에도 비록 **천유불측풍우**(天有不測風雨: 하늘은 예측 못하는 풍파가 있음)라고 하나, 생각도 하지 않던 강우로

---

373) 곤란이나 문제를 제때에 해결해 줄 수 있는 사람, 사물, 사건.

민심이 화기를 띠고 있다. 이와 같이 우리 생민 전체에 파급되는 한기(旱氣: 가뭄)는 어느 때에 급시호우가 내릴 것인가? 대한(大旱)에 단비를 만난 여파로 또 바라는 마음 어찌 가뭄에 쪼달리는(쪼들리는) 농민의 바람만 못하리요? 이것이 대물상심(對物傷心: 사물을 대하며 마음이 상함)이라는 것이다. 그러나 천도(天道)는 무심(無心)하지 않으사, 농민을 진류(盡劉: 다 죽임)하지 않으실 생각으로 대한에 감우(甘雨: 단비)도 주셨으니, 어찌 그와 같으신 처분이 또 없으시리라고 생각하는가? 다만 급시호우도 택할 시기가 있는 것과 같이 우리들의 바라는 희소식도 역시 때가 아직 되지 않아서 조물주(造物主)가 대시(待時: 때를 기다림)하시는 것이라고 나는 믿는 관계로, 우리들의 가뭄이야 어떠하든지 좀 더 인내할 밖에는 타도가 없다고 자신(自信)한다.

다만 볼 수 없는 일과, 차마 들을 수 없는 말이라도 내 자신만 근신(勤愼: 부지런하고 삼감)하고 자수(自修: 스스로 수양함)하며. 목맹이농(目盲耳聾: 눈은 맹인처럼 안 보고, 귀는 귀머거리처럼 듣지 않음)으로 대시(待時)하는 것이 당연한 일이요, 이것을 인내 못하여 망동(妄動)하므로 일생의 영예(榮譽: 영광스러운 명예)가 귀허(歸虛: 헛됨으로 돌아감)되는 것이다. 급시우(及時雨)를 기록하다가 감상이 흘러서 우리 대중이 노고(勞苦)를 같이하는 대한기(大旱氣: 큰 가뭄)에 급시우가 하루라도 속(速)하기를 바라고 이 붓을 그친다.

무술(戊戌: 1958년) 5월 11일

봉우서(鳳宇書)

부록. 봉우 선생님 15세 한시집(漢詩集)

소취 1)(紹翠) 사집 2)(私集)
갑인조(甲寅條: 1914년 작품)

1. 무제(無題)

갑인(甲寅: 1914년) 2월 12일 야(夜: 밤)

남아일입지(男兒一立志) 남자가 한번 뜻을 세우니,

양명기천년(揚名幾千年) 이름을 몇 천 년 떨쳤던가?

아등후생배(我等後生輩) 우리 후배들도

일입양명사(一立揚名事) 한번 이름 떨칠 일을 세워 보세.

2. 졸업(卒業)

갑인(甲寅) 2월 27일 주다회후귀가독좌 3)(酒茶會後歸家獨坐)

여형약제동창배(如兄若弟同窓輩) 형제와 같은 동창 학우들이

세월여류당차시(歲月如流當此時) 세월이 흘러서 졸업할 때 되었구나.

이십삼인제학우(二十參人諸學友) 23인 모든 졸업생 학우들이여

---

1) 소취(紹翠): 봉우 선생님의 별호

2) 사집(私集): 아직 출판되지 않은 개인의 문집이나 시집

3) 주다회후귀가독좌(酒茶會後歸家獨坐): 술과 차 모임 후 집에 돌아와 홀로 앉음

일배분수(주다)각상별(一杯分手(酒茶)各相別) 한 잔 술에(술과 차) 헤어져 이별하누나.

관산만리거거로(關山萬里去去路) 만리 멀리 고향으로 펼쳐진 길

운수천중행행인(雲樹千重行行人) 천 겹 구름 낀 나무 걷는 사람들.

일차진금화여회(一次進琴和餘懷) 한번 거문고 연주하며 남은 회포 풀었는데

회우하시문후기(會于何時問後期) 언제 다시 만날까 기약을 물어 보네.

3. 월야회고우(月夜懷古友: 달밤에 옛 벗을 회상함)

갑인(甲寅: 1914년) 3월 12일 야(夜) 독좌(獨坐: 홀로 앉아)

청천월광명(靑天月光明) 푸른 하늘에 달빛이 밝으니,

녹수노화농(綠樹露花濃) 파란 나무 꽃에 맺힌 이슬 짙구나.

의난사정우(依欄思情友) 난간에 기대어 정든 벗을 생각하노라니,

수첨적막야(愁添寂寞夜) 쓸쓸하고 고요한 밤에 시름만 더해지네.

4. 우음삼수(偶吟三首: 우연히 시 세 편을 읊다)

오월초일일(五月初一日) 청천(晴天: 맑게 갠 하늘)

매우4)초청맥시황(梅雨初晴麥始黃) 장맛비 개이자 보리 익기 시작하니,

당두절박천중절5)(當頭切迫天中節) 어느새 단오절이 다가왔구나.

---

4) 매우(梅雨): 매실이 익을 즈음에 내리는 비라는 뜻으로 6월부터 7월 중순에 걸쳐 계속되는 장마 또는 장마철을 이르는 말.

5) 천중절(天中節): 단오(端午). 우리나라 전래 명절의 하나. 음력 5월 5일로 1년 중 가장 양기가 센 날이다. 쑥을 뜯어 떡을 해먹고 단오 차례(제사)를 지냈으며, 여자들은 창포

산조야작낙자연(山鳥野雀樂自然) 산과 들판에 새들이 자연을 즐기니,
시문여국유요순(試問汝國有堯舜) 묻노니 너희 나라엔 요순 임금이 있느뇨?

5. 기이(其二: 그 둘) 탄독신사(歎獨身事)[6]

동농맥시황(東隴麥始黃) 동쪽 언덕 보리는 익기 시작하고,
서교앙욕자(西郊秧欲滋) 서쪽 교외에 심은 모는 훌쩍 자랐네.
북당친년구(北堂親年邱) 북당에 어머니 연세 높은데,
단한무연지(但恨無連枝) 다만 형제 없는 것이 한스러워라.

6. 기삼(其三: 그 셋)

정전배양청허죽(庭前培養淸虛竹) 뜰 앞에는 청허죽을 키우고
누하식재부귀화(樓下植栽富貴花) 다락 밑에는 부귀화를 기르는데,
민지소개재명리(民志所改在名利) 백성 마음은 명성과 이익따라 변하니
관정득심유박애(官政得心唯博愛) 민심 얻는 정치는 널리 사랑할 뿐이지.

(本在名利則人心無仁義本畏不充: 본래 명리에 달려 있은 즉, 인심은 인의가 없으며, 본시 채우지 못함을 두려워한다. 이 시편의 우하단 구석에 쓰인 봉우 선생님의 메모)

물에 머리를 감고 그네뛰기를 하였으며, 남자들은 씨름을 즐겼다.
6) 탄독신사(歎獨身事: 형제자매가 없는 홀몸임을 탄식함)

7. 우음기(偶吟寄: 우연히 읊어 전해 부침)　　　　　　　4월 20일

앙시추청맥시황(秧始抽靑麥始黃) 벼 모는 푸르고 보리는 익기 시작하니,

해당심원오훈장(海棠深院午暈長) 해당화 깊은 집에 햇무리가 길어라.

계산요흥사산활(稽山遙與沙山濶) 계산은 멀리 모래산과 함께 트였으니,

운수미망일창망(雲樹迷茫日悵望) 아득히 구름 낀 나무7)만 매일 슬피 바라보네.

8. 희우(喜雨: 가뭄 끝에 오는 반가운 비)　　　　　　5월 4일 우(雨)

간일첨재불운죽(揀日添栽拂雲竹) 해 가리며 구름 쓸어 낼 대를 더 심더니,

모우분종오상국(冒雨分種傲霜菊) 비 맞으며 서리 업신여길 국화를 나눠 심누나.

비도농부경상하(非徒農夫競相賀) 농부가 다투어 축하할 뿐만 아니라,

정사서생역흔흔(精舍書生亦欣欣) 글방의 서생도 또한 기뻐하는구나.

9. 천중절(天中節: 단오)

준경창포문현애(樽傾菖蒲門懸艾) 창포 술동이 기울이고 대문엔 쑥 매달았으며,

의대적령탕욕란(衣帶赤靈湯浴蘭) 옷에는 부적 달고 난초 끓인 물에 목욕하네.

상담천재조충신(湘潭千載弔忠臣) 상강에선 천년토록 충신 굴원에게 제

---

7) 구름 낀 나무 : 벗을 그리워하는 것을 말한다.

사지내고,

아강일일억효녀(娥江一日憶孝女) 조아강에선 온종일 효녀 조아를 기념하네.8)

강상추억조소아(江上追憶曹少娥) 강가에선 어린 조아를 추억하고,

선두경조굴대부(船頭競弔屈大夫) 뱃머리에선 대부 굴원에게 조의를 표하네.

혹결애호현문미(或結艾虎懸門楣)9) 혹 쑥으로 호랑이 만들어 문미(門楣: 문이나 창문위에 가로지른 나무)에 걸기도 하지만,

다각창인대의변(多刻菖人帶衣邊)10) 대개 창포로 사람 모양 새겨 옷깃에 달았네.

10. 우음(偶吟: 우연히 읊음)

합팔수(合八首: 합 8수) 음력 5월 초일일(初一日: 초하루)

창하취죽군자풍(窓下翠竹君子風) 창문 아래 비취대는 군자의 풍격이요,

체토월계미인태(砌土月桂美人態) 섬돌가 월계수는 미인의 모습일세.

사무사재11)**무사좌**(思毋邪齋無事坐) 사무사재에서 일 없이 앉자 있으며,

---

8) 조아강…기념하네 : 동한 때 효녀로 아비가 물에 빠져 죽어 시신을 찾지 못하자 자신이 투신하여 아비의 시신을 안고 떠올랐다고 한다. 조아가 투신한 곳을 조아강이라 한다.

9) 애호(艾虎: 쑥 호랑이)는 단오절 때 악귀 퇴치 부적으로, 쑥(艾草)을 엮거나 묶어 호랑이 모양으로 만든 장식물이다.

10) 창인(菖人)은 장수를 기원하는 창포 인형이다.

11) 사무사재(思毋邪齋)는 《논어》〈위정편〉에 나오는 공자의 말 "사무사(思無邪)"에서 유래한 서재 이름으로, '생각에 사특함이 없다' 또는 '마음이 순수하고 바르다'는 의미이다.

단원무치부앙천(但願無恥俯仰天) 하늘과 땅에 부끄러움이 없기를 바랄
뿐.

갑인윤월중순(甲寅閏月中旬: 1914년 윤달 중순)

11. 월야우음사훈아화지(月夜偶吟使勳兒和之) [12]
십오일(十五日), 부친 취음공 시(詩)

월로영정일흥생(月露盈庭逸興生) 달 이슬이 뜰에 가득해 멋진 흥취가 이
니,

생거진탁약편청(生居塵濁若偏淸) 혼탁한 세상에 살다 보니 유난히 맑아
보여라.

부간반무방당수(復看半畝方塘水) 다시 반 이랑 연못 물속을 바라보니,

조철무하일감명(照徹無瑕一鑑明) 티 없이 환히 비추어 밝은 거울이어라.

12. 동제근화(同題謹和) [13]　　　　　　　　봉우 선생님 시

사무사재주서생(思無邪齋做書生) 사무사재의 글 읽는 학생의 신분,

노화농처야색청(露花濃處夜色淸) 이슬 꽃향기 짙은 곳 야경이 맑아라.

---

12) 월야우음사훈아화지(月夜偶吟使勳兒和之): 달밤에 우연히 읊고 훈아(봉우 선생님 아
　　명)에게 화운하게 하다.

13) 동제근화(同題謹和): 같은 제목으로 삼가 화운하다.

황혼문류연초쇄(黃昏門柳烟初鎖) 황혼이라 문 앞 버들은 연기에 잠기는
데,

월도청천만호명(月到靑天萬戶明) 푸른 하늘에 달이 뜨니 창마다 밝구나.

13. 희우(喜雨)　　　　　　　　　　　　　　　　　16일

양각여마서복동(兩脚如麻西復東) 삼대 같은 두 다리로 동서분주하면서,
전가상경수성중(田家相慶水聲中) 농부들이 빗속에서 서로 축하하누나.
종금백곡개소윤(從今百穀皆蘇潤) 지금부터 모든 곡식들이 살아나리니,
가희추래예점풍(可喜秋來預占豐) 미리 가을 풍년을 점치며 기뻐하네.

14. 동제(同題: 같은 제목)

음운내습고루동(陰雲來襲高樓東) 검은 구름이 높은 누각 동쪽으로 몰려
오더니,

감패패연견묘[14]**중**(甘霈沛然畎畝中) 밭두둑 사이에 단비가 시원하게 내
리네.

천산여목백초농(千山如沐百草濃) 깨끗한 산마다 온갖 초목이 짙어지고,
농가금년가점풍(農家今年可占豐) 농가들도 올해 풍년을 점치누나.

15. 하야(夏夜: 여름밤)　　　　　　　　　　　　　　　17일

염하첩사적설동(炎夏輒思積雪冬) 뜨거운 여름에 문득 눈 쌓인 겨울이 생

---

14) 견묘(畎畝): 밭도랑과 밭이랑, 전답, 시골의 의미로 전화(轉化)됨.

각나니,

음림독갈불상용(霪霖毒蝎不相容) 장마와 독충들을 견딜 수 없어라.

원종선자신무루(願從仙子身無累) 원컨대 신선 따라다니며 일신의 구속 없이,

장득참란부격룡(長得驂鸞復檄龍)15) 길이 난새 수레 타고 다시 용을 타고 싶네.

16. 동제이수(同題二首: 같은 제목 2수)

우후미한사초동(雨後微寒似初冬) 비온 뒤 쌀쌀한 추위가 초겨울 같으니,

사청사운천만용(乍晴乍雲千萬容) 개였다 흐렸다 날씨가 변화무쌍하구나,

금년점풍종유천(今年占豊縱由天) 하늘로 말미암아 올해 풍년을 점쳤지만,

시행패연공귀룡(時行沛然功歸龍) 때맞춰 니린 비에 공은 임금에게 돌리네.

17. 기이(其二)

당두경염각사동(當頭庚炎却思冬) 삼복더위 다가와서 문득 겨울이 그리워지니,

인사백로우중객(人似白鷺雨中客) 사람이 흡사 빗속의 나그네 백로와 같

---

15) 참란(驂鸞): 참은 곁말, 난은 난새, 방울의 뜻.

구나.

견폐백운성여표(犬吠白雲聲如豹) 흰 구름 보고 짖는 개소리는 표범 같은데,

운과벽공형유룡(雲過碧空形猶龍) 푸른 허공 지나는 구름 모습은 용과 같네.

18, 권학(勸學: 학문을 권함) 18일

몽득필화고유강(夢得筆花古有江) 옛적에 붓꽃을 꿈꾼 강엄이 있다더니,16)

천추재서야무쌍(千秋才諝也無雙) 천추의 재주가 쌍벽 이룰 이가 없구나.

여금면이근수학(如今勉爾勤修學) 오늘 너에게 부지런히 학문 닦기를 권하노니,

석화광음격일창(石火光陰隔一窓) 전광석화 같은 빠른 세월이 창가에 지나지.

19. 동운(同韻)

쟁웅동정도상강(爭雄洞庭到湘江) 동정호17)에서 영웅 다투다 상강에 이

---

16) 양(梁) 나라 문장가 강엄(江淹)이 야정(冶亭)에서 잠을 자다 꿈속에서 노인 곽박(郭璞)이 "내 붓이 그대에게 가 있은 지 여러 해이니, 이제는 나에게 돌려다오" 하므로, 자기 품속에서 오색필(五色筆)을 꺼내 돌려주었는데 그 후로는 좋은 문장을 짓지 못했다고 한다. 붓꽃은 뛰어난 문재(文才)를 의미한다.

17) 동정호(洞庭湖): 중국 호남성에 위치한 중국에서 두 번째로 큰 담수호이다. 동정호는 역사와 문학에서 워낙 유명한 곳이며, 단오절이 시작한 곳이다. 초나라 시인 굴원(屈原)의 시신을 찾아서 동쪽 해안(湘水)을 찾는 경기가 용선(龍船) 경주이다. 특히 두보

르니,

시견황영18)무작쌍(時見皇英舞作雙) 때로 아황과 여영 만나 짝을 지어
춤추네.

금수산천빙몽과(錦繡山川憑夢過) 금수강산을 꿈속에서 지나왔는데,
각래홍일이사창(覺來紅日已射窓) 깨고 나니 붉은 해는 벌써 창문을 비추
누나.

20. 야좌(夜坐) 19일

료염소헐병난지(潦炎蚤蠍立難支) 장마 더위와 벼룩 전갈에 견디기 어려
운데,

부옥거생노차시(蔀屋居生惱此時) 오두막에 사는 삶은 이 시기가 괴로워
라.

일순청량추갱도(一瞬淸凉秋更到) 삽시간에 서늘해지며 가을이 다시 와
서,

간타월결일중리(看他月缺日中移) 이지러진 달과 대낮에 기운 해를 보리
라.

(杜甫)가 57세(768년) 지은 시 〈등악양루(登岳陽樓)〉는 동정호를 불후의 명승지로 만
들었다.

18) 황영(皇英): 아황(娥皇)과 여영(女英)으로 모두 요(堯) 임금의 딸로서 순(舜)의 아내가
되었다. 순이 천자(天子)가 되자 아황은 후(后)가 되고 여영은 비(妃)가 되었다. 기원
전 2205년에 순이 창오(蒼梧: 지금의 광서성 동남쪽)에서 우(禹)의 피습을 받아 죽자
아황과 여영은 상강(湘江: 지금의 광서성 흥안현에서 동정호까지 흐르는 강)을 헤매며
슬피 울었는데, 그때 뿌린 눈물이 대나무에 얼룩이 되어 반죽(斑竹) 또는 '상비죽(湘妃
竹)'이 생겨났으며, 또 그 둘이 상강에 몸을 던져 죽어서 신이 되었다는 전설이 있다.
후세에는 이 둘을 아울러서 종종 상비(湘妃) 또는 상군(湘君)이라고 불렀다.

21. 동제(同題)

알봉지간섭제지(閼逢之干攝提支) 알봉과 섭제의 **천간인 갑인년**(1914년)의 해는,

오년방당지학시(吾年方當志學時) 내가 바야흐로 학문에 뜻을 둘 때이지.

의욕유금신괄목(擬欲由今新刮目) 오늘부터 새로 괄목성장을 하려고 하니,

기감방심축물이(豈敢放心逐物移) 어찌 방만한 마음으로 물욕 따라 변하랴?

22. 즉사(卽事: 그 자리에 가서 직접 일에 관계함) 일(一)　　　20일

운연침쇄우비미(雲煙沈鎖雨霏微) 구름 연기에 잠기어 가랑비 날리는데,

좌견등아일목비(坐見燈蛾溢目飛) 눈앞에 가득 날리는 불나방을 바라보누나.

신창침교인불도(新漲浸橋人不到) 물 불어 다리가 잠기면 사람이 건너지 못하니,

호동진조엄형비(呼僮趁早掩荊扉) 하인 불러서 일찍 건너고 사립문을 닫네.

23. 동이(同二: 卽事2)

일출환생사세미(日出還生事細微) 해가 뜨면 도로 자질구레한 일들이 생겨나니,

백년여피질여비(百年如彼疾如飛) 백년 동안 저와 같은데 빨리 지나가기도

했구나.

노과신적조등포(露瓜新摘朝登圃) 이슬 맺힌 오이를 새로 따러 아침 밭에 가려고,

풍류중곤안계비(風柳重髡晏啓扉) 바람 버들 속 스님이 사립문을 지긋이 여네.

24. 동제(同題)

조래원수적취미(朝來遠峀滴翠微) 아침 먼 산에 푸른 안개가 적시더니,

우후벽공백운비(雨後碧空白雲飛) 비갠 뒤 푸른 하늘엔 흰 구름 날리누나.

서퇴휴붕등고루(暑退携朋登高樓) 더위 가시자 벗과 함께 높은 누대 올랐는데,

명생사객엄단비(暝生謝客掩短扉) 어둠 내리고 손님 떠나자 사립문을 닫네.

25. 만음(漫吟: 부질없이 읊조리다)   21일

사난겸병비웅어(事難兼幷譬熊魚) 일이 겸하기 어려움은 웅장과 생선에[19] 견주니,

경독지간가택거(耕讀之間可擇居) 농사와 독서 사이에서 하나를 선택해야지.

---

19) 웅장과 생선: 맹자가 "생선도 내가 바라는 바이고, 웅장(熊掌)도 내가 바라는 바이지만, 이 둘을 다 가질 수 없다면 생선을 버리고 웅장을 취하리라"라고 하였다.

이재매우신매검(利在買牛新賣劍) 이익은 소를 사고 새 칼을 파는 데 있지만,[20]

공존엽두광수서(功存獵蠹廣收書) 공부는 독서하며 널리 책을 모으는 데 있지.

26. 동제(同題: 같은 제목)

우후청계가조어(雨後淸溪可釣魚) 비온 뒤에 맑은 시내는 낚시할 만하고,

피서부의고루거(避暑復宜高樓居) 더위 피함은 다시 높은 누대가 마땅하지.

남천제전북천청(南天製電北天晴) 남쪽 하늘은 번개치고 북쪽 하늘은 개였으니,

등하섭렵가상서(燈下涉獵架上書) 등불 아래에서 시렁 위 책을 두루 읽누나.

27. 우영(偶咏: 우연히 읊조리다)   22일

여년행득보무우(餘年幸得保無虞) 남은 인생 다행히 근심 없이 편안하니,

복도홍은기왈무(覆燾鴻恩豈曰無) 하늘 같은 큰 은혜 어찌 없었다 말하랴.

욕간정절재총죽(欲看貞節栽叢竹) 곧은 절개 보고 싶어서 대나무를 심노니,

---

20) 이익은……있지만: 한 선제(漢宣帝) 때 공수(龔遂)가 발해 태수(渤海太守)로 부임하여
　　도검(刀劍)을 차고 다니는 자들에게 검을 팔아 소를 사고(賣劍買牛), 칼을 팔아 송아지
　　를 사도록(賣刀買犢) 하여 농사를 권장한 일이 있다.《漢書 卷89 循吏傳 龔遂》

위청희음거고길(爲聽希音據枯梧) 귀한 음악 들으려면 마른 오동에 기대
야지.

28. 동제(同題)

양야연운사당우(良夜煙雲似唐虞) 좋은 밤 연기구름은 요순 시대와 같은
데,

휴우등루서유무(携友登樓暑有無) 벗과 함께 누각 오르니 더위가 가신
듯.

의순황량몽시괴(蟻巡黃粱夢是槐) 인간 세상 영욕은 한바탕 짧은 꿈이
니,21)

봉이단수거비오(鳳移丹峀居非梧) 봉새는 단산22)에 옮겨가고 오동에 살
지 않네.

29. 즉경(卽景: 보이는 경치를 읊다)　　　　　　　　　　23일

원산당호여첨제(遠山當戶與簷齊) 창가에 보이는 먼 산이 처마와 가지런
하니,

일치하증양죽계(逸致何曾讓竹溪) 고상한 흥취를 어찌 죽계23)에 양보하

---

21) 인간 세상……꿈이니 : 황량은 노생(盧生)이 도사(道士) 여옹(呂翁)의 베개를 베고 부
　　귀영화를 실컷 누리는 꿈을 꾸고 잠을 깨니 메조밥〔黃粱〕이 덜 되었다는 이야기이며,
　　순의는 순우분(淳于棼)이 잠 자다가 괴안국(槐安國)에서 온갖 부귀를 누리고 깨어 보
　　니, 바로 뜰 앞 큰 느티나무 개미굴이었다는 고사이다.
22) 단산: 전설상의 산 이름으로, 단산의 굴에 봉황이 산다고 한다. 《산해경(山海經) 남산
　　경(南山經)》
23) 죽계: 당 현종(唐玄宗) 때 죽계에서 여섯 명의 일사(逸士)가 모임을 만들고 날마다 술

랴.

번수음농선욕어(繁樹陰濃蟬欲語) 녹음 짙은 무성한 나무는 매미가 울려 하고,

청림주적조공제(晴林晝寂鳥空啼) 고요한 낮 갠 숲에는 새만 부질없이 우누나.

30. 동(同: 卽景)

경우녹앙출수제(經雨綠秧出水齊) 내린 비에 물속 푸른 모 돋아 가지런한 데,

지선요요임전계(持扇搖搖臨前溪) 부채 들고 부치며 앞 시냇가에 이르렀네.

청풍천지초목동(晴風天地草木動) 개인 바람에 천지 초목이 움직이는데,

석양정원조작제(夕陽庭院鳥雀啼) 석양 비치는 정원에는 참새들이 지저귀네.

31. 만필(漫筆: 부질없이 쓰다) 24일

우한시경희청가(優閒詩境喜淸佳) 한가로운 시 경지는 맑고 아름다움이 좋고,

향전경참좌사재(香篆經槧坐似齋) 향 연기에 앉아 경전 읽으니 재계함과 같아라.

왕일하다내일우(往日何多來日又) 지난날이 그리 많아도 내일은 다시 오

을 마시며 풍류를 즐겼던 고사가 있다.

지만,

노년욕주소년개(老年欲駐少年皆) 노년에는 모두 소년에 머물고 싶어라.

32. 동(同: 만필漫筆)

청송녹죽기절가(青松綠竹其節佳) 푸른 솔 파란 대 그 절개가 아름다워서,

체상재득음서재(砌上栽得蔭書齋) 섬돌가에 심어서 그늘진 서재를 얻었구나.

부앙천지욕무치(俯仰天地欲無恥) 하늘과 땅 사이에 부끄러움 없고자 하니,

수성일신사사개(修省日新事事皆) 닦고 반성하며 매일 일마다 새롭고자 하네.

33. 우의(寓意: 뜻을 부치다)   25일

수로심상백념회(垂老尋常百念灰) 늙어서 늘 모든 상념이 재처럼 식으니,

몽수도령부귀래(夢隨陶令賦歸來) 꿈에서 도연명[24] 따라 귀거래사[25]를 읊었네.

---

24) 도연명(陶淵明 365년~427년)은 중국 동진 후기에서 남조 송대 초기까지 살았던 전원 시인(田園詩人)이다. 이름은 잠(潛). 호는 오류선생(五柳先生). 연명은 자(字). 405년 에 팽택현(彭澤縣)의 현령이 되었으나, 80여 일 뒤에 〈귀거래사〉를 남기고 관직에서 물러나 귀향하였다. 자연을 노래한 시가 많으며, 당나라 이후 육조(六朝) 최고의 시인 이라 불린다.

25) 도연명이 지은 산문시. 도연명이 41세 때 가을, 팽택 현령을 그만두면서 13년간에 걸 친 관리 생활에 종지부를 찍고 드디어 향리로 돌아가서 이제부터 은자로서의 생활로 들어간다는 선언의 의미를 가진 작품이다.

수하주야유잉서(水何晝夜流仍逝) 물은 어째서 밤낮으로 흘러가는가,

화자춘추낙우개(花自春秋落又開) 꽃은 봄부터 가을까지 피고 지누나.

34. 동(同: 寓意)

자금욕효도화회(自今欲效陶畵灰) 지금 도홍경이 재에 그린 일 본받으려니,[26]

만리전정당두래(萬里前程當頭來) 만리 앞길이 머리맡에 임박했구나.

남아입지필성공(男兒立志必成功) 남자가 세운 뜻은 반드시 성공해야지,

서일중천체운개(瑞日中天霽雲開) 하늘에 상서로운 해 뜨니 구름이 걷히누나.

35. 계자(戒子: 아들을 경계하다)   26일

신루현안공비진(蜃樓眩眼恐非眞) 신기루[27]가 눈을 현혹하지만 진실이 아니고,

확보신요희취신(蠖步伸腰喜就新) 자벌레 허리 폄은 새로운 곳 좋아하기 때문.

영위요수요산사(寧爲樂水樂山士)[28] 차라리 산수를 좋아하는 선비가 될

---

26) 도홍경이⋯⋯본받으려니: 남조 양나라 은사 도홍경(陶弘景)이 남다른 지조가 있었는데
    어려서 항상 갈대로 붓을 삼아 재에 그림을 그리며 글을 배웠다고 한다.《南史 . 隐逸
    傳下 . 陶弘景傳》

27) 신기루(蜃氣樓): 물체가 실재의 위치가 아닌 다른 위치에서 보이는 현상을 말한다. 불
    안정한 대기층에서 빛이 굴절하면서 생긴다.

28) 요수요산(樂水樂山):《논어(論語)》〈옹야(雍也)〉에 나옴. *원문: 자왈(子曰), 지자요수
    (知者樂水), 인자요산(仁者樂山). 지자동(知者動), 인자정(仁者靜). 지자락(知者樂), 인

지언정,

막작기천기세인(莫作欺天欺世人) 하늘과 세상 속이는 사람은 되지 말아야지.

36. 동운(同韻) [29]

패도가인시비진(覇道假仁是非眞) 패도는 인을 가탁하니 참됨이 아니고,
왕정일행덕일신(王政一行德日新) 왕도정치는 인을 행해 덕이 날로 새롭지.
아배문명선도자(我輩文明先導者) 우리들이 문명을 선도하는 자들이니,
사회진보책임인(社會進步責任人) 사회 발전을 책임져야 할 사람이지.

37. 유회(有懷: 감회가 일다)

중성공북동천문(衆星拱北動天文) 별들은 북극성을 향하여 천문이 움직이고,
만수추동옹해운(萬水趨東擁海雲) 모든 물은 동쪽으로 흘러 바다구름을 안네.
공가무칭비왕패(功可無稱卑王霸) 칭송할 것 없는 공은 왕도 패도보다 낮지만,
지여난탈과삼군(志如難奪過三軍) 뜻은 빼앗기 어렵다면 삼군보다 뛰어

자수(仁者壽). *번역문: 지혜 있는 이는 물을 좋아하고, 어진 이는 산을 좋아한다. 지혜 있는 이는 서성거리고, 어진 이는 고요하다. 지혜 있는 이는 경쾌하고, 어진 이는 장수한다.

29) 동운(同韻): 앞의 '계자(戒子)시'와 같은 운으로 지은 시

나지.

38. 동(同: 有懷)

오도회맹금쇠문(吾道晦盲今衰文) 우리 도가 어두워지고 이제 문마저 쇠퇴하니,

경학회설인여운(經學會設人如雲) 경학 모임을 베푸니 사람이 구름처럼 모였네.

종교재성지유일(宗教再盛知有日) 종교가 다시 흥성한 날이 있음을 알겠으니,

언무하용해육군(偃武何用海陸軍) 전쟁 끝나면 육해군이 무슨 소용이 있을까?

39. 기이(其二: 두 번째 짓다)

모령습정양진원(暮齡習靜養眞元) 노년에 차분하게 참된 원기를 기르려고,

사절내인주엄문(謝絶來人晝掩門) 손님을 사절하여 낮에는 문을 닫아 놓네.

노역노태시상척(勞役駑駘時尙跅) 노역하는 둔한 말도 때로는 멋대로 하고,

혜타앵무지능언(慧他鸚鵡止能言) 지혜로운 저 앵무새는 그저 말만 잘하지.

40. 동(同: 其二와 같음)

양친대순위수원(養親大舜爲首元) 부모를 봉양한 대순[30]은 나라 임금이 되었고,

갱문증민재성문(更聞曾閔在聖門) 듣자니 증자[31] 민자건[32]이 성인 문하에 있었다네.

물위자획아하능(勿謂自劃我何能) 내가 어찌 능히 하랴고 스스로 체념하지 마소,

필사타인무문언(必使他人無聞言) 틀림없이 남들에게 들어볼 말이 없게 하리.

41. 계아(戒兒: 아이에게 경계하다)

불염이열불빙한(不炎而熱不氷寒) 불 없이 뜨거우며, 얼지 않더라도 추워라.

회곡유잠게벽간(晦谷遺箴揭壁看) 회곡이 남긴 잠을 벽에 걸고 바라보네.[33]

---

30) 고대 중국의 전설상의 임금. 성은 우(虞)·유우(有虞). 이름은 중화(重華). 요의 뒤를 이어 천하를 잘 다스려 태평 시대를 이루었다.

31) 증자(曾子, 기원전 505년~기원전 435년)는 중국 전국 시대의 유가(儒家) 사상가이다. 이름은 삼(參), 자는 자여(子輿)이며, 증자는 존칭이다. 공자 사상의 계승자로서의 역할을 했으며, 후에 증자의 학통은 자사, 맹자로 이어져 유가의 도통을 전하는 데에 큰 역할을 했다.

32) 민손(閔損, 기원전 536년~BC 487년)은 공자의 제자인 공문(孔門) 칠십이현(七十二賢) 중 한 사람으로서 민자건(閔子騫)으로도 불린다.

33) 불 없이……바라보네: 주희의 '경재잠(敬齋箴)'에 나오는 말로 "여기에 종사함을 지경이라 하니, 동하고 정함에 어기지 말며, 겉과 속을 서로 바르게 하라. 잠시라도 끊김이 있으면 사욕이 만 가지로 일어나니 불이 아니어도 뜨거워지고 얼음이 아니어도 차가워

호리유차천양역(毫釐有差天壤易) 미세한 어긋남에 하늘과 땅이 뒤바뀌
니,

만단사욕홀무단(萬端私欲忽無端) 만 가지 사욕이 홀연 끝없이 일어나
네.

42. 동운(同韻: 같은 운)

성염필위영극한(盛炎必謂寧劇寒) 무더위 때 반드시 심한 추위가 낫다고
말하며,

도서납량처처간(逃暑納凉處處看) 더위 피해 시원한 곳 찾는 이 곳곳에서
보이네.

단사수시감내가(但使隨時堪耐可) 단지 시기에 따라 참고 견디게 해야
옳나니,

천리순환본무단(天理循環本無端) 하늘의 이치는 순환하여 본래 끝이 없
구나.

43. 우제(偶題: 우연히 짓다)

원무경예일삼산(園蕪徑穢日芟删) 동산과 길에 잡초 우거져 날마다 풀을
베느라,

장하유거불자한(長夏幽居不自閒) 긴 여름 그윽한 처소에는 절로 여유가
없네.

진다(從事於斯 是曰持敬 動靜弗違 表裏交正 須臾有間 私慾萬端 不火而熱 不冰而寒)"
라고 하였다.

폭지혼여장화산(曝地混如張火傘) 햇볕 내려쬐는 땅이 모두 불볕 양산 펼친 듯,

비신편욕백빙산(飛身便欲白氷山) 몸은 문득 흰 얼음산으로 날아가고 싶어라.

44. 동(同: 偶題)

성염등루세려산(盛炎登樓世慮删) 무더위에 누각 오르니 세상 걱정 없어지고,

요라우선수불한(搖懶羽扇手不閒) 깃 부채를 천천히 부치니 손이 바쁘구나.

세월무정망사수(歲月無情忙似水) 세월은 무정하여 물처럼 바삐 흘러가니,

공정유망중어산(工程有望重於山) 공부에 거는 기대가 산보다 무거워라.

45. 기이(其二: 두 번째로 짓다)

낙거인후우거선(樂居人後憂居先) 즐김은 남보다 늦게 걱정은 남보다 먼저 하여,

염적호향사탈연(斂迹湖鄉似脫然) 호서 고을에 자취를 감추니 초탈한 듯하네.

심지무풍개승지(心地無風皆勝地) 마음에 풍상이 없으면 모두 승경지이니,

성천참화즉은천(性天參化卽恩天) 천성이 화육에 참여해야 은혜로운 하늘이지.

46. 동(同: 우제偶題2)

입신양명가쟁선(立身揚名可爭先) 몸을 세우고 명성 드날림을 앞다투는 데,

수양본지성자연(修養本志成自然) 본마음을 수양하면 자연스럽게 이루어지지.

형창설안근공후(螢窓雪案勤工後) 어려운 환경에서도 열심히 공부한 뒤에야,

만사당두순수천(萬事當頭順受天) 만사가 다가와도 천리대로 받아들이지.

47. 기삼(其三: 세 번째 짓다)

검덕항사한상소(儉德恒思漢相蕭) 검소한 덕은 늘 한 재상 소하[34]를 생각했고,

벌가취즉야비요(伐柯取則也非遙) 도낏자루 베는데 모범 취함이 멀지 않다네.

칠실위우개여야(漆室爲憂皆旅夜) 칠실의 근심[35]은 모두 나그네의 밤이

---

34) 검소한 덕……소하: 그가 전택(田宅)을 궁벽한 곳에 터를 잡고 담장도 두르지 않은 채 살면서 "후세에 어진 자손이 나오면 나의 검소함을 배울 것이요, 불초자라도 권세가에게 빼앗기는 일이 없으리라"라고 말한 고사가 있다. 《사기(史記)》 권53 〈소상국세가(蕭相國世家)〉

35) 칠실의 근심은: 노(魯)나라 칠실읍의 여자가 기둥에 기대어 슬퍼하므로 이웃 여인이 물으니 "노나라 임금은 늙었고 태자는 어리기 때문이다" 하니 "그것은 경대부(卿大夫)가 근심할 일이다" 하였는데, 다시 "그렇지 않다. 예전에 손님 말이 남새밭을 짓이겨서 내가 한 해 동안 채소를 먹지 못하였다. 노나라에 환난이 있으면 군신·부자가 다 욕을 당할 것인데 어찌 여자만 피할 곳이 있겠는가?" 하였다는 고사가 있다. 《열녀전(列女傳)》

었는데,

초황설몽상전조(蕉隍說夢尙前朝) 초황의 꿈[36] 이야기는 오히려 전 왕조
였지.

48. 동(同: 偶題3)

전택욕효벽처소(田宅欲效僻處蕭) 궁벽한 곳에 밭과 집을 둔 소하를 본받
으려니,

유방천추시이요(流芳千秋時已遙) 천년 전해 온 꽃다운 이름인데 시대가
멀구나.

시즉상위사무위(時則相違事無違) 시대는 서로 달라도 일은 어긋남이 없
는데,

하필기십재한조(何必其人在漢朝) 어찌 꼭 그 사람이 한나라 사람이어야
하는가.[37]

---

36) 초황의 꿈: 정(鄭) 나라 사람이 땔나무를 하다가 놀란 사슴을 발견하고 그를 잡아 남이
볼까 싶은 마음에서 죽은 사슴을 해자 속에다 넣고 나뭇잎으로 덮어 두었다. 나중에 둔
곳을 기억 못 하고는 그것이 꿈이라 생각하고 돌아오면서 그 사실을 혼자 중얼거렸는
데, 곁에서 그 말을 들은 자가 있어 그가 말한 대로 찾아가니 과연 사슴이 있어 가져갔
다. 《열자(列子) 주목왕(周穆王)》

37) 이 시는 한나라 초기 재상 소하(蕭何, ?~기원전 193)를 은둔의 이상형으로 삼아, 세속
권력에서 물러나 소박한 전원생활을 꿈꾸는 은둔자의 마음을 드러낸다. 소하는 유방
(劉邦)을 도와 한나라 건국에 공헌했으나, 말년에 월지(月氏) 공격 반대 등으로 황제의
미움을 사며 궁벽한 곳에 밭과 집을 두고 은둔적 생활을 했다. 《사기》〈소하세가〉 참
조). 이는 권력의 위험성을 깨닫고 '공(功)'을 세운 후 몸을 빼는' 지혜로 후세에 전해진
'유방천추(流芳千秋)'의 전형.

49. 기사(其四: 네 번째로 짓다)

출가위료숙가효(秫可爲醪菽可肴) 차조는 막걸리 빚고 콩은 안주로 삼아서,

대오임하허심교(待吾林下許心交) 숲에서 나를 기다려 마음의 사귐을 허락했지.

창임유죽소풍간(窓臨幽竹梳風幹) 창가 대숲에는 바람이 줄기를 빗질하는데,

정유소동가월초(庭有疎桐架月梢) 뜰 성긴 오동나무에는 가지에 달이 걸렸구나.

50. 동(同 偶題4)

벽항소채역가효(僻巷蔬菜亦可肴) 궁벽한 동네에선 채소도 안주가 되니,
청주수배영구교(淸酒數杯迎舊交) 맑은 술 몇 잔으로 옛 친구 맞이하네.
오침차몽입경낙(午枕借夢入京洛) 낮잠 자다 꿈을 빌려 서울에 갔다가,
귀래선성만정초(歸來蟬聲滿庭梢) 돌아오니 매미 소리 뜰 안 가지에 가득하네.

51. 기오(其五 다섯 번째 짓다)

작라가설쌍비적(雀羅可設雙扉寂) 참새 그물 칠 정도로 두 문은 고요하고,

*선생님 해설: 적정위**문전** **작라가설**(翟廷尉門前 雀羅可設: 정위 적

공의 문 앞에는 새그물을 칠 만할 정도로 한가하였다)

의혈장심일침고(蟻穴將尋一枕高) 개미굴 찾아가려고 높은 베개 베었지.

* 선생님 해설: 순우**분한단점오몽사**(淳于棼邯鄲店午夢事): ‘**남가일
몽**(南柯一夢)’의 주인공 순우분**과** ‘**한단지몽**(邯鄲之夢)’의 **주인공
노생**(盧生)이 술마시던 주점에서 도사의 베개를 베고 낮잠이 들어
겪은 일, 인생무상.

수로감수기복력(垂老甘隨驥伏櫪) 늙은 준마가 마구간에 누움을 달게 따
르니,

* 선생님 해설: **노기복력지재천리**(老驥伏櫪志在千里): 늙은 천리마가
마구간에 누웠어도 뜻은 천리를 달리고자 한다.

양한희여학명고(養閒喜與鶴鳴皐) 한가히 요양하며 기쁘게 늪에서 우는
학과 함께하네.

* 선생님 해설: 학명우**구고 기자화지**(鶴鳴于九皐 其子和之): 학이
깊은 늪에서 우니 그 새끼가 화답하네.

52. 동(同: 其五)

증문도원취영호(曾聞桃園聚英豪) 도원에서 모인 호걸을 들은 적 있으니,

명전천추의기고(名傳千秋義氣高) 천추에 이름 전하니 의기가 드높아라.

이시간사다감개(移時看史多感慨) 한동안 사서보다 많은 감동을 받고,

갱욕서소등동고(更欲舒嘯登東皐) 다시 휘파람 불며 동쪽 언덕 오르누나.

53. 동(同: 其五) 當在上句之上

화도청평기자호(話到靑萍氣自豪) 청평검38) 말이 나오자 기운이 절로 호방해지고,

가래백설곡미고(歌來白雪曲彌高) 백설39)을 노래하자 곡조가 더욱 고상하구나.

사풍조작귀유간(斜風鳥雀歸幽澗) 비낀 바람에 참새는 깊은 계곡으로 돌아가고,

낙일우양하원고(落日牛羊下遠皐) 지는 해에 소와 양들은 멀리 언덕에서 내려오네.

---

38) 청평검: 옛날의 보검(寶劍) 이름이다.

39) 백설곡: 옛날 초나라의 가곡 중에 백설(白雪), 양춘(陽春) 두 가곡은 곡조가 매우 고상하여 창화(唱和)하는 사람이 아주 드물었다는 데서, 전하여 창화할 이가 적다는 것은 곧 뛰어난 시가를 뜻한다. 송옥(宋玉)의 〈대초왕문(對楚王問)〉에 "영중에서 노래하는 나그네가 있어 맨 처음 하리곡, 파인곡을 노래하자, 국중에서 그것을 이어 창화하는 자가 수천 인이었고, 양아곡, 해로곡을 노래하자, 국중에서 그것을 이어 창화하는 자는 수백 인이었고, 양춘곡, 백설곡을 노래하자, 국중에서 그것을 이어 노래하는 자는 수십 인에 불과했으니,……이는 곧 곡조가 고상할수록 창화하는 자가 더욱 적기 때문이다.(客有歌于郢中者 其始曰下里巴人 國中屬而和者數千人 其爲陽阿薤露 國中屬而和者數百人 其爲陽春白雪 國中屬而和者不過數十人……是其曲彌高 其和彌寡)"라고 한 데서 온 말이다.

54. 기육(其六: 여섯 번째 짓다)

유수여현조역가(流水如絃鳥亦歌) 물소리가 음악 같고 새도 노래하는데,

가화현협고정다(歌和絃協古情多) 노래와 음악이 어울려 옛 정취 많구나.

천기자동수감애(天機自動雖堪愛) 천기가 발동함은 아무리 어여쁘다지만,

세월기인축서파(歲月欺人逐逝波) 세월은 사람 속이고 물 따라 가버리네.

55. 동(同: 其六)

영중수창백설가(郢中誰唱白雪歌) 영중[40]에서 누가 백설가[41]를 불렀던가?

종고화자원무다(從古和者元無多) 예부터 화답한 자가 원래 적었다네.[42]

운귀천반층성봉(雲歸天畔層成峰) 하늘가 구름은 층층 봉우리 이루고,

풍입연지세수파(風入硯池細遂波) 연지에 바람 부니 잔물결이 이누나.

---

40) 초나라 수도

41) 초나라 송옥(宋玉)의 고사에 나오는 예술성이 높은 노래.

42) 송옥은 출신이 미천하였으나 고결한 품성을 지니고 있었다. 그를 시기하는 관리들이 이런 송옥을 헐뜯자 양왕은 송옥을 만나 물었다. "그대는 평상시의 행동이 신중하지 못한가? 어째서 많은 사람들이 그대를 못마땅하게 여기는가?" 그러자 송옥은 다음과 같은 비유를 들어 자신의 처지를 설명하였다. 옛날 한 나그네가 성내에서 노래를 불렀다. 처음에 부른 것은 〈하리(下里)〉와 〈파인(巴人)〉이라는 노래였다. 그를 따라 노래 부르는 사람이 수천 명에 이르렀다. 이어서 그는 〈양아(陽阿)〉와 〈해로(薤露)〉라는 노래를 불렀다. 이번엔 따라 부를 수 있는 사람이 수백 명에 지나지 않았다. 이윽고 그는 〈양춘(陽春)〉과 〈백설(白雪)〉이라는 노래를 불렀다 그러자 노래를 따라 부를 수 있는 사람은 겨우 수십 명에 지나지 않았다. 마지막으로 그는 상조(商調)와 우조(羽調)로 부르다가 가장 높은 치조(徵調)를 섞어 세밀하게 노래를 시작하자 그의 노래를 따라 부르는 사람은 단지 몇 사람에 지나지 않았다. 노래란 품격이 높으면 높을수록 함께 어울릴 수 있는 사람이 적게 마련이다. 양왕이 이를 듣고 납득하였다.

56. 기칠(其七: 일곱 번째 짓다)

은대작야우여마(恩大昨夜雨如麻) 어젯밤 삼대처럼 내린 비가 큰 은혜,

윤아계산읍만가(潤我稽山邑萬家) 고을 만 가구 우리 영동이 윤택하구나.

선어석림진기소(蟬語夕林塵機少) 저녁 숲 매미 소리에 속세 기미 적으니,

운귀고동환정다(雲歸古洞幻情多) 옛 골로 드는 구름이 매우 환상적이네.

57. 동(同: 其七)

요옥음음상여마(繞屋陰陰桑如麻) 집을 둘러싼 뽕나무와 삼이 무성하며,

소포종채작전가(小圃種菜作田家) 작은 밭에 채소 심어 농부가 되었구나.

체상구봉양치오(砌上求鳳養稚梧) 섬돌가엔 봉황 구하려 어린 오동 기르고,

정전요접재난화(庭前邀蝶栽蘭花) 뜰 앞에는 나비 맞이하려 난초를 심누나.

58. 자가대영일수(自家待咏一首[43])　　　　　　6월 7일

일사청장만선어(日斜晴嶂晚蟬吟) 맑은 산에 해 지고 저녁 매미 읊는데,

배석영대욕세심(陪席咏待欲洗心) 마음 씻으려 부친과 시 읊기 기다리지.

월륜기도영이결(月輪幾度盈而缺) 달은 몇 번이나 차고 이지러졌던가?

천리지존양여음(天理只存陽與陰) 천리는 단지 음과 양만 있을 뿐이네.

---

43) 자가득영일수(自家待咏一首): 스스로 읊조리기를 기다리다 1수.

59. 기팔(其八: 여덟 번째 짓다)

만래흠모여순양(晚來歆慕呂純陽) 노년에 여순양**44)**을 흠모하여,

지송자자취미장(持誦孜孜趣味長) 부지런히 암송하니 취미가 늘어나네.

우유망척신선결(迂儒妄斥神仙訣) 고지식한 선비는 함부로 신선비결 배척하지만,

동각유경비중향(東閣遺經吥衆香) 동각의 남은 경전이 뭇 향기 다투네.

60. 동(同: 其八)

신재호서몽한양(身在湖西夢漢陽) 몸은 호서에 있으매, 한양을 꿈꾸니,

반천노정부지장(半千路程不知長) 오백 리 길이 머나먼 줄을 모르겠네.

각래초당괴영복(覺來草堂槐影覆) 꿈 깬 초당에 홰나무 그림자 자욱하고,

고전유유전다향(古篆惟有煎茶香) 이는 연기에는 차 달인 향기가 있구나.

61. 기구(其九: 아홉 번째 짓다)

차향이탄천호경(此鄕已歎荐呼庚) 이 시골에서 거듭 굶주림에 탄식했는데,

색사금추가유성(穡事今秋可有成) 올 가을 농사일은 풍년 들 수 있으리.

우국이풍지불차(憂國以豊知不次) 나라 걱정에 풍년이 먼저임을 알겠으니,

---

44) 여순양: 호가 순양자(純陽子)이므로 생략하여 순양이라 했음. 당말(唐末)의 사람으로
　　이름은 암(巖), 선술(仙術)로 유명함. 한단몽(邯鄲夢)이니 여공침(呂公枕)이니 하는 이
　　야기들이 전해옴.

모생유포계비경(謀生惟飽係非輕) 생계에서 배부름이 중요한 문제이지.

62. 동(同: 其九)

양경이과여일경(兩庚已過餘一庚) 초복 중복 지나고 말복이 남았는데,
복경기일청추성(復經幾日淸秋成) 다시 며칠 지나면 맑은 가을이로구나.
고심막설적노열(苦心莫說赤爐熱) 괴로워도 붉은 화로 뜨겁다는 말 마소,
전면가지백저경(轉眠可知白紵輕) 뒤척이다 흰 모시 가벼움을 알 터이니.

63. 기십(其十: 열 번째 짓다)

백안무시가식청(白眼無時可拭靑) 백안에 무시로 푸른 눈동자를 깨끗이
닦으니,⁴⁵⁾
지리영일주독정(支離永日晝獨亭) 지리한 긴 해에 홀로 정자에 있누나.
모년입염동류진(暮年荏苒同流電) 저무는 세월이 덧없이 지나가길 번개
처럼 흘러가니,
구우조영약서성(舊雨凋零若曙星) 오랜 비에 새벽 별처럼 시든 잎 지네.

64. 동이(同二: 其十)

장하교원일색청(長夏郊原一色靑) 긴 여름 교외 들녘이 온통 푸른데,
누운일사우정정(漏雲日斜又亭亭) 구름 사이 비낀 해는 뉘엿뉘엿 비추네.

---

45) 백안에……없으니 "진(晉)나라 완적(阮籍)이 반가운 사람을 만나면 청안(靑眼)을 뜨고
미운 사람을 만나면 백안(白眼)을 떴던 고사에서 나온 말이다. 《진서(晉書)》 권49 〈완
적전(阮籍傳)〉

구작도현귀벽락(救雀倒懸歸碧落) 매달린 참새 구해 하늘로 돌려보내고,
고문독설파혼성(苦蚊毒齧怕昏星) 독한 모기에 물릴까 저녁별이 두려워
라.

65. 동삼(同三: 其十)

이석운구습자청(伊昔雲衢拾紫靑) 예전 구름 거리에서 관복 입으셨는데,
여금착처견신정(如今着處見新亭) 지금 정착한 곳에는 새 정자가 보이네.
근래수불편노비(近來雖不編奴婢) 근래에 비록 노비에 끼지는 않았지만,
초찬유존단발성(樵爨猶存短髮星) 나무 땔 때 짧은 머리가 성성하구나.

66. 동우일(同又一: 其十)　　　　합이십육수(合二十六首)

황촌장하야색청(荒邨長夏野色靑) 거친 시골 긴 여름 들판은 푸른데,
창산낙조우정정(蒼山落照又亭亭) 푸른 산에 지는 해가 뉘엿뉘엿 비춘다.
서신조은남산무(棲身早隱南山霧) 깃든 몸은 남산 안개 속에 숨었건만,
연궐매의북두성(戀闕每倚北斗星) 대궐 그리워 매번 북두성에 의지하네.

無題　　甲寅二月少南夜

男兒一立志　何轉　吾輩後生壽
揭名幾千年　　立揚名〇
卒業　　做家獨坐
甲寅二月二十七日酒茶會後

如　兄弟同窓輩　貳拾來人諸予友
苦
歲月如流當此時　一杯分手各相別

關山萬里去々路　一次進琴知解懷

雲樹千重行々人　會于何時問後期

月夜懷古友　甲寅三月十三日夜獨坐

青天月光明　倚欄思情友

綠樹露花濃　華　愁添寂寞衣

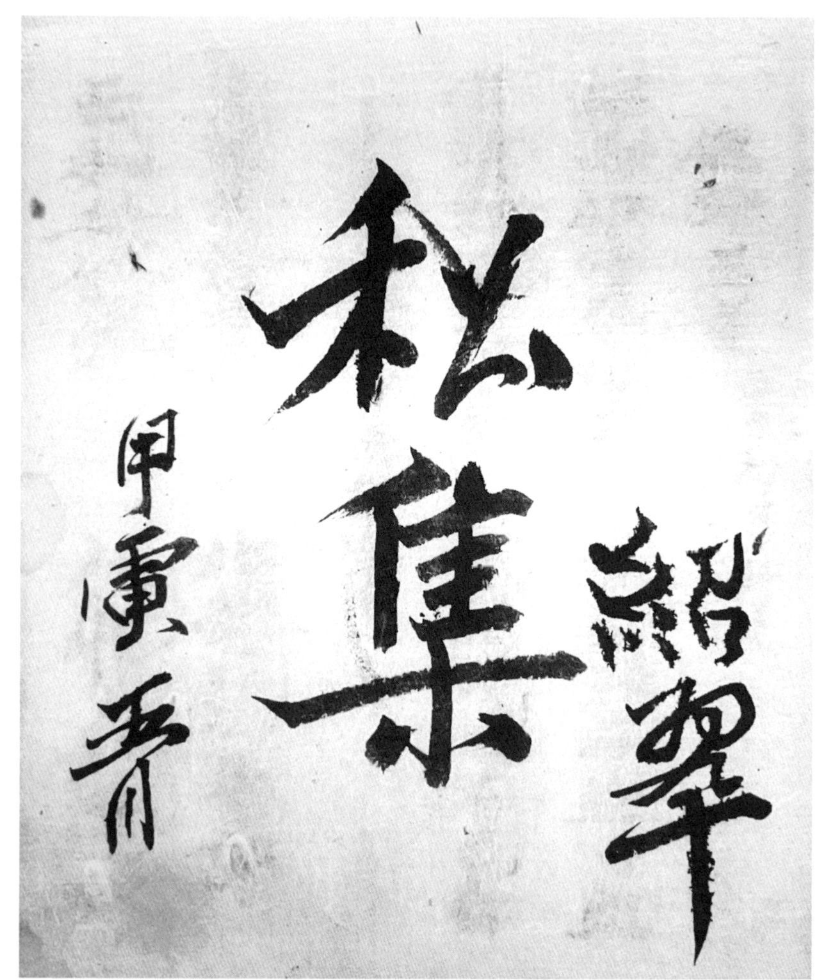

偶吟三首 五月初旬晴日

梅雨初晴麥始黃
當頭節迫天中節
山鳥野雀樂自然
試問吾國有堯舜

其二 歎獨身事

東籬麥始黃
西郊秧欲滋
北堂親年邁
但恨無連枝

其三

庭前培養清虛竹　民主即解在茶利

樓下栽裁富貴花　官政得心唯博愛

偶寄　　　　月二十日

秋姑抽青麥經黃　稻山遙興此山澗

海棠深院午暉長　雲榭遅范日帳望

喜雨

棟日添栽拱雲杉　非徒衆人競相賀

昌雨分種傲霸菊　精善書生亦欣己

天年節　陰

楛頃葦滿門　湘運千載　　

永帶辛靈湯滌蘭　嬋娟一同舞女

江上逗憶當必娥
船頭競渡平樊天
多刻蒿人帶天邊
偶吟　五月初二日陰

庚子香

寒下翠竹君子風
思無邪夢無事生

仰上月桂美人態
但願無恥俯仰天
甲寅閏月中旬

晨喬唱　和草

月夜偶吟使勳妃和之　十五日

月露盈庭逸興生
生居塵濁若偏清
復着半卧方塘水
照徹無瑕一鑑明

全題謹和

思無邪夢做書生
露花嗅處庭色清
黃昏門柳烟初鎖
月到青天萬戶明

喜雨　十六日

両脚如麻西復東　田家相慶水聲中
從今百穀皆蘇潤　可喜秋未預卜豐

仝題

陰雲未襲高樓東　千山如沐百草濃
甘霈沛然畎田前作　農家今年可占豐

夏夜 十七日

炎夏輒思積雪冬
蚊蝱毒蝎不相容
願從仙子身無累
長得鑿氷復□龍

余題二首

雨后微寒似初冬
乍晴白雲千万容

今年占豐縱由天
時行漲水功歸龍

甚三

寫頭廣炙却思冬
人似白鷺雨恒客

犬吠白雪聲如豹
雲過碧空雅猫龍

勤學　十八日

夢過筆花言有仁 ㊞
千秋不地無雙謚

如今勉勵勤修學
五　光　龍遍一定
火

仝韻

爭雄洞庭到湘江
時見皇英舞作雙
錦繡山川憑意過
覺來紅日已射窓

夜坐 十九日

涼炎蚤蝎並難支
蔀屋居生惱此時
一瞬淸涼秋更到
着他月缺日中核

仝題

開逢之于攝提攴
吾年方當志學時
擬欲由今新刮目
豈敢放心逐物移

即事 一二十日

雲烟鎖雨霽微
坐見燈蛾溢目飛
新漲漫橋人不到
呼僮趁早拖荊扉

仝二

日出還生筆細微
百年如彼疾如飛

露瓜新撈朝登園
風柳重影長啟扉

仝題

朝来遠出涌翠微
雨後碧空白雲飛

暑退推月朋登高樓
暝生謝客掩短扉

漫吟　廿一日

亭離無洋鸞言熊奧
耕讀之間可擇居
刺花賣牛新賣釗
切存猶舊慶牧書
廣

全題

雨後清溪可勸桑
避暑復宜僑樓居
南天劃半虛北天晴
燈下漢獵放乞壽

偶味 廿二日

餘年幸得保無虞
覆燾鴻恩豈曰無
欲看貞節栽叢竹
為聽希音擺橋梧

全題

良夜烟雲似虛廬
推我登樓暑有無
蟻巡黃梁夢是槐
鳳接丹岩君報梧

即景　廿三日

遠山當戶與谷應聲
逸致何曾讓竹溪
繁稠陰濃蟬欵語
晴林晝寂鳥空嘶

仝

經雨綠秧出水齊
持扇搖搖臨前溪
暗風天地草木動
夕陽庭院鳥雀嘶

漫筆 廿日

優閒詩境喜淸佳　往日何尋來日又
香篆經新坐似齋　老年欲駐少年皆

全一

靑松綠竹其宜佳　俯仰天地欲無愧
硯上栽得蔭書齋　修道日新事之皆

寓意　廿五日

垂老尋常百念灰
夢隨陶令賦歸來
水何曹庭流仍逝
花自春秋落又開

仝

自今欲效陶畫灰
男兒立志必成功
萬里前程當顯末
瑞日中天確竚開

戒子 廿昔

蜃樓眩眼恐非眞　眼
蠕步伸腰喜就新
寧爲樂水樂山士
莫作欺天欺世人

仝韻

覇道假仁是叛眞
王政一行德日新
我輩文明先導者
社會進步責任人

經濟會設人如雲　　吾道晦貪今義　　企　　萬水趨東擁海雲　　星拱北動天文　　有懐

偃武何用海陸軍　　宗徽雨盛春官　　　　志加難奪過三軍　　功可無稱卑五霸

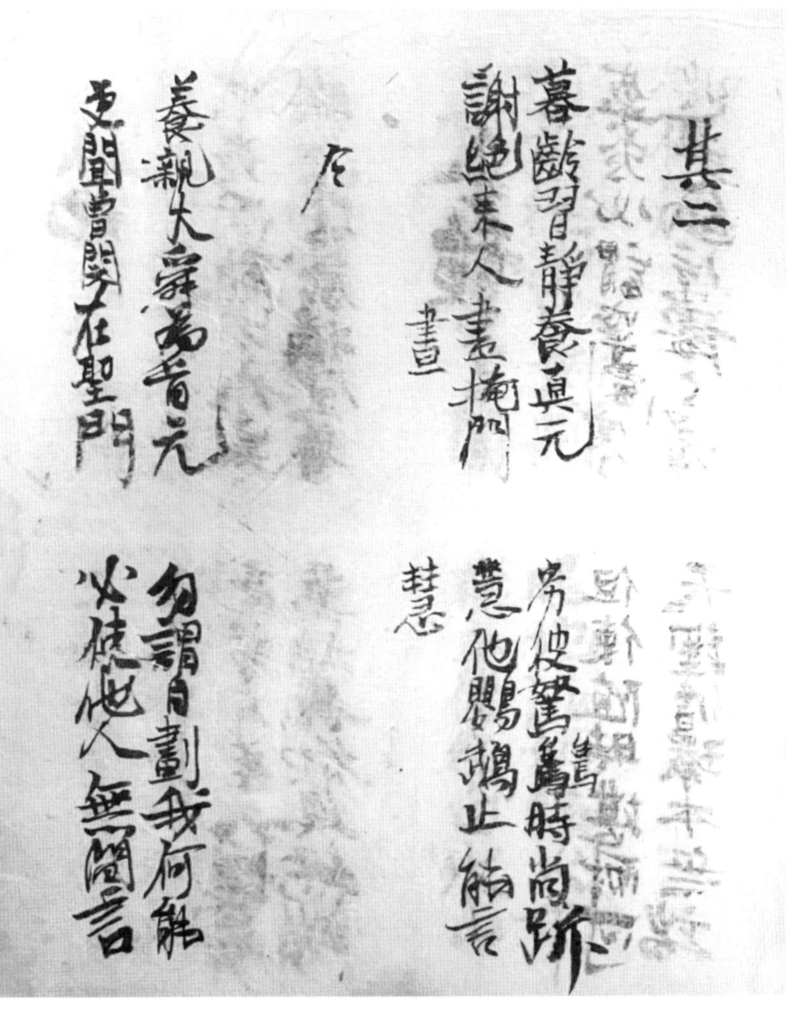

其二

暮齡習靜養真元
謝絕東人晝掩門
勞彼鷖鵉時尚跡
慧他鸚鵡止結言

養親大舜爲首元
足聞曾閔在聖門
勿謂自劃我何解
必使他人無間言

戒兒

不炎而熱不氷寒
晦处遺炎揚辟著

毫釐有差矢懷易
萬端私欲見無端

全韻

戊炎必謂涅劇寒
逃者細行當之着

但使随時堪耐可
天理循環本無端

偶題

閑燕徑橫日莫刪
長夏幽居不自開
曝地混如張火傘
飛身便欲向氷山

仝

盛炎登樓世慮刪
搖懶羽扇手不閒
歲月無情忙似水
工程有望重登山

其二

樂居人後憂居先
歛迹湖鄉似脫然
心地無風皆勝地
性天慘化卽思天

今

立身揚名可勵完
從養本志成自然
譽惡雪寧勤工後
萬事當頭頂順多至

其三

儉德恒思漢相蕭　漆室爲憂君後旋
伐柯取則也邪遙　蕉隍詩夢爲萬前朝

全

田宅欽劭僻家蕭　時則想蓬事遂遵
流芳千秋時已遙　何必其及在漢朝

其四

秋可爲醪菽可肴
待吾林下許心交
寒階幽梳於風軒
庭有跡桐架青稍

今

僻巷蔬菜亦可肴
清酒數杯迎舊交
午梳借蔓人京洛
歸未蟬聲滿庭梢

其五

崔庭尉門前雀羅可設
雀羅可設雙又舞寂
蟻穴將尋一枕高
露老甘隨駸伏櫪

涔于夢卽郭庄乍盡受事

義門喜伴鶴鳴皐
鶴鳴无臭其子和之

全

曾聞桃園聚英豪
名傳千秋義氣高

積時者史多感觚
更欽賢嘯聲東皋

全當在上句三上。

話到青萍氣自豪
歌羹白雪曲彌高
斜風崔歸逃澗島
落日半年下遠臬

其二

滾滾如龍島而歌
天機自動韻堪愛
歌和絲竹協古惰多
歲月趨人永逝波

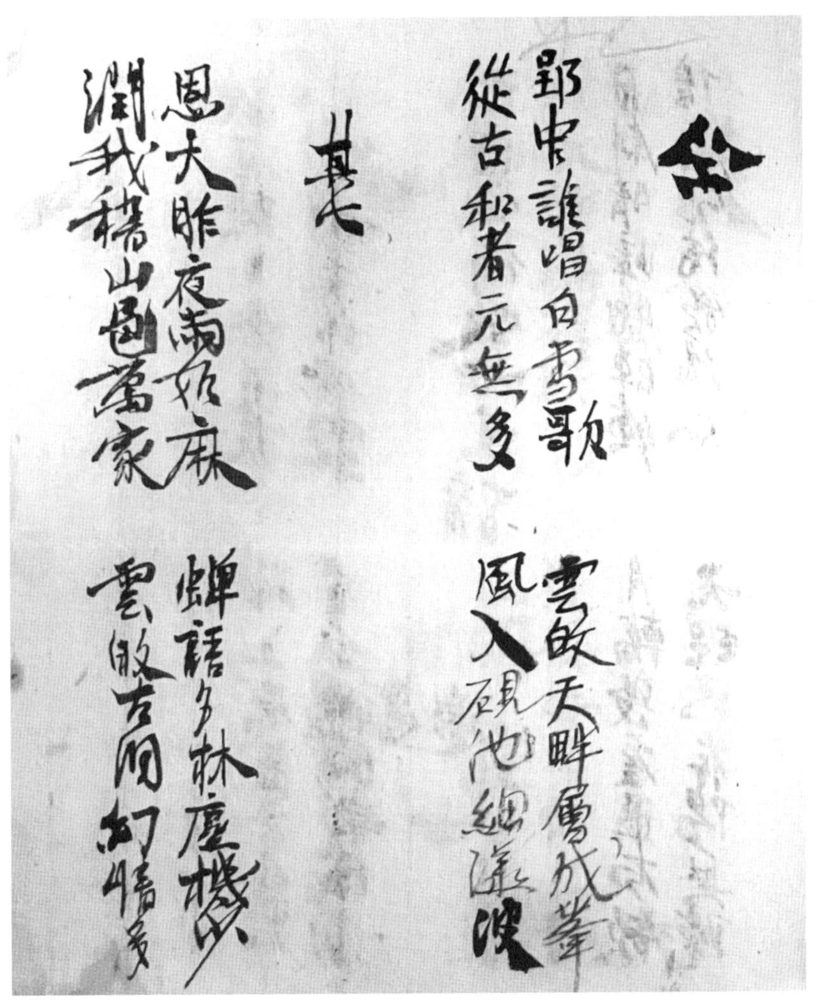

令
郢中誰唱白雪歌
從古和者元無多
雲斂天畔層成峯
風入硯池總漣漪
其二
恩天胎夜滿筬麻
淵我穡山邑萬家
蟬語多林虛機檻
雲破方扇如帳多

令

統屋隂隂桑與麻
小園種菜作田家
礎上求凰善能悟
崔□偈□裁蘭花
邀

○自家待咏一首 前

月斜晴嶂晩碑塘
隂席咏緒徹流人

月輪發處盎而敏
天躍虎春陽與曉

其八

腕未歡慕森統陽 呈

特誦孜孜趣味長

逖儒婁不神仙訣 訣

束閣遺經任衆香 唫

全

身在湖西夢漢陽

半杳歸程不知長

覺來草堂梘髮霜

扶桑唯有立峯靑

其兆

此鄉已歎荒浿庚
憂國豈知不浿　豐

墻壁荒弛可有成
谋生豈識徑非輕

合

兩庚已過醉一庚
轉開可知白行輕

復經幾日淸然依
慈莫親荒懷生觀

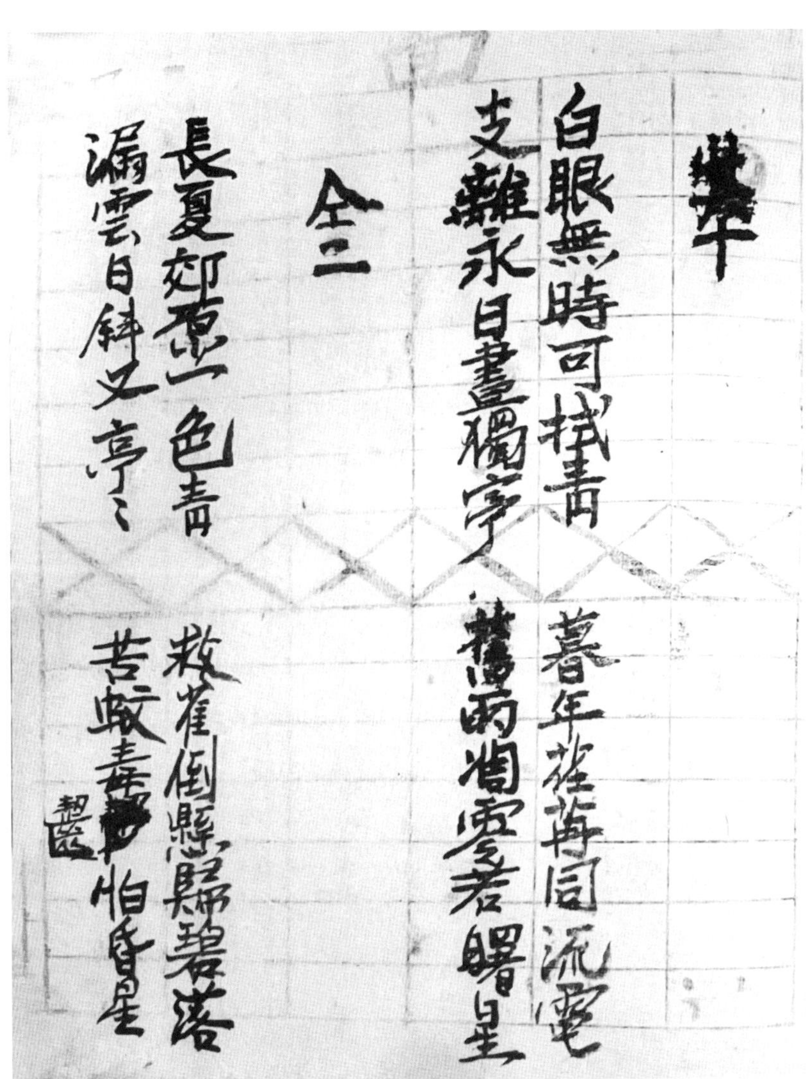
白眼無時可拭書
支離永日晝獨字

仝二

長夏郊原一色青
漏雲日斜又亭亭

暮年花海同流電

救雀倒懸歸碧落
苦蚊

全三

伊昔雲衢拾紫靑
如今着屐見新亭

近未雞不緗奴婢
樵爨猶存短髮星

全又一

荒邨長夏野色靑
蒼山落照又亭亭

棲身早隱南山霧
戀母倚北斗文星

開

찾아보기

저자

봉우鳳宇 권태훈權泰勳, 1900~1994

단기(檀紀) 4233년(1900년) 서울 재동(齋洞)에서 태어났다. 소설《단(丹)》의 실존 주인공으로, 6세 때부터 정신수련을 시작했으며 19세 되던 해 당대 도계(道界)의 거인(巨人) 김일송(金一松) 선생으로부터 우리 민족의 정신수련법을 전수받았다.《단(丹)》,《백두산족에게 고함》,《천부경의 비밀과 백두산족 문화》,《민족비전 정신수련법》등의 책들을 통해 우리 민족 고유의 사상과 뿌리, 정신수련법을 알리고 가르쳐 왔으며, 민족의 뿌리찾기와 후학양성에 힘쓰다가 1994년 95세로 환원(還元)하였다. 선도(仙道)정신수련단체인 〈한국단학회(韓國丹學會) 연정원(硏精院)〉 총재, 독립투사 나철(羅喆) 선생이 중광(重光)하신 민족종교 대종교(大倧敎) 총전교, 유교인(儒敎人)들의 단체인 사단법인 〈유도회(儒道會)〉 이사장 등을 역임하였다.

역주자

정재승鄭在乘

단기 4291년(1958년) 대전에서 태어났다. 봉우 선생님 문하에서 한민족 고유의 정신철학 및 심신수련법을 수학했다. 봉우 선생님 생존 시에 저술(著述) 자료와 구술(口述) 자료들을 통해《백두산족에게 고함》,《천부경의 비밀과 백두산족 문화》,《민족비전 정신수련법》등 3권의 책을 봉우 선생님의 지도하에 엮어 펴냈고, 봉우 선생님께서 돌아가신 뒤에도 유고집《봉우일기 1, 2, 3, 4, 5, 6권》, 대담·강연녹취록《선도공부》,《봉우 선생의 선仙 이야기 1, 2, 3권》, 일화집《세상속으로 뛰어든 신선》, 논문집《봉우 선인의 정신세계》등을 펴냈으며, 봉우 선생님의 가르침을 따라 한민족의 기원을 탐사한《일만년 겨레얼을 찾아서》,《바이칼, 한민족의 기원을 찾아서》도 엮어 펴냈다. 봉우사상연구소(www.bongwoo.org) 소장